George Sand
Mauprat

Geschichte einer Liebe

Deutscher Taschenbuch Verlag

Vollständige Ausgabe.
Aus dem Französischen übersetzt und mit einem Nachwort versehen von Heidrun Hemje-Oltmanns.

Titel der Originalausgabe:
›Mauprat‹ (Paris 1837)

Von George Sand
sind im Deutschen Taschenbuch Verlag erschienen:
Ein Winter auf Mallorca (2157)
Sie sind ja eine Fee, Madame! (2197)
Nimm Deinen Mut in beide Hände. Briefe (2238)
Nanon (2282)
Sie und Er (2295)
Correspondance (dtv zweisprachig 9234)

August 1992
Deutscher Taschenbuch Verlag GmbH & Co. KG,
München

Umschlagtypographie: Celestino Piatti
Umschlagbild: Jindra Čapek
(Edmée de Mauprat, nach einem Stahlstich von 1845)
Gesamtherstellung: C. H. Beck'sche Buchdruckerei,
Nördlingen
Printed in Germany · ISBN 3-423-02300-7

Über dieses Buch

An der Grenze zwischen den Marken und dem Berry, in der Varenne, lebt um die Mitte des 18. Jahrhunderts das alte Landadelsgeschlecht der Mauprat. Der ältere Zweig haust mörderischen Räubern gleich auf der Stammburg, und der Großvater zwingt den Waisenknaben Bernard, in dieser Hölle heranzuwachsen, als Faustpfand für seine Erbansprüche. Die jüngere Linie der Mauprat, die in vornehmer Zurückgezogenheit unweit auf ihrem Landsitz lebt, hat zwar keinen männlichen Nachkommen, aber eine Tochter: Edmée de Mauprat, schön, gebildet, leidenschaftlich und mutig. Als sich die Siebzehnjährige bei einem Jagdausflug verirrt und auf die Stammburg verschleppt wird, begegnet sie Bernard, der sie vergewaltigen will. Aber dann beginnt die Geschichte einer Liebe, die erst nach vielen spannenden Irrungen und Wirrungen ihre Erfüllung finden wird. Es beginnen die Jahre der Erziehung, der Sozialisation für Bernard, eingebettet in die historischen Zeitläufte bis zur Großen Revolution, und um die Hauptfiguren des Romans gruppieren sich eindrucksvoll gezeichnete Charaktere: Patience, der bäuerliche Philosoph, Don Marcasse, der Maulwurfsfänger, und Abbé Aubert, ein jansenistischer Priester. André Maurois nannte ›Mauprat‹ »einen hervorragenden Mantel- und Degenroman«, und das ist er gewiß auch, aber vor allem ist er ein grandioser Entwicklungs- und Zeitroman, der das Ideal der Liebe in der Realität einfordert. »In George Sand liest man keinen Schriftsteller: man erlebt das weibliche Genie selbst, mit seiner Neigung zu versöhnen, das Glück und das Wahre in einem zu fühlen.«
Diese Worte Heinrich Manns gelten im besonderen Maße für ihren im Jahre 1837 erschienenen Roman ›Mauprat‹, der dem deutschsprachigen Publikum hier in einer neuen Übersetzung vorgestellt wird.

Literatur · Philosophie · Wissenschaft

Vorbemerkung

Als ich im Jahre 1836 in Nohant den Roman ›Mauprat‹ schrieb, da bemühte ich mich, glaube ich, gerade vor Gericht um meine Scheidung. Die Ehe, deren Mißbrauch ich bis dahin bekämpft hatte – was die Annahme zulassen könnte, daß ich mangels einer hinreichenden Entwicklung meines Denkens ihr Wesen nicht erkannte –, wurde mir eben da in der ganzen moralischen Schönheit ihres Seinsgrundes deutlich.

Das Unglück ist zu irgend etwas gut, jedenfalls für den, der darüber nachzudenken weiß: Je mehr ich zu sehen begann, wie mühevoll und schmerzhaft es ist, derartige Bande zu zerreißen, desto mehr fühlte ich, daß das, was der Ehe fehlt, Elemente von Glück und Gleichheit innerhalb einer Ordnung sind, die zu erhaben ist, als daß sich die gegenwärtige Gesellschaft mit ihr befaßt. Im Gegenteil, die Gesellschaft gibt sich alle Mühe, diese heilige Einrichtung herabzuwürdigen, indem sie sie gleichsetzt mit einem Vertrag über materielle Interessen; sie greift sie durch den Geist ihrer Sitten, durch ihre Vorurteile und ihre heuchlerische Ungläubigkeit von allen Seiten her gleichzeitig an.

Da ich, um mich zu beschäftigen und zu zerstreuen, einen Roman schrieb, kam mir der Gedanke, eine ausschließliche und ewige Liebe vor, während und nach der Ehe zu schildern. Ich gestaltete also den Helden meines Buches als jemanden, der mit achtzig Jahren seine Treue zu der einzigen Frau, die er geliebt hat, kundtut.

Gewiß ist ewige Treue das Ideal der Liebe. Die moralischen und religiösen Gesetze wollten dieses Ideal sanktionieren; die materiellen Tatsachen suchen es zu vereiteln, die bürgerlichen Gesetze sind so gestaltet, daß sie es oft unmöglich oder illusorisch machen; doch ist hier nicht der

Ort, dies zu beweisen. Der Roman ›Mauprat‹ wurde nicht mit diesen Sorgen beschwert; allein das Gefühl, das mich in besonderer Weise zu der Zeit, als ich ihn schrieb, beseelte, ist am Ende des Werkes in den folgenden Worten zusammengefaßt: »Sie war die einzige Frau, die ich geliebt habe; niemals hat eine andere meine Blicke angezogen und den Druck meiner Hand erfahren.«

5. Juni 1851 George Sand

An Gustave Papet

Obgleich die Mode vielleicht einen patriarchalischen Gebrauch von Widmungen untersagt, bitte ich Dich, Bruder und Freund, zu akzeptieren, daß ich Dir eine Erzählung zueigne, die Dir nicht neu ist. Ich habe sie teilweise in den Hütten unserer Vallée Noire zusammengetragen. Könnten wir nur dort leben und sterben und uns jeden Abend unser geliebtes Stoßgebet aufsagen:

Sancta simplicitas!

An der Grenze zwischen den Marken und dem Berry, in dem Landstrich, den man Varenne nennt und der nichts ist als eine weite, von Eichen- und Kastaniengehölz unterbrochene Heidelandschaft, findet man an einer Stelle, wo die Gegend am unzugänglichsten und verlassensten ist, in eine Schlucht gekauert eine kleine, verfallene Burg, deren gezackte Türme man erst hundert Schritt vom großen Fallgatter entfernt entdeckt. Von hundertjährigen Bäumen umstanden und vereinzelten Felsen überragt, liegt sie in ewiger Dunkelheit verborgen, und bestenfalls kann man den verwilderten Pfad, der zu ihr hinführt, am hellichten Tag beschreiten, ohne sich an knorrigen Stämmen und Trümmern zu stoßen, die bei jedem Schritt den Weg versperren. Die finstere Schlucht, die traurige kleine Burg, das ist La Roche-Mauprat.

Noch nicht lange ist es her, da ließ der Letzte der Mauprat, dem dieser Besitz als Erbe zufiel, das Dach abdecken und sämtliches Gebälk verkaufen, und dann, als ob er dem Gedenken seiner Vorfahren eine Ohrfeige habe geben wollen, ließ er das Tor umstürzen, den Nordturm aufstemmen und die Ringmauer von oben bis unten spalten; dann verschwand er mit seinen Arbeitern, schüttelte den Staub von den Füßen und überließ seinen Besitz den Füchsen, Fischadlern und Schlangen. Wenn seit der Zeit Holzfäller oder Köhler, die in der Umgebung in vereinzelt liegenden Hütten leben, bei Tag oben an der Schlucht vorbeiziehen, dann pfeifen sie mit überheblicher Miene oder schicken irgendeinen deftigen Fluch zu den Ruinen hinüber, doch wenn der Tag sich neigt und der Ziegenmelker hoch oben auf den Schießscharten schnurrt, gehen Holzfäller und Köhler ganz still vorbei, beschleunigen den Schritt und bekreuzigen sich immer wieder, um die bösen Geister zu beschwören, die über diese Ruinen herrschen.

Ich gestehe, daß ich selbst niemals des Nachts an der

Schlucht entlanggegangen bin, ohne ein gewisses Unbehagen zu verspüren, und ich hätte nicht unter Eid schwören wollen, in bestimmten stürmischen Nächten meinem Pferd nicht die Sporen gegeben zu haben, um den unangenehmen Eindruck, den mir diese Nachbarschaft verursachte, schneller abzuschütteln.

In meiner Kindheit stand der Name Mauprat für mich zwischen »Cartouche« und »Blaubart«, und es ist mir in fürchterlichen Träumen oft widerfahren, daß ich die uralten Märchen von Oger und dem Schwarzen Mann mit den nur kurze Zeit zurückliegenden Taten durcheinandergebracht habe, die in unserer Provinz der Familie Mauprat eine unheilvolle Berühmtheit verliehen.

Auf der Jagd, wenn meine Kameraden und ich den Anstand verließen, um uns bei den brennenden Kohlehaufen, die die Arbeiter die ganze Nacht über bewachten, aufzuwärmen, habe ich oft gehört, wie dieser verhängnisvolle Name bei unserem Nahen auf ihren Lippen erstarb. Aber sobald sie uns erkannt hatten und sicher sein konnten, daß sich nicht das Gespenst eines dieser Räuber unter uns versteckte, erzählten sie mit leiser Stimme Geschichten, die uns die Haare zu Berge stehen ließen, und ich werde mich hüten, sie Ihnen weiterzuerzählen, denn ich bin untröstlich, mein Gedächtnis durch sie verdüstert und mit Schmerz getrübt zu haben.

Der Bericht, den ich Ihnen vorzulegen habe, ist nicht gerade angenehm und heiter. Im Gegenteil, ich bitte Sie um Vergebung, wenn ich Ihnen heute eine so düstere Erzählung schicke; aber mit dem Eindruck, den sie auf mich gemacht hat, vermischt sich etwas so Tröstliches, und, wenn ich mich so ausdrücken darf, eine solche seelische Gesundheit, daß Sie mir, wie ich hoffe, mit Blick auf die Auflösung am Ende, verzeihen werden. Im übrigen, diese Geschichte wurde mir gerade erzählt; Sie erwarten eine von mir: Die Gelegenheit ist allzu schön für meine Trägheit oder meine fehlende Schöpferkraft.

Letzte Woche war es, daß ich endlich Bernard Mauprat

getroffen habe, diesen letzten Sproß der Familie, der, nachdem er schon lange mit seiner ehrlosen Verwandtschaft gebrochen hatte, durch das Niederreißen seiner Burg den Schrecken kundtun wollte, den ihm seine Kindheitserinnerungen verursachten. Dieser Bernard ist einer der hochgeachtetsten Männer in der Gegend, er bewohnt ein hübsches Landhaus in der Ebene, nach Châteauroux hin. Als ich mich mit einem meiner Freunde, der ihn kennt, in seiner Nähe aufhielt, äußerte ich den Wunsch, ihn zu besuchen; mein Freund verhieß mir einen wohlwollenden Empfang und führte mich sogleich zu ihm.

In groben Zügen kannte ich die Geschichte dieses bemerkenswerten Greises; aber ich hatte mir immer lebhaft gewünscht, ihre Einzelheiten zu erfahren, und dies vor allem von ihm persönlich. Sein seltsames Schicksal war für mich ein umfassendes philosophisches Problem, das es zu lösen galt. Also beobachtete ich seine Gesichtszüge, sein Verhalten und sein Wesen mit besonderem Interesse.

Bernard de Mauprat ist mindestens achtzig Jahre alt, obgleich seine robuste Gesundheit, die aufrechte Gestalt, der feste Schritt und das Fehlen jeglicher Schwäche von fünfzehn oder zwanzig Jahren weniger künden. Sein Gesicht wäre mir außerordentlich schön vorgekommen ohne diesen Ausdruck von Härte, der gegen meinen Willen die Schatten seiner Ahnen vor meinem inneren Auge beschwor. Ich fürchte sehr, daß er ihnen körperlich ähnlich ist. Nur er allein hätte es uns sagen können, denn weder mein Freund noch ich hatten je einen Mauprat kennengelernt; doch hüteten wir uns, ihn danach zu fragen.

Uns schien, als bedienten seine Domestiken ihn mit einer Raschheit und Pünktlichkeit, die für eine Dienerschaft aus dem Berry fabelhaft ist. Gleichwohl, beim geringsten Anzeichen einer Verzögerung erhob er die Stimme, runzelte unter seinem weißen Haar die noch sehr schwarzen Brauen und murmelte ein paar ungeduldige Worte, die selbst dem Schwerfälligsten Flügel verliehen. Zuerst war ich darüber beinahe schockiert; ich fand, daß diese Art sich zu geben, zu sehr den Mauprat spüren ließ. Aber angesichts seiner sanften und fast väterlichen Art, in der er einen Augenblick später mit ihnen redete, und angesichts ihres Eifers, der mir etwas völlig anderes als Furcht zu sein schien, söhnte ich mich alsbald mit ihm aus. Uns gegenüber war er ohnehin von erlesener Höflichkeit und drückte sich auf das Gewählteste aus. Unglücklicherweise entfuhr ihm gegen Ende des Diners, da man vergessen hatte, eine Tür zu schließen und ein kalter Wind seinen alten Schädel streifte, ein so schrecklicher Fluch, daß mein Freund und ich einen überraschten Blick tauschten. Er bemerkte dies. »Verzeihen Sie, Messieurs«, sagte er, »ich sehe, daß Sie mich etwas unausgeglichen finden; Sie sehen wenig; ich bin ein alter Zweig, der zum Glück von einem bösartigen Stamm gelöst und in gute Erde gepflanzt wurde, doch er ist noch immer knorrig und grob wie die wilde Stechpalme an einem Baumstumpf. Es kostete mich recht viel Mühe, bis ich den Zustand von Milde und Ruhe erreichte, in dem Sie mich antreffen. Ach ja, wenn ich mich traute, so würde ich dem Schicksal einen großen Vorwurf machen; nämlich den, mein Leben ebenso kurz bemessen zu haben wie das anderer Menschen. Wenn die Verwandlung von einem Wolf in einen Menschen vierzig oder fünfzig Jahre erfordert, müßte man einhundert Jahre länger leben, um den Sieg zu genießen. Doch wozu sollte mir das nutzen«, fügte er mit einem Ausdruck von Trauer hinzu. »Die Fee, die mich verwandelt hat, ist nicht mehr da, um sich ihres Werkes zu erfreuen. Ach was, es ist an der Zeit, zum Ende zu kommen.« Dann wandte er sich zu mir, sah mich mit seinen großen, schwarzen, merkwürdig erregten Augen an und sagte: »Nun, junger Mann, ich weiß, was Sie hierher führt: Sie sind neugierig auf meine Geschichte. Kommen Sie zum Feuer, und seien Sie unbesorgt. Auch wenn ich ein Mauprat bin, so werde ich doch nicht Sie statt eines Holzscheits hineinwerfen. Sie können mir keine größere Freude machen, als mir zuzuhören. Ihr Freund wird Ihnen allerdings sagen, daß es mir nicht leichtfällt, von mir zu sprechen, ich befürchte allzu oft, es mit Dummen zu tun zu haben; doch ich habe von Ihnen gehört, ich kenne Ihren Charakter und Ihren Beruf, Sie sind Beobachter und Erzähler, dennoch, verzeihen Sie mir, neugierig und schwatzhaft.« Er fing an zu lachen, und ich bemühte mich, es ihm gleichzutun, befürchtete aber im selben Moment, er mache sich über uns lustig; und gegen meinen Willen dachte ich an die üblen Streiche, die sein Großvater zu seinem Vergnügen unvorsichtigen Neugierigen spielte, die ihn besuchen kamen. Aber Bernard legte freundschaftlich seine Hand auf meine, ließ mich vor dem Feuer neben einem mit Tassen beladenen Tisch Platz nehmen und sagte: »Seien Sie nicht böse, in meinem Alter kann ich mich nicht kurieren vom ererbten Spott; meiner hat nichts Grausames an sich. Im Ernst, ich bin entzückt, Sie zu empfangen und Ihnen die Geschichte meines Lebens anzuvertrauen. Ein Mensch, vom Leid geprüft wie ich, hat es verdient, einen zuverlässigen Chronisten zu finden, der sein Andenken von jeglichem Vorwurf reinigt. Hören Sie mich an, und trinken Sie einen Kaffee.«

Schweigend bot ich ihm eine Tasse an; mit einer Handbewegung und einem Lächeln lehnte er sie ab, als wolle er sagen: »Das ist gut für Ihre verweichlichte Generation.« Dann begann er wie folgt seinen Bericht.

I.

Sie wohnen nicht sehr weit von La Roche-Mauprat entfernt und müssen oft an ihren Ruinen vorbeigekommen sein; ich brauche sie Ihnen also nicht zu beschreiben. Alles, was ich Ihnen darüber sagen muß, ist, daß dieser Ort niemals so angenehm war wie heute. An dem Tag, als ich das Dach abdecken ließ, beschien die Sonne zum ersten Mal das feuchte Tafelwerk, zwischen dem meine Kindheit sich abgespielt hat, und die Eidechsen, denen ich den Ort überließ, sind dort viel besser untergebracht, als ich es einst war. Sie können wenigstens das Tageslicht sehen und ihre kalten Glieder in der Mittagssonne wärmen.

Es gab den älteren und den jüngeren Zweig der Mauprat. Ich gehöre zum älteren. Mein Großvater war dieser alte Tristan de Mauprat, der sein Hab und Gut verfraß, seinen Namen entehrte und so bösartig war, daß sein Andenken sagenumwoben ist. Die Bauern meinen, seinen Geist noch abwechselnd im Körper eines Hexenmeisters zu sehen, der Übeltätern den Weg zu den Behausungen in der Varenne weist, oder im Körper eines alten, weißen Hasen, der sich Leuten zeigt, die von bösen Absichten in Versuchung geführt werden. Der jüngere Zweig lebte, als ich zur Welt kam, nur noch in der Person des Monsieur Hubert de Mauprat, den man den *Ritter* nannte, weil er dem Malteser Orden angehörte und ebenso gut war, wie sein Vetter schlecht. Als jüngster Sohn der Familie hatte er sich dem Zölibat verschrieben, doch da er als einziger von mehreren Brüdern und Schwestern übrig geblieben, ließ er sich von seinem Gelübde entbinden und heiratete ein Jahr vor meiner Geburt. Bevor er derart sein Leben veränderte, hatte er, so sagt man, große Anstrengungen unternommen, um im älteren Zweig einen Erben zu finden, der würdig gewesen wäre, dem entehrten Namen wieder seinen alten Glanz zu verleihen und das Vermögen zu bewahren, das in den Händen des jüngeren Zweigs zur Blüte gelangt war. Er hatte versucht, in die Angelegenheiten seines Vetters Tristan Ordnung zu bringen und mehrfach dessen Gläubiger befriedigt. Aber als er sah, daß sein Entgegenkommen nur dem Familienlaster Vorschub leistete und er an Stelle von Achtung und Dankbarkeit dort nur heimlichen Haß und gemeine Eifersucht erntete, da verzichtete er auf jede Übereinkunft, brach mit seinen Vettern und heiratete trotz seines fortgeschrittenen Alters (er war schon über sechzig), um später Erben zu haben. Er bekam eine Tochter und durfte nicht mehr auf weitere Nachkommen hoffen, weil seine Frau kurze Zeit danach an einer schlimmen Krankheit starb, die von den Ärzten *Mise-*

rere genannt wurde. Er verließ die Gegend, kam nur noch sehr selten und wohnte auf seinen Ländereien, die sechs Meilen von La Roche-Mauprat entfernt an der Grenze zwischen der Varenne und dem *Fromental* lagen. Er war ein weiser und gerechter Mann, denn er war aufgeklärt, da sein Vater den Geist seines Jahrhunderts nicht abgelehnt hatte und ihm eine Erziehung angedeihen ließ. Er war trotz dieser nicht weniger fest im Charakter und tatkräftig im Geiste geblieben, und wie seine Vorfahren rühmte er sich, statt eines Taufnamens den ritterlichen Beinamen *Streitaxt* zu tragen, der im uralten Stamm der Mauprat erblich war. Was den älteren Zweig angeht, so hatte dieser eine schlimme Wendung vollzogen, oder vielmehr so schlechte Gewohnheiten aus der Zeit der feudalen Räuberei beibehalten, daß man ihm den Namen Mauprat-Strauchdieb gegeben hatte. Nur mein Vater, Tristans ältester Sohn, ging eine Ehe ein. Ich war sein einziges Kind. Es muß hier von einer Tatsache berichtet werden, die ich erst sehr viel später erfuhr. Hubert Mauprat hatte, nachdem er von meiner Geburt unterrichtet worden war, mich von meinen Eltern erbeten, wobei er sich verpflichtete, sofern man ihm freie Hand bei meiner Erziehung ließe, mich als seinen Erben einzusetzen. Mein Vater war zu jener Zeit bei einem Jagdunfall getötet worden, und mein Großvater lehnte das Angebot des Ritters ab, er erklärte, seine Kinder seien die einzigen legitimen Erben des jüngeren Zweigs, und folglich werde er sich mit seiner ganzen Macht einer Nacherbenregelung zu meinen Gunsten entgegenstellen. Da bekam Hubert eine Tochter. Doch als seine Frau sieben Jahre später starb und ihm nur dies einzige Kind hinterließ, veranlaßte ihn der Wunsch, nämlich der, den alle Adligen jener Zeit hegten, seinen Namen weiterzugeben, die Bitte an meine Mutter zu erneuern. Ich kenne ihre Antwort nicht; sie wurde krank und starb. Die Landärzte bescheinigten auch bei ihr *Miserere*. Mein Großvater hatte die letzten beiden Tage, die sie auf dieser Welt weilte, bei ihr verbracht ...

»Schenken Sie mir ein Glas spanischen Wein ein, denn mir wird kalt. Es ist nichts, es sind die Folgen der Erinnerung, die sich einstellen, wenn ich sie auszubreiten beginne. Es wird vorübergehen.«

Er trank ein großes Glas Wein, und wir taten es ihm gleich, denn auch wir froren, als wir seinen strengen Gesichtsausdruck sahen und seiner schroffen, abgehackten Stimme zuhörten. Er fuhr fort:

Mit sieben Jahren also war ich Waise. Mein Großvater stahl im Hause meiner Mutter alles Geld und alle alten Sachen, die er mitnehmen konnte, den Rest ließ er zurück und sagte dann, er wolle nicht mit den Vertretern des Gesetzes aneinandergeraten, er wartete nicht, bis die Tote begraben war, nahm mich beim Schlafittchen, warf mich hinter sich aufs Pferd und sagte: »So, mein Mündel, Sie kommen mit zu uns, und hören Sie auf zu weinen, denn ich habe nicht viel Geduld mit einem Knirps.«

Und wahrhaftig, ein paar Augenblicke später verabreichte er mir so heftige Hiebe mit der Reitpeitsche, daß ich zu weinen aufhörte, mich in mich selbst zurückzog wie eine Schildkröte in ihren Panzer und die Reise hinter mich brachte, ohne daß ich es wagte zu atmen.

Er war ein großer Mann, knochig und schieläugig. Ich sehe ihn noch vor mir, wie er damals war. Dieser Abend hat unauslöschliche Spuren in mir hinterlassen. Plötzlich waren all die Schrecken, die meine Mutter in mir geweckt hatte, wenn sie von ihrem verabscheuungswürdigen Schwiegervater und seinen räuberischen Söhnen sprach, Wirklichkeit geworden. Der Mond, so erinnere ich mich, leuchtete bisweilen durch das dichte Blattwerk des Waldes. Das Pferd meines Großvaters war hager, robust und böse wie er. Bei jedem Peitschenhieb schlug es aus, und sein Herr ersparte sie ihm nicht. Schnell wie ein Pfeil flog es über die Schluchten und kleinen Bäche, die kreuz und quer die Varenne durchziehen. Bei jedem Stoß verlor ich das Gleichgewicht und klammerte mich schaudernd am Schwanzriemen des Pferdes oder am Rock meines Großvaters fest. Er hingegen kümmerte sich so wenig um mich, daß er sich, wäre ich hinuntergefallen, wohl nicht die Mühe gemacht hätte, mich aufzuheben. Manchmal, wenn er meine Furcht bemerkte, verspottete er mich und ließ das Pferd tänzeln, um sie noch zu vergrößern. Unzählige Male überfiel mich Mutlosigkeit, und ich hätte mich fast hinunterfallen lassen, doch eine instinktive Liebe zum Leben bewahrte mich davor, mich diesen Augenblicken der Verzweiflung zu überlassen. Schließlich, gegen Mitternacht, hielten wir unvermittelt vor einer spitzbogigen Pforte, und bald hob sich hinter uns die Zugbrücke. Mein Großvater nahm mich, völlig in kaltem Schweiß gebadet, wie ich war, und warf mich einem großen, verkrüppelten und grauenerregenden Kerl in die Arme, der mich ins Haus trug. Das war mein Onkel Jean, und ich war in La Roche-Mauprat.

Mein Großvater und seine acht Söhne waren also das letzte Aufgebot, das von dieser Rasse kleiner Feudalherren in unserer Provinz übrigblieb, Herren, von denen Frankreich so viele Jahrhunderte lang überzogen und heimgesucht worden war. Die Zivilisation schritt rasch auf die große revolutionäre Erschütterung zu und beseitigte diese organisierten Halsabschneidereien und Raubzüge zunehmend. Die aufgeklärte Erziehung und eine Art guten Geschmacks als ferner Abglanz eines galanten Hofes sowie vielleicht das Vorgefühl eines nahen und schrecklichen Erwachens im Volk hielten Einzug in die Schlösser und drangen bis zu den halbbäuerlichen Landgütern der Junker vor. Selbst in unseren Provinzen der Landesmitte, die besonders weit zurückgeblieben waren, siegte die soziale Gleichheit schon über die barbarischen Sitten. Mehr als ein übler Taugenichts war, trotz seiner Privilegien, gezwungen, sich zu bessern, und in einigen Orten hatten die Bauern, zum Äußersten getrieben, sich ihrer Herren entledigt, ohne daß die Gerichte daran gedacht hätten, sich der Sache anzunehmen, oder Verwandte es gewagt hätten, Rache zu üben.

Trotz dieser Stimmungslage hatte mein Großvater sich lange, ohne auf Widerstand zu stoßen, in der Gegend gehalten. Doch da er eine große Familie zu ernähren hatte, alle wie er mit einer ansehnlichen Zahl von Lastern ausgestattet, sah er sich schließlich von Gläubigern gepeinigt und verfolgt, die sich von seinen Drohungen nicht mehr einschüchtern ließen und ihrerseits drohten, ihm an den Kragen zu gehen. Es mußte bedacht werden, wie einerseits den Schergen aus dem Weg zu gehen war, andererseits Händeln, die jederzeit neu entstehen konnten und in welchen die Mauprat, trotz ihrer Zahl, ihrer Eintracht und ihrer herkulischen Kraft nicht mehr gerade glänzten, da sich die ganze Bevölkerung mit denen verband, die die Mauprat beleidigten und die es sich zur Aufgabe machten, diese zu steinigen. Wenn Tristan seine Brut um sich geschart hatte wie das Wildschwein nach der Jagd seine Frischlinge, zog er sich in seine Burg zurück, ließ die Brücke hochziehen und schloß sich mit zehn oder zwölf Bauernlümmeln und seinen Knechten ein, alle miteinander Wilddiebe und Fahnenflüchtige, die wie er ein Interesse daran hatten, sich von der Welt zurückzuziehen (das war sein Ausdruck) und sich hinter festen Mauern in Sicherheit zu bringen. Eine riesige Pyramide von Jagdwaffen, Entenflinten, Büchsen, Stutzen, Pfählen und Hirschfängern wurde auf dem Söller errichtet, und der Torwache schärfte man ein, nie mehr als zwei Personen näher als auf Schußweite ihrer Flinte herankommen zu lassen.

Von diesem Tag an brachen Mauprat und seine Söhne mit den Gesetzen der Gesellschaft, wie sie auch mit den Gesetzen der Moral gebrochen hatten. Sie organisierten sich in einer Bande von Abenteurern. Während die ihnen getreuen Wilddiebe das Haus mit Wildbret versorgten, erhoben sie bei den umliegenden Meiereien unrechtmäßige Abgaben. Unsere Bauern, ohne feige zu sein (weit davon entfernt), sind, das wissen Sie, sanft und zaghaft aus Nachlässigkeit und aus Mißtrauen gegenüber dem Gesetz, das sie zu keiner Zeit begriffen haben und noch bis zum heutigen Tage kaum kennen. Keine Provinz Frankreichs hat stärker alte Traditionen bewahrt und länger unter dem Mißbrauch des Feudalismus gelitten. Vielleicht nirgendwo sonst hat man, wie bis heute bei uns, den Titel eines Seigneurs der Gemeinde für gewisse Burgherrn beibehalten, und nirgendwo sonst ist es so leicht, dem Volk mit einer Neuigkeit über irgendeine absurde und unmögliche politische Tatsache Furcht einzujagen. In der Zeit, von der ich Ihnen berichte, hatten die Mauprat als einzige mächtige Familie in einem ländlichen Gebiet, das weit von den Städten entfernt liegt und jeglicher Verbindung mit der Außenwelt entbehrt, keinerlei Mühe, ihre Vasallen davon zu überzeugen, daß man die Leibeigenschaft wiedererrichten werde und Störenfrieden hart zuzusetzen gedachte. Die Bauern zögerten, lauschten voller Unruhe denjenigen unter ihnen, die die Unabhängigkeit predigten, überlegten sodann und entschieden sich für die Unterwerfung.

Die Mauprat verlangten kein Geld. Den Wert des Geldes erkennt der Bauer dieser Gegend nur mit allergrößter Mühe, und nur mit größtem Widerwillen gibt er es aus. *Geld ist teuer,* ist eines seiner Sprichwörter, denn Geld repräsentiert für ihn etwas anderes als körperliche Arbeit. Es geht da um einen Handel mit Dingen und Menschen von außerhalb, um eine Beanspruchung seiner Weitsichtigkeit und Umsicht, um ein Marktgeschehen, eine Art intellektuellen Kampfes, was ihn seiner gewohnten Nachlässigkeit berauben würde, in einem Wort, es geht um eine Arbeit des Geistes; und für ihn ist diese am mühsamsten und beunruhigendsten.

Die Mauprat, die ihr Gebiet gut kannten und keinen großen Geldbedarf hatten, da sie ja darauf verzichteten, ihre Schulden zu bezahlen, forderten nur Naturalien: Der eine Bauer mußte einen Abgabenzuschlag auf seine Kapaune hinnehmen, ein anderer auf seine Kälber, ein dritter lieferte Getreide, ein vierter Viehfutter und so fort. Die Mauprat trugen Sorge, die Erpressungen mit Augenmaß vorzunehmen und von jedem das zu verlangen, was er geben konnte, ohne sich allzusehr einschränken zu müssen; sie versprachen allen Hilfe und Schutz, und bis zu einem gewissen Punkt hielt man Wort. Sie vernichteten die Wölfe und Füchse, nahmen Fahnenflüchtige auf und versteckten sie, man war dabei behilflich, den Staat hinters Licht zu führen, indem man die Salzsteuerbeamten und die Steuereintreiber einschüchterte.

Geschickt täuschte man den Armen über seine wahren Interessen und verdarb die einfachen Leute dadurch, daß man sich um den Grundsatz ihrer Würde und natürlichen Freiheit nicht scherte. Man brachte die ganze Gegend dazu, mit dem Gesetz zu brechen, so, wie man selbst es getan hatte, und versetzte die Beamten, die dafür zu sorgen hatten, daß man es respektierte, dermaßen in Angst und Schrecken, daß es in wenigen Jahren völlig außer Gebrauch kam. So geschah es, daß in einer Zeit, wo unweit von hier ganz Frankreich in großen Schritten auf die Befreiung der armen Klassen zumarschierte, die Varenne eine Rückwärtsbewegung machte und wie blind zur alten Tyrannei der Junker zurückkehrte. Mühelos verführten die Mauprat die armen Leute: Sie taten so, als stünden sie mit dem Volk auf einer Stufe, um sich von den anderen Adligen der Provinz abzuheben, die in ihrem Verhalten die Arroganz ihrer alten Macht bewahrten. Insbesondere ließ mein Großvater sich die Gelegenheit nicht entgehen, die Bauern dahin zu bringen, ihre tiefe Abneigung gegen Hubert de Mauprat mit ihm zu teilen. Während dieser seinen Gutsleuten Audienz gab, er im Sessel, sie mit unbedecktem Haupt im Stehen, lud Tristan sie ein, an seinem Tisch Platz zu nehmen, kostete mit ihnen den Wein, den sie ihm in freiwilliger Ehrerbietung mitgebracht hatten, und ließ sie mitten in der Nacht von Leuten nach Hause bringen, alle halbtot vor Trunkenheit, Fackeln tragend, während der Wald von anstößigen Liedern widerhallte. Diese Ausschweifungen bewirkten, daß die Bauern, vollends verdorben wurden. Bald hatten die Mauprat Verbindungen zu allen Familien, was diese hinnahmen, weil man dabei seinen Gewinn machte und, muß man es noch sagen, leider, jeder seine Eitelkeiten befriedigte. Die einsame Lage der Behausungen begünstigte das Übel. So gab es kein Aufsehen, keine Kontrolle. Ein noch so kleines Dorf hätte genügt, damit eine öffentliche Meinung sich entwickelt und geherrscht hätte. Aber es gab nur verstreut liegende Strohhütten, vereinzelte Meiereien; und Heide und Dickicht brachten einen beträchtlichen Abstand zwischen die Familien, so daß sie sich gegenseitig nicht beaufsichtigen konnten. Die Scham wirkt stärker als das Gewissen. Es ist überflüssig zu sagen, wie vielfältig die Bande der Niedertracht waren, die zwischen Herren und Sklaven geknüpft wurden: Ausschweifung, Machtmißbrauch und Bankrott waren beispielhaft und Leitregeln meiner Jugend, und man führte ein wahrhaft fideles Leben: Man machte sich lustig über jegliche Rechtschaffenheit, den Gläubigern erstattete man weder Zinsen noch Kapital, die Vertreter des Gesetzes wurden verprügelt, wenn sie es wagten, mit Zahlungsaufforderungen zu kommen, die Gendarmerie beschoß man aus dem Hinterhalt, wenn sie den Türmen zu nahe kam; man wünschte dem Parlament die Pest an den Hals, den von der neuen Philosophie überzeugten Männern eine Hugersnot und dem jüngeren Zweig der Mauprat den Tod; bei all dem gab man sich den Anschein von Paladinen des 12. Jahrhunderts. Mein Großvater redete stets von seiner Ahnentafel und von den Heldentaten seiner Vorfahren; er trauerte der guten alten Zeit nach, als die Burgherrn noch über Folterwerkzeuge verfügten, über Verliese und vor allem über Kanonen. Wir hatten nur Mistgabeln, Stöcke und eine schlechte Feldschlange, die mein Onkel Jean übrigens hervorragend richtete und die ausreichte, um die schwächliche Militärmacht des Cantons in Schach zu halten.

II.

Der alte Mauprat war eine hinterhältige und blutgierige Bestie, ein Mittelding zwischen Luchs und Fuchs. Mit seiner überströmenden und leicht verständlichen Redeweise gab er sich den Anstrich von Bildung, was seiner Hinterlist zu

Hilfe kam. Er heuchelte große Höflichkeit, und gegenüber den Objekten seiner Rachsucht fehlte es ihm nicht an Mitteln der Überzeugung. Er verstand es, sie zu sich zu locken, und sie mußten entsetzliche Mißhandlungen erdulden, die sie ihm mangels Zeugen vor Gericht nicht nachweisen konnten. Alle seine Ruchlosigkeiten waren von so großer Geschicklichkeit, daß man in der Gegend zutiefst darüber bestürzt war, was beinahe wie Ehrerbietung aussah. Niemals gelang es, ihn außerhalb seiner Höhle zu fassen zu kriegen, obwohl er sie häufig und ohne allzu große Vorsichtsmaßnahmen verließ. Er war ein Mann, der das Genie des Bösen besaß, und seine Söhne, denen es zwar an Zuneigung fehlte, zu der sie unfähig waren, ertrugen die Macht seiner verabscheuungswürdigen Überlegenheit und gehorchten ihm mit fanatischer Disziplin und Genauigkeit. In allen hoffnungslosen Fällen war er ihr Retter, und wenn die Langeweile des Einsiedlerdaseins über unseren Gewölben in der Luft hing, bekämpfte sie sein mit possenhafter Grausamkeit begabter Geist durch faszinierende Spektakel, die einer Räuberhöhle würdig gewesen wären. Manchmal waren es arme Bettelmönche, die zu erschrecken und zu peinigen man sich belustigte: Man verbrannte ihnen den Bart, man ließ sie in einen Brunnen hinab und dort zwischen Leben und Tod hängen, bis sie endlich eine Zote sangen oder eine Gotteslästerung ausstießen. Die ganze Gegend kannte das Abenteuer jenes Kanzlisten, den man mit vier Gerichtsdienern hereinließ und eilfertig mit prunkvoller Gastlichkeit empfing. Mein Großvater tat so, als stimme er bereitwillig der Durchführung ihrer Befehle zu und half ihnen höflich bei der Inventarisierung seiner beweglichen Habe, deren Verkauf angeordnet worden war; dann, nachdem das Abendessen aufgetragen war, und die Leute des Königs bei Tisch saßen, sagte Tristan zum Kanzlisten: »Oh, mein Gott! Ich vergaß eine alte Schindmähre, die ich im Stall habe. Es ist nichts Besonderes, und doch könnte man Sie tadeln, falls Sie sie übersehen, und da ich merke, daß Sie ein tapferer Mann sind, will ich Sie nicht täuschen. Kommen Sie mit und sehen Sie sich das Tier an, es ist die Sache eines Augenblicks.« Ohne Mißtrauen folgte ihm der Kanzlist, und in dem Moment, als sie gemeinsam den Stall betraten, sagte Mauprat, der voranging, er solle nur den Kopf vorstrecken, was der Kanzlist auch tat, bestrebt, bei der Durchführung seiner Aufgaben viel Nachsicht zu zeigen und die Dinge nicht peinlich genau zu prüfen. Da stieß Mauprat ganz plötzlich die Tür zu und klemmte ihm den Hals so fest zwischen Türflügel und Mauer ein, daß es dem Unglücklichen den Atem nahm. Tristan war der Auffassung, er habe ihn genug bestraft, öffnete die Tür, bat ihn mit großer Höflichkeit um Vergebung und bot ihm den Arm, um ihn zu Tisch zu geleiten, was abzulehnen der Kanzlist nicht für ratsam hielt. Aber sobald er in den Saal zurückgekehrt war, wo seine Kollegen sich aufhielten, warf er sich auf einen Stuhl, zeigte ihnen sein aschfahles Gesicht und seinen gequetschten Hals und forderte Gerechtigkeit, da man ihn in einen Hinterhalt gelockt habe. Da spielte mein Großvater, wobei er sich ganz dem spöttischen Schelm in sich hingab, eine Komödie von einzigartiger Dreistigkeit. Würdevoll warf er dem Kanzlisten vor, er klage ihn zu Unrecht an; er tat dabei so, als spreche er immer noch mit viel Höflichkeit und Sanftmut, nahm die anderen als Zeugen seines Betragens, bat sie, ihm zu verzeihen, falls seine schwierige Lage ihn daran gehindert haben sollte, sie besser zu empfangen, und gab sich in glänzender Weise als Gastgeber des Nachtmahls. Der arme Kanzlist wagte nicht, auf seiner Angelegenheit zu bestehen, und war, wenn auch halbtot, zum Essen gezwungen. Seine Kollegen fielen völlig auf Mauprats Beteuerungen herein, so daß sie heiter aßen und tranken und den Kanzlisten als einen verrückten und ehrlosen Menschen behandelten. Als sie La Roche-Mauprat verließen, waren sie alle miteinander betrunken, sangen Loblieder auf den Burgherrn und verspotteten den Kanzlisten, der vom Pferd stieg und tot auf die Schwelle seines Hauses fiel.

Die acht Söhne, Stolz und Stärke des alten Mauprat, waren ihm alle gleichermaßen ähnlich an körperlicher Kraft,

Brutalität, in den Sitten und, mehr oder weniger, hinsichtlich Schläue und spöttischer Boshaftigkeit. Sie waren wirkliche Schurken, das muß man sagen, fähig zu jedweder Schlechtigkeit, und, was einen vornehmen Gedanken oder ein gutes Gefühl angeht, völlig einfältig; doch gab es in ihnen so etwas wie eine verzweifelte Tapferkeit, die für mich zuweilen den Anschein von Größe hatte. Aber es ist an der Zeit, von mir zu reden und Ihnen von der Entwicklung meiner Seele inmitten dieses schmutzigen Schlammlochs zu berichten, in das ich mit Gottes Willen nach Verlassen meiner Wiege versunken war.

Es wäre nicht recht, wenn ich Ihnen erzählte –, nur um Ihr Mitleid zu veranlassen, mir in diese ersten Jahre meines Lebens zu folgen –, ich sei mit edler Geistesverfassung und einer reinen Seele zur Welt gekommen. Was dies betrifft, Monsieur, so weiß ich nichts darüber. Vielleicht gibt es keine reinen Seelen, vielleicht gibt es welche. Das werden weder Sie noch andere jemals erfahren. Die große Frage, die offenbleibt, ist die: »Gibt es in uns unüberwindliche Neigungen, und die Erziehung, vermag sie diese zu verändern oder aber zu zerstören?« Ich würde mir nie erlauben, darüber eine Aussage zu machen; weder bin ich Metaphysiker, noch Psychologe oder Philosoph; aber ich hatte ein schreckliches Leben, Messieurs; und wäre ich Gesetzgeber, so ließe ich dem die Zunge herausreißen oder den Arm abhacken, der da zu predigen oder schreiben wagt, die Veranlagung der Individuen sei ein Verhängnis, und eher ändere man den Appetit eines Tigers als den Charakter eines Menschen. Gott hat mich davor bewahrt, dies zu glauben.

Alles, was ich Ihnen sagen kann, ist, daß ich von meiner Mutter gute Grundbegriffe gelernt habe, ohne vielleicht auf natürliche Weise ihre guten Eigenschaften zu besitzen. Selbst bei ihr war ich schon ungestüm, doch auf eine düstere und verschlossene Art, blind und brutal im Zorn, bis zur Feigheit mißtrauisch, wenn Gefahr nahte, kühn bis zum Wahnsinn, wenn ich mit ihr rang, also aus Liebe zum Leben zaghaft und tapfer zugleich. Ich war von empörendem Eigensinn, aber meiner Mutter, ihr allein, gelang es, mich zu besiegen, und ohne daß ich ihr widersprach – denn meine Intelligenz entwickelte sich recht spät –, gehorchte ich ihr wie unter einer Art magnetischer Wirkung. Ihr Einfluß, dessen ich mich erinnere, und später der einer anderen Frau war der Grund dafür, daß es zu einem guten Ende kam. Meine Mutter verlor ich jedoch, bevor sie mir ernsthaft etwas beibringen konnte, und als ich nach La Roche-Mauprat verpflanzt wurde, konnte ich gegen das Böse, das dort geschah, nur eine instinktive Abneigung verspüren, ziemlich schwach vermutlich, wäre nicht die Angst hinzugekommen.

Aber ich danke dem Himmel von ganzem Herzen für die üble Behandlung, durch die ich niedergehalten wurde, und insbesondere für den Haß, den mein Onkel Jean gegen mich faßte. Mein Unglück bewahrte mich vor der Gleichgültigkeit gegenüber dem Bösen, und mein Leiden half mir, die zu verabscheuen, die es verursachten.

Dieser Jean war gewiß der verabscheuungswürdigste seines Geschlechts: Seit er durch einen Sturz vom Pferd verunstaltet war, hatte eine bösartige Laune sich seiner bemächtigt, da es ihm unmöglich war, ebensoviel Böses zu tun wie seine Gefährten. Wenn die anderen zu ihren Streifzügen aufbrachen, war er gezwungen, im Quartier zu bleiben, denn er konnte nicht mehr reiten; Vergnügen empfand er nur, wenn die Gendarmerie, wie um ihr Gewissen zu beruhigen, einen ihrer sinnlosen Angriffe auf die Burg unternahm. Verschanzt hinter einer Schutzwehr aus Quadersteinen, die er nach seinem Bedarf hatte bauen lassen, saß Jean in aller Ruhe neben seiner Feldschlange, ließ den Gendarmen von Zeit zu Zeit eine Kugel um die Ohren sausen und fand dann schnell, wie er sagte, Schlaf und Appetit wieder, die seine Untätigkeit ihm geraubt hatte. Er wartete nicht einmal den Angriffsfall ab, um auf seinen geliebten Söller zu klettern; dort hockte er wie eine Katze auf der Lauer, und sobald er in der Ferne eine Gestalt sichtete, die kein Erkennungszeichen gab, übte er seine Geschicklichkeit an diesem Zielpunkt und veranlaßte denjenigen zur Umkehr. Kurz einmal die Straße fegen, so nannte er das.

Da ich noch recht jung und daher außerstande war, meinen Onkeln auf die Jagd oder auf Diebeszüge zu folgen, wurde natürlich Jean zu meinem Bewacher und Lehrer, das heißt mein Kerkermeister und Peiniger. Ich werde Ihnen die Einzelheiten dieses höllischen Daseins nicht erzählen. Beinahe zehn Jahre lang habe ich Kälte, Hunger, Kränkung, Kerker und Schläge ertragen, je nach den bestialischen Launen dieses Monsters. Sein großer Haß auf mich rührte daher, daß er mich nicht verderben konnte. Mein ungeschliffener, eigensinniger und wilder Charakter schützte mich vor seinen ruchlosen Verführungsversuchen. Vielleicht war in mir keine Kraft für die Tugend, glücklicherweise besaß ich aber welche zum Hassen. Anstatt meinem Tyrannen zu willfahren, wäre ich lieber tausend Tode gestorben; ich wuchs also heran, ohne den Reiz des Lasters zu spüren. Hingegen hatte ich so seltsame Vorstellungen von »Gesellschaft«, daß das Metier meiner Onkel keinerlei Widerwillen in mir hervorrief. Sie können sich denken, daß ich, großgeworden hinter den Mauern von La Roche-Mauprat und im immerwährenden Belagerungszustand lebend, ganz und gar die Vorstellungen eines Waffenknechts aus der Zeit der feudalen Barbarei hatte. Was außerhalb unserer Höhle von anderen Menschen als Mord, Plünderung und Folter bezeichnet wurde, das lehrte man mich kämpfen, siegen und unterwerfen nennen.

Anstatt der Geschichte der Menschen kannte ich die Legenden und Balladen des Rittertums, die mein Großvater mir des Abends erzählte, wenn er Zeit hatte, an das zu denken, was er meine Erziehung nannte; und wenn ich irgendeine Frage über die Gegenwart an ihn richtete, antwortete er mir, daß die Zeiten sich geändert hätten und alle Franzosen Eidbrüchige und Verräter geworden seien, daß sie den Königen Angst eingejagt und diese den Adel feige preisgegeben hätten, der seinerseits die Feigheit besessen habe, auf seine Privilegien zu verzichten und sich vom Bauernpack die Gesetze habe vorschreiben lassen. Mit Überraschung, Empörung fast, hörte ich dieses Gemälde der Epoche, in der ich lebte, eine für mich unerklärliche Zeit. Mein Großvater war nicht gut, was Chronologie betraf: In La Roche-Mauprat gab es keinerlei Bücher, außer der Geschichte der Söhne Haimons und ein paar Chroniken ähnlicher Art, die unsere Knechte von den Märkten im Umland mitgebracht hatten. Drei Namen trieben im Chaos meiner Unwissenheit an der Oberfläche: Karl der Große, Ludwig XI. und Ludwig XIV., denn in seinen Kommentaren über die Mißachtung der Adelsrechte ließ mein Großvater sie häufig fallen. Und wahr ist, daß ich kaum unterscheiden konnte zwischen Regierungszeiten und Geschlechterfolgen; und ich war auch nicht ganz sicher, ob mein Großvater Karl den Großen persönlich gekannt hatte, denn von ihm sprach er lieber und öfter als von jedem anderen.

Doch zur gleichen Zeit, als mein Instinkt mich trieb, die Heldentaten meiner Onkel zu bewundern und mir den Wunsch eingab, an ihnen beteiligt zu sein, verursachten ihre kalten Grausamkeiten, – ich sah ihnen bei der Rückkehr von ihren Raubzügen an, daß sie sie verübt hatten – sowie die Gemeinheiten, mit deren Hilfe sie die Geprellten herbeilockten, um sie auszupressen und zu foltern, in mir schreckliche und seltsame Empfindungen, und heute noch, da ich in aller Aufrichtigkeit zu Ihnen spreche, ist es mir schwer, mir dessen klar bewußt zu werden. Da es mir an jeglichem moralischen Prinzip mangelte, wäre es natürlich gewesen, mich mit dem Recht des Stärkeren abzufinden, welches, wie ich sah, ausgeübt wurde; aber die Demütigungen und Leiden, die mein Onkel Jean mir aufgrund eben dieses Rechtes zufügte, hatten mich gelehrt, mich nicht damit zufrieden zu geben. Ich begriff das Recht des Tapfersten und verachtete von Herzen diejenigen, die, da sie sterben könnten, das Leben um den Preis der Schmach akzeptierten, die man sie in La Roche-Mauprat erleiden ließ. Aber Beleidigungen und Terror, welche Gefangene, Frauen und Kinder ertragen mußten, schienen mir nur durch den Blutdurst erklärlich und hervorgebracht. Ich weiß nicht, ob ich für gute Gefühle empfänglich genug war und imstande, für die Opfer Mitleid zu empfinden, aber sicher ist, daß ich jenes Gefühl egoistischen Erbarmens hegte, das in der Natur begründet ist und aus dem sich durch Vervollkommnung und Veredelung bei zivilisierten Menschen die Nächstenliebe entwickelt hat. Zweifellos erbebte mein Herz unter der groben Hülle aus Angst und Abscheu angesichts der Martern, die ich selbst jederzeit bei der geringsten Anwandlung meiner Unterdrücker erleiden konnte; um so mehr, als Jean, sobald er mich bei seinen grauenvollen Schaustücken erbleichen sah, sich angewöhnt hatte, mit spöttischer Miene zu sagen: »Das werde ich auch mit dir machen, wenn du mir nicht gehorchst.« Alles, was ich weiß, ist, daß ich ein schreckliches Unbehagen beim Anblick seiner ungerechten Taten verspürte, mir stockte das Blut in den Adern, meine Kehle war wie zugeschnürt, und ich floh, um die Schreie, die in meinen Ohren gellten, nicht zu wiederholen. Mit der Zeit jedoch stumpfte ich ein wenig ab gegenüber diesen schrecklichen Eindrücken. Mein Innerstes wurde hart, die Gewöhnung verlieh mir die Kraft zu verbergen, was man meine Feigheit nannte. Ich schämte mich, wenn ich Anzeichen von Schwäche zeigte, und zwang mein Gesicht zu dem Hyänenlächeln, das ich auf dem meiner Angehörigen sah. Aber es gelang mir nie, jenes krampfhafte Beben zu unterdrücken, das mir von Zeit zu Zeit in die Glieder fuhr, und die tödliche Kälte, die sich bei der Wiederkehr dieser Szenen der Angst in meinen Adern ausbreitete. Die Frauen, die halb freiwillig, halb gezwungen, unter das Dach von La Roche-Mauprat geschleppt wurden, lösten in mir eine unbegreifliche Verwirrung aus. Ich begann zu spüren, wie das Feuer der Jugend in mir entfacht wurde, und begann Blicke des Begehrens auf diesen Teil der Beute meiner Onkel zu werfen; doch mit den erwachenden Sehnsüchten vermischte sich eine unaussprechliche Angst. Die Frauen waren für meine Umgebung nur ein Gegenstand der Verachtung; ich bemühte mich vergebens, diesen Gedanken zu trennen von dem der Freude, die sie in mir erregten. Mein Kopf war verwirrt, und meine gereizten Nerven verliehen meinen Empfindungen etwas Heftiges, Krankhaftes. Im übrigen hatte ich einen ebenso schlechten Charakter wie meine Gefährten; und wenn auch mein Herz mehr taugte, so waren meine Verhaltensweisen doch nicht weniger arrogant und meine Scherze nicht weniger geschmacklos. Von einem Zug meiner Schlechtigkeit muß hier berichtet werden, um so mehr, als die Folgen dieses Umstands den Rest meines Lebens beeinflußten.

III.

Drei Meilen von La Roche-Mauprat entfernt, zum Fromental hin, haben Sie vielleicht inmitten des Waldes einen alten, einsam gelegenen Turm gesehen, berühmt durch den tragischen Tod eines Gefangenen, den vor etwa hundert Jahren der Henker, als er in seinen Geschäften unterwegs war, ohne weiteren Prozeß zu hängen für richtig befand, um seinem Herrn, einem alten Mauprat, einen Gefallen zu tun.

In der Zeit, von der ich Ihnen erzähle, war dieser Turm Gazeau bereits verlassen und drohte einzustürzen, er war Domäne des Staates, und man hatte geduldet, mehr aus Vergeßlichkeit denn aus Wohltätigkeit, daß ein alter, mittelloser Mann dort seine Zuflucht nahm, ein recht sonderbarer Mensch, der vollkommen allein lebte und in der Gegend unter dem Namen Patience bekannt war.

»Ich habe gehört, wie die Großmutter meiner Amme von ihm sprach«, erwiderte ich, »sie hielt ihn für einen Hexenmeister.«

Ganz richtig; und da wir schon einmal beim Thema sind, muß ich Ihnen genauer erzählen, was für ein Mensch dieser Patience war; denn ich werde im Verlauf meines Berichtes mehrfach Gelegenheit haben, von ihm zu reden, auch traf es sich, daß ich ihn gründlich kennenlernte.

Patience war ein bäuerlicher Philosoph. Der Himmel hatte ihn mit einer großen Intelligenz ausgestattet; aber ihm fehlte die Bildung, und auf eine unbekannte und verhängnisvolle Weise rebellierte sein Verstand gegen das bißchen Unterricht, das zu erhalten er in der Lage gewesen wäre. So war er in der Schule der Karmeliter von ***, und, statt eine Begabung zu verspüren oder zu zeigen, schwänzte er die Schule mit größerer Wonne als irgendeiner seiner Kameraden. Er war von außergewöhnlich kontemplativer Natur, sanft, träge, doch stolz, und in seiner Liebe zur Unabhängigkeit ging er bis zur Menschenscheu; er war religiös, aber ein Feind aller Regeln, etwas rechthaberisch, sehr mißtrauisch und unerbittlich gegenüber Heuchlern. Die Andachtsübungen im Kloster flößten ihm keinerlei Ehrfurcht ein, und da er sich ein- oder zweimal den Mönchen gegenüber frei geäußert hatte, wurde er von der Schule gejagt. Seit der Zeit war er ein großer Gegner der Mönchsbrut, wie er sich ausdrückte, und er bekannte sich offen zum Pfarrer von Briantes, den man beschuldigte, Jansenist zu sein. Aber der Pfarrer hatte in der Unterrichtung von Patience nicht mehr Erfolg als die Mönche. Obgleich der junge Bauer mit herkulischer Kraft und großer Neugier auf die Wissenschaften ausgestattet war, zeigte er doch eine unüberwindliche Abneigung gegen jede Art Arbeit, sei es nun körperliche oder geistige. Er bekannte sich zu einer Naturphilosophie, auf die zu antworten dem Pfarrer schwerfiel. ›Man braucht nicht zu arbeiten, wenn man kein Geld braucht, und man braucht kein Geld, wenn man bescheidene Bedürfnisse hat.‹ Patience ging mit gutem Beispiel voran. Im Alter der Leidenschaft hatte er strenge Sitten, trank nie etwas anderes als Wasser, betrat nie eine Schenke, konnte nicht tanzen und war stets sehr unbeholfen und schüchtern mit den Frauen, die im übrigen an seinem sonderbaren Charakter, an seiner ernsten Miene und seinem etwas spöttischen Geist keinen Gefallen fanden. Und als ob er sich für diese Mißgunst mit

Verachtung habe rächen oder mit Weisheit habe trösten wollen, gefiel er sich darin, wie dereinst Diogenes, die eitlen Vergnügungen anderer zu verunglimpfen; und wenn man ihn bisweilen bei Festen unterm Laubdach vorüberschlendern sah, so tat er dies, um dort eine seiner naiven, witzigen Ideen loszuwerden, in denen sein unerbittlicher, gesunder Menschenverstand aufblitzte. Manchmal auch drückte sich seine unduldsame Moral auf verletzende Weise aus, und eine Wolke von Traurigkeit oder Erschrecken blieb im verwirrten Gefühl der Menschen zurück. Das brachte ihm heftige Feindschaften ein, und dummer Haß, verbunden mit einer Art Verwunderung, die sein exzentrisches Verhalten bewirkte, trugen ihm den Ruf eines Hexenmeisters ein.

Als ich Ihnen sagte, daß es Patience an Unterweisung fehle, habe ich mich falsch ausgedrückt. Da er begierig war, die großen Mysterien der Natur kennenzulernen, wollte sein Geist im ersten Anflug zum Himmel aufsteigen, und nach den anfänglichen Lektionen sah sich der jansenistische Priester so verwirrt und erschreckt von der Kühnheit seines Schülers, er mußte ihm so viel sagen, um ihn zu beruhigen und zu unterwerfen, er mußte einem solchen Ansturm gewagter Fragen und prächtiger Einwände standhalten, daß ihm nicht die Muße blieb, ihn das Alphabet zu lehren und Patience nach zehn Jahren des Studierens, das je nach Laune oder Notwendigkeit unterbrochen oder wiederaufgenommen wurde, noch immer nicht lesen konnte. Über seinem Buch schwitzend, entzifferte er mit größter Mühe in zwei Stunden eine Seite, und dann verstand er noch längst nicht den Sinn der meisten Wörter, die abstrakte Ideen ausdrückten. Und dennoch waren diese Ideen in ihm, man spürte sie, wenn man ihn ansah, ihm zuhörte, und die Art und Weise, wie es ihm glückte, ihnen in seiner bäuerlichen Sprache, beseelt von barbarischer Poesie, Ausdruck zu geben, war wundervoll; so daß man schließlich, wenn man ihn hörte, zwischen Bewunderung und Erheiterung hin und her gerissen war.

Er, immer ernsthaft, immer absolut, wollte nicht dialektisch argumentieren. Von Natur und aus Prinzip Stoiker, leidenschaftlich, wenn er seine Lehre über die Lossagung von falschen Gütern vertrat, aber unbeugsam in der Praxis des Verzichtens, erschütterte er den armen Pfarrer; und in diesen Diskussionen, das erzählte er mir oft in seinen letzten Lebensjahren, hatte er seine philosophischen Kenntnisse erworben. Um dem Anprall dieses Sturmbocks der Naturlogik zu widerstehen, war der gute Jansenist gezwungen, alle Kirchenväter als Zeugen anzurufen und sie dem entgegenzustellen, sie sogar oft noch mit der Lehre aller Weisen und Gelehrten der Antike zu unterstützen. Da fielen Patience seine runden Augen aus dem Kopf (das war sein Ausdruck), das Wort erstarb ihm auf den Lippen, er war entzückt, etwas zu lernen, ohne sich dem Studium zu unterziehen, er ließ sich ausführlich die Lehre dieser großen Männer erklären und von ihrem Leben erzählen. Wenn der Widersacher seiner Aufmerksamkeit und seines Schweigens gewahr wurde, triumphierte er; aber in dem Augenblick, als er diese rebellische Seele überzeugt zu haben glaubte, stand Patience auf, da er vom dörflichen Glockenturm Mitternacht läuten hörte, nahm liebevoll Abschied von seinem Gastgeber, und, nachdem dieser ihn bis zur Schwelle des Presbyteriums geleitet hatte, versetzte er ihn in Bestürzung mit einer lakonischen und bissigen Überlegung, in der er den heiligen Hieronymus und Plato vereinte, ebenso Eusebius und Seneca, und Tertull mit niemandem Geringeren als Aristoteles.

Der Pfarrer gestand sich die Überlegenheit dieser ungebildeten Intelligenz nicht recht ein. Gleichwohl war er ziemlich erstaunt darüber, daß er so viele Winterabende mit diesem Bauern am Feuer verbrachte und dabei weder Langeweile noch Müdigkeit empfand; und er fragte sich, warum er den Dorfschulmeister, ja sogar den Prior des Klosters, obwohl beide Griechisch und Latein konnten, doch langweilig den einen, und in allen Diskursen irrend den anderen fand. Er kannte die sittliche Reinheit von Patience genau, und er erklärte sich die Macht seines Geistes mit der Kraft und dem Zauber, die die Tugend hervorbringt und um sich ausbreitet. Und demütig klagte er sich allabendlich an vor Gott, mit seinem Schüler nicht um einen hinreichend christlichen Standpunkt gerungen zu haben. Er beichtete seinem Schutzengel, der Hochmut der Wissenschaft und das Vergnügen, das er gekostet habe, da ihm auf so religiöse Weise gelauscht werde, hätten ihn ein wenig jenseits der Grenzen der religiösen Unterweisung getragen; er hätte allzu willfährig die weltlichen Autoren zitiert; er hätte sogar eine gefährliche Freude dabei empfunden, mit seinem Schüler durch die Gefilde der Vergangenheit zu spazieren, um dort heidnische Blumen zu pflücken, die nicht mit Taufwasser begossen worden waren, und an denen ein Priester nicht in so großer Verzauberung riechen dürfe.

Patience selbst hing an dem Pfarrer. Er war sein einziger Freund, seine einzige Verbindung mit der Gesellschaft, die einzige auch, die er mit Gott hatte durch das Licht der Wissenschaft. Der Bauer überschätzte das Wissen seines Pastors sehr. Er wußte nicht, daß selbst die aufgeklärtesten unter den zivilisierten Menschen den Fortgang menschlicher Erkenntnisse falsch oder überhaupt nicht begreifen. Patience wäre von großen Ängsten befreit worden, hätte er mit Gewißheit entdecken können, daß sein Lehrer sich ziemlich oft irrte und daß der Mensch und nicht die Wahrheit fehlging. Da er dies nicht wußte und sah, wie die Erfahrung von Jahrhunderten in Gegensatz stand zum angeborenen Gerechtigkeitsgefühl, war er in andauernde Träumereien gefangen; und da er allein lebte und zu jeder Tages- und Nachtzeit durch das Land streifte, ganz in Beschäftigungen versunken, die seinesgleichen unbekannt waren, nährte er immer mehr den Glauben an die Märchen über Hexerei, die man gegen ihn vorbrachte.

Das Kloster liebte den Pastor nicht. Ein paar Mönche, die Patience bloßgestellt hatte, haßten Patience. Pastor und Schüler wurden verfolgt. Die ungebildeten Mönche schreckten nicht vor der Möglichkeit zurück, den Pfarrer vor seinem Bischof anzuklagen, er fröne den okkulten Wissenschaften, gemeinsam mit dem Zauberer Patience. Eine

Art Religionskrieg entbrannte in Dorf und Umland. Alles, was nicht für das Kloster war, war für den Pfarrer und umgekehrt. Patience verschmähte es, am Kampf teilzunehmen. Eines schönen Morgens ging er zu seinem Freund, umarmte ihn weinend und sagte: ›Ich liebe nur Sie auf der Welt; ich will also nicht der Anlaß Ihrer Verfolgung sein; da ich außer Ihnen niemanden kenne und liebe, gehe ich fort und lebe in den Wäldern, wie einst die primitiven Menschen. Ich habe ein Feld geerbt, das fünfzig Livres Rente einbringt; es ist das einzige Stück Erde, das ich je mit meinen eigenen Händen umgegraben habe, und die Hälfte seiner mageren Einkünfte wurde verwendet, um den Zehnten zu bezahlen, den ich dem Grundherrn schulde; ich hoffe, daß ich sterben werde, ohne für einen anderen den Dienst eines Lasttiers versehen zu haben. Indessen, sollte man Sie Ihres Amtes entheben und Ihnen Ihr Einkommen nehmen, und, sofern Sie ein Feld zu bestellen haben, teilen Sie es mir mit, und Sie werden sehen, daß meine Arme nicht untätig bleiben.‹

Vergebens kämpfte der Pfarrer gegen diesen Beschluß. Patience brach auf, und sein einziges Gepäckstück war die Weste, die er auf dem Rücken trug, und ein Abriß der Lehre des Epiktet, für den er eine große Vorliebe hegte, und in dem er dank steter Übung bis zu drei Seiten täglich zu lesen vermochte, ohne allzu sehr zu ermüden. Der bäuerliche Anachoret lebte von nun an in der Einöde. Zunächst baute er sich im Wald eine große Zweighütte. Aber da er von Wölfen belagert wurde, nahm er im unteren Saal des Turms Gazeau Zuflucht, wo er sich mit einem Moosbett und Baumstämmen ein prächtiges Mobiliar herrichtete; und aus Wurzeln, wilden Früchten und der Milchkost von einer Ziege bereitete er ein einfaches Essen, wenig schlechter nur als das, welches er im Dorf gehabt hatte. Das ist keineswegs übertrieben. Man muß die Bauern in einigen Teilen der Varenne sehen, um sich eine Vorstellung von der Kargheit zu machen, in der ein Mensch gesund leben kann. Inmitten dieser stoischen Gewohnheiten bildete Patience noch eine

Ausnahme. Niemals hatte der Wein seine Lippen benetzt, Brot war ihm immer als etwas Überflüssiges vorgekommen. Die Lehre des Pythagoras haßte er übrigens nicht, und bei den seltenen Treffen, die er von nun an mit seinem Freund hatte, sagte er diesem, er empfinde, ohne so richtig an die Seelenwanderung zu glauben oder sich das Gesetz vegetarischer Ernährung aufzuerlegen, ungewollt eine geheime Freude, danach zu handeln und bei keiner Gelegenheit mehr sehen zu müssen, wie alle Tage unschuldige Tiere getötet werden.

Patience hatte diese seltsame Entscheidung im Alter von vierzig Jahren getroffen; er war sechzig, als ich ihn zum ersten Mal sah, und er erfreute sich einer außerordentlichen körperlichen Kraft. Er hatte die Gewohnheit, jedes Jahr ein paar Ausflüge zu machen; aber, da ich Ihnen mein Leben erzähle, werde ich jeweils auf die Einzelheiten des mönchischen Lebens von Patience eingehen.

In der Zeit, von der ich sprechen werde, hatten ihm die Forstaufseher nach zahlreichen Belästigungen eher aus der Furcht heraus, daß er sie *verhexe,* denn aus Mitleid, den Turm Gazeau zur freien Benutzung überlassen, nicht ohne ihn davor zu warnen, daß er ihm alsbald beim ersten Gewittersturm auf den Kopf fallen könne; Patience hatte philosophisch darauf geantwortet, sollte es ihm vorherbestimmt sein, erschlagen zu werden, sei der erstbeste Waldbaum dafür ebenso geeignet wie der Dachstuhl des Turmes Gazeau.

Bevor ich meine Figur Patience vor Ihren Augen die Bühne betreten lasse, wobei ich Sie um Verzeihung bitte für die allzu wohlgefällige Länge dieser vorläufigen Biographie, muß ich Ihnen noch sagen, daß im Zeitraum dieser zwanzig Jahre der Geist des Pastors eine neue Richtung eingeschlagen hatte. Er liebte die Philosophie, und gegen seinen Willen übertrug der werte Mann seine Liebe auf die Philosophen, selbst auf die am wenigsten orthodoxen. Die Werke Jean-Jacques Rousseaus trugen ihn, trotz seines ganzen inneren Widerstands, in neue Regionen; und eines Morgens traf er bei der Rückkehr von einem Krankenbesuch Patience, der auf den Felsen von Crevant Kräuter für sein Essen sammelte, er setzte sich neben ihm auf den Druidenstein und legte, ohne es zu wissen, das Glaubensbekenntnis des Vikars aus Savoyen ab. Patience fand an dieser poetischen Religion viel mehr Geschmack als an der alten Orthodoxie. Die Freude, mit der er den Schlußfolgerungen der neuen Lehren lauschte, veranlaßte den Pfarrer, mit ihm heimlich einige Treffen an einsamen Orten der Varenne zu vereinbaren, wo sie einander wie zufällig begegnen sollten. Bei diesen geheimnisvollen, ketzerischen Zusammenkünften entzündete sich Patience' Vorstellungskraft, die in der Einsamkeit so frisch und leidenschaftlich geblieben war, am Zauber der Ideen und Hoffnungen, die damals in Frankreich gärten, vom Hof in Versailles bis hin zur unbewohntesten Heidegegend. Er war ergriffen von Jean-Jacques und ließ sich alles vorlesen, was zu hören möglich war, ohne daß die Pflichten des Pfarrers gefährdet wurden. Dann ließ er sich ein Exemplar des *Gesellschaftsvertrages* geben und ging zum Turm Gazeau, um es dort mühsam und ohne Unterbrechung zu entziffern. Zunächst hatte der Pfarrer ihm dieses himmlische Manna nur mit Einschränkungen verabreicht, und wenn er ihn auch die großen Gedanken und Gefühle des Philosophen bestaunen ließ, hatte er doch geglaubt, ihn vor dem Gift der Anarchie warnen zu müssen. Aber die ganze alte Wissenschaft, all die glücklichen Zitate von einst, in einem Wort, die ganze Theologie des guten Priesters, wurde wie eine baufällige Brücke davongetragen vom Strom wilder Beredsamkeit und der unumschränkten Begeisterungsfähigkeit, die Patience in seiner Einöde angesammelt hatte. Der Pfarrer mußte nachgeben und sich verschreckt in sich selbst zurückziehen. Da entdeckte er, daß sein Gewissen Risse bekommen hatte und in allen Ecken krachte. Die neue Sonne, die am Horizont aufging und alle Geister aufwühlte, ließ den seinen dahinschmelzen wie leichten Schnee in der ersten Frühlingsluft. Die Begeisterung von Patience, das Schauspiel seines seltsamen und poetischen Lebens, das ihm die Aura eines Erleuchteten verlieh, der romantische

Anstrich, den ihre geheimnisvollen Beziehungen hatten (die elenden Verfolgungen des Klosters veredelten den Geist der Revolte), all dies bemächtigte sich so sehr des Priesters, daß er im Jahre 1770 schon dem Jansenismus fernstand und in allen religiösen Ketzereien vergeblich einen Punkt suchte, an dem er sich festhalten konnte, bevor er in den Abgrund der Philosophie stürzte, der so häufig von Patience vor ihm aufgerissen und so oft vergeblich durch die Exorzismen der römischen Theologie wieder geschlossen worden war.

IV.

Nach diesem Bericht über das philosophische Leben von Patience, verfaßt von dem Mann, der ich heute bin, fuhr Bernard nach einer Pause fort, habe ich einige Mühe, zu den recht andersartigen Eindrücken zurückzukehren, die der Mann von damals empfing, als er den Hexenmeister vom Turm Gazeau traf. Ich werde indes bestrebt sein, meine Erinnerungen wahrheitsgemäß festzuhalten.

Es war an einem Sommerabend, bei der Rückkehr von einem Vogelfang, auf den mich mehrere Bauernjungen begleitet hatten, als ich zum ersten Mal am Turm Gazeau vorbeikam. Ich war etwa dreizehn Jahre alt und der Größte und Stärkste unter meinen Gefährten, außerdem übte ich über sie, wenn es darauf ankam, meine grundherrliche Gewalt aus. Es gab zwischen uns eine recht seltsame Mischung von Vertrautheit und Etikette. Wenn zuweilen der Jagdeifer oder die Strapazen des Tages ihnen mehr ausmachten als mir, war ich gezwungen, mich ihren Auffassungen anzuschließen, und ich verstand mich darauf, rechtzeitig, wie Despoten es tun, nachzugeben, um niemals den Anschein zu erwecken, als zwinge mich die Not; doch bei Gelegenheit übte ich Vergeltung, und bald sah ich sie vor dem verhaßten Familiennamen erbeben.

Es wurde bereits dunkel, und wir marschierten fröhlich pfeifend einher, holten mit Steinwürfen die Vogelbeeren herunter und ahmten den Ruf der Vögel nach, da blieb plötzlich der Vorausgehende stehen, kam zurück, erklärte, er werde den Pfad zum Turm Gazeau nicht gehen und sich querfeldein durch den Wald schlagen. Der Vorschlag wurde von zwei anderen begrüßt. Ein Dritter warf ein, man laufe Gefahr, sich zu verirren, wenn man den Pfad verließe, die Nacht sei nahe und die Wölfe zahlreich. »Auf, ihr Gesindel!« schrie ich im Ton eines Fürsten und versetzte dem Führer einen Stoß, »folge dem Pfad, und belästige uns nicht mit deinen Dummheiten.« »Nein«, sagte das Kind, »ich habe neulich erst den Hexenmeister gesehen, er sagte Zaubersprüche auf der Türschwelle, und ich habe keine Lust, das ganze Jahr über Fieber zu haben.« »Ach, was!« sagte ein anderer, »er ist nicht zu allen böse. Kindern tut er nichts, und außerdem brauchen wir nur ruhig an ihm vorbeizugehen und nichts zu sagen; was soll er uns denn tun?« »Oh, du hättest recht«, erwiderte der erste, »wenn wir allein wären! ... Aber Monsieur Bernard ist dabei, bestimmt kriegen wir einen Zauberspruch.« »Was heißt das, Schwachkopf?« schrie ich und hob die Faust. »Ich kann nichts dafür, Euer Gnaden«, erwiderte das Kind. »Dieser alte, elende Kerl mag die Herren nicht, und er hat gesagt, am liebsten würde er Monsieur Tristan und alle seine Kinder am Ende desselben Astes baumeln sehen.« »Das hat er gesagt? Gut!« antwortete ich, »vorwärts, ihr werdet schon sehen. Wer mich liebt, folgt mir; wer mich verläßt, ist ein Feigling.«

Zwei meiner Gefährten ließen sich aus Eitelkeit mitreißen. Alle anderen taten so, als machten sie es wie sie; aber nach wenigen Schritten liefen sie davon und tauchten im Dickicht unter, und hochmütig setzte ich meinen Weg fort, eskortiert von meinen beiden Gehilfen. Der kleine Sylvain, der voranging, zog, als er Patience sah, schon von ferne seinen Hut, und als wir ihm gegenüber standen, obgleich dieser den Kopf gesenkt hielt und nicht auf uns zu achten schien, sagte das Kind, von Schrecken erfaßt, mit zitternder Stimme: »Guten Abend und gute Nacht, Meister Patience!«

Der Hexenmeister tauchte auf aus seiner Träumerei, zuckte zusammen wie einer, der gerade wach wird, und ich sah, nicht ohne eine gewisse Rührung, sein sonnenverbranntes, zur Hälfte mit einem dichten, grauen Bart bedecktes Gesicht. Sein großer Kopf war völlig kahl, und die Nacktheit seiner Stirn stand im Gegensatz zur Dichte der Brauen, unter denen runde, in der Tiefe der Höhlen liegende Augen zu sehen waren, welche aufblitzten, wie Lichtstrahlen am Ende des Sommers zwischen dem heller werdenden Laub. Er war ein kleinwüchsiger Mann, doch breit in den Schultern und gebaut wie ein Gladiator. Stolz trug er seine unsauberen Lumpen. Seine Gestalt war gedrungen und gewöhnlich, wie die des Sokrates, und wenn das Feuer des Genies in seinen scharf geschnittenen Gesichtszügen aufleuchtete, so war es mir doch nicht gegeben, dies wahrzunehmen. Er wirkte auf mich wie ein wildes, unreines Tier. Ein Haßgefühl ergriff mich, und entschlossen, die Schmach zu rächen, die er meinem Namen angetan, legte ich einen Stein in meine Schleuder, und ohne Vorwarnung schoß ich ihn mit Wucht ab.

In dem Augenblick, als der Stein lossauste, war Patience dabei, auf den Gruß des Kindes zu antworten. »Guten Abend, Kinder, Gott sei mit euch...«, sagte er, als der Stein an seinem Ohr vorbeipfiff und eine gezähmte Eule traf, die Patience' ganze Freude war und gerade mit der anbrechenden Nacht im Efeu, das die Tür umrankte, wach wurde. Die Eule stieß einen spitzen Schrei aus und fiel blutend ihrem Herrn zu Füßen, der ihr mit einem Brüllen Antwort gab und dann vor Überraschung und Zorn wie erstarrt ein paar Sekunden lang verharrte. Dann faßte er das zuckende Opfer bei den Füßen, hob es von der Erde auf und kam auf uns zu: »Wer von euch Unglücklichen«, rief er mit donnernder Stimme, »hat diesen Stein geworfen?« Der letzte in der Reihe meiner Gefährten floh geschwind wie der Wind;

aber Sylvain, den die breite Hand des Hexenmeisters gepackt hatte, fiel auf die Knie, schwor bei der heiligen Jungfrau und der heiligen Solange, der Patronin des Berry, daß er am Mord des Vogels unschuldig sei. Ich verspürte, das muß ich gestehen, eine große Lust, ihn sich aus eigener Kraft aus der Affäre ziehen zu lassen und mich in die Büsche zu schlagen. Ich war darauf gefaßt gewesen, einen altersschwachen Gaukler zu treffen und nicht einem kräftigen Feind in die Hände zu fallen; doch der Stolz hielt mich zurück.

»Wenn du es warst«, sagte Patience zu meinem zitternden Gefährten, »Unglück über dich, denn du bist ein böses Kind, und du wirst ein schlechter Mann sein. Du hast eine schlimme Tat begangen, du hast dich damit vergnügt, einem alten Mann, der dir nie etwas angetan, Schmerz zuzufügen; und du hast heimtückisch und feige gehandelt, indem du ihn abgelenkt und ihm höflich einen guten Abend gewünscht hast. Du bist ein Lügner und Schandbube, du hast mich meiner einzigen Gesellschaft beraubt, meines einzigen Reichtums, du hast dich am Bösen erfreut. Möge Gott dich vorm Leben bewahren, solltest du so weitermachen.«

»Oh, Monsieur Patience«, schrie das Kind und rang die Hände, »verfluchen Sie mich nicht, *verzaubern* Sie mich nicht, schicken Sie mir keine Krankheit, ich war es nicht! Gott soll mich vernichten, wenn ich es war! . . .«

»Wenn du es nicht warst, so war es dieser da«, sagte Patience, packte mich am Rockkragen und schüttelte mich wie ein Bäumchen, das man mit den Wurzeln ausreißen will.

»Ja, ich war's«, antwortete ich anmaßend; »und wenn Sie meinen Namen erfahren wollen, so sollen Sie wissen, daß man mich Bernard Mauprat nennt, und daß ein Bauer, der einen Adligen anrührt, den Tod verdient.«

»Den Tod? Du, du willst mich töten, Mauprat?« schrie der Greis, vor Überraschung und Empörung wie versteinert. »Was soll nur aus Gott werden, wenn eine Rotznase wie du das Recht hat, einem Mann meines Alters zu drohen?

Den Tod! Ach, du bist wahrhaftig ein Mauprat, und du schlägst nicht aus der Art, verfluchter Hund! Das redet davon, mir den Tod zu geben, wo es gerade erst geboren ist! Den Tod, mein kleiner Wolf? Weißt du, daß du den Tod verdienst, nicht für das, was du gerade getan hast, sondern weil du der Sohn deines Vaters und der Neffe deiner Onkel bist. Ach, wie bin ich froh, einen Mauprat in der Hand zu haben und feststellen zu können, ob ein Schurke von Edelmann ebensoviel wiegt wie ein Christenmensch.« Gleichzeitig hob er mich von der Erde hoch, als wäre ich ein Hase. »Kleiner«, sagte er zu meinem Gefährten, »geh nach Hause und fürchte dich nicht. Patience streitet sich nicht mit seinesgleichen, er vergibt seinen Brüdern, weil sie Dummköpfe sind wie er selbst und nicht wissen, was sie tun; aber ein Mauprat, verstehst du, der kann lesen und schreiben und ist doch dadurch nur noch schlimmer. Geh ... Doch nein, bleib, ich will, daß du einmal im Leben siehst, wie ein Adliger von der Hand eines Bauern die Peitsche bekommt. Das wirst du sehen, und ich bitte dich, es nicht zu vergessen, Kleiner, und es deinen Eltern zu erzählen.«

Ich war bleich vor Zorn, meine Zähne schlugen aufeinander; verzweifelt wehrte ich mich. Patience, auf erschreckende Weise kaltblütig, band mich mit der Faser eines grünen Zweiges an einem Baum fest. Er brauchte mich nur mit seiner breiten und schwieligen Hand zu streifen, um mich zu knicken wie Schilf, und dabei war ich doch bemerkenswert kräftig für mein Alter. Er band die Eule oberhalb meines Kopfes an einen Ast, das Blut des Vogels tropfte auf mich und erfüllte mich mit Entsetzen, denn obwohl dies nur eine Züchtigung war, wie sie bei Hunden, die das Wild reißen, üblich ist, begann doch mein von Zorn, Verzweiflung und den Schreien meines Gefährten verwirrtes Gehirn an irgendeine furchtbare Verhexung zu glauben, aber ich nehme an, ich hätte mich weniger bestraft gefühlt, wenn er mich in eine Eule verwandelt hätte, als so, da ich die mir auferlegte Züchtigung hinnehmen mußte. Vergeblich überhäufte ich ihn mit Flüchen, vergeblich leistete ich furchtbare

Racheschwüre, vergeblich warf sich der kleine Bauer immer wieder auf die Knie und wiederholte angstvoll: »Monsieur Patience, um der Liebe willen zu Gott und zu Euch selbst, tun Sie ihm nichts Böses; die Mauprat werden Sie töten.« Achselzuckend begann er zu lachen, bewaffnete sich mit einer Stechpalmengerte und peitschte mich auf eine eher demütigende als grausame Weise aus; denn, kaum daß er ein paar Blutstropfen sah, hielt er inne, warf die Gerte weg, und ich nahm sogar eine plötzliche Veränderung in seinen Zügen und in seiner Stimme wahr, so, als bereue er seine Härte. »Mauprat«, sagte er, verschränkte die Arme vor der Brust und sah mich starr an, »nun sind Sie bestraft, nun sind Sie beleidigt, mein edler Herr, und das genügt mir. Wie Sie sehen, könnte ich Sie daran hindern, mir jemals wieder Leid zuzufügen, indem ich Ihnen mit dem Daumen die Luft abdrücke und Sie unter meiner Türschwelle begrabe. Wer käme auf den Gedanken, das schöne Adelskind bei dem alten Patience zu suchen? Aber Sie sehen, ich liebe die Rache nicht, denn beim ersten Schmerzensschrei, der Ihnen entfuhr, habe ich aufgehört. Ich liebe es nicht, Leid zu verursachen, denn ich bin kein Mauprat. Es war gut für Sie, am eigenen Leib zu erfahren, was es heißt, einmal selbst Opfer zu sein. Möge dies Ihnen das Henkershandwerk verleiden, das man in Ihrer Familie, vom Vater auf den Sohn, ausübt. Guten Abend, gehen Sie, ich bin Ihnen nicht mehr böse, der Gerechtigkeit des lieben Gottes ist Genüge getan. Sie dürfen Ihren Onkeln sagen, Sie können mich auf den Rost legen; sie werden ein schlechtes Stück zu essen bekommen und ein Fleisch hinunterschlingen, das in ihrem Schlund wieder lebendig wird und sie erstickt.«

Dann nahm er seine tote Eule ab und betrachtete sie mit düsterer Miene: »Ein Bauernkind hätte das nicht getan«, sagte er. »Das ist ein Adelsspaß.« Er ging zur Tür zurück, ließ einen Ausruf hören, der ihm bei bedeutenden Anlässen entfuhr und ihm den Beinamen einbrachte, den er trug: »Patience, patience! ...«, rief er. Dies war, den braven Frauen zufolge, eine kabbalistische Beschwörungsformel in seinem Munde, und jedesmal, nachdem man sie gehört hatte, war der Person, die ihn gekränkt, ein Unglück zugestoßen. Sylvain bekreuzigte sich, um den bösen Geist zu beschwören. Das furchtbare Wort hallte im Gewölbe des Turmes wider, wohin Patience sich soeben zurückgezogen hatte, dann schloß sich lärmend die Tür hinter ihm.

Mein Gefährte hatte es so eilig zu fliehen, daß er mich beinahe dort gelassen hätte, ohne sich die Zeit zu nehmen, mich loszubinden. Sobald er dies getan hatte, sagte er: »Bekreuzigen Sie sich, um der Liebe Gottes willen, bekreuzigen Sie sich! Wenn Sie es nicht tun, sind Sie verhext: Die Wölfe werden uns fressen, wenn wir aufbrechen, oder wir treffen den *Schwarzen Mann.*« »Dummkopf«, sagte ich, »genau darum geht es! Hör zu, solltest du jemals das Pech haben, wem auch immer von dem Geschehenen zu berichten, erwürge ich dich.« »Ach, Monsieur, wie soll ich das machen?« antwortete er mit einer Mischung aus Naivität und Boshaftigkeit, »der Hexenmeister hat mir befohlen, es meinen Eltern zu sagen.« Ich hob den Arm, um ihn zu schlagen, aber mir fehlte die Kraft. Erstickt vor Wut über die Behandlung, die mir zuteil geworden, fiel ich fast ohnmächtig zu Boden, und Sylvain nutzte die Gelegenheit und floh.

Als ich wieder zu mir kam, war ich allein, ich kannte diesen Teil der Varenne nicht; ich war niemals hier gewesen, und es war furchtbar einsam. Den ganzen Tag über hatte ich Spuren von Wölfen und Wildschweinen im Sand gesehen. Es war schon dunkel, ich hatte noch zwei Meilen bis nach La Roche-Mauprat vor mir. Die Pforten wären geschlossen, die Brücke hochgezogen, man würde mich mit Gewehrschüssen empfangen, wenn ich nicht vor neun Uhr ankäme. Man konnte hundert zu eins wetten, daß es mir, da ich den Weg nicht kannte, unmöglich wäre, in einer Stunde zwei Meilen zurückzulegen. Indessen wäre ich lieber tausend Tode gestorben, ehe ich den Bewohner des Turms Gazeau um Asyl gebeten, wenn er es mir auch bereitwillig gewährt hätte. Mein Hochmut blutete mehr als mein Fleisch.

Aufs Geratewohl ging ich los. Der Pfad machte tausend Biegungen, tausend andere Pfade kreuzten ihn. Über eine von Hecken umzäunte Weide gelangte ich zur Ebene. Dort verlor sich jede Spur eines Pfades. Auf gut Glück kletterte ich über die Hecke und gelangte zu einem Feld. Die Nacht war schwarz; selbst wenn es hell gewesen wäre, hätte es kein Mittel gegeben, zwischen den kleinen, von dornenreichen Böschungen umgebenen Höfen eine Orientierung zu finden. Endlich kam ich in die Heide, dann in einen Wald, und meine Furcht, die sich gelegt hatte, erwachte erneut; denn, ich gebe es zu, ich befand mich in den Fängen tödlichen Schreckens. Ich war zur Tapferkeit abgerichtet wie ein Jagdhund, und vor den Augen anderer bewahrte ich Haltung. Angetrieben von Eitelkeit war ich tollkühn, wenn ich Zuschauer hatte; aber in tiefer Nacht, mir selbst ausgeliefert, erschöpft vor Müdigkeit und Hunger, obwohl ich kein Bedürfnis hatte zu essen, war ich ganz durcheinander von den Aufregungen, die ich eben erst erlebt hatte, und gewiß, bei der Rückkehr von meinen Onkeln geschlagen zu werden, und dennoch so begierig, heimzukehren, als ob ich in La Roche-Mauprat das irdische Paradies fände, so irrte ich bis Tagesanbruch umher, voller Ängste, die zu beschreiben unmöglich ist. Das Heulen der Wölfe, zum Glück weit entfernt, drang mehr als einmal an mein Ohr und ließ mir das Blut in den Adern gefrieren; und als wäre meine tatsächliche Lage nicht bereits unsicher genug, fügte meine aufgewühlte Vorstellungskraft dem noch tausend phantastische Bilder hinzu. Patience galt als *Wolfsführer.* Sie wissen, daß dies eine kabbalistische, in allen Ländern verbreitete Fähigkeit ist. Ich bildete mir also ein, daß ich sah, wie der teuflische kleine Greis in Begleitung seiner ausgehungerten Bande auftauchte, sein Gesicht *zur Hälfte das eines Wolfes,* und mich durchs Unterholz verfolgte. Mehrere Male liefen mir Kaninchen um die Beine, und vor Schreck wäre ich fast rückwärts hingefallen. Da ich sicher war, nicht gesehen zu werden, schlug ich mehrfach das Kreuz; denn auch wenn ich Unglauben zur Schau trug, hatte ich doch in der Tiefe des Herzens den Aberglauben der Angst.

Mit Tagesanbruch endlich gelangte ich nach La Roche-Mauprat. In einem Graben wartete ich, bis die Pforten geöffnet wurden, und schlich unbemerkt in meine Kammer. Da nicht gerade eine beständige, zärtliche Liebe über mich wachte, war meine Abwesenheit in der Nacht nicht bemerkt worden; ich ließ meinen Onkel Jean, den ich auf der Treppe traf, im Glauben, gerade aufgestanden zu sein; und da diese List erfolgreich war, schlief ich den ganzen Tag über im Heuschober.

V.

Da ich für meine Person nichts mehr zu befürchten hatte, wäre es mir ein leichtes gewesen, mich an meinem Feind zu rächen, alles forderte mich dazu auf. Die Äußerungen gegen meine Familie hätten genügt, ohne auch nur die Beleidigungen gegen mich selbst geltend zu machen, die einzugestehen mir widerstrebte. Ich hätte nur ein Wort sagen müssen: Innerhalb einer Viertelstunde wären sieben Mauprat aufgesessen, entzückt darüber, ein Exempel statuieren zu können, indem sie einen Mann mißhandelten, der ihnen keine Abgaben zahlte und den aufzuhängen ihnen gerade recht gewesen wäre, um den anderen einen Schrecken einzujagen.

Aber, auch wenn die Ereignisse nicht so lang zurücklägen, wüßte ich nicht, wie es geschah, daß ich eine unüberwindliche Abneigung dagegen verspürte, die Rache von acht Mann gegen einen zu fordern. In dem Augenblick, wo dies anstand (denn in meinem Zorn hatte ich es mir fest versprochen), wurde ich von, ich weiß nicht welchem Instinkt der Anständigkeit zurückgehalten, den ich nicht an mir kannte und mir auch kaum erklären konnte. Vermutlich hatten auch Patience' Worte ohne mein Wissen in mir ein Gefühl gesunder Scham geweckt. Möglicherweise hatten seine gerechten Verwünschungen des Adels mich irgendeine Idee von Gerechtigkeit erahnen lassen. In einem Wort: Vielleicht erschien mir das, was ich bis dahin als Regung von Schwäche und Mitleid in mir angesehen hatte, allmählich gewichtiger und weniger verachtenswert.

Wie dem auch sei, ich schwieg. Ich gab mich damit zufrieden, Sylvain zu verprügeln als Strafe dafür, daß er mich im Stich gelassen hatte, und um ihn zum Schweigen über mein Mißgeschick zu zwingen. Die bittere Erinnerung wurde gelindert, als ich gegen Ende des Herbstes zufällig mit Sylvain durch den Wald streifte. Der arme Sylvain hing an mir; denn trotz meiner Gewalttätigkeit heftete er sich stets an meine Fersen, sobald ich das Schloß verließ. Er verteidigte mich gegen alle seine Gefährten und behauptete, ich sei nur ein wenig lebhaft und gar nicht böse. Diese sanften und ergebenen Seelen des Volkes halten den Hochmut und die Roheit bei den Großen aufrecht. Wir jagten also Lerchen mit der Schnur, als mein holzbeschuhter Page, der stets als Vorhut herumschnüffelte, zu mir zurückkam: »Ich seh' den Wolfsführer mit dem Maulwurffänger.«

Bei dieser Botschaft fuhr mir ein eisiger Schauer in die Glieder. Dennoch fühlte ich, wie ein heimlicher Groll mein Herz bewegte und ging geradewegs auf meinen Hexenmeister zu, etwas ermutigt vielleicht durch die Anwesenheit seines Gefährten, der in La Roche-Mauprat ein und aus ging, und von dem ich annahm, er müsse mir Achtung und Beistand entgegenbringen.

Marcasse, genannt der *Maulwurffänger,* übte den Beruf aus, die Behausungen und Felder der Gegend von Hausmardern, Wieseln, Ratten und anderen schädlichen Tieren zu befreien. Er beschränkte die Wohltaten seines Gewerbes nicht auf das Berry; alle Jahre machte er seinen Rundgang durch die Marken, das Nivernais, das Limousin und die Saintonge, wobei er allein und zu Fuß zu allen Orten reiste, wo man klug genug war, seine Fähigkeiten zu schätzen; er war überall gern gesehen, im Schloß wie in der Strohhütte, denn es handelte sich um ein Metier, das man in seiner Familie mit Erfolg und Gewissenhaftigkeit, vom Vater auf den Sohn, ausübte, so wie es auch heute noch seine Nachfahren tun. An allen Tagen des Jahres hatte er Unterkunft und eine feste Arbeit. Er war ebenso stetig in seiner Rundreise wie die Erde in ihrer Rotation, man sah ihn zur festgesetzten Zeit an denselben Orten auftauchen, wo er auch im vergangenen Jahr gewesen war, allezeit in Begleitung desselben Hundes und derselben langen Klinge.

Seine Persönlichkeit war ebenso seltsam und noch sonderbarer in ihrer Art als die des Hexenmeisters Patience. Er war ein leicht aufbrausender und melancholischer Mann, groß, dürr, kantig und in seinem ganzen Benehmen langsam, majestätisch und besonnen. Er redete so ungern, daß er auf alle Fragen in Einsilbern antwortete; jedoch nahm er nie Abstand von den strengsten Regeln der Höflichkeit, und er sprach nur wenige Worte, ohne die Hand an die Hutkante zu führen, als Zeichen von Ehrerbietung und Artigkeit. War dies sein Charakter? Oder aber flößte ihm bei seinem Wandergewerbe die Furcht, etlicher seiner Kunden durch unbedachte Äußerungen verlustig zu gehen, diese weise Zurückhaltung ein? Man erfuhr es nie. Er hatte Auge und Fuß in allen Häusern, des Tags den Schlüssel zu allen Speichern und abends Platz am Herdfeuer aller Küchen. Er wußte alles, insbesondere da sein verträumtes und versunkenes Aussehen jedermann in seiner Gegenwart offenherzig werden ließ, und doch war es nie vorgekommen, daß er in einem Haus ausplauderte, was in einem anderen geschehen war.

Wenn Sie verstehen wollen, wie sehr mich sein Wesen beeindruckt hat, werde ich Ihnen sagen, daß ich Zeuge war bei den Bemühungen meiner Onkel und meines Großvaters, ihn zum Reden zu bringen. Sie hofften, von ihm zu erfahren, was sich im Schloß Sainte-Sévère abspielte, bei Monsieur Hubert de Mauprat, dem Objekt ihres Hasses und ihres Neids. Obgleich Don Marcasse (man nannte ihn *Don,* weil man fand, er habe den Gang und Stolz eines ruinierten Hidalgo), obgleich Don Marcasse also in dieser Hinsicht wie in jeder anderen unzugänglich war, versäumten die

Mauprat-*Strauchdiebe* es nicht, ihm immer mehr zu schmeicheln, wobei sie hofften, aus ihm etwas über Mauprat-*Streitaxt* herauszulocken.

Niemand vermochte folglich Marcasse' Ansichten zu kennen, was auch immer sie betrafen; am einfachsten wäre es gewesen, anzunehmen, er bemühe sich überhaupt nicht, welche zu haben. Die Zuneigung, die Patience für ihn zu empfinden schien und die so weit ging, daß er ihn mehrere Wochen lang auf seinen Reisen begleitete, ließ indes vermuten, daß in seiner geheimnisvollen Gestalt irgendein Zauber lag, und es nicht nur die Länge seiner Klinge und die Geschicklichkeit seines Hundes waren, die zum wundersamen Untergang von Maulwürfen und Wieseln führten. Flüsternd sprach man von Zauberkräutern, mittels derer er die mißtrauischen Tiere aus ihren Löchern holte, um sie in der Falle zu fangen; aber da man Vorteile von dieser Magie hatte, dachte man nicht daran, sie ihm zur Last zu legen.

Ich weiß nicht, ob Sie einer solchen Jagd beigewohnt haben. Sie ist merkwürdig, vor allem in den Futterspeichern. Mann und Hund klettern die Leiter hinauf, eilen überraschend sicher und geschickt übers Gebälk; der Hund schnüffelt in allen Mauerlöchern, als wäre er eine Katze, legt sich auf die Lauer, wacht im Hinterhalt, bis das *Wild* sich dem Rapier des Jägers ergibt; dieser durchlöchert die Strohballen und spießt den Feind mit der Klingenspitze auf: All das, in gravitätischer und bedeutungsvoller Weise ausgeführt und vollbracht von Don Marcasse, war, das versichere ich Ihnen, ebenso einzigartig wie unterhaltend.

Als ich diesen Getreuen sah, glaubte ich, dem Hexenmeister trotzen zu können und näherte mich ihm kühn. Sylvain betrachtete mich voller Bewunderung, und ich bemerkte, daß Patience selbst nicht auf so viel Dreistigkeit gefaßt war. Ich zwang mich, Marcasse anzusprechen und mit ihm zu reden, um meinem Feind zu trotzen. Dies wahrnehmend, schob er sanft den Maulwurffänger beiseite;

Patience legte seine schwere Hand auf meinen Kopf und sagte sehr ruhig:

»Sie sind seit einiger Zeit gewachsen, mein schöner Herr!«

Die Röte stieg mir ins Gesicht, und verachtungsvoll entzog ich mich:

»Bedenken Sie, was Sie tun, Bauernlümmel«, sagte ich zu ihm, »Sie sollten sich vergegenwärtigen, daß Sie es meiner Güte verdanken, wenn Sie noch Ihre beiden Ohren haben.« – »Meine beiden Ohren!« sagte Patience und lachte bitter. »Wie frech Sie sind! *Patience! Patience!* Vielleicht ist die Zeit nicht fern, wo die Bauernlümmel den Adligen weder die Kniekehlen durchschneiden, noch die Ohren abschneiden, sondern Kopf und Börse ...« – »Schweigen Sie, Meister Patience«, sagte der Maulwurffänger in feierlichem Ton, »Sie reden nicht wie ein Philosoph.« – »Du hast ja recht«, erwiderte der Hexenmeister, »und in der Tat, ich weiß nicht, warum ich mit diesem kleinen Knaben streite. Er hätte mich von seinen Onkeln zu Mus schlagen lassen können; denn ich habe ihn im letzten Sommer ausgepeitscht wegen eines dummen Streichs, den er mir gespielt hat; und ich weiß nicht, was in der Familie geschehen ist; doch die Mauprat haben eine schöne Gelegenheit verpaßt, ihrem Nächsten Böses zu tun.« – »Lernen Sie, Bauer«, sagte ich zu ihm, »daß ein Adliger sich stets auf adlige Weise rächt; ich wollte die Beleidigungen gegen mich nicht durch Leute bestrafen lassen, die stärker sind als Sie; aber warten Sie zwei Jahre, und ich verspreche, ich werde Sie mit eigener Hand hängen, an einem gewissen Baum, den ich wiedererkennen werde und der sich vor der Pforte des Turms Gazeau befindet. Tu' ich es nicht, will ich kein Edelmann mehr sein; verschone ich Sie, will ich Wolfshüter genannt werden.«

Patience lächelte, doch plötzlich wurde er ernst und heftete auf mich diesen tiefen Blick, der ihm einen so auffallenden Gesichtsausdruck verlieh. Dann drehte er sich nach dem Wieselfänger um: »Es ist eigenartig«, sagte er, »irgend etwas ist an dieser Rasse. Stellen Sie sich den schlimmsten Adligen vor: Er hat in gewissen Dingen mehr Mut als der Tapferste von uns. Ach, es ist ja ganz einfach«, fügte er, zu sich selber sprechend, hinzu; »so werden sie erzogen, und uns sagt man, wir seien zum Gehorsam geboren ... *Patience*!« Er schwieg einen Augenblick, dann wachte er auf aus seiner Träumerei und sagte mir in einem gutmütigen, etwas spöttischen Ton: »Sie wollen mich hängen, Monseigneur *Strohhalm*? Essen Sie also viel Suppe, denn Sie sind noch nicht groß genug, um den Ast zu erreichen, der mich tragen soll; und bis dahin ... mag sein, daß viel Wasser unter der Brücke durchfließt, dessen Geschmack Sie nicht kennen.«

»Schlecht gesprochen, schlecht gesprochen«, sagte der Maulwurffänger würdevoll, »auf nun, Frieden. Monsieur Bernard, verzeihen Sie Patience; er ist ein Alter, ein Verrückter.«

»Nein, nein«, antwortete Patience, »ich will, daß er mich hängt; er hat recht, er ist es mir schuldig, und tatsächlich, es wird schneller geschehen als alles Übrige. Beeilen Sie sich nicht zu sehr mit dem Wachsen, Monsieur, denn ich beeile mich mit dem Altern mehr, als ich will; und da Sie so tapfer sind, werden Sie keinen Mann angreifen, der sich nicht mehr verteidigen kann.« – »Sie haben bei mir einen schlechten Gebrauch gemacht von Ihrer Kraft!« schrie ich; »haben Sie mir denn keine Gewalt angetan? Sagen Sie, ist das nicht feige?«

Er machte eine überraschte Handbewegung. »Oh, diese Kinder, diese Kinder«, sagte er, »sehen Sie einmal, wie das räsoniert! Die Wahrheit liegt im Kindermund.« Nachdenklich entfernte er sich und sagte sich selber Sentenzen auf, wie er es gewöhnlich tat. Marcasse zog vor mir den Hut und sagte in gleichmütigem Ton: »Er hat unrecht ... wir brauchen Frieden ... Verzeihung ... Ruhe ... Adieu!«

Sie verschwanden, und damit waren meine Beziehungen zu Patience zu Ende. Sie wurden erst lange Zeit später neu geknüpft.

VI.

Ich war fünfzehn Jahre alt, als mein Großvater starb; sein Tod verursachte keinen Schmerz, doch große Bestürzung in La Roche-Mauprat. Er war die Seele aller Laster, die dort herrschten, und sicher ist, daß er grausamer, doch weniger gemein war als seine Söhne. Nach ihm verschwand dieser gewisse Ruhm, den seine Kühnheit uns verschafft hatte. Seine Kinder, bis dahin recht diszipliniert, wurden immer mehr zu Trunkenbolden und Wüstlingen. Überdies waren ihre Expeditionen von Tag zu Tag gewagter.

Abgesehen von der kleinen Zahl Getreuer, die wir gut behandelten und die uns alle ergeben waren, fanden wir uns immer stärker isoliert und ohne Einnahmequellen. Die umliegende Gegend war, infolge unserer Gewalttaten, verlassen worden. Der von uns verbreitete Schrecken vergrößerte tagtäglich die Einöde um uns herum. Man mußte weit gehen und sich bis zum Ende der Ebene vorwagen. Dort hatten wir nicht die Überhand, und mein Onkel Laurent, der Kühnste unter uns, wurde in einem Scharmützel schwer verletzt. Wir mußten nach neuen Einnahmequellen Ausschau halten. Jean fand sie heraus. Sie bestanden darin, mit unterschiedlicher Verkleidung über die Märkte zu streifen und geschickte Diebstähle zu begehen. Aus Räubern wurden Taschendiebe, und unser verhaßter Name wurde immer mehr in den Dreck gezogen. Wir stellten Verbindungen her zu allen verdorbenen Leuten, die in der Provinz nur Unterschlupf fanden, und durch den Austausch betrügerischer Dienste entkamen wir noch einmal dem Elend.

Ich sage *wir,* den ich fing an, ein Mitglied dieser Bande von Strauchdieben zu werden, als mein Großvater starb. Er hatte meinen Bitten nachgegeben und mich an einigen der letzten Kapereien, die er unternahm, teilnehmen lassen. Ich will keine Entschuldigungen vorbringen; doch Sie sehen vor sich einen Mann, der das Metier eines Banditen ausgeübt hat. Diese Erinnerung hinterläßt keine Gewissensbisse in mir, nicht mehr als in einem Soldaten, der unter den Befehlen eines Generals einen Feldzug mitgemacht hat. Ich glaubte, noch im Mittelalter zu leben. Macht und Weisheit der bestehenden Gesetze waren für mich sinnentleerte Begriffe. Ich fühlte mich tapfer und stark; ich kämpfte. Wahr ist, daß die Ergebnisse unserer Siege mir oft die Schamröte ins Gesicht trieben; aber da ich selbst keinen Nutzen von all dem davontrug, wusch ich meine Hände in Unschuld, und mit Freude denke ich daran, daß ich mehr als einem zu Boden geschlagenen Opfer geholfen habe, aufzustehen und zu fliehen.

Dieses Leben voller Tatendrang, Gefahren und Beschwerlichkeiten berauschte mich. Es entriß mich schmerzlichen Überlegungen, die in mir hätten wach werden können. Außerdem entzog es mich Jeans unmittelbarer Tyrannei. Aber als mein Großvater tot und unsere Bande durch andersartige Heldentaten entehrt war, wurde ich erneut der verhaßten Vormundschaft ausgesetzt. Für Lüge und Betrug war ich überhaupt nicht geeignet. Ich zeigte nicht nur Abneigung, sondern auch Unfähigkeit für dieses neue Gewerbe. Man betrachtete mich als unnützes Bandenmitglied, und die schlechte Behandlung begann von vorn. Man hätte mich davongejagt, wäre nicht die Furcht gewesen, daß ich mich mit der Gesellschaft aussöhnen und zu einem gefährlichen Gegner werden würde. Angesichts dieser Zwangslage, mich entweder ernähren oder fürchten zu müssen, wurde oft darüber nachgedacht (das habe ich später erfahren), ob man nicht Streit mit mir suchen und mich zu einer Schlägerei zwingen solle, in der man sich meiner entledigen könne. Dies war die Auffassung von Jean; Antoine jedoch, der am wenigsten von Tristans Energie und dieser gewissen familiären Gerechtigkeit eingebüßt hatte, brachte seine Meinung vor und den Beweis, daß ich kostbarer war als schädlich. Ich war ein guter Soldat, und bei Gelegenheit würde man noch Arme gebrauchen können. Es wäre auch möglich, mich für die Gaunereien auszubilden; ich sei recht jung und unwissend; doch wenn Jean mich auf die sanfte Tour behandeln und mein Geschick weniger unglücklich gestalten wolle, vor allem aber mich über meine wahre Lage aufklären, indem er mir beibringe, ich sei für die Gesellschaft verloren und könne dort nicht auftauchen, ohne gehängt zu werden, dann würden meine Halsstarrigkeit und mein Hochmut vielleicht zusammenbrechen vor dem Wohlergehen auf der einen und der Notwendigkeit auf der anderen Seite. Man müsse es zumindest mit mir versuchen, bevor man sich meiner entledige; »denn«, sagte Antoine und beendete damit seine Predigt, »im letzten Jahr waren wir zehn Mauprat; unser Vater ist tot, und wenn wir Bernard töten, sind wir nur noch acht.«

Dieses Argument gab den Ausschlag. Man holte mich aus einer Art Verlies hervor, in dem ich seit mehreren Monaten schmachtete; man gab mir neue Kleidung; man tauschte mein altes Gewehr gegen einen schönen Karabiner, den ich mir immer gewünscht hatte; man legte mir meine Lage in der Welt dar und gab mir bei den Mahlzeiten vom besten Wein. Ich versprach nachzudenken, und während der Wartezeit stumpfte ich durch Untätigkeit und Trunksucht noch mehr ab als in der Zeit der Raubzüge.

Indessen blieben von der Gefangenschaft so traurige Eindrücke in mir, daß ich mir schwor, mich allem auszusetzen, was mir in den Landen des Königs von Frankreich geschehen mochte, um nur nicht die Wiederkehr schlechter Behandlung ertragen zu müssen. Allein eine böse Ehrensache hielt mich auf La Roche-Mauprat. Es war offensichtlich, daß sich über unseren Köpfen ein Gewitter zusammenbraute. Die Bauern waren unzufrieden, trotz allem, was wir taten, um sie an uns zu binden; Lehren von der Unabhängigkeit breiteten sich insgeheim unter ihnen aus; unsere getreuesten Diener waren es leid, Brot und Lebensmittel im Überfluß zu haben; sie verlangten Geld, und wir hatten keines. Man hatte uns nachdrücklich und wiederholt Aufforderungen überbracht, der Staatskasse Steuern zu zahlen; und unsere Gläubiger verbündeten sich mit den Leuten des Königs und den aufrührerischen Bauern, alles sah nach einer

Katastrophe aus, vergleichbar der, welcher in unserer Gegend gerade der Herr von Pleumartin zum Opfer gefallen war.*

Meine Onkel hatten lange überlegt, sich den Beutezügen und der Widersetzlichkeit dieses Junkers anzuschließen. Aber gerade als Pleumartin, der kurz davor war, seinen Feinden in die Hände zu fallen, uns sein Wort gegeben hatte, uns als Freunde und Verbündete aufzunehmen, sofern wir ihm zur Hilfe eilten, da erfuhren wir von seiner Niederlage und seinem tragischen Ende. Wir waren also jederzeit auf der Hut. Wir mußten die Gegend verlassen oder eine entscheidende Krisensituation bewältigen. Die einen rieten zum ersteren; die anderen bestanden darauf, dem Rat des sterbenden Vaters zu folgen und unter den Trümmern des Bergfrieds ihr Grab zu finden. Jeder Gedanke an Flucht oder Vergleich galt ihnen als Niedertracht und Feigheit. Die Angst, mir einen solchen Vorwurf zuzuziehen und vielleicht ein wenig die instinktive Liebe zur Gefahr hielten mich also noch zurück; aber eine Abneigung gegen diese abscheuliche Existenz schlummerte in mir, stets bereit, mit Gewalt auszubrechen.

Eines Abends blieben wir nach einem ausgiebigen Essen noch bei Tisch, fuhren fort zu trinken und uns zu unterhalten, Gott weiß in welchen Ausdrücken und über welche Themen! Das Wetter war schrecklich, durch die schlecht gefugten Fenster rieselte das Wasser über den Steinfußboden des Saales, das Gewitter ließ die alten Mauern erbeben. Der Nachtwind pfiff durch die Risse im Gewölbe und brachte die Flammen der Harzfackeln zum Flackern. Man hatte sich beim Essen lustig gemacht über das, was man meine »Tugend« nannte, hatte meine Scheu gegenüber Frauen als

* Der Herr von Pleumartin hat im Land Erinnerungen hinterlassen, die den Bericht von Mauprat vor dem Vorwurf der Übertreibung bewahren. Die Feder würde sich weigern, die brutalen Obszönitäten und ausgeklügelten Martern aufzuzeichnen, die vom Leben dieses Wahnsinnigen Zeugnis geben und die Traditionen der feudalen Räuberei im Berry bis zu den letzten Tagen der einstigen Monarchie fortsetzten. Man belagerte sein Schloß, und nach hartnäckigem Widerstand wurde er gefaßt und aufgehängt. Einige heute noch lebende Personen, die nicht einmal sehr alt sind, haben ihn gekannt.

»Keuschheit« bezeichnet, und dies war vor allem die Ursache, die mich zum Bösen trieb durch die falsche Scham. Da ich, während ich mich gegen diese gemeinen Spöttereien verteidigte und im gleichen Ton Antwort gab, außerordentlich viel getrunken hatte, war meine ungezähmte Phantasie entflammt, und ich brüstete mich, vor der ersten Frau, die man nach La Roche-Mauprat brächte, kühner und erfolgreicher zu sein als irgendeiner meiner Onkel. Die Herausforderung wurde unter großen Lachsalven angenommen. Das Grollen des Donners antwortete auf die infernalische Ausgelassenheit.

Plötzlich ertönte vom Fallgatter das Horn. Alles wurde still. Dieser Fanfare bedienten sich die Mauprat, um sich gegenseitig herbeizurufen und zu erkennen zu geben. Es war mein Onkel Laurent, der den ganzen Tag über weggewesen war und nun Einlaß begehrte. Wir hatten so viele Gründe, mißtrauisch zu sein, daß wir selbst Gefangenenwärter und Pförtner in unserer Festung waren. Jean stand auf und rasselte mit den Schlüsseln; doch sogleich hielt er inne und lauschte dem Horn, das mit einem zweiten Fanfarenstoß ankündigte, daß er eine Beute mitbringe und man ihm entgegenkommen solle. Im Nu waren alle Mauprat mit Fackeln am Fallgatter, mich ausgenommen, denn meine Gleichgültigkeit war groß und meine Beine schwer vom Wein. »Wenn das eine Frau ist«, rief Antoine beim Hinausgehen, »so schwöre ich bei der Seele meines Vaters, daß sie dir gehört, mein tapferer junger Mann! Und wir werden sehen, ob dein Mut deinen Absichten entspricht.« Ich blieb zurück, hatte die Ellbogen auf den Tisch gestützt und verharrte in dumpfem Unbehagen.

Als die Tür sich wieder öffnete, sah ich eine Frau sicheren Schritts und mit einem seltsamen Anzug bekleidet eintreten. Ich mußte mir Mühe geben, nicht in Faseleien zu verfallen und zu verstehen, was einer der Mauprat mir eben ins Ohr flüsterte. Auf einer Wolfsjagd, an der mehrere Herren der Umgebung mit ihren Damen hatten teilnehmen wollen, war das Pferd dieser jungen Person durchgegangen und hatte sie weit weggetragen von der Jagd. Nachdem es sich nach einer Strecke von fast einer Meile beruhigt hatte, wollte sie umkehren, aber da sie die Varenne nicht kannte, in der alle Orte einander ähneln, hatte sie sich immer weiter entfernt. Das Gewitter und die Nacht hatten ihre Ratlosigkeit noch vergrößert. Als Laurent sie traf, bot er ihr an, sie zum Schloß von Rochemaure zu begleiten, das in Wirklichkeit mehr als sechs Meilen von dort entfernt lag, von dem er jedoch behauptete, es sei sehr nahe, und er sei der Jagdhüter. Die Dame hatte sein Angebot angenommen. Sie kannte die Herrin von Rochemaure nicht persönlich, doch war diese gewissermaßen ihre Verwandte, und sie schmeichelte sich, wohl aufgenommen zu werden. Sie war niemals einem Mauprat begegnet und ahnte kaum, deren Räuberhöhle so nahe zu sein. So war sie ihrem Führer ohne Mißtrauen gefolgt, und da sie nie im Leben, weder von nah, noch von fern, La Roche-Mauprat gesehen hatte, wurde sie in den Saal unseres Gelages geführt, ohne den geringsten Verdacht zu haben, daß sie in eine Falle geraten war.

Als ich meine müden Augen rieb und diese junge, schöne Frau ansah, die so ruhig, offenherzig und ehrbar dreinblickte, wie ich es noch nie bei einer anderen wahrgenommen hatte (all die, die das Fallgatter unserer Behausung passierten, waren freche Prostituierte oder dumpfe Opfer), da glaubte ich zu träumen.

In meinen Rittersagen hatte ich Feen gesehen. Ich glaubte fast, Morgana oder Urganda sei zu uns gekommen, um Gerechtigkeit zu üben; und einen Augenblick lang hatte ich Lust, mich auf die Knie fallen zu lassen und gegen eine Verhaftung zu protestieren, bei der ich mit meinen Onkeln gleichbehandelt würde. Antoine, dem Laurent rasch das Wort gegeben hatte, näherte sich ihr mit so großer Höflichkeit, wie er sie aufbringen konnte, und bat sie, ihm und seinen Freunden wegen des Jagdanzugs zu verzeihen. Sie seien alle Neffen oder Vettern der Dame von Rochemaure und warteten, um sich zu Tisch begeben zu können, nur darauf, daß diese sehr fromme Dame die Kapelle verlasse, wo sie sich mit ihrem Priester in andächtiger Unterredung aufhalte. Der Ausdruck von Reinheit und Vertrauen, mit dem die Unbekannte dieser lächerlichen Lüge lauschte, ließ mein Herz eng werden; aber ich wurde mir meines Empfindens nicht bewußt. »Ich will die Dame nicht stören«, sagte sie zu meinem Onkel Jean, der sich mit dem Gesicht eines Satyrs um sie bemühte, »ich bin zu sehr beunruhigt über die Sorge, die ich meinem Vater und meinen Freunden in diesem Augenblick bereite, als daß ich mich hier aufhalten wollte. Sagen Sie ihr, daß ich sie anflehe, mir ein frisches Pferd und einen Führer zu überlassen, damit ich zu der Stelle zurückkehre, an der sie vermutlich sind und auf mich warten.« »Madame«, antwortete Jean mit Festigkeit, »es ist unmöglich, daß Sie sich bei diesem Wetter auf den Weg machen; im übrigen würde dies nur dazu dienen, den Augenblick des Zusammentreffens mit denen, die Sie suchen, hinauszuzögern. Zehn unserer Leute, gut ausgerüstet und mit Fackeln versehen, brechen gerade eben auf zehn verschiedenen Wegen auf und suchen sie überall in der Varenne. Es ist also unmöglich, daß Ihre Verwandten nicht in höchstens zwei Stunden Nachricht von Ihnen haben, und Sie werden sie bald hier ankommen sehen, wo sie, so gut es geht, aufgenommen werden sollen. Ruhen Sie sich also aus, und nehmen Sie einige herzstärkende Mittel, damit Sie sich erholen, denn Sie sind durchnäßt und todmüde.« »Ohne die Sorge, die ich empfinde, wäre ich hungrig«, erwiderte sie lächelnd. »Ich werde versuchen, etwas zu essen, doch machen Sie nichts Besonderes für mich. Die Güte, die Sie mir erweisen, ist schon allzu groß.«

Sie kam zum Tisch, wo ich noch immer mit aufgestützten Ellbogen saß, und nahm, ganz nahe bei mir, doch ohne mich zu bemerken, eine Frucht. Ich drehte mich um und sah sie mit dumpfem Blick unverschämt an. Hochmütig duldete sie meinen Blick. So wenigstens schien es mir. Ich habe später erfahren, daß sie mich nicht bemerkt hatte, denn obgleich sie sich bemühte, ruhig zu wirken und mit Vertrauen auf die angebotene Gastfreundschaft einzugehen, war sie doch sehr verwirrt durch die unerwartete Anwesenheit so vieler sonderbarer Männer, die so böse und derb gekleidet aussahen. Doch ihr kam kein Verdacht. Ich hörte, wie in meiner Nähe einer der Mauprat zu Jean sagte: »Gut, alles läuft gut, sie geht ins Netz, bringen wir sie zum Trinken, sie wird reden.« »Einen Augenblick«, antwortete Jean, »bewacht sie, die Sache ist ernst; es gibt hier Besseres zu tun, als sich zu amüsieren. Ich werde mit mir zu Rate gehen, man wird euch rufen, damit ihr eure Meinung sagt, aber habt ein Auge auf Bernard.« »Was gibt es?« sagte ich schroff und drehte mich zu ihm um. »Gehört denn dieses *Mädchen* nicht mir? Ihr habt es doch bei der Seele meines Großvaters geschworen.« »Ach, verflucht, das stimmt!« sagte Antoine und kam zu uns, während die anderen Mauprat die Dame umringten. »Höre, Bernard, unter einer Bedingung halte ich Wort.« »Unter welcher?« »Das ist ganz einfach. In den nächsten zehn Minuten verrätst du der feinen *Dame* nicht, daß sie nicht bei der alten Rochemaure ist.« »Wofür haltet ihr mich?« antwortete ich und drückte den Hut tief ins Gesicht. »Meint ihr, ich sei ein Dummkopf? Wartet, wollt ihr, daß ich das Kleid meiner Großmutter von oben hole und mich für die Betschwester Rochemaure ausgebe?« »Eine gute Idee«, sagte Laurent. »Aber vorher muß ich mit euch reden«, erwiderte Jean. Und nachdem er den anderen ein Zeichen gegeben hatte, zog er sie mit nach draußen. Im Moment, als sie hinausgingen, glaubte ich zu beobachten, wie Jean Antoine dazu bringen wollte, mich zu bewachen, aber mit einer Dringlichkeit, die ich nicht begriff, bestand Antoine darauf, ihm zu folgen. Ich blieb allein mit der Unbekannten.

Einen Augenblick lang fühlte ich mich wie betäubt, bestürzt, und über das Tête-à-tête mehr verwirrt als zufrieden; ich versuchte, mir darüber klarzuwerden, über das Geheimnisvolle, das sich um mich herum ereignete, und mir gelang es, durch den Weindunst hindurch mir etwas recht Wahrscheinliches vorzustellen, auch wenn es sich schließlich als völliger Irrtum erwies.

Ich glaubte, alles, was ich eben gesehen und gehört, erklären zu können, indem ich annahm: 1. daß diese ruhige und aufgeputzte Dame eines von diesen Zigeunermädchen sei, die ich auf den Märkten gesehen hatte; 2. daß Laurent, der sie draußen getroffen, sie mitgebracht hatte, um die Bande zu zerstreuen; 3. daß man ihm meinen Zustand aufgeblasener Trunkenheit geschildert hatte und sie hierherbrachte, um meine Galanterie auf die Probe zu stellen, während man mich durchs Schlüsselloch beobachtete. Als mir dieser Gedanke kam, war mein erster Impuls, aufzustehen, zur Tür zu gehen, sie doppelt abzuschließen und die Riegel vorzuschieben; dann kehrte ich zu der Dame zurück und war entschlossen, ihr keinen Anlaß zu geben, mich wegen meiner Schüchternheit zu verspotten.

Sie saß unter dem Kaminmantel; und da sie damit beschäftigt war, ihre durchnäßte Kleidung zu trocknen und sich dabei über den Rost beugte, hatte sie nicht bemerkt, was ich tat; doch mein seltsamer Gesichtsausdruck ließ sie zusammenfahren, als ich mich ihr näherte. Ich war entschlossen, sie zunächst zu küssen, aber ich weiß nicht, durch welches Wunder mir diese Vertraulichkeit unmöglich wurde, sobald sie aufgeblickt hatte. Ich fühlte nur noch den Mut zu sagen: »Himmel! Mademoiselle, Sie sind so bezaubernd, und Sie gefallen mir, so wahr ich Bernard Mauprat heiße.« »Bernard Mauprat«, rief sie und erhob sich, »Sie, Sie sind Bernard Mauprat? In diesem Fall, ändern Sie Ihre Ausdrucksweise, und bedenken Sie, mit wem Sie reden; hat man es Ihnen nicht gesagt?« »Man hat es mir nicht gesagt, aber ich vermute es«, antwortete ich feixend und kämpfte gegen die Achtung an, die mir ihre plötzliche Blässe und ihr gebieterisches Verhalten einflößten. »Wenn Sie es vermuten«, sagte sie, »wie ist es dann möglich, daß Sie so mit mir reden? Aber man hatte mir ja gesagt, daß Sie schlecht erzogen sind, und doch habe ich mir stets gewünscht, Sie zu treffen.« »Ist das wahr?« sagte ich, immer noch feixend. »Sie, die Fürstin der großen Straßen, die so viele Menschen in ihrem Leben kennengelernt hat? Meine Lippen sollen die

Ihren treffen, ich bitte Sie, meine Schöne, und Sie werden erfahren, ob ich ebenso gut erzogen bin wie meine Onkel, auf die Sie eben noch so brav gehört haben.«

»Ihre Onkel!« rief sie, ergriff plötzlich ihren Stuhl und stellte ihn, wie aus einem Verteidigungsinstinkt heraus, zwischen uns. »Oh, mein Gott, mein Gott! Ich bin nicht bei Madame de Rochemaure!« »Der Name fängt doch gleich an, und wir sind so gut wie irgendwer.« »La Roche-Mauprat!« murmelte sie und erbebte vom Kopf bis zu den Füßen wie eine Hirschkuh, die die Wölfe heulen hört, und ihre Lippen wurden ganz weiß. Angst breitete sich in ihrem Gesicht aus. Aus unfreiwilliger Sympathie zitterte auch ich, und beinahe hätte ich mit einem Male Verhalten und Ausdrucksweise geändert. »Was überrascht sie das so?« fragte ich mich, »spielt sie vielleicht nicht Komödie? Und sind die Mauprat nicht dort hinter dem Tafelwerk und hören uns zu, wird sie ihnen nicht wortwörtlich alles, was hier geschieht, erzählen? Doch sie zittert wie Espenlaub ... Aber wenn sie eine Komödiantin ist? Ich habe eine gesehen, die die Genoveva von Brabant gespielt und zum Täuschen echt geweint hat.« Ich war in peinlicher Verlegenheit und ließ meine verstörten Blicke bald zu ihr eilen, bald zu den Türen, denn ich nahm immer noch an, sie könnten sich jederzeit unter dem Gelächter meiner Onkel öffnen.

Diese Frau war schön wie der Tag. Ich glaube nicht, daß es jemals eine gegeben hat, ebenso hübsch wie sie. Nicht nur ich bezeuge dies, sie war im ganzen Land berühmt für ihre Schönheit, die man noch immer nicht vergessen hat. Sie war recht hoch gewachsen, schlank, und ihre Bewegungen zeugten von einer bemerkenswerten Ungezwungenheit. Sie war weißhäutig mit schwarzen Augen und ebenholzfarbenem Haar. Ihre Blicke und ihr Lächeln hatten einen Ausdruck von Güte und Feinheit, deren Mischung nicht zu fassen war; es schien, als habe der Himmel ihr zwei Seelen gegeben, die eine ganz Intelligenz, die andere ganz Gefühl.

Sie war auf natürliche Weise heiter und tapfer; ein Engel,

den der Kummer der Menschheit noch nicht zu berühren gewagt hatte. Nichts hatte sie leiden gemacht, nichts Mißtrauen oder Schrecken gelehrt. Dies war nun das erste Leiden in ihrem Leben, und ich Rohling verursachte es. Ich hielt sie für eine Zigeunerin, und sie war ein Engel an Reinheit.

Sie war meine junge Tante, da mein Vater ihr Vetter war, Edmée de Mauprat, die Tochter von Hubert de Mauprat, meinem Großonkel, dem Bruder meines Großvaters. Man nannte ihn den Ritter, er hatte sich vom Malteserorden entpflichten lassen, um im bereits reifen Alter zu heiraten; daher waren meine Tante und ich gleichaltrig. Wir waren beide siebzehn Jahre alt, mit ein paar Monaten Unterschied, und dies war unser erstes Zusammentreffen. Sie, die ich unter Gefahr für mein eigenes Leben gegen jedermann hätte beschützen müssen, war da, vor mir, bebend und bestürzt, wie ein Opfer vor seinem Henker.

Es kostete sie eine große Überwindung, und sie näherte sich mir, ich lief unruhig durch den Saal, sie nannte ihren Namen und fügte hinzu: »Es ist nicht möglich, daß Sie ein ebensolcher Schurke sind wie all diese Räuber, die ich gerade gesehen habe, und deren teuflisches Leben ich kenne. Sie sind jung; Ihre Mutter war gut und weise. Mein Vater wollte Sie großziehen und adoptieren. Noch heute bedauert er, Sie nicht aus dem Abgrund, in den Sie gestürzt sind, herausholen zu können. Haben Sie denn nicht verschiedene Botschaften von ihm erhalten? Bernard, Sie sind mein naher Verwandter, denken Sie an die Bande des Blutes; warum wollen Sie mich beleidigen? Will man mich hier ermorden oder foltern? Warum hat man mich betrogen und mir gesagt, ich sei in Rochemaure? Warum hat man sich so geheimnisvoll zurückgezogen? Was wird hier vorbereitet? Was geschieht?« Die Worte erstarben ihr auf den Lippen; von draußen war ein Gewehrschuß zu hören. Er wurde von einer Salve aus der Feldschlange erwidert, und der schauerliche Klang des Alarmhorns ließ die Mauern des Bergfrieds erzittern. Mademoiselle de Mauprat sank auf ihren Stuhl.

Ich stand bewegungslos da und wußte nicht, ob dies nicht etwa eine neue Szene aus der Komödie war, die man erfunden hatte, um sich über mich lustig zu machen, und ich war entschlossen, mich um diesen Alarm so lange nicht zu kümmern, bis ich den sicheren Beweis hatte, daß er nicht vorgetäuscht war.

»Kommen Sie«, sagte ich und näherte mich ihr, »geben Sie zu, daß dies alles nur ein Spaß ist. Sie sind nicht Mademoiselle de Mauprat, und Sie wollen wissen, ob ich schon gelernt habe, Liebe zu machen.« »Ich schwöre bei Jesus Christus«, antwortete sie, nahm meine Hände und hielt sie zwischen den ihren fest, die kalt waren wie der Tod, »ich bin Edmée, Ihre Verwandte, Ihre Gefangene und Freundin, denn ich habe mich immer für Sie interessiert und stets meinen Vater angefleht, Sie nicht aufzugeben ... Aber hören Sie, Bernard, draußen gibt es einen Kampf, man schießt mit dem Gewehr! Es ist mein Vater, der zweifellos gekommen ist, um mich zu holen, und sie werden ihn töten! Ach!« rief sie und fiel vor mir auf die Knie, »gehen Sie und verhindern Sie es, Bernard, mein Kind! Befehlen Sie Ihren Onkeln, meinen Vater zu verschonen, den Besten aller Menschen, wenn Sie nur wüßten! Befehlen Sie ihnen, wenn sie uns schon hassen und Blut vergießen wollen, mich zu töten, mir das Herz aus der Brust zu reißen, doch meinen Vater zu verschonen ...«

Von draußen rief man mit lauter Stimme nach mir: »Wo ist dieser Hasenfuß? Wo ist das Unglückskind?« Es war mein Onkel Laurent. Man rüttelte an der Tür; ich hatte sie so gut verschlossen, daß sie dem wütenden Anprall standhielt. »Dieser elende Feigling amüsiert sich und macht Liebe, während man uns niedermetzelt! Bernard, die Gendarmerie greift uns an. Ihr Onkel Louis wurde eben getötet. Kommen Sie, um Himmels willen, kommen Sie, Bernard!« »Was zum Teufel ist los mit Euch!« schrie ich, »Ihr sollt selbst tot umfallen, wenn ich Euch ein Wort von all dem glaube; ich bin nicht so dumm, wie Ihr meint; hier sind nur die feige, die lügen. Ich habe geschworen, daß diese Frau mir gehört, und ich gebe sie erst wieder her, wenn es mir gefällt.« »Gehen Sie zum Teufel!« antwortete Laurent, »Sie tun so, als ...« Die Musketensalven verdoppelten sich. Schreckliches Geschrei war zu hören. Laurent verließ die Tür und lief zum Getümmel. Seine Eile zeigte deutlich, daß er die Wahrheit sprach, und ich konnte nicht widerstehen. Der Gedanke, man werde mich der Feigheit bezichtigen, trug den Sieg davon; ich eilte zur Tür. »Oh, Bernard, oh, Monsieur de Mauprat!« rief Edmée und schleppte sich zu mir, »lassen Sie mich mit Ihnen gehen, ich werfe mich Ihren Onkeln zu Füßen, ich sorge dafür, daß der Kampf aufhört, ich gebe ihnen alles, was ich besitze, mein Leben, wenn sie es wollen ... damit mein Vater gerettet wird.« »Warten Sie«, sagte ich und drehte mich zu ihr um, »ich weiß nicht, ob man sich über mich lustig macht. Ich glaube, meine Onkel sind dort hinter der Tür, und während unsere Knechte im Hof schießen, haben sie einen Vorwand, um mich zu foppen. Entweder sind Sie meine Cousine, oder aber Sie sind eine ... Sie werden mir einen Schwur leisten, und ich werde dasselbe tun. Sollten Sie eine verirrte Prinzessin sein, und ich, Ihren Heucheleien erlegen, diesen Raum verlassen, dann müssen Sie mir schwören, meine Geliebte zu werden und niemanden in Ihrer Nähe zu dulden, bis ich meine Rechte wahrgenommen habe; oder aber ich schwöre Ihnen, daß ich Sie züchtigen werde, wie ich es heute morgen mit meiner gefleckten Hündin Flore getan habe. Wenn Sie Edmée sind und ich Ihnen schwöre, mich zwischen Ihren Vater und die zu stellen, die ihn töten wollen, was versprechen Sie, was schwören Sie mir dann?« »Wenn Sie meinen Vater retten«, rief sie, »so schwöre ich Ihnen, Sie zu heiraten.« »Ja, freilich!« sagte ich, ermutigt durch ihre Begeisterung, deren Erhabenheit ich nicht begriff. »Geben Sie mir ein Pfand, damit ich jedenfalls nicht wie ein Dummkopf hinausgehe.« Ohne Widerstand ließ sie sich küssen, ihre Wangen waren eiskalt. Mechanisch folgte sie mir und wollte hinausgehen; ich mußte sie zurückstoßen. Ich tat es, ohne grob zu sein, doch sie fiel wie ohnmächtig zu Boden. Ich fing an, meine tatsächliche Lage zu begreifen, denn niemand war im Korridor, und der Lärm von draußen wurde immer besorgniserregender. Ich eilte eben zu meinen Waffen, als ein letztes Aufflackern des Mißtrauens, vielleicht auch ein anderes Gefühl, mich umkehren und die Tür des Saales, in dem Edmée sich befand, doppelt absperren ließ. Ich steckte den Schlüssel in meinen Gürtel und ging zu den Befestigungsmauern, bewaffnet mit meinem Gewehr, das ich im Laufen lud.

Es handelte sich ganz einfach um einen Angriff der Gendarmerie und hatte nichts zu tun mit Mademoiselle de Mauprat. Unsere Gläubiger hatten einen Haftbefehl gegen uns erwirkt. Die Vertreter des Gesetzes, verprügelt und mißhandelt, hatten beim Anwalt des Königs am Oberlandesgericht von Bourges einen Vorführungsbefehl beantragt, den die bewaffnete Gewalt, so gut sie konnte, ausführte, wobei man hoffte, sich unserer mit Leichtigkeit in einem nächtlichen Angriff zu bemächtigen. Aber wir waren in einer besseren Verteidigungsposition, als sie dachten; unsere Leute waren tapfer und gut bewaffnet, und schließlich kämpften wir um unsere Existenz; wir hatten den Mut der Verzweiflung, und dies war ein riesiger Vorteil. Unsere Truppe betrug vierundzwanzig Leute, ihre fast fünfzig Soldaten. Etwa zwanzig Bauern warfen Steine auf die Gefechtslinien, doch sie schadeten ihren Verbündeten mehr als uns.

Der Kampf wurde eine halbe Stunde lang erbittert geführt, dann erschreckte unser Widerstand den Gegner so sehr, daß er sich zurückzog und die feindlichen Handlungen einstellte; aber bald begann er einen neuen Angriff und wurde wiederum unter Verlusten zurückgeschlagen. Die Kampfhandlungen wurden erneut eingestellt. Man forderte uns zum dritten Mal auf, zu kapitulieren, wobei man versprach, uns am Leben zu lassen. Antoine antwortete mit einer obszönen Spötterei. Sie waren unentschlossen, zogen sich aber nicht zurück.

Ich hatte mich tapfer geschlagen und das getan, was ich meine Pflicht nannte. Der Waffenstillstand dauerte an. Wir konnten nicht beurteilen, wie weit der Feind entfernt war, und wir wagten es nicht, in die Dunkelheit zu schießen, denn unsere Kriegsmunition war kostbar. Alle meine Onkel befanden sich wie angenagelt bei den Befestigungsmauern, nicht sicher, ob es einen neuen Angriff geben werde. Onkel Louis war schwer verletzt. Meine Gefangene kam mir in den Sinn. Zu Beginn des Kampfes hatte ich gehört, wie jemand zu Jean Mauprat sagte, im Falle einer Niederlage müsse man sie ausliefern unter der Bedingung, daß die Belagerung aufgehoben werde, oder man müsse sie vor den Augen des Feindes aufhängen. An der Wahrheit dessen, was sie mir gesagt hatte, konnte ich nicht mehr zweifeln. Als der Sieg uns zuzufallen schien, vergaß man die Gefangene. Nur der listige Jean trennte sich von seiner ihm so teuren Feldschlange, die er mit so viel Liebe richtete, und schlich wie eine Katze in die Finsternis. Ein unglaublicher Eifersuchtsanfall überkam mich. Ich warf mein Gewehr weg, nahm seine Spur auf, das Messer in der Hand und entschlossen, so glaube ich, ihn zu erdolchen, sollte er anrühren, was ich für meine Beute hielt. Ich sah, wie er sich der Tür näherte, sie zu öffnen versuchte und aufmerksam durch das Schlüsselloch spähte, um sicherzugehen, daß sein Fang ihm nicht entkommen war. Wieder setzte Gewehrfeuer ein. Er kehrte auf seinen ungleichen Absätzen um, mit der überraschenden Geschicklichkeit, die ihm eigen war, und lief zu den Mauern. Ich war im Schatten verborgen, ließ ihn vorübergehen und folgte ihm nicht. Ein anderer Trieb als der nach einem Blutbad ergriff mich. Das Aufblitzen der Eifersucht hatte meine Sinne entfacht. Der Pulverdampf, der Anblick von Blut, der Lärm, die Gefahr, etliche Becher, randvoll mit Branntwein, die in der Runde geleert wurden, um die Tatkraft zu erhalten, all dies hatte meinen Kopf seltsam erhitzt. Ich nahm den Schlüssel aus dem Gürtel, öffnete ruckartig die Tür, und als ich vor der Gefangenen stand, war ich nicht mehr der mißtrauische und grobe Novize, den zum Schwanken zu bringen ihr gelungen war; ich war der verwegene Brigant von La Roche-Mauprat, nun um ein Vielfaches gefährlicher als zuvor. Voller Ungestüm stürzte sie mir entgegen. Ich öffnete die Arme, um sie zu umfangen, doch anstatt sich darüber zu erschrecken, warf sie sich hinein und rief: »Nun, wo ist mein Vater?« »Dein Vater«, sagte ich und küßte sie, »ist nicht da. An den Schießscharten ist zur Stunde ebensowenig die Rede von ihm wie von dir. Wir haben ein Dutzend Gendarmen niedergestreckt, das ist alles. Wie gewöhnlich ist der Sieg unser. Beunruhige dich also nicht wegen deines Vaters; ich kümmere mich auch nicht mehr um die Leute des Königs. Laß uns in Frieden leben und die Liebe feiern.« Während ich so sprach, hob ich einen Weinkrug, der noch auf dem Tisch stand, an die Lippen. Aber mit einem anmaßenden Blick, der mich anstachelte, nahm sie ihn mir aus den Händen. »Trinken Sie nichts mehr«, sagte sie, »überlegen Sie, was Sie sagen. Ist es auch wahr? Antworten Sie, bei der Ehre, bei der Seele Ihrer Mutter.« »All das ist wahr, ich schwöre es, bei Ihrem schönen, so rosigen Mund«, antwortete ich und versuchte wieder, sie zu küssen. Aber sie wich angstvoll zurück. »Oh, mein Gott«, sagte sie, »er ist betrunken! Bernard! Bernard! Denken Sie an das, was Sie versprochen haben, halten Sie Wort. Sie wissen jetzt sehr gut, daß ich Ihre Verwandte, Ihre Schwester bin.« »Sie sind meine Geliebte oder meine Frau«, antwortete ich und bedrängte sie weiterhin. »Sie sind ein elender Mensch!« erwiderte sie und stieß mich mit der Reitgerte zurück. »Was haben Sie getan, wodurch Sie mir etwas bedeuten könnten? Haben Sie meinem Vater geholfen?« »Ich habe geschworen, ihm zu helfen und hätte es getan, wenn er da gewesen wäre, also ist es so, als wäre es geschehen. Wissen Sie, daß, wenn ich es getan hätte und es nur mißlungen wäre, es auf La Roche-Mauprat keine Marter gegeben hätte, grausam und langsam genug, um mich ganz gemächlich für diesen Verrat zu bestrafen. Ich habe recht laut geschworen, mag sein, daß man mich gehört hat. Meiner Treu, ich mache mir wenig daraus, und es kommt mir nicht darauf an, zwei Tage mehr oder weniger zu leben; aber auf Ihre Gunst kommt es mir an, meine Schöne, und darauf, kein schmachtender Ritter zu sein, über den man sich lustig macht. Los, lieben Sie mich sofort, oder, meiner Treu, ich gehe dorthin zurück, und wenn ich getötet werde, so werden Sie sieben Mauprat im Zaum zu halten haben. Ich fürchte, Ihre Hände sind dazu nicht stark genug, mein hübscher, kleiner Hänfling.«

Diese Worte, die ich auf gut Glück vorbrachte und ohne einen anderen Sinn, als den, sie abzulenken, um mich ihrer Hände oder ihrer Taille zu bemächtigen, machten auf sie einen lebhaften Eindruck. Sie floh zum anderen Ende des Saals, bemühte sich, das Fenster zu öffnen; aber ihren kleinen Händen gelang es nur, am Bleirahmen mit dem verrosteten Beschlag zu rütteln. Ihre Bemühung brachte mich zum Lachen. Angstvoll rang sie die Hände und verharrte bewegungslos, dann änderte sich mit einem Mal der Ausdruck ihres Gesichts; sie schien ihre Entscheidung getroffen zu haben und kam lachend und mit offener Hand auf mich zu. Sie war dermaßen schön, daß eine Wolke vor meinen Augen vorüberzog und ich sie einen Augenblick lang nicht mehr sah.

Gestatten Sie mir eine Kinderei. Ich muß Ihnen erzählen, wie sie gekleidet war. Seit dieser seltsamen Nacht hat sie das Kostüm nie wieder getragen, und dennoch erinnere ich mich bis ins kleinste daran. Eine lange Zeit ist seither vergangen. Nun gut. Ich könnte noch einmal so lange leben, wie ich schon gelebt habe, und würde doch nicht die geringste Einzelheit vergessen, so sehr war ich davon beeindruckt inmitten dieses Tumultes in mir und um mich herum, inmitten der Gewehrkugeln, die gegen die Festungsmauern prallten, der Blitze, die den Himmel zerschnitten, und inmitten des heftigen Pochens, das mein Blut vom Herzen zum Gehirn und vom Kopf zur Brust trieb.

Oh, wie schön sie war! Es kommt mir so vor, als schwebe ihr Geist noch vor meinen Augen. Ich glaube, sie zu sehen in ihrem Kostüm einer Amazone, wie man es zu jener Zeit trug. Es bestand aus einem sehr weiten Tuchrock, am Oberkörper trug sie ein enganliegendes, geknöpftes Mieder aus perlgrauem Satin, eine rote Schärpe um die Taille und darüber eine mit Litzen besetzte Jagdjacke, kurz und vorne offen; einen Hut aus grauem Filz mit breiter Krempe, über der Stirn aufgeschlagen und beschattet von einem halben Dutzend roter Federn über dem ungepuderten Haar, das um das Gesicht herum hochgesteckt war und hinten in zwei Zöpfen herabfiel, wie sie die Bernerinnen tragen. Die von Edmée waren so lang, daß sie bis fast auf den Boden reichten. Dieser in meinen Augen phantastische Schmuck, diese Blüte der Jugend und die gütige Art, in der sie meine Forderungen aufnahm, das genügte, um mich vor Liebe und Freude verrückt zu machen. Ich begriff, daß es nichts Angenehmeres gab als eine schöne Frau, die sich ohne vulgäre Worte hingab und ohne Tränen der Scham. Meine erste Regung war, sie in meine Arme zu nehmen; doch, wie besiegt von diesem unwiderstehlichen Bedürfnis der Anbetung, das selbst bei den gröbsten Menschen die erste Liebe auszeichnet, sank ich zu ihren Knien nieder, preßte sie gegen meine Brust, und dies geschah gleichwohl in der Annahme, meine Huldigung richte sich an eine große Dirne. Und dennoch war ich nahe daran, ohnmächtig zu werden.

Sie nahm meinen Kopf in ihre schönen Hände und rief: »Ach, ich sah, ich wußte es, daß Sie nicht einer dieser Verdammten sind; oh, Sie werden mich retten. Gott sei Dank, seien Sie gepriesen, mein Gott! Und Sie, mein liebes Kind, sagen Sie wohin? Schnell, fliehen wir; müssen wir aus dem Fenster springen? Oh, ich habe keine Angst, auf denn, mein lieber Herr!«

Ich glaubte, aus einem Traum zu erwachen und gestehe, daß mir dies entsetzlich unangenehm war. »Was soll das heißen?« antwortete ich und erhob mich, »wollen Sie mich verspotten? Wissen Sie nicht, wo Sie sind, und glauben Sie, ich sei ein Kind?«

»Ich weiß, daß ich auf La Roche-Mauprat bin«, erwiderte sie und wurde wieder blaß, »und daß man mich binnen der nächsten zwei Stunden schänden und ermorden wird, wenn es mir nicht gelingt, Ihr Mitleid zu erwecken. Aber es wird mir gelingen«, rief sie und fiel mir nun ihrerseits zu Füßen, »Sie gehören nicht zu diesen Männern. Sie sind zu jung, um ein solches Ungeheuer zu sein, Sie schienen mich zu bedauern; Sie werden mich entkommen lassen, nicht wahr, nicht wahr, *mein liebes Herz*?«

Sie nahm meine Hände, und, um mich zu erweichen, küßte sie sie leidenschaftlich; ich hörte ihr zu und betrachtete sie mit einem dumpfen Ausdruck, der wenig geeignet war, um sie zu beruhigen. Meine Seele war aus sich heraus kaum für Großmütigkeit und Mitleid offen, und eine noch heftigere Leidenschaft als bisher brachte alles in mir, was Edmée darin zu finden versuchte, zum Schweigen. Ich verschlang sie mit den Augen, ohne von dem, was sie sagte, irgend etwas zu begreifen. Die einzige Frage für mich war, zu erfahren, ob ich ihr gefallen hatte oder ob sie sich meiner für ihre Befreiung bedienen wollte.

»Ich sehe wohl, daß Sie Angst haben«, sagte ich; »wenn Sie vor mir Angst haben, so ist dies unrecht, ich tue Ihnen gewiß nichts Böses. Sie sind zu hübsch, als daß ich an etwas anderes denken könnte, als Sie zu liebkosen.«

»Ja, aber Ihre Onkel töten mich«, rief sie, »das wissen Sie doch. Ist es möglich, daß Sie mich töten lassen wollen? Retten Sie mich, da ich Ihnen gefalle, danach werde ich Sie lieben.«

«Oh ja, danach, danach!« erwiderte ich lachend, albern und mißtrauisch, »nachdem Sie mich von den Leuten des Königs haben hängen lassen, die ich gerade so schön geprellt habe. Los, geben Sie mir den Beweis und lieben Sie mich jetzt gleich, danach rette ich Sie; danach, auch ich.« Ich verfolgte sie durch den Raum; sie floh. Sie ließ keinen Zorn erkennen und widerstand mir mit sanften Worten. Die Unglückliche hegte in mir ihre einzige Hoffnung und befürchtete, mich zu reizen. Ach, hätte ich doch nur begriffen, was das ist, eine Frau wie sie, und in welcher Lage ich mich befand! Aber dazu war ich nicht fähig, und ich hatte nur die fixe Idee, die ein Wolf bei einer solchen Gelegenheit hat.

Als ich schließlich auf all ihre Bitten die immer gleiche

Antwort gab: »Lieben Sie mich, oder machen Sie sich über mich lustig?«, da sah sie, mit was für einem Rohling sie es zu tun hatte; sie traf eine Entscheidung, kam zu mir, warf ihre Arme um meinen Hals, verbarg das Gesicht an meiner Brust und ließ mich ihr Haar küssen. Dann stieß sie mich sanft zurück und sagte: »Ja, mein Gott, siehst du denn nicht, daß ich dich liebe und du mir vom ersten Augenblick an gefallen hast? Aber verstehst du denn nicht, daß ich deine Onkel hasse und nur dir gehören will?« »Ja«, antwortete ich starrköpfig, »darum haben Sie sich gesagt: Diesen Dummkopf werde ich von allem, was ich will, überzeugen, wenn ich ihm sage, daß ich ihn liebe; er glaubt mir, und ich führe ihn zum Galgen. Hören Sie, wenn Sie mich lieben, gibt es nur ein sinnvolles Wort.« Angstvoll sah sie mich an, während ich versuchte, ihre Lippen zu treffen, sobald sie den Kopf nicht wegdrehte. Ich hielt ihre Hände fest, den Augenblick ihrer Niederlage konnte sie nur noch hinauszögern. Plötzlich bekam ihr bleiches Gesicht wieder Farbe, sie fing an zu lächeln, und mit engelhafter Koketterie sagte sie: »Und Sie, lieben Sie mich?«

Von diesem Moment an gehörte der Sieg ihr. Ich hatte nicht mehr die Kraft, zu wollen, was ich begehrte; mein Luchskopf war verstört, nicht mehr und nicht weniger als der eines Mannes, und ich glaube, daß der Klang meiner Stimme menschlich war, als ich ausrief: »Ja, ich liebe dich! Ich liebe dich!«

»Nun gut!« sagte sie mit einem Ausdruck der Tollheit und in schmeichlerischem Ton: »Lieben wir uns, retten wir uns.« »Ja, retten wir uns«, erwiderte ich, »ich verabscheue dieses Haus und meine Onkel. Lange schon will ich mich in Sicherheit bringen. Aber sie werden mich hängen, das weißt du.« »Man wird dich nicht hängen«, antwortete sie lachend, »mein Verlobter ist General-Leutnant.« »Dein Verlobter«, schrie ich, und ein neuer Anfall von Eifersucht, stärker als der erste, packte mich, »du wirst heiraten?« »Warum nicht?« antwortete sie und beobachtete mich aufmerksam. Ich wurde blaß und biß die Zähne zusammen. »In diesem

Falle...«, sagte ich und versuchte, sie in meine Arme zu reißen. »In diesem Falle«, erwiderte sie und gab mir einen Klaps auf die Wange, »sehe ich, daß du eifersüchtig bist; aber ein merkwürdiger Eifersüchtiger, einer, der seine Geliebte um zehn Uhr besitzen und um Mitternacht an acht betrunkene Männer abtreten will, die sie ihm morgen zurückgeben, schmutzig wie Straßendreck.« »Ach, du hast recht«, schrie ich, »geh doch, geh! Ich verteidige dich bis zum letzten Blutstropfen; doch in Anbetracht ihrer Zahl werde ich unterliegen und mit dem Gedanken sterben, daß du ihnen geblieben bist. Wie grauenvoll! Du bringst mich dazu, nachzudenken; es macht mich traurig. Los, geh fort!« »Oh, ja! Oh, ja! Mein Engel«, rief sie und küßte mich aus vollem Herzen auf die Wangen.

Diese erste Liebkosung einer Frau seit meiner Kindheit erinnerte mich, ich weiß nicht wie und warum, an den letzten Kuß meiner Mutter, und statt Freude bewirkte sie tiefe Traurigkeit. Ich fühlte, daß meine Augen voller Tränen waren. Meine demütig Flehende bemerkte es, küßte meine Tränen weg und sagte immer wieder: »Rette mich! Rette mich!« »Und deine Heirat?« sagte ich, »oh, höre mich an und schwöre mir, daß du nicht heiraten wirst, bevor ich sterbe; das wird nicht mehr lange dauern, denn meine Onkel machen kurzen Prozeß, wie sie es nennen.« »Willst du mir nicht folgen?« erwiderte sie. »Dir folgen? Nein! Dort gehängt werden, weil ich das Räuberhandwerk ausgeübt habe, hier gehängt werden, weil ich dich entkommen ließ, das ist ein- und dasselbe, und wenigstens wird mir hier die Schande erspart, als Verräter zu gelten und auf einem öffentlichen Platz gehängt zu werden.« »Ich lasse dich nicht hier«, rief sie, »und sollte ich deswegen sterben, komm mit mir, du riskierst nichts, glaube meinem Wort. Ich stehe vor Gott für dich ein. Töte mich, wenn ich lüge, doch laß uns rasch gehen. Mein Gott ! Ich höre sie singen! Sie kommen! Ach, wenn du mich nicht verteidigen willst, so töte mich auf der Stelle!«

Sie warf sich in meine Arme. Liebe und Eifersucht beherrschten mich immer mehr, ich hatte tatsächlich den Gedanken, sie zu töten, die ganze Zeit über hatte ich die Hand auf meinem Jagdmesser, während ich auf Lärm und Stimmen in der Nähe lauschte. Es war das Geschrei des Sieges. Ich verfluchte den Himmel, daß er ihn nicht unseren Feinden gegeben hatte. Ich drückte Edmée an meine Brust, und einander umarmend verharrten wir bewegungslos, bis ein neuer Gewehrschuß verkündete, daß der Kampf wieder begann. Da drückte ich sie leidenschaftlich an mein Herz. »Du erinnerst mich«, sagte ich, »an eine arme Turteltaube, die sich einst, da sie von einem Milan verfolgt wurde, in meine Jacke flüchtete und an meiner Brust versteckte.« »Und du hast sie nicht dem Milan ausgeliefert, nicht wahr?« erwiderte Edmée. »Nein, bei allen Teufeln! Ebensowenig wie ich dich, den schönsten Waldvogel, an diese bösartigen Nachtvögel, die dich bedrohen, ausliefern werde.« »Wie aber fliehen wir?« sagte sie und lauschte voller Schrecken dem Gewehrfeuer. »Ganz einfach«, sagte ich, »folge mir.« Ich nahm eine Fackel, hob eine Falltür hoch und ließ sie vor mir in den Keller hinabsteigen. Von dort gelangten wir zu einem Tunnel, den man in einen Felsen gegraben und der einst dazu gedient hatte, ein größeres Verteidigungsgeschütz einzusetzen, wenn die Besatzung zahlreicher war; am äußeren Ende, das dem Fallgatter gegenüber lag, ging man ins freie Land hinaus und gelangte an die rückwärtige Linie der Belagerer, die sich somit zwischen zwei Feuern gefangen fanden. Aber es war schon lange her, daß die Besatzung von La Roche-Mauprat sich in zwei Einheiten aufteilen konnte, und im übrigen wäre es wahnsinnig gewesen, sich nachts außerhalb der Ringmauern zu wagen. Wir kamen also ohne Zwischenfall zum Ausgang des Tunnels, doch im letzten Augenblick packte mich ein Wutanfall. Ich warf die Pechfackel auf die Erde, stemmte mich gegen die Tür und sagte zu der zitternden Edmée: »Du gelangst nicht hinaus, ohne mein gewesen zu sein.« Wir waren im Dunkel, der Kampfeslärm drang nicht bis zu uns. Bevor man uns an diesem Ort überraschen konnte, hatten wir tausendfach Zeit genug zu fliehen. All dies ermutigte mich, Edmée war nur mehr meiner Laune unterworfen. Als sie merkte, daß der Zauber ihrer Schönheit mich nicht mehr zur Begeisterung hinreißen konnte, hörte sie auf, mich anzuflehen und trat in der Finsternis ein paar Schritte zurück. »Öffne die Tür«, sagte sie, »und geh als erster hinaus, oder ich töte mich, denn als du das Jagdmesser neben der Falltür vergessen hast, habe ich es an mich genommen, und, um zu deinen Onkeln zurückzukehren, wirst du durch mein Blut waten müssen.« Die Kraft ihrer Stimme erschreckte mich. »Geben Sie das Messer her«, sagte ich, »oder aber ich nehme es Ihnen gewaltsam und auf jede Gefahr hin weg.« »Glaubst du, ich hätte Angst zu sterben?« sagte sie gelassen. »Hätte ich vorhin das Messer gehabt, hätte ich mich nicht vor dir gedemütigt.« »Nun denn, Unglück!« schrie ich, »Sie betrügen mich, Sie lieben mich nicht! Gehen Sie, ich verachte Sie, ich folge Ihnen nicht.« Gleichzeitig öffnete ich die Tür.

»Ich will nicht ohne Sie gehen«; sagte sie, »und Sie, Sie wollen nicht gehen, ohne daß Sie mich entehrt haben. Wer von uns beiden ist großherziger?« »Sie sind verrückt«, sagte ich, »Sie haben mich betrogen, und Sie wissen nicht, was Sie tun sollen, um mir den Vestand zu rauben. Aber Sie werden nicht von hier weggehen, ohne mir geschworen zu haben, daß Ihre Heirat mit dem General-Leutnant oder einem anderen nicht stattfinden wird, bevor Sie nicht meine Geliebte waren.« »Ihre Geliebte?« sagte sie, »das denken Sie? Können Sie nicht wenigstens, um die Frechheit zu mildern, sagen, Ihre *Frau*?« »Das würden meine Onkel an meiner Statt sagen, denn sie wären nur um Ihre Mitgift besorgt. Ich habe nur Lust auf Ihre Schönheit. Schwören Sie, zuerst mir anzugehören, danach sind Sie frei, das schwöre ich. Wenn ich zu eifersüchtig bin, dies zu dulden, und ein Mann hat nur ein Wort, werde ich mir das Gehirn wegpusten.« »Ich schwöre, niemandem anzugehören, bevor ich die Ihre war.« »Das ist nicht dasselbe, schwören Sie, mein zu sein, bevor Sie, wem auch immer, angehören.« »Das ist dasselbe«, antwortete sie, »ich schwöre es.« »Auf die Bibel? Auf den Namen Christi? Beim Heil Ihrer Seele? Auf den Sarg Ihrer Mutter?« »Auf die Bibel, den Namen Christi, beim Heil meiner Seele, auf den Sarg meiner Mutter!« »Das ist gut.« »Einen Augenblick«, sagte sie, »schwören Sie, daß mein Versprechen und seine Erfüllung ein Geheimnis bleibt zwischen uns beiden, daß weder mein Vater, noch jemand, der es ihm weitersagen könnte, je davon erfährt?« »Niemand auf der Welt. Was kümmert es mich, daß jemand davon weiß, wenn es nur geschieht?« Sie ließ mich die Schwurformel wiederholen, und wir stürzten nach draußen, die Hände vereint als Zeichen eines gegenseitigen Glaubens.

Von da an wurde unsere Flucht gefährlich. Edmée fürchtete die Belagerer fast ebensosehr wie die Belagerten. Wir hatten das Glück, auf keinen von ihnen zu treffen; aber es war nicht leicht, rasch voranzukommen: Es war so dunkel, daß wir gegen alle Bäume stießen, die Erde war so glitschig, daß wir uns nicht halten konnten. Ein unerwartetes Geräusch ließ uns zusammenfahren; doch sogleich erkannte ich am Klang der Fußketten das Pferd meines Großvaters, ein außerordentlich altes, aber immer noch kräftiges und heißblütiges Tier: Es war dasselbe, das mich vor zehn Jahren nach La Roche-Mauprat getragen hatte; statt eines Zaumzeugs hatte es nur ein Seil um den Hals. Ich führte dieses mit einer Schleife durch das Maul, warf meinen Rock auf seine Kruppe, setzte meinen Flüchtling darauf, band die Fußfesseln los, sprang auf das Tier, gab ihm die Sporen und ließ es einfach losgaloppieren. Zu unserem Glück kannte es die Wege besser als ich, brauchte die Biegungen nicht zu sehen, um ihnen zu folgen, und stieß auch nicht gegen die Bäume. Jedoch rutschte es oft aus, und um sich zu halten, versetzte es uns Stöße, die uns tausendfach aus dem Sattel geworfen hätten (so wie wir ausgerüstet waren), wären wir nicht schon zwischen Leben und Tod gewesen. In solchen Situationen sind verzweifelte Aktionen die besten, und Gott beschützt diejenigen, die von Menschen verfolgt werden. Es sah so aus, als hätten wir nichts mehr zu befürchten, als das Pferd plötzlich über einen Baumstumpf stolperte, sein Fuß hatte sich in einer Wurzel verfangen, und stürzte. Bevor wir wieder aufgestanden waren, hatte es die Flucht in die Finsternis ergriffen, und ich hörte, wie seine Hufe sich immer weiter entfernten. Ich hatte Edmée in meinen Armen aufgefangen, sie war nicht verletzt, aber ich zog mir eine so schlimme Verstauchung zu, daß es mir unmöglich war, auch nur einen Schritt zu tun. Edmée meinte, mein Bein sei gebrochen, auch ich glaubte es ein wenig, es schmerzte so sehr; aber bald dachte ich nicht mehr an den Schmerz und die Sorgen. Die zärtliche Besorgnis, die Edmée mir bezeugte, ließ mich alles vergessen. Vergeblich drängte ich sie, ihren Weg ohne mich fortzusetzen; jetzt konnte sie sich retten. Wir waren sehr weit gekommen. Bald würde es Tag werden. Sie würde Behausungen finden, und überall würde man sie gegen die Mauprat schützen. »Ich verlasse dich nicht«, antwortete sie halsstarrig; »du hast dich für mich geopfert, und ich opfere mich für dich; wir retten uns beide, oder aber wir sterben gemeinsam.«

»Ich irre mich nicht«, rief ich, »dort sehe ich Licht zwischen den Zweigen. Da ist ein Haus. Edmée, gehen Sie und klopfen Sie an. Lassen Sie mich unbesorgt hier, Sie werden einen Führer finden, der Sie nach Hause bringt.« »Was auch geschehen mag, ich verlasse Sie nicht«, sagte sie, »aber ich gehe und sehe nach, ob ich Hilfe finde.« »Nein«, sagte ich zu ihr, »ich lasse Sie nicht allein an diese Tür klopfen. Dieses Licht mitten in der Nacht, in einem Haus tief im Wald, kann eine Falle sein.« Ich schleppte mich bis zur Tür. Sie war kalt wie Metall; die Mauern waren bedeckt mit Efeu. »Wer da?« rief man von drinnen, noch ehe wir angeklopft hatten. »Wir sind gerettet«, rief Edmée, »das ist die Stimme von Patience.« »Wir sind verloren«, erwiderte ich, »denn wir sind Todfeinde, er und ich.« »Haben Sie keine Angst«, sagte sie, »folgen Sie mir, Gott führt uns hierher.«

»Ja, Gott führt dich hierher, Himmelstochter, Morgenstern«, sagte Patience und öffnete die Tür, »und wer auch bei dir sein mag, er sei willkommen im Turm Gazeau.«

Wir gelangten in ein Flachgewölbe, in dessen Mitte eine

Eisenlampe hing. Im Schein dieser düsteren Beleuchtung und des dürren Gestrüpps, das in der Feuerstelle brannte, sahen wir mit Überraschung, daß ungewöhnliche Gesellschaft den Turm Gazeau beehrte. Auf der einen Seite wurde die bleiche, feierliche Gestalt eines Mannes im Kirchengewand von der Flamme beleuchtet, auf der anderen ein Hut mit breiter Krempe, der einen fahlen Kegel beschattete, an dessen Ende sich ein spärlicher Bart befand, und an der Mauer zeichnete sich die Silhouette einer Nase ab, die so spitz war, daß ihr auf der Welt keine andere glich, es sei denn, ein langes Rapier, das quer auf den Knien dieser Person lag, sowie das Gesicht eines kleinen Hundes, das man wegen seiner spitzen Form für das einer riesigen Ratte halten konnte: Zwischen diesen drei Spitzen herrschte eine geheimnisvolle Harmonie, zwischen der Nase von Don Marcasse, der Schnauze seines Hundes und der Klinge seines Degens. Langsam erhob sich dieser und legte die Hand an den Hut. Ihm folgte der jansenistische Pfarrer. Der Hund steckte den Kopf zwischen die Beine seines Herrn und zeigte, stumm wie dieser, die Zähne, legte dann, ohne zu bellen, die Ohren an. »Psst! *Blaireau*«, sagte Marcasse.

VII.

Kaum hatte der Pfarrer Edmée erkannt, da ging er mit einem Ausruf der Überraschung drei Schritte rückwärts, aber das war noch nichts, verglichen mit der Verblüffung von Patience, nachdem dieser den Schein seines brennenden Holzscheits, der ihm als Fackel diente, über meine Gesichtszüge hatte gleiten lassen. »Die Taube in Begleitung des jungen Bären!« rief er, »was ist nur los?« »Mein Freund«, antwortete Edmée und legte zu meinem Erstaunen ihre weiße Hand in die grobschlächtige des Hexenmeisters, »nehmen sie ihn ebenso gut auf wie mich. Ich war gefangen in La

Roche-Mauprat, und er hat mich befreit.« »Für diese Tat seien ihm die Sünden seines Geschlechts vergeben!« sagte der Pfarrer. Patience nahm, ohne etwas zu sagen, meinen Arm und führte mich zum Feuer. Man setzte mich auf den einzigen Stuhl der Behausung, und der Pfarrer übernahm die Aufgabe, mein Bein zu untersuchen, während Edmée unser Abenteuer bis zu einem gewissen Punkt erzählte und nach der Jagd und ihrem Vater fragte. Patience konnte ihr darüber nichts Neues berichten. Er hatte den Klang des Jagdhorns in den Wäldern gehört, und Gewehrschüsse auf die Wölfe hatten mehrmals am Tage seine Ruhe gestört. Aber seit dem Gewitter hatte das Rauschen des Windes alle anderen Geräusche erstickt, und er wußte nicht, was sich in der Varenne ereignete. Marcasse stellte geschwind eine Leiter auf, die zu den oberen Stockwerken des Turmes führte, da die Treppe kaputt war; sein Hund folgte ihm mit wunderbarer Geschicklichkeit. Sie kamen bald wieder herunter, und wir erfuhren, daß dort, wo La Roche-Mauprat lag, ein rotes Leuchten am Horizont aufstieg. Trotz des Hasses, den ich gegen diesen Wohnsitz und seine Wirte hegte, vermochte ich nicht, mich gegen eine Bestürzung zu wehren, als ich hörte, daß, allem Anschein nach, der Erbsitz, der meinen Namen trug, in Flammen stand; das bedeutete Schmach und Niederlage, und dieser Brand war wie ein Siegel der Lehnsherrschaft, das durch die, welche ich Bauernflegel und Lümmel nannte, auf mein Wappen gedrückt wurde. Mit einem Ruck sprang ich auf, und wenn mich nicht ein heftiger Schmerz im Fuß daran gehindert hätte, wäre ich, glaube ich, nach draußen gestürzt. »Was haben Sie bloß?« fragte Edmée, die in diesem Augenblick neben mir war. »Was ich habe?« antwortete ich schroff, »daß ich sofort dorthin zurück muß, denn es ist meine Pflicht, mich selbst töten zu lassen und nicht zu gestatten, daß meine Onkel mit dem Pöbel verhandeln.« »Mit dem Pöbel!« schrie Patience und richtete zum ersten Mal das Wort an mich, »wer redet hier von Pöbel? Ich, ich bin der Pöbel, das ist mein Titel, und ich sorge dafür, daß er respektiert wird.« »Meiner Treu! Doch nicht von mir«, sagte ich und stieß den Pfarrer zurück, der mich wieder auf den Stuhl niederdrückte. »Es wäre ja nicht das erste Mal«, antwortete Patience mit einem verächtlichen Lächeln. »Sie erinnern mich daran«, sagte ich, »daß wir beide alte Rechnungen zu begleichen haben.« Ich unterdrückte den schrecklichen Schmerz in meinem verstauchten Fuß, stand erneut auf und beförderte Don Marcasse, der es dem Pfarrer in der Rolle des Friedenstifters gleichtun wollte, mit dem Handrücken mitten in die Asche. Ich wollte ihm nichts antun; aber ich bewegte mich etwas unkontrolliert, und der arme Mann war so schmächtig, daß er in meiner Hand nicht mehr wog als ein Wiesel in seiner. Patience stand vor mir mit gekreuzten Armen, in der Haltung des stoischen Philosophen; aber in seinem finsteren Blick blitzte der Haß auf. Es war offensichtlich, daß er, zurückgehalten noch von seinen Grundsätzen der Gastfreundschaft, darauf wartete, mich zu zerquetschen, sobald ich ihm den ersten Schlag versetzte. Ich hätte ihn nicht länger warten lassen, wenn Edmée nicht jene Gefahr mißachtend, die darin bestand, sich einem Tobenden zu nähern, meinen Arm ergriffen und in einem strengen Ton gesagt hätte: »Setzen Sie sich, halten Sie Ruhe, ich befehle es Ihnen.« So viel Kühnheit und Vertrauen überraschten mich und gefielen mir zugleich. Die Rechte, die sie sich mir gegenüber anmaßte, waren wie eine Bestätigung derer, die ich ihr gegenüber zu haben behauptete. »Sie haben recht«, erwiderte ich, setzte mich und fügte mit einem Blick auf Patience hinzu: »Es wird sich finden.« *»Amen«,* antwortete er und hob die Schultern. Marcasse war mit großem Gleichmut aufgestanden, schüttelte die Asche ab, und, anstatt mich zu beschuldigen, versuchte er auf seine Weise, Patience Vorhaltungen zu machen. Die Sache war in sich nicht einfach; doch nichts war irritierender als dieser einsilbige Tadel, mit dem er seine Meinung in die Streitigkeiten einbrachte, dem Echo eines Gewitters ähnlich. »In Ihrem Alter«, sagte er zu seinem Gastgeber, »gar nicht geduldig! Ganz und gar Unrecht, ja, Unrecht, Sie!« »Und wie böse Sie sind!« sagte Edmée zu mir, wobei ihre Hand auf meiner Schulter ruhte, »fangen Sie nicht wieder an, oder ich verlasse Sie.« Mit Freude ließ ich mich von ihr schelten und merkte auch nicht, daß wir seit einer Weile die Rollen getauscht hatten. Nun war sie es, die befahl und schimpfte; sie hatte ihre ganze, tatsächliche Überlegenheit wiedererlangt, als sie die Schwelle des Turms Gazeau überschritt; und dieser rauhe Ort, diese fremdartigen Zeugen, dieser wilde Gastgeber stellten mir bereits die Gesellschaft vor, in die ich soeben den Fuß gesetzt hatte, und deren Fesseln ich bald ertragen sollte.

»Nun«, sagte sie und wandte sich an Patience, »wir verstehen uns hier nicht so recht, und mich verzehrt die Sorge um meinen armen Vater, der mich zur Stunde händeringend sucht. Gut, Patience, finde mir eine Möglichkeit, ihn zu treffen, zusammen mit diesem unglücklichen Kind, das ich nicht in deiner Obhut lassen mag, da du mich nicht genügend liebst, um ihm gegenüber geduldig und barmherzig zu sein.« »Was sagen Sie da?« schrie Patience und legte die Hand auf seine Stirn, als erwache er aus einem Traum. »Ja, Sie haben recht; ich bin ein alter Grobian, ein alter Verrückter. Tochter Gottes, sagen Sie diesem Jungen ... diesem Edelmann, daß ich ihn wegen der Vergangenheit um Verzeihung bitte, und was die Gegenwart betrifft, so steht meine ärmliche Zelle zu seinem Befehl; ist das recht gesprochen?« »Ja, Patience«, sagte der Pfarrer, »im übrigen wird sich alles weisen; mein Pferd ist sanft und kräftig, Mademoiselle de Mauprat wird aufsteigen, Sie und Marcasse führen es am Zügel, und ich bleibe hier bei unserem Verletzten. Ich verbürge mich, ihn gut zu pflegen und ihn auf keinerlei Weise zu ärgern. Nicht wahr, Monsieur Bernard, Sie haben nichts gegen mich, Sie sind doch sicher, daß ich nicht Ihr Feind bin?« »Was weiß ich«, antwortete ich, »wie Sie wollen. Passen Sie auf die *Cousine* auf, geleiten Sie sie; ich brauche nichts und kümmere mich um keinen. Ein Bündel Stroh und ein Glas Wein, wenn es geht, das ist alles, was ich will.« »Sie werden das eine wie das andere bekommen«, sagte Marcasse und reichte mir seine Kürbisflasche, »und hier zunächst etwas für die Stärkung; ich gehe zum Stall und sattle das Pferd.« »Nein, ich gehe selbst«, sagte Patience, »kümmern Sie sich um diesen jungen Mann.« Er ging in einen anderen niedrigen Raum, der dem Pferd des Pfarrers als Stall diente während der Besuche, die jener ihm abstattete. Man führte das Pferd durch das Gemach, in dem wir uns befanden, Patience legte den Mantel des Pfarrers auf dem Sattel zurecht und setzte Edmée mit väterlicher Sorgfalt darauf. »Einen Augenblick«, sagte sie, bevor sie sich wegführen ließ; »Herr Pfarrer, versprechen Sie mir beim Heil Ihrer Seele, meinen Vetter nicht zu verlassen, bevor ich nicht mit meinem Vater zurückgekommen bin, um ihn zu holen?« »Ich schwöre es«, erwiderte der Pfarrer. »Und Sie, Bernard«, sagte Edmée, »schwören Sie mir bei Ihrer Ehre, daß Sie hier auf mich warten?« »Ich weiß überhaupt nichts«, antwortete ich, »es kommt auf die Zeit an und meine Geduld; aber Sie wissen recht gut, daß wir uns wiedersehen, und sei es beim Teufel, und was mich angeht, sobald wie möglich.« Im Schein des Holzscheits, das Patience um sie herum schwenkte, um das Geschirr des Pferdes zu prüfen, sah ich ihr schönes Gesicht rot und blaß werden; dann hob sie ihren traurig gesenkten Kopf und sah mich fest mit einem seltsamen Ausdruck an. »Wollen wir aufbrechen?« sagte Marcasse und öffnete die Tür. »Wir gehen los«, sagte Patience und ergriff die Zügel. »Meine Tochter Edmée, bücken Sie sich, wenn Sie unter der Tür durchkommen...« »Was ist denn, Blaireau?« sagte Marcasse, blieb auf der Schwelle stehen und streckte die vom Blut der Nagetiere gerostete Schwertspitze nach draußen.

Blaireau rührte sich nicht, und wäre er nicht *von Geburt an stumm* gewesen, wie sein Herr behauptete, so hätte er angeschlagen; doch er warnte auf seine Weise und ließ eine Art trockenen Husten hören, der sein stärkstes Zeichen von Zorn und Unruhe war ... »Irgendwas da unten«, sagte Marcasse. Er ging mutig in die Dunkelheit und gab der Amazone ein Zeichen, nicht herauszukommen. Der Knall einer Feuerwaffe ließ uns alle erbeben. Edmée sprang leichtfüßig vom Pferd, und mit einer instinktiven Bewegung, die mir nicht entging, stellte sie sich hinter meinen Stuhl. Patience stürzte aus dem Turm; der Pfarrer eilte zum verschreckten Pferd, das sich aufbäumte und zu uns zurückwich; Blaireau gelang ein Bellen. Ich vergaß meinen Schmerz, und mit einem Sprung war ich ganz vorne.

Ein Mann, übersät mit Verwundungen und Blut verströmend, lag quer vor der Tür. Es war mein Onkel Laurent, der, tödlich verletzt während der Belagerung von La Roche-Mauprat, vor unseren Augen sein Leben aushauchte. Bei ihm war sein Bruder Léonard, der eben auf gut Glück seinen letzten Pistolenschuß abgefeuert und, gottlob!, niemanden getroffen hatte. Patience' erste Regung war, sich zu verteidigen; aber als die Flüchtigen Marcasse erkannten, baten sie, weit davon entfernt, sich feindlich zu gebärden, um Asyl und Hilfe, und niemand glaubte, ihnen den Beistand, den ihre erbärmliche Lage forderte, verweigern zu dürfen. Die Gendarmerie war ihnen auf den Fersen, La Roche-Mauprat Beute der Flammen, Louis und Pierre waren an den Schießscharten umgekommen, Antoine, Jean und Gaucher in die andere Richtung geflohen. Vielleicht hatte man sie festgenommen. Nichts könnte das Grauen der letzten Augenblikke von Laurent wiedergeben. Sein Todeskampf war kurz, aber entsetzlich. Seine Gotteslästerungen ließen den Pfarrer erbleichen. Kaum war die Tür hinter ihm geschlossen und der Sterbende auf den Boden gelegt, als ein furchtbares Röcheln ihn überfiel. Trotz unserer Vorhaltungen riß mir Léonard, der keine andere Medizin als Branntwein kannte, die Kürbisflasche aus den Händen (nicht ohne fluchend einen beleidigenden Vorwurf wegen meiner Flucht an mich zu richten), drückte gewaltsam mit der Schneide seines Jagdmessers die zusammengebissenen Zähne seines Bruders auseinander und schüttete ihm die halbe Flasche in den Mund. Der Unglückliche fuhr in die Höhe, bewegte in verzweifelten Zuckungen seine Arme, erhob sich in seiner ganzen Größe und fiel tot auf die blutigen Steinplatten. Für eine Totenrede hatten wir keine Zeit, die Tür dröhnte unter den immer heftiger werdenden Schlägen der neuen Angreifer. »Im Namen des Königs, macht auf!« riefen mehrere Stimmen, »öffnet der Gendarmerie.« »Zu den Waffen!« schrie Léonard, zog sein Messer und stürzte zur Tür. »Ihr Bauern, Ihr Edelleute, zeigt euch! Und du Bernard, mache deinen Fehler wieder gut, wasche dich rein von deiner Schande, dulde nicht, daß ein Mauprat lebend in die Hände der Gendarmen fällt!«

Getrieben von einem Instinkt des Mutes und Stolzes wollte ich ihm gerade nacheifern, als Patience sich auf ihn warf, ihn mit herkulischer Kraft niederstreckte, sich auf seine Brust kniete und Marcasse zurief, er solle ihm die Tür öffnen. So geschah es, noch ehe ich für meinen Onkel und gegen seinen unerbittlichen Gastgeber Partei ergreifen konnte. Sechs Gendarmen stürzten in den Turm und hielten uns mit dem Ende ihrer Gewehrläufe in Schach. »Heda, Messieurs!« sagte Patience, »tut uns nichts und übernehmt diesen Gefangenen. Wäre ich allein mit ihm gewesen, so hätte ich ihn verteidigt oder gerettet; aber hier sind tapfere Leute, die nicht bezahlen sollen für diesen Spitzbuben, mir liegt nicht daran, sie einem Gefecht auszusetzen. Da haben Sie den Mauprat. Denken Sie daran, daß es Ihre Pflicht ist, ihn heil den Händen der Justiz zu überstellen. Dieser andere hier ist tot.« »Monsieur, ergeben Sie sich«, sagte der Unteroffizier der Gendarmerie und ergriff Léonard. »Niemals wird der Name eines Mauprat auf der Anklagebank eines Oberlandesgerichts zu hören sein«, antwortete Léonard mit düsterer Miene. »Ich ergebe mich, aber ihr kriegt nur meine Haut.« Und ohne Widerstand ließ er sich auf einen Stuhl drücken. Während man Vorbereitungen traf, um ihn zu binden, sagte er zum Pfarrer: »Eine einzige, letzte Barmherzigkeit, mein Vater. Geben Sie mir den Rest aus Ihrer Flasche, ich sterbe vor Durst und Erschöpfung.« Der gute Pfarrer reichte ihm die Flasche, und er trank sie in einem Zug aus. Sein verzerrtes Gesicht zeigte eine erschreckende Ruhe. Er schien ausgebrannt, niedergeschlagen, unfähig zum Widerstand. Aber in dem Augenblick, als man ihm die

Füße band, riß er einem Gendarmen die Pistole aus dem Gürtel und schoß sich das Gehirn aus dem Kopf.

Dieses grauenvolle Schauspiel brachte mich aus der Fassung. Ich versank in einen Zustand finsterer Betäubung, verstand von dem, was um mich herum vorging, nichts mehr, war wie versteinert und bemerkte nicht im geringsten, daß ich Gegenstand eines ernsten Streits war zwischen der Gendarmerie und meinen Wirten. Ein Gendarm behauptete, in mir einen Mauprat-Strauchdieb zu erkennen. Patience bestritt, daß ich etwas anderes sein könne als ein Jagdaufseher von Monsieur Hubert de Mauprat, der dessen Tochter begleite. Gelangweilt von diesem Streit wollte ich gerade meinen Namen nennen, als ich sah, wie sich eine gespenstische Erscheinung neben mir erhob. Es waren Edmée, die sich gegen die Mauer gedrückt hatte, und das arme, verschreckte Pferd des Pfarrers, das ihr mit seinem Körper, die Beine gespreizt und Feuer in den Augen, als Schutzwall gedient hatte. Sie war bleich wie der Tod, ihre Lippen waren vor Grauen derart zusammengepreßt, daß sie sich, trotz ihrer Anstrengungen zu sprechen, außer durch Zeichen zuerst nicht verständlich machen konnte. Der von ihrer Jugend und mißlichen Lage berührte Unteroffizier wartete ehrerbietig, bis es ihr gelang, sich zu äußern. Schließlich erreichte sie, daß man mich als Gefangenen behandelte und mit ihr zum Schloß ihres Vaters brachte, wo man, auf ihr Ehrenwort, hinsichtlich meiner Person Erklärungen und befriedigende Garantien liefern werde. Der Pfarrer und die beiden anderen Zeugen bekräftigten dieses Versprechen, und wir brachen alle miteinander auf, Edmée auf dem Pferd des Unteroffiziers, der das eines seiner Männer nahm, ich auf dem Pferd des Pfarrers, Patience und der Pfarrer zu Fuß zwischen uns, die Gendarmerie an beiden Seiten, Marcasse vor uns, gleichmütig inmitten des allgemeinen Entsetzens und der Bestürzung. Zwei Gendarmen blieben beim Turm, um die Leichen zu bewachen und die Fakten festzuhalten.

VIII.

Wir hatten im Wald etwa eine Meile zurückgelegt und dabei an jeder Abzweigung angehalten und gerufen, denn Edmée, die davon überzeugt war, ihr Vater werde nicht nach Hause zurückkehren, ohne sie gefunden zu haben, flehte ihre Reisebegleiter an, ihr bei der Suche zu helfen – was den Gendarmen sehr zuwider war, weil sie befürchteten, von Flüchtlingstrupps aus La Roche-Mauprat überrascht und angegriffen zu werden. Unterwegs teilten sie uns mit, daß die Räuberhöhle beim dritten Angriff genommen worden war. Bis dahin hätten die Angreifer ihre Kräfte geschont. Der Leutnant der Gendarmerie wollte den Bergfried überfallen, ohne ihn zu zerstören, und vor allem die Belagerten, ohne sie zu töten; aber das war wegen ihres verzweifelten Widerstandes unmöglich. Den Belagerern war bei ihrem zweiten Versuch so übel mitgespielt worden, daß sie keine andere Entscheidung mehr treffen konnten als die, bis zum Äußersten zu gehen oder sich zurückzuziehen. Die Festungsgebäude wurden in Brand gesetzt, und beim dritten Gefecht schonte man nichts mehr. Zwei Mauprat wurden auf den Trümmern ihres Bollwerks getötet, die fünf anderen verschwanden. Sechs Mann wurden in die eine Richtung zu ihrer Verfolgung abgestellt, sechs in die andere geschickt, denn man hatte sofort die Spur der Flüchtigen entdeckt, und diejenigen, die uns diese Einzelheiten übermittelten, waren Laurent und Léonard so dicht auf den Fersen gewesen, daß sie den ersten dieser Unglücklichen mit mehreren Kugeln getroffen hatten, unweit des Turmes Gazeau. Sie hatten gehört, wie er schrie, er sei tot, und allem Anschein nach hatte Léonard ihn bis zur Bleibe des Hexenmeisters getragen. Dieser Léonard war der einzige, der ein wenig Mitleid verdiente, denn er allein war vielleicht imstande, ein besseres Leben zu beginnen. Bei seinen Raubzügen war er zuweilen ritterlich, und sein wildes Herz war der Zuneigung fähig. Von seinem tragischen Tod war ich also sehr berührt, und mechanisch ließ ich mich mitschleppen, versunken in düstere Gedanken und fest entschlossen, meinen Tagen auf die gleiche Weise ein Ende zu setzen, sollte man mich zu der Schmach verurteilen, die er nicht hatte tragen wollen.

Plötzlich kündigte der Klang von Jagdhörnern und das Jaulen der Hunde das Herannahen einer Gruppe von Jägern an. Während wir ihnen unsererseits mit Schreien antworteten, ging Patience auf Erkundung. Edmée, voller Ungeduld, ihren Vater wiederzusehen, überwand die Schrecken dieser blutigen Nacht, gab ihrem Pferd die Peitsche und erreichte die Jäger als erste. Als wir bei ihnen anlangten, sah ich Edmée in den Armen eines hochgewachsenen Mannes von ehrwürdigem Aussehen. Er war aufwendig gekleidet, seine an allen Nähten mit goldenen Tressen besetzte Jagdjacke, das herrliche, normannische Pferd, das ein Vorreiter hinter ihm festhielt, erstaunten mich derart, daß ich mich in der Gegenwart eines Prinzen wähnte. Die Zärtlichkeitsbezeugungen, die er seiner Tochter gab, waren so neu für mich, daß ich sie beinahe übertrieben und der Ernsthaftigkeit eines Mannes unwürdig fand; gleichzeitig weckten sie in mir eine Art heftigster Eifersucht, und mir kam gar nicht der Gedanke, daß ein so gut gekleideter Mann mein Onkel sein könne. Edmée sprach leise und lebhaft mit ihm. Die Besprechung dauerte einige Augenblicke, danach kam der Greis auf mich zu und umarmte mich herzlich. Alles in seinem Verhalten war für mich so neu, daß ich gegenüber seinen Beteuerungen und Liebkosungen, deren Gegenstand ich war, unbewegt und stumm blieb. Ein großer junger Mann von schöner Gestalt und ebenso erlesen gekleidet wie Monsieur Hubert kam, schüttelte mir die Hand und versicherte mir seine Dankbarkeit, was ich nicht begriff. Dann führte er ein Gespräch mit den Gendarmen, und ich verstand, daß er der General-Leutnant der Provinz war und forderte, daß man mich frei ließe, um meinem Onkel, dem Ritter, auf sein Schloß zu folgen, wo er mit seiner Ehre für mich bürge. Die Gendarmen verabschiedeten sich von uns, denn der Ritter und der General-Leutnant wurden von ihren Leuten so gut eskortiert, daß sie keine böse Begegnung fürchten mußten. Eine neue Überraschung war es für mich, zu sehen, wie der Ritter Patience und Marcasse lebhafte Freundschaftsbeweise gab. Was den Pfarrer angeht, so stand er mit den beiden Herren auf gleicher Stufe. Seit einigen Monaten war er Geistlicher im Schloß von Sainte-Sévère, die Schikanen des Diözesanklerus hatten ihn veranlaßt, seine Pfarrei aufzugeben.

Diese ganze Zärtlichkeit, deren Gegenstand Edmée war, diese familiäre Zuneigung, von der ich keine Vorstellung hatte, diese herzlichen und sanften Beziehungen zwischen respektvollen Plebejern und gütigen Patriziern, alles, was ich da sah und hörte, war wie ein Traum. Ich beobachtete, und mir stand nicht der Sinn nach einer Beurteilung des Ganzen. Indessen begann mein Gehirn zu arbeiten, als die Karawane ihren Weg fortsetzte, und ich sah, wie der General-Leutnant (Monsieur de La Marche) sein Pferd zwischen das von Edmée und meines drängte und sich wie rechtens an ihre Seite begab. Ich erinnerte mich, daß sie mir in La Roche-Mauprat erzählt hatte, er sei ihr Verlobter. Haß und Wut befielen mich, und ich weiß nicht, welche Absurdität ich begangen hätte, wenn Edmée, die zu erraten schien, was sich in meiner wilden Seele abspielte, ihm nicht gesagt hätte, sie wolle mit mir reden, und mir meinen Platz wiedergegeben hätte. »Was haben Sie mir zu sagen?« fragte ich sie, mehr eilfertig als höflich. »Nichts«, antwortete sie mir leise. »Später werde ich Ihnen viel zu sagen haben; werden Sie bis dahin tun, was ich will?« »Warum zum Teufel sollte ich tun, was Sie wollen, Cousine?« Sie zögerte ein wenig mit ihrer Antwort, dann überwand sie sich und sagte: »Weil man auf diese Weise den Frauen zeigt, daß man sie liebt.« »Glauben Sie denn, daß ich Sie nicht liebe?« erwiderte ich barsch. »Wie soll ich das wissen?« sagte sie. Dieser Zweifel erstaunte mich sehr, und ich versuchte, ihn auf meine Weise zu bekämpfen. »Sind Sie denn nicht schön?« sagte ich, »und bin ich nicht ein junger Mann? Vielleicht glauben Sie, ich sei noch zu sehr Kind, um die Schönheit einer Frau zu bemerken, aber jetzt, da mein Kopf ruhig ist und ich traurig und recht ernst bin, kann ich Ihnen sagen, daß ich noch mehr in Sie verliebt bin, als ich dachte. Je mehr ich Sie ansehe, desto schöner finde ich Sie. Ich habe nicht geglaubt, daß mir eine Frau so schön erscheinen könnte. Wirklich, ich werde nicht mehr schlafen, bis ...« »Schweigen Sie«, sagte sie ärgerlich. »Oh, Sie haben Angst, daß dieser Herr mich hört«, antwortete ich und zeigte auf Monsieur de La Marche. »Seien Sie ruhig, ich kann einen Schwur für mich behalten, und ich hoffe, da Sie eine Tochter aus gutem Hause sind, daß Sie auch den Ihren einzuhalten wissen.« Sie schwieg. Wir befanden uns auf einem Weg, auf dem man nur zu zweit nebeneinander gehen konnte. Er herrschte tiefe Dunkelheit, und obwohl der Ritter und General-Leutnant direkt hinter uns waren, erkühnte ich mich, ihr den Arm um die Taille zu legen, da sagte sie mit trauriger und schwacher Stimme: »Mein Vetter, ich bitte Sie um Vergebung, wenn ich nicht mit Ihnen spreche. Ich verstehe nicht einmal so ganz, was Sie mir sagen. Ich fühle mich so erschöpft vor Müdigkeit, mir scheint, daß ich sterben werde. Glücklicherweise sind wir jetzt da. Schwören Sie mir, daß Sie meinen Vater lieben, allen seinen Ratschlägen Folge leisten und keinerlei Entscheidung treffen werden, ohne mich zu fragen. Schwören Sie es, wenn Sie wollen, daß ich an Ihre Freundschaft glaube.« »Oh, meine Freundschaft, glauben Sie nicht an sie, das ist mir recht«, antwortete ich, »aber glauben Sie an meine Liebe. Ich schwöre alles, was Sie wollen; aber Sie, versprechen Sie mir denn freundlicherweise nichts?« »Was kann ich Ihnen versprechen, was nicht schon Ihnen gehört?« sagte sie in ernstem Ton, »Sie haben meine Ehre gerettet, mein Leben gehört Ihnen.«

Das erste Licht des Tages erhellte den Horizont, wir kamen ins Dorf Sainte-Sévère und gleich darauf in den Schloßhof. Als Edmée vom Pferd stieg, sank sie ihrem Vater in die Arme; sie war bleich wie der Tod. Monsieur de La Marche stieß einen Schrei aus und half, sie zu tragen. Sie war ohnmächtig. Der Pfarrer nahm sich meiner an. Mein Schicksal machte mir Sorgen. Mein natürliches Mißtrauen gegenüber den Räubern wurde wach, sobald ich nicht mehr unter der bezaubernden Macht derjenigen stand, die mich aus meiner Höhle herausgeholt hatte. Ich war wie ein verwundeter Wolf und warf finstere Blicke um mich, bereit, mich auf den ersten zu stürzen, der eine Bewegung machte oder ein verdächtiges Wort sagte. Ich wurde in ein prächtiges Appartement gebracht, und sogleich servierte man einen Imbiß von für mich bislang nicht vorstellbarer Üppigkeit. Der Pfarrer brachte mir großes Interesse entgegen, und, nachdem es ihm gelungen war, mich ein wenig zu beruhigen, verließ er mich, um sich mit seinem Freund Patience zu befassen. Meine Verwirrung und die restliche Unruhe traten zurück hinter dem großen Appetit, mit dem die Jugend ausgestattet ist. Ohne die Eilfertigkeit und Ehrerbietung eines Dieners, der sehr viel besser gekleidet war als ich und hinter meinem Stuhl stand und demgegenüber ich mich jedesmal, wenn er meinen Wünschen zuvorkam, genötigt sah, all seine Höflichkeiten zu erwidern, ohne ihn also wäre meine Mahlzeit zügellos verlaufen, doch seine grüne Livrée und seine seidenen Hosen hielten mich im Zaum. Es wurde noch schlimmer, als er sich, vor mir kniend, anschickte, meine Schuhe auszuziehen und mich zu Bett zu bringen. Zuerst glaubte ich, er mache sich über mich lustig, und hätte ihm beinahe einen Fausthieb auf den Kopf verpaßt; aber er sah so ernsthaft aus, während er dieser Aufgabe nachging, daß ich ihm verblüfft zusah.

In den ersten Augenblicken, nachdem ich im Bett lag, unbewaffnet und mit Leuten um mich herum, die auf Zehenspitzen hin- und hereilten, verspürte ich erneut eine mißtrauische Regung. Ich nutzte eine kurze Zeit des Alleinseins, um aufzustehen und vom halbabgedeckten Tisch das längste Messer, das ich finden konnte, an mich zu nehmen, dann legte ich mich beruhigt wieder hin und schlief, das Messer fest in der Hand, tief ein.

Als ich erwachte, warf die untergehende Sonne auf meine

außerordentlich feinen Laken einen Widerschein, der gedämpft wurde durch die Vorhänge aus rotem Damast und die vergoldeten Granatäpfel, die die Ecken der Rückwand verzierten, aufleuchten ließ. Das Bett war so schön und weich, daß ich mich beinahe bei ihm dafür entschuldigt hätte, dort geschlafen zu haben. Als ich mich aufrichtete, sah ich eine sanfte, ehrwürdige Gestalt, die meinen Bettvorhang ein wenig öffnete und mir zulächelte. Es war der Ritter Hubert de Mauprat, der sich mit Interesse nach meinem Gesundheitszustand erkundigte. Ich versuchte, höflich und dankbar zu sein, aber die Ausdrücke, deren ich mich bediente, ähnelten so wenig den seinen, daß ich in Verwirrung geriet und unter meiner Ungeschliffenheit litt, ohne mir dessen bewußt zu sein. Zu allem Unglück fiel, als ich mich bewegte, das Messer, das ich mir als Bettgenossen gewählt hatte, Monsieur de Mauprat zu Füßen, der es aufhob, betrachtete und mich dann mit größter Überraschung ansah. Ich wurde feuerrot und stammelte irgend etwas. Ich war wegen dieser Beleidigung seiner Gastfreundschaft auf Vorwürfe gefaßt, aber er war zu höflich, die Deutung auf die Spitze zu treiben. Ruhig legte er das Messer auf den Kaminsims, kam zu mir zurück und sprach folgendermaßen:

»Bernard, ich weiß inzwischen, daß ich Ihnen das Leben dessen schulde, was mir auf der Welt das Liebste ist. Ich werde meines dazu verwenden, Ihnen meine Dankbarkeit und Wertschätzung zu beweisen. Auch meine Tochter hat Ihnen gegenüber eine heilige Schuld auf sich genommen. Seien Sie also wegen Ihrer Zukunft in keiner Weise besorgt. Ich weiß, welche Verfolgung und Rache Sie auf sich genommen haben, um zu uns zu gelangen; aber ich weiß auch, aus welchem fürchterlichen Leben meine Freundschaft und Ergebenheit Sie herausholen. Sie sind Waise, und ich habe keinen Sohn. Wollen Sie mich als Ihren Vater akzeptieren?«

Ich betrachtete den Ritter mit wirrem Blick. Ich konnte meinen Ohren nicht trauen. Überraschung und Schüchternheit lähmten jeglichen Eindruck. Mir war es unmöglich, auch nur ein Wort zu antworten; der Ritter selbst empfand eine gewisse Überraschung, denn er war nicht darauf gefaßt, eine so gröblich ungebildete Natur vorzufinden. »Nun«, sagte er, »ich hoffe, Sie werden sich an uns gewöhnen. Reichen Sie mir die Hand zum Beweis, daß Sie mir vertrauen. Ich schicke Ihnen Ihren Diener, befehlen Sie ihm, was Sie wollen, er steht zu Ihrer Verfügung. Ich muß Sie nur um ein Versprechen bitten, nämlich, daß Sie die Einfriedung des hiesigen Parks nicht verlassen, bis ich Maßnahmen getroffen habe, um Sie der Verfolgung durch die Justiz zu entziehen. Man könnte die Anklagen, die dem Verhalten Ihrer Onkel angelastet werden, gegen Sie vorbringen.«

»Meine Onkel?« sagte ich und fuhr mir mit den Händen durchs Gesicht, »war es ein böser Traum? Wo sind sie? Was ist mit La Roche-Mauprat geschehen?«

»La Roche-Mauprat wurde von den Flammen verschont«, antwortete er. »Einige Nebengebäude sind zerstört, aber ich bemühe mich, Ihr Haus zu reparieren und Ihren Lehensbesitz den Gläubigern abzukaufen, deren Beute er heute ist. Was Ihre Onkel angeht . . . Sie sind wahrscheinlich der einzige Erbe eines Namens, den zu rehabilitieren nun Ihre Aufgabe ist.«

»Der einzige Erbe!« rief ich . . . »Vier Mauprat sind in dieser Nacht umgekommen, aber die drei anderen . . .«

»Der fünfte, Gaucher, hat auf der Flucht das Leben verloren, man hat ihn heute morgen gefunden, ertrunken im Teich der *Froids*. Weder Jean noch Antoine wurden gefunden, aber das Pferd des einen und den Mantel des anderen fand man unweit des Ortes, wo die Leiche von Gaucher lag, mit unheilvollen Anzeichen für ein ähnliches Schicksal. Sollte einer der Mauprat entkommen sein, so wird er nicht auftauchen, denn für ihn gäbe es keine Hoffnung mehr; und da sie dafür gesorgt haben, daß die Gewitter sich unvermeidlich über ihren Häuptern entluden, ist es besser für sie und für uns, die wir so unglücklich sind, denselben Namen zu tragen, daß sie, mit den Waffen in der Hand, ein so tragisches Ende gefunden haben, statt am Galgenstrick einen schändlichen Tod zu sterben. Akzeptieren wir, was

Gott für sie beschlossen hat. Das Urteil ist hart. Sieben kraftvolle und junge Männer, in einer Nacht aufgefordert, eine schreckliche Rechnung zu begleichen! Beten wir für sie, Bernard, und versuchen wir, mit guten Werken das Böse, das sie getan, wiedergutzumachen und die Flecken abzuwaschen, die sie auf unserem Wappen hinterlassen haben.«

Diese letzten Worte zeigten den ganzen Charakter des Ritters. Er war fromm, gerecht und sehr gütig; aber bei ihm, wie bei den meisten Adligen, scheiterten die Gebote christlicher Demut am Standesdünkel. Er hätte gern einen Armen an seinem Tisch sitzen lassen, und am Karfreitag wusch er einem Dutzend Bettler die Füße; doch war er darum nicht weniger an die Vorurteile unserer Kaste gebunden. Für ihn waren seine Vettern als Adlige viel schuldiger, gegen die Würde des Menschen verstoßen zu haben, als wenn sie Plebejer gewesen wären. Hätte letzteres zugetroffen, wären ihre Verbrechen, ihm zufolge, nur halb so schlimm gewesen. Ich teilte diese Überzeugung lange Zeit; sie lag mir im Blut, wenn ich mich so ausdrücken darf. Erst nach den harten Lektionen meines Lebens habe ich sie verloren.

Er bestätigte mir sodann, was seine Tochter mir gesagt hatte. Seit meiner Geburt hatte er lebhaft gewünscht, mit meiner Erziehung betraut zu werden; aber sein Bruder Tristan hatte sich dem erbittert widersetzt. Hier umwölkte sich die Stirn des Ritters. »Sie wissen nicht«, sagte er, »welche unheilvollen Folgen diese meine Anwandlung für mich und auch für Sie hatte. Aber das muß ein Geheimnis bleiben ... ein grauenvolles Geheimnis, beim Blut der Atriden! ...« Er nahm meine Hand und fügte mit betretener Miene hinzu: »Bernard, wir beide sind Opfer einer grausamen Familie. Es ist nicht der Augenblick, gegen diejenigen Anklage zu erheben, die gerade jetzt vor dem furchtbaren Gericht Gottes erscheinen; aber sie haben ein nicht wiedergutzumachendes Unheil angerichtet, sie haben mir das Herz gebrochen ... Das, was sie Ihnen angetan haben, wird ausgeglichen werden, das schwöre ich beim Gedenken an Ihre Mutter. Sie haben Sie einer Erziehung beraubt; sie haben Sie an ihren Raubzügen teilnehmen lassen; aber Ihre Seele ist groß und rein geblieben wie die des Engels, der Ihnen das Leben schenkte. Sie werden die unfreiwilligen Irrtümer Ihrer Kindheit wiedergutmachen; Sie werden eine Ihrem Stand entsprechende Erziehung erhalten; Sie werden die Ehre der Familie wiederherstellen, nicht wahr, wollen Sie? Ich will es, ich knie nieder vor Ihnen, damit ich Ihr Vertrauen gewinne, und es wird mir gelingen, weil die Vorsehung Sie zu meinem Sohn bestimmt hat. Ach, einst träumte ich von einer vollkommeneren Adoption. Wenn man Sie bei meinem zweiten Versuch meiner zärtlichen Liebe anvertraut hätte, wären Sie mit meiner Tochter zusammen erzogen worden und wären sicherlich ihr Gatte geworden. Aber Gott wollte es nicht. Sie müssen erst mit Ihrer Erziehung beginnen, und die ihre ist bereits abgeschlossen. Sie ist in dem Alter, eine Familie zu gründen, und im übrigen hat sie ihre Wahl getroffen; sie liebt Monsieur de La Marche, den sie im Begriff ist zu heiraten; sie hat es Ihnen gesagt.«

Ich stammelte ein paar ungereimte Worte. Die Liebkosungen und großherzigen Worte dieses ehrenwerten Greises hatten mich lebhaft bewegt, und ich fühlte so etwas wie ein neues Wesen in mir entstehen. Aber als er den Namen seines zukünftigen Schwiegersohnes aussprach, wurden alle meine wilden Instinkte wach, und ich fühlte, daß keine Regel gesellschaftlichen Anstands mich dazu brächte, auf den Besitz derjenigen zu verzichten, die ich als meine Beute betrachtete. Ich wurde bleich, wurde rot, ich rang nach Luft. Glücklicherweise wurden wir durch den Abbé Aubert (den jansenistischen Pfarrer) unterbrochen, der kam, um sich nach den Folgen meines Sturzes zu erkundigen. Da erst erfuhr der Ritter, daß ich verletzt war, ein Umstand, von dem zu erfahren er in der Aufregung und bei all den ernsten Ereignissen keine Muße gehabt hatte. Er schickte nach seinem Arzt, und man umhegte mich mit liebevoller Sorge, die mir kindisch vorkam und der ich mich dennoch in einer Regung der Dankbarkeit unterwarf.

Ich hatte es nicht gewagt, den Ritter um Neuigkeiten über seine Tochter zu bitten. Dem Abbé gegenüber war ich mutiger. Er teilte mir mit, daß Dauer und Unruhe ihres Schlafs zur Sorge Anlaß gaben; und der Arzt, der am Abend wiederkam, um meinen Verband zu wechseln, sagte mir, sie habe hohes Fieber, und er fürchte, es handle sich bei ihr um eine schwere Erkrankung.

Ihr ging es in der Tat einige Tage lang so schlecht, daß man Anlaß zur Besorgnis hatte. Während all der furchtbaren Aufregungen hatte sie eine große Energie entwickelt, aber sie erlitt nun eine recht heftige Rückwirkung. Ich meinerseits war ans Bett gefesselt; ich vermochte keinen Schritt zu tun, ohne lebhafte Schmerzen zu empfinden, und der Arzt drohte mir, daß ich mich mehrere Monate lang dort aufhalten müßte, wenn ich nicht für ein paar Tage Bewegungslosigkeit akzeptierte. Da ich im übrigen vollkommen gesund und nie in meinem Leben krank gewesen war, bewirkte der Übergang von meinen gewohnten Aktivitäten hin zu dieser weichen Gefangenschaft eine große Langeweile, deren Angstzustände ich nicht zu schildern vermag. Man muß in den Wäldern gelebt haben, mit dieser vollkommenen Härte wilder Sitten, um die Art des Schreckens und der Verzweiflung zu verstehen, die ich empfand, da ich länger als eine Woche zwischen vier seidenen Vorhängen eingesperrt war. Der Luxus meines Appartements, das Gold am Bett, die gründliche Sorgfalt der Lakaien, alles, bis hin zum guten Essen, diese kindischen Dinge, für die ich am ersten Tag recht empfänglich war, wurden mir nach vierundzwanzig Stunden verhaßt. Der Ritter stattete mir liebevolle kurze Besuche ab, da er durch die Krankheit seiner geliebten Tochter in Anspruch genommen war. Der Abbé verhielt sich mir gegenüber vortrefflich. Weder dem einen noch dem anderen wagte ich zu sagen, wie unglücklich ich mich fühlte, aber sobald ich alleine war, hatte ich Lust zu brüllen wie ein Löwe im Käfig, und nachts hatte ich Träume, in denen das Moos des Waldes, der Vorhang der Waldbäume, ja, sogar die Zinnen von La Roche-Mauprat mir wie das irdische Paradies vorkamen. Andere Male wurden die Szenen während und nach meiner Flucht so nachhaltig in meinem Gedächtnis gegenwärtig, daß ich mich selbst im wachen Zustand in den Fängen einer Art von Delirium befand.

Ein Besuch von Monsieur de La Marche vergrößerte die Unordnung und Bitternis meiner Gedanken. Er zeigte mir gegenüber großes Interesse, schüttelte mir mehrere Male die Hand, bat um meine Freundschaft, rief zehnmal aus, er gebe sein Leben für meines hin, und ich weiß nicht, wie viele weitere Beteuerungen er machte, die ich kaum hörte, denn während er sprach, toste es in meinen Ohren, und wenn ich mein Jagdmesser bei mir gehabt hätte, so wäre ich, glaube ich, über ihn hergefallen. Meine wilden Sitten und finsteren Blicke erstaunten ihn sehr, aber da der Abbé ihm gesagt hatte, mein Geist stehe unter dem Eindruck der schrecklichen Begebenheiten in meiner Familie, verdoppelte er seine Beteuerungen und verließ mich in der liebevollsten und zärtlichsten Weise.

Diese Höflichkeit, die ich überall antraf, vom Hausherrn bis hin zum letzten Bediensteten, bewirkte in mir ein außerordentliches Unbehagen, obwohl sie mich auch in Bewunderung versetzte, denn wäre ihre Ursache nicht das Wohlwollen gewesen, das man mir entgegenbrachte, dann wäre es mir unmöglich gewesen, zu begreifen, daß es sich um etwas handeln könnte, was sich von Güte gänzlich unterscheidet. Sie glich so wenig der prahlerischen und spöttischen Beredsamkeit der Mauprat, daß sie für mich eine ganz und gar neue Sprache darstellte, die ich zwar verstand, aber nicht sprechen konnte.

Ich fand jedoch die Fähigkeit zu antworten wieder, als der Abbé, der mit meiner Erziehung beauftragt war, mir Fragen stellte, um zu erfahren, wie weit ich war. Meine Unwissenheit war so sehr jenseits von allem, was er sich vorstellen konnte, daß ich mich schämte, sie zu offenbaren; und als mein ungezähmter Stolz die Oberhand gewann, erklärte ich ihm, ich sei ein Edelmann und habe keine Lust, ein *Kleriker* zu werden. Er antwortete mir nur mit einem lauten Lachen, das mich sehr verletzte. Er klopfte mir leicht und freundschaftlich auf die Schulter und sagte, ich werde mit der Zeit meine Meinung ändern, doch sei ich ein komischer Kauz. Ich war dunkelrot vor Zorn, als der Ritter eintrat. Der Abbé berichtete ihm von unserer Unterhaltung und meiner Antwort. Monsieur Hubert unterdrückte ein Lächeln. »Mein Kind«, sagte er voller Zuneigung, »ich will Ihnen gegenüber niemals böse werden, auch nicht aus Freundschaft. Reden wir heute nicht über die Studien. Bevor Sie auf den Geschmack kommen, müssen Sie deren Notwendigkeit begreifen. Sie haben einen aufrechten Geist, denn Ihr Herz ist edel, die Lust am Lernen wird von selbst kommen. Wir wollen essen. Haben Sie Hunger? Lieben Sie guten Wein?« »Mehr als Latein«, antwortete ich. »Nun gut! Abbé, um Sie dafür zu bestrafen, daß Sie den Schulmeister gespielt haben«, fuhr er heiter fort, »werden Sie mit uns trinken. Edmée ist völlig außer Gefahr. Der Arzt gestattet Bernard, aufzustehen und ein paar Schritte zu machen. Wir essen in seinem Zimmer.«

Das Essen und der Wein waren in der Tat so gut, daß ich mich leichtfertig betrank, ganz nach der Sitte von La Roche-Mauprat. Ich glaube, daß ich darin unterstützt wurde, damit ich redete, und um zu erfahren, mit was für einem Tölpel man es zu tun hatte. Mein Mangel an Erziehung übertraf alles, was man vorausgeahnt hatte; aber zweifellos hatte man es im Grunde richtig gesehen, denn man gab mich nicht auf und bemühte sich, diesen Felsbrocken mit einem Eifer zu behauen, der Hoffnung machte. Sobald ich das Zimmer verlassen konnte, verschwand meine Langeweile. Der Abbé war am ersten Tag mein unzertrennlicher Begleiter. Die Länge des zweiten wurde durch die Hoffnung versüßt, die man mir machte, Edmée am folgenden Tag zu sehen, und durch die gute Behandlung, deren Objekt ich war und deren Milde ich in dem Maße zu spüren begann, in dem ich mich daran gewöhnte, mich nicht mehr über sie zu wundern. Die unvergleichliche Güte des Ritters war gut dazu geeignet, meine Grobheit zu besiegen; sie gewann rasch mein Herz. Dies war die erste Zuneigung in meinem Leben. Sie setzte sich im gleichen Maße in mir fest wie die Liebe zu seiner Tochter, und ich dachte nicht einmal daran, eines dieser Gefühle gegen das andere kämpfen zu lassen. Ich war ganz Bedürfnis, Trieb, Begehren. Ich hatte die Leidenschaften eines Mannes in der Seele eines Kindes.

IX.

Eines Morgens endlich brachte Monsieur Hubert mich nach dem Frühstück zu seiner Tochter. Als die Tür ihres Zimmers sich öffnete, nahm mir die lauwarme, parfümierte Luft, die mir entgegenschlug, fast den Atem. Das Zimmer war einfach und bezaubernd ausgestattet, mit weißgrundigem persischen Stoff bespannt und duftete nach den in großen chinesischen Vasen angeordneten Blumen. Vögel aus Afrika spielten in vergoldeten Käfigen und sangen mit süßer, verliebter Stimme. Der Teppich war weicher für die Füße als das Moos in den Märzwäldern. Ich war so aufgeregt, daß sich alle Augenblicke meine Augen trübten, linkisch verhakten sich meine Füße ineinander, und, ohne voranzukommen, stieß ich gegen sämtliche Möbel. Edmée lag auf einer Chaiselongue und rollte nachlässig einen Perlmuttfächer zwischen den Fingern hin und her. Sie erschien mir schöner, als ich sie je gesehen hatte, doch so anders, daß ich mich, trotz meiner Wallungen, vor Furcht eiskalt fühlte. Sie hielt mir die Hand hin; ich wußte nicht, daß ich sie vor ihrem Vater küssen durfte. Ich hörte nicht, was sie mir sagte, ich glaube, es waren liebevolle Worte. Dann neigte sie, wie vor Müdigkeit zerbrochen, den Kopf nach hinten auf ihr Kopfkissen und schloß halb die Augen. »Ich habe zu arbeiten«, sagte der Ritter zu mir, »leisten Sie ihr Gesellschaft; aber lassen Sie sie nicht so viel reden, denn sie ist noch recht schwach.«

Diese Empfehlung glich wahrhaftig einem Scherz; Edmée gab vor, erschöpft zu sein; vielleicht um ein wenig ihre innere Verwirrung zu verstecken; und was mich betrifft, so war ich so unfähig, gegen diese Zurückhaltung anzugehen, daß es tatsächlich am barmherzigsten war, mir Schweigen aufzuerlegen.

Der Ritter öffnete im hinteren Teil des Appartements eine Tür und schloß sie wieder; aber als ich ihn von Zeit zu Zeit husten hörte, begriff ich, daß sein Kabinett nur durch eine Zwischenwand vom Zimmer seiner Tochter getrennt war. Dennoch empfand ich, während ich mit ihr allein war, ein paar Augenblicke lang Wohlbehagen, auch wenn sie zu schlafen schien. Sie sah mich nicht an, und ich betrachtete sie, so viel ich wollte; sie war ebenso blaß und weiß wie ihr Musselin-Morgenrock und die mit Schwänen verzierten Satinpantoffeln; ihre feine, durchscheinende Hand war in meinen Augen wie ein unbekanntes Kleinod. Bisher hatte ich nicht geahnt, was eine Frau ist; für mich war Schönheit dasselbe wie Jugend und Gesundheit, mit einer Art männlicher Kühnheit gemischt. Als Amazone hatte sich Edmée beim ersten Mal ein wenig unter diesem Blickwinkel gezeigt, und ich hatte sie besser verstanden; jetzt studierte ich sie wieder und konnte nicht mehr begreifen, daß dies hier die Frau war, die ich auf La Roche-Mauprat in den Armen gehalten hatte. Der Ort, die Situation, selbst meine Gedanken, die allmählich ein schwacher Lichtstrahl von außen erhellte, all das trug dazu bei, daß sich dieses zweite Tête-à-tête deutlich vom ersten unterschied.

Aber die seltsame, ängstliche Freude, die ich beim Betrachten empfand, wurde unterbrochen durch das Eintreten einer Anstandsdame, mit Namen Mademoiselle Leblanc, die in den verschiedenen Gemächern die Aufgaben einer Kammerzofe versah und im Salon die einer Gesellschafterin. Vielleicht hatte ihre Herrin ihr zu bleiben befohlen; jedenfalls setzte sie sich neben die Chaiselongue, und zwar so, daß sie meinen enttäuschten Augen an Stelle von Edmées schönem Gesicht ihren hageren langen Rücken darbot; dann holte sie aus der Tasche ihre Handarbeit und begann in aller Ruhe zu stricken. Derweil zwitscherten die Vögel, der Ritter hustete, Edmée schlief oder tat nur so, und ich befand mich am anderen Ende des Gemachs und beugte den Kopf über die Graphiken in einem Buch, das ich verkehrt herum hielt.

Nach einer gewissen Zeit bemerkte ich, daß Edmée nicht schlief und leise mit ihrer Dienerin sprach; ich glaubte zu sehen, daß diese mich von Zeit zu Zeit, ohne den Kopf zu heben, heimlich ansah. Um der Verwirrung ob dieser Prüfung zu entgehen, und auch aus einer Neigung zur List, die mir nicht fremd war, stützte ich mein Gesicht auf das Buch und das Buch auf die Konsole, und in dieser Haltung tat ich so, als sei ich eingeschlafen oder in Gedanken versunken. Da hoben sie ein wenig die Stimme, und ich hörte, was sie über mich sagten. »Das ist das gleiche, Mademoiselle hat sich einen sonderbaren Pagen genommen.« »Leblanc, du bringst mich zum Lachen mit deinem Pagen. Hat man heute noch Pagen? Du glaubst, du seist noch bei meiner Großmutter. Ich sage dir doch, er ist der Adoptivsohn meines Vaters.« »Gewiß, der Ritter tut gut daran, einen Sohn zu adoptieren; aber wo zum Teufel hat er diese Gestalt aufgegabelt?«

Ich warf einen Blick zur Seite und sah, daß Edmée hinter ihrem Fächer lachte; sie amüsierte sich über das Geschwätz dieser alten Jungfer, die als geistvoll galt und der man das Recht einräumte, alles zu sagen. Ich war sehr verletzt, als ich sah, wie meine Cousine sich über mich lustig machte.

»Er sieht aus wie ein Bär, ein Dachs, ein Wolf oder ein Milan, jedenfalls eher als wie ein Mensch!« fuhr die Leblanc fort. »Was für Hände! Und was für Beine! Und jetzt, wo er ein bißchen gesäubert ist, ist das gar nichts mehr. Man hätte ihn an dem Tag sehen müssen, als er mit seinem Bauernkittel und den Ledergamaschen hier ankam; das machte einem Angst!« »Findest du?« erwiderte Edmée; »ich mochte ihn lieber in seinem Aufzug als Wilddieb; das paßte besser zu seinem Gesicht und zu seiner Gestalt.« »Er sah aus wie ein Räuber; hat Mademoiselle ihn denn nicht gesehen?« »Doch.«

Der Ton, in dem sie dieses *doch* aussprach, ließ mich erbeben, und ich weiß nicht, wieso ich auf meinen Lippen den Kuß spürte, den sie mir auf La Roche-Mauprat gegeben hatte.

»Wenn er wenigstens frisiert wäre!« fuhr die Anstandsdame fort, »aber man hat ihn nie dazu bewegen können, sich pudern zu lassen. In dem Augenblick, das hat Saint-Jean mir erzählt, als er sich mit der Quaste seinem Kopf näherte, ist er wütend aufgesprungen und hat gesagt: *›Ah! Alles, was Sie wollen, nur dieses Mehl da nicht. Ich will den Kopf bewegen können, ohne zu husten oder zu niesen.‹* Gott, was für ein Wilder!« »Aber im Grunde hat er recht, wenn die Mode nicht diese Absurdität verlangte, würde jedermann merken, daß das häßlich und unbequem ist. Sieh mal, sind denn lange, schwarze Haare nicht schöner?« »Diese langen Haare da? Was für eine Mähne! Das macht einem angst.« »Übrigens, Kinder werden nicht gepudert, und dieser Junge ist noch ein Kind.« »Ein Kind! Potz Blitz! Was für ein Knirps! Kinder, die ißt er zum Frühstück! Er ist ein Monster. Doch wo kommt dieser Kerl bloß her? Der Ritter muß ihn vom Pflug weggeschleppt und hierher gebracht haben. Heißt er ... Wie heißt er denn?« »Du neugieriges Weib, ich habe dir gesagt, daß er Bernard heißt.« »Bernard! Und weiter?« »Nichts weiter im Augenblick. Was guckst du?« »Er schläft wie ein Murmeltier! Sehen Sie sich den Tölpel an! Ich versuche herauszufinden, ob er dem Ritter ähnelt. Ein flüchtiger Irrtum, vielleicht; er hat sich womöglich eines Tages mit einer Kuhmagd vergessen.« »Aber, aber. Leblanc, Sie gehen zu weit ...« »Nun, mein Gott, Mademoiselle, war denn der Ritter nicht genauso jung wie andere auch? Und hindert das die Tugend daran, sich im Alter einzustellen?« »Du weißt zweifellos aus Erfahrung, wie es ist. Aber hör mal, komme mir nicht auf die Idee, diesen jungen Mann zu verulken. Vielleicht hast du richtig geraten: Mein Vater verlangt, daß man ihn wie einen Sohn des Hauses behandelt.« »Nun gut, das ist angenehm für Mademoiselle! Und mich, mich geht es nichts an. Ich habe mit dem Herrn nichts zu tun.« »Ach, wenn du dreißig Jahre jünger wärst ...« »Aber hat denn Monsieur Mademoiselle gefragt, als er diesen großen Räuber zu ihr brachte?« »Zweifelst du daran? Gibt es einen besseren Vater auf der Welt als meinen?« »Auch Mademoiselle ist gut ... Es gäbe genug junge Damen, denen das nicht gefallen hätte!« »Warum nicht? Dieser Junge da hat nichts Unangenehmes an sich; sobald er gut erzogen sein wird ...« »Er wird stets so häßlich sein, daß er einem angst macht.« »Um häßlich zu sein, fehlt ihm viel, meine liebe Leblanc; du bist zu alt, du kennst dich damit nicht mehr aus.«

Ihre Unterhaltung wurde durch den Ritter unterbrochen, der ein Buch holen kam. »Mademoiselle Leblanc ist hier?« sagte er sehr ruhig. »Ich nahm an, Sie seien allein mit meinem Sohn. Nun, haben Sie miteinander geplaudert, Edmée? Haben Sie ihm gesagt, daß Sie seine Schwester sein werden? Bist du mit ihr zufrieden, Bernard?« Meine Antworten konnten niemanden kompromittieren; es handelte sich um vier oder fünf unzusammenhängende Wörter, voller Scham gestammelt. Monsieur de Mauprat kehrte in sein Kabinett zurück. Ich setzte mich und hoffte, meine Cousine werde ihre Anstandsdame wegschicken und mit mir reden. Aber sie wechselten ganz leise ein paar Worte; die Anstandsdame blieb, und zwei tödliche Stunden plätscherten dahin, ohne daß ich es gewagt hätte, mich von meinem Stuhl zu rühren. Ich glaube, daß Edmée wirklich schlief. Als es zum Diner läutete, kam ihr Vater, um mich abzuholen, und bevor wir das Gemach verließen, sagte er wieder: »Nun, habt ihr geplaudert?« »Ja, mein lieber Vater«, antwortete sie mit einer Sicherheit, die mich verwirrte.

Auf dieses Verhalten meiner Cousine hin schien mir erwiesen, daß sie sich über mich lustig gemacht hatte und nun meine Vorwürfe fürchtete. Und doch, als ich mich des Tones erinnerte, in dem sie mit Mademoiselle Leblanc über mich geredet hatte, da kehrte meine Hoffnung zurück. Ich gelangte sogar dahin, anzunehmen, sie fürchte den Verdacht ihres Vaters und zeige eine große Gleichgültigkeit, um mich um so sicherer im gegebenen Augenblick in ihre Arme zu schließen. Voller Ungewißheit wartete ich. Aber Tage und Nächte gingen dahin, ohne daß irgendeine Erklärung erfolgte, oder eine geheime Botschaft mich bat, Geduld zu üben. Morgens kam sie eine Stunde lang in den Salon; abends erschien sie zum Diner und spielte mit ihrem Vater Piquet oder Schach. Während der ganzen Zeit war sie so gut bewacht, daß ich nicht einmal einen Blick mit ihr hätte tauschen können; den Rest des Tages verbrachte sie, unerreichbar, in ihrem Zimmer. Mehrfach sagte mir der Ritter, als er sah, daß ich mich langweilte bei dieser Art der Gefangenschaft, in der zu leben ich gezwungen war: »Geh und plaudere mit Edmée, geh zu ihrem Zimmer hinauf, sage ihr, daß ich dich schicke.« Aber ich konnte anklopfen so viel ich wollte, zweifellos hörte man mich kommen, erkannte mich an meinem unsicheren, schweren Schritt. Niemals öffnete sich mir die Tür; ich war verzweifelt und wütend.

Es ist notwendig, den Bericht über meine persönlichen Eindrücke zu unterbrechen, um Ihnen zu erzählen, was zur gleichen Zeit in dieser traurigen Familie Mauprat geschah. Jean und Antoine hatten tatsächlich die Flucht ergriffen, und obwohl man gewissenhafte Nachforschungen anstellte, war es unmöglich, ihrer habhaft zu werden. Ihr gesamter Besitz wurde gepfändet, und der Verkauf des Lehnsgutes von La Roche-Mauprat durch gerichtliche Amtsgewalt verfügt. Doch man wartete nicht bis zum Tag der Versteigerung: Monsieur Hubert de Mauprat ließ die Verfolgung einstellen. Er trat als Ersteigerer auf, die Gläubiger wurden zufriedengestellt, und die Eigentumsrechte von La Roche-Mauprat gingen in seine Hände über.

Die kleine Garnison der Mauprat, die sich aus Abenteurern niederer Herkunft zusammensetzte, hatte das gleiche Los erlitten wie ihre Herrn. Sie war, wie man weiß, seit langem auf wenige Individuen geschrumpft. Zwei oder drei kamen um; andere ergriffen die Flucht, ein einziger kam ins Gefängnis. Ihm wurde der Prozeß gemacht, und er bezahlte für alle. Es wurde lang und breit überlegt, ob man in ihrer Abwesenheit auch gegen Jean und Antoine verhandeln solle, deren Flucht man für erwiesen hielt, da ihre Leichen auch nach der Trockenlegung des Teiches, auf dem die von Gaucher getrieben war, nicht gefunden worden waren; aber der Ritter fürchtete, der Ehre seines Namens wegen, ein Schandurteil, als ob ein solches Urteil noch irgend etwas zum Schrecken des Namens Mauprat hätte beitragen können. Er nutzte vor allem das Ansehen von Monsieur de La Marche und sein eigenes (welches in der Provinz, insbesondere wegen seiner hohen Moral, in der Tat vorhanden war), um die Angelegenheit zu vertuschen, und es gelang ihm. Und obgleich ich mit Sicherheit bei mehr als einer der Schandtaten meiner Onkel dabei war, so stand doch meine Anklage nicht zur Debatte, nicht einmal vor dem Tribunal der öffentlichen Meinung. Inmitten dieses Tumults, den meine Onkel verursachten, gefiel man sich darin, mich ausschließlich als jungen Gefangenen zu betrachten, als Opfer ihrer üblen Behandlung, ausgestattet mit glücklichen Anlagen. Der Ritter, der in seiner wohlwollenden Großherzigkeit und seinem Wunsch, die Familie zu rehabilitieren, mit Sicherheit meine Verdienste stark übertrieb, ließ überall das Gerücht verbreiten, ich sei ein Engel an Sanftmut und Intelligenz.

An dem Tag, da Monsieur Hubert als Ersteigerer auftrat, kam er am frühen Morgen in mein Zimmer, begleitet von seiner Tochter und dem Abbé, zeigte mir sodann die Akten, mit denen er seine Ausgaben nachwies (La Roche-Mauprat war etwa zweihunderttausend Livres wert), und erklärte mir, ich könne auf der Stelle in die Besitzrechte eintreten, nicht nur was mein Erbteil betraf, das unbedeutend war, sondern auch hinsichtlich der Hälfte der Einkünfte des Besitzes. Gleichzeitig wurde mir der Gesamtbesitz, das Kapital sowie seine Erträge, testamentarisch durch den Ritter zugesichert, das Ganze unter *einer einzigen Bedingung*: Ich müsse einverstanden sein, eine *meinem Stand angemessene* Bildung anzunehmen.

Der Ritter trug alle diese Verfügungen auf gütige und schlichte Weise vor, teils aus Dankbarkeit für mein Verhalten gegenüber Edmée, das er zu kennen glaubte, teils aus Familienstolz; aber er war nicht auf den Widerstand gefaßt, den er bei mir in bezug auf die Erziehung vorfand. Ich könnte nicht sagen, welche Art Unzufriedenheit das Wort *Bedingung* in mir wachrief. Ich glaubte darin vor allem das Ergebnis irgendeines Schachzugs von Edmée zu sehen, um sich ihres Versprechens mir gegenüber zu entledigen.

»Mein Onkel«, antwortete ich, nachdem ich seinen großzügigen Angeboten schweigend gelauscht hatte, »ich danke Ihnen für alles, was Sie für mich tun wollen; doch ist es nicht meine Sache, dies anzunehmen. Ich brauche kein Vermögen. Ein Mann wie ich braucht nur Brot, ein Gewehr, einen Jagdhund und das erstbeste Wirtshaus am Waldesrand. Da Sie die Güte haben, mir als Vormund zu dienen, zahlen Sie mir eine Rente von meinem Achtel des Besitzes am Lehnsgut, aber verlangen Sie nicht, daß ich Ihr lateinisches Geschwätz lerne. Ein Edelmann hat genug Wissen, wenn er eine Knäkente schießen und seinen Namen schreiben kann. Mir liegt nichts daran, Grundherr auf La Roche-Mauprat zu sein; mir reicht es, daß ich dort Sklave war. Sie sind ein beherzter Mann, und, bei meiner Ehre, ich liebe Sie: Aber Ihre Bedingungen mag ich nicht. Ich habe niemals etwas aus Eigennutz getan, und ich möchte lieber unwissend bleiben, als im Dienste des Nächstbesten ein Schöngeist zu sein. Und nun zu meiner Cousine: Ich werde nie damit einverstanden sein, eine Bresche in ihr Vermögen zu schlagen. Ich weiß sehr wohl, daß sie gerne einen Teil ihrer Mitgift opfern würde, um sich freizukaufen ...« Edmée, die bis dahin sehr blaß und zerstreut war, warf mir plötzlich einen blitzenden Blick zu, unterbrach mich und sagte mit Festigkeit: »Um mich bitte sehr wovon zu befreien, Bernard?«

Ich bemerkte, daß sie trotz ihres Mutes sehr erregt war, denn sie zerbrach ihren Fächer, als sie ihn schließen wollte. Ich antwortete ihr mit einem Blick, der die biedere Listigkeit des Bauern ausdrückte: »Um sich von einem gewissen Versprechen zu befreien, Cousine, das Sie mir auf La Roche-Mauprat gegeben haben.«

Sie wurde noch blasser als zuvor, und ihr Gesicht nahm einen entsetzten Ausdruck an, den ihr verächtliches Lächeln nur schlecht verdeckte.

»Welches Versprechen haben Sie ihm denn gegeben, Edmée?« fragte der Ritter und drehte sich arglos zu ihr um. Gleichzeitig drückte der Pfarrer heimlich meinen Arm, und ich verstand, daß der Beichtvater meiner Cousine im Besitz unseres Geheimnisses war.

Ich zuckte mit den Schultern; ihre Befürchtungen beleidigten und dauerten mich. »Sie hat mir versprochen«, erwiderte ich lächelnd, »mich stets als ihren Bruder und Freund zu betrachten. Sind das nicht Ihre Worte, Edmée, und glauben Sie denn, dies sei durch Geld bewiesen?«

Lebhaft erhob sie sich, streckte mir die Hand entgegen und sagte mit bewegter Stimme: »Sie haben recht, Bernard, Sie haben ein großes Herz, und ich könnte mir einen Augenblick des Zweifels nie verzeihen.« Ich sah eine Träne in ihrem Augenwinkel, und gewiß drückte ich ihre Hand etwas zu stark, denn sie stieß einen kleinen Schrei aus, begleitet von einem bezaubernden Lächeln. Der Ritter umarmte mich, und der Abbé sagte zum wiederholten Male, wobei er auf seinem Stuhl hin und her rutschte: »Das ist schön! Das ist edel! Das ist sehr schön! Das muß man nicht aus Büchern lernen«, fügte er, sich an den Ritter wendend, hinzu. »Gott schreibt sein Wort und schickt seinen Geist in das Herz seiner Kinder.«

»Sie werden sehen«, sagte der Ritter sehr gerührt, »daß dieser Mauprat den Namen seiner Familie aufrichten wird. Jetzt, mein lieber Bernard, werde ich nicht mehr von Geschäften mir dir reden. Ich weiß, wie ich handeln muß, und du kannst mich nicht daran hindern zu tun, was mir richtig dünkt, damit mein Name in deiner Person rehabilitiert werde. Die einzig wahrhaftige Rehabilitierung wird mir durch diese edlen Gefühle garantiert; aber es gibt noch eine andere, die auszuprobieren du dich nicht weigern wirst: die durch Talente und Erkenntnisse. Du wirst dich ihnen, so hoffe ich, aus Zuneigung zu uns widmen, doch noch ist es nicht an der Zeit, darüber zu reden. Ich achte deinen Stolz und will deine Existenz *ohne Bedingung* sichern. Kommen Sie, Abbé, begleiten Sie mich zu meinem Bevollmächtigten in die Stadt. Der Wagen steht bereit. Ihr, Kinder, werdet gemeinsam essen. Nun, Bernard, reiche deiner Cousine den Arm, oder besser gesagt, deiner Schwester. Lerne die höfischen Sitten, denn ihr gegenüber geht es darum, dein Herz auszudrücken.«

»Das ist wahr, mein Onkel«, antwortete ich und bemächtigte mich in etwas grober Weise Edmées Arm, um die Treppe hinunterzugehen. Sie zitterte, aber ihre Wangen waren wieder rosenrot, und ein liebevolles Lächeln glitt über ihre Lippen.

Als wir einander bei Tisch gegenübersaßen, kühlte unser gutes Einvernehmen in kürzester Zeit erneut ab. Wir waren beide verwirrt; wären wir allein gewesen, so hätte ich mich aus der Affäre gezogen mit einem meiner abrupten Ausfälle, die ich bekam, wenn ich mich meiner Schüchternheit schämte; aber die Anwesenheit von Saint-Jean, der uns bediente, nötigte mich, über die Hauptsache zu schweigen. Ich entschloß mich, über Patience zu reden und Edmée zu fragen, wie es möglich war, daß sie so gut mit ihm stand, und was ich von dem angeblichen Hexenmeister halten sollte. Sie erzählte in groben Zügen die Geschichte des bäuerlichen Philosophen und sagte mir, daß es der Abbé gewesen sei, der sie zum Turm Gazeau gebracht hatte. Sie war verblüfft gewesen über die Intelligenz und Weisheit des mönchisch zurückgezogenen Stoikers und fand eine außerordentliche Freude daran, mit ihm zu plaudern. Patience seinerseits hatte eine so große Freundschaft für sie gefaßt, daß er seit einiger Zeit seine Gewohnheiten gelockert hatte und sie sowie den Abbé ziemlich oft besuchte.

Sie können sich denken, daß es sie einige Mühe kostete, mir diese Erklärungen verständlich zu machen. Ich war sehr überrascht von ihren Lobreden über Patience und von der Sympathie, die sie für seine revolutionären Ideen empfand. Zum ersten Male hörte ich, daß man von einem Bauern wie von einem Menschen sprach. Darüber hinaus hatte ich den Hexenmeister vom Turm Gazeau angesehen als jemanden, der noch weit unter einem gewöhnlichen Bauern stand, und nun gab Edmée ihm einen Platz oberhalb der meisten Menschen, die sie kannte, und ergriff gegen den Adel für ihn Partei. Ich brachte es fertig, daraus abzuleiten, daß die Erziehung nicht so notwendig war, wie der Ritter und der Abbé mich glauben machen wollten. »Ich kann kaum besser lesen als Patience«, fügte ich hinzu, »und ich möchte, daß Sie in meiner Gesellschaft ebensoviel Freude haben wie in der seinen; doch es sieht kaum so aus, Cousine, denn seit ich hier bin ...«

Als wir die Tafel verließen und ich die Freude hatte, endlich mit ihr allein zu sein, wollte ich gerade sehr viel deutlicher werden, da trafen wir, als wir den Salon betraten, auf Monsieur de La Marche, der eben angekommen war und durch die gegenüberliegende Tür eintrat. In meinem Herzen wünschte ich ihn zum Teufel.

Monsieur de La Marche war ein junger Herr ganz im Stil seiner Zeit. Begeistert für die neue Philosophie, ein großer Voltaire-Anhänger, ein großer Bewunderer von Franklin, eher ehrenhaft denn intelligent, verstand er nicht so sehr deren Botschaften, sondern er hatte vielmehr den Wunsch und das Bestreben, sie zu verstehen; er war ein ziemlich schlechter Denker, denn an dem Tag, als die französische Nation es sich in den Kopf setzte, die Ideen zu verwirklichen, da fand er sie weitaus weniger gut und ihre politischen Hoffnungen weitaus weniger süß; im übrigen war er gefühlvoll und hielt sich für argloser und romantischer, als er wirklich war; er war eher seinen Vorurteilen des Standes treu und der Meinung der Gesellschaft gegenüber sehr viel empfänglicher, als er sich zu sein schmeichelte und einbildete. Sein Äußeres war reizend, aber ich fand ihn extrem fade, denn ich verspürte ihm gegenüber den lächerlichsten Groll. Seine anmutigen Manieren gegenüber Edmée fand ich unterwürfig, und sie nachzuahmen hätte mich beschämt, und dennoch war ich nur damit beschäftigt, ihn in den kleinen

Diensten, die er ihr erwies, zu übertreffen. Wir gingen in den bemerkenswerten Park hinaus, den der Indre, der dort nur ein kleiner, hübscher Bach ist, durchfloß. Unterwegs war er liebenswürdig auf hunderterlei Weise; sobald er ein Veilchen sah, pflückte er es und überreichte es meiner Cousine. Aber als wir an den Rand des Baches kamen, sahen wir, daß das Brett, auf dem man ihn an dieser Stelle überquerte, abgebrochen und von den Stürmen der letzten Tage fortgetragen worden war. Da nahm ich Edmée, ohne sie um Erlaubnis zu bitten, in meine Arme und ging ruhig hinüber. Das Wasser reichte mir bis zum Gürtel, und mit ausgestreckten Armen trug ich meine Cousine mit so viel Kraft und Aufmerksamkeit, daß keines ihrer Bänder naß wurde. Monsieur de La Marche, der nicht schwächer als ich erscheinen wollte, zögerte nicht, sich seinen hübschen Anzug naß zu machen und mir unter etwas gezwungenem lauten Lachen zu folgen; aber obgleich er keine Last trug, strauchelte er mehrere Male auf den Steinen, von denen das Bachbett voll war, und erreichte uns nur mit Mühe. Edmée lachte nicht; ich glaube, daß sie angesichts des Beweises meiner Kraft und Kühnheit, die ich gegen ihren Willen zeigte, sehr erschreckt war und bei dem Gedanken an die Liebe, die sie in mir auslöste. Sie war sogar verärgert und sagte, als ich sie sanft am Ufer absetzte: »Bernard, ich bitte Sie, niemals mehr solche Scherze zu machen.« »Ach, gut!« antwortete ich ihr, »gegenüber dem anderen hätten Sie sich darüber nicht erbost.« »Er würde sich so etwas nicht erlauben«, erwiderte sie. »Das glaube ich«, sagte ich, »er würde sich hüten! Sehen Sie, wie er gebaut ist ... und ich, ich habe keines Ihrer Haare in Unordnung gebracht. Er pflückt sehr schöne Veilchen; aber glauben Sie mir, in einer Gefahr würde ich ihm nicht den Vorzug geben.«

Monsieur de La Marche machte mir große Komplimente ob dieser Heldentat. Ich hatte gehofft, er wäre eifersüchtig; er schien nicht einmal daran zu denken und fand sich fröhlich mit dem beklagenswerten Zustand seiner Kleidung ab. Es war ungewöhnlich heiß, und vor Beendigung des Spaziergangs waren wir getrocknet; aber Edmée blieb traurig und sorgenvoll. Mir schien, sie strengte sich an, mir ebensoviel Zuneigung entgegenzubringen wie während des Essens. Ich war aufgewühlt; denn ich war nicht nur in sie verliebt, ich liebte sie. Es wäre mir nicht möglich gewesen, diese Unterscheidung zu treffen; aber beide Gefühle waren in mir: Leidenschaft und Zärtlichkeit.

Der Ritter und der Abbé kehrten zur Stunde des Diners zurück. Sie unterhielten sich leise mit Monsieur de La Marche über die Abwicklung meiner Angelegenheiten, und aus den wenigen Worten, die ich gegen meinen Willen hörte, verstand ich, daß sie gerade meine Existenz unter den glänzenden Bedingungen, die sie mir am Morgen angekündigt, abgesichert hatten. Ich empfand fälschlicherweise Scham, weil ich meine Dankbarkeit nicht auf unbefangene Weise bezeugen konnte. Diese Großzügigkeit verwirrte mich, ich begriff nichts davon, ich war so mißtrauisch, als ob man mir eine Falle stellte, um mich von meiner Cousine fernzuhalten. Für die Vorteile eines Vermögens war ich nicht empfänglich. Die Bedürfnisse der zivilisierten Lebensweise hatte ich nicht, und die Vorurteile des Adels waren bei mir ein Ehrenpunkt, keinesfalls eine gesellschaftliche Eitelkeit. Da ich sah, daß man nicht offen mit mir sprach, traf ich die wenig liebenswürdige Entscheidung, völlige Unwissenheit vorzutäuschen.

Edmée wurde immer trauriger. Ich bemerkte, daß sie in ungewisser Sorge abwechselnd Monsieur de La Marche und mich anblickte. Jedesmal, wenn ich das Wort an sie richtete oder gar die Stimme erhob, um zu den anderen zu sprechen, erbebte sie, dann runzelte sie leicht die Stirn, so als ob meine Stimme ihr einen körperlichen Schmerz bereite. Bald nach dem Diner zog sie sich zurück; ihr Vater folgte ihr beunruhigt. »Merken Sie nicht«, sagte der Abbé, als er sah, wie sie weggingen, und er wandte sich dabei an Monsieur de La Marche, »daß Mademoiselle de Mauprat in der letzten Zeit ziemlich verändert ist?« »Sie ist dünner geworden«, antwortete der General-Leutnant, »aber ich finde, daß sie dadurch noch schöner ist.« »Ja, aber ich habe Angst, daß sie kränker ist, als sie zugibt«, erwiderte der Abbé. »Ihr Charakter ist ebenso verändert wie ihre Gestalt; sie ist traurig.« »Traurig? Aber mir scheint, daß sie noch nie so fröhlich war wie heute morgen; stimmt das nicht, Monsieur Bernard? Erst seit dem Spaziergang hat sie über eine leichte Migräne geklagt.« »Ich sage Ihnen, sie ist traurig«, entgegnete der Abbé. »Wenn sie zur Zeit fröhlich ist, so ist sie es stärker, als angebracht wäre; es ist etwas Seltsames und Gezwungenes in ihr, was ganz und gar nicht ihrer üblichen Art entspricht. Einen Augenblick später fällt sie in eine Melancholie, die ich vor der berühmten Nacht im Wald nie an ihr wahrgenommen habe. Seien Sie versichert, daß die Aufregungen dieser Nacht folgenreich waren.« »In der Tat war sie im Turm Gazeau Zeugin einer entsetzlichen Szene«, sagte Monsieur de La Marche; »und dann dieser Ritt auf ihrem Pferd kreuz und quer durch den Wald, der sie weit von der Jagd wegführte und sie sehr ermüdet und erschreckt haben muß. Sie ist indessen mit so bewundernswertem Mut begabt! ... Sagen Sie mir, lieber Monsieur Bernard, als Sie sie im Wald getroffen haben, schien sie Ihnen da sehr verängstigt?« »Im Wald?« erwiderte ich, »ich habe sie doch gar nicht im Wald getroffen.« »Nein, in der Varenne haben Sie sie getroffen«, sagte der Abbé überstürzt ... »Übrigens, Monsieur Bernard, wollen Sie mir gestatten, mit Ihnen allein ein Wort über die Angelegenheiten Ihres Besitzes zu reden? ...« Er zog mich aus dem Salon und sagte mir leise: »Es geht nicht ums Geschäft, ich flehe Sie an, niemanden, wer auch immer es sein möge, auch nicht Monsieur de La Marche, annehmen zu lassen, Mademoiselle de Mauprat habe auch nur den Bruchteil einer Sekunde auf La Roche-Mauprat verbracht.« »Warum denn?« fragte ich, »befand sie sich dort nicht in meinem Schutz? Ist sie denn nicht, dank mir, unangetastet herausgekommen? Ist denn in der Gegend nicht bekannt, daß sie sich dort zwei Stunden lang aufgehalten hat?« »Es ist völlig unbekannt«, sagte er, »im Augenblick ihres Aufbruchs fiel La Roche-Mauprat unter den Schlägen der Belagerer, und keiner seiner Bewohner wird je aus der Tiefe des Grabes oder des Exils zurückkehren, um diese Tatsache zu erzählen. Wenn Sie die Welt besser kennen, werden Sie verstehen, von welcher Bedeutung es für den Ruf einer jungen Person ist, wenn man nicht davon ausgehen muß, daß auch nur der Schatten einer Gefahr auf ihre Ehre gefallen ist. Einstweilen beschwöre ich Sie, im Namen ihres Vaters, im Namen der Freundschaft, die Sie für sie empfinden und die Sie erst heute morgen in so vornehmer und rührender Weise ausgedrückt haben! ...« »Sie sind sehr geschickt, Monsieur Abbé«, sagte ich und unterbrach ihn, »alle Ihre Worte haben einen versteckten Sinn, den ich sehr gut verstehe, so ungeschliffen ich auch sein mag. Sagen Sie meiner Cousine, sie möge sich beruhigen. Ich habe ganz gewiß keinen Anlaß, ihre Tugend in Abrede zu stellen, und im übrigen bin ich nicht imstande, die von ihr gewünschte Heirat fehlschlagen zu lassen. Sagen Sie ihr, daß ich nur eins geltend mache, nämlich dieses Versprechen von *Freundschaft,* das sie mir in La Roche-Mauprat gegeben hat.« »Dieses Versprechen ist also in Ihren Augen von besonderer Feierlichkeit?« sagte der Abbé, »und welchen Argwohn kann sie in Ihnen diesbezüglich hinterlassen haben?« Ich blickte ihn fest an, und da er mir verwirrt vorkam, machte es mir Freude, ihn zu quälen, wobei ich hoffte, daß er Edmée meine Worte hinterbringe. »Keinen«, antwortete ich, »nur sehe ich, daß man für den Fall, daß das Abenteuer von La Roche-Mauprat aufgedeckt würde, den Verzicht von Monsieur de La Marche fürchtet. Sollte dieser Herr fähig sein, Edmée zu verdächtigen und sie am Tag vor ihrer Hochzeit zu beleidigen, so gibt es, scheint mir, ein einfaches Mittel, um das alles in Ordnung zu bringen.« »Und welches Ihrer Meinung nach?« »Ihn zu provozieren und zu töten.« »Ich nehme an, daß Sie alles tun werden, um dem ehrenwerten Monsieur Hubert diese harte Erfordernis und schreckliche Gefahr zu ersparen.« »Ich werde sie ihm ersparen, mehr als das, indem ich es auf mich nehme, meine Cousine zu rächen. Das ist mein Recht, Monsieur Abbé, ich kenne die Rechte eines Adligen ebensogut, als hätte ich Latein gelernt. Das können Sie ihr von mir ausrichten. Sie möge in Frieden schlafen, ich schweige, und wenn das nichts nützt, so schlage ich mich.« »Aber Bernard«, entgegnete der Abbé in einschmeichelndem und sanftem Ton, »denken Sie auch an die Zuneigung Ihrer Cousine für Monsieur de La Marche?« »Nun gut! Ein Grund mehr«, rief ich in einem Anfall von Zorn. Und schroff drehte ich ihm den Rücken zu.

Der Abbé hinterbrachte diese ganze Unterredung seinem Beichtkind. Die Rolle dieses würdigen Priesters war sehr lästig; unter dem Siegel des Beichtgeheimnisses hatte er eine Vertraulichkeit gehört, auf die er nur sehr versteckt anspielen konnte, wenn er sich mit mir unterhielt. Indes hoffte er, mittels dieser heiklen Anspielungen mir zu verstehen zu geben, daß meine Halsstarrigkeit ein Verbrechen war, und mich dazu zu bringen, daß ich anständigerweise verzichtete. Seine Mutmaßungen über mich waren richtig, so viel Tugend ging über meine Kräfte, wie auch über meine Intelligenz.

X.

Einige Tage verflossen in offenkundiger Ruhe. Edmée sagte, sie sei leidend, und sie verließ selten ihr Zimmer; Monsieur de La Marche kam fast jeden Tag, denn sein Schloß lag nicht weit entfernt. Ich faßte, trotz der Höflichkeiten, mit denen er mich überschüttete, eine immer größere Abneigung gegen ihn. Ich begriff nichts von seinem gezierten Philosophieren und bekämpfte ihn mit allen groben Vorurteilen und Ausdrücken, derer ich fähig war. Was mich ein wenig über mein geheimes Leiden hinwegtröstete, war, zu sehen, daß er nicht häufiger in den Gemächern von Edmée empfangen wurde als ich.

Das einzige Ereignis in dieser Woche war, daß Patience

sich in einer Hütte nahe beim Schloß einrichtete. Seit der Abbé Aubert bei dem Ritter eine Existenz gefunden hatte, geschützt gegen die kirchlichen Verfolgungen, gab es für ihn keine Notwendigkeit mehr, seinen Freund, den mönchisch Lebenden, heimlich zu sehen. Er hatte ihm also nachdrücklich zugesetzt, seine Unterkunft im Wald zu verlassen und in seine Nähe zu kommen. Patience ließ sich bitten. Die vielen in der Einsamkeit verbrachten Jahre hatten ihn mit seinem Turm Gazeau so fest verbunden, daß er zögerte, ihm die Gesellschaft seines Freundes vorzuziehen. Außerdem sagte er, der Abbé ließe sich vom *Umgang mit den Großen* bestechen, bald unterliege er gegen seinen Willen dem Einfluß der alten Ideen, und hinsichtlich der *heiligen Sache* kühle er ab. Es ist wahr, daß Edmée Patience' Herz gewonnen hatte, und indem sie ihm eine kleine Unterkunft anbot, die ihrem Vater gehörte und in einer malerischen Schlucht am Ende des Parks gelegen war, hatte sie sich, um seinen empfindlichen Stolz nicht zu verletzen, mit Anmut und Zartgefühl um ihn bemüht. Zu dem Zweck, die wichtigen Verhandlungen abzuschließen, hatte der Abbé sich mit Marcasse zum Turm Gazeau begeben, und zwar an dem Abend, als sie, aufgehalten durch das Gewitter, Edmée und mir Asyl gewährt hatten. Die furchtbare Szene, die unserer Ankunft folgte, machte Patience' Unentschlossenheit ein Ende. Als Anhänger der Ideen des Pythagoras empfand er Abscheu gegen vergossenes Blut. Der Tod einer Hindin hatte ihn zu Tränen gerührt, wie den Jacques bei Shakespeare, und erst recht war es ihm unmöglich, menschlichen Mordtaten zuzusehen, und von dem Augenblick an, als der Turm Gazeau die Bühne zweier tragischer Todesfälle wurde, da kam er ihm beschmutzt vor, und nichts konnte ihn dazu bewegen, eine weitere Nacht dort zu verbringen. Er folgte uns nach Sainte-Sévère, und bald wurden seine philosophischen Bedenken durch Edmées Verführungskunst besiegt. Das Häuschen, zu dessen Nießnutz man ihn überredete, war einfach genug, um ihn nicht über einen allzu offensichtlichen Pakt mit der Zivilisation erröten zu lassen. Die Einsamkeit, die er dort fand, war nicht so tief wie im Turm Gazeau, aber die häufigen Besuche des Abbé und diejenigen von Edmée gaben ihm kein Recht mehr, sich zu beklagen.

Hier unterbrach der Erzähler erneut seinen Bericht, um mit der Schilderung des Charakters von Mademoiselle de Mauprat zu beginnen.

Edmée, sagte er, und glauben Sie nicht, daß ich aus Voreingenommenheit so spreche, war, bei ihrer im Grunde genommen niedrigen Herkunft, eine der vollkommensten Frauen, die es in Frankreich gab. Um von allen zitiert und gerühmt zu werden, fehlte ihr nur der Wunsch oder die Notwendigkeit, sich in der Welt bekannt zu machen. Aber sie war glücklich in ihrer Familie, und die sanfteste Schlichtheit krönte ihre Fähigkeiten und ihre hohe Tugend. Sie wußte nichts von ihren Verdiensten, und auch ich wußte damals nichts davon, denn ich, als gieriger Grobian, sah sie nur mit den Augen des Körpers und glaubte sie nur deshalb zu lieben, weil sie schön war. Es muß auch gesagt werden, daß ihr Verlobter, Monsieur de La Marche, sie kaum besser verstand. Er hatte die farblose Intelligenz, mit der er ausgestattet war, in der kalten Schule von Voltaire und Helvetius entwickelt. Edmée hatte ihre vielseitige Intelligenz an den brennenden Deklamationen von Jean-Jacques entzündet. Es kam eine Zeit, in der ich Edmée verstand; die Zeit, da Monsieur de La Marche sie verstanden hätte, kam nie.

Edmée, die von ihrer Wiege an ihrer Mutter beraubt war und von einem Vater voller Vertrauen, Güte und Sorglosigkeit ihren jugendlichen Einfällen überlassen wurde, hatte sich beinahe allein gebildet. Der Abbé Aubert, der sie zur ersten heiligen Kommunion gehen ließ, hatte jedoch aus ihrem Lesestoff nicht die Philosophen verbannt, die ihn selbst verführt hatten. Da es in ihrer Umgebung keinen Widerspruch und nicht einmal Diskussionen gab, denn in allen Dingen riß sie ihren Vater mit, dessen Abgott sie war, blieb Edmée Prinzipien treu, die einander scheinbar widersprachen: der Philosophie, die den Untergang des Christentums vorbereitete, und dem Christentum, das den kritischen Geist ächtete. Um diesen Widerspruch zu erklären, müssen Sie sich vergegenwärtigen, was ich Ihnen über die Wirkung des Bekenntnisses des savoyischen Vikars auf den Abbé Aubert gesagt habe. Im übrigen wissen Sie, daß Mystizismus und Zweifel gleichermaßen die poetischen Seelen beherrschen. Jean-Jacques war dafür ein glänzendes und großartiges Beispiel, und Sie wissen, was für Sympathien er bei Priestern und Adligen hervorrief, obgleich sie ihn mit so viel Vehemenz tadelten. Welche Wunder doch die Überzeugungskraft, unterstützt von erhabener Eloquenz, bewirkt. Edmée hatte aus dieser lebendigen Quelle mit der ganzen Begierde der leidenschaftlichen Seele getrunken. Auf ihren seltenen Reisen nach Paris hatte sie nach Seelen gesucht, die für die ihre aufgeschlossen wären. Aber sie hatte dort so viele Schattierungen und so geringes Einvernehmen angetroffen und vor allem, trotz der Mode, so viele unzerstörbare Vorurteile, daß sie mit Liebe an ihrer Einsamkeit und ihren poetischen Träumereien unter den alten Eichen im Park festhielt. Schon sprach sie von ihren Enttäuschungen und weigerte sich mit einem über ihr Alter und vielleicht sogar ihr Geschlecht hinausgehenden gesunden Menschenverstand, sich mit diesen Philosophen, die ihr intellektuelles Leben ausmachten, in direkte Verbindung zu setzen. »Ich bin ein bißchen genießerisch«, sagte sie lächelnd. »Ich mag lieber an einem Rosenstrauß riechen, der am Morgen in einer Vase für mich angeordnet wurde, als ihn mitten aus den Dornen und in der Sonnenhitze zu holen.«

Was sie über ihr Genießen sagte, war übrigens nur eine Metapher. Groß geworden auf den Feldern, war sie stark, tatkräftig, mutig und unbeschwert; mit allen Reizen einer zarten Schönheit verband sie die ganze Energie physischer und moralischer Gesundheit. Sie war ebensosehr ein stolzes, unerschrockenes junges Mädchen wie eine sanfte und liebenswürdige Schloßherrin. Ich fand sie oft hochnäsig und geringschätzig; Patience und die Armen der Umgebung fanden sie stets bescheiden und sanftmütig.

Edmée legte ebenso großen Wert auf die Dichter wie auf

die spiritualistischen Philosophen; sie ging stets mit einem Buch in der Hand spazieren. An einem Tag, als sie den Tasso gewählt hatte, traf sie Patience, und seiner Gewohnheit entsprechend erkundigte er sich neugierig nach Autor und Thema. Edmée mußte ihm die Kreuzzüge erklären; das war nicht das Schwierigste. Dank der Erzählungen des Abbé und seines erstaunlichen Gedächtnisses für Tatsachen kannte Patience halbwegs den Abriß der Weltgeschichte. Aber was ihm zu begreifen schwerfiel, das war der Bezug und der Unterschied von epischer Dichtung und Geschichte. Zuerst war er empört über die Fiktionen der Dichter und behauptete, man hätte einen solchen Schwindel niemals dulden dürfen. Und dann, als er verstanden hatte, daß die epische Dichtung, weit davon entfernt, die Generationen in Irrtümer zu führen, den heldischen Taten in größeren Dimensionen ewige Dauer und Ruhm verlieh, da fragte er, warum nicht alle wichtigen Taten von Barden besungen worden seien und warum die Geschichte der Menschheit nicht eine volkstümliche Form entdeckt habe, die ohne die Unterstützung durch die Literatur sich in alle Gedächtnisse hätte eingravieren können. Er bat Edmée, ihm eine Strophe aus ›Jerusalem‹ zu erklären; er fand Geschmack daran, und sie las ihm auf französisch einen Gesang vor. Einige Tage später machte sie ihn mit einem zweiten vertraut, und bald kannte Patience das ganze Gedicht. Er freute sich, als er hörte, daß diese Heldenerzählung in Italien volkstümlich war, und versuchte, seine Erinnerungen zusammenzufassen und ihnen in grober Prosa eine verkürzte Form zu geben; doch hatte er kein Gedächtnis für Wörter. Er war durch seine starken Eindrücke aufgewühlt, und tausend großartige Bilder zogen an seinen Augen vorbei. Er gab ihnen Ausdruck in Improvisationen, in denen sein Genie über die Barbarei seiner Sprache triumphierte; aber es war ihm unmöglich, sich erneut verfügbar zu machen, was er gesagt hatte. Man hätte es unter seinem Diktat aufschreiben müssen; und auch das hätte noch nichts genutzt; denn falls es ihm gelungen wäre, dies zu lesen, hätte doch sein Gedächtnis, geübt nur im Argumentieren, nie irgendein Fragment behalten können, das durch das Wort bestimmt war. Er zitierte indes vielerlei, und bisweilen war seine Sprache biblisch; aber abgesehen von gewissen Ausdrücken, für die er eine Vorliebe hegte, und einer Anzahl kurzer Sentenzen, die sich anzueignen er die Mittel fand, hatte er nichts behalten können von den Seiten, die er sich oft und immer wieder hatte vorlesen lassen, und denen er stets mit der gleichen Aufmerksamkeit zuhörte, als sei es das erste Mal. Es war eine wahrhafte Freude, die Wirkung dichterischer Schönheit auf diesen machtvollen Geist zu sehen. Nach und nach gelang es dem Abbé, Edmée und später auch mir, ihn mit Homer und Dante vertraut zu machen. Er war so überrascht von den Begebenheiten, daß er die Analyse der ›Göttlichen Komödie‹ von Anfang bis Ende zu leisten vermochte, ohne den geringsten Teil der Reise, der Begegnungen und der Emotionen des Dichters zu vergessen oder umzustellen. Da fand seine Fähigkeit ihre Grenzen. Als er versuchte, sich einige der Ausdrücke, die ihn beim Zuhören verzaubert hatten, anzueignen, da gelangte er zu einer Fülle an Metaphern und Bildern, die an Wahnsinn grenzte. Diese Hinführung zur Dichtung kennzeichnete eine Zeit der Veränderung in Patience' Leben; sie gab ihm im Träumen eine Tatkraft, die ihm im realen Leben fehlte. In seinem magischen Spiegel betrachtete er gigantische Kämpfe, sah zehn Ellen große Helden; er verstand die Liebe, die er nie kennengelernt hatte, er kämpfte, liebte, siegte, er klärte die Völker auf, befriedete die Welt, machte das Unrecht der menschlichen Gattung wieder gut und errichtete dem großen Geist des Universums Tempel. Er sah in der sternenbesäten Sphäre alle Götter des Olymp, die Väter der primitiven Menschheit; er las in den Sternbildern die Geschichte des Goldenen und Ehernen Zeitalters, im Winterwind hörte er Morvens Gesänge, und in den Gewitterwolken grüßte er die Geister von Fingal und Komala. »Bevor ich die Dichter kannte«, sagte er in seinen letzten Jahren, »war ich wie ein Mensch, dem der Sinn fehlt. Ich sah wohl, daß dieser Sinn notwendig war, da ja so viele Dinge fordern, daß er erfüllt werde. Des Nachts ging ich voller Sorge allein spazieren und fragte mich, warum ich nicht schlafen konnte, warum ich so viel Freude darin fand, die Sterne zu betrachten, und mich von dieser Betrachtung nicht trennen konnte, warum mein Herz plötzlich vor Freude schlug, wenn ich bestimmte Farben sah, oder warum ich beim Hören gewisser Töne zu Tränen gerührt war. Manchmal erschreckte ich mich darüber, und wenn ich meine fortwährende Erregung mit der Sorglosigkeit anderer Menschen meines Standes verglich, hatte ich die Vorstellung, verrückt zu sein. Aber bald tröstete ich mich und sagte mir, daß diese Verrücktheit süß sei und es mir lieber wäre, nicht mehr zu leben, als sie zu überwinden. Gegenwärtig genügt es mir zu wissen, daß diese Dinge zu allen Zeiten von allen klugen Menschen schön gefunden wurden, um zu begreifen, was sie sind und in welcher Weise sie dem Menschen nützen. Ich freue mich bei dem Gedanken, daß es nicht eine Blume, nicht einen Farbton, nicht einen Lufthauch gegeben hat, der nicht Aufmerksamkeit auf sich gezogen und das Herz der Menschen bewegt hätte, ja sogar bei allen Völkern heilige Namen erhielt. Seit ich weiß, daß es dem Menschen, ohne dadurch seine Vernunft zu schmälern, gestattet ist, das Universum mit seinen Träumen zu bevölkern und zu erklären, lebte ich ganz in der Betrachtung desselben; und wenn der Anblick des Elends und der Missetaten der Gesellschaft mir das Herz bricht und meinen Verstand aufwühlt, dann versetze ich mich in meine Träume; und da alle Menschen übereingekommen sind, das Werk Gottes zu lieben, sage ich mir, daß sie sich eines Tages darin einig sein werden, sich gegenseitig zu lieben. Ich stelle mir vor, daß vom Vater auf den Sohn die Erziehung sich vervollkommnen wird. Vielleicht bin ich der erste Unwissende, der eine Vision hat, die ihm nicht von außen eingegeben wurde. Vielleicht haben sich auch viele andere vor mir beunruhigt über das, was ihnen geschah, und sind gestorben, ohne das erste Wort entdeckt zu haben. Arme Leute sind wir!« fügte Patience hinzu, »man verbietet uns weder das Übermaß an Arbeit noch an Wein, auch keine der anderen Ausschweifungen, die unsere Intelligenz zerstören können. Es gibt Leute, die körperliche Arbeit teuer bezahlen, damit die Armen, um die Bedürfnisse ihrer Familien zu befriedigen, über ihre Kräfte hinaus arbeiten; es gibt Wirtshäuser und andere, noch gefährlichere Orte, wo, wie man sagt, die Regierung sich am Gewinn beteiligt; es gibt auch Priester, die auf die Kanzel steigen, um uns zu sagen, was wir dem Grundherrn unseres Dorfes schulden, und niemals, was der Grundherr uns schuldet. Da sind keine Schulen, wo man uns unsere Rechte lehrt, wo man uns beibringt, unsere wirklichen und ehrlichen Bedürfnisse von den schändlichen und unheilvollen zu unterscheiden, wo man uns schließlich sagt, woran wir denken können und müssen, wenn wir den ganzen Tag über zum Nutzen anderer geschwitzt haben, und wenn wir des Abends auf der Schwelle unserer Hütten sitzen und zusehen, wie die roten Sterne aufgehen am Horizont.«

Derartige Überlegungen stellte Patience an; und glauben Sie mir, wenn ich seine Rede in unsere methodische Sprache übersetze, entkleide ich sie ihrer ganzen Anmut, ihres Feuers und ihrer Energie. Aber wer könnte den wortwörtlichen Ausdruck von Patience wiedergeben? Seine Sprache gehörte nur ihm, sie war eine Zusammenfügung aus dem begrenzten, aber kraftvollen Wortschatz der Bauern und den kühnsten Metaphern der Dichter, deren poetische Ausdrucksweise er noch kühner gestaltete. Diesem gemischten Idiom verlieh sein synthetischer Geist Ordnung und Logik. Der Knappheit seines eigenen Ausdrucks fügte er eine unglaubliche natürliche Fülle hinzu. Man muß gesehen haben, wie verwegen der Kampf war, den sein Wille und seine Überzeugung der Ohnmacht seiner Formulierungen lieferte; kein anderer als er hätte sich ehrenvoll da herausziehen können; und ich versichere Ihnen, daß es für jemanden, der ernst genug war, nicht über seine Fehler und Kühnheiten zu lachen, in diesem Mann Stoff gab für die wichtigsten Beobachtungen über die Entwicklung des menschlichen Geistes und für die zärtliche Bewunderung einer einfachen moralischen Schönheit.

In der Zeit, als ich Patience gründlich kennenlernte, verband mich mit ihm, in meinem ungewöhnlichen Schicksal, das Mitgefühl. Wie er war ich ungebildet; wie er hatte ich die Erklärung meines Seins außerhalb gesucht, so wie man das Lösungswort für ein Rätsel sucht. Dank der zufälligen Umstände von Geburt und Reichtum erreichte ich eine vollständige Ausbildung, wohingegen Patience sich bis zum Tod in der Finsternis der Unwissenheit abmühte, die er weder verlassen wollte noch konnte; doch war dies für mich ein Grund mehr, die Überlegenheit dieses machtvollen Geistes anzuerkennen, der mit Hilfe schwacher, instinktiver Erleuchtungen in kühnerer Weise seine Richtung fand als ich in der Helligkeit aller Fackeln der Wissenschaft und der im übrigen keine bösen Neigungen zu besiegen hatte, während ich davon so viele hatte.

Aber in der Zeit, in der ich mit meinem Bericht fortzufahren habe, war Patience in meinen Augen nur eine groteske Person, Gegenstand des Amüsements für Edmée und mildtätigen Mitgefühls für den Abbé Aubert. Als sie mir in ernstem Ton von ihm erzählten, verstand ich sie nicht, und ich stellte mir vor, daß sie dieses Thema als eine Art Gleichnis verwendeten, um mir die Vorteile der Bildung aufzuzeigen und die Notwendigkeit, sie zeitig in Angriff zu nehmen, und zu zeigen, wie unnütz Bedauern in späten Jahren ist.

Indessen streifte ich durchs Dickicht, das seine neue Wohnung umgab, denn ich hatte gesehen, wie Edmée quer durch den Park dorthin ging, und hoffte, durch die Überraschung bei ihrer Heimkehr eine Zusammenkunft zu erlangen. Aber sie war stets in Begleitung des Abbé, zuweilen sogar ihres Vaters; und wenn sie mit dem alten Bauern allein war, so brachte er sie anschließend zum Schloß zurück. Oft versteckte ich mich in den Büscheln einer ungeheuren Eibe, die ihre zahlreichen Schößlinge und hängenden Zweige bis wenige Schritte von der Hütte entfernt ausbreitete, und ich sah, wie Edmée mit einem Buch in der Hand auf der

Schwelle saß, während Patience ihr zuhörte, die Arme gekreuzt, den Kopf auf die Brust gesenkt und ganz offensichtlich sehr müde von der angestrengten Aufmerksamkeit. Dann stellte ich mir vor, daß Edmée versuchte, ihn das Lesen zu lehren, und fand es verrückt, daß sie auf einer unmöglichen Bildung bestand. Doch in den Strahlen der untergehenden Sonne, unter dem gelblichen Weinlaub der Hütte war sie schön; ich betrachtete sie und sagte mir, daß sie mir gehörte, wobei ich mir schwor, niemals weder der Gewalt noch der Überredungskunst derer zu weichen, die mich zum Verzicht bewegen wollten.

Seit ein paar Tagen war mein Leiden bis zum letzten aufgestachelt; mich dem zu entziehen fand ich keine anderen Mittel, als beim Mittagessen viel zu trinken, damit ich betäubt war in dieser so schmerzlichen und verletzenden Stunde, in der sie den Salon verließ, nachdem sie ihren Vater umarmt, Monsieur de La Marche die Hand zum Kuß gereicht und im Vorübergehen zu mir gesagt hatte: »Guten Tag, Bernard!« und zwar in einem Ton, der auszudrücken schien: »Heute endet wie gestern und morgen wie heute.« Vergeblich setzte ich mich in den Sessel, der der Tür am nächsten war, damit sie nicht gehen konnte, ohne daß ihr Kleid meine Hand streifte; nie wurde mir etwas anderes zuteil, und ich streckte meine Hand nicht aus, damit sie um die ihre werbe, denn sie hätte sie mir mit lässigem Ausdruck überlassen, und ich glaube, in meinem Zorn hätte ich sie zerbrochen.

Dank der ausgiebigen Zecherei beim Essen gelang es mir, mich still und traurig zu betrinken. Dann vergrub ich mich in meinem Lieblingssessel, dort blieb ich, verdrossen und dösend, bis der Weindunst sich verflüchtigt hatte und ich im Park meine sinnlosen Träume und finsteren Pläne spazierenführte.

Man schien diese flegelhafte Angewohnheit nicht wahrzunehmen. Die Familie brachte mir so viel Nachsicht und Güte entgegen, daß sie davor zurückschreckte, mir diese sehr berechtigte Beobachtung mitzuteilen; aber man hatte meine unheilvolle Leidenschaft für den Wein sehr wohl bemerkt, und der Pfarrer informierte Edmée. Eines Abends, beim Essen, sah sie mich mit seltsamem Ausdruck mehrere Male unbeweglich an. Ich sah sie gleichfalls an und hoffte, sie werde mich provozieren; aber im Austausch böser Blicke waren wir quitt. Als sie die Tafel verließ, sagte sie mir ganz leise, sehr rasch und in einem herrischen Ton: »Lassen Sie das Trinken, und lernen Sie alles, was der Abbé Ihnen vorträgt.«

Dieser Befehl und der zwingende Tonfall waren weit davon entfernt, mir Hoffnung zu machen, und schienen mir so empörend, daß meine ganze Schüchternheit augenblicklich verschwand. Ich wartete auf den Zeitpunkt, da sie zu ihrem Zimmer hinaufgehen würde, und ging ein wenig vor ihr hinaus, um vor der Treppe auf sie zu warten. »Glauben Sie«, sagte ich, »daß ich mich durch Ihre Lügen täuschen lasse und nicht sehr genau merke, daß Sie den ganzen Monat, seit ich hier bin, nicht das Wort an mich gerichtet und mich gefoppt haben, als sei ich ein Dummkopf? Sie haben mich belogen, und heute verachten Sie mich, weil ich die Anständigkeit besaß, Ihrem Wort zu glauben.« »Bernard«, sagte sie kalt, »hier ist weder Ort noch Stunde, um uns auszusprechen.« »Oh, ich weiß, wenn es nach Ihnen geht, so wird es niemals Ort und Stunde geben; aber ich werde sie finden, glauben Sie mir. Sie haben gesagt, daß Sie mich lieben; Sie warfen sich mir an den Hals, küßten mich, hier, ich spüre Ihre Lippen noch auf meiner Wange, und sagten: ›Rette mich, ich schwöre beim Evangelium, bei der Ehre, beim Gedenken an deine und meine Mutter, ich werde dir gehören.‹ Ich weiß, daß Sie all das gesagt haben, weil Sie Angst vor meiner Kraft hatten; und ich weiß, daß Sie hier vor mir fliehen, weil Sie Angst haben vor meinen Rechten. Aber Sie gewinnen nichts dabei; ich schwöre Ihnen, daß Sie mich nicht lange zum Narren halten werden.« »Ich werde Ihnen niemals gehören«, antwortete sie mit zunehmender Kälte, »wenn Sie Ihre Sprache, Ihr Verhalten und Ihre Gefühle nicht ändern. So, wie Sie sind, fürchte ich Sie nicht.

Fände ich Sie gut und großherzig, könnte ich Ihnen halb aus Angst, halb aus Sympathie nachgeben, aber von dem Augenblick an, da ich Sie nicht mehr liebe, fürchte ich Sie nicht länger. Bessern Sie sich, lernen Sie, und wir werden sehen.« »Ausgezeichnet«, sagte ich, »das ist ein Versprechen, das ich verstehe. Ich handele entsprechend, und wenn ich nicht glücklich sein darf, so werde ich mich rächen.« »Rächen Sie sich so viel Sie wollen«, antwortete sie, »es wird nur bewirken, daß ich Sie verachte.«

Und während sie redete, holte sie ein Papier aus dem Mieder und verbrannte es in aller Ruhe an der Flamme ihrer Kerze. »Was tun Sie da?« sagte ich. »Ich verbrenne einen Brief, den ich Ihnen geschrieben habe«, entgegnete sie, »ich wollte, daß sie Vernunft annehmen, aber es ist unnütz. Mit einem Wilden spricht man sich nicht aus.« »Geben Sie mir den Brief!« rief ich und warf mich auf sie, um ihr das brennende Papier zu entreißen. Doch sie zog es plötzlich zurück und löschte es unerschrocken in der Hand, schleuderte mir die Kerze vor die Füße und entkam in der Dunkelheit. Vergeblich verfolgte ich sie. Vor mir erreichte sie die Tür ihres Gemachs und warf sie zu. Ich hörte, wie sie die Riegel vorlegte und die Stimme von Mademoiselle Leblanc, die ihre junge Herrin nach dem Grund ihrer Aufregung fragte. »Es ist nichts«, antwortete Edmée mit bebender Stimme, »nur ein Streich.«

Ich ging in den Garten und lief mit stürmischen Schritten hin und her. Der Wut folgte die tiefste Traurigkeit. Die stolze und kühne Edmée erschien mir schöner und begehrenswerter denn je. Es liegt im Wesen eines jeden Begehrens, sich am Widerstand zu entzünden und zu nähren. Ich fühlte, daß ich sie verletzt hatte, daß sie mich nicht liebte und vielleicht niemals lieben würde, und ohne auf den frevlerischen Entschluß zu verzichten, sie gewaltsam zu besitzen, gab ich mich dem Schmerz hin, den ihr Haß in mir auslöste. Ich lehnte mich ziellos gegen eine dunkle Mauer, verbarg mein Gesicht in den Händen und schluchzte verzweifelt. Mein kräftiges Herz war wie gebrochen, meine

Tränen erleichterten mich nicht, wie ich erhoffte; am liebsten hätte ich gebrüllt, und um dieser Versuchung nicht nachzugeben, biß ich in mein Taschentuch. Das unglückselige Geräusch meiner erstickten Schreie erregte die Aufmerksamkeit einer Person, die in der Kapelle betete, auf der anderen Seite der Mauer, an die ich mich zufällig angelehnt hatte. Ein Spitzbogenfenster mit einem steinernen *Fensterkreuz,* oben mit einem Kleeblatt versehen, befand sich in Höhe meines Kopfes. »Wer ist da?« fragte die bleiche Gestalt, die der schräge Strahl des aufgehenden Mondes beschien. Als ich Edmée erkannte, wollte ich mich entfernen, doch sie streckte ihren Arm durch das Fenster, ergriff mich am Rockkragen und sagte: »Warum weinen Sie denn, Bernard?«

Ich wich dieser sanften Gewalt, teils beschämt, weil ich bei meinem geheimen Schwächeanfall ertappt worden war, teils entzückt, weil ich sah, daß Edmée dafür empfänglich war. »Was bekümmert Sie denn?« fuhr sie fort. »Was verursacht Ihr Schluchzen?« »Sie verachten mich, Sie hassen mich und fragen, warum ich leide, warum ich zornig bin?« »Sie weinen also aus Zorn?« sagte sie und zog den Arm zurück. »Aus Zorn und einem anderen Grund«, antwortete ich. »Aber aus welchem denn?« fragte Edmée. »Ich weiß nicht, vielleicht aus Kummer, wie Sie gesagt haben. Tatsache ist, daß ich leide; mir bricht das Herz. Ich muß Sie verlassen, Edmée, und muß in den Wäldern leben. Hier kann ich nicht bleiben.« »Warum leiden Sie so sehr? Sprechen Sie sich aus, Bernard; dies ist die Gelegenheit, uns auszusprechen.« »Ja, mit einer Mauer zwischen uns. Ich begreife, daß Sie hier keine Angst vor mir haben.« »Und doch bezeuge ich Ihnen mein Interesse, scheint mir, und war ich Ihnen vor einer Stunde nicht ebenso zugewandt, als es keine Mauer zwischen uns gab?« »Ich glaube, Sie sind nicht furchtsam, Edmée, denn Sie finden immer ein Mittel, Leuten mit schönen Worten auszuweichen oder sie einzufangen. Ach, man hat mir ja gesagt, daß alle Frauen Lügnerinnen sind und man keine lieben soll.« »Wer hat Ihnen das gesagt? Ihr Onkel

Jean oder Ihr Onkel Gaucher oder Ihr Großvater Tristan?« »Spotten Sie, spotten Sie, so viel Sie wollen! Es ist nicht meine Schuld, wenn ich von ihnen erzogen wurde. Aber auch sie konnten zuweilen die Wahrheit sagen.« »Bernard, soll ich Ihnen sagen, warum sie die Frauen für Lügnerinnen hielten?« »Sagen Sie es.« »Weil sie Gewalt und Tyrannei anwendeten gegenüber Wesen, die schwächer sind als sie. Jedesmal, wenn man in anderen Furcht erzeugt, läuft man Gefahr, betrogen zu werden. Wenn Jean Sie in Ihrer Kindheit geschlagen hat, sind Sie da nie vor seinen brutalen Züchtigungen geflohen und haben Ihre kleinen Fehltritte verborgen?« »Das ist wahr, es war mein einziges Mittel.« »Die List ist also, wenn auch nicht das Recht, so doch ein Mittel der Unterdrückten. Fühlen Sie das nicht?« »Ich fühle, daß ich Sie liebe und daß dies doch kein Grund für Sie ist, mich zu betrügen.« »Wer sagt Ihnen denn, daß ich Sie betrüge?« »Sie haben mich betrogen; Sie haben mir gesagt, daß Sie mich lieben, Sie liebten mich nicht.« »Ich habe Sie geliebt, weil ich sah, wie Sie, aufgespalten in abscheuliche Prinzipien und ein großzügiges Herz, sich der Ehrlichkeit und Gerechtigkeit zuwandten. Ich liebe Sie, weil ich sehe, daß Sie über die schlechten Prinzipien triumphieren und Ihren bösen Eingebungen die Tränen eines guten Herzens folgen. Das kann ich Ihnen vor Gott und guten Gewissens sagen zu einem Zeitpunkt, da ich Sie als den erkenne, der Sie sind. Es gibt andere Augenblicke, in denen Sie mir Ihrer selbst so unwürdig erscheinen, daß ich Sie nicht wiedererkenne und Sie nicht zu lieben glaube. Es hängt von Ihnen ab, Bernard, daß ich niemals weder an Ihnen noch an mir zweifle.«

»Und was soll ich dafür tun?« »Ihre schlechten Gewohnheiten ändern, das Ohr guten Ratschlägen öffnen und das Herz den Geboten der Moral. Sie sind ein Wilder, Bernard, und seien Sie gewiß, daß es weder Ihre Unbeholfenheit beim Grüßen noch Ihre Unkenntnis, wie man Komplimente macht, sind, die mir an Ihnen mißfallen. Im Gegenteil, in meinen Augen wäre es ein besonderer Zauber, wenn unter dieser Rauheit große Ideen und edle Gefühle wohnten. Aber

Ihre Gefühle und Ideen sind wie Ihre Manieren, und das kann ich nicht ertragen. Ich weiß, daß es nicht Ihre Schuld ist, und wenn ich sehen könnte, daß Sie entschlossen sind, sie zu korrigieren, würde ich Sie wegen Ihrer Fehler nicht weniger lieben als wegen Ihrer Qualitäten. Mitgefühl erweckt Zuneigung, aber das Böse liebe ich nicht, ich kann es nicht lieben, und wenn Sie es in sich pflegen, anstatt es abzustellen, dann kann ich Sie nicht lieben. Begreifen Sie das?« »Nein.« »Wie, nein?« »Nein«, sagte ich. »Ich fühle das Böse nicht in mir. Wenn Ihnen die geringe Anmut meiner Beine, das mangelnde Weiß meiner Hände, die geringe Eleganz meiner Worte nicht mißfällt, dann weiß ich nicht, was Sie an mir hassen. Ich habe seit meiner Kindheit schlechte Regeln gehört, doch habe ich sie nicht akzeptiert. Ich habe nie angenommen, daß es erlaubt sei, Übeltaten zu begehen; oder zumindest habe ich sie nie als angenehm empfunden. Wenn ich Böses getan habe, wurde ich mit Gewalt dazu gezwungen. Ich habe meine Onkel und ihr Verhalten stets verabscheut. Ich mag es nicht, wenn andere leiden, ich mag niemanden ausplündern; ich verachte das Geld, das man auf La Roche-Mauprat zum Gott erhob; ich kann nüchtern bleiben, und ich würde mein ganzes Leben lang Wasser trinken, obwohl ich den Wein liebe, wenn es nötig wäre, statt wie meine Onkel Blut zu vergießen, um mir ein gutes Essen zu beschaffen. Ich habe jedoch mit ihnen gekämpft und getrunken; hätte ich es anders machen können? Heute, da ich mich so verhalten kann, wie ich will, wem tue ich da Unrecht? Wem habe ich Böses gewünscht? Ihr Abbé, der mir von der Tugend erzählt, hält er mich für einen Mörder und Dieb? Sie wissen also, Edmée, geben Sie es zu, daß ich ehrlich bin; Sie halten mich nicht für böse, aber ich mißfalle Ihnen, weil ich nicht geistvoll bin, und Sie lieben Monsieur de La Marche, weil er Albernheiten zu sagen versteht, derer ich mich schämen würde.«

»Und wenn Sie, um mir zu gefallen«, sagte sie lächelnd, nachdem sie mir mit großer Aufmerksamkeit zugehört und ihre Hand, die ich durch das Gitter hindurch festhielt, nicht zurückgezogen hatte, »und wenn Sie, damit Sie Monsieur de La Marche vorgezogen werden, sich Geist aneignen müßten, wie Sie es nennen, würden Sie es dann nicht tun?«

»Ich weiß nicht«, antwortete ich nach kurzem Zögern, »vielleicht wäre ich Narr genug dafür, denn ich verstehe nicht, wieviel Macht Sie über mich besitzen. Aber es wäre sehr feige und sehr verrückt.«

»Warum, Bernard?«

»Weil eine Frau, die einen Mann nicht wegen seines guten Herzens liebt, sondern wegen seines schönen Geistes, kaum die Mühe lohnt, die ich mir geben würde. So sieht es für mich aus.«

Sie schwieg und sagte dann, wobei sie mir die Hand drückte: »Sie haben mehr Verstand und Geist, als man meinen sollte. Nun bin ich also gezwungen, völlig aufrichtig mit Ihnen zu sein und Ihnen zu gestehen, daß ich für Sie, so wie Sie sind, und selbst wenn Sie sich niemals ändern sollten, eine große Achtung und Freundschaft empfinde, die, solange ich lebe, andauern werden. Seien Sie dessen sicher, Bernard, was immer ich Ihnen in einem Augenblick des Ärgers sagen mag, denn Sie wissen, daß ich sehr lebhaft bin: Das liegt in unserer Familie. Das Blut der Mauprat wird nie so ruhig fließen wie das der anderen Menschen. Gehen Sie also behutsam mit meinem Stolz um, denn gerade Sie wissen sehr gut, was Stolz ist; pochen Sie mir gegenüber niemals auf erworbene Rechte. Zuneigung läßt sich nicht befehlen, um sie bittet man oder weckt sie; verhalten Sie sich so, daß ich Sie immer liebe; sagen Sie mir nie, ich sei gezwungen, Sie zu lieben.« »Das ist richtig, in der Tat«, antwortete ich, »aber warum sprechen Sie manchmal so, als sei ich gezwungen, Ihnen zu gehorchen? Warum haben Sie mir heute abend zu trinken *verboten* und *befohlen* zu studieren?«

»Weil man einer Zuneigung, die nicht da ist, nichts befehlen kann, doch man kann zumindest der vorhandenen Zuneigung Befehle geben, und da ich der Ihren sicher bin, befehle ich ihr.« »Das ist gut!« rief ich begeistert, »dann habe ich auch das Recht, der Ihren zu befehlen, da Sie mir ja gesagt haben, daß sie bestimmt vorhanden sei ... Edmée, ich befehle Ihnen, mich zu küssen.« »Lassen Sie das, Bernard«, rief sie, »Sie brechen mir den Arm. Sehen Sie, Sie haben mich mit dem Gitter verletzt.« »Warum haben Sie sich vor mir verschanzt?« sagte ich und bedeckte die leichte Wunde, die ich ihr am Arm zugefügt hatte, mit meinen Lippen. »Ach, ich bin so unglücklich! Verfluchtes Gitter! Edmée, wenn Sie nur Ihren Kopf ein wenig zu mir beugen wollten, so könnte ich Sie küssen ... Sie küssen, als wären Sie meine Schwester. Edmée, wovor haben Sie Angst?« »Mein guter Bernard«, antwortete sie, »in der Welt, in der ich lebe, küßt man nicht einmal seine Schwester, und nirgendwo küßt man sich heimlich. Ich werde Sie vor meinem Vater küssen, jeden Tag, wenn Sie wollen, aber niemals hier.« »Sie werden mich nie küssen!« rief ich, wütend wie gewohnt. »Und Ihr Versprechen? Und meine Rechte? ...« »Wenn wir einander heirateten ...«, sagte sie verlegen, »sobald Sie die Erziehung erhalten haben, die anzunehmen ich Sie anflehe ...« »Beim Ende meines Lebens! Machen Sie sich über mich lustig? Ist denn von Heirat zwischen uns die Rede? Keineswegs; ich will Ihr Vermögen nicht, das habe ich Ihnen gesagt.« »Mein und Ihr Vermögen sind eins«, erwiderte sie. »Bei so nahen Verwandten, wie wir es sind, sind Dein und Mein wertlose Begriffe. Mir ist niemals der Gedanke gekommen, daß Sie habsüchtig sein könnten. Ich weiß, daß Sie mich lieben und daran arbeiten, es mir zu beweisen, und daß der Tag kommen wird, an dem Ihre Liebe mir keine Angst mehr machen wird, weil ich sie im Angesicht des Himmels und der Menschen annehmen kann.«

»Wenn das Ihre Vorstellung ist«, entgegnete ich und war durch die neue Richtung, die sie meinen Gedanken gab, abgelenkt von meinem wilden Aufruhr, »so ist mein Standort ein ganz anderer; aber, um die Wahrheit zu sagen, ich muß darüber nachdenken ... Ich habe nicht gedacht, daß Sie es so verstehen ...« »Und wie, glauben Sie, soll ich es verstehen?« erwiderte sie. »Verliert eine junge Dame nicht die Ehre, wenn sie sich einem anderen als ihrem Gatten hingibt? Ich will meine Ehre nicht verlieren, auch Sie würden es nicht wollen, wenn Sie mich lieben. Sie würden mir kein unwiderrufliches Unrecht zufügen wollen. Hätten Sie diese Absicht, so wären Sie mein Todfeind.« »Warten Sie, Edmée, warten Sie«, erwiderte ich, »über meine Absichten kann ich Ihnen nichts sagen, ich habe im Hinblick auf Sie keine Beschlüsse gefaßt. Ich empfand nur Begehren und habe niemals an Sie gedacht, ohne verrückt zu werden. Sie wollen, daß ich Sie heirate? Ja, warum denn, mein Gott?« »Weil ein Mädchen, das sich selbst achtet, einen Mann nicht ohne den Gedanken, ohne die Entscheidung und Gewißheit, für immer die Seine zu sein, angehören kann. Wissen Sie das nicht?« »Es gibt so viele Dinge, die ich nicht weiß, an die ich nie gedacht habe.«

»Das Studium wird Sie lehren, Bernard, was Sie von den Dingen halten sollen, die Sie am meisten interessieren, Ihre Stellung, Ihre Pflichten, Ihre Gefühle. Sie sehen weder in Ihrem Herzen noch in Ihrem Bewußtsein klar. Ich bin es gewohnt, alles zu hinterfragen und mich selbst zu führen; wie können Sie wollen, daß ich zum Gebieter einen Mann nehme, der von seinen Trieben abhängig und vom Zufall geleitet ist?« »Zum Gebieter! Zum Gatten! Ja, ich verstehe, daß Sie nicht Ihr ganzes Leben einem Tier, wie ich es bin, unterordnen können ... Aber ich habe Sie nicht darum gebeten! ... Und ich kann nicht daran denken, ohne zu zittern!« »Sie müssen allerdings daran denken, Bernard; denken Sie oft daran, und wenn Sie es tun, werden Sie die Notwendigkeit verspüren, meinen Rat zu befolgen und Ihren Geist in Beziehung zu setzen zu Ihrer neuen Stellung, die Sie erworben haben, nachdem Sie La Roche-Mauprat verließen; sobald Sie diese Notwendigkeit erkannt haben, sagen Sie es mir, und dann werden wir einige erforderliche Entscheidungen treffen.«

Sanft entzog sie meinen Händen die ihre, und ich glaube, daß sie mir eine gute Nacht wünschte, aber ich hörte es nicht. Ich blieb zurück, in Gedanken versunken, und als ich den Kopf hob, um mit ihr zu sprechen, war sie nicht mehr da. Ich ging in die Kapelle; sie war über eine höhergelegene

Galerie, die mit ihrem Appartement verbunden war, dorthin zurückgekehrt.

Ich ging wieder in den Garten und tauchte in den Park ein, wo ich die ganze Nacht blieb. Mein Gespräch mit Edmée hatte mich in eine neue Welt geworfen. Bis dahin war ich immer noch der Mann von La Roche-Mauprat gewesen, und ich hatte nicht vorhergesehen, daß ich aufhören könnte oder müßte, es zu sein; die Gewohnheiten hatten sich mit den Umständen geändert, ich jedoch war im engen Kreis meiner Gedanken verblieben. Inmitten all der neuen Dinge, die mich umgaben, fühlte ich mich verwundet durch deren tatsächliche Macht, insgeheim verhärtete ich meinen Willen, damit ich mich nicht gedemütigt fühlte. Ich glaube, mit der Ausdauer und Kraft, mit der ich ausgestattet war, hätte mich nichts veranlassen können, diese hartnäckige Verschanzung aufzugeben, wenn Edmée sich nicht eingemischt hätte. Die gewöhnlichen Wohltaten des Lebens, die Befriedigung durch den Luxus hatten für mich keinen anderen Reiz als den der Neuheit. Die Ruhe meines Körpers belastete mich, die Stille dieses Hauses voller Ruhe und Ordnung hätten mich zugrundegerichtet, wenn Edmées Gegenwart und der Ansturm meines Begehrens es nicht mit meiner Aufgeregtheit angefüllt und mit meinen Hirngespinsten bevölkert hätten. Ich hatte mir nicht einen Augenblick lang gewünscht, Oberhaupt dieses Hauses und Herr des Vermögens zu werden, und soeben mit Freude gehört, daß Edmée meiner Uneigennützigkeit gerecht wurde. Indessen widerstrebte mir noch die Vorstellung, zwei so unterschiedliche Ziele wie meine Leidenschaft und meine wirtschaftlichen Interessen miteinander zu verknüpfen. Ich irrte durch den Park und fühlte mich tausend Ungewißheiten ausgesetzt, ich erreichte das offene Land, ohne dessen gewahr zu werden. Die Nacht war großartig. Der volle Mond überflutete mit seinem klaren Licht die von der Hitze des Tages ausgebleichten Fluren. Die verwelkten Pflanzen richteten sich auf ihren Stengeln wieder auf, jedes Blatt schien mit allen Poren die feuchte Frische der Nacht einzuatmen. Auch ich spürte die süße Wirkung; mein Herz schlug mit Macht, jedoch regelmäßig. Ich fühlte mich trunken von einer unbestimmten Hoffnung; Edmées Bild schwebte vor mir auf den Wegen und erregte nicht mehr diesen schmerzlichen Aufruhr und dieses wilde Verlangen, die mich verzehrt hatten.

Ich ging über ein offenes Gelände, in dem sich ein paar junge Baumgruppen da und dort von der grünen Steppe der Weiden abhoben. Große hellbraune Rinder lagerten unbeweglich im kurzen Gras und schienen in friedliche Betrachtung versunken. Sanfte Hügel stiegen zum Horizont hin an, und es sah so aus, als spielten ihre weichen Bergrücken im reinen Widerschein des Mondes. Zum ersten Mal in meinem Leben empfand ich die sinnliche Schönheit und die erhabenen Emanationen der Nacht. Ich war durchdrungen von einem mir unbekannten Wohlgefühl; es kam mir so vor, als sähe ich zum ersten Mal den Mond, die Hügel, die Weiden. Ich erinnerte mich, von Edmée gehört zu haben, daß es kein schöneres Schauspiel gebe als das der Natur, und ich wunderte mich, es bisher nicht gekannt zu haben. Mir kam zuweilen der Gedanke, niederzuknien und zu Gott zu beten; aber ich hatte Angst, nicht mit ihm sprechen zu können und ihn mit meinem schlechten Beten zu beleidigen. Soll ich Ihnen den seltsamen Einfall gestehen, der, einer kindlichen Erleuchtung gleich, mich mitten im Chaos meiner Unwissenheit überkam und von der poetischen Liebe sprach? Der Mond beleuchtete so freigebig die Dinge, daß ich im Gras die kleinsten Blümchen unterscheiden konnte. Eine kleine Margerite kam mir so schön vor mit ihrem weißen, mit Purpurfransen gesäumten Krägelchen und ihrem goldenen Kelch voll mit Diamanten aus Tau, daß ich sie pflückte, mit Küssen bedeckte und in einer Art köstlicher Verwirrung ausrief: »Du bist es, Edmée! Ja, du! Du bist da! Fliehe nicht vor mir!« Aber wie groß war meine Verlegenheit, als ich aufstand und sah, daß es einen Zeugen meiner Verrücktheit gab! Vor mir stand Patience!

Ich war so ungehalten, bei einem solchen Anfall der Narretei überrascht worden zu sein, daß ich mit einem Rest meiner Gewohnheiten als Strauchdieb mein Messer am Gürtel suchte, aber ich hatte weder Gürtel noch Messer mehr. Meine Seidenweste mit ihren Taschen erinnerte mich daran, daß ich dazu verurteilt war, niemanden mehr niederzumachen. Patience lächelte.

»Nun! Nun! Was ist denn?« sagte der Einsiedler ruhig und sanft; »glauben Sie, ich wüßte nicht, was los ist? So einfältig, daß ich nichts begreife, bin ich nicht, und so alt, daß ich nicht klar sehe, auch nicht. Wer schüttelt denn die Zweige meiner Eibe jedesmal, wenn das heilige Mädchen an meiner Tür sitzt? Wer folgt uns denn mit vorsichtigen Schritten wie ein junger Wolf durchs Unterholz, wenn ich das schöne Kind zu seinem Vater zurückbringe? Und was ist denn Böses dabei? Ihr seid beide jung und schön, ihr seid miteinander verwandt, und wenn Sie wollten, könnten Sie ein würdiger und ehrenhafter Mann werden, so wie sie ein würdiges und ehrenhaftes Mädchen ist.«

Mein ganzer Zorn war verraucht, als ich hörte, wie Patience von Edmée sprach. Ich hatte ein so großes Bedürfnis, mich über sie zu unterhalten, daß ich selbst Schlimmes gern vernommen hätte, allein um der Freude willen, ihren Namen aussprechen zu hören. An der Seite von Patience setzte ich meinen Spaziergang fort. Der Alte lief mit nackten Füßen durch den Tau. Es ist wahr, daß seine Füße schon lange den Gebrauch von Schuhwerk vergessen und einen Grad der Abhärtung erreicht hatten, der sie gegen alles schützte. Als einzige Kleidungsstücke trug er eine Hose aus blauem Stoff, die ihm, mangels Hosenträgern, um die Hüften hing, und ein grobes Hemd. In der Kleidung konnte er keinen Zwang ertragen, und seiner wettergegerbten Haut machten weder Hitze noch Kälte etwas aus. Man sah ihn bis zum Alter von achtzig Jahren barhäuptig in der glühendsten Hitze umhergehen, und den Winterwinden trat er mit geöffneter Weste entgegen. Seit Edmée über alle seine Bedürfnisse wachte, hatte er eine gewisse Reinlichkeit entwickelt; aber in der Unordentlichkeit seiner Aufmachung und in seinem Haß gegen alles, was über die Grenzen des unbedingt

Notwendigen hinausging, zeigte sich außer fehlender Schamhaftigkeit, die ihm immer schon zuwider gewesen war, der Zynismus des Alters. Sein Bart schimmerte silbern. Sein kahler Schädel war so glatt, daß der Mond sich wie in Wasser auf ihm spiegelte. Er ging langsam, die Hände auf dem Rücken, das Haupt erhoben, wie ein Mann, der sein Reich überwacht. Aber meistens verloren seine Blicke sich in der Betrachtung des Himmels, und er unterbrach das Gespräch und sagte, wobei er auf das Sternengewölbe zeigte: »Sehen Sie einmal, wie schön das ist!« Er war der einzige Bauer, den ich den Himmel bewundern sah, oder zumindest der einzige, der sich seiner Bewunderung bewußt war.

»Warum, Meister Patience, glauben Sie, ich könnte ein ehrenhafter Mann sein, *wenn ich es wollte*? Glauben Sie denn, ich bin es nicht?« »Oh, seien Sie nicht böse«, antwortete er, »Patience hat das Recht, alles zu sagen. Ist er nicht der Narr des Schlosses?« »Edmée sagt, im Gegenteil, Sie seien dessen Weiser.« »Behauptet sie das, die heilige Tochter Gottes? Nun gut, wenn sie es meint, so will ich als Weiser handeln und Ihnen einen guten Rat geben, Meister Bernard Mauprat. Wollen Sie ihn hören?« »Es sieht so aus, als ob jeder hier sich am Ratschlaggeben beteiligt. Gleichwohl, ich höre.« »Sind Sie in Ihre Cousine verliebt?« »Das ist eine kühne Frage.« »Es handelt sich nicht um eine Frage, sondern um eine Tatsache. Nun, ich sage Ihnen, tun Sie alles, damit Ihre Cousine Sie liebt, und werden Sie ihr Gatte.« »Und warum bringen Sie mir ein solches Interesse entgegen, Meister Patience?« »Weil ich weiß, daß Sie es verdienen.« »Wer hat Ihnen das gesagt? Der Abbé?« »Gewiß nicht.« »Edmée?« »Ein wenig. Und doch ist sie zumindest nicht so richtig verliebt in Sie. Aber das ist Ihr Fehler.« »Wieso das, Patience?« »Weil sie will, daß Sie Wissen erlangen, und Sie, Sie wollen nicht. Ach, wäre ich nur so jung wie Sie, ich armer Patience, und könnte ich mich, ohne zu ersticken, zwei Stunden am Tag in einem Zimmer einsperren, und befaßten sich alle, denen ich begegne, nur damit, mich zu unterweisen! Wenn man zu mir sagte: ›Patience, sieh mal, das ist gestern geschehen; Patience, sieh mal, das geschieht morgen.‹ Aber, basta! Ich muß alles allein entdecken, und das dauert so lange, daß ich an Altersschwäche sterben werde, bevor ich ein Zehntel dessen entdeckt habe, was ich wissen möchte. Doch hören Sie, ich habe noch einen Grund, mir zu wünschen, daß Sie Edmée heiraten.« »Welchen, guter Herr Patience?« »Den, daß dieser La Marche nicht zu ihr paßt. Ich habe es ihr gesagt, ja, ja, und ihm auch, und dem Abbé und allen anderen. Der da, das ist kein Mann. Der riecht gut, wie ein ganzer Garten; doch ziehe ich ihm das kleinste Thymianzweiglein vor.« »Meiner Treu, ich mag ihn kaum mehr als Sie. Aber wenn meine Cousine ihn liebt? Hmm, Patience?« »Ihre Cousine liebt ihn nicht. Sie glaubt, er sei gut, er sei *wahrhaftig*; sie täuscht sich, und er täuscht sie, er täuscht alle. Ich weiß es, das ist ein Mann, dem *das* fehlt (Patience legte seine Hand aufs Herz). Das ist ein Mann, der ständig sagt: ›Ich und die Tugend! Ich und die Unglücklichen! Ich und die Gelehrten, die Freunde des Menschengeschlechts, und so weiter, und so weiter.‹ Ich, Patience, weiß, daß er die armen Leute vor dem Tor seines Schlosses verhungern ließe. Und sagte man zu ihm: ›Gib dein Schloß her, iß schwarzes Brot, gib dein Land, werde Soldat, und es wird auf der Welt keine Unglücklichen mehr geben, das Menschengeschlecht, wie du es nennst, wird gerettet sein‹, dann, das weiß ich, würde der *Mann* sagen: ›Danke, ich bin Herr über meine Ländereien, ich bin meines Schlosses nicht überdrüssig.‹ Oh, ich kenne sie, die *falschen Guten*! Was für ein Unterschied zu Edmée! Sie, Sie wissen das nicht! Sie lieben sie, weil sie schön ist, wie eine Margerite, und ich, ich liebe sie, weil sie gut ist wie der Mond, der die Erde erhellt. Sie ist ein Mädchen, das alles hergibt, was es hat, das keinen Schmuck tragen würde, weil man mit dem Gold eines Ringes einen Menschen ein Jahr lang am Leben erhalten könnte. Und wenn sie unterwegs einem Kind begegnet, dessen Fuß verletzt ist, dann zieht sie ihren Schuh aus und gibt ihm diesen und geht barfuß weiter. Und außerdem hat sie ein aufrechtes Herz, wissen Sie. Wenn sich morgen das ganze

Dorf Sainte-Sévère auf einmal bei ihr einfände und sagte: ›Fräulein, Sie haben lange genug im Reichtum gelebt; geben Sie uns, was Sie besitzen, und arbeiten Sie nun Ihrerseits‹, dann würde sie antworten: ›Das ist richtig, ihr guten Kinder!‹ Und fröhlich würde sie die Herde auf die Felder führen! Ihre Mutter war genauso, denn sehen Sie, ich habe sie gekannt, als sie so jung war wie Edmée jetzt, und auch Ihre Mutter, ja! Und sie war eine prachtvolle Frau, mildtätig und gerecht. Und Sie sind ihr ähnlich, so sagt man.« »Leider nein«, antwortete ich, durch Patience' Rede tief gerührt. »Ich kenne weder Mildtätigkeit noch Gerechtigkeit.«

»Sie haben sie noch nicht ausüben können; aber es steht in Ihrem Herzen geschrieben, das weiß ich. Man sagt, ich sei ein Hexenmeister, und ich bin es ein wenig. Ich durchschaue einen Menschen sofort. Erinnern Sie sich, was Sie mir eines Tages im Farnwald von Validé gesagt haben? Sie waren dort mit Sylvain und ich mit Marcasse. Sie sagten, daß ein ehrenhafter Mann für seine Streitigkeiten selbst Rache nimmt. Und im übrigen, Monsieur Mauprat, wenn Sie durch meine Entschuldigungen im Turm Gazeau nicht befriedigt sind, müssen Sie es sagen. Sehen Sie, hier ist keiner, und so alt ich auch bin, meine Faust ist noch genausogut wie die Ihre, wir könnten ein paar gute Hiebe austauschen, das ist das Recht der Natur; und auch wenn ich das nicht billige, weigere ich mich nie, demjenigen Genugtuung zu geben, der sie fordert. Ich weiß, daß es Menschen gibt, die vor Kummer stürben, wenn sie nicht gerächt würden, und ich, der ich zu Ihnen spreche, ich habe fünfzig Jahre gebraucht, um eine Schmach, die man mir angetan, zu vergessen ... und wenn ich erneut daran denke, erwacht mein Haß gegen die Adligen, und ich laste es mir an, daß ich in meinem Herzen einigen von ihnen habe verzeihen können.«

»Ich bin ganz und gar zufriedengestellt, Meister Patience, im Gegenteil, ich empfinde Freundschaft für Sie.« »Ach, weil ich Ihnen das Auge auskratze, das Sie juckt! Gute Jugend! Los, Mauprat, Mut. Befolgen Sie den Rat des Abbé, er ist ein gerechter Mann. Versuchen Sie, Ihrer Cousine zu gefallen, sie ist ein Stern am Firmament. Erkennen Sie die Wahrheit; lieben Sie das Volk; verabscheuen Sie diejenigen, die es verachten; seien Sie bereit, sich für das Volk zu opfern ... Hören Sie gut zu! Ich weiß, was ich sage; werden Sie ein Freund des Volkes.«

»Das Volk ist also besser als der Adel, Patience? Sagen Sie mir nach bestem Wissen und Gewissen und als ein Weiser die Wahrheit.« »Das Volk ist besser als der Adel, denn der Adel drückt es zu Boden, und es duldet ihn! Aber es wird ihn vielleicht nicht immer dulden. Schließlich müssen Sie es erfahren; sehen Sie diese Sterne? Sie verändern sich nicht, in zweitausend Jahren werden sie an derselben Stelle sein und ebenso strahlen wie heute, aber bevor hundert Jahre um sind, nicht einmal vielleicht, wird sich auf der Erde viel verändert haben. Vertrauen Sie einem Mann, der an die Wahrheit glaubt und sich durch das vornehme Gehabe der Starken nicht verwirren läßt. Der Arme hat genug ertragen; er wird sich gegen den Reichen wenden, und die Schlösser werden fallen, das Land wird zerstückelt werden. Ich erlebe es nicht mehr, aber Sie; wo heute der Park ist, werden zehn Hütten stehen und zehn Familien von seinem Ertrag leben. Es wird weder Diener noch Herren, weder Bauern noch Grundherrschaft mehr geben. Es wird Adlige geben, die laut schreien und nur der Gewalt weichen, wie Ihre Onkel es auch getan hätten, wenn sie noch lebten; und wie Monsieur de La Marche, trotz seiner schönen Reden. Es wird welche geben, die großherzig ihren Verpflichtungen nachkommen, wie Edmée und Sie, wenn Sie der Weisheit Ihr Ohr leihen. Und dann ist es gut für Edmée, wenn sie zum Gatten einen Mann hat, und nicht einen Maiglöckchenstengel. Es wird gut sein, daß Bernard Mauprat einen Pflug ziehen und des lieben Gottes Wild töten kann, um seine Familie zu ernähren: Denn der alte Patience wird unter dem Gras des Friedhofs liegen und Edmée nicht die Dienstleistungen zurückerstatten können, die er angenommen hat. Lachen Sie nicht darüber, junger Mann; es ist die Stimme Gottes, die das sagt. Sehen Sie den Himmel an. Die Sterne leben in Frieden, und nichts stört ihre ewige Ordnung. Die großen fressen die kleinen nicht, und keiner stürzt sich auf seine Nachbarn. Nun, die Zeit wird kommen, in der die gleiche Ordnung unter den Menschen herrscht. Die Bösen werden vom Wind des Herrn hinweggefegt. Versichern Sie sich Ihrer Beine, Herr Mauprat, damit Sie aufrecht bleiben und Edmée unterstützen; Patience warnt Sie, Patience, der nur das Gute will. Aber andere werden kommen und das Böse wollen, und die Guten müssen sich stark machen.«

Wir waren bei der Hütte von Patience angekommen. Er war am Zaun seines kleinen Grundstücks stehengeblieben, und, die eine Hand auf die Pfähle gestützt, mit der anderen gestikulierend, sprach er voller Energie. Seine Augen leuchteten wie Flammen, seine Stirn war schweißgebadet; er hatte in sich etwas so Mächtiges wie die Wortgewalt der alten Propheten, und die Schlichtheit seines Aufzugs, mehr noch als das Plebejische, steigerte den Stolz seiner Gestik und die Würde seiner Stimme. Die Französische Revolution hat seither gezeigt, daß es im Volk eine ungestüme Kraft der Rede und eine unerbittliche Logik gibt; doch was ich in diesem Augenblick sah, war für mich so neu und machte mir einen so tiefen Eindruck, daß meine ungezügelte und ungebremste Vorstellungskraft sich mitreißen ließ von der abergläubischen Furcht der Kindheit. Er hielt mir die Hand hin, und ich gehorchte dieser Aufforderung, mehr mit Schrecken denn mit Sympathie. Der Hexenmeister vom Turm Gazeau, der eine blutende Eule über meinem Kopf aufgehängt hatte, tauchte in diesem Moment vor meinen Augen auf.

XI.

Als ich, von Müdigkeit erschöpft, am nächsten Morgen aufwachte, erschienen mir alle Begebenheiten des Vortages wie ein Traum. Mir kam es vor, als habe Edmée meine Hoffnungen mittels eines Köders hinauszögern wollen, indem sie davon sprach, meine Frau zu werden; und was die Wirkung der Worte des Hexenmeisters betrifft, so erinnerte ich mich ihrer nicht, ohne eine tiefe Demütigung zu empfinden. Wie dem auch sei, dies war die Wirkung. Die Aufregungen dieses Tages hatten eine unauslöschliche Spur in mir hinterlassen; ich war schon nicht mehr der Mann vom Vortag, und ich sollte niemals mehr ganz der von La Roche-Mauprat werden.

Es war spät, und ich hatte am Vormittag nur meinen Schlafmangel aufgeholt. Ich war noch nicht aufgestanden, da hörte ich bereits auf dem Pflaster des Hofes die Hufe von Monsieur de La Marche' Pferd. Jeden Tag kam er um diese Stunde; jeden Tag sah er Edmée ebenso zeitig wie ich, und an diesem Tage gar, dem Tag, an dem sie mich davon hatte überzeugen wollen, daß ich mit ihrer Hand rechnen könne, da würde er vor mir seinen schalen Kuß auf diese Hand drücken, die mir gehörte. Dieser Gedanke weckte alle meine Zweifel. Wie nur ertrug Edmée diese Aufmerksamkeiten, wenn sie wirklich die Absicht hatte, einen anderen als ihn zu heiraten? Vielleicht wagte sie es nicht, ihn wegzuschicken; vielleicht war es an mir, dies zu tun. Ich kannte die Gepflogenheiten dieser Welt nicht, die ich erst betreten hatte. Der Instinkt riet mir, mich meinen ungestümen Neigungen zu überlassen, und der Instinkt sprach laut zu mir.

Eilig kleidete ich mich an. Bleich und verwirrt betrat ich den Salon; auch Edmée war bleich. Der Morgen war regnerisch und frisch. Im großen Kamin brannte ein Feuer. Sie lag ausgestreckt in ihrem Sessel und wärmte, halb schlummernd, ihre kleinen Füße. Sie hatte diese lässige und starre Haltung wie in den Tagen ihrer Krankheit. Am anderen

Ende des Raumes las Monsieur de La Marche die Zeitung. Als ich sah, daß Edmée von den Aufregungen des Vortages noch erschöpfter war als ich, fühlte ich, wie mein Zorn von mir abfiel, ich näherte mich ihr, setzte mich leise und betrachtete sie voll Zärtlichkeit. »Sind Sie es, Bernard?« sagte sie, ohne sich zu bewegen oder die Augen zu öffnen. Ihre Ellbogen waren auf die Armlehnen des Sessels gestützt, die Hände anmutig unterm Kinn verschränkt. Die Frauen hatten zu jener Zeit fast das ganze Jahr über halbnackte Arme. Ich bemerkte an dem ihren ein kleines Pflaster, das mein Herz höher schlagen ließ. Das war die leichte Verletzung, die ich ihr abends am Gitter des Fensterkreuzes verursacht hatte. Sanft hob ich die Spitzenrüsche, die ihr über den Ellbogen fiel, und, durch ihren Halbschlaf ermutigt, preßte ich meine Lippen auf die geliebte Wunde. Monsieur de La Marche konnte mich sehen und sah mich in der Tat; ich handelte mit Absicht so. Ich brannte darauf, mit ihm zu streiten. Edmée erbebte und wurde ganz rot; aber sogleich nahm sie den Ausdruck unbeschwerter Gleichgültigkeit an und sagte: »Wahrhaftig, Bernard, Sie sind heute morgen galant wie ein Abbé bei Hofe. Haben Sie letzte Nacht nicht auch irgendein Madrigal verfaßt?«

Ich fühlte mich merkwürdig gekränkt durch diesen Scherz; doch überbot ich sie an Sicherheit: »Ja, gestern abend am Fenster der Kapelle habe ich eins gemacht«, antwortete ich, »und wenn es schlecht ist, Cousine, so ist das Ihre Schuld.« »Sagen Sie, Ihre Erziehung sei schuld«, antwortete sie und wurde lebhafter, und sie war niemals schöner als in dem Augenblick, wenn ihr Stolz und ihre natürliche Lebhaftigkeit erwachten. »Ich meine fast, daß ich tatsächlich zuviel Erziehung besitze«, antwortete ich, »und daß, wenn ich nur auf meinen gesunden Menschenverstand hörte, Sie mich nicht so sehr verspotten würden.« »Mir scheint wahrhaftig, daß Sie und Bernard sich an Geist und Metaphern gegenseitig überbieten«, sagte Monsieur de La Marche, faltete mit unbeteiligter Miene seine Zeitung und kam näher. »Ich bin quitt mit ihr«, erwiderte ich, verletzt durch diese Frechheit; »sie soll ihren Geist für Ihresgleichen aufheben.«

Ich erhob mich, um ihm entgegenzutreten, aber er schien es nicht zu bemerken; mit unglaublicher Grazie lehnte er sich an den Kamin, beugte sich zu Edmée hinab und sagte mit sanfter, fast liebevoller Stimme: »Was hat er bloß?«, so, als erkundige er sich nach der Gesundheit ihres kleinen Hündchens. »Was weiß ich?« antwortete Edmée im gleichen Ton; dann erhob sie sich und fügte hinzu: »Ich habe zu starke Kopfschmerzen, um hierzubleiben. Reichen Sie mir Ihren Arm und begleiten Sie mich zu meinem Zimmer.«

Auf ihn gestützt ging sie hinaus. Ich blieb verblüfft zurück.

Ich wartete, entschlossen ihn zu beleidigen, sobald er in den Salon zurückkäme; aber der Abbé kam herein und kurz darauf mein Onkel Hubert. Sie begannen über Dinge zu plaudern, die mir völlig fremd waren (und so war es bei nahezu allen Themen der Unterhaltungen). Ich wußte nicht, was ich tun sollte, um mich zu rächen; doch ich wagte es nicht, mich in Gegenwart meines Onkels zu verraten. Ich spürte, was ich der Achtung und den Rechten der Gastfreundschaft schuldig war. Auf La Roche-Mauprat hatte ich mir niemals solche Gewalt auferlegt. Beleidigung und Wut verschafften sich spontanen Ausdruck; ich wäre über dem Warten auf meine Rache fast gestorben. Der Ritter, der die Veränderung in meinen Gesichtszügen bemerkte, fragte mich mehrmals gütig, ob ich krank sei. Monsieur de La Marche schien nichts zu bemerken und keine Zweifel zu hegen. Nur der Abbé beobachtete mich aufmerksam. Ich spürte, wie sich seine blauen Augen, durchdringend von Natur aus, jedoch stets unter seiner gewöhnlichen Schüchternheit verschleiert, besorgt auf mich richteten. Der Abbé liebte mich nicht. Es war leicht zu sehen, daß seine sanfte, heitere Umgangsart gegen seinen Willen kalt wurde, sobald er sich an mich wendete; ich bemerkte sogar, daß er stets ein trauriges Gesicht bekam, wenn ich mich näherte.

Ich fühlte, daß ich kurz davor war, ohnmächtig zu werden, so ungewohnt war es für mich, einen Zwang auszuhalten, so sehr überstieg dies meine Kräfte; ich ging hinaus und warf mich im Park ins Gras. In all meinen Aufregungen war dies mein Refugium. Diese großen Eichen, dieses hundertjährige Moos, das von den Zweigen hing, diese blassen, duftenden Waldblumen, Sinnbilder des verborgenen Schmerzes, sie waren die Freunde meiner Kindheit, die einzigen, die ich unverändert im gesellschaftlichen wie im wilden Leben vorfand. Ich verdeckte mein Gesicht mit den Händen; ich erinnere mich nicht, in irgendeiner Notlage meines Lebens mehr gelitten zu haben. Doch erlebte ich später sehr unmittelbare Not, und alles in allem hätte ich mich glücklich schätzen sollen, bei der Beendigung des rauhen und gefahrvollen Metiers eines Strauchdiebs so viele unverhoffte Wohltaten zu empfangen wie Zuneigung, Fürsorge, Reichtum, Freiheit, Unterweisung, gute Ratschläge und gute Beispiele. Gewiß ist aber, daß der Mensch beim Übergang von einem Seelenzustand zum entgegengesetzten leidet, selbst vom Bösen zum Guten, vom Schmerz zur Freude, von der Ermüdung zur Ruhe, und daß sich beim Entstehen eines neuen Schicksals alle Kräfte seines Wesens bis zum Zerreißen anspannen. So bedeckt sich der Himmel beim Nahen des Sommers mit dunklen Wolken, und die bebende Erde scheint unter dem Ansturm des Gewitters zum Untergang bereit.

In diesem Augenblick war ich ausschließlich damit beschäftigt, einen Weg zu finden, um meinen Haß gegen Monsieur de La Marche zu stillen, ohne das geheimnisvolle Band zu verraten oder auch nur erahnen zu lassen, das ich für Edmée und mich in Anspruch nahm. Obgleich auf La Roche-Mauprat nichts weniger galt als die Heiligkeit eines Schwurs, bestand doch die einzige Lektüre, wie ich Ihnen gesagt habe, aus ein paar ritterlichen Balladen, und ich hatte mich für eine romantische Liebe begeistert wegen der Treue gegenüber dem Versprochenen, und dies war ungefähr die einzige Tugend, die ich erworben hatte. Die Geheimhaltung, die ich Edmée schuldete, zügelte mich also unbezwingbar. »Aber könnte ich nicht irgendeinen Vorwand finden«, sagte ich mir, »der glaubhaft genug wäre, um mich auf meinen Feind zu stürzen und ihn zu erwürgen?« Um ehrlich zu sein, war dies bei einem Mann, der sich, wie es aussah, mir gegenüber zu Höflichkeit und Zuvorkommenheit entschlossen hatte, nicht einfach.

In all dieser Ratlosigkeit vergaß ich die Stunde des Diners, und als ich sah, wie die Sonne hinter den Türmen des Schlosses unterging, sagte ich mir zu spät, daß man meine Abwesenheit bemerkt haben müsse und ich nicht zurückkehren könne, ohne mich den unvermittelten Fragen von Edmée zu stellen oder diesem kalten, klaren Blick des Abbé, der stets den meinen zu meiden schien, und den ich dabei überraschte, wie er plötzlich versuchte, in die Tiefe meines Gewissens einzudringen.

Ich beschloß, erst in der Dunkelheit zurückzugehen, streckte mich im Gras aus und versuchte zu schlafen, um meinen zermarterten Kopf auszuruhen. Tatsächlich schlief ich ein. Als ich wach wurde, ging am Himmel, der noch ins Abendrot getaucht war, gerade der Mond auf. Das Geräusch, das mich hatte auffahren lassen, war ganz schwach; aber es gibt Klänge, die das Herz treffen, bevor sie das Ohr erreichen, und die feinsten Emanationen der Liebe durchdringen zuweilen den gröbsten Organismus. Edmées Stimme hatte soeben ganz in der Nähe, hinter dem Blattwerk, meinen Namen ausgesprochen. Zuerst glaubte ich zu träumen; ich bewegte mich nicht, hielt den Atem an und lauschte. Sie war es, und sie begab sich mit dem Abbé zum Einsiedler. Sie waren auf dem Pfad im Dickicht stehengeblieben, fünf oder sechs Schritt von mir entfernt, und plauderten leise, jedoch in jener eindringlichen Weise, die bei Vertraulichkeiten der Aufmerksamkeit soviel Feierlichkeit verleiht. »Ich fürchte«, sagte Edmée, »daß er gegenüber Monsieur de La Marche einen Skandal verursacht; Schlimmeres vielleicht, wer weiß? Sie kennen Bernard nicht.«

»Er muß um jeden Preis von hier entfernt werden«, antwortete der Abbé, »Sie können so nicht leben, andauernd der Brutalität eines Räubers ausgesetzt.« »Sicher ist das kein Leben. Seit er den Fuß hierher gesetzt hat, hatte ich keinen Augenblick Freiheit. Gefangen in meinem Zimmer, gezwungen, bei Freunden Schutz zu suchen, wage ich es nicht, einen Schritt zu tun. Bestenfalls kann ich die Treppe hinabsteigen, und ich gehe nicht durch die Galerie, ohne die Leblanc als Späherin vorzuschicken. Das arme Mädchen, sie kennt mich tapfer und glaubt, ich sei verrückt. Dieser Zwang ist abscheulich. Ich schlafe nur noch hinter vorgeschobenen Riegeln. Und sehen Sie, Abbé, ich gehe nicht ohne Dolch, wie die Heldin einer spanischen Ballade, nicht mehr und nicht weniger.« »Und wenn der Unglückliche Sie trifft und erschreckt, richten Sie ihn auf die eigene Brust, nicht wahr? Ein solches Risiko darf nicht eingegangen werden. Edmée, man muß ein Mittel finden, um diese unhaltbare Lage zu ändern. Ich begreife, daß Sie ihm die Freundschaft Ihres Vaters nicht entziehen wollen, indem Sie diesem den ungeheuerlichen Handel gestehen, den Sie mit diesem Banditen von La Roche-Mauprat zu schließen gezwungen waren. Aber, was auch geschehen mag ... ach, meine arme Edmée, ich bin kein Mann von Geblüt, aber zwanzigmal am Tag bedaure ich, daß mein Stand als Priester mich daran hindert, diesen Mann herauszufordern und Sie für immer von ihm zu befreien.«

Dieses mildtätige Bedauern, für mein Ohr in so naiver Weise zum Ausdruck gebracht, bewirkte in mir eine heftige Lust, mich plötzlich zu zeigen, wenn auch nur, um die kampflustige Stimmung des Abbé auf die Probe zu stellen; aber ich war wie angekettet durch den Wunsch, endlich die wahren Gefühle und Absichten Edmées mir gegenüber herauszufinden.

»Seien Sie beruhigt«, sagte sie mit gelöstem Ausdruck, »sollte meine Geduld erschöpft sein, so werde ich nicht im geringsten zögern, ihm diese Klinge in die Wange zu setzen. Ich bin mir sicher, daß ein wenig Blutvergießen seine Leidenschaft besänftigen wird.«

Sie kamen ein paar Schritte näher.

»Hören Sie, Edmée«, sagte der Abbé und blieb erneut stehen, »wir können nicht vor Patience darüber reden; lassen Sie uns das Gespräch nicht abbrechen, ohne einen Beschluß zu fassen. Sie stehen mit Bernard vor einer unmittelbar drohenden Krise. Mir scheint, mein Kind, daß Sie nicht alles tun, was Sie tun müßten, um dem Unglück vorzubeugen, das über uns kommen kann, denn alles, was für Sie unheilvoll ist, wird für uns alle unheilvoll sein und uns im tiefsten Herzen treffen.«

»Ich höre auf Sie, mein ausgezeichneter Freund«, antwortete Edmée, »schimpfen Sie mit mir, raten Sie mir.«

Gleichzeitig lehnte sie sich gegen den Baum, unter dem ich zwischen Gebüsch und hohem Gras kauerte. Ich vermute, sie hätte mich sehen können, denn ich sah sie sehr deutlich; aber sie war weit davon entfernt anzunehmen, daß ich ihre himmlische Gestalt betrachtete, über die ein leichter Wind abwechselnd den Schatten bewegter Blätter und die bleichen Diamanten, die der Mond im Gehölz aussät, gleiten ließ.

»Ich sage, Edmée«, erwiderte der Abbé, kreuzte die Arme vor der Brust und schlug sich von Zeit zu Zeit gegen die Stirn, »daß Sie Ihre Situation nicht klar einschätzen. Bald bedrückt sie Sie bis zu einem Punkt, da Sie jede Hoffnung verlieren und sterben wollen (ja, mein liebes Kind, bis zu einem Punkt, da Ihre Gesundheit sichtbar verändert ist); und bald, das muß ich Ihnen sagen, auch wenn ich riskiere, Sie ein wenig zu entrüsten, bald betrachten Sie diese Gefahren mit einer Leichtigkeit und Heiterkeit, die mich verwundern.«

»Dieser letzte Vorwurf ist heikel, mein Freund«, antwortete sie; »doch gestatten Sie mir, mich zu rechtfertigen. Ihre Verwunderung rührt daher, daß Sie das Geschlecht der Mauprat nicht gut kennen. Es ist ein unbezähmbares Geschlecht, unverbesserlich, aus dem nur *Streitäxte* oder *Strauchdiebe* hervorgehen können. Auch bei denen, die durch Erziehung zurechtgestutzt wurden, verbleiben noch etliche Haken: ein unumschränkter Stolz, ein eiserner Wille, eine tiefe Verachtung für das Leben. Sie sehen, daß mein Vater trotz seiner bewundernswerten Güte zuweilen so erregt ist, daß er seine Tabaksdose zerbricht, wenn er sie auf den Tisch stellt, sobald Ihre Argumente in politischen Angelegenheiten besser sind als seine, oder sobald Sie beim Schach gewinnen. Ich selbst spüre, daß meine Adern so geschwellt sind, als wäre ich in den edlen Ständen des Volkes geboren, und ich glaube nicht, daß je ein Mauprat bei Hofe durch die Anmut seiner Manieren geglänzt hätte. Was wollen Sie, wie sollte ich viel Aufhebens vom Leben machen, da ich doch tapfer geboren bin? Dennoch gibt es Augenblicke der Schwäche, wo ich mehr als nötig den Mut verliere und wie eine echte Frau, die ich ja bin, mein Schicksal beklage. Doch wenn man mir grollt und mich bedroht, belebt sich das Blut des starken Geschlechts; und da ich meinen Feind nicht zerbrechen kann, verschränke ich die Arme und beginne, mitleidig darüber zu lachen, daß er hofft, mir Angst zu machen. Begreifen Sie, Abbé, und betrachten Sie dies nicht als Übertreibung, denn morgen, heute abend vielleicht, kann, was ich Ihnen sage, Wirklichkeit werden: Sehen Sie, seit dieses Perlmuttmesser, das nicht viel hermacht, jedoch gut ist, von Don Marcasse (der sich darauf versteht) geschliffen wurde, habe ich es Tag und Nacht nicht weggelegt, und ich bin entschlossen. Ich habe keine besonders feste Faust, aber ich vermag mir einen ebensoguten Messerstich zu geben wie meinem Pferd die Gerte. Nun gut, dies vorausgesetzt, ist meine Ehre in Sicherheit; nur mein Leben hängt an einem Faden, hängt ab von einem Glas Wein mehr oder weniger, das Bernard an einem dieser Abende trinken mag, von einer Begegnung, einem Blick, bei dem er Monsieur de La Marche und mich überrascht zu haben glaubt, von einem Nichts vielleicht! Was ist zu tun? Kann ich mit Jammern die Vergangenheit auslöschen? Wir können keine einzige Seite unseres Lebens herausreißen, aber wir können das Buch ins Feuer werfen. Weinte ich von morgens bis abends, könnte ich dann verhindern, daß das Schicksal mich an einem übellaunigen Tag auf die Jagd geführt, im Wald in die Irre getrieben und mit einem Mauprat zusammengebracht hat, der mich in seine Höhle mitnahm, von wo ich der Schande und vielleicht gar dem Tod nur entkam, indem ich mein Leben mit dem des wilden Kindes verband, das keinen meiner Grundsätze, keine meiner Ideen, keine meiner Neigungen teilt und sie womöglich (zweifellos, sollte ich sagen) niemals teilen wird. All das ist ein Unglück. Ich sonnte mich im Glanz eines glücklichen Geschicks, war Stolz und Freude meines alten Vaters, ich sollte einen Mann heiraten, den ich schätze und der mir gefiel; kein Schmerz, keine Furcht kamen mir nahe; weder kannte ich Tage ohne Sicherheit noch Nächte ohne Schlaf. Nun gut! Gott hat nicht gewollt, daß ein so schönes Leben zur Erfüllung gelange; sein Wille geschehe! Es gibt Tage, an denen mir der Verlust meiner Hoffnungen so unvermeidlich erscheint, daß ich mich tot und meinen Verlobten als Witwer sehe. Ohne meinen alten Vater würde ich wahrhaftig darüber lachen; denn Ärger und Angst sind so wenig meine Sache, daß ich das Leben schon leid bin, nach der kurzen Zeit, in der ich sie kennengelernt habe.«

»Dieser Mut ist heldenhaft, aber schrecklich!« rief der Abbé mit veränderter Stimme. »Das ist fast ein Beschluß zum Selbstmord, Edmée!« »Oh, ich verteidige mein Leben«, erwiderte sie mit Wärme; »aber ich werde keinen Augenblick lang darum feilschen, falls meine Ehre nicht unberührt aus all den Gefahren herauskommt. Was das betrifft, bin ich nicht fromm genug, um je ein beschmutztes Leben zu akzeptieren, weil für mich die Erniedrigung wegen einer Verfehlung, an die ich nie gedacht habe, keinen Sinn macht. Wenn Gott so streng mit mir ist, weil ich zwischen Tod und Schande gewählt habe ...« »Es wird niemals eine Schande für Sie geben, Edmée, eine so keusche Seele, eine so reine Absicht ...« »Oh, wie dem auch sei, lieber Abbé! Vielleicht bin ich nicht so tugendhaft, wie Sie meinen; ich bin nicht besonders strenggläubig, Sie auch nicht, Abbé! ... Ich mache mir wenig aus den Menschen, ich liebe sie nicht; weder fürchte noch mißachte ich die öffentliche Meinung, ich werde nie etwas mit ihr zu tun haben. Ich weiß nicht so recht, welches Prinzip von Tugend machtvoll genug wäre, um mich am Sterben zu hindern, wenn der böse Geist mich zu gewinnen suchte. Ich habe die ›Nouvelle Héloïse‹ gelesen und viel geweint. Aber weil ich eine Mauprat bin und unbeugsamen Stolz besitze, werde ich niemals die Tyrannei eines Mannes dulden; die Gewalttätigkeit eines Liebhabers ebensowenig wie die Beleidigung eines Gatten; es ist Sache einer Sklavenseele und eines feigen Charakters, der Gewalt etwas einzuräumen, was sie der Bitte verweigert. Die heilige Solange, *die schöne Hirtin*, ließ sich lieber den Kopf abtrennen, als das Recht des Grundherrn zu erdulden. Und Sie wissen, daß die Mauprat von der Mutter auf die Tochter bei der Taufe dem Schutz der Patronin des Berry geweiht werden.« »Ja, ich weiß, daß Sie stolz und stark sind«, sagte der Abbé; »und weil ich Sie mehr schätze als irgendeine Frau auf der Welt, will ich, daß Sie leben und frei sind, daß Sie eine Ehe schließen, die Ihrer würdig ist, damit Sie in der Menschenfamilie eine Rolle ausfüllen, die die schönen Seelen noch mehr adelt. Im übrigen braucht Sie Ihr Vater; Ihr Tod würde ihn ins Grab bringen, so frisch und kräftig der Mauprat auch sein mag. Verjagen Sie also die düsteren Gedanken und übertriebenen Entschlüsse. Es darf nicht sein, daß dies seltsame Abenteuer von La Roche-Mauprat etwas anderes ist als ein finsterer Traum. Wir alle hatten einen Alptraum in dieser furchtbaren Nacht, doch es ist an der Zeit aufzuwachen; wir können uns nicht wie Kinder von der Betäubung niederstrecken lassen; Sie müssen nur die eine Entscheidung treffen, die ich Ihnen genannt habe.« »Nun, Abbé, gerade sie ist mir am wenigsten möglich von allen. Ich habe geschworen, bei allem, was mir im Universum und im menschlichen Herzen das Heiligste ist.« »Ein Schwur, der durch Drohung und Gewalt abgepreßt wurde, verpflichtet niemanden, die menschlichen Gesetze haben dies festgelegt; die göttlichen Gesetze entbinden zweifelsfrei und grundsätzlich das menschliche Gewissen unter Umständen dieser Art. Wären Sie strenggläubig, ginge ich zu

Fuß nach Rom, damit Ihnen ein so leichtfertig ausgesprochenes Gelübde abgenommen werde: Doch Sie unterstehen nicht dem Papst, Edmée ..., und ich auch nicht.« »Also wollen Sie, daß ich eidbrüchig werde?« »Ihre Seele wäre es nicht.« »Auch meine Seele wäre es! Ich habe geschworen und wußte genau, was ich tat, und hätte mich sofort töten können; denn ich hatte ein Messer, dreimal so groß wie dieses. Ich wollte leben, vor allem meinen Vater wiedersehen und ihn umarmen. Um der Angst ein Ende zu bereiten, die mein Verschwinden ihm gemacht, hätte ich mehr als mein Leben eingesetzt, nämlich meine unsterbliche Seele. Und mittlerweile, das habe ich Ihnen gestern abend schon gesagt, habe ich mein Versprechen erneuert, noch dazu freiwillig, denn zwischen meinem *liebenswerten* Verlobten und mir befand sich eine Mauer.« »Wie konnten Sie eine solche Unvorsichtigkeit begehen, Edmée? Auch da verstehe ich Sie nicht mehr.«

»Oh, in diesem Punkt, das glaube ich gern, denn ich verstehe mich selbst nicht«, sagte Edmée mit eigenartigem Ausdruck. »Mein liebes Kind, Sie müssen offenen Herzens mit mir reden. Ich bin der einzige hier, der Ihnen raten kann, weil ich der einzige bin, dem Sie unter dem Siegel einer heiligen Freundschaft, wie sie das katholische Beichtgeheimnis darstellt, alles sagen können. Antworten Sie mir also. Eine Heirat zwischen Ihnen und Bernard Mauprat betrachten Sie doch nicht als möglich!« »Wie soll das, was unvermeidlich ist, unmöglich sein?« sagte Edmée. »Nichts ist eher möglich, als sich in den Fluß zu stürzen; nichts ist eher möglich, als sich dem Unglück und der Verzweiflung zu übereignen; nichts ist folglich möglicher, als Bernard Mauprat zu heiraten.« »Ich jedenfalls werde mein Amt dieser absurden und beklagenswerten Vereinigung nicht zur Verfügung stellen«, rief der Abbé. »Sie, die Frau und Sklavin dieses Strauchdiebs! Edmée, Sie haben eben erst gesagt, daß Sie die Gewalttätigkeit eines Liebhabers ebensowenig ertragen könnten wie die Beleidigung des Gatten.« »Glauben Sie, er würde mich schlagen?« »Wenn er Sie nicht töten würde!« »Oh nein«, antwortete sie ausgelassen und ließ ihr Messer in der Hand aufspringen, »vorher würde ich ihn töten. Für Mauprat, eineinhalb Mauprat!« »Sie lachen, Edmée, oh, mein Gott, beim Gedanken an eine solche Heirat lachen Sie! Aber selbst wenn dieser Mann Zuneigung und Achtung für Sie empfände, denken Sie denn an die Unmöglichkeit, sich mit ihm zu verständigen, an seine groben Vorstellungen, seine niedere Sprache? Der Gedanke an eine solche Vereinigung verursacht Abscheu; und in welcher Sprache wollen Sie mit ihm reden, großer Gott?«

Noch einmal wäre ich beinahe aufgestanden und über meinen Lobredner hergefallen; aber ich besiegte meinen Zorn, Edmée sprach. Ich war wieder ganz Ohr.

»Ich weiß genau, daß ich nach drei Tagen bestimmt nichts Besseres mehr zu tun hätte, als mir die Kehle durchzuschneiden; aber da dies auf die eine oder andere Weise geschehen muß, warum sollte ich bis zur unvermeidlichen Stunde nicht geradeaus gehen? Ich gestehe Ihnen, daß es mir um mein Leben ein wenig leid tut. Alle, die auf La Roche-Mauprat waren, sind nicht zurückgekehrt. Ich aber habe dort nicht den Tod erlitten, sondern mich mit ihm verlobt. Ich warte bis zum Hochzeitstag, und wenn Bernard mir allzu sehr zuwider ist, werde ich mich nach dem Fest töten.«

»Edmée, Ihr Kopf ist im Augenblick voller Romane«, sagte der Abbé sehr ungeduldig. »Ihr Vater wird, gottlob!, dieser Heirat nicht zustimmen; er hat Monsieur de La Marche sein Wort gegeben und Sie auch. Allein dieses Versprechen ist gültig.« »Mein Vater wird voller Freude einen Vertrag unterschreiben, der seinen Namen und seine Linie unmittelbar fortführt. Was Monsieur de La Marche angeht, so wird er mich meines Wortes entbinden, ohne daß ich mir Mühe gebe, ihn darum zu bitten; sobald er erfährt, daß ich zwei Stunden auf La Roche-Mauprat zugebracht habe, wird keine weitere Erklärung mehr nötig sein.« »Er müßte der Wertschätzung, die ich ihm entgegenbringe, gänzlich unwürdig sein, wenn er annimmt, Ihr Name sei durch ein unglückliches Abenteuer beschmutzt, bei dem Sie heil davongekommen sind.« »Dank Bernard!« sagte Edmée, »denn schließlich schulde ich ihm Dankbarkeit, und trotz seiner Vorbehalte und Bedingungen ist seine Tat groß und für einen Strauchdieb unbegreiflich.« »Gott bewahre mich, die guten Eigenschaften zu leugnen, die eine Erziehung in diesem jungen Mann hätte entwickeln können, und wegen dieser guten Seite wird es möglich sein, ihn zur Vernunft zu bringen.« »Um ihn zu unterrichten? Niemals wird er dem zustimmen, und sollte er sich dem widmen, wird er es doch nicht besser können als Patience. Wenn der Körper für das Leben eines Dummkopfs gemacht ist, kann der Geist sich nicht nach den Regeln der Intelligenz entfalten.« »Das glaube ich, doch davon rede ich nicht. Ich rede davon, eine Aussprache mit ihm herbeizuführen und ihm deutlich zu machen, daß seine Ehre ihn dazu verpflichtet, Ihnen Ihr Versprechen zu erlassen und sich mit Ihrer Heirat mit Monsieur de La Marche abzufinden; entweder ist er nur ein Grobian, jeglicher Wertschätzung und Rücksicht unwürdig, oder er spürt sein Vergehen und seine Verrücktheit und fügt sich, ehrenvoll und weise. Entbinden Sie mich von der Geheimhaltung, die Sie mir auferlegt haben, gestatten Sie mir, offen mit ihm zu reden, und ich bürge für den Erfolg.«

»Ich bürge für das Gegenteil«, sagte Edmée, »und außerdem könnte ich dem nicht zustimmen. Wie immer Bernard auch sein mag, es ist mir wichtig, mein Duell mit ihm ehrenvoll zu beenden, und, handelte ich wie Sie wollen, so hätte er Anlaß zu glauben, daß ich mich bisher in würdeloser Weise über ihn lustig gemacht habe.« »Nun gut, es gibt einen letzten Weg, nämlich sich der Ehrenhaftigkeit und Weisheit von Monsieur de La Marche anzuvertrauen. Er möge Ihre Lage frei beurteilen und darüber entscheiden. Sie haben das Recht, ihm Ihr Geheimnis anzuvertrauen, und Sie sind seiner Ehrenhaftigkeit sicher. Sollte er so feige sein, Sie in einer solchen Lage aufzugeben, so bleibt Ihnen als letztes Mittel, sich vor Bernards Gewalttätigkeit in den Schutz von Klostermauern zu begeben. Dort bleiben Sie ein paar Jahre; Sie erwecken den Anschein, den Schleier zu nehmen. Der junge Mann wird Sie vergessen; und Sie erhalten Ihre Freiheit zurück.« »Das ist tatsächlich die einzig vernünftige Entscheidung, und ich habe sie bereits bedacht, aber noch ist es nicht an der Zeit, Zuflucht zu ihr zu nehmen.« »Zweifellos. Sie müssen das Gelöbnis von Monsieur de La Marche auf die Probe stellen. Ist er ein Mann von Mut, woran ich nicht zweifle, nimmt er Sie unter seinen Schutz und sorgt dafür, daß Bernard entfernt wird, sei es durch Überredung, sei es durch seine Autorität.« »Welche Autorität, bitte, Abbé?« »Die Autorität, die ein Edelmann gegenüber seinesgleichen in seinem Sittenkodex haben kann, nämlich Ehre und Schwert.« »Ach, Abbé, auch Sie sind ein Mann von Adel! Nun gut, genau das wollte ich bisher vermeiden, koste es mein Leben und meine Ehre! Ich will keinen Konflikt zwischen diesen beiden Männern.« »Ich verstehe; der eine von beiden ist Ihnen mit vollem Recht teuer. Aber selbstverständlich wird bei diesem Konflikt nicht Monsieur de La Marche in Gefahr sein.« »Also Bernard!« rief Edmée leidenschaftlich. »Nun gut! Monsieur de La Marche wäre mir zuwider, sollte er im Duell dieses arme Kind herausfordern, das nicht einmal mit einem Stock oder einer Schleuder umgehen kann. Wie kommen Sie nur auf solche Gedanken, Abbé! Sie müssen diesen unglücklichen Bernard hassen! Und ich, ich lasse ihn von meinem Gatten umbringen, um ihm dafür zu danken, daß er mich unter Lebensgefahr gerettet hat! Nein, nein, weder dulde ich, daß er provoziert wird, noch daß man ihn demütigt oder betrübt. Er ist mein Vetter, er ist ein Mauprat, mein Bruder fast. Ich werde nicht zulassen, daß man ihn aus dem Haus jagt; eher gehe ich selbst.« »Das sind recht großzügige Gefühle, Edmée«, antwortete der Abbé. »Doch mit wieviel Wärme Sie ihnen Ausdruck geben! Ich bin verwirrt, und fürchtete ich nicht, Sie zu beleidigen, dann müßte ich Ihnen gestehen, daß Ihre Fürsorge um den jungen Mauprat mir einen seltsamen Gedanken nahelegt.« »Nun, sagen Sie es«, erwiderte Edmée mit einer gewissen Schroffheit. »Da Sie es verlangen, sage ich es Ihnen; es sieht so aus, als ob Sie dem jungen Mann ein lebhafteres Interesse entgegenbringen als Monsieur de La Marche, und ich wäre gern vom Gegenteil überzeugt geblieben.«

»Wer braucht denn dieses Interesse mehr, Sie schlechter Christ?« sagte Edmée lächelnd, »ist es nicht der verstockte Sünder, dessen Augen das Licht nicht erblickt haben?« »Aber Edmée, lieben Sie nicht schließlich Monsieur de La Marche? Scherzen Sie um Himmels willen nicht!« »Wenn Sie unter Liebe«, erwiderte sie in ernstem Ton, »Vertrauen und Freundschaft verstehen, liebe ich Monsieur de La Marche; verstehen Sie darunter Mitgefühl und Fürsorge, dann liebe ich Bernard. Es bleibt offen, welches der beiden Gefühle das lebhaftere ist. Das ist Ihre Sache, Abbé; mich beunruhigt das nicht; denn ich fühle, daß ich nur einen Menschen mit Leidenschaft liebe, das ist mein Vater, und eine Sache mit Begeisterung, das ist meine Pflicht. Vielleicht werde ich den Eifer und die Ergebenheit des General-Leutnants missen; ich werde unter dem Kummer leiden, den ich gezwungen sein werde, ihm bald anzutun, wenn ich ihm mitteile, daß ich seine Frau nicht sein kann; aber diese Notwendigkeit wird mich in keinerlei Verzweiflung stürzen, weil ich weiß, daß Monsieur de La Marche sich leichten Herzens trösten wird. Ich scherze nicht, Abbé; Monsieur de La Marche ist ein leichtlebiger und etwas kalter Mensch.« »Wenn Sie ihn nicht mehr lieben, um so besser; das bedeutet bei alledem ein Leid weniger; und trotzdem verliere ich, da ich von dieser Gleichgültigkeit erfahre, die letzte Hoffnung, die ich mir bewahrt hatte, daß Sie Bernard Mauprat entkommen.« »Nun, mein Freund, verzweifeln Sie nicht: Entweder ist Bernard für Freundschaft und Treue empfänglich und bessert sich, oder ich rette mich vor ihm.« »Aber durch welchen Ausgang?« »Durch die Pforte des Klosters oder die des Friedhofs.«

Während Edmée mit ruhiger Miene so sprach, schüttelte sie ihr langes schwarzes Haar, das sich gelöst hatte und ihr auf die Schultern fiel, wobei es ihr blasses Gesicht teilweise verdeckte. »Nun«, sagte sie, »Gott wird uns helfen; es ist töricht und ruchlos, in der Gefahr an ihm zu zweifeln. Sind wir denn Ungläubige, so den Mut zu verlieren? Gehen wir zu Patience; er wird uns einen Spruch sagen, der uns beruhigt; er ist das alte Orakel, das alle Dinge löst, ohne ein einziges zu kennen.«

Sie entfernten sich, und ich blieb bestürzt zurück.

Oh, wie sehr unterschied sich diese Nacht von der vorangegangenen! Ich hatte gerade einen neuen Schritt ins Leben getan, nicht auf einem blühenden Pfad, sondern auf einem kalten Felsen! Jetzt kannte ich die ganze hassenswerte Wirklichkeit meiner Rolle, und gerade eben hatte ich tief in Edmées Herzen die Furcht und den Abscheu gelesen, die ich ihr einflößte. Nichts konnte meinen Schmerz stillen, denn nichts vermochte mehr meinen Zorn zu erregen. Sie liebte Monsieur de La Marche nicht, sie machte sich weder über ihn noch über mich lustig; sie liebte keinen von uns; und wie hatte ich annehmen können, daß dieses großmütige Mitgefühl mir gegenüber, diese erhabene Hingabe an den geleisteten Eid Liebe waren? Wie konnte ich in den Stunden, da dieser anmaßende Irrglaube mich verließ, annehmen, daß sie die Liebe zu einem anderen brauche, um meiner Leidenschaft zu widerstehen? Kurz, ich besaß kein Mittel mehr gegen meine Raserei! Ich konnte nichts anderes erreichen als Edmées Flucht oder Tod! Ihren Tod! Bei diesem Gedanken stockte mir das Blut in den Adern, mein Herz wurde eng, und ich spürte, wie die Nadeln des Leids es durchbohrten. Dieser schmerzvolle Abend war für mich der kraftvollste Aufruf der Vorsehung. Endlich begriff ich die Gesetze der Scham und der heiligen Freiheit, die bisher durch meine Unwissenheit beleidigt und verhöhnt wurden. Sie erstaunten mich mehr denn je, aber ich sah sie; in ihrer Augenscheinlichkeit waren sie bewiesen. Edmées starke und aufrechte Seele zeigte sich mir wie der Stein von Sinai, auf den Gottes Finger die unverrückbare Wahrheit geschrieben hat. Ihre Tugend war nicht vorgetäuscht, ihr Messer war geschärft und stets bereit, die Beschmutzung durch meine Liebe abzuwaschen! Ich war so erschrocken über die Gefahr, die ich heraufbeschworen hatte, sie in meinen Armen sterben zu sehen, so bestürzt über die Beleidigung, die ich ihr zugefügt, als ich gehofft hatte, ihren Widerstand zu brechen, daß ich nach dem äußersten Mittel Ausschau hielt, um mein Unrecht wiedergutzumachen und ihr die Ruhe zurückzugeben.

Das einzige, was über meine Kräfte ging, war wegzugehen; denn zur selben Zeit, als sich mir das Gefühl der Wertschätzung und Achtung offenbarte, wuchs die Liebe, die gewissermaßen ihre Gestalt änderte, in meiner Seele und breitete sich in meinem ganzen Wesen aus. Edmée erschien mir in neuem Licht. Sie war nicht mehr dieses schöne Mädchen, dessen Gegenwart meine Sinne in Unordnung brachte; sie war ein junger Mann meines Alters, schön wie ein Seraph, stolz, mutig, in der Ehre unbeugsam, großzügig, fähig dieser erhabenen Freundschaft, die Waffenbrüderschaft begründet, aber mit leidenschaftlicher Liebe nur für die Gottheit, wie die Paladine, die nach Hunderten von Prüfungen in goldener Rüstung ins Heilige Land ziehen.

Von diesem Augenblick an spürte ich, wie meine Liebe aus meinem wirren Kopf hinabglitt in die gesunden Regionen des Herzens, und die Hingabe war mir kein Rätsel mehr. Ich beschloß, mit dem nächsten Tag den Beweis für meine Unterwerfung und Zärtlichkeit zu erbringen. Sehr spät kehrte ich zurück, erschöpft vor Müdigkeit, halbtot vor Hunger und von den Aufregungen wie zerschlagen. Ich betrat die Vorratskammer, nahm ein Stück Brot und aß es, von Tränen durchnäßt. Im letzten Licht der niedergebrannten Lampe lehnte ich mich gegen den erloschenen Herd; Edmée kam herein, ohne mich zu sehen, nahm sie aus dem Schrank ein paar Kirschen und bewegte sich langsam auf den Herd zu; sie war bleich und in Gedanken versunken. Als sie mich sah, schrie sie auf und ließ die Kirschen fallen. »Edmée«, sagte ich, »ich flehe Sie an, haben Sie niemals mehr Angst vor mir; mehr kann ich Ihnen nicht sagen, denn ich weiß mich nicht verständlich zu machen; und ich habe doch beschlossen, Ihnen allerlei zu sagen.« »Sagen Sie es mir ein anderes Mal, mein guter Cousin«, antwortete sie und versuchte, mir zuzulächeln; aber sie konnte die Angst nicht verbergen, die sie empfand, als sie sich mit mir allein sah.

Ich versuchte nicht, sie zurückzuhalten; ihr Mißtrauen bereitete mir einen heftigen Schmerz und demütigte mich; und ich hatte kein Recht, mich zu beklagen; und dennoch war nie ein Mensch so sehr darauf angewiesen, daß man ihn ermutigte.

In dem Augenblick, als sie den Raum verließ, brach mein Herz, und wie am Vortag, beim Fenster der Kapelle, zerfloß ich in Tränen. Edmée hielt auf der Schwelle inne, zögerte kurz, dann, bewegt durch die Güte ihres Herzens, überwand sie ihre Furcht, kehrte zu mir zurück und blieb wenige Schritte vor meinem Stuhl stehen: »Bernard, Sie sind unglücklich«, sagte sie, »ist das meine Schuld?«

Ich konnte nicht antworten, ich schämte mich meiner Tränen; aber je mehr ich mich bemühte, sie zurückzuhalten, desto mehr schwoll meine Brust an vor Schluchzen. Bei Menschen, die körperlich so kräftig sind wie ich, ist das Weinen wie ein Krampf; meines glich einer Agonie.

»Hör doch! Sag mir, was du hast!« rief Edmée mit der Schroffheit geschwisterlicher Freundschaft. Und sie wagte es, die Hand auf meine Schulter zu legen. Voller Ungeduld betrachtete sie mich, eine große Träne lief ihr über die Wange. Ich warf mich auf die Knie und versuchte zu reden, aber es war mir noch nicht möglich, ich vermochte das Wort *morgen* erst nach mehrmaligen Versuchen auszusprechen.

»Morgen? Was denn! Morgen?« sagte Edmée, »gefällt es dir hier nicht, willst du weggehen?« »Wenn Sie wollen, gehe ich«, antwortete ich, »sagen Sie, wollen Sie mich nicht mehr wiedersehen?« »Ich will Sie wiedersehen«, erwiderte sie, »Sie bleiben hier, nicht wahr?« »Wie Sie befehlen«, antwortete ich.

Sehr überrascht sah sie mich an; ich kniete immer noch; sie stützte sich auf die Lehne meines Stuhls.

»Ich bin sicher, daß du sehr gütig bist«, sagte sie, so als

antworte sie auf einen inneren Einwand; »ein Mauprat kann nichts halb sein, und von dem Augenblick an, da du eine gute Viertelstunde hast, ist es sicher, daß du ein edles Leben führen mußt.« »Das werde ich«, antwortete ich. »Wahrhaftig!« sagte sie mit kindlicher, gutherziger Freude. »Bei meiner Ehre, Edmée, und bei deiner. Wagst du es, mir die Hand zu geben?« »Gewiß«, sagte sie. Sie hielt mir die Hand hin, aber sie zitterte. »Sie haben also gute Entscheidungen getroffen?« fragte sie. »Meine Entscheidungen sind so, daß Sie nie mehr Grund haben werden, mir Vorwürfe zu machen«, antwortete ich. »Und jetzt ziehen Sie sich auf Ihr Zimmer zurück, Edmée, und legen Sie die Riegel nicht mehr vor, Sie brauchen keine Angst mehr vor mir zu haben; ich werde immer nur wollen, was Sie wollen.«

Noch einmal sah sie mich voller Überraschung an, drückte meine Hand und ging hinaus, wobei sie sich mehrmals umdrehte und mich ansah, als ob sie an eine solche Wandlung nicht glauben könne; dann blieb sie schließlich an der Tür stehen und sagte mit warmer Stimme: »Sie müssen sich gleichfalls ausruhen; Sie sind müde, Sie sind traurig und seit zwei Tagen sehr verändert. Wenn Sie mich nicht betrüben wollen, dann sorgen Sie gut für sich, Bernard.«

Freundschaftlich und zärtlich nickte sie mir zu. Ihre großen und wegen ihres Leidens schon tiefliegenden Augen hatten einen unerklärlichen Ausdruck, in dem sich Mißtrauen und Hoffnung, Zuneigung und Neugier abwechselnd, manchmal auch gleichzeitig widerspiegelten.

»Ich werde für mich sorgen, schlafen und nicht traurig sein«, antwortete ich. »Und arbeiten?« »Und arbeiten ... Aber Sie, Edmée, werden Sie mir allen Kummer, den ich Ihnen bereitet habe, vergeben und mich ein wenig lieben?« »Ich werde Sie sehr lieben«, antwortete sie, »wenn Sie immer so sind wie heute abend.«

Am nächsten Morgen betrat ich mit Tagesanbruch das Zimmer des Abbés; er war schon aufgestanden und las. »Monsieur Aubert«, sagte ich, »Sie haben mir mehrfach vorgeschlagen, mir Unterricht zu geben; ich komme, um

Sie zu bitten, Ihr zuvorkommendes Angebot in die Tat umzusetzen.«

Ich hatte einen Teil der Nacht damit verbracht, diesen Satz und die Haltung, die ich gegenüber dem Abbé einnehmen wollte, vorzubereiten. Ohne ihn wirklich zu hassen, denn ich spürte, daß er gut war und mir nur wegen meiner Fehler zürnte, fühlte ich ihm gegenüber eine große Bitternis. In meinem tiefsten Inneren erkannte ich, daß ich das Böse verdiente, das er über mich zu Edmée gesagt hatte, aber ich fand, daß er ein wenig mehr auf der *guten Seite* hätte bestehen können, über die er nur flüchtig ein Wort gesagt hatte, die jedoch einem so scharfsinnigen Mann wie ihm nicht entgehen konnte. Ich war also entschlossen, ihm sehr kalt und stolz zu begegnen. Deshalb, so dachte ich mit einer gewissen Logik, mußte ich, solange der Unterricht dauerte, viel Gelehrigkeit an den Tag legen und ihn sofort danach mit einem kurzen Dank verlassen. In einem Wort, ich wollte ihn in seinem Amt als Lehrer kränken, denn ich wußte sehr wohl, daß mein Onkel seine Existenz sicherte und daß er sich, es sei denn, er verzichtete auf diese Existenz oder zeigte sich undankbar, nicht weigern konnte, meine Erziehung zu übernehmen. Was das angeht, so sah ich die Dinge richtig, doch begründet in einem sehr schlechten Gefühl; und in der Folge bedauerte ich dies so sehr, daß ich eine Art freundschaftlicher Beichte vor ihm ablegte und um Absolution bat.

Aber ich will den Ereignissen nicht vorgreifen und muß sagen, daß diese ersten Tage meiner Konvertierung mich vollauf rächten für die in mancherlei Hinsicht wohl begründete Voreingenommenheit dieses Mannes, der den Titel eines Gerechten verdient hätte, wie er ihm von Patience verliehen wurde, hätte nicht sein gewohntes Mißtrauen seine ersten Impulse behindert. Die Verfolgungen, deren Opfer er so lange Zeit war, hatten in ihm dieses Gefühl instinktiver Furcht entwickelt, das ihm sein ganzes Leben lang eigen war und es ihm schwer machte, Vertrauen zu fassen, welches dann jedoch um so schmeichelhafter und rührender war. Ich habe diesen Wesenszug später bei vielen ehrwürdigen Priestern erlebt. Im allgemeinen haben sie einen Sinn für Barmherzigkeit, aber nicht das Gefühl für Freundschaft.

Ich wollte, daß er litt, und ich hatte Erfolg. Der Ärger beflügelte mich; ich führte mich auf wie ein echter Edelmann gegenüber einem Untergebenen. Ich zeigte ein ausgezeichnetes Benehmen, viel Aufmerksamkeit, Höflichkeit und eine eisige Steifheit. Ich ließ ihm keine einzige Gelegenheit, mich wegen meiner Unwissenheit zu beschämen; und deshalb faßte ich den Beschluß, all seinen Anmerkungen zuvorzukommen und mich selbst meines Nicht-Wissens anzuklagen, indem ich ihn bat, mich in allem auf die elementarste Weise zu unterrichten. Als ich meine erste Lektion hinter mir hatte, sah ich in seinen durchdringenden Augen, die zu durchdringen mir selbst gelungen war, den Wunsch, die Kälte zu überwinden und eine gewisse Vertrautheit zu erreichen; aber dazu war ich nicht bereit. Er glaubte, er könne mich entwaffnen, indem er meine Aufmerksamkeit und Intelligenz lobte. »Sie geben sich zu viel Mühe, Monsieur Abbé«, antwortete ich, »ich brauche keine Ermutigung. Ich glaube nicht an meine Intelligenz, aber meiner Aufmerksamkeit bin ich mir gewiß; und da ich nur mir selbst einen Dienst erweise, wenn ich mich, so gut ich kann, dem Studium widme, gibt es für Sie keinen Grund, mir deswegen Komplimente zu machen.« Nachdem ich dies gesagt hatte, entbot ich ihm meinen Gruß und zog mich auf mein Zimmer zurück, wo ich sogleich den französischen Aufsatz schrieb, den er mir aufgetragen hatte.

Als ich zum Mittagessen hinunterkam, sah ich, daß Edmée bereits über die Ausführung meines Versprechens vom Vorabend Mitteilung erhalten hatte. Sie streckte mir die Hand als erste entgegen und nannte mich während des Essens mehrere Male ihren guten Vetter, so daß Monsieur de La Marche, dessen Gesicht immer ohne jeden Ausdruck war, nun Überraschung oder etwas Ähnliches zeigte. Ich hoffte, daß er die Gelegenheit suchen werde, mich wegen meiner groben Worte vom Vortag zu einer Erklärung aufzufordern, und obwohl ich entschlossen war, bei dieser Besprechung Mäßigung zu üben, fühlte ich mich wegen seiner sorgfältigen Vermeidung des Gespräches sehr verletzt. Diese Gleichgültigkeit angesichts einer Beleidigung meinerseits beinhaltete eine gewisse Verachtung, unter der ich sehr litt; aber die Angst davor, Edmée zu mißfallen, gab mir die Kraft, mich zusammenzunehmen.

Es ist unglaublich, daß der Gedanke, ihn abzudrängen, nicht einen Augenblick lang erschüttert wurde durch diese demütigende Ausbildung, die ich machen mußte, bevor ich mir auch nur erste Begriffe von all den Dingen machen konnte. Ein anderer als ich, der wegen des Übels, das er angerichtet hatte, von Bedauern erfaßt worden wäre, hätte kein sichereres Mittel zu Wiedergutmachung finden können, als sich zu entfernen und Edmée ihr Wort zurückzugeben, und damit ihre Unabhängigkeit und vollkommene Ruhe. Dieses Mittel war das einzige, auf das ich nicht kam; und wenn doch, so verdrängte ich es voller Verachtung, als sei es das Eingeständnis eines Abtrünnigwerdens. Hartnäckigkeit, mit Verwegenheit gepaart, floß durch meine Adern, vermischt mit dem Blut der Mauprat. Kaum hatte ich ein Mittel gefunden, um diejenige, die ich liebte, zu erobern, wendete ich es auch schon in kühner Weise an; und ich glaube, daß es auch dann nicht anders gewesen wäre, wenn ihre Vertraulichkeiten gegenüber dem Abbé im Park mir deutlich gemacht hätten, daß sie meinen Rivalen liebte. Ein solches Vertrauen seitens eines Mannes, der mit siebzehn Jahren seine erste Grammatikstunde nahm und sich von Dauer und Schwierigkeit der Studien, die erforderlich waren, um mit Monsieur de La Marche gleichauf zu sein, eine eher übertriebene Vorstellung machte, verriet eine gewisse moralische Kraft.

Ich weiß nicht, ob ich das Glück hatte, begabt zu sein, was die Intelligenz angeht. Der Abbé versicherte dies; aber ich glaube, daß ich wegen der raschen Fortschritte allein meinem Mut Ehre erweisen muß. Er war von der Art, daß er mir von meinen körperlichen Kräften eine allzu hohe

Meinung gab. Der Abbé hatte mir gesagt, in meinem Alter könne man, sofern man einen starken Willen habe, in einem Monat die Regeln der Sprache perfekt erlernen. Als ein Monat um war, drückte ich mich gewandt aus und schrieb fehlerfrei. Edmée leitete gewissermaßen insgeheim meine Studien; sie wollte nicht, daß ich im Lateinischen unterrichtet werde, und behauptete, es sei zu spät, mehrere Jahre einer Luxuswissenschaft zu widmen, und das Wichtigste sei, in meiner Seele und meinem Verstand Vorstellungen Gestalt annehmen zu lassen, statt meinen Geist mit Wörtern zu schmücken.

Abends tat sie so, als habe sie den Wunsch, eines ihrer Lieblingsbücher zu lesen, und abwechselnd mit dem Abbé las sie Passagen von Condillac, Fénelon, Bernardin de Saint-Pierre, Jean-Jacques, Montaigne und sogar von Montesquieu laut vor. Diese Passagen hatte sie sicherlich vorher, meinen Fähigkeiten angemessen, ausgewählt; ich verstand sie sehr gut und wunderte mich insgeheim darüber; denn wenn ich tagsüber dieselben Bücher aufs Geratewohl aufschlug, kam es vor, daß ich bei jeder Zeile innehalten mußte. In meinem Aberglauben, wie er junger Liebe eigen ist, stellte ich mir gerne vor, daß die Autoren durch Edmées Mund eine magische Klarheit erhielten und mein Geist sich in wunderbarer Weise dem Klang ihrer Stimme öffnete. Im übrigen zeigte Edmée ihr Interesse, mich selbst zu unterrichten, nicht offen. Sie täuschte sich zweifellos, wenn sie dachte, sie müsse ihre Fürsorge vor mir verbergen; tatsächlich wäre ich um so angeregter und leidenschaftlicher bei der Arbeit gewesen. Doch was das angeht, so war sie von ›Emile‹ durchdrungen und setzte die systematischen Vorstellungen ihres geliebten Philosophen in die Tat um.

Im übrigen schonte ich mich nicht, und da mein Mut keine Vorsicht duldete, wurde ich bald gezwungen innezuhalten. Die Veränderung von Luft, Ernährung und Gewohnheiten, die abendlichen Studien, das Fehlen starker körperlicher Betätigung, die geistigen Anstrengungen, mit einem Wort, diese gewaltige Umwälzung, der mein Wesen ausgesetzt war, damit es vom Zustand des Waldmenschen zu dem eines gebildeten Mannes gelangte, bewirkte eine Erkrankung der Nerven, die mich mehrere Wochen lang beinahe verrückt und dann ein paar Tage lang schwachsinnig werden ließ, schließlich verschwand und mich wie gebrochen zurückließ, völlig vernichtet im Hinblick auf meine vergangene Existenz, doch für die künftige gut vorbereitet.

In der Zeit meiner heftigsten Anfälle sah ich eines Nachts in einem lichten Augenblick Edmée in meinem Zimmer. Zuerst glaubte ich zu träumen. Die Nachtlampe warf einen flackernden Schein; eine bleiche, unbewegliche Gestalt lag in einem großen Sessel. Ich unterschied einen langen, schwarzen Zopf, der sich gelöst hatte und auf ein weißes Kleid fiel. Ich richtete mich auf und konnte mich vor Schwäche kaum bewegen; ich versuchte, mein Bett zu verlassen. Sogleich tauchte Patience auf und hielt mich sanft zurück. Saint-Jean schlief in einem anderen Sessel. In allen Nächten wachten zwei Männer bei mir, um mich mit Gewalt festzuhalten, wenn ich der Raserei des Fieberwahns ausgeliefert war. Oft war es der Abbé, zuweilen der tapfere Marcasse, der, bevor er das Berry verließ, um in den angrenzenden Provinzen seine Runde zu machen, zurückgekommen war und eine letzte Jagd in den Speichern des Schlosses veranstaltete und nun freundlicherweise die erschöpften Diener bei der mühevollen Arbeit meiner Bewachung ablöste.

Ich war mir meines Krankseins nicht bewußt, und daher war es ganz natürlich, daß die unerwartete Anwesenheit des Einsiedlers in meinem Zimmer mich sehr überraschte und meine Gedanken verwirrte. Ich hatte an diesem Abend so heftige Anfälle gehabt, daß mir nicht mehr viel Kraft blieb. Ich überließ mich also einem melancholischen Irrereden, nahm die Hand des braven Mannes und fragte ihn, ob dies Edmées Leiche sei, die er in den Sessel neben mir gelegt habe. »Das ist die lebende Edmée«, antwortete er mir leise; »aber sie schläft, lieber Monsieur, wir dürfen sie nicht wekken. Wenn Sie einen Wunsch haben, ich bin dazu da, Sie zu pflegen, und das mache ich gerne, ja doch!« »Mein guter Patience, du täuschst mich«, sagte ich, »sie ist tot und ich auch, und du bist da, um uns zu beerdigen. Du mußt uns in denselben Sarg legen, hörst du, denn wir sind verlobt. Wo ist ihr Ring? Nimm ihn und steck ihn mir an den Finger, die Hochzeitsnacht ist da.«

Vergebens wollte er gegen diese Halluzination angehen, ich bestand auf der Vorstellung, daß Edmée tot sei und erklärte, daß ich solange nicht in meinem Leichentuch einschlafen würde, bis ich den Ring meiner Frau hätte. Edmée, die mehrere Nächte bei mir gewacht hatte, war so müde, daß sie mich nicht hörte. Außerdem redete ich so leise wie Patience aus einem Bedürfnis der Nachahmung heraus, das man nur bei Kindern oder Schwachsinnigen findet. Ich beharrte auf meiner Wahnvorstellung, und Patience, der befürchtete, sie ende in einem Wutausbruch, nahm Edmée behutsam einen Karneolring vom Finger und streifte ihn mir über. Sobald ich ihn hatte, führte ich ihn an meine Lippen, verschränkte in der Haltung, die man den Toten im Sarg gibt, die Arme vor der Brust und schlief fest ein.

Als man mir am nächsten Tag den Ring wegnehmen wollte, bekam ich einen Wutanfall, und man verzichtete darauf. Ich schlief wieder ein, und der Abbé zog ihn mir während meines Schlummers vom Finger. Aber als ich wach wurde, bemerkte ich den Raub und begann erneut, wirres Zeug zu reden. Sofort eilte Edmée, die im Zimmer war, zu mir, streifte mir den Ring über den Finger und machte dem Abbé Vorwürfe. Ich beruhigte mich auf der Stelle und sagte, wobei ich meine matten Augen auf sie richtete: »Nicht wahr, du bist meine Frau, nach deinem Tod wie während deines Lebens?« »Sicherlich«, sagte sie, »schlafe in Frieden.« »Die Ewigkeit dauert lange«, sagte ich, »und ich möchte sie mit der Erinnerung an deine Zärtlichkeit anfüllen. Aber ich suche sie vergebens, ich erinnere mich nicht an deine Liebe.«

Sie beugte sich über mich und gab mir einen Kuß. »Das ist nicht recht, Edmée«, sagte der Abbé, »solche Medizin verwandelt sich in Gift.« »Lassen Sie mich, Abbé«, antwortete sie ungeduldig und setzte sich neben mein Bett, »ich bitte Sie, lassen Sie mich.«

Meine Hand in ihren Händen, so schlief ich ein und wiederholte von Zeit zu Zeit: »Es ist gut im Grab, wir sind glücklich, tot zu sein, nicht wahr?«

Während meiner Genesungszeit war Edmée weniger offen, aber ebenso ausdauernd. Ich erzählte ihr meine Träume und erfuhr von ihr, welche meiner Erinnerungen der Wirklichkeit entsprachen; ohne diese Bestätigung hätte ich stets geglaubt, alles geträumt zu haben. Ich flehte sie an, mir den Ring zu lassen, und sie war einverstanden. Ich hätte, in Anerkennung all der Wohltaten, hinzufügen müssen, daß ich diesen Ring als Pfand der Freundschaft behielt und nicht als Verlobungsring; aber die Vorstellung eines solchen Verzichts überstieg meine Kräfte.

Eines Tages fragte ich nach Neuigkeiten über Monsieur de La Marche. Nur an Patience wagte ich diese Frage zu richten. »Abgereist!« antwortete er. »Wie? Abgereist!« erwiderte ich; »für lange Zeit?« »Für immer, so Gott will! Ich weiß es nicht, ich stelle keine Fragen; aber zufällig war ich im Garten, als er sich verabschiedete, und das war so kalt wie eine Dezembernacht. Man hat sich dennoch beiderseits *auf Wiedersehen* gesagt; aber auch wenn Edmée wie immer freundlich und offen aussah, so trug der andere die Miene eines Bauern zur Schau, der im April Frost erlebt. Mauprat, Mauprat, man sagt, daß Sie ein *großer Studiosus* und ein *großer, guter Kerl* geworden sind. Denken Sie an das, was ich Ihnen gesagt habe: Wenn Sie alt sein werden, gibt es vielleicht weder Titel noch Grundherrn mehr. Vielleicht nennt man Sie den Vater Mauprat, wie man mich den Vater Patience nennt, obwohl ich weder Mönch noch Familienvater war.« »Nun, was willst du damit sagen?« »Denken Sie daran, was ich Ihnen gesagt habe«, wiederholte er, »es gibt vielerlei Arten, ein Hexenmeister zu sein, und man kann die Zukunft sehen, ohne sich dem Teufel zu verschreiben; aber ich gebe meine Zustimmung zur Heirat mit der

Cousine. Führen Sie sich weiterhin gut. Da sind Sie nun gelehrt; man sagt, daß Sie fließend das erstbeste Buch lesen. Was braucht man mehr? Es gibt hier so viele Bücher, daß mir der Schweiß von der Stirn rinnt, wenn ich sie nur ansehe; mir kommt es so vor, als finge ich von vorne an, *nicht lesen lernen zu können*. Bald sind Sie gesund. Wenn Monsieur Hubert nur auf mich hören wollte, so würde die Hochzeit zu Sankt Martin gefeiert werden.« »Schweig, Patience, du tust mir weh; meine Cousine liebt mich nicht.« »Und ich behaupte das Gegenteil; Sie lügen aus voller Kehle, wie die Adligen sagen. Ich weiß, wie sie Sie gepflegt hat, und als Marcasse auf dem Dach war, hat er durchs Fenster gesehen, wie sie an dem Tag, an dem Sie so krank waren, um fünf Uhr morgens auf den Knien mitten in ihrem Zimmer lag.«

Die unvorsichtigen Behauptungen von Patience, die zärtliche Sorge von Edmée, die Abreise von Monsieur de La Marche, und, mehr als all das, die Schwäche meines Gehirns waren Ursache dafür, daß ich mich von dem, was ich wünschte, selbst überzeugte; aber in dem Maße, in dem ich wieder zu Kräften kam, zog Edmée sich in die Grenzen einer ruhigen und vorsichtigen Freundschaft zurück. Niemals wurde jemand mit geringerer Freude gesund als ich, denn jeder neue Tag machte die Besuche Edmées kürzer, und als ich mein Zimmer verlassen konnte, durfte ich nur noch so wenige Stunden mit ihr verbringen wie vor meiner Krankheit. Sie verfügte über die wundervolle Kunst, mir die zärtlichste Zuneigung entgegenzubringen, ohne sich jemals zu einer neuen Erklärung über unsere geheimnisvolle Verlobung verführen zu lassen. Wenn ich auch noch nicht die Seelengröße besaß, auf meine Rechte zu verzichten, so hatte ich doch genügend Ehrenhaftigkeit erworben, nicht mehr auf sie zu pochen: Und ich befand mich mit ihr in der gleichen Situation wie zu dem Zeitpunkt, als ich krank geworden war. Monsieur de La Marche war in Paris; aber wie sie sagte, hatten ihn die Pflichten seines Amtes dorthin gerufen; und er sollte am Ende des Winters, der gerade anfing, zurückkommen. Nichts in den Reden des Ritters oder des

Abbés gab einen Hinweis auf einen Bruch zwischen den Verlobten. Man sprach selten vom General-Leutnant, aber wenn, dann auf selbstverständliche Weise und ohne Widerwillen; ich war erneut im Zustand der Ungewißheit und fand dagegen kein anderes Mittel, als das Reich meines Willens wieder in Besitz zu nehmen. »Ich werde sie zwingen, mir den Vorzug zu geben«, sagte ich mir, blickte von meinem Buch auf und sah die großen, undurchdringlichen Augen von Edmée, die sich ruhig auf die Briefe von Monsieur de La Marche hefteten, die ihr Vater von Zeit zu Zeit erhielt und die er ihr überließ, nachdem er sie gelesen hatte. Ich vertiefte mich wieder in meine Studien. Lange Zeit litt ich unter grausamen Kopfschmerzen, aber mit stoischem Gleichmut überwand ich sie; Edmée nahm die Vorlesungen wieder auf, die sie auf indirekte Weise an den Winterabenden für mich abhielt. Ich erstaunte den Abbé durch meine Begabung und die Schnelligkeit meiner Erfolge. Die Fürsorge, die er während meiner Krankheit für mich aufbrachte, hatte mich entwaffnet, und obgleich ich ihn noch nicht von Herzen zu lieben vermochte, da ich wußte, daß er mir hinsichtlich meiner Cousine nicht nützlich war, brachte ich ihm doch viel mehr Vertrauen und Achtung entgegen als in der Vergangenheit. Die langen Gespräche mit ihm kamen mir ebenso zustatten wie meine Lektüre; man nahm mich zu den Spaziergängen mit und zu den philosophischen Besuchen in der schneebedeckten Hütte von Patience. Es war eine Möglichkeit, Edmée häufiger und länger zu sehen. Mein Verhalten war so, daß all ihr Mißtrauen zerstreut wurde und sie keine Angst mehr davor haben mußte, mit mir allein zu sein. Aber ich hatte kaum Gelegenheit, meine Heldenhaftigkeit zu beweisen; denn der Abbé, dessen Vorsicht durch nichts eingeschläfert werden konnte, war uns immer auf den Fersen. Unter dieser Bewachung litt ich nicht mehr; im Gegenteil, ich war zufrieden mit ihr, denn trotz all meiner Pläne stürzten die Verwirrungen meine Sinne in einen geheimnisvollen Zustand, und als ich ein- oder zweimal mit Edmée allein war, ging ich ganz plötzlich weg und ließ sie zurück, um meine Verwirrung zu verbergen.

Unser Leben verlief also dem Anschein nach ruhig und sanft, und eine Zeitlang war es wirklich so; doch bald brachte ich es mehr denn je durcheinander mit einem Laster, das die Erziehung in mir beförderte, das allerdings bis dahin unter noch schockierenderen, doch weniger unheilvollen Lastern vergraben war; dieses Laster, das meine neuen Jahre so verzweifelt machte, war die Eitelkeit.

Trotz ihrer Erziehungslehren begingen Edmée und der Abbé den Fehler, mir für meine Fortschritte zuviel Anerkennung zu zollen. Sie waren so wenig auf meine Ausdauer gefaßt, daß sie meinen hohen Fähigkeiten alle Ehre erwiesen. Vielleicht war das ihrerseits auch ein wenig persönlicher Triumph, in der Übertreibung meiner Entwicklung den Erfolg ihrer angewandten philosophischen Vorstellungen zu sehen. Sicher ist, daß ich mich leicht von meiner großen Intelligenz überzeugen ließ und auch davon, ein Mann zu sein, der das gewöhnliche Maß überbot. Bald ernteten meine geliebten Lehrer die traurige Frucht ihrer Unvorsichtigkeit, und schon war es zu spät, den Aufschwung dieser maßlosen Selbstliebe anzuhalten.

Vielleicht war es auch so, daß diese unheilvolle Leidenschaft nur wiedererwachte, die durch die schlechte Behandlung in meiner Kindheit verdrängt worden war. Man muß annehmen, daß wir von unseren ersten Jahren an die Keime von Tugend und Laster in uns tragen, die durch die Taten des äußeren Lebens mit der Zeit fruchtbar werden. In meinem Fall war es so, daß ich noch keine Nahrung für meine Eitelkeit gefunden hatte; denn womit hätte ich mich in den ersten Tagen, die ich bei Edmée verbrachte, aufplustern können? Aber sobald die Nahrung gefunden war, erhob sich die bislang leidende Eitelkeit zu ihrem Triumph und gab mir ebensoviel Dünkel ein, wie sie mir zuvor falsche Scham und heftige Zurückhaltung nahegelegt hatte. Darüber hinaus faszinierte es mich, endlich mit Leichtigkeit meine Gedanken mitteilen zu können, gleich einem jungen Falken, der das Nest verläßt und seine kürzlich gewachsenen Flügel ausprobiert. Ich wurde also in einem Maße schwatzhaft, wie ich vorher verschwiegen war. Man fand allzuviel Gefallen an meinem Geplapper. Mir fehlte der gesunde Menschenverstand, um zu begreifen, daß man ihm zuhörte wie dem eines verwöhnten Kindes; ich hielt mich für einen Mann, und schlimmer noch, für einen bemerkenswerten Mann. Ich wurde überheblich und höchst lächerlich.

Mein Onkel, der Ritter, der sich in meine Erziehung nicht eingemischt und bei den ersten Schritten meiner Laufbahn nur in väterlicher Güte gelächelt hatte, war auch der erste, der den falschen Weg, den ich beschritt, wahrnahm. Er fand es unangemessen, daß ich meine Stimme erhob wie er und machte darüber eine Bemerkung zu seiner Tochter. Sanft ermahnte sie mich und sagte, um mir den Verweis erträglich zu machen, in der Diskussion habe ich recht, doch ihr Vater sei nicht in dem Alter, sich zu den neuen Ideen zu bekennen, und ich müsse meine begeisterten Behauptungen seiner patriarchalischen Würde opfern. Ich versprach, es nicht wieder zu tun, aber ich hielt nicht Wort.

Tatsache ist, daß der Ritter mit vielen Vorurteilen behaftet war. Für einen Landadligen seiner Zeit hatte er eine sehr gute Erziehung genossen; aber das Jahrhundert war schneller fortgeschritten als er. Edmée, leidenschaftlich und romantisch, und der Abbé, gefühlvoll und analytisch, waren noch schneller vorangeschritten als das Jahrhundert, und wenn die gewaltigen Meinungsunterschiede zwischen ihnen und dem Patriarchen nicht zu spüren waren, so dank der Achtung, die er zu Recht einflößte, und dank der zärtlichen Liebe, die er für seine Tochter empfand. Ich stürzte mich voll und ganz, wie Sie mir glauben können, in Edmées Ideenwelt; aber mir war ihre Feinfühligkeit, zur rechten Zeit zu schweigen, nicht gegeben. Die Heftigkeit meines Charakters fand einen Ausweg in Philosophie und Politik, ich hatte unsägliches Vergnügen an den stürmischen Wortwechseln, die damals in Frankreich bei allen Zusammenkünften und bis in die Familien hinein ein Vorspiel zu den revolutionären Auseinandersetzungen darstellten. Ich glaube, daß es kein Haus gab, ob Palast oder Hütte, das nicht seinen Redner beherbergte, der scharfzüngig, hitzig und maßlos war und bereit, sich vor die Schranken der Parlamente zu begeben. Ich also war der Redner des Schlosses Sainte-Sévère, und mein guter Onkel, daran gewöhnt, sich den Habitus der Machtvollkommenheit zu geben, der ihn daran hinderte, das tatsächliche Aufbegehren der Gemüter zu sehen, konnte keinen so offenherzigen Widerspruch wie den meinen ertragen. Er war stolz und aufbrausend, und um so schwerer fiel es ihm, sich auszudrücken, wodurch seine natürliche Ungeduld verstärkt wurde und ihn gegenüber anderen schlecht gelaunt sein ließ, was sich wiederum gegen ihn selbst richtete. Er stieß mit dem Fuß gegen die brennenden Holzklötze im Kamin. Er zerbrach seine Brillengläser, schüttete seinen Tabak in Massen auf das Parkett, das Dröhnen seiner lauten Stimme hallte von den hohen Decken seines Landsitzes wider. All das belustigte mich auf grausame Weise; denn mit einem Wort, das ich gerade eben in meinen Büchern zu buchstabieren gelernt hatte, warf ich das brüchige Gedankengebäude seines ganzen Lebens um. Das war eine große Eselei und ein sehr dummer Hochmut meinerseits; aber dieses Kampfbedürfnis, dieses Vergnügen, auf intellektuelle Weise die Energie zu entwickeln, die meinem körperlichen Sein fehlte, ging unablässig mit mir durch. Vergeblich hustete Edmée, um mich zum Schweigen zu ermahnen, und sie bemühte sich, die Selbstachtung ihres Vaters zu retten und gegen ihr eigenes Gewissen irgendein Argument zu seinen Gunsten zu finden; die Lauheit ihrer Unterstützung und die Art der Zugeständnisse, die sie mir zu befehlen schien, irritierten meinen Gegner immer mehr. »Lassen Sie ihn doch reden«, schrie er, »Edmée, mischen Sie sich da nicht ein, ich will ihn in allen Punkten schlagen. Wenn Sie uns immer unterbrechen, werde ich ihm nie seine Absurdität beweisen können.« Und dann schwoll auf beiden Seiten die Wut an, bis der Ritter, zutiefst verletzt, das Gemach verließ und seine schlechte Laune an seinem Aufseher oder seinen Jagdhunden ausließ.

Was dazu beitrug, diese unangebrachten Streitigkeiten wiederzubeleben und meine lächerliche Halsstarrigkeit zu nähren, war die außerordentliche Güte und die schnelle Rückkehr meines Onkels. Nach einer Stunde erinnerte er sich weder an mein Unrecht noch an seinen Ärger; er sprach mit mir wie gewöhnlich, erkundigte sich nach allen meinen Wünschen und Bedürfnissen mit dieser väterlichen Sorge, die ihn bei seiner Großzügigkeit stets in Atem hielt. Dieser unvergleichliche Mann schlief nicht ruhig, wenn er nicht vor dem Zubettgehen die Seinen umarmt und wenn er nicht durch ein Wort oder einen wohlwollenden Blick die Heftigkeiten wiedergutgemacht hatte, unter denen tagsüber der letzte seiner Diener zu leiden hatte. Diese Güte hätte mich entwaffnen und mir den Mund für immer verschließen müssen; jeden Abend schwor ich es, aber jeden Morgen kehrte ich, wie Edmée sagte, zu meinem *Erbrochenen* zurück.

Edmée litt von Tag zu Tag mehr unter dem Charakterzug, der sich in mir breitmachte, und sie suchte nach einem Mittel, ihn zu ändern. Gab es schon keine stärkere und zurückhaltendere Verlobte, so gab es auch nie eine zärtlichere Mutter als sie. Nach vielen Besprechungen mit dem Abbé beschloß sie, ihren Vater zu bewegen, ein wenig mit den Gewohnheiten unseres Lebens zu brechen und während der letzten Wochen des Karnevals unsere Wohnung nach Paris zu verlegen. Der Aufenthalt auf dem Land, die große Einsamkeit, in der wir uns wegen der Lage von Sainte-Sévère und wegen des schlechten Zustandes der Wege befanden, die Eintönigkeit der Gewohnheiten, all das trug dazu bei, unsere lästige Rechthaberei zu schüren; mein Charakter wurde immer verdorbener; meinem Onkel machte das Ganze noch mehr Spaß als mir, aber seine Gesundheit litt darunter, und diese täglichen kindischen Aufregungen beschleunigten seine Gebrechlichkeit. Der Abbé war verärgert, Edmée traurig, sei es wegen unserer Art zu leben, sei es aus verborgenen Gründen. Sie wünschte abzureisen, und wir reisten; denn ihr Vater, ob ihrer Melancholie beunruhigt, hatte keinen anderen Wunsch als den ihren. Bei dem Gedanken, Paris kennenzulernen, zitterte ich vor Freude; und während Edmée sich Hoffnungen machte, das gesellschaftliche Leben werde die Unebenheiten meines pedantischen Wesens glätten, träumte ich davon, als Eroberer in dieser Welt aufzutreten, die von unseren Philosophen so verunglimpfend beschrieben worden war. Eines schönen Morgens im März machten wir uns auf den Weg; der Ritter mit seiner Tochter und Mademoiselle Leblanc in einer Postkutsche; ich befand mich in einer zweiten mit dem Abbé, der seine Freude, zum ersten Mal in seinem Leben die Hauptstadt zu sehen, kaum verbergen konnte, und mit dabei mein Kammerdiener Saint-Jean, der vor allen Passanten tiefe Verbeugungen machte, um seine gewohnte Höflichkeit nicht zu verlieren.

XII.

Der alte Bernard, vom vielen Reden ermüdet, vertröstete uns auf den nächsten Tag. Zur angegebenen Stunde forderten wir ihn auf, sein Wort zu halten, und er setzte mit den folgenden Worten seinen Bericht fort:

Diese Zeit markierte einen neuen Abschnitt in meinem Leben. In Sainte-Sévère war ich durch meine Liebe und meine Studien in Anspruch genommen. Ich hatte meine ganze Energie auf die beiden Punkte konzentriert. Kaum war ich in Paris angekommen, hob sich vor meinen Augen ein dicker Vorhang, und mehrere Tage lang wunderte ich mich über nichts, weil ich nichts verstand. Ich schrieb allen Akteuren, die die Bühne betraten, eine allzu große Überlegenheit zu; aber nicht weniger überschätzte ich die Leichtigkeit, mit der ich bald diese vollkommenen Fähigkeiten erreichen würde. Mein verwegenes, dünkelhaftes Naturell sah überall eine Herausforderung und nirgends ein Hindernis.

In dem Haus, das mein Onkel und meine Cousine bewohnten, war ich in einer gesonderten Etage untergebracht, und von nun an war ich den größten Teil des Tages mit dem Abbé zusammen. Ich war keineswegs berauscht von den materiellen Vorzügen meiner Stellung; aber da ich viele andere in zweideutiger oder schwieriger Lebenslage sah, fing ich an, den Wohlstand der meinen wahrzunehmen. Ich begriff den hervorragenden Charakter meines Erziehers, und die Achtung, die mir mein Diener entgegenbrachte, fand ich nicht länger lästig. Bei der Freiheit, deren ich mich erfreute, dem Geld, das mir nach Belieben zur Verfügung stand, und der athletischen Kraft meiner Jugend ist es erstaunlich, daß ich nicht irgendeiner Sucht verfiel, und sei es auch nur der des Spiels, was zu meiner *Kämpfernatur* gut gepaßt hätte. Meine Unkenntnis in allem bewahrte mich davor; sie war die Ursache für mein übermäßiges Mißtrauen, und der Abbé, der scharfsichtig war und sich für mein Tun verantwortlich fühlte, verstand es, meine verächtliche Menschenscheu zu nutzen. Er verstärkte sie im Hinblick auf Dinge, die mir geschadet hätten, und zerstreute sie im gegenteiligen Fall. Außerdem wußte er ehrenhafte Ablenkungen um mich herum zu organisieren, die die Freude der Liebe nicht ersetzen konnten, jedoch die Bitterkeit ihrer Verletzungen verringerten. Was die Versuchungen der Ausschweifung betrifft, so kannte ich sie nicht. Ich war zu stolz, eine Frau zu begehren, die ich nicht, wie Edmée, für die Beste von allen gehalten hätte.

Wir trafen uns zur Stunde des Diners, und abends waren wir in Gesellschaft. Aus einer Ecke des Gemaches heraus beobachtete ich, was dort geschah, und lernte in wenigen Tagen mehr, als ich es in einem Jahr durch Vermutungen und Untersuchungen gekonnt hätte. Ich glaube, daß ich von der Gesellschaft, aus einer gewissen Distanz betrachtet, nichts begriffen hätte. Nichts ergab deutliche Bezüge zwischen meinem Kopf und dem, womit sich die anderen Menschen beschäftigten. Sobald ich mich mitten in diesem Durcheinander befand, entwirrte es sich zwangsläufig vor mir und ließ mich einen großen Teil seiner Elemente erkennen. Dieser Weg, der mich zum Leben führte, war, so erinnere ich mich, an seinem Ausgangspunkt nicht ohne Reiz. Hinsichtlich der gesellschaftlichen Vergnügungen brauchte ich um nichts zu bitten, nichts zu wünschen und mußte um nichts kämpfen; das Schicksal hatte mich an die Hand genommen. Eines schönen Morgens hatte es mich aus einem Abgrund gezogen und auf ein Federbett gesetzt, um aus mir ein Kind der Familie zu machen. Die Aufgeregtheit der anderen war belustigend für meine Augen. Mein Herz interessierte sich für die Zukunft nur am geheimnisvollen Punkt der Liebe, die ich für Edmée empfand.

Die Krankheit hatte meine körperliche Kraft nicht nur nicht verringert, sie hatte sie gestärkt. Ich war nicht mehr dieses schwerfällige und schläfrige Tier, müde von der Verdauung und dumpf von der Müdigkeit. Ich fühlte, wie die Schwingungen aller Fasern zu unbekannten Harmonien in meiner Seele führten, und ich wunderte mich, Fähigkeiten in mir zu entdecken, von deren Gebrauch ich so lange nichts geahnt hatte. Meine lieben Verwandten freuten sich, ohne daß sie überrascht zu sein schienen. Sie hatten von Anfang an in so gefälliger Weise Prophezeiungen über mich angestellt, daß es aussah, als hätten sie in ihrem Leben nie etwas anderes getan, als Barbaren zu zivilisieren.

Das sensible System, das sich gerade in mir ausgebildet hatte und die Ursache dafür war, daß ich die Freuden und Vorteile, die es mir verschaffte, mein Leben lang mit lebhaften und häufigen Schmerzen bezahlen mußte, hatte mich für Eindrücke besonders empfänglich gemacht; und diese Befähigung, die Wirkung äußerer Dinge zu spüren, wurde unterstützt durch eine Stärke der Organe, die man nur bei Tieren und Wilden findet. Ich wunderte mich über die verkümmerten Fähigkeiten bei den anderen. Diese Männer mit Brillen, diese Frauen, deren Geruchssinn durch den Tabak abgestumpft war, diese vorzeitigen Greise, taub und gichtisch vor der Zeit, taten mir leid. Die Gesellschaft war für mich wie ein Hospital, und wenn ich, mit meiner robusten Konstitution, mich inmitten dieser gebrechlichen Menschen befand, dann kam es mir so vor, als könnte ich sie mit einem Atemzug in die Lüfte pusten wie Distelsamen.

Dies verschaffte mir den Nachteil und das Unglück, mich einem gewissen dummen Hochmut hinzugeben, der darin bestand, die Geschenke der Natur nur für mich selbst geltend zu machen. Lange Zeit verführte mich dies dazu, daß ich ihre wirkliche Vervollkommnung vernachlässigte, als ginge es um einen überflüssigen Fortschritt. Bald hegte ich Bedenken wegen der Wertlosigkeit der anderen, und dies hinderte mich daran, jene zu überflügeln, weil ich sie von nun an für unterlegen hielt. Ich sah nicht, daß die Gesellschaft aus Elementen von geringem Wert besteht, ihre Ordnung jedoch so weise und fest ist, daß man, bevor man auch nur ein Bruchstück dazutun kann, selbst ein Steinmetz sein müßte. Ich wußte nicht, daß es in dieser Gesellschaft zwischen der Rolle des großen Künstlers und der des guten Arbeiters keine Mitte gibt. Nun, ich war weder das eine noch das andere, und, um die Wahrheit zu sagen, alle meine Ideen haben doch nie dazu geführt, mich von der Gewohnheit zu befreien; meine ganze Kraft diente nur dazu, es den anderen unter großer Mühe gleichzutun.

So ging ich in wenigen Wochen von äußerster Bewunderung der Gesellschaft zu ihrer äußersten Verachtung über. Sobald ich den Sinn ihrer Triebkräfte begriffen hatte, schienen mir diese auf so elende Weise von einer schwächlichen Generation verstärkt, daß die Erwartung meiner Lehrmeister enttäuscht wurde, ohne daß sie es ahnten. Statt des Gefühls, selbst überragt zu werden und zu versuchen, in der Menge unterzugehen, bildete ich mir ein, ich könne sie, wenn ich wolle, überragen, und insgeheim bewegte ich mich in Träumen, bei deren Erinnerung ich erröte. Wenn ich mich nicht regelrecht lächerlich machte, so dank dieser maßlosen Eitelkeit selbst, von der ich annahm, sie werde mich kompromittieren, sobald sie sich zeige.

Paris bot damals ein Schauspiel, das zu schildern ich nicht versuchen werde, denn Sie haben es zweifellos auf von Augenzeugen gemalten Bildern so manches Mal begierig studiert, sei es in der Gestalt allgemeiner Geschichte, sei es in Form von individuellen Erinnerungen. Im übrigen würde ein solches Gemälde die Grenzen meines Berichts sprengen, und ich habe versprochen, Ihnen nur den Haupttatbestand meiner moralischen und philosophischen Geschichte zu erzählen. Um Ihnen von meiner geistigen Arbeit zu jener Zeit eine Vorstellung zu geben, genügt es, Ihnen zu sagen, daß in Amerika der Unabhängigkeitskrieg ausbrach, daß Voltaire in Paris seine höchsten Triumphe feierte und Franklin, der Prophet einer neuen politischen Religion, den Samen der Freiheit mitten in den französischen Hof trug. Heimlich bereitete La Fayette seine romantische Expedition vor, und die meisten jungen Adligen waren hingerissen, weil es Mode und etwas Neues war, und weil jeder gefahrlosen Opposition ein Vergnügen innewohnt.

Die Opposition nahm gewichtigere Formen an und führte bei den alten Adligen und Mitgliedern der Parlamente zu einer ernsthaften Tätigkeit; in den Reihen des alten Patriziats und des stolzen Amtsadels konnte man den Geist der Liga wiedererkennen; mit einer Schulter stützten sie der Form halber die wankende Monarchie, mit der anderen boten sie dem Vordringen der Philosophie ihre Unterstützung an. Die Privilegierten der Gesellschaft reichten voller Leidenschaft dem nahen Untergang ihrer eigenen Privilegien die Hand, aus Unzufriedenheit darüber, daß die Könige diese eingeschränkt hatten. Sie erzogen ihre Söhne nach den Grundsätzen der Verfassung und stellten sich vor, eine neue Monarchie zu schaffen, in der das Volk ihnen helfen werde, sich höher zu stellen als der Thron; und deswegen verlieh man in den erlauchtesten Salons der größten Bewunderung für Voltaire und der glühendsten Sympathie für Franklin Ausdruck.

Eine so ungewöhnliche Gangart und, das muß man sagen, eine dem menschlichen Geist so wenig naturgemäße hatte einen ganz neuen Anstoß gegeben und den kalten und gekünstelten Beziehungen des übriggebliebenen Hofes von Ludwig dem XIV. so etwas wie eine streithafte Lebendigkeit gebracht. Sie hatte auch ernsthafte Formen daruntergemischt und den frivolen Verhaltensweisen der Regentschaft einen Anschein von Tiefe vermittelt. Das makellose, aber unbedeutende Leben Ludwigs des XVI. zählte nichts und schrieb niemandem etwas vor; niemals hat man so bedeutungsvolles Geplapper erlebt, so viele hohle Maximen, so viel pomphafte Weisheit, so viel Folgenlosigkeit bezüglich Wort und Verhalten wie zu dieser Zeit in den sogenannten aufgeklärten Ständen.

Ich muß Ihren Blick darauf lenken, damit Sie die Bewunderung verstehen, die ich zunächst für eine Welt aufbrachte, die so uneigennützig schien, so mutig, so leidenschaftlich bei der Suche nach der Wahrheit; und den Ekel, den ich bald gegenüber so viel Heuchelei und Leichtfertigkeit verspürte, angesichts eines so großen Mißbrauchs der heiligsten Wörter und Überzeugungen. Ich für meinen Teil war gutgläubig und stützte meinen philosophischen Eifer, dieses Gefühl der erst jüngst verkündeten Freiheit, das man damals den *Kult der Vernunft* nannte, auf die Grundlage einer unbeugsamen Logik. Ich war jung und guter Verfassung, vielleicht die erste Voraussetzung für ein gesundes Gehirn; meine Studien waren nicht umfangreich, aber solide; man hatte mich mit gesunder und leicht verdaulicher Nahrung versorgt. Das Wenige, das ich wußte, diente mir also dazu, zu erkennen, daß die anderen nichts wußten oder sich selbst belogen.

Anfangs kamen nicht viele Leute zum Ritter. Von Kindheit an war er mit Monsieur Turgot und mehreren vornehmen Männern befreundet gewesen; er hatte sich seinerzeit nie der Jeunesse dorée zugesellt, und nach seinem loyalen Verhalten im Krieg hatte er besonnen auf dem Land gelebt. Sein Umgang bestand also aus ein paar bedeutenden Amtsadligen, mehreren alten Militärs und etlichen Grundherren aus der Provinz, alten und jungen, denen ein ehrenwertes Vermögen gestattete, jeden zweiten Winter in Paris zu verbringen; aber er hatte entfernte Beziehungen zu einer glanzvollen Welt aufrechterhalten, wo Edmées Schönheit und ausgezeichnete Manieren bemerkt wurden, sobald sie erschien. Um sie als einzige Tochter, die angemessen reich war, bemühten sich bedeutende Hausherrinnen, hochgestellte Kupplerinnen gewissermaßen, die stets ein paar junge, verschuldete Schützlinge auf Kosten einer Familie aus der Provinz unterzubringen hatten. Dann, als man erfuhr, daß sie mit Monsieur de La Marche verlobt war, dem fast ruinierten Sprößling einer sehr illustren Familie, empfing man sie noch häufiger, und nach und nach wurde ihr kleiner Salon, den sie für die alten Freunde ihres Vaters ausgewählt hatte, zu eng für die Schöngeister von Stand und Profession und die großen Damen mit philosophischen Ideen, die die *junge Quäkerin* kennenlernen wollten oder *die Rose des Berry* (dies waren die Namen, die ihr eine tonangebende Dame verlieh).

Dieser schnelle Erfolg in einer Welt, in der sie bisher unbekannt gewesen war, berauschte Edmée nicht; und ihre Selbstbeherrschung war so groß, daß ich nie erfuhr, trotz der Besorgnis, mit der ich ihre geringsten Bewegungen bewachte, ob es ihr schmeichelte, so große Wirkung zu erzielen. Was ich bemerkte, war ihr bewundernswerter gesunder Menschenverstand, der all ihre Schritte und Worte leitete. Ihre zugleich naive und reservierte Haltung und eine bestimmte Mischung von Ungezwungenheit und bescheidenem Stolz ließen sie erstrahlen inmitten der Frauen, die am meisten bewundert wurden und gewöhnt waren, die Aufmerksamkeit auf sich zu lenken; und es muß hier einmal gesagt werden, daß ich zunächst außerordentlich schockiert war von Ton und Haltung dieser gepriesenen Frauen; in ihrer einstudierten Anmut fand ich sie lächerlich, und ihre große Vertrautheit mit allen machte auf mich den Eindruck unerträglicher Unverschämtheit. Ich, der innerlich so kühn und vor kurzem noch in meinen Verhaltensweisen so grobschlächtig gewesen war, fühlte mich in ihrer Nähe unwohl und aus der Fassung gebracht: Ohne Edmées Vorwürfe und Ermahnungen hätte ich mich einer tiefen Verachtung für diese Speichelleckereien in Blicken, Toilette und Schäkereien hingegeben, die man in der Gesellschaft die *erlaubte*

Koketterie nannte, den *zauberhaften Wunsch* zu gefallen oder einfach Liebenswürdigkeit und Anmut. Der Abbé dachte wie ich. Wenn der Salon sich leerte, blieben wir kurze Zeit in der Kaminecke im engsten Familienkreis, bevor wir auseinandergingen. Das ist der Augenblick, in dem man das Bedürfnis verspürt, seine Eindrücke zusammenzufassen und sie sympathischen Menschen mitzuteilen. Der Abbé brach die gleichen Lanzen wie ich, gegen meinen Onkel und gegen meine Cousine. Der Ritter, ein galanter Bewunderer des schönen Geschlechts, was er selten in die Praxis umgesetzt hatte, übernahm als echter französischer Ritter die Verteidigung all der Schönen, die wir unerbittlich attackierten. Lachend klagte er den Abbé hinsichtlich der Frauen der Nörgelei an, gleich wie der Fuchs in der Fabel über die Trauben. Ich überbot in meiner Kritik noch den Abbé; dies war meine Art, Edmée mit Wärme zu sagen, wie sehr ich sie allen anderen vorzog; aber sie schien eher daran Anstoß zu nehmen, als sich geschmeichelt zu fühlen; und ernsthaft warf sie mir eine Neigung zur Feindseligkeit vor, die, wie sie sagte, aus grenzenlosem Hochmut gespeist werde.

Wahr ist, daß sie, nachdem sie großzügigerweise die Verteidigung der fraglichen Personen übernommen hatte, sich unserer Meinung anschloß, sobald wir, Rousseau in der Hand, ihr sagten, die Frauen von Welt gäben sich in Paris anmaßend und hätten eine Art, einem Mann ins Gesicht zu sehen, die in den Augen eines Weisen unerträglich sei. Wenn Rousseau sprach, wußte Edmée nichts einzuwenden; sie liebte es, gemeinsam mit ihm anzuerkennen, daß der größte Zauber einer Frau in der klugen und bescheidenen Aufmerksamkeit liegt, die sie den ernsthaften Reden widmet; und ich zitierte ihr stets den Vergleich der hervorragenden Frau mit einem Kind mit großen Augen, voller Gefühl, Sanftmut und Feinheit, das zaghafte Fragen stellt und sinnvolle Einwände macht, damit sie sich in diesem Porträt wiedererkenne, das nach ihr gemalt zu sein schien. Ich ging über den Text hinaus und malte das Porträt weiter aus: »Eine wahrhaft hervorragende Frau«, sagte ich und sah sie leidenschaftlich an, »ist diejenige, die genug weiß, um nie eine lächerliche oder unpassende Frage zu stellen, und nie verdienstvollen Leuten die Stirn bietet; diese Frau versteht es, zu schweigen, vor allem gegenüber Dummen, die sie verspotten, und Unwissenden, die sie demütigen könnte; was Absurditäten angeht, so ist sie nachsichtig, denn es kommt ihr nicht darauf an, ihr Wissen zu zeigen, und gegenüber guten Dingen ist sie aufmerksam, weil sie wünscht, sich zu bilden. Es ist ihr großer Wunsch, zu verstehen und nicht zu belehren; ihre große Kunst besteht nicht darin (da allgemein anerkannt ist, daß Kunst beim Austausch von Wörtern vonnöten ist), zwei stolze Gegenspieler zusammenzubringen, die es drängt, ihr Wissen auszubreiten und die Gesellschaft zu unterhalten, indem jeder eine These behauptet, deren Lösung niemand zu finden wünscht; sondern jegliche nützliche Diskussion zu erhellen, indem sie alle einbezieht, die zur rechten Zeit zur Aufklärung beitragen können. Das ist eine Begabung, die ich bei diesen so gepriesenen Hausherrinnen nicht sehe. Statt dessen habe ich bei ihnen stets zwei angesehene Anwälte und ihre verblüffte Zuhörerschaft vor Augen, wo niemand Richter ist; sie verstehen sich auf die Kunst, das Genie lächerlich und das Volk stumm und träge zu machen, und man geht von dannen und sagt sich: ›Gut gesprochen‹, und das ist alles.«

Ich glaube wohl, daß ich recht hatte; ich erinnere mich auch, daß mein großer Zorn gegen diese Frauen daher rührte, daß sie Leuten, die sich für verdienstvoll hielten, die jedoch nicht berühmt waren, keinerlei Aufmerksamkeit schenkten; und diese Leute, das war ich, wie Sie sich gewiß vorstellen können. Auf der anderen Seite, und jetzt, da ich ohne Vorurteil und verletzte Eitelkeit daran denke, bin ich sicher, daß diese Frauen bei ihren Lobhudeleien für die Publikumslieblinge ein System hatten, das sehr viel mehr kindlicher Eitelkeit als aufrechter Bewunderung oder offener Sympathie ähnelte. Sie waren so etwas wie die Herausgeber von Geschwätz, lauschten mit allen Ohren und gaben der Zuhörerschaft herrisch ein Zeichen, fromm jeder Albernheit zuzuhören, die aus illustrem Munde kam, während sie selbst ein Gähnen unterdrückten und ihre Fächer klappern ließen bei jedem Wort, so hervorragend es auch sein mochte, wenn es nicht von einem tonangebenden Namen signiert war. Ich kenne das Wesen der schöngeistigen Frauen des neunzehnten Jahrhunderts nicht; ich weiß nicht einmal, ob es diese Rasse noch gibt: Seit dreißig Jahren war ich nicht in Gesellschaft; aber was die Vergangenheit angeht, so können Sie mir glauben. Fünf oder sechs von ihnen waren mir wirklich verhaßt. Die eine hatte Geist, und ins Blaue hinein verschleuderte sie ihre guten Worte, die sogleich in allen Salons kolportiert wurden und die ich mir zwanzigmal am Tag anhören mußte; eine andere hatte Montesquieu gelesen und erteilte den ältesten hohen Beamten Lektionen; eine dritte spielte erbärmlich die Harfe, doch war man sich einig, daß ihre Arme die schönsten Frankreichs waren; und man mußte das scharfe Kreischen ihrer Nägel auf den Saiten hinnehmen, damit sie mit schüchternem, kindlichem Ausdruck ihre Handschuhe ausziehen konnte. Und die anderen, was weiß ich? Sie rivalisierten miteinander in ihrer Geltungssucht und albernen Scheinheiligkeit, und alle Männer waren kindischerweise damit einverstanden, als Getäuschte zu erscheinen. Eine einzige war wirklich schön, sprach nicht und gefiel durch ihre lässige Haltung. Sie hätte vor meinen Augen Gnade gefunden, weil sie unwissend war; aber sie rühmte sich dessen, um sich durch ihre angenehme Unbefangenheit von den anderen abzuheben. Eines Tages entdeckte ich, daß sie Geist hatte, und sie wurde mir zuwider.

Edmée war einzigartig in all ihrer frischen Aufrichtigkeit und im Glanz ihrer natürlichen Anmut. Sie saß neben Monsieur de Malesherbes auf dem Sofa und war doch dieselbe Person, die ich so viele Male im Sonnenuntergang auf der Steinbank vor der Schwelle von Patience' Hütte betrachtet hatte.

XIII.

Sie können sich denken, daß die Huldigungen, mit denen man meine Cousine überhäufte, die in meiner Brust schlummernde Eifersucht neu entfachten. Seit ich mich, ihrem Befehl gehorchend, dem Studium verschrieben hatte, wußte ich nicht genau zu sagen, ob ich es wagen konnte, auf ihr Versprechen zu vertrauen, daß sie meine Frau werde, sobald ich imstande wäre, ihre Gedanken und Gefühle zu verstehen. Mir schien die Zeit gekommen zu sein; denn es ist sicher, daß ich Edmée verstand, besser vielleicht als irgendeiner der Männer, die ihr in Prosa und in Versen den Hof machten. Ich war entschlossen, mich nicht mehr auf den Schwur zu berufen, den ich ihr auf La Roche-Mauprat abgetrotzt hatte;·aber da war das letzte Versprechen, das sie freiwillig am Fenster der Kapelle abgegeben hatte, und die Schlußfolgerung, die ich aus dem Gespräch mit dem Abbé ziehen durfte, das ich im Park von Sainte-Sévère überrascht hattte; da war die Nachdrücklichkeit, mit der sie mich hinderte, von ihr fortzugehen, und mit der sie meine Erziehung anleitete; da war die mütterliche Sorge, an der sie während meiner Krankheit nicht gespart hatte; gab mir denn all das, wenn nicht das Recht, so doch einen Grund zur Hoffnung? Es ist wahr, daß ihre Freundschaft erkaltete, sobald meine Leidenschaft in Worten oder Blicken zum Ausdruck kam; es ist wahr, daß ich seit dem ersten Tag im vertrauten Umgang keinen Schritt vorangekommen war; wahr ist auch, daß Monsieur de La Marche oft ins Haus kam und sie ihm die gleiche Freundschaft entgegenbrachte wie mir; mit weniger Vertrautheit und mehr Aufmerksamkeiten, eine Abstufung, die unsere Unterschiedlichkeit in Charakter und Alter auf ganz natürliche Weise mit sich brachte und die keinerlei Bevorzugung des einen oder anderen bewies. Folglich konnte ich ihr Versprechen einer Gewissensentscheidung zuschreiben; das Interesse, welches sie an meiner Erziehung nahm, wohl der Ehrerbietung, die sie der durch die Philosophie wiedererrichteten Menschenwürde erwies; und ihre ruhige, beständige Zuneigung für Monsieur de La Marche einem tiefen Bedauern, über das Kraft und Weisheit ihres Geistes herrschten. Ihre Ratlosigkeit war herzzerreißend. Die Hoffnung, durch meine Unterwerfung und Hingabe ihre Liebe zu erzwingen, hatte mich lange aufrecht gehalten, aber sie begann, schwächer zu werden; denn, wie alle anerkennend feststellten, hatte ich außerordentliche Fortschritte und erstaunliche Anstrengungen gemacht, aber es fehlte viel daran, daß Edmées Wertschätzung im gleichen Maße gewachsen wäre. Sie hatte über das, was sie meine *hohe Intelligenz* nannte, nicht verwundert gewirkt; sie hatte immer an sie geglaubt, hatte sie mehr gelobt, als gut ist. Aber über meine charakterlichen Mängel, über die Laster meiner Seele hatte sie sich keinen Illusionen hingegeben; sie warf sie mir mit unerbittlicher Sanftheit vor und mit einer Geduld, die geeignet war, mich zu entmutigen; denn sie schien beschlossen zu haben, mich niemals zu lieben, nicht mehr und nicht weniger, was immer von nun an geschehen mochte.

Indesssen machten alle ihr den Hof, und keinem Antrag wurde stattgegeben. In der Gesellschaft erzählte man zwar, daß sie Monsieur de La Marche versprochen sei; aber man verstand ebensowenig wie ich die unbestimmte Verzögerung des Ehebundes. Es wurde behauptet, sie suchte einen Vorwand, sich seiner zu entledigen, und man fand keine andere Begründung für diese Zurückweisung als die, daß man ihr eine große Leidenschaft für mich unterstellte. Meine einzigartige Geschichte hatte Aufsehen erregt, die Frauen beobachteten mich voll Neugier, die Männer bezeugten mir ihr Interesse und eine gewisse Anerkennung, die ich vorgab, zu mißachten, für die ich jedoch empfänglich war, und da in dieser Welt nichts glaubwürdig erscheint, wenn es nicht mit etwas Dichtung ausgeschmückt ist, überschätzte man auf seltsame Weise meinen Geist, meine Befähigung und mein Wissen; aber seit man Monsieur de La Marche und mich in Gegenwart von Edmée gesehen hatte, wurden alle Schlußfolgerungen durch unser gelassenes und ungezwungenes Verhalten zunichte gemacht. Edmée verhielt sich uns gegenüber in der Öffentlichkeit und im Privatleben gleich. Monsieur de La Marche, eine seelenlose und in vollendeter Weise abgerichtete Marionette mit gutem Benehmen; ich, verzehrt von unterschiedlichen Leidenschaften, doch undurchdringlich kraft meines Stolzes und auch, das muß ich zugeben, wegen meiner Beanspruchung des erhabenen *amerikanischen Auftretens*. Ich muß Ihnen sagen, daß ich das Glück hatte, als aufrechter Anhänger der Sache der Freiheit Franklin vorgestellt zu werden. Sir Arthur Lee hatte mich mit einem gewissen Wohlwollen und mit ausgezeichneten Ratschlägen geehrt; mein Kopf war also ebenso verdreht wie bei denjenigen, die ich so unbarmherzig verspottete, bis zu einem Punkte gar, da diese kleine Gloriole meinen Qualen eine notwendige Erleichterung brachte. Sie werden gewiß nicht mit den Schultern zucken, wenn ich Ihnen gestehe, daß es mir die größte Freude der Welt bereitete, meine Haare nicht zu pudern, grobes Schuhwerk zu tragen und mich überall in der allerschlichtesten Kleidung von strenger Sauberkeit und dunkler Farbgebung zu zeigen; mit einem Wort, Kleidung und Gehabe des *guten Richard* so weit nachzuäffen, wie es erlaubt ist, ohne allerdings mit einem *echten Bürgerlichen* verwechselt zu werden! Ich war neunzehn Jahre alt, und ich lebte in einer Zeit, in der jeder eine Rolle zur Schau trug; das ist meine ganze Entschuldigung.

Ich könnte gleichfalls vorbringen, daß mein allzu nachsichtiger Erzieher mir offen beipflichtete, daß mein Onkel Hubert mich gewähren ließ, wobei er sich von Zeit zu Zeit über mich lustig machte, und schließlich, daß Edmée mir hinsichtlich dieser Lächerlichkeit überhaupt nichts sagte und sie nicht wahrzunehmen schien.

Mittlerweile war es Frühling geworden, und wir sollten aufs Land zurückkehren; die Salons leerten sich, und ich befand mich immer noch in der gleichen Ungewißheit. Eines Tages merkte ich, daß Monsieur de La Marche, gegen seinen Willen, den Wunsch offenbarte, mit Edmée allein zu sein. Es machte mir zunächst Spaß, ihn leiden zu lassen, indem ich ungerührt auf meinem Stuhl sitzen blieb; aber ich glaubte, auf Edmées Stirn diese kleine Falte zu sehen, die ich so gut kannte, und nach einem stillen Selbstgespräch ging ich hinaus, entschlossen, die Folgen dieser Zweisamkeit zu beobachten und etwas über mein Schicksal, wie immer es sein mochte, in Erfahrung zu bringen.

Nach einer Stunde kam ich wieder in den Salon; mein Onkel war zurückgekehrt; Monsieur de La Marche blieb zum Diner; Edmée war in Gedanken, aber nicht traurig; der Abbé stellte ihr mit den Augen Fragen, die sie nicht verstand oder nicht verstehen wollte.

Monsieur de La Marche begleitete meinen Onkel zur Comédie Française. Edmée sagte, sie habe zu schreiben und bat um die Erlaubnis, zu Hause zu bleiben. Ich folgte dem Grafen und dem Ritter; aber nach dem ersten Akt machte ich mich heimlich davon und kehrte in die Wohnung zurück. Edmée hatte untersagt, sie zu stören; aber ich bezog dies nicht auf mich; die Dienerschaft fand es ganz natürlich, daß ich mich wie ein Sohn des Hauses verhielt. Ich betrat den Salon und zitterte vor Angst, daß sie sich in ihrem Zimmer aufhielte, denn dorthin hätte ich sie nicht verfolgen können. Sie saß in der Nähe des Kamins und unterhielt sich damit, die blauen und weißen Sternblumen zu entblättern, die ich auf einem Spaziergang am Grab von Jean-Jacques Rousseau gepflückt hatte. Diese Blumen riefen eine Nacht der Begeisterung in mir wach, den Mondschein, die einzigen Stunden des Glücks vielleicht, die in meinem Leben erwähnenswert sind.

»Schon zurück?« sagte sie, ohne sich stören zu lassen. »Schon ist ein recht hartes Wort«, entgegnete ich ihr, »wollen Sie, daß ich mich auf mein Zimmer zurückziehe, Edmée?« »Nein, nein, Sie stören mich überhaupt nicht; aber die Aufführung des *Mérope* hätte Ihnen einen größeren Gewinn gebracht, als wenn Sie heute abend meiner Konversation lauschen; denn ich mache Sie darauf aufmerksam, daß ich wie blöde bin.« »Um so besser, Cousine; so werden Sie mich nicht demütigen, und zum ersten Mal befinden wir uns in einer gleichwertigen Lage. Aber wollen Sie mir nicht sagen, warum Sie meine Sternblumen so mißachten? Ich nahm an, daß Sie sie als Reliquie aufbewahren.« »Wegen Rousseau?« sagte sie boshaft lächelnd, ohne zu mir aufzusehen. »Oh, genauso verstehe ich es«, erwiderte ich. »Ich spiele ein sehr interessantes Spiel«, sagte sie, »stören Sie mich nicht.« »Ich kenne es«, sagte ich, »alle Kinder in der Varenne spielen es, und alle Schäferinnen glauben an den Schicksalsspruch, den dieses Spiel verkündet. Wollen Sie, daß ich Ihnen erkläre, was Sie denken, wenn Sie die jeweils vier Blütenblätter abreißen?«

»Sieh da, ein großer Geisterbeschwörer!«

»*Ein wenig,* so liebt Sie *jemand*; *sehr,* so lieben Sie ihn, *leidenschaftlich* liebt Sie ein anderer; *gar nicht,* so lieben Sie diesen.«

»Und darf man wissen, Herr Prophet«, antwortete Edmée, deren Gesicht ernster wurde, »was *jemand* und *ein anderer* bedeuten? Ich glaube, Sie sind wie diese alten Wahrsagerinnen; Sie selbst kennen den Sinn Ihres Orakels nicht.« »Könnten Sie es nicht erraten, Edmée?« »Ich werde versuchen, das Rätsel zu deuten, wenn Sie mir versprechen, anschließend das zu tun, was die von Ödipus besiegte Sphinx getan hat.« »Oh, Edmée!« rief ich, »lange schon renne ich Ihretwegen und wegen Ihrer Deutungen mit dem Kopf gegen die Wand! Und doch haben Sie nicht ein Mal richtig geraten.« »Oh, mein Gott, doch!« sagte sie und warf den Strauß auf den Kamin, »Sie werden schon sehen. *Ein wenig* liebe ich Monsieur de La Marche, und Sie liebe ich *sehr.* Er liebt mich *leidenschaftlich,* und Sie lieben mich *gar nicht.* Das ist die ganze Wahrheit.«

»Wegen des Wortes *sehr* verzeihe ich Ihnen von ganzem Herzen diese boshafte Deutung«, antwortete ich ihr. Und ich versuchte, ihre Hände zu nehmen; sie zog sie plötzlich zurück, und in Wirklichkeit hatte sie unrecht, denn hätte sie sie mir überlassen, hätte ich mich damit begnügt, sie brüderlich zu drücken; aber diese Art des Mißtrauens weckte in mir Erinnerungen, die gefährlich waren für mich. Ich glaube, daß sie an diesem Abend im Ausdruck und im Verhalten sehr kokett war, und bis dahin hatte ich bei ihr nie die geringste derartige Anwandlung bemerkt. Ohne genau zu wissen weshalb, fühlte ich mich ermutigt, und ich wagte es, über ihre Zusammenkunft mit Monsieur de La Marche anzügliche Bemerkungen zu machen. Sie gab sich keinerlei Mühe, meine Deutungen zurückzuweisen und fing an zu lachen, als ich sie bat, mir für die erlesene Höflichkeit zu danken, mit der ich mich, als ich das Runzeln ihrer Stirn gesehen, zurückgezogen hatte.

Diese wundervolle Leichtfertigkeit fing eben an, mich ein wenig zu irritieren, da trat ein Diener ein, überreichte ihr einen Brief und sagte, man warte auf Antwort. »Rücken Sie den Tisch heran und spitzen Sie mir eine Feder zurecht«, sagte sie zu mir. Und mit unbekümmertem Ausdruck entsiegelte und überflog sie den Brief, während ich, ohne zu wissen, worum es ging, alles vorbereitete, was man zum Schreiben braucht.

Lange schon war die Rabenfeder angespitzt; lange schon war das Papier mit den farbigen Vignetten aus der bernsteinfarbenen Briefmappe genommen, doch Edmée, die nicht darauf geachtet hatte, machte keinerlei Anstalten, sie zu benutzen. Der aufgeschlagene Brief lag auf ihren Knien, ihre Füße ruhten auf dem Feuerbock, die Ellbogen in der von ihr bevorzugten träumerischen Haltung auf den Armlehnen ihres Sessels. Sie war völlig entrückt. Leise sprach ich zu ihr; sie hörte mich nicht. Ich glaubte, daß sie den Brief vergessen habe und eingeschlafen sei. Nach einer Viertelstunde kam der Diener wieder und fragte im Auftrag des Boten, ob es eine Antwort gebe.

»Gewiß«, antwortete sie, »er soll warten.«

Noch einmal las sie mit großer Aufmerksamkeit den Brief und begann, langsam zu schreiben; dann warf sie ihre Antwort ins Feuer, stieß mit dem Fuß ihren Sessel zurück, lief ein paarmal durchs Gemach und blieb plötzlich vor mir stehen und sah mich kalt und streng an.

»Edmée«, rief ich und erhob mich ungestüm, »was haben Sie denn, und in welcher Beziehung zu mir mag der Brief stehen, der Sie so sehr beschäftigt?« »Und was geht Sie das an?« antwortete sie. »Was mich das angeht!« rief ich. »Und was geht mich die Luft an, die ich atme? Was interessiert mich das Blut, das durch meine Adern fließt? Fragen Sie mich das zur rechten Zeit! Aber fragen Sie mich nicht, was für eine Rolle eines Ihrer Worte, einer Ihrer Blicke für mich spielt; denn Sie wissen genau, daß davon mein Leben abhängt.« »Sagen Sie keine Torheiten, Bernard«, erwiderte sie und drehte sich zerstreut zu ihrem Sessel um, »alles zu seiner Zeit.« »Edmée! Edmée! Spielen Sie nicht mit dem schlafenden Löwen, entfachen Sie nicht die unter der Asche schwelende Glut.«

Sie hob die Schultern und begann, mit großer Lebhaftigkeit zu schreiben. Ihre Haut war gerötet, und zuweilen fuhr sie sich mit den Fingern durch das lange Haar, das ihr *in Korkenzieherlocken* auf die Schultern fiel. In dieser Unruhe war sie gefährlich schön: Sie sah aus, als liebe sie; aber wen? Zweifellos den, an den sie schrieb. In meinen Eingeweiden brannte die Eifersucht. Plötzlich verließ ich den Raum und eilte durch das Vorzimmer; ich sah mir den Mann an, der den Brief gebracht hatte; er trug die Livree von Monsieur de La Marche. Daran zweifelte ich nicht; aber die Gewißheit steigerte meine Wut. Ich kehrte in den Salon zurück und warf heftig die Tür zu. Edmée drehte nicht einmal den Kopf; sie schrieb immer noch. Ich setzte mich ihr gegenüber und betrachtete sie mit brennenden Augen. Sie geruhte nicht, mich anzusehen. Auf ihren roten Lippen glaubte ich sogar, ein halbes Lächeln zu entdecken, das meine Angst zu beleidigen schien. Schließlich beendete sie ihren Brief und versiegelte ihn. Ich stand auf und näherte mich ihr. Ich war sehr versucht, ihn ihr aus den Händen zu reißen. Ich hatte gelernt, mich ein wenig mehr als früher zu beherrschen; aber ich fühlte, daß bei leidenschaftlichen Seelen ein einziger Augenblick die Arbeit etlicher Tage umstoßen kann.

»Edmée«, sagte ich bitter und mit einer scheußlichen Grimasse, die ein sarkastisches Lächeln darstellen sollte, »wollen Sie, daß ich diesen Brief dem Lakai von Monsieur de La Marche übermittle und ihm dabei ins Ohr flüstere, um welche Zeit sein Herr zum Rendezvous kommen kann?« »Aber mir scheint«, antwortete sie mit einer Ruhe, die mich aufbrachte, »daß ich die Zeit in meinem Brief hätte angeben können und daß es nicht nötig ist, die Diener darüber zu informieren.« »Edmée, Sie sollten mich etwas mehr schonen!« rief ich. »Darüber mache ich mir nicht die geringsten Gedanken«, antwortete sie.

Und sie warf mir den Brief, den sie erhalten hatte, auf den Tisch und ging hinaus, um dem Boten selbst die Antwort zu überreichen. Ich weiß nicht, ob sie gesagt hatte, ich solle diesen Brief lesen. Ich weiß, daß der Impuls, der mich drängte, es zu tun, unwiderstehlich war. Er war etwa folgendermaßen abgefaßt:

»Edmée, endlich habe ich das fatale Geheimnis entdeckt, das nach Ihrer Auffassung ein unüberwindliches Hindernis für unseren Bund darstellt. Bernard liebt Sie, seine Erregung heute morgen hat ihn verraten. Aber Sie lieben ihn nicht, dessen bin ich sicher ... das ist unmöglich! Sie hätten es mir in aller Offenheit gesagt. Das Hindernis ist also anderswo. Verzeihen Sie mir! Es ist mir gelungen, in Erfahrung zu bringen, daß Sie zwei Stunden in der Räuberhöhle verbracht haben! Sie Unglückliche, Ihr Leid, Ihre Umsicht, Ihr bewundernswertes Zartgefühl ehren Sie in meinen Augen noch mehr. Und warum haben Sie mir nicht von Anfang an gesagt, daß Sie das Opfer eines solchen Unglücks sind? Mit einem Wort hätte ich Ihre und meine Schmerzen gemildert. Ich hätte Ihnen geholfen, Ihr Geheimnis zu verbergen. Ich hätte mit Ihnen geseufzt, oder vielmehr hätte ich die scheußliche Erinnerung durch das Zeugnis einer bedingungslosen Zuneigung ausgelöscht. Aber nichts ist hoffnungslos; es ist immer Zeit, dieses eine Wort zu sagen, und hier ist es: Edmée, ich liebe Sie mehr denn je; mehr denn je bin ich bereit, Ihnen meinen Namen anzubieten; geruhen Sie, ihn zu akzeptieren.«

Der Brief war unterzeichnet Adhémar de La Marche.

Kaum war ich mit dem Lesen fertig, da kam Edmée zurück und näherte sich besorgt dem Kamin, als ob sie einen kostbaren Gegenstand vergessen habe. Ich hielt ihr den Brief hin, den ich eben gelesen hatte, aber sie nahm ihn mit zerstreuter Miene; sie beugte sich über die Feuerstelle und griff hastig nach einem zerknüllten Papier, das die Flamme nur leicht angesengt hatte. Es war ihre erste Antwort auf den Brief von Monsieur de La Marche, die sie nicht für geeignet gehalten hatte, abgeschickt zu werden.

»Edmée«, sagte ich und warf mich ihr zu Füßen, »lassen Sie mich dieses Papier sehen. Wie es auch sein mag, ich werde mich dem Urteil beugen, das Ihnen Ihre erste Eingebung diktiert hat.«

»Wahrhaftig«, sagte sie mit unbestimmbarem Ausdruck, »das würden Sie tun? Wenn ich Monsieur de La Marche lieben und Ihnen ein großes Opfer darbringen würde, indem ich auf ihn verzichte, wären Sie so großmütig, mir mein Wort zurückzugeben?«

Ich zögerte kurz; kalter Schweiß breitete sich auf meinem Körper aus. Ich starrte sie an; ihre undurchdringlichen Augen verrieten die Gedanken nicht. Wenn ich geglaubt hätte, sie liebe mich und unterziehe meine Tugend einer Probe, hätte ich vielleicht den Helden gespielt; aber ich befürchtete eine Falle; die Leidenschaft trug den Sieg davon. Ich verspürte die Kraft nicht, freiwillig auf sie zu verzichten, und Heuchelei war mir zuwider. Ich stand auf und zitterte vor Wut.

»Sie lieben ihn«, rief ich, »geben Sie zu, daß Sie ihn lieben.« »Und wenn dem so wäre«, antwortete sie und steckte das Papier in die Tasche, »wäre das ein Verbrechen?« »Das Verbrechen bestünde darin, daß sie mich bisher belogen hätten, indem Sie mir sagten, daß Sie ihn nicht lieben.« »*Bisher* ist zuviel gesagt«, erwiderte sie und sah mich unverwandt an, »wir haben uns in dieser Hinsicht seit dem vergangenen Jahr nicht mehr ausgesprochen. Zu der Zeit war es gut möglich, daß ich Adhémar nicht besonders liebte, und gegenwärtig könnte es sein, daß ich ihn mehr liebe als Sie. Wenn ich das heutige Verhalten des einen mit dem des anderen vergleiche, so sehe ich auf der einen Seite einen Mann, dem es an Stolz und Feingefühl fehlt und der eine Verpflichtung geltend macht, die mein Herz vielleicht nie gebilligt hat; auf der anderen Seite sehe ich einen bewundernswerten Freund, dessen hoher Opfersinn allen Vorurteilen trotzt, der mich durch eine unauslöschliche Schande beschmutzt glaubt und darum doch nicht weniger darauf besteht, diesen Makel mit seinem Schutz zu bedecken.« »Was, dieser Elende glaubt, daß ich Ihnen Gewalt angetan habe und fordert mich nicht zum Duell?« »Das glaubt er nicht, Bernard; er weiß, daß Sie mich von La Roche-Mauprat haben fliehen lassen; aber er nimmt an, daß Sie mir zu spät geholfen haben und ich das Opfer anderer Briganten geworden bin.« »Und er will Sie heiraten, Edmée? Entweder ist er wirklich ein bewundernswerter Mann, oder er ist höher verschuldet, als man denkt.« »Schweigen Sie«, sagte Edmée wütend. »Nur eine gefühllose Seele und ein verdorbener Geist kann ein großherziges Verhalten auf so abscheuliche Weise erklären. Schweigen Sie, wenn Sie nicht wollen, daß ich Sie hasse.« »Sagen Sie mir, daß Sie mich hassen, Edmée, sagen Sie es ohne Furcht, ich weiß es.« »Ohne Furcht! Sie sollten wissen, daß ich Ihnen nicht die Ehre erweise, Sie zu fürchten. Nun denn, antworten Sie; begreifen Sie, daß Sie mir meine Freiheit geben und auf Ihre barbarischen Rechte verzichten müssen, ohne daß Sie wissen, was ich zu tun beabsichtige.« »Ich begreife nichts, außer daß ich Sie rasend liebe und mit den Fingernägeln das Herz desjenigen zerfetzen werde, der es wagt, Sie mir streitig zu machen: Ich werde Sie zwingen, mich zu lieben, das weiß ich, und wenn es mir nicht gelingt, werde ich zumindest nicht dulden, daß Sie, solange ich lebe, einem anderen gehören. Eher wird man auf meinem von Wunden durchlöcherten, blutigen Körper herumtrampeln, bevor man Ihnen den Ehering an den Finger steckt; ich werde Sie noch mit dem letzten Seufzer entehren und sagen, daß Sie meine Mätresse sind, und so die Freude dessen zunichtemachen, der über mich triumphiert; und wenn ich Sie im Sterben erdolchen kann, so werde ich es tun, damit Sie wenigstens im Grab meine Frau sind. Das habe ich vor, Edmée. Und nun treiben Sie ihr schlaustes Spiel mit mir, führen Sie mich von Falle zu Falle, beherrschen Sie mich mit Ihrer bewundernswerten Politik; ich mag hundertmal der Geprellte sein, weil ich unwissend bin; aber Ihr Ränkespiel wird auf die stets gleiche Weise beendet werden, denn ich habe es beim Namen der Mauprat geschworen.«

»Der Mauprat-Strauchdieb«, antwortete sie mit kalter Ironie und wollte hinausgehen.

Ich war gerade dabei, nach ihrem Arm zu greifen, da ertönte die Klingel; der Abbé kam zurück. Als er erschien, drückte Edmée ihm die Hand und zog sich in ihr Zimmer zurück, ohne noch einmal das Wort an mich zu richten.

Der gute Abbé bemerkte meine Verwirrung und befragte mich mit einer Sicherheit, die ihm hinfort seine Anrechte auf meine Zuneigung verlieh: Aber dieser Punkt war der einzige, über den wir uns nie ausgesprochen haben. Er versuchte es vergebens; er hatte mir keine einzige Geschichtsstunde erteilt, ohne aus berühmten Liebesgeschichten ein Beispiel oder ein Gebot der Mäßigung oder Großzügigkeit zu entlehnen; aber es gelang ihm nicht, über diese Angelegenheit ein Wort aus mir herauszuholen. Ich konnte ihm nicht richtig verzeihen, daß er mir einen schlechten Dienst erwiesen hatte gegenüber Edmée. Ich glaubte zu erraten, daß er es immer noch tat, und ich hütete mich vor seinen philosophischen Argumenten und der Verführung durch seine Freundschaft. An diesem Abend war ich weniger denn je anfechtbar. Ich ließ ihn beunruhigt und bekümmert zurück, ging und warf mich auf mein Bett, wo ich den Kopf in den Decken vergrub, um so das altbekannte Schluchzen zu erticken, das unerbittlich meinen Hochmut und Zorn besiegte.

XIV.

Am nächsten Tag war ich voll düsterer Hoffnungslosigkeit. Edmée war eisig, Monsieur de La Marche kam nicht. Ich glaubte zu bemerken, daß der Abbé zu ihm ging und mit Edmée über das Ergebnis der Unterredung sprach. Im übrigen waren sie vollkommen ruhig, und schweigend erstickte ich meine eigene Unruhe; ich konnte nicht einen Augenblick mit Edmée allein verbringen. Abends begab ich mich zu Fuß zu Monsieur de La Marche. Ich wußte nicht, was ich ihm sagen sollte; ich befand mich in einem Zustand der Erregung, der mich dazu trieb, ohne Ziel und Plan zu handeln. Ich erfuhr, daß er Paris verlassen hatte. Ich ging nach Hause und traf dort meinen Onkel, der sehr traurig war. Als er mich sah, runzelte er die Stirn, und nachdem er ein paar überflüssige und steife Worte mit mir gewechselt hatte, ließ er mich allein mit dem Abbé, der versuchte, mich zum Reden zu bringen, und dabei nicht mehr Erfolg hatte als am Vorabend. Mehrere Tage lang suchte ich eine Gelegenheit, mit Edmée zu sprechen; sie verstand es, diese beharrlich zu vermeiden. Man traf Vorbereitungen für die Abreise nach Sainte-Sévère; sie legte weder Trauer noch Freude an den Tag. Ich entschloß mich, zwei Zeilen zwischen die Blätter ihres Buches zu stecken, um sie um ein Gespräch zu bitten. Nach fünf Minuten erhielt ich die folgende Antwort:

»Ein Gespräch würde zu nichts führen. Sie bestehen auf Ihrer Rücksichtslosigkeit; ich beharre auf meiner Ehrenhaftigkeit. Ein aufrechtes Gewissen kann sich nicht freisprechen. Ich habe geschworen, niemals einem anderen als Ihnen anzugehören. Ich werde nicht heiraten; aber ich habe nicht geschworen, trotz allem Ihnen zu gehören. Wenn Sie meiner Wertschätzung weiterhin unwürdig sind, werde ich es verstehen, frei zu bleiben. Mein armer Vater neigt sich dem Grabe zu; ein Kloster wird mein Asyl sein, wenn das einzige Band gerissen ist, das mich an die Gesellschaft bindet.«

So hatte ich also die Bedingungen erfüllt, die Edmée mir auferlegt hatte, und als Belohnung schlug sie mir vor, damit aufzuhören. Ich war am gleichen Punkt wie am Tag ihrer Unterredung mit dem Abbé.

Den Rest des Tages verbrachte ich eingeschlossen in meinem Zimmer; die ganze Nacht über lief ich erregt hin und her; ich versuchte nicht zu schlafen. Welcher Art meine Überlegungen waren, werde ich Ihnen nicht sagen, sie waren eines Ehrenmannes nicht unwürdig. Gegen Tagesanbruch war ich bei La Fayette. Er besorgte mir die notwendigen Papiere, um Frankreich zu verlassen. Er sagte mir, ich solle in Spanien auf ihn warten, wo er sich nach den Vereinigten Staaten einschiffen wollte. Ich ging in die Wohnung zurück, um so viele Sachen und so viel Geld zu holen, wie sie dem bescheidensten Reisenden unerläßlich sind. Ich ließ eine Nachricht für meinen Onkel zurück, damit er sich keine Sorgen über meine Abwesenheit machte, die ich ihm in Kürze in einem langen Brief zu erklären versprach. Ich bat ihn inständigst, mich bis dahin nicht zu verurteilen und mir zu glauben, daß seine Güte stets in meinem Herzen wohnen werde.

Ich brach auf, bevor irgend jemand im Haus aufgestanden war, denn ich befürchtete, daß mein Entschluß mich beim geringsten Anzeichen von Freundschaft im Stich lassen würde, und ich spürte, daß ich eine allzu großmütige Zuneigung mißbraucht hatte. Ich konnte nicht an Edmées Zimmer vorübergehen, ohne meine Lippen auf das Türschloß zu pressen; dann verbarg ich meinen Kopf in den Händen und begann, wie ein Verrückter zu laufen; erst auf der anderen Seite der Pyrenäen hielt ich an. Dort ruhte ich mich ein wenig aus; und ich schrieb an Edmée, daß sie frei sei und ich keine ihrer Entscheidungen durchkreuzen werde, aber daß es mir unmöglich sei, Zeuge des Triumphs meines Rivalen zu sein. Innerlich war ich davon überzeugt, daß sie ihn liebte, und entschlossen, meine Liebe zu ersticken; ich versprach mehr, als ich halten konnte; doch die ersten Reaktionen meines gekränkten Hochmuts gaben mir Vertrauen in mich selbst. Ich schrieb auch an meinen Onkel und sagte ihm, daß ich mich seiner grenzenlosen Güte mir gegenüber nicht für würdig hielte, solange ich nicht meine Sporen als Ritter verdient hätte. Mit der ganzen Naivität meines Hochmuts berichtete ich ihm von meinen Hoffnungen auf Ruhm und Kriegsglück, und da ich annahm, Edmée würde diesen Brief lesen, heuchelte ich ungetrübte Freude und reuelose Begeisterung. Ich wußte nicht, ob mein Onkel die wahren Gründe für meine Abreise kannte; aber mein Stolz erlaubte es mir nicht, sie ihm zu gestehen. Was den Abbé betrifft, war es ebenso; ihm schrieb ich übrigens einen Brief voller Dankbarkeit und Zuneigung. Am Schluß bat ich meinen Onkel eindringlich, er solle um meinetwillen keinerlei Ausgaben für den traurigen Bergfried von La Roche-Mauprat tätigen, indem ich versicherte, daß ich mich niemals würde entschließen können, dort zu wohnen, und er möge das von ihm aufgekaufte Lehensgut als Besitz seiner Tochter betrachten. Ich bat ihn nur, er solle mir die Einkünfte von zwei oder drei Jahren aus meinem Anteil vorstrecken, damit ich die Ausgaben tätigen könne für meine Ausrüstung, denn meine Hingabe an die amerikanische Sache solle dem edlen La Fayette keine Kosten verursachen.

Mit meinem Verhalten und meinen Briefen war man zufrieden. Als ich an der spanischen Küste ankam, erhielt ich von meinem Onkel einen Brief voll mit Ermutigungen und sanften Vorwürfen wegen meiner plötzlichen Abreise. Er erteilte mir seinen väterlichen Segen, erklärte bei seiner Ehre, das Gut von La Roche-Mauprat werde niemals von Edmée übernommen werden und schickte mir eine beträchtliche Summe, ohne mein künftiges Einkommen anzutasten. Der Abbé fügte den nämlichen Vorhaltungen noch wärmere Ermutigungen hinzu. Es war unschwer zu erkennen, daß er Edmées Ruhe den Vorzug gab vor meinem Glück und eine wahre Freude über meine Abreise empfand. Indessen liebte er mich, und die Freundschaft fand auf ergreifende Weise durch die grausame Befriedigung hindurch ihren Ausdruck, und beide vermischten sich miteinander. Er beneidete mich um mein Los; er begeisterte sich für die Sache der Unabhängigkeit und behauptete, mehr als einmal versucht gewesen zu sein, den Orden zu verlassen und die Muskete zu nehmen; aber dies war von seiner Seite her eine kindliche Neigung. Sein sanftes und schüchternes Wesen blieb immer das des Priesters unter dem Mantel des Philosophen.

Ein schmales Billett ohne Aufschrift befand sich zwischen den beiden Briefen, so, als sei es nachträglich dorthin geschlüpft. Ich begriff, daß es von der einzigen Person stammte, die mich auf dieser Welt wirklich interessierte, aber mir fehlte der Mut, es zu öffnen. Ich lief am Sandstrand entlang, drehte das winzige Papier in meiner zitternden Hand hin und her und fürchtete, wenn ich es las, diese gewisse verzweifelte Ruhe zu verlieren, die ich durch meinen Mut gefunden hatte. Vor allem hatte ich Angst vor ihrem Dank und dem Ausdruck begeisterter Freude, hinter der ich eine andere, befriedigte Liebe wahrgenommen hätte. »Was mag sie mir schreiben?« sagte ich; »warum schreibt sie mir? Ich will ihr Mitleid nicht und noch weniger ihre Dankbarkeit.« Ich war versucht, dieses schicksalhafte Billett ins Meer zu werfen. Einmal hielt ich es sogar über die Wellen; doch sogleich drückte ich es an mein Herz und hielt es dort einige Augenblicke lang verborgen, so, als glaubte ich an diesen okkulten Blick der Anhänger des Magnetismus, die behaupten, mit den Organen des Fühlens und Denkens ebensogut zu sehen wie mit den Augen.

Endlich entschloß ich mich, das Siegel zu erbrechen, und ich las die folgenden Worte: »Du hast richtig gehandelt, Bernard; aber ich danke Dir nicht, denn unter Deiner Abwesenheit werde ich mehr leiden, als ich es auszudrücken vermag. Geh trotzdem, wohin Deine Ehre und die Liebe zur heiligen Wahrheit Dich rufen; meine Wünsche und Gebete begleiten Dich überallhin. Komme zurück, wenn Dein Auftrag vollbracht ist, Du wirst in mir weder eine Ehefrau noch eine Nonne antreffen.« Sie hatte dem Billett den Karneolring beigefügt, den sie mir während meiner Krankheit überlassen hatte und den ich ihr, als ich Paris verließ, zurückgeschickt hatte. Ich ließ aus Gold ein kleines Kästchen anfertigen, in das ich das Billett und den Ring legte und wie ein Skapulier am Körper trug. La Fayette, der in Frankreich auf Befehl der Regierung, die sich seiner Expedition widersetzte, verhaftet worden war, traf bald, nachdem er aus dem Gefängnis entflohen war, mit uns zusammen. Ich hatte genügend Zeit für meine Vorbereitungen; voller Trauer, Ehrgeiz und Hoffnung ging ich unter Segel.

Sie erwarten gewiß nicht von mir, daß ich Ihnen einen Bericht vom amerikanischen Krieg gebe. Auch jetzt wieder trenne ich, wenn ich meine Abenteuer erzähle, mein Leben von den geschichtlichen Begebenheiten. Aber ich werde hier sogar meine persönlichen Erlebnisse unterdrücken; sie stellen in meinem Gedächtnis ein gesondertes Kapitel dar, in dem Edmée die Rolle einer Madonna spielt, die ich ständig anflehe, die jedoch unsichtbar bleibt. Ich kann mir nicht vorstellen, daß es Sie auch nur im geringsten interessiert, Teile der Begebenheiten meines Berichts zu hören, in denen diese engelsgleiche Gestalt, die allein würdig ist, Ihre Aufmerksamkeit zu beschäftigen, sowohl um ihrer selbst willen, aber auch durch ihre Wirkung auf mich völlig abwesend ist. Ich sage Ihnen nur, daß ich nach den unteren Rängen, die ich zu Beginn in der Armee Washingtons freudig eingenommen hatte, ordnungsgemäß, aber schnell den Rang eines Offiziers erreichte. Meine militärische Ausbildung ging rasch vonstatten. Ich begab mich, wie bei allem, was ich im Leben begonnen habe, voll und ganz hinein; und da mein Wollen hartnäckig war, besiegte ich die Schwierigkeiten.

Ich gewann das Vertrauen meiner berühmten Vorgesetzten. Durch meine ausgezeichnete Konstitution war ich für die Strapazen des Krieges geeignet; meine alten Gewohnheiten als Brigant waren mir sogar eine unerschöpfliche Hilfe; die Mißerfolge trug ich mit einer Ruhe, über die nicht alle jungen Franzosen verfügten, die sich mit mir eingeschifft hatten, wie ungewöhnlich ihr Mut auch sonst sein mochte.

Der meine war kalt und zäh, zur großen Überraschung unserer Verbündeten, die mehr als einmal an meiner Herkunft zweifelten, wenn sie sahen, wie schnell ich mich in den Wäldern auskannte, und mit wieviel List und Vorsicht ich mit den Wilden zu kämpfen verstand, die zuweilen unsere Manöver störten.

Bei all meiner Arbeit und meinen Versetzungen hatte ich das Glück, in enger Vertrautheit mit einem verdienstvollen jungen Mann, den die Vorsehung mir als Kameraden und Freund zugesellt hatte, meinen Geist zu bilden. Die Liebe zu den Naturwissenschaften hatte ihn zu unserer Expedition geführt, und er verhielt sich wie ein guter Soldat; aber es war leicht zu sehen, daß die politische Überzeugung bei seiner Entscheidung nur eine untergeordnete Rolle spielte. Er hatte keinerlei Wunsch voranzukommen und keine Begabung für strategische Überlegungen. Sein Herbarium und seine zoologischen Beobachtungen beschäftigten ihn mehr als die Kriegserfolge und der Sieg der Freiheit. Bei gegebenem Anlaß schlug er sich zu gut, um je den Vorwurf der Laschheit zu verdienen; aber bis zum Tag vor dem Kampf und vom folgenden an schien er nicht zu wissen, daß es um etwas anderes ging als um eine wissenschaftliche Exkursion in den Savannen der Neuen Welt. Sein Felleisen war stets voll, nicht mit Geld und Kleidungsstücken, sondern mit Proben aus der Naturgeschichte; und während wir im Gras lagen und aufmerksam auf das geringste Geräusch lauschten, welches uns das Nahen des Feindes anzeigte, war er in die Analyse einer Pflanze oder eines Insekts vertieft. Er war ein bewundernswerter junger Mann, rein wie ein Engel, gleichgültig wie ein Stoiker, geduldig wie ein Gelehrter und bei all dem fröhlich und liebevoll. Wenn wir durch einen Überfall in Gefahr gerieten, galten seine Sorge und Ausrufe nur den kostbaren Kieseln und unschätzbaren Grashalmen, die er auf dem Rücken trug: Wenn hingegen einer von uns verletzt war, pflegte er ihn mit einer Güte und einem Eifer, die unvergleichlich waren.

Eines Tages sah er das goldene Kästchen, das ich unter meiner Kleidung versteckt trug, und er bat mich inständig, es ihm zu überlassen, damit er ein paar Fliegenbeine und Grillenflügel hineintun könne, die er bis zum letzten Blutstropfen verteidigt hätte. Ich brauchte meine ganze Ehrfurcht vor den Reliquien der Liebe, um dem Flehen der Freundschaft zu widerstehen. Alles, was er von mir erreichen konnte, war, daß er eine sehr hübsche, kleine Pflanze, die er als erster entdeckt zu haben behauptete, in mein kostbares Behältnis legen konnte, die allerdings nur unter der Bedingung neben dem Billett und dem Karneolring Asylrecht erhielt, daß sie *Edmea sylvestris* genannt wurde. Er war einverstanden; er hatte einem schönen, wilden Apfelbaum den Namen Samuel Adams verliehen, den von Franklin ich weiß nicht welcher arbeitsamen Biene, und nichts gefiel ihm mehr, als seine edle Begeisterung mit seinen erfinderischen Beobachtungen zu vereinen.

Die Anhänglichkeit, die ich ihm gegenüber empfand, war umso lebhafter, als dies meine erste Freundschaft mit einem gleichaltrigen Mann war. Der Zauber, den ich in dieser Beziehung fand, enthüllte mir eine Seite des Lebens, der Fähigkeiten und Bedürfnisse der Seele, die ich nicht kannte.

Da ich mich in meiner Liebe zum Rittertum niemals von den ersten Eindrücken meiner Kindheit lösen konnte, gefiel ich mir darin, ihn meinen Waffenbruder zu nennen, und ich wollte, daß er mich auch so nannte, unter Ausschluß eines jeden anderen vertrauten Freundes. Er erklärte sich mit einer Hingabe des Herzens einverstanden, die mir bewies, wie stark die Sympathie zwischen uns war. Er behauptete, ich sei wegen meiner Eignung für das Nomadenleben und für harte Expeditionen zum Naturforscher geboren. Er warf mir ein gewisses Vorurteil vor und war mir ernsthaft böse, wenn ich gedankenlos auf interessanten Pflanzen herumtrat; aber er versicherte mir, daß ich mit einem methodischen Geist begabt sei und eines Tages zwar nicht eine Theorie der Natur, so doch ein *ausgezeichnetes* Klassifikationssystem erfinden könne. Seine Vorhersage erfüllte sich nicht, aber seine Ermutigungen weckten in mir die Lust am Studium und hinderten meinen Geist daran, durch das Lagerleben wieder in den Zustand der Lähmung zu fallen. Für mich war er ein Sendbote des Himmels; ohne ihn wäre ich zwar nicht mehr der Strauchdieb von La Roche-Mauprat geworden, aber zumindest der Wilde aus der Varenne. Seine Lehren belebten in mir das Gefühl eines intellektuellen Lebens. Er bereicherte meine Gedanken und veredelte gleichermaßen meine Triebe; denn wenn auch eine wunderbare Rechtschaffenheit und seine gewohnte Bescheidenheit ihn davon abhielten, sich in philosophische Diskussionen zu stürzen, hegte er doch eine angeborene Liebe zur Gerechtigkeit, und mit unfehlbarem Scharfblick entschied er in allen Fragen des Gefühls und der Moral. Er übte einen Einfluß auf mich aus, den der Abbé niemals hätte erreichen können wegen der Bedingungen, die uns unser wechselseitiges Mißtrauen von Anfang an auferlegt hatte. Er zeigte mir einen großen Teil der physikalischen Welt; aber das Kostbarste, das er mich lehrte, war, mich mit der Selbsterkenntnis vertraut zu machen und über meine Eindrücke nachzudenken. Es gelang mir bis zu einem gewissen Punkt, meine Erregungen zu beherrschen. Was Hochmut und Gewalttätigkeit betraf, so besserte ich mich niemals. Das Wesen des eigenen Seins ändert man nicht, aber man lenkt seine verschiedenen Fähigkeiten zum Guten; man gelangt beinahe dahin, die eigenen Fehler zu nutzen; im übrigen ist dies das große Geheimnis und das große Problem der Erziehung.

Die Gespräche mit dem guten Arthur führten mich zu derartigen Überlegungen, daß es mir gelang, die Motive von Edmées Verhalten logisch aus all meinen Erinnerungen abzuleiten. Ich fand sie groß und gütig, insbesondere in den Punkten, die mich, weil ich sie falsch gesehen und bewertet, am stärksten verletzt hatten. Ich liebte sie darum nicht mehr, das war unmöglich; aber es gelang mir zu verstehen, warum ich sie so unerschütterlich liebte, trotz all der Leiden, die sie mir auferlegt hatte. Diese heilige Flamme brannte in meiner Seele, ohne auch nur einen Augenblick lang schwächer zu werden in den sechs Jahren unserer Trennung. Trotz der Maßlosigkeit des Lebens, die mein Sein überflutete, trotz der Reize einer wollüstigen äußeren Natur, trotz der schlechten Beispiele und zahlreichen Gelegenheiten, die die menschliche Schwäche in der Freiheit des fahrenden und militärischen Lebens hervorrufen, blieb das Gewand meiner Unschuld unbeschädigt, da nehme ich Gott zum Zeugen, und ich erlebte nicht einmal den Kuß einer Frau. Arthur, der wegen der ruhigen Veranlagung nicht so stark heimgesucht wurde und den die Geistestätigkeit beinahe vollkommen beanspruchte, war nicht immer so enthaltsam; und er forderte mich sogar mehrfach auf, nicht die Gefahren eines außergewöhnlichen Lebens auf mich zu nehmen, das im Gegensatz zum Wunsch der Natur stünde. Als ich ihm anvertraute, daß eine große Leidenschaft jede Schwäche von mir fernhalte und jeden Fall unmöglich mache, da hörte er auf, gegen das anzukämpfen, was er meinen Fanatismus nannte (dies war ein sehr modernes Wort, das man unterschiedslos auf alles anwendete), und ich merkte, daß er eine tiefe Wertschätzung für mich empfand, ich würde sogar sagen, eine Art Hochachtung, die sich nicht in Worten ausdrückte, sondern in tausend kleinen Bezeugungen von Zustimmung und Rücksicht sichtbar wurde.

Eines Tages, als er mir erzählte, welch große Macht die äußere Sanftheit, vereint mit einem unerschütterlichen Willen ausübe, wobei er beispielhaft das Gute und das Schlechte in der Geschichte der Menschen anführte, vor allem die Sanftmut der Apostel und die Heuchelei der Priester aller Religionen, da kam mir der Gedanke, ihn zu fragen, ob ich bei dem Ungestüm meines Blutes und meinem hitzigen Charakter jemals Einfluß nehmen werde auf irgend jemanden, der mir nahe stünde. Als ich mich dieser letzten Worte bediente, dachte ich nur an Edmée. Arthur antwortete mir, ich übe einen anderen Einfluß aus als den der Sanftmut. »Nämlich den der natürlichen Güte. Wärme der Seele, Energie und beharrliche Zuneigung, das ist es, was man im Familienleben braucht, und diese Qualitäten bringen es mit sich, daß gerade diejenigen unsere Fehler lieben, die am meisten darunter leiden. Wir müssen aus Liebe zu denen, die uns lieben, versuchen, uns zu besiegen; doch sich ein System der Mäßigung in der Liebe oder Freundschaft aufzuerlegen, das wäre, so denke ich, ein kindlicher Versuch und ein egoistisches Handeln, welche zunächst die Zuneigung in uns selbst und bald danach in den anderen töten würden. Von wohl überlegter Bescheidenheit sprach ich zu Ihnen nur hinsichtlich der Anwendung von Autorität über die Massen. Nun, sollten Sie je den Ehrgeiz besitzen ...« »Sie glauben also«, sagte ich, ohne dem letzten Teil seiner Rede zuzuhören, »daß ich, so wie Sie mich kennen, eine Frau glücklich machen und sie dazu bringen könnte, mich zu lieben, trotz meiner Fehler und des Unrechts, das aus ihnen folgt?«

»Oh, was für ein verliebter Kopf!« rief er, »wie schwer es ist, Sie auf andere Gedanken zu bringen! ... Wenn Sie wollen, Bernard, werde ich Ihnen sagen, was ich über Ihre Liebe denke. Die Person, die Sie so leidenschaftlich lieben, liebt auch Sie, es sei denn, daß sie zur Liebe nicht fähig ist oder daß ihr jede Urteilskraft fehlt.«

Ich versicherte, daß sie so hoch über allen anderen Frauen stehe wie der Löwe über dem Eichhörnchen, wie die Zeder über dem Ysop, und mit diesen Metaphern gelang es mir, ihn zu überzeugen. Daraufhin forderte er mich auf, ihm einige Einzelheiten anzuvertrauen, damit er, so sagte er, meine Lage im Hinblick auf Edmée beurteilen könne. Ohne Vorbehalte öffnete ich ihm mein Herz und erzählte ihm meine Geschichte vom Anfang bis zum Ende. Wir befanden uns am Rande eines schönen Urwaldes in den letzten Strahlen der untergehenden Sonne. Der Park von Sainte-Sévère mit seinen schönen majestätischen Eichen, in die niemals eine Axt eingedrungen war, breitete sich in meinen Gedanken aus, während ich die Bäume dieser Wildnis betrachtete, die von jeglicher Kultivierung frei waren und sich mit Kraft und ursprünglicher Anmut über unseren Köpfen ausdehnten. Der flammende Horizont erinnerte mich an die abendlichen Besuche in der Hütte von Patience, an Edmée, wie sie unter dem goldenen Weinlaub saß; und der Gesang der munteren Sittiche ließ mich an die schönen, exotischen Vögel denken, die sie in ihrem Zimmer hielt. Ich weinte, als ich daran dachte, wie fern mein Vaterland war, wie weit der Ozean, der uns trennte und der schon so viele Pilger in dem Augenblick, als sie die heimatlichen Gestade begrüßten, verschlungen hatte. Ich dachte auch an die Wechselfälle des Schicksals, die Gefahren des Krieges, und zum ersten Mal hatte ich Angst zu sterben; denn mein lieber Arthur, der meine Hand zwischen den seinen hielt, versicherte mir, daß ich geliebt werde, und er sehe in jedem Anzeichen von Härte und Mißtrauen einen neuen Liebesbeweis. »Du Kind«, sagte er, »wenn sie dich nicht heiraten wollte, siehst du nicht, daß sie hundert Möglichkeiten gehabt hätte, sich für immer von deinen Ansprüchen zu befreien? Und wenn sie nicht eine unerschöpfliche Zärtlichkeit für dich empfände, hätte sie sich dann so viel Mühe gegeben und so viele Opfer auferlegt, um dich aus der Schande, in der sie dich fand, herauszuholen, damit du ihrer würdig bist? Nun, siehst du denn nicht, der du nur von alten Heldentaten fahrender Ritter träumst, daß du ein edler Recke bist, von seiner Dame verurteilt zu harten Liebesbeweisen, weil er dem Gesetz der Galanterie nicht gehorchte, als er im herrischen Ton Liebe forderte, die man auf Knien erflehen muß?«

Er begann mit einer detaillierten Prüfung meiner Vergehen und fand die Strafen hart, aber gerecht; dann diskutierte er die Wahrscheinlichkeiten der Zukunft und gab mir den ausgezeichneten Rat, mich zu unterwerfen, bis man den richtigen Zeitpunkt für gekommen hielte, um mich freizusprechen.

»Aber«, sagte ich, »ist es denn nicht eine Schande, daß ein reifer Mann, wie ich es jetzt bin, durch Nachdenken und hart geprüft durch den Krieg, sich wie ein Kind der Laune einer Frau unterwirft?«

»Nein«, antwortete Arthur mir, »das ist keineswegs eine Schande, und das Verhalten dieser Frau wird nicht von einer Laune diktiert. Nur die Ehre kann das geschehene Böse wiedergutmachen, und wie wenige Männer sind dazu fähig!

Es ist nur gerecht, daß der verletzte Anstand seine Rechte und seine natürliche Unabhängigkeit einklagt. Sie haben sich verhalten wie Albion, wundern Sie sich nicht, daß Edmée sich wie Philadelphia verhält. Sie wird sich nur zu den Bedingungen eines ruhmreichen Friedens ergeben, und sie hat recht.«

Er wollte wissen, wie Edmée sich mir gegenüber in den zwei Jahren, die wir in Amerika waren, verhalten hatte. Ich zeigte ihm die seltenen kurzen Briefe, die ich von ihr bekommen hatte. Er war überrascht von ihrem großen Verstand und der vollkommenen Redlichkeit, die ihm aus der Vornehmheit und männlichen Genauigkeit des Stils hervorzutreten schienen. Edmée gab mir kein Versprechen und ermutigte mich nicht durch eine unmittelbare Hoffnung; aber sie bezeugte den lebhaften Wunsch nach meiner Rückkehr und sprach vom Glück, das wir *alle* genießen würden, sobald wir am Kamin vereint seien und meine ungewöhnlichen Berichte die Abende im Schloß verlängerten; sie zögerte nicht, mir zu sagen, daß ich, neben ihrem Vater, die *einzige Sorge ihres Lebens* sei. Und dennoch verfolgte mich trotz einer so beständigen zärtlichen Zuneigung ein furchtbarer Verdacht. In den kurzen Briefen meiner Cousine wie in denen ihres Vaters, wie auch in den langen, zärtlichen und blumigen Episteln des Abbé Aubert machte man mir niemals eine Mitteilung über das, was in der Familie geschah und geschehen sollte. Jeder hielt mich über sich selbst auf dem laufenden, und niemals sagten sie mir ein Wort über die anderen, allerhöchstens erwähnte man die Gichtanfälle des Ritters. Es gab so etwas wie eine Abmachung, gültig für jeden der drei, mir nichts über die Beschäftigungen und die geistige Verfassung der beiden anderen zu sagen.

»Erkläre mir das und beruhige mich, wenn du kannst«, sagte ich zu Arthur. »Es gibt Augenblicke, da stelle ich mir vor, daß Edmée verheiratet und man übereingekommen ist, es mir erst bei meiner Rückkehr zu sagen; denn schließlich, wer hindert sie daran? Ist es denn wahrscheinlich, daß sie mich genug liebt, um aus Liebe zu mir in Einsamkeit zu leben, während diese Liebe, den Prinzipien einer kalten Vernunft und eines strengen Gewissens unterworfen, sich damit bescheiden muß, zuzusehen, wie mit dem Krieg sich meine Abwesenheit endlos in die Länge zieht? Ich habe hier Pflichten zu erfüllen; die Ehre erfordert, daß ich meine Fahne bis zum Tag des Sieges verteidige oder bis zur unwiderruflichen Niederlage der Sache, der ich diene; aber ich fühle, daß ich Edmée dieser eitlen Ehre vorziehe und meinen Namen dem Spott und Fluch der Welt preisgäbe, um sie eine Stunde früher zu sehen.« »Diesen letzten Gedanken legt Ihnen die Heftigkeit Ihrer Leidenschaft nahe«, antwortete Arthur lächelnd, »aber Sie würden so nicht handeln, wenn die Gelegenheit sich ergäbe. Sobald wir uns mit einer einzigen unserer Fähigkeiten auseinandersetzen, halten wir die anderen für nichtig; aber sollte ein äußerer Schock sie wiedererwecken, sehen wir, daß unsere Seele in mehreren Dingen gleichzeitig lebt. Sie sind nicht unempfänglich gegenüber dem Ruhm, Bernard, und wenn Edmée Sie aufforderte, auf ihn zu verzichten, würden Sie feststellen, daß er Ihnen wichtiger ist, als Sie glaubten; Sie haben leidenschaftliche republikanische Überzeugungen, und es war Edmée, die sie Ihnen als erste nahegebracht hat. Was würden Sie von ihr denken, und welche Wirkung hätte es, wenn sie Ihnen heute sagte: ›Es gibt, höher angesiedelt als die Religion, die ich Ihnen gepredigt, und als die Götter, die ich vor Ihnen enthüllt habe, eine noch erhabenere und heiligere Sache, das ist mein Vergnügen?‹ Bernard, Ihre Liebe ist voller widersprüchlicher Anforderungen. Die Inkonsequenz ist übrigens jeder menschlichen Liebe eigen. Die Männer wünschen sich, daß die Frau aus sich heraus keine Lebenswirklichkeit habe und stets in ihnen aufgehen müsse, und dennoch lieben sie mit Kraft nur die Frau, die sich durch ihren Charakter über die Schwäche und Passivität ihres Geschlechts zu erheben scheint. In diesem Landstrich sehen Sie, wie alle Kolonisten über die Schönheit ihrer Sklavinnen verfügen, aber sie lieben sie nicht, so schön sie auch sein mögen; und wenn sie zufällig eine von ihnen liebgewinnen, ist es ihr erstes Begehren, sie freizulassen. Bis dahin glauben sie, es nicht mit einem menschlichen Wesen zu tun zu haben. Der Geist der Unabhängigkeit, der Begriff der Tugend und die Liebe zur Pflicht, ein Privileg der erhabenen Seelen, ist also bei einer Gefährtin erforderlich; und je mehr Kraft und Geduld Ihnen Ihre Geliebte zeigt, desto mehr lieben Sie sie, trotz Ihres Leids. Lernen Sie also, die Liebe vom Begehren zu unterscheiden; das Begehren will die Hindernisse, die es anziehen, zerstören; und es stirbt auf den Trümmern einer besiegten Tugend; die Liebe will leben, und darum will sie das Objekt ihrer Anbetung auf lange Zeit verteidigt sehen hinter dieser diamantenen Mauer, deren Kraft und Glanz der Schönheit ihren Wert geben.«

So also erklärte Arthur mir die geheimnisvollen Quellen meiner Leidenschaft und beleuchtete mit dem Licht seiner Weisheit die dunklen Gewitter meiner Seele. Manchmal fügte er hinzu: »Hätte der Himmel mir die Frau geschenkt, von der ich zuweilen geträumt habe, so hätte ich es, glaube ich, verstanden, aus meiner Liebe eine edle und großzügige Leidenschaft zu machen; aber die Wissenschaft nimmt zu viel Zeit in Anspruch: Ich hatte nicht die Muße, mein Ideal zu suchen, und wenn ich es getroffen habe, so konnte ich es weder erforschen noch erkennen. Dieses Glück ist Ihnen zuerkannt, Bernard; aber Sie werden nicht die Naturgeschichte vertiefen: Ein Mann allein kann nicht alles haben.«

Was meine Mutmaßungen über Edmées Heirat betrifft, die ich befürchtete, so wies er sie als krankhafte Besessenheit in weite Ferne. Im Gegenteil, Edmées Schweigen galt ihm als Ausdruck einer bewundernswerten Empfindsamkeit in Verhalten und Gefühlen. »Eine eitle Person wäre darum bemüht«, sagte er, »Sie von allen Opfern zu unterrichten, die sie Ihnen bringt, Ihnen Titel und Stand ihrer Bewerber aufzuzählen, die sie zurückweist; aber Edmée ist eine zu erhabene Seele, ein zu ernsthafter Geist, um diese belanglosen Einzelheiten zu erwähnen. Sie betrachtet Ihre Abmachungen als unverletzlich und ahmt schwache Gewissen nicht nach, die stets von ihren Siegen reden, um aus dem, was wahre Stärke mit Leichtigkeit findet, für sich selbst ein Verdienst zu machen. Sie ist so treu geboren, daß sie sich nicht einmal vorstellt, man könne sie verdächtigen, es nicht zu sein.«

Diese Gespräche waren heilender Balsam für meine Seele. Als Frankreich endlich offen seine Allianz mit der amerikanischen Sache beschloß, erfuhr ich vom Abbé eine Neuigkeit, die mich über einen gewissen Punkt ganz und gar beruhigte. Er schrieb mir, ich werde in der *Neuen Welt* wahrscheinlich einen *alten Freund* wiederfinden. Der Comte de La Marche habe ein Regiment erhalten und reise nach den Vereinigten Staaten ab. *»Unter uns gesagt«*, fügte der Abbé hinzu, »er brauchte es dringend, sich eine Stellung zu schaffen. Dieser junge Mann, obgleich bescheiden und klug, besaß stets die Schwäche, einem Vorurteil seiner Familie nachzugeben. Er schämte sich seiner Armut und versteckte sie, als sei es die Lepra, so daß er sich schließlich vollends ruiniert hat, weil er seinen fortschreitenden Ruin nicht sichtbar werden lassen wollte. In der Gesellschaft schreibt man seinen Bruch mit Edmée diesen Schicksalsschlägen zu, und man geht so weit, zu behaupten, er sei wenig verliebt gewesen in ihre Person, sehr jedoch in ihre Mitgift. Ich kann mich nicht entschließen, ihm niedere Absichten zu unterstellen, und ich glaube ganz einfach, daß er Leiden durchgemacht hat, zu denen falsche Sichtweisen über den Preis der Güter dieser Welt geführt haben. Wenn Sie ihn treffen, so wünscht Edmée, daß Sie ihm Interesse bezeugen und ihm gegenüber dasselbe zum Ausdruck bringen, welches sie ihm stets entgegengebracht hat. Das Verhalten Ihrer bewundernswerten Cousine war hier wie in allen Dingen voller Sanftmut und Würde.«

XV.

Am Tag vor der Abreise von Monsieur de La Marche, nachdem der Abbé den Brief abgeschickt hatte, gab es in der Varenne einen unbedeutenden Vorfall, der mir in Amerika eine angenehme und freudige Überraschung bereitete, und der in bemerkenswerter Weise mit den wichtigsten Begebenheiten meines Lebens verknüpft war, wie Sie später sehen werden.

Obgleich ich bei der unglücklichen Geschichte von Savannah ziemlich schwer verletzt wurde, war ich in Virginia unter dem Befehl des Generals Greene besonders damit beschäftigt, die Reste der Armee von Gates zu sammeln, der in meinen Augen ein größerer Held war als sein unglücklicher Rivale Washington. Wir hatten gerade von der Landung des Geschwaders unter Monsieur de Ternay gehört, und die Trauer, die uns in dieser Zeit der Rückschläge und Verzweiflung erfaßt hatte, begann sich aufzulösen angesichts der Hoffnung auf eine beträchtlichere Unterstützung, als sie uns tatsächlich zuteil wurde. Ich ging unweit des Lagers mit Arthur im Wald spazieren, und wir nutzten diese kurze Atempause, um uns endlich über etwas anderes als über Cornwallis und den ehrlosen Arnolds zu unterhalten. Nachdem das Schauspiel des Elends der amerikanischen Nation und die Furcht davor, zusehen zu müssen, wie Ungerechtigkeit und Habgier über die Sache der Völker triumphierten, uns lange Zeit betrübt hatten, gaben wir uns nun einer süßen Heiterkeit hin. Sobald ich eine Mußestunde hatte, vergaß ich meine harte Arbeit und floh in die Oase meiner Gedanken, zur Familie in Sainte-Sévère. Wie es in diesen Stunden meine Gewohnheit war, erzählte ich dem liebenswürdigen Arthur eine possenhafte Szene aus den Anfängen meines Lebens nach La Roche-Mauprat. Bald beschrieb ich ihm meinen ersten Anzug, bald Mademoiselle Leblancs Verachtung und Schrecken gegenüber meiner Person und ihre Empfehlungen an ihren Freund Saint-Jean, sich mir stets nur auf Armlänge zu nähern. Ich weiß nicht, wie es kam, daß inmitten dieser unterhaltsamen Gestalten die des feierlichen Hidalgo Marcasse in meiner Phantasie auftauchte, ich fing an, ein getreues und detailliertes Gemälde seiner Kleidung, seines Gangs und der Sprechweise dieser rätselhaften Persönlichkeit anzufertigen. Nicht weil Marcasse wirklich so komisch gewesen wäre, drängte er sich in meine Phantasie; aber mit zwanzig Jahren ist ein Mann noch ein Kind, insbesondere, wenn er Soldat und eben großen Gefahren entkommen ist, und die Wiedereroberung seines eigenen Lebens erfüllt ihn mit unbekümmertem Stolz. Arthur lachte beim Zuhören aus voller Brust und versicherte mir, er gäbe die ganze Ausrüstung des Naturwissenschaftlers für ein so seltsames Tier, wie ich es gerade beschrieben hatte. Die Freude, die es ihm bereitete, meine Kindereien zu teilen, gab mir Auftrieb, und ich weiß nicht, ob ich dem Wunsch hätte widerstehen können, mein Modell ein wenig zu karikieren, als wir uns plötzlich an einer Wegbiegung einem hochgewachsenen Mann gegenüber sahen, der ärmlich gekleidet und erbärmlich abgemagert war und mit ernstem und nachdenklichem Ausdruck auf uns zukam, in der Hand einen langen, nackten Degen, dessen Spitze friedlich gen Boden gesenkt war. Diese Gestalt ähnelte so sehr derjenigen, die ich gerade beschrieben hatte, daß Arthur, verblüfft über diesen Zufall, von einem unstillbaren Lachen ergriffen wurde, ein wenig zur Seite ging, um den Doppelgänger von Marcasse vorbeigehen zu lassen, und sich in seinem krampfartigen Lachanfall ins Gras warf.

Ich meinerseits lachte nicht, denn das scheinbar Übernatürliche überrascht den Mann, der an Gefahren gewöhnt ist, umso mehr. Das Bein voran, starren Blicks, den Arm vorgestreckt, so gingen wir aufeinander zu, ich und er, nicht der Schatten von Marcasse, sondern die achtbare Persönlichkeit des Hidalgo, des Maulwurffängers in Fleisch und Blut.

Ich war vor Überraschung wie versteinert, als ich sah, daß das, was ich für ein Gespenst hielt, langsam die Hand zur Hutspitze führte und diesen zog, ohne daß der Umriß seiner Gestalt verlorengegangen wäre. Ich ging drei Schritt zurück, und diese Bewegung, die Arthur für eine meiner Possen hielt, mehrte seine Heiterkeit. Der Wieseljäger war darob keineswegs beunruhigt; vielleicht dachte er in seiner klugen Gelassenheit, dies sei jenseits des Ozeans die Art, einen Menschen anzusprechen.

Aber ich wäre durch Arthurs Heiterkeit fast angesteckt worden, da sagte Marcasse in seinem unvergleichlichen Phlegma: »Lange Zeit schon, Monsieur Bernard, habe ich die Ehre, Sie zu suchen.« »Es ist tatsächlich lange Zeit her, mein guter Marcasse«, antwortete ich und schüttelte fröhlich die Hand dieses alten Freundes, »aber sage mir, durch welche unerhörte Macht kam ich zu dem Glück, dich hierher zu locken? Einst hattest du den Ruf eines Zauberers, sollte ich, ohne es zu ahnen, selber einer geworden sein?« »Ich erzähle Ihnen alles, mein lieber General«, antwortete Marcasse, den meine Hauptmannsuniform offensichtlich blendete, »wenn Sie mir erlauben wollen, mit Ihnen zu gehen, erzähle ich Ihnen allerlei, allerlei!«

Als Arthur hörte, wie Marcasse das letzte Wort leiser wiederholte, so als sei es sein eigenes Echo, eine Manie, die ich gerade einen Augenblick vorher karikiert hatte, fing er wieder an zu lachen. Marcasse drehte sich zu ihm um, und nachdem er ihn fest angesehen hatte, begrüßte er ihn mit unerschütterlicher Feierlichkeit. Arthur wurde plötzlich wieder ernst, erhob sich, und grüßend verbeugte er sich mit komischer Würde bis zur Erde.

Gemeinsam kehrten wir ins Lager zurück. Unterwegs erzählte Marcasse mir seine Geschichte in diesem knappen Stil, der, weit davon entfernt, die Rede zu vereinfachen, sie außerordentlich verkomplizierte und den Zuhörer zwang, tausend ermüdende Fragen zu stellen. Dies war sehr unterhaltsam für Arthur; aber da es Ihnen nicht die gleiche Freude bereiten würde, einen genauen Bericht über diesen endlosen Dialog zu hören, beschränke ich mich darauf, Ihnen zu erzählen, wie Marcasse sich entschieden hatte, sein Vaterland und seine Freunde zu verlassen, um der amerikanischen Sache die Unterstützung seines langen Degens anzubieten.

Monsieur de La Marche stand zu der Zeit kurz vor der Abreise nach Amerika, und Marcasse befand sich für acht Tage auf dessen Schloß im Berry, wo er seine jährliche Runde auf den Boden- und Deckenbalken der Speicher machte. Das Haus des Grafen, durcheinander wegen des Aufbruchs, erging sich in wundervollen Kommentaren über das ferne Land voller Gefahren und Wunder, von wo man, den Schöngeistern des Dorfes zufolge, nicht zurückkehrte ohne ein ansehnliches Vermögen und so viele Gold- und Silberbarren, daß man für ihren Transport zehn Schiffe benötigte. Unter seinem frostigen Äußeren versteckte Marcasse, gleich den Vulkanen im hohen Norden, eine brennende Vorstellungskraft und eine leidenschaftliche Liebe für das Außergewöhnliche. Er war daran gewöhnt, auf den Bohlen des Gebälks im Gleichgewicht zu leben, in einer offensichtlich höhergelegenen Region als andere Menschen, und war für den Ruhm empfänglich, der ihm zuteil wurde, weil er jeden Tag die Anwesenden durch die Kühnheit und Ruhe seiner akrobatischen Manöver in Erstaunen versetzte. So ließ er sich durch das Gemälde des El Dorado entflammen, und diese Vorstellungen waren umso lebhafter, als er sich, seinen Gewohnheiten entsprechend, niemandem offenbarte. Monsieur de La Marche war also sehr erstaunt, als Marcasse am Tag vor seiner Abreise erschien und ihm vorschlug, ihn in der Eigenschaft eines Kammerdieners zu begleiten. Vergeblich hielt Monsieur de La Marche ihm vor Augen, daß er recht alt sei, um seinen Beruf aufzugeben und das Glück in einer neuen Existenz zu suchen; Marcasse zeigte eine so große Entschlossenheit, daß er ihn schließlich überzeugte. Mehrere Gründe veranlaßten Monsieur de La Marche, diese sonderbare Wahl zu treffen. Er hatte sich entschieden, einen noch älteren Diener als Marcasse, den Wieseljäger, mitzunehmen, der ihm nur mit großem Widerwillen folgte. Aber dieser Mann hatte sein ganzes Vertrauen, eine Gunst, die

Monsieur de La Marche schwerlich zugestand, da er die Lebensweise eines Mannes von Stand nur dem Anschein nach besaß und wollte, daß man ihm mit Sparsamkeit, Umsicht und Treue diente. Er kannte Marcasse als einen übertrieben ehrenhaften und gar merkwürdig teilnahmslosen Mann; denn in der Seele von Marcasse wie in seiner Person gab es etwas von Don Quichotte. In einer Ruine hatte er eine Art Schatz gefunden, das heißt, einen Steintopf, der eine Summe von zehntausend Francs in alten Gold- und Silbermünzen enthielt; er hatte ihn nicht nur dem Eigentümer der Ruine übergeben, den er nach Belieben hätte betrügen können, sondern auch noch eine Belohnung abgelehnt und dabei nachdrücklich in seinem kürzelhaften Kauderwelsch gesagt, *die Ehrenhaftigkeit sterbe, wenn sie sich verkaufe.*

Die Genügsamkeit von Marcasse, seine Zurückhaltung und Pünktlichkeit würden ihn zu einem kostbaren Mann machen, wenn er sich daran gewöhnen könnte, seine Eigenschaften in den Dienst anderer zu stellen. Es stand nur zu befürchten, daß er sich an den Verlust seiner Unabhängigkeit nicht gewöhnen könnte; aber bevor das Geschwader von Monsieur de Ternay in See stach, gedachte Monsieur de La Marche genügend Zeit zu haben, um seinen neuen Knappen hinreichend zu prüfen.

Marcasse empfand seinerseits ein gewisses Bedauern, als er von seinen Freunden und seiner Heimat Abschied nahm; denn wenn er auch *überall Freunde, überall ein Vaterland* hatte, wie er sagte, womit er auf sein fahrendes Leben anspielte, so hatte er für die Varenne doch eine besonders deutliche Vorliebe; und von all seinen Schlössern (denn er hatte die Gewohnheit, alle Unterkünfte sein eigen zu nennen) war das Schloß von Sainte-Sévère das einzige, in dem er mit Freude ankam und von dem er sich mit Bedauern entfernte. Eines Tages, als er auf dem Dach einen falschen Tritt getan und recht böse gestürzt war, hatte Edmée, damals noch ein Kind, sein Herz gewonnen durch die Tränen, die sie wegen dieses Unfalls vergossen, und durch die kindliche Fürsorge, die sie ihm erwiesen hatte. Seit Patience am Rande des Parks wohnte, fühlte Marcasse sich noch mehr durch Sainte-Sévère angezogen, denn Patience war der Orest für Marcasse. Marcasse verstand Patience nicht immer; aber Patience war der einzige, der Marcasse vollkommen verstand und alles kannte, was es unter dieser seltsamen Hülle an ritterlicher Ernsthaftigkeit und schwärmerischer Tapferkeit gab. Der Wieseljäger war voller Demut vor der intellektuellen Überlegenheit des Einsiedlers, und er hielt achtungsvoll inne, wenn das poetische Feuer, das sich Patience' bemächtigte, für den bescheidenen Freund unverständlich wurde. Dann senkte Marcasse mit rührender Sanftheit die Augen, vermied Fragen und unpassende Bemerkungen, machte von Zeit zu Zeit ein Zeichen mit dem Kopf, als habe er begriffen und sei einverstanden, um wenigstens seinem Freund die unschuldige Freude zu machen, ohne Widerspruch gehört zu werden.

Indessen hatte Marcasse genug verstanden, um die republikanischen Ideen zu erfassen und die romantischen Hoffnungen auf einen universellen Ausgleich und auf eine Rückkehr zur Gleichheit des Goldenen Zeitalters zu teilen, die der gute Patience so eifrig nährte. Nachdem er einigemale seinen Freund hatte sagen hören, man müsse diese Lehren mit Vorsicht weiterentwickeln (ein Gebot, das Patience im übrigen selbst kaum beachtete), sprach der Hidalgo, kräftig unterstützt durch seine Gewohnheiten und Neigungen, niemals von Philosophie; aber er machte eine wirkungsvollere Propaganda, indem er vom Schloß zur Hütte, vom Bürgerhaus zum Bauernhof diese kleinen Billigausgaben der *Wissenschaft des guten Richard* herumreichte und andere winzige Traktate über den Volkspatriotismus, die, wie die Gesellschaft Jesu behauptete, ein Geheimbund voltairianischer Philosophen, den teuflischen Praktiken des Freimaurertums verschrieben, kostenlos in den niederen Klassen zirkulieren ließ.

Im plötzlichen Entschluß von Marcasse gab es also ebensoviel revolutionäre Begeisterung wie Liebe zum Abenteuer. Seit langem schon waren ihm Siebenschläfer und Hausmarder zu schwache Feinde, die Tenne ein zu eingeengtes Feld für seine rastlose Tapferkeit. Täglich las er die Zeitungen des Vortages in den Büros der guten Häuser, die er besuchte, und es schien ihm, als müsse dieser amerikanische Krieg, den man als das Erwachen von Gerechtigkeit und Freiheit in der Welt bezeichnete, eine Revolution in Frankreich mit sich bringen. Es ist wahr, daß er diesen Einfluß von Ideen, welche die Meere überqueren und sich der Köpfe unseres Kontinents bemächtigen mußten, zu buchstäblich nahm. Im Traum sah er, wie eine Armee siegreicher Amerikaner zahlreiche Schiffe verläßt und der französischen Nation den Ölzweig des Friedens und das Füllhorn überbringt. Im selben Traum sah er, wie er selbst eine heroische Legion befehligt und in der Varenne auftaucht als Krieger, Gesetzgeber, Nacheiferer Washingtons, der die Mißstände abschafft, die großen Vermögen zu Fall bringt, jeden Proletarier mit dem angemessenen Anteil versieht und mitten in diesen umfassenden und rigorosen Maßnahmen die guten und redlichen Adligen schützt und ihnen eine ehrenhafte Existenz sichert. Es ist unnütz zu sagen, daß die schmerzhaften Notwendigkeiten der großen politischen Krisen zum Geist von Marcasse keinen Zugang hatten, und daß kein Tropfen vergossenen Blutes das romantische Bild beschmutzte, das Patience vor seinen Augen entrollte.

Von diesen gigantischen Hoffnungen zum Beruf eines Kammerdieners von Monsieur de La Marche war es weit; aber Marcasse hatte keinen anderen Weg, um zu seinem Ziel zu gelangen. Die Verbände des für Amerika bestimmten Armeekorps waren seit langem voll, und nur in der Eigenschaft von jemandem, der mit der Expedition verbunden war, konnte er auf einem Handelsschiff im Gefolge des Geschwaders einen Platz bekommen. Er hatte den Abbé nach all dem ausgefragt, ohne ihm von seinem Plan zu erzählen. Seine Abreise war für die Bewohner der Varenne wie Theaterdonner.

Kaum hatte er den Fuß auf das Ufer der Union gesetzt, da verspürte er ein unwiderstehliches Bedürfnis, seinen großen

Hut und seinen langen Degen zu nehmen und allein vor sich her durch die Wälder zu gehen, wie er es in der Heimat zu tun gewohnt war; aber sein Gewissen verbot ihm, seinen Herrn zu verlassen, nachdem er die Verpflichtung eingegangen war, ihm zu dienen. Er hatte auf den Zufall gesetzt, und der Zufall half ihm. Der Krieg war viel mörderischer und heftiger, als man erwartet hatte. Monsieur de La Marche fürchtete zu Unrecht, durch die schwache Gesundheit seines mageren Knappen in Schwierigkeiten zu geraten. Da er im übrigen dessen Wunsch nach Freiheit ahnte, bot er ihm eine Summe Geldes und Empfehlungsschreiben, damit er sich als Freiwilliger den amerikanischen Truppen anschließen konnte. Marcasse, der die Vermögensverhältnisse seines Herrn kannte, lehnte das Geld ab, nahm nur die Empfehlungen und machte sich auf den Weg, leichtfüßig wie das flinkeste Wiesel, das er je getötet hatte.

Seine Absicht war, sich nach Philadelphia zu begeben, aber durch einen nicht genauer zu schildernden Zufall hatte er erfahren, daß ich im Süden war, und da er mit Recht annahm, bei mir Rat und Hilfe zu finden, war er zu mir gekommen, allein und zu Fuß durch unbekannte, fast verödete Gegenden, wo meist Gefahren jeglicher Art lauerten. Nur seine Kleidung hatte gelitten, sein gelbes Gesicht hatte sich überhaupt nicht verändert, und er war über sein neues Geschick nicht mehr verwundert, als hätte er die Entfernung von Sainte-Sévère zum Turm Gazeau hinter sich gebracht.

Das einzig Ungewöhnliche, das ich an ihm bemerkte, war, daß er sich von Zeit zu Zeit umdrehte und hinter sich blickte, so als wollte er jemanden rufen; kurz darauf lächelte er und seufzte fast gleichzeitig. Ich konnte nicht widerstehen, ihn nach dem Grund seiner Unruhe zu fragen. »Ach!« antwortete er, »Gewohnheit verliert sich nicht, ein armer Hund! Ein guter Hund! Immer sagen: hier Blaireau! Blaireau, hier!«

»Ich verstehe«, sagte ich, »Blaireau ist tot, und Sie können sich nicht daran gewöhnen, daß er Ihnen nicht auf dem Fuße folgt?«

»Tot!« rief er mit einer Geste des Entsetzens. »Nein, Gott

sei Dank! Freund Patience, großer Freund! Blaireau glücklich, aber traurig wie sein Herr, sein einziger Herr!«

»Wenn Blaireau bei Patience ist«, sagte Arthur, »dann ist er tatsächlich glücklich, denn bei Patience fehlt es ihm an nichts; Patience wird ihn aus Liebe zu Ihnen zärtlich umhegen, und gewiß sehen Sie Ihren würdigen Freund und Ihren treuen Hund wieder.«

Marcasse richtete den Blick auf die Person, die sein Leben so gut zu kennen schien; aber als er sicher war, daß er ihn noch nie gesehen hatte, traf er die Entscheidung, die zu treffen er gewohnt war, zog den Hut und grüßte hochachtungsvoll. Marcasse wurde auf mein schnelles Anraten hin eingeschrieben und meinem Befehl unterstellt; wenig später wurde er zum Sergeanten ernannt. Dieser würdige Mann machte den ganzen Feldzug mit mir zusammen und tat dies in tapferer Weise, und als ich im Jahr 1782 zur Fahne meiner Nation wechselte und zur Armee von Rochambeau stieß, folgte er mir, denn er wollte mein Schicksal bis zum Ende teilen. In den ersten Tagen bedeutete er für mich eher eine Unterhaltung denn Gesellschaft, aber bald gewann er mit seinem guten Verhalten und seiner ruhigen Unerschrockenheit die Wertschätzung aller, und ich hatte Anlaß, auf meinen Schützling stolz zu sein. Auch Arthur faßte eine große Zuneigung zu ihm, und wenn wir nicht im Dienst waren, begleitete er uns auf allen Spaziergängen, trug die Dose des Naturwissenschaftlers und durchbohrte die Schlangen mit seinem Degen.

Aber als ich versuchte, ihn über meine Cousine zum Reden zu bringen, da stellte er mich nicht zufrieden. Sei es, daß er das Interesse nicht begriff, das ich daran hatte, alle Einzelheiten des Lebens, das sie fern von mir führte, kennenzulernen, sei es, daß in dieser Angelegenheit eines seiner unveränderlichen Gesetze galt, die sein Gewissen regierten; niemals konnte ich eine klare Auflösung der Zweifel, die mich quälten, erhalten. Zunächst sagte er mir, es sei nicht die Rede von Heirat, ganz gleich mit wem; aber als ich einigermaßen an die unbestimmte Art, in der er sich ausdrückte, gewöhnt war, stellte ich mir vor, er habe diese Antwort unter Schwierigkeiten gegeben und mit der Miene eines Menschen, der sich verpflichtet hat, ein Geheimnis zu bewahren. Die Ehre verbot es mir, derartig darauf zu bestehen, daß er meine Hoffnungen erkennen konnte; so gab es zwischen uns stets einen schmerzhaften Punkt, an den zu rühren ich vermied, auf den ich jedoch – ohne es zu wollen – immer wieder zurückkam. Solange Arthur bei mir war, blieb ich vernünftig und interpretierte die Briefe von Edmée aufs redlichste; aber als ich mich schmerzlicherweise von ihm trennte, erwachten meine Leiden, und der Aufenthalt in Amerika lastete immer schwerer auf mir.

Diese Trennung fand statt, als ich die amerikanische Armee verließ und unter den Befehlen eines französischen Generals am Krieg teilnahm. Arthur war Amerikaner, und außerdem wartete er nur auf das Ende des Krieges, um den Dienst zu quittieren und sich in Boston bei Doktor Cooper niederzulassen, der ihn liebte wie einen eigenen Sohn und sich darum bemühte, ihn als Hauptbibliothekar an die Bibliothek der Philadelphia Society zu binden. Das war alles, was Arthur sich als Belohnung für seine Arbeit gewünscht hatte.

Die Ereignisse, die diese letzten Jahre ausfüllten, gehören der Historie an. Mit einer ganz persönlichen Freude erlebte ich es, wie der Frieden die Existenz der Vereinigten Staaten verkündete. Der Kummer hatte sich meiner bemächtigt, meine Leidenschaft war nur größer geworden und ließ dem Rausch des militärischen Ruhms kaum Platz. Vor meiner Abreise umarmte ich Arthur, und mit dem tapferen Marcasse schiffte ich mich ein, zerrissen zwischen dem Schmerz, meinen einzigen Freund zu verlassen, und der Freude, meine einzige Liebe wiederzusehen. Das Geschwader, bei dem ich mich befand, erlebte auf der Überfahrt großes Mißgeschick, und mehrere Male gab ich die Hoffnung auf, jemals vor Edmée auf der Erde von Sainte-Sévère unter den Eichen niederzuknien. Endlich, nachdem wir vor der Küste Frankreichs den letzten Sturm erduldet hatten, setzte ich den Fuß auf den Strand der Bretagne und sank in die Arme meines armen Sergeanten, der, wenn auch nicht mit größerer körperlicher Kraft, so doch mit mehr moralischer Ruhe die gemeinsamen Fährnisse ertragen hatte, und unsere Tränen flossen ineinander.

XVI.

Wir verließen Brest, ohne einen Brief vorauszuschicken.

Als wir in die Nähe der Varenne kamen, stiegen wir aus, ließen die Postkutsche den längsten Weg nehmen und liefen selbst querfeldein. Als ich die Parkbäume sah, die ihre ehrwürdigen Häupter über dem Niederwald erhoben gleich einer Phalanx würdevoller Druiden inmitten einer demütigen Menge, da schlug mein Herz so stark, daß ich stehenbleiben mußte. »Nun«, sagte Marcasse und drehte sich mit beinahe strenger Miene um, als wolle er mir meine Schwäche vorwerfen; aber einen Augenblick später sah ich, wie sein Gesicht gleichfalls eine unerwartete Gefühlbewegung verriet. Ein schwaches, klagendes Kläffen und ein Geräusch, als peitsche der Schwanz eines Fuchses gegen seine Beine, ließen ihn zusammenzucken; er stieß einen lauten Schrei aus, als er Blaireau erkannte. Das arme Tier hatte seinen Herrn von weitem aufgespürt, behende wie in seiner frühen Jugend rannte es herbei und wälzte sich zu unseren Füßen. Einen Augenblick lang glaubten wir, es werde da sterben, denn es lag, bewegungslos und wie im Krampf unter den streichelnden Händen von Marcasse; dann plötzlich sprang es auf, als habe es, wie ein Mensch, eine Idee und lief davon, schnell wie der Blitz, in die Richtung von Patience' Hütte.

»Ja, gib meinem Freund Bescheid, braver Hund!« rief Marcasse, »ein größerer Freund als du, das wäre mehr als ein Mensch.« Er drehte sich zu mir um, und ich sah, wie zwei dicke Tränen über die Wangen des gleichmütigen Hidalgo liefen.

Wir beschleunigten die Schritte und eilten zur Hütte. Sie hatte beachtliche Verbesserungen erfahren; ein schöner Bauerngarten, als Einfriedung eine lebende Hecke, die sich an Felsbrocken lehnte, umgab das Häuschen; wir liefen nicht auf einem steinigen Pfad, sondern durch eine schöne Allee, an deren beiden Seiten prachtvolles Gemüse in gleichmäßigen Linien angelegt war, einer Armee in Marschordnung vergleichbar. Ein Kohlkopfbataillon bildete die Vorhut, Karotten und Salat den Haupttrupp und längs der Hecke machte der bescheidene Sauerampfer den Geleitzug. Hübsche und schon kräftige Apfelbäume breiteten ihren grünen Sonnenschirm über diesen Pflanzen aus, und Birnbäume wie Spindeln wechselten mit fächerähnlichen Artgenossen; Rabatten von Thymian und Salbei küßten Sonnenblumen und Levkojen die Füße und verrieten, daß Patience auf bemerkenswerte Weise zu Vorstellungen sozialer Ordnung und zu Gewohnheiten des Überflusses zurückgefunden hatte.

Die Veränderung war so denkwürdig, daß ich glaubte, Patience in dieser Behausung nicht mehr anzutreffen. Eine noch schwerere Unruhe bemächtigte sich meiner; sie wandelte sich fast zur Gewißheit, als ich zwei junge Leute aus dem Dorf sah, die damit beschäftigt waren, die Spaliere zu beschneiden. Unsere Überfahrt hatte mehr als vier Monate gedauert, und es war bestimmt sechs Monate her, daß wir nichts mehr von dem Einsiedler gehört hatten. Aber Marcasse empfand keine Furcht; Blaireau hatte ihm mitgeteilt, daß Patience lebte, und die frischen Spuren des kleinen Hundes im Sand der Allee zeigten die Richtung, die er eingeschlagen hatte. Gleichwohl hatte ich so viel Angst, daß die Freude eines solchen Tages getrübt werden könne, daß ich es nicht wagte, die Gärtner von Patience zu fragen, und schweigend folgte ich dem Hidalgo, dessen Augen gerührt über den neuen Garten Eden wanderten, und dessen zurückhaltendem Mund nur das Wort *Veränderung* entwich, mehrfach wiederholt.

Schließlich erfaßte mich Ungeduld: Die Allee war endlos, wenngleich in Wirklichkeit sehr kurz, und ich fing an zu laufen, mein Herz hüpfte vor Aufregung. »Edmée«, sagte ich mir, »ist vielleicht da.«

Sie war jedoch nicht da, und ich hörte nur, wie die Stimme des Einsiedlers sagte: »Was denn! Was ist denn los? Der arme Hund ist tollwütig! Sitz, Blaireau! Deinen Herrn hättest du nicht so gequält. Das kommt davon, wenn man die Leute verwöhnt!«

»Blaireau ist nicht tollwütig«, sagte ich und trat ein, »sind Sie denn dem Nahen eines Freundes gegenüber taub, Meister Patience?«

Patience ließ einen Haufen Geld auf den Tisch fallen, das er gerade zählen wollte, und kam mit seiner alten Herzlichkeit auf mich zu. Ich umarmte ihn; er war überrascht und gerührt von meiner Freude; dann sah er mich von oben bis unten an, entzückt von der Veränderung meiner Person, als Marcasse auf der Türschwelle erschien.

Da rief Patience mit erhabener Miene, die breite Hand gen Himmel gestreckt: »Die Worte des Hoheliedes! Jetzt kann ich sterben, meine Augen haben den gesehen, auf den ich gewartet habe.« Der Hidalgo sagte nichts; wie gewöhnlich zog er den Hut, setzte sich auf einen Stuhl, wurde blaß und schloß die Augen. Sein Hund sprang ihm auf die Knie und bezeugte ihm seine Zärtlichkeit, indem er kleine Schreie probierte, die sich in ein vielfaches Niesen verwandelten (Sie wissen, er war *von Geburt an stumm*). Zitternd vor Alter und Freude legte er seine spitze Nase an die seines Herrn, aber dieser antwortete ihm nicht wie gewohnt: »Sitz, Blaireau!« Marcasse war ohnmächtig.

Diese liebende Seele, die es kaum besser verstand als Blaireau, sich durch Worte zu äußern, brach unter dem Gewicht ihres Glücks zusammen. Patience lief und holte einen großen Krug Landwein, zweijährig, das heißt also vom ältesten und besten; er ließ ihn ein paar Schlucke trinken, und seine Frische gab ihm das Leben zurück. Der Hidalgo entschuldigte seine Schwäche und schrieb sie der Müdigkeit und Hitze zu, er wollte und konnte ihren wahren Grund nicht erkennen. Es gibt Seelen, die erlöschen, nachdem sie für alles, was in der moralischen Ordnung schön und groß ist, entbrannt waren, ohne das Mittel entdeckt oder gar das Bedürfnis verspürt zu haben, sich anderen zu offenbaren.

Als sich die erste Begeisterung bei Patience gelegt hatte, dessen überströmende Art der seines Freundes entgegengesetzt war, sagte er: »Ich sehe Ihnen an, mein Offizier, daß Sie keine Lust haben, lange hierzubleiben. Gehen wir also schnell dorthin, wohin es Sie drängt. Man wird überrascht und zufrieden sein, Sie zu sehen, das schwöre ich Ihnen.« Wir gingen durch den Park, und unterwegs erklärte Patience uns die Veränderung, die über sein Leben und seine Behausung gekommen war. »Was mich selbst angeht, so sehen Sie, daß ich unverändert bin«, sagte er. »Dieselben Kleider, dasselbe Benehmen; und wenn ich Ihnen auch eben Wein angeboten habe, so trinke ich immer noch Wasser. Aber ich habe Geld und Land und Arbeiter, ja! Nun, all das gegen meinen Willen, wie Sie sehen werden. Vor drei Jahren erzählte mir Mademoiselle Edmée von den Schwierigkeiten, die es ihr bereitete, auf rechte Weise Mildtätigkeit zu üben. Der Abbé war ebenso ungeschickt wie sie. Man hinterging sie alle Tage, zog ihnen das Geld aus der Tasche und machte schlechten Gebrauch davon, wohingegen es den stolzen und arbeitsamen Tagelöhnern an allem fehlte, ohne daß man es erfuhr. Sie befürchtete, diese zu demütigen, wenn sie sich nach den Bedürfnissen erkundigte, und wenn üble Subjekte sich an sie wandten, so war es ihr lieber, von ihnen betrogen zu werden, als sich zum Nachteil ihrer Mildtätigkeit zu irren. Auf diese Weise gab sie viel Geld aus und tat wenig Gutes. Ich machte ihr also begreiflich, daß es den Bedürftigen am wenigsten an Geld fehlte; daß das, was Menschen wirklich unglücklich macht, nicht die Tatsache ist, daß sie sich nicht besser kleiden können als andere, daß sie nicht ins Wirtshaus gehen können, beim Hochamt nicht den weißen Strumpf mit dem roten Strumpfband zur Schau stellen können, nicht sagen können: meine Stute, meine Kuh, mein Weinberg, mein Speicher etc., sondern vielmehr, *einen schwachen Körper und eine harte Jahreszeit* zu haben, sich nicht gegen Kälte, Hitze, Krankheiten, *den großen Durst und den großen Hunger* schützen zu können. Ich sagte ihr also, sie solle die Kraft und Gesundheit der Bauern nicht an mir messen, sondern sie solle sich über ihre Krankheiten selbst ein Bild machen und über das, was ihnen in der Wirtschaft fehle. Diese Leute sind keine Philosophen, sie sind eitel, lieben die *Prahlerei,* essen das Wenige auf, das sie verdienen, um Eindruck zu machen, und besitzen nicht die Voraussicht, sich ein kleines Vergnügen zu versagen, um gegen den großen Mangel einen Vorrat als Reserve anzulegen. Letztendlich verstehen sie es nicht, mit Geld umzugehen; sie sagen Ihnen, sie hätten Schulden, und wenn es stimmt, daß sie welche haben, so stimmt es nicht, daß sie das Geld, das Sie ihnen geben, verwenden, um sie zu bezahlen. Sie denken nicht ans Morgen, sie bezahlen für die Zinsen so viel, wie man von ihnen haben will, und sie kaufen mit Ihrem Geld ein Hanffeld oder Hausrat, damit die Nachbarn erstaunt und eifersüchtig sind. Indessen werden die Schulden von Jahr zu Jahr größer, und am Ende der Rechnung muß man Hanffeld und Hausrat verkaufen, weil der Gläubiger, der stets einer von ihnen ist, die Rückzahlung fordert oder so hohe Zinsen, daß man dem nicht nachkommen kann. Alles macht sich davon, Grund und Boden verschlingt Grund und Boden, die Zinsen verschlingen das Einkommen; man ist alt, man kann nicht mehr arbeiten. Die Kinder lassen einen im Stich, weil man sie schlecht erzogen hat und sie dieselben Leidenschaften und Eitelkeiten haben wie man selbst; man muß den Bettelsack nehmen und von Tür zu Tür gehen und um Brot bitten, weil man an Brot gewöhnt ist und nicht ohne zu sterben Wurzeln essen kann wie der Hexenmeister Patience, der Auswurf der Natur, den alle Welt haßt und verachtet, weil er nicht zum Bettler geworden ist. Der Bettler ist übrigens kaum unglücklicher als der Tagelöhner, vielleicht sogar weniger. Er hat keinen guten und dummen Stolz mehr. Er leidet nicht mehr. Die Leute in der Gegend sind gut; keinem *Bettelmann* fehlt, wenn er die Runde macht, das Dach überm Kopf oder die Suppe; die Bauern beladen seinen Rücken mit Brotstükken, so reichlich, daß er davon Geflügel und Schwein füttern kann in der kleinen Hütte, in der er ein Kind und eine alte Verwandte zurückgelassen hat, die das Vieh versorgt. Er kommt jede Woche dorthin zurück und verbringt in ihr zwei oder drei Tage mit Nichtstun oder mit dem Zählen der Zwei-Sous-Stücke, die er bekommen hat. Dieses armselige Geld dient ihm oft dazu, überflüssige Bedürfnisse zu befriedigen, die der Müßiggang erzeugt. Ein Pächter nimmt recht selten Tabak; viele Bettler können nicht auf ihn verzichten und bitten mit größerer Gier um ihn als um Brot. So ist der Bettler nicht mehr zu bedauern als der Arbeiter; aber er ist verdorben und auf Abwege geraten, wenn er nicht bösartig und verroht ist, was im übrigen recht selten ist.

›Das also müßte man tun‹, sagte ich zu Edmée; ›und der Abbé sagte zu mir, dies entspreche der Auffassung Ihrer Philosophen. Es müßte so sein, daß die Menschen, die wie Sie große Mildtätigkeit üben, dies tun, ohne nach den Vorstellungen dessen zu fragen, der darum bittet, vielmehr müßten seine wirklichen Bedürfnisse erst erkannt werden.‹

Edmée hielt mir entgegen, diese Kenntnisse seien ihr nicht zugänglich, man müsse dort alle seine Tage verbringen und den Ritter vernachlässigen, der alt werde und nicht mehr lesen und auch sonst nichts tun könne ohne die Augen und den Kopf seiner Tochter. Der Abbé liebte es zu sehr, sich auf eigene Rechnung in den Büchern der Gelehrten zu unterrichten, um Zeit übrig zu haben. ›Also dazu dient die schöne Wissenschaft von der Tugend‹, sagte ich zu ihr, ›sie bewirkt, daß man aufhört, tugendhaft zu sein.‹ ›Du hast recht‹, versetzte Edmée, ›was aber ist zu tun?‹ Ich versprach, darüber nachzudenken, und hier ist, was ich mir vorgestellt habe. Ich ging jeden Tag zum offenen Land hin spazieren, anstatt wie gewöhnlich zum Wald. Das kostete mich viel; ich liebe es, allein zu sein, und überall, seit so vielen Jahren, daß ich ihre Anzahl nicht mehr weiß, bin ich vor den Menschen geflohen. Doch schließlich war dies eine Aufgabe, und ich kam ihr nach. Ich ging zu den Häusern, zuerst zog ich meine Erkundigungen über die Hecken hinweg ein, dann ging ich in die Häuser hinein und erfuhr, wie zufällig bei einem Plausch, das, was ich wissen wollte. Zuerst empfing man mich wie einen Hund, den man während der Trockenzeit verloren hat, und mit einem Kummer, den ich oft nur mühsam verbergen konnte, sah ich auf all diesen Gesichtern Haß und Mißtrauen. Ich hatte nicht mit den Menschen leben wollen, aber ich liebte sie; ich wußte, daß sie eher unglücklich als böse sind; mein ganzes Leben habe ich damit verbracht, über ihre Leiden zu trauern und mich gegen die Verursacher zu empören; und als ich zum ersten Mal die Möglichkeit sah, für einige etwas zu tun, schlossen genau die ganz schnell die Tür, wenn sie mich von ferne erblickten; und ihre Kinder, schöne Kinder, die ich so sehr mag, versteckten sich in den Straßengräben, um vom Fieber verschont zu bleiben, das ich, wie man sagte, mit dem Blick bewirkte. Da man indessen wußte, welche Freundschaft Edmée für mich empfand, wagte man es nicht, mich offen zurückzuweisen, und es gelang mir, was mich interessierte, herauszubekommen. Sie brachte Mittel gegen alle Übel, die ich ihr bekanntmachte. Ein Haus hatte Risse, und während das junge Mädchen eine Schürze aus Kattun zu vier Livres die Elle trug, fiel der Regen auf das Bett der Großmutter und auf die Wiege der kleinen Kinder; man ließ die Dächer und Mauern reparieren, die Materialien wurden geliefert und die Arbeiter von uns bezahlt; aber kein Geld mehr für schöne Schürzen. Anderswo war eine alte Frau zum Betteln gezwungen, weil sie nur auf ihr Herz gehört und ihr Hab und Gut ihren Kindern gegeben hatte, die sie vor die Tür setzten oder ihr das Leben im Haus zu schwer machten, so daß sie lieber umherzog. Wir machten uns zu Anwälten der Alten unter der Drohung, die Sache auf unsere Kosten vor Gericht zu bringen, und wir erreichten für sie eine Pension, zu der wir, wenn sie nicht genügte, unser Scherflein beitrugen. Wir brachten mehrere Alte, die in derselben Lage waren, dazu, sich zusammenzuschließen und bei einem von ihnen in Pension zu gehen, dem wir ein kleines Kapital gaben, und der, da er fleißig und ordentlich war, in einem Ausmaß gute Geschäfte machte, daß seine Kinder mit ihm Frieden schlossen und fragten, ob sie in seinem Geschäft helfen dürften. Wir machten noch viele andere Dinge, deren Einzelheiten zu erzählen zu viel Zeit brauchte, und die Sie außerdem sehen werden. Ich sage *wir,* weil ich, obwohl ich mich über das hinaus, was ich getan hatte, nicht einmischen wollte, nach und nach hineingezogen und genötigt wurde, mehr zu tun, mich in vieles und schließlich in alles einzumischen. Kurz, ich bin es, der die Informationen einholt, die Arbeiten anleitet und die Verhandlungen führt. Mademoiselle Edmée wollte, daß ich Geld in den Händen hätte, daß ich darüber verfügen könne, ohne sie vorher zu fragen; was ich mir niemals erlaubt habe, und sie hat mir in meinen Vorstellungen auch niemals widersprochen. Aber all das, sehen Sie, hat mir viele Aufregungen und Sorgen eingebracht. Seit die Leute wissen, daß ich ein *kleiner Turgot* bin, sind sie in rasenden Galopp verfallen, und das tut mir weh. Ich habe also Freunde, die mir nicht passen, und Feinde, auf die ich verzichten kann. Die *falschen Bedürftigen* nehmen es mir übel, daß ich nicht auf sie hereinfalle, es gibt Schwätzer und untugendhafte Leute, die meinen, man mache immer zuviel für die anderen und nie genug für sie. Bei all dem Lärm und der Plackerei gehe ich nicht mehr nachts im Wald spazieren, und tagsüber schlafe ich nicht mehr; ich bin Monsieur Patience und nicht mehr der Hexenmeister vom Turm Gazeau, aber ich bin auch nicht mehr der Einsiedler, und glauben Sie mir, ich wünsche mir von ganzem Herzen, egoistisch auf die Welt gekommen zu sein und das Zeug hinzuwerfen, um zu meinem wilden Leben und meiner Freiheit zurückzukehren.«

Als Patience mit seinem Bericht fertig war, gratulierten wir ihm; aber wir gestatteten uns einen Einwand gegen die angebliche Selbstverleugnung seiner Person; dieser großartige Garten war der Beweis für ein Geschäft mit den *überflüssigen Notwendigkeiten,* deren Verwendung durch die anderen er sein Leben lang beklagt hatte. »Das?« sagte er und zeigte auf seinen Garten, »das geht mich nichts an; sie haben es gegen meinen Willen getan; aber da es brave Leute sind und meine Weigerung sie betrübt hat, war ich gezwungen, es zu dulden. Sie sollen wissen, daß, wenn es auch ein paar Undankbare gibt, auch etliche glücklich und dankbar sind. Nun, zwei oder drei Familien, denen ich einen Dienst erwiesen habe, haben nach irgendeinem Weg gesucht, um mir eine Freude zu bereiten; und da ich alles ablehnte, hatte man die Idee, mich zu überraschen. Einmal war ich weg und habe wegen einer Vertrauenssache, die man mir übertragen hatte, ein paar Tage in Berthenoux verbracht, denn man war zu der Auffassung gelangt, ich hätte einen klugen Kopf, so sehr sind die Leute verleitet, von einem Extrem ins andere zu fallen. Als ich zurückkam, war dieser Garten abgesteckt, bepflanzt und umfriedet, wie Sie es gesehen haben. Ich mochte noch so böse werden und sagen, daß ich nicht arbeiten wolle, zu alt sei und das Vergnügen, ein paar Früchte mehr zu essen, mir die Mühe nicht wert sei, die es koste, diesen Garten zu unterhalten; man trug dem nicht Rechnung und vollendete ihn, wobei man mir erklärte, daß ich nichts tun müsse, weil man es übernehme, ihn für mich zu pflegen. Und tatsächlich, seit zwei Jahren haben die guten Leute nicht versäumt zu kommen, bald dieser, bald jener, und wendeten in jeder Jahreszeit die zu seiner Vervollkommnung notwendige Zeit auf. Auch wenn ich an meiner Lebensweise nichts geändert habe, so waren mir die Produkte des Gartens doch nützlich: Während des Winters konnte ich ein paar arme Leute mit meinem Gemüse ernähren; die Früchte helfen mir, die Freundschaft der kleinen Kinder zu gewinnen, die nicht mehr *Schwarzer Mann* schreien, wenn sie mich sehen, und die so mutig sind, den Hexenmeister sogar zu küssen. Man hat mich auch gezwungen, Wein und zuweilen Weißbrot und Käse anzunehmen, aber all das dient mir nur dazu, den Alten des Dorfes eine Freundlichkeit zu erweisen, wenn sie kommen, um mir die Bedürfnisse des Ortes darzulegen, und mich beauftragen, das Schloß darüber zu informieren. Diese Ehre verdreht mir nicht den Kopf, sehen Sie, und ich kann sogar sagen, daß ich, sobald ich in etwa alles getan habe, was zu tun ist, die Bemühungen um den Adel sein lassen und zu meinem Philosophenleben zurückkehren werde, vielleicht zum Turm Gazeau, wer weiß?«

Wir waren am Ende unseres Weges angelangt. Als ich den Fuß auf die Freitreppe des Schlosses setzte, faltete ich die Hände, und von einem religiösen Gefühl ergriffen, rief ich mit einer Art von Furcht den Himmel an. Ich weiß nicht, welche unbestimmte Furcht in mir wach wurde; ich stellte mir vor, was alles meinem Glück entgegenstehen konnte, und ich zögerte, die Schwelle des Hauses zu überschreiten, dann stürzte ich mich hinein. Eine Wolke zog an meinen Augen vorüber, ein Summen erfüllte meine Ohren. Ich traf Saint-Jean, der, da er mich nicht erkannte, aufschrie und sich mir entgegenwarf, um mich daran zu hindern, unangemeldet einzutreten; ich stieß ihn aus dem Weg, und er fiel verblüfft in einen Sessel im Vorzimmer, während ich ungestüm die Tür des Salons erreichte. Aber in dem Augenblick, als ich sie heftig aufstoßen wollte, blieb ich, von neuem Schrecken ergriffen, stehen, und ich öffnete sie so zaghaft, daß Edmée, die mit einer Arbeit am Stickrahmen beschäftigt war, nicht aufblickte, weil sie glaubte, die respektvolle Art von Saint-Jean in diesem leisen Geräusch zu erkennen. Der Ritter schlief und wachte nicht auf. Dieser Greis, groß und mager wie alle Mauprat, war in sich zusammengesunken, und sein bleicher, faltiger Kopf, den die Kälte des Grabes bereits zu umfangen schien, ähnelte einer dieser kantigen, in Eiche geschnitzten Figuren, die die Lehne seines Sessels schmückten. Er hatte die Füße vor einem Rebholzfeuer ausgestreckt, obwohl die Sonne warm war und ein heller Strahl auf seinen weißen Kopf fiel und ihn wie Silber schimmern ließ. Wie soll ich Ihnen schildern, was ich, als ich Edmées Haltung sah, empfand? Sie war über ihre Stickerei gebeugt, und zuweilen richtete sie den Blick auf ihren Vater, um die kleinsten Regungen seines Schlafs zu prüfen. Aber wieviel Geduld und Entsagung lagen in ihrem ganzen

Wesen! Edmée liebte Nadelarbeiten nicht, ihr Geist war zu ernsthaft, um der Wirkung einer Farbnuance neben einer anderen und der Regelmäßigkeit eines Stichs neben einem anderen Wichtigkeit beizumessen. Auch war ihr Blut leidenschaftlich; und wenn ihr Geist nicht durch eine intellektuelle Arbeit in Anspruch genommen war, brauchte sie Bewegung im Freien. Aber seit ihr Vater, der Altersschwäche preisgegeben, fast nicht mehr aus dem Sessel aufstand, verließ sie ihn keinen Augenblick mehr, und da sie nicht immer lesen und sich geistig betätigen konnte, hatte sie die Notwendigkeit verspürt, diese weiblichen Beschäftigungen aufzunehmen, »die«, so sagte sie, »die Zerstreuung in der Gefangenschaft darstellen«. Sie hatte ihren Charakter also auf heroische Weise bezwungen. In einem dieser verborgenen Kämpfe, die sich oft unter unseren Augen vollziehen, ohne daß wir etwas von ihrer Bedeutung ahnen, hatte sie mehr getan, als nur ihren Charakter zu zähmen, sie hatte sogar den Kreislauf ihres Blutes verändert. Ich fand sie abgemagert, und ihr Teint hatte diese erste Blüte der Jugend verloren, die dem frischen Dunst gleicht, den die Morgenluft auf die Früchte legt und der beim geringsten Anstoß verschwindet, obgleich die Sonnenglut ihn respektiert. Aber in dieser vorzeitigen Blässe und der etwas kränklichen Magerkeit lag ein unerklärlicher Zauber; ihre tiefer liegenden, noch immer undurchdringlichen Augen drückten weniger Stolz und mehr Melancholie aus als einst; ihr Mund, beweglicher geworden, zeigte ein feineres, weniger herablassendes Lächeln. Als sie zu mir sprach, glaubte ich, zwei Personen in ihr zu sehen, die alte und die neue; und statt ihre Schönheit verloren zu haben, so fand ich, hatte sie sich dem Ideal der Vollkommenheit angenähert. Ich habe jedoch von mehreren Personen gehört, sie habe sich *sehr verändert,* was ihnen zufolge bedeuten sollte, sie habe viel verloren. Aber die Schönheit ist wie ein Tempel, an dem Nichteingeweihte nur äußere Reichtümer sehen. Das göttliche Geheimnis der Idee des Künstlers offenbart sich nur bei großer Zuneigung, und die kleinste Einzelheit des erhabenen Werks enthält eine Inspiration, die dem Verstand des gewöhnlichen Menschen entgeht. Einer Ihrer modernen Schriftsteller hat das, glaube ich, in anderen Worten und viel besser gesagt. Und ich, ich fand Edmée in keinem Augenblick ihres Lebens weniger schön als in einem anderen; bis hin zu den Stunden des Leidens, in denen die Schönheit im materiellen Sinne vergangen zu sein scheint, da wurde die ihre in meinen Augen göttlich und enthüllte mir eine moralische Schönheit, die sich in ihrem Gesicht widerspiegelte und es leuchten ließ. Im übrigen bin ich, was die Künste angeht, nur mittelmäßig begabt, und wäre ich ein Maler, so hätte ich nur ein einziges Modell abgebildet, das, von dem meine Seele voll war; denn nur eine einzige Frau sah ich im Laufe meines Lebens als schön an: Edmée.

Ich blieb ein Weilchen stehen, um sie zu betrachten, so blaß und rührend, traurig, aber ruhig, das lebende Bild der töchterlichen Liebe, der durch Zuneigung gefesselten Kraft; dann stürzte ich zu ihr hin, fiel ihr zu Füßen und sagte kein Wort. Von ihr kein Aufschrei, kein Ausruf, aber sie umfing meinen Kopf mit beiden Armen und hielt ihn lange gegen ihre Brust gedrückt. In dieser starken Umarmung, dieser stummen Freude erkannte ich das Blut meines Geschlechtes, ich fühlte meine Schwester. Der gute Ritter, der aus dem Schlaf auffuhr, betrachtete uns mit festem Blick, den Ellbogen aufs Knie gestützt, den Rumpf nach vorn gebeugt, und sagte: »Nun, was ist denn das?« Er konnte mein in Edmées Schoß verborgenes Gesicht nicht sehen; sie stieß mich zu ihm hin, und er drückte mich in seinen geschwächten Armen mit einer Bewegung von großherziger Zärtlichkeit, die ihm einen Augenblick lang die Kraft der Jugend wiedergab.

Sie können sich die Fragen vorstellen, mit denen man mich bestürmte, und die Fürsorge, mit der ich überhäuft wurde. Edmée war für mich wie eine wahrhafte Mutter. Diese überströmende und vertrauensvolle Güte hatte so viel Heiligkeit in sich, daß ich den ganzen Tag über in ihrer Gegenwart keine anderen Gedanken hatte als die, die ich gehabt hätte, wenn ich wirklich ihr Sohn gewesen wäre. Ich war sehr gerührt von der Sorgfalt, mit der man für den Abbé die Überraschung meiner Heimkehr ausschmückte; ich sah darin gewissermaßen einen Beweis für die Freude, die er darüber empfinden würde. Ich mußte mich unter Edmées Stickrahmen verstecken und wurde mit dem grünen Tuch bedeckt, mit dem sie ihre Arbeit einwickelte. Der Abbé setzte sich ganz in meine Nähe, und ich umschlang seine Beine, so daß er einen Schrei ausstieß. Dies war ein Scherz, den ich einst gewöhnlich mit ihm getrieben hatte; und als ich aus meinem Versteck hervorkam, wobei ich den Rahmen umwarf und alle Wollknäuel über den Boden rollten, da hatte er einen ganz sonderbaren Ausdruck von Freude und Schrecken im Gesicht.

Aber ich befreie Sie nun von all den Szenen des häuslichen Lebens, auf die mein Gedächtnis sich wider meinen Willen mit allzu großem Gefallen bezieht.

XVII.

Eine gewaltige Veränderung war im Laufe der sechs Jahre in mir vorgegangen. Ich war ein Mann, der anderen ziemlich ähnlich war, die Triebe waren mit den seelischen Regungen beinahe im Gleichgewicht, die Eindrücke mit der Urteilskraft. Diese soziale Erziehung hatte auf ganz natürliche Weise stattgefunden. Ich brauchte nur die Lehren der Erfahrung und die Ratschläge der Freundschaft anzunehmen. Es fehlte mir an vielem, um ein gelehrter Mann zu sein, aber es war mir gelungen, schnell eine solide Bildung zu erwerben. Ich hatte von vielen Dingen so klare Vorstellungen, wie man sie zu meiner Zeit haben konnte. Ich weiß, daß die Wissenschaft des Menschen seither wirkliche Fortschritte gemacht hat; ich habe diese aus der Ferne verfolgt und nie daran gedacht, sie zu leugnen. Nun, da ich merke, daß nicht alle Menschen meines Alters ebenso vernünftig sind, möchte ich annehmen, daß ich zur rechten Zeit auf den richtigen Weg gelenkt wurde, denn ich mußte nicht in der Sackgasse der Irrtümer und Vorurteile stehenbleiben.

Die Fortschritte meiner Intelligenz und Vernunft schienen Edmée zufriedenzustellen. »Ich wundere mich nicht«, sagte sie, »ich habe es durch Ihre Briefe erfahren; aber ich freue mich mit mütterlichem Stolz.«

Mein guter Onkel hatte nicht mehr wie einst die Kraft zu stürmischen Diskussionen, und ich glaube tatsächlich, daß er, hätte er sie behalten, es ein wenig bedauert hätte, bei mir nicht mehr auf diesen unermüdlichen Widerspruch zu treffen, der ihn früher so sehr verdrossen hatte. Um mich auf die Probe zu stellen, machte er ein paar Versuche, mir zu widersprechen, aber ich hätte es nunmehr als ein Verbrechen angesehen, ihm dieses gefährliche Vergnügen zu bereiten. Er war ein wenig verstimmt und fand, daß ich ihn allzusehr wie einen Greis behandelte. Um ihn zu trösten, gab ich dem Gespräch eine Wende hin zur Geschichte der Vergangenheit, die er erlebt hatte, und befragte ihn über viele Punkte, in denen ihm seine Erfahrung mehr zustatten kam als mir meine Aufgeklärtheit. Auf diese Weise bekam ich gute Kenntnisse über ein sinnvolles Verhalten in persönlichen Angelegenheiten, und ich befriedigte voll und ganz seine legitime Selbstgefälligkeit. Er nahm mich jetzt aus Sympathie zum Freund, wie er mich einst aus natürlicher Großzügigkeit und aus Familiensinn adoptiert hatte. Er verhehlte mir nicht, daß es sein größter Wunsch war, bevor er in den ewigen Schlaf fiele, mitzuerleben, daß ich der Gatte von Edmée würde; und als ich ihm antwortete, daß dies der einzige Wunsch meines Herzens sei, sagte er: »Ich weiß, ich weiß, alles hängt von ihr ab, und ich glaube, daß sie keinen Grund mehr hat zu zögern. Ich sehe nicht«, fügte er nach kurzem Schweigen ein wenig mürrisch hinzu, »welchen sie nun noch vorbringen könnte.«

Nach diesem Satz, dem ersten, den er über das Thema, welches mich am meisten interessierte, geäußert hatte, erkannte ich, daß er seit langem meinen Wünschen gewogen war und daß der Hinderungsgrund, sofern es noch einen gab, bei Edmée lag. Der letzte Gedanke meines Onkels beinhaltete einen Zweifel, den ich nicht zu erhellen wagte und der mir große Sorgen machte. Edmées empfindlicher Stolz bereitete mir so viel Angst, vor ihrer unsäglichen Güte hatte ich so viel Hochachtung, daß ich es nicht wagte, sie offen zu bitten, sich über mein Los zu äußern. Ich entschloß mich, so zu handeln, als hätte ich nie eine andere Hoffnung gehegt als die, auf ewig ihr Bruder und Freund zu sein.

Ein Ereignis, das mir lange Zeit unerklärlich war, lenkte mich einige Tage lang von meinen Gedanken ab. Ich hatte mich zunächst geweigert, La Roche-Mauprat in Besitz zu nehmen und dorthin zu gehen. »Es ist unabdingbar«, hatte mein Onkel gesagt, »daß Sie hingehen und die Verbesserungen ansehen, die ich auf Ihrem Besitz durchgeführt habe, das Land, das man für den Anbau in einen guten Zustand gebracht hat, den Viehbestand, den ich in jeder Ihrer Meiereien neu zusammengesetzt habe. Sie müssen sich endlich über Ihre Geschäfte auf dem laufenden halten, Ihren Bauern zeigen, daß Sie sich für ihre Arbeit interessieren; andernfalls wird sich nach meinem Tod alles verschlechtern, Sie werden gezwungen sein zu verpachten, was Ihnen vielleicht mehr einbringt, jedoch den Wert Ihres Grund und Bodens mindert. Ich bin nun zu alt, um weiterhin Ihr Gut zu überwachen. Seit zwei Jahren habe ich diesen elenden Hausmantel nicht mehr ablegen können; der Abbé versteht nichts davon; Edmée hat einen ausgezeichneten Kopf, aber sie kann sich nicht entschließen, an diesen Ort zu gehen; sie sagt, daß sie dort zu viel Angst ausgestanden habe, was eine Kinderei ist.« »Ich merke, daß ich mehr Mut beweisen muß«, antwortete ich, »und dennoch, mein lieber Onkel, was Sie mir da verordnen, ist für mich die härteste Sache der Welt. Seit dem Tag, als ich Edmée ihren Entführern entriß, habe ich den Fuß nicht mehr auf diese verfluchte Erde gesetzt. Mir kommt es vor, als ob Sie mich aus dem Himmel vertreiben und fortschicken, um die Hölle aufzusuchen.« Der Ritter zuckte mit den Achseln; der Abbé beschwor mich, dies zu dessen Befriedigung auf mich zu nehmen; mein Widerstand war ein wirkliches Ärgernis für meinen guten Onkel. Ich unterwarf mich und nahm, entschlossen, mich zu überwinden, für zwei Tage Abschied von Edmée. Der Abbé wollte mich begleiten, um die traurigen Gedanken, die mich belagern würden, zu zerstreuen; aber ich hatte Bedenken, ihn für diese kurze Zeit von Edmée zu entfernen; ich wußte, wie sehr sie ihn brauchte. An den Sessel des Ritters gefesselt, war ihr Leben so schwer, so zurückgezogen, daß das kleinste Ereignis darin wichtig war. Mit jedem Jahr hatte sich ihre Vereinsamung vergrößert und war beinahe vollkommen, seit die Hinfälligkeit des Ritters die Lieder und Scherze, die fröhlichen Kinder des Weins, von seinem Tisch verjagt hatte. Er war ein großer Jäger gewesen, und zu Sankt Hubertus, seinem Fest, hatte er einst den ganzen Adel der Gegend um sich versammelt. Lange Zeit hatte man in den Höfen den Widerhall des Geheuls der Meute gehört; lange Zeit hatte es in den glänzenden Boxen der Pferdeställe zwei lange Reihen feuriger Pferde gegeben; lange Zeit war das Jagdhorn in den Wäldern der Umgebung zu hören gewesen, war die Fanfare bei jedem Trinkspruch der glanzvollen Gesellschaft unter den Fenstern des großen Saals erklungen. Aber diese schönen Tage waren seit langem vorbei; der Ritter ging nicht mehr zur Jagd, und die Hoffnung, die Hand seiner Tochter zu bekommen, hielt die jungen Leute nicht mehr in der Nähe seines Sessels fest, da sie gelangweilt waren von seinem Alter, seinen Gichtanfällen und seinen Geschichten, die er des Abends wiederholte, weil er sich nicht mehr daran erinnerte, sie schon am Morgen erzählt zu haben. Die hartnäckige Weigerung Edmées und die Zurückweisung von Monsieur de La Marche hatten große Überraschung hervorgerufen und allerlei Anlaß zu neugierigen Nachforschungen gegeben. Ein junger Mann, der in sie verliebt war, doch wie die anderen abgewiesen und durch seinen dummen und feigen Stolz dazu getrieben wurde, sich an der einzigen Frau seines Standes zu rächen, die, wie er sagte, es gewagt habe, ihn zurückzustoßen, entdeckte, daß Edmée von den *Strauchdieben* entführt worden war, und brachte das Gerücht in Umlauf, daß sie eine Orgiennacht auf La Roche-Mauprat verbracht habe. Das Höchste, was zu sagen er die Güte hatte, war, daß sie nur der Gewalt nachgegeben habe. Edmée genoß zuviel Achtung und Wertschätzung, als daß man sie angeklagt hätte, den Räubern entgegengekommen zu sein; aber bald galt sie als Opfer von deren Brutalität. Mit einem unauslöschlichen Makel versehen, wurde sie von niemandem mehr aufgesucht. Meine Abwesenheit diente nur dazu, diese Auffassung zu bestätigen. Ich habe sie vor dem Tod bewahrt, sagte man, aber nicht vor der Schande, und ich könne sie nicht zu meiner Frau machen; ich sei in sie verliebt und geflohen, um der Versuchung, sie zu heiraten, nicht zu erliegen. All das besaß so viel Wahrscheinlichkeit, daß es schwierig war, die Öffentlichkeit von der wahren Version zu überzeugen. Dies umso weniger, als Edmée in der Folge nicht tätig wurde und die bösartigen Gerüchte nicht zum Schweigen brachte, indem sie ihre Hand einem Mann gab, den sie nicht lieben konnte. Dies waren die Gründe für ihre Vereinsamung; ich erfuhr sie erst sehr viel später. Aber als ich sah, wie streng der Ritter im Hause war, wie melancholisch Edmées Heiterkeit, fürchtete ich, ein trockenes Blatt auf diese schlummernde Woge fallen zu lassen; und ich bat den Abbé, bis zu meiner Rückkehr bei ihr zu bleiben. Ich nahm nur meinen treuen Sergeanten Marcasse mit, den Edmée nicht von mir hatte weggehen lassen wollen und der seither die geschmackvolle Hütte und das Geschäftsleben von Patience teilte.

An einem ruhigen Abend der ersten Herbsttage kam ich auf La Roche-Mauprat an; die Sonne war verhangen, die Natur schlummerte still im Nebel; die Ebenen waren verlassen, nur die Luft war voll von der Bewegung und dem Lärmen großer Scharen von Zugvögeln; die Kraniche zeichneten riesige Dreiecke an den Himmel, und die Störche, die in gewaltigen Höhen vorüberzogen, erfüllten die Wolken mit melancholischen Schreien, die wie Abgesänge auf die schönen Tage über das traurig gestimmte Land schwebten.

Zum ersten Mal in diesem Jahr spürte ich die Kälte der Luft, und ich glaubte, daß alle Menschen beim Nahen der harten Jahreszeit von einer instinktiven Traurigkeit erfaßt werden. Im ersten Reif liegt etwas, das den Menschen an die nahe Auflösung der Elemente seines Seins erinnert.

Wir hatten Wald und Heide durchquert, mein Begleiter und ich, ohne ein einziges Wort zu sprechen; wir hatten einen langen Umweg gemacht, um den Turm Gazeau zu meiden, denn ich fühlte nicht die Kraft, ihn wiederzusehen. Als wir das Fallgatter von La Roche-Mauprat passierten, ging die Sonne in grauen Schleiern unter. Dieses Fallgatter war zerstört, man konnte die Brücke nicht mehr heben, und sie gab den Durchgang nur noch friedlichen Herden und ihren sorglosen Schäfern frei. Die Gräben waren halb zugeschüttet; und schon breitete ein bläuliches Weidengebüsch seine biegsamen Äste über den niedrigen Wässern aus: Brennesseln wuchsen am Fuß der eingestürzten Türme, und die Feuerspuren an den Gemäuern wirkten noch frisch. Die Gebäude des Bauernhofs waren allesamt erneuert, und der Wirtschaftshof, voller Vieh, Geflügel, Kinder, Schäferhunde und Ackergerät, stand im Kontrast zu den düsteren Wallanlagen, bei deren Anblick ich glaubte, noch die rote Flamme der Angreifer auflodern und das schwarze Blut der Mauprat fließen zu sehen.

Ich wurde mit der ruhigen und etwas kühlen Herzlichkeit der Bauern des Berry empfangen. Man versuchte nicht, mir zu gefallen, aber man ließ es mir an nichts fehlen. Ich wurde im einzigen der alten Gebäude untergebracht, das bei der Belagerung des Bergfrieds nicht beschädigt worden war. Es war das Hauptgebäude, dessen massive Architektur aus dem zehnten Jahrhundert stammte; die Tür war kleiner als die Fenster, und diese selbst gaben so wenig Licht, daß man Fackeln anzünden mußte, um hineinzugelangen, obwohl die Sonne eben erst untergegangen war. Dieses Gebäude war provisorisch restauriert worden, um dem neuen Grundherrn oder seinen Beauftragten als Wohnung zu dienen. Mein Onkel Hubert war oft dagewesen, um meine

Interessen zu überwachen, solange seine Kräfte es ihm erlaubt hatten, und man führte mich zu dem Zimmer, das er für sich reserviert hatte, das man seitdem das Zimmer des Herrn nannte. Man hatte die besten Stücke des alten Mobiliars, die gerettet worden waren, dorthin gebracht, und da es trotz der Mühen, die man aufwendete, um es bewohnbar zu machen, feucht und kalt war, ging die Magd des Meiers mit einem brennenden Holzscheit in der einen Hand und einem Reisigbündel in der anderen vor mir her.

Blind vom Rauch, den sie um mich herum ausbreitete wie eine Wolke, verwirrt durch die neue Tür, die man an einer anderen Stelle durchgebrochen hatte, und durch einige Gänge, die zugemauert worden waren, damit man sie nicht instandhalten mußte, gelangte ich zu dem kleinen Raum ohne irgendetwas wiederzuerkennen; es wäre mir unmöglich gewesen zu sagen, in welchem Teil des alten Gebäudes ich mich befand, so sehr führte der neue Anblick des Hofes mein Gedächtnis in die Irre, so wenig erreichbar war meine verdüsterte und verwirrte Seele durch äußere Dinge.

Man machte Feuer, während ich mich auf einen Stuhl warf, das Gesicht in den Händen verbarg und mich traurigen Träumen hingab. Dieser Situation fehlte jedoch nicht der Zauber, so sehr nimmt die Vergangenheit auf natürliche Weise schönere und süßere Gestalt an im Kopf der jungen Leute, der anmaßenden Herren der Zukunft. Nachdem die Magd, die die Holzscheite anpustete, auf diese Weise den Raum mit dickem Rauch gefüllt hatte, ging sie hinaus, um Holzkohle zu holen und ließ mich allein. Marcasse war im Stall geblieben und versorgte unsere Pferde. Blaireau war mir gefolgt; er lag flach vorm Kamin und sah mich zuweilen mit unzufriedenem Ausdruck an, als wolle er mich nach dem Grund für die üble Bleibe und das armselige Feuer fragen.

Plötzlich, als ich mich umsah, schien mein Erinnerungsvermögen zu erwachen. Das Feuer, welches das frische Holz zum Zischen gebracht hatte, loderte hoch empor in den Kamin, und der ganze Raum wurde von gleißendem, flakkerndem Licht erhellt, das die Gegenstände verdächtig und sonderbar aussehen ließ. Blaireau stand auf, drehte den Rükken zum Feuer und setzte sich zwischen meine Beine, so als ob er auf etwas Seltsames und Unvorhergesehenes wartete.

Da erkannte ich, daß dieser Ort kein anderer war als das Schlafgemach meines Großvaters Tristan, das später mehrere Jahre lang von seinem ältesten Sohn bewohnt worden war, dem verabscheuungswürdigen Jean, meinem grausamsten Unterdrücker, dem größten Schurken und Feigling unter den Strauchdieben.

Schrecken und Ekel schüttelten mich, als ich die Möbel erkannte, einschließlich des Bettes mit den gewundenen Säulen, in dem mein Großvater in den Qualen eines langen Todeskampfes seine verbrecherische Seele Gott übereignet hatte. Der Sessel, in dem ich saß, war der, in den Jean *der Schiefe* (das Vergnügen, sich selbst so zu nennen, machte er sich an seinen scherzhaften Tagen) sich setzte, um über seine Niederträchtigkeiten nachzusinnen oder um seine abscheulichen Anschläge zu verkünden. In diesem Augenblick glaubte ich, die Gespenster aller Mauprat mit ihren blutigen Händen und ihren von Wein dumpfen Augen vorüberziehen zu sehen. Ich erhob mich und wollte dem Schrecken, den ich empfand, durch Flucht entkommen, da sah ich auf einmal, wie sich vor mir deutlich eine Gestalt aufrichtete, so deutlich erkennbar, durch alle Anzeichen der Wirklichkeit so verschieden von den Trugbildern, die mich eben heimgesucht hatten, daß ich, in kalten Schweiß gebadet, auf meinen Sitz zurückfiel. Jean Mauprat stand neben dem Bett. Er hatte es gerade verlassen, denn er hielt noch eine Bahn des halbgeöffneten Vorhangs fest. Er schien mir derselbe wie einst; nur war er noch magerer, blasser und gräßlicher; sein Schädel war rasiert und sein Leib in ein Schweißtuch von dunkler Farbe gewickelt. Er warf mir einen teuflischen Blick zu: Ein haßerfülltes, verächtliches Lächeln streifte seine dünnen, verunstalteten Lippen. Er stand unbeweglich da, seine funkelnden Augen auf mich geheftet, und schien mich eben ansprechen zu wollen. In diesem Augenblick war ich davon überzeugt, ein lebendiges Wesen vor mir zu haben, einen Menschen aus Fleisch und Blut; es ist also unglaublich, daß ich mich durch einen kindlichen Schrecken so erstarrt fühlte. Aber alles Leugnen wäre vergebens, und in der Folgezeit konnte ich es mir selbst nicht erklären, ich war vor Angst wie in Ketten geschlagen. Sein Blick ließ mich versteinern, meine Zunge war gelähmt. Blaireau stürzte sich auf ihn; da bewegte er die Falten seines düsteren Gewandes, einem Leichentuch ähnlich, das durch die Feuchtigkeit des Grabes beschmutzt war, und ich wurde ohnmächtig.

Als ich zu mir kam, war Marcasse bei mir und richtete mich besorgt auf. Ich lag ausgestreckt auf dem Boden, starr wie eine Leiche. Ich hatte große Mühe, meine Gedanken zu sammeln; aber sobald ich mich auf den Beinen halten konnte, schlang ich den Arm um Marcasse und zog ihn überstürzt aus dem verfluchten Zimmer. Als ich die Wendeltreppe hinunterging, wäre ich beinahe ein paarmal gestürzt, und erst als ich die Abendluft und den gesunden Geruch der Ställe einatmete, fand ich meinen Verstand wieder.

Ich zögerte nicht, das eben Geschehene einer Halluzination meines Gehirns zuzuschreiben. Meine Mutproben hatte ich im Krieg abgelegt, in Gegenwart meines tapferen Sergeanten; ich schämte mich nicht, ihm die Wahrheit zu gestehen. Ich beantwortete aufrichtig seine Fragen und malte meine gräßliche Vision mit vielen Einzelheiten aus, daß er seinerseits so erstaunt war, als handelte es sich um eine reale Sache; derweil gingen wir im Hof auf und ab, und er wiederholte mehrere Male nachdenklich: »Sonderbar, sonderbar! . . . Erstaunlich!«

»Nein, das ist nicht erstaunlich«, sagte ich, als ich mich völlig wiederhergestellt fühlte. »Als ich hierherkam, hatte ich die schmerzhaftesten Empfindungen; seit mehreren Tagen kämpfte ich mit mir, um den Widerwillen zu überwinden, den ich bei dem Gedanken verspürte, La Roche-Mauprat wiederzusehen. Letzte Nacht hatte ich einen Alptraum, und als ich aufwachte, war ich so müde und traurig, daß, wenn ich nicht befürchtet hätte, meinem Onkel schlechten Willen zu bezeugen, ich diese unangenehme Reise verschoben hätte. Als ich hier eintrat, spürte ich, wie mich die Kälte überfiel; meine Brust wurde eng, ich hörte auf zu atmen. Vielleicht hat auch der beißende Rauch im Zimmer mein Gehirn verwirrt. Ist es denn schließlich verwunderlich nach den Strapazen und Gefahren unserer Überfahrt, von der wir uns beide noch kaum erholt haben, daß ich bei der ersten anstrengenden Aufregung eine Nervenkrise bekam?«

»Sagen Sie mir«, erwiderte der noch immer nachdenkliche Marcasse, »haben Sie zu diesem Zeitpunkt Blaireau bemerkt?« »Ich glaube gesehen zu haben, wie Blaireau in dem Augenblick auf das Phantom stürzte, als es verschwand; aber das habe ich geträumt wie auch den Rest.«

»Hmm!« sagte der Sergeant, »als ich hereinkam, war Blaireau völlig in Aufruhr. Er lief zu Ihnen, schnupperte, weinte auf seine Weise, ging zum Bett, kratzte an der Wand, kam zu mir, lief zu Ihnen. Sonderbar ist das. Erstaunlich, Hauptmann, erstaunlich ist das!«

Nach ein paar Augenblicken des Schweigens rief er, wobei er den Kopf schüttelte: »Keine Gespenster, niemals Gespenster; übrigens, warum Jean tot? Nicht tot! Noch zwei Mauprat. Wer weiß? Wo zum Teufel? Keine Gespenster! Und mein Herr verrückt? Niemals. Krank? Nein.«

Nach diesem Kolloquium holte der Sergeant Licht, zog seine unzertrennliche Klinge aus der Scheide, pfiff Blaireau, nahm wacker das Seil, das der Treppe als Geländer diente, und forderte mich auf, unten zu bleiben. So groß mein Widerwillen auch war, erneut hinaufzugehen in dieses Zimmer, zögerte ich nicht, Marcasse zu folgen, trotz seiner Ermahnungen, und unsere erste Sorge war, das Bett zu untersuchen; aber während wir unten im Hof redeten, hatte die Magd weiße Laken aufgelegt und strich gerade abschließend die Decken glatt.

»Wer hat denn da geschlafen?« sagte Marcasse mit seiner gewohnten Vorsicht. »Niemand sonst«, antwortete sie, »als der Ritter und Monsieur Abbé Aubert zu jener Zeit, als sie noch kamen.« »Aber heute oder gestern zum Beispiel?« fuhr Marcasse fort. »Oh, gestern und heute, niemand, Monsieur; vor gut zwei Jahren war der Ritter hier; und was den Abbé angeht, so schläft er niemals hier, seit er allein kommt. Er kommt morgens an, ißt bei uns und kehrt abends zurück.« »Aber das Bett war benutzt«, sagte Marcasse und sah sie unverwandt an. »Ach, verdammt, Monsieur«, antwortete sie, »das kann sein, ich weiß nicht, in welchem Zustand es das letzte Mal geblieben ist; ich habe nicht darauf geachtet, als ich die Laken daraufgelegt habe; alles, was ich weiß, ist, daß der Mantel von Monsieur Bernard da lag, den er dorthin geworfen hat.« »Mein Mantel?« rief ich, »er ist im Stall.« »Und meiner auch«, sagte Marcasse, »ich habe sie beide zusammengerollt und auf die Haferkiste gelegt.« »Hatten Sie denn zwei?« erwiderte die Magd; »denn ich bin sicher, einen, der auf dem Bett lag, fortgenommen zu haben, einen ganz schwarzen und nicht mehr ganz neuen Mantel!« Meiner war rot gefüttert und mit einer goldenen Tresse eingefaßt, der von Marcasse hellgrau. Es war also keiner von unseren Mänteln, der für einen Augenblick hierher- und dann von dem Jungen in den Stall gebracht worden war. »Aber was haben Sie damit gemacht?« sagte der Sergeant. »Meiner Treu, Monsieur, ich habe ihn dort auf den Stuhl gelegt«, antwortete das dicke Mädchen, »aber Sie haben ihn dann weggenommen, als ich die Kerze geholt habe? Denn ich sehe ihn nicht mehr.«

Wir suchten im ganzen Zimmer, der Mantel war unauffindbar. Wir taten so, als brauchten wir ihn, und leugneten nicht, daß er uns gehörte. Die Magd nahm das Bett auseinander, drehte in unserer Gegenwart die Matratze um, ging weg und fragte den Jungen, was er damit gemacht habe. Weder im Bett noch im Zimmer war etwas zu finden; und der Junge war nicht einmal heraufgekommen. Der ganze Bauernhof war in Aufruhr und fürchtete, daß irgend jemand des Diebstahls angeklagt würde. Wir fragten, ob nicht ein Fremder nach La Roche-Mauprat gekommen und noch da sei. Als wir uns vergewissert hatten, daß diese braven Leute weder jemanden beherbergt noch gesehen hatten, beruhigten wir sie, was den verlorenen Mantel anging, sagten ihnen, daß Marcasse ihn aus Versehen in die beiden anderen eingewickelt habe und schlossen uns ins Zimmer ein, damit wir es nach Gutdünken durchsuchen konnten; denn nach all dem war es ziemlich offensichtlich, daß ich kein Gespenst gesehen hatte, sondern Jean Mauprat höchstpersönlich oder einen Mann, der ihm ähnlich sah und den ich für ihn gehalten hatte.

Marcasse hatte Blaireau mit Worten und Gesten scharf gemacht und beobachtete alle seine Bewegungen.

»Seien Sie unbesorgt«, sagte er stolz; »der alte Hund hat seinen früheren Beruf nicht vergessen; falls es ein Loch gibt, ein Loch, so groß wie eine Hand, dann haben Sie keine Angst. Ach, du, alter Hund! Haben Sie keine Angst!«

Blaireau schnüffelte in der Tat überall herum, bestand darauf, an der Stelle der Mauer zu kratzen, wo ich die Erscheinung gesehen hatte; er zitterte jedesmal, wenn seine spitze Schnauze an eine bestimmte Stelle der Vertäfelung kam; dann wedelte er zufrieden mit seinem Fuchsschwanz, kam zu seinem Herrn zurück und schien ihm zu sagen, er solle seine Aufmerksamkeit dorthin richten. Der Sergeant begann folglich, die Mauer und das Tafelwerk zu untersuchen, er versuchte, seinen Degen in eine Spalte zu stecken; doch nichts rührte sich. Trotzdem konnte sich dort eine Tür befinden, denn die Rankenornamente der geschnitzten Täfelung konnten einen geschickt angelegten Seitengang verbergen. Wir mußten die Feder finden, die die Geheimtür in Bewegung setzte; aber es gelang uns nicht, trotz aller Anstrengungen, die wir zwei Stunden lang unternahmen. Wir versuchten vergebens, am Paneel zu rütteln, es gab den gleichen Ton von sich wie die anderen; alle klangen dumpf und zeigten somit an, daß die Täfelung nicht unmittelbar auf das Mauerwerk gesetzt war; aber sie konnte nur wenige Zoll davon entfernt sein. Endlich hielt Marcasse schweißgebadet inne und sagte: »Wir sind ganz schön verrückt; selbst wenn wir bis morgen suchen, werden wir keine Feder finden, falls es keine gibt; und auch wenn wir die Tür einzuschlagen versuchen, gelingt uns dies nicht, falls dicke Eisenstangen dahinter sind, wie ich es in anderen alten Herrenhäusern gesehen habe.«

»Wir könnten den Ausgang finden, sofern es einen gibt«, sagte ich, »und dazu die Axt nehmen; aber wieso sollten wir auf die einfache Auskunft dieses Hundes hin, der an der Wand kratzt, darauf bestehen anzunehmen, daß Jean Mauprat oder der Mann, der ihm ähnlich sieht, nicht durch die Tür gekommen und gegangen ist?« »Gekommen, soviel Sie wollen«, antwortete Marcasse, »aber gegangen! Nein, bei meiner Ehre! Denn als die Magd hinunterging, war ich auf der Treppe und habe meine Schuhe gebürstet; aber als ich hier etwas auf den Boden fallen hörte, bin ich schnell die drei Stufen hinaufgegangen, das ist alles, und da war ich schon bei Ihnen. Sie wie tot, ausgestreckt auf den Steinplatten und recht krank; keiner drinnen oder draußen, bei meiner Ehre!«

»In diesem Falle habe ich von meinem teuflischen Onkel geträumt, und die Magd hat von dem schwarzen Mantel geträumt; denn mit Sicherheit gibt es hier keine Geheimtür; und gäbe es eine und alle Mauprat, lebendig oder tot, hätten den Schlüssel dazu, was macht uns das aus? Stehen wir in den Diensten der Polizei, daß wir nach diesen Elenden forschen? Und wenn wir sie irgendwo versteckt fänden, würden wir ihnen nicht eher zur Flucht verhelfen, als sie der Justiz auszuliefern? Wir haben unsere Waffen, wir haben keine Befürchtungen, daß sie uns heute nacht ermorden; und wenn sie sich einen Spaß daraus machen, uns Angst einzujagen, meiner Treu, Unglück über sie! Wenn man mich im Schlaf erschreckt, kenne ich keine Verwandten oder Verbündeten. Also, lassen wir das Omelette auftragen, das die braven Leute vom Gut für uns zubereiten; denn wenn wir weiterhin gegen die Mauern klopfen oder an ihnen kratzen, halten sie uns für verrückt.«

Marcasse gab mehr aus Gehorsam, denn aus Überzeugung nach; ich weiß nicht, welche Bedeutung er darin sah, das Geheimnis zu entdecken, noch, welche Sorgen ihn quälten, denn er wollte mich in dem verhexten Zimmer nicht allein lassen. Er behauptete, daß ich noch einmal krank werden und einen Krampf bekommen könnte.

»Oh, dieses Mal bin ich nicht so feige. Der Mantel hat mich von der Furcht vor Gespenstern geheilt; und ich rate niemandem, sich an mir zu vergreifen.«

Der Hidalgo war gezwungen, mich allein zu lassen. Ich machte meine Waffen scharf und legte sie in Reichweite auf den Tisch; aber diese Vorsichtsmaßnahme war völlig überflüssig; nichts störte die Stille des Zimmers, und die schweren Seidenvorhänge, an den Ecken mit Wappen in Silber bestickt, das schon schwarz war, wurden nicht durch den geringsten Luftzug bewegt. Marcasse kam zurück, erfreut, mich so heiter anzutreffen, wie er mich verlassen hatte, und bereitete unser Abendessen mit so großer Sorgfalt vor, als seien wir eigens mit der Absicht gekommen, gut zu speisen. Er scherzte über den Kapaun, der noch am Spieß sang, und über den Wein, der in der Kehle die Wirkung einer Bürste hatte. Aber der Meier kam und verbesserte noch die gute Laune, indem er ein paar Flaschen von dem hervorragenden Madeira brachte, den der Ritter ihm einst anvertraut hatte, und von dem er ein, zwei Glas zu trinken liebte, bevor er in den Sattel stieg. Zur Belohnung luden wir den guten Mann ein, mit uns zu speisen, um auf möglichst unterhaltsame Weise über die Geschäfte zu reden. »Recht so«, sagte er, »es wird also sein wie früher; die Bauern aßen am Tisch mit den Herren von La Roche-Mauprat, Sie machen es ebenso, Monsieur Bernard, und das ist gut.« »Ja, Monsieur«, sagte ich sehr kalt, »aber ich tue es mit denen, die mir Geld schulden, und nicht mit denen, denen ich welches schulde.« Diese Antwort und das Wort Monsieur schüchterten ihn dermaßen ein, daß er allerlei Umstände machte, sich am Tisch niederzulassen; aber ich bestand darauf, weil ich ihn gleich mit der Art meines Charakters vertraut machen wollte. Ich behandelte ihn wie einen Mann, den ich zu mir emporzog, und nicht wie einen, zu dem ich hinuntersteigen wollte. Ich zwang ihn, bei seinen Scherzen sittsam zu sein, und gestattete ihm innerhalb der Grenzen einer ehrenhaften Fröhlichkeit Offenherzigkeit. Er war ein jovialer und freimütiger Mann. Ich prüfte ihn aufmerksam, um zu sehen, ob er nicht irgendwelchen Umgang pflegte mit dem Phantom, das seinen Mantel auf dem Bett herumliegen ließ; aber das war keineswegs wahrscheinlich, und er hatte im Grunde eine solche Abneigung gegen die Strauchdiebe, daß er sie ohne seinen Respekt vor unserer Verwandtschaft in meiner Gegenwart am liebsten heruntergeputzt hätte, wie sie es verdienten. Aber ich mochte seinerseits keinerlei Freizügigkeit zu diesem Thema dulden, und ich forderte ihn auf, mir über meine Geschäfte Rechenschaft zu geben, was er mit Intelligenz, Genauigkeit und Redlichkeit tat.

Als er sich zurückzog, sah ich, daß der Madeira reichlich seine Wirkung tat, denn der Wein war in seine Beine gefahren, und er geriet an alle Möbel; dennoch war er noch so weit Herr seines Verstandes, daß er richtig argumentieren konnte. Ich habe stets bemerkt, daß der Wein sehr viel stärker auf die Muskulatur der Bauern wirkt als auf ihre Nerven; daß sie nur schwer ins Faseln kommen, sondern daß im Gegenteil Reizmittel bei ihnen Glückseligkeit hervorrufen, die wir nicht kennen und die aus ihrer Trunkenheit ein Vergnügen macht, das von unserem sehr verschieden ist und unserer fieberhaften Überschwenglichkeit weit überlegen.

Als wir wieder allein waren, Marcasse und ich, bemerkten wir, obgleich wir nicht betrunken waren, daß der Wein uns eine Heiterkeit, eine Sorglosigkeit beschert hatte, die wir sonst auf La Roche-Mauprat nicht empfunden hätten, selbst ohne das Abenteuer mit dem Phantom nicht. An gegenseitige Offenheit gewöhnt, stellten wir darüber unsere Betrachtungen an und kamen überein, daß wir sehr viel mehr als vor dem Essen dazu aufgelegt waren, alle Schwarzen Männer der Varenne zu empfangen.

Das Wort *Schwarzer Mann* erinnerte mich an das Abenteuer, das mich auf sehr unangenehme Weise im Alter von dreizehn Jahren mit Patience zusammengebracht hatte.

Marcasse kannte es, jedoch nicht den Charakter, den ich damals hatte, und es vergnügte mich, ihm zu erzählen von meinem verstörten Lauf querfeldein, nachdem mich der Hexenmeister ausgepeitscht hatte.

»Das erinnert mich daran«, sagte ich abschließend, »daß ich eine übersteigerte Vorstellungskraft habe und für die Furcht vor Übernatürlichem nicht unempfänglich bin. So mag das Gespenst von eben ...« – »Gleichwie, gleichwie«, sagte Marcasse, prüfte den Zünder meiner Pistolen und legte sie auf meinen Nachttisch; »denken Sie daran, daß nicht alle Strauchdiebe tot sind und Jean, falls er noch von dieser Welt ist, so lange Böses tut, bis er unter der Erde liegt, dreifach eingeschlossen beim Teufel.«

Der Wein löste die Zunge des Hidalgo, dem es nicht an Witz fehlte, wenn er sich die seltenen Unterbrechungen seiner gewöhnlichen Nüchternheit gestattete. Er wollte mich nicht allein lassen und schlug sein Bett neben dem meinen auf. Meine Nerven waren durch die Aufregungen des Tages gereizt; ich ließ mich also gehen und sprach von Edmée, nicht auf solche Weise, daß ich von ihrer Seite den Schatten eines Vorwurfs verdient hätte, wenn sie meinen Worten gelauscht haben würde, doch mehr, als ich es mir gegenüber einem Mann erlauben durfte, der nur mein Untergebener und nicht mein Freund war, was er später wurde. Ich weiß nicht, was ich ihm erzählt habe über meinen Kummer, meine Hoffnungen und Sorgen; jedenfalls hatten diese Vertraulichkeiten eine schreckliche Wirkung, wie Sie später sehen werden.

Plaudernd schliefen wir ein, Blaireau auf den Füßen seines Herrn, der Degen quer über den Knien des Hidalgo neben dem Hund, das Licht zwischen uns, die Pistolen in Reichweite, mein Jagdmesser unterm Kopfkissen und die Riegel vorgeschoben. Nichts störte unsere Ruhe; und als die Sonne uns weckte, krähten die Hähne fröhlich im Hof, und die *Holzfäller* riefen sich grobe Scherze zu, als sie unter unseren Fenstern ihre Zugochsen zu Gespannen zusammenbanden.

»Gleichwie, dahinter verbirgt sich etwas«, das war der

erste Satz von Marcasse, als er die Augen öffnete, und er nahm das Gespräch dort wieder auf, wo er es am Abend beendet hatte.

»Hast du heute nacht etwas gehört oder gesehen?« fragte ich ihn. »Überhaupt nichts«, antwortete er, »aber das ist egal, Blaireau hat nicht gut geschlafen, mein Degen ist auf den Boden gefallen, und außerdem ist nichts von dem, was geschehen ist, geklärt.« »Das soll klären, wer will«, erwiderte ich, »ich befasse mich bestimmt nicht damit.« »Unrecht, Unrecht, Sie haben unrecht.« »Das kann sein, mein lieber Sergeant, aber ich mag dieses Zimmer überhaupt nicht, und es kommt mir bei Tageslicht so häßlich vor, daß ich weit weg sein und reine Luft atmen muß.« »Nun gut, ich begleite Sie, aber ich komme wieder. Ich will das nicht dem Zufall überlassen. Ich weiß, wozu Jean Mauprat fähig ist, und Sie nicht.« »Ich will es nicht wissen; und wenn hier Gefahr für mich und die Meinen besteht, will ich nicht, daß du hierher zurückkommst.«

Marcasse schüttelte den Kopf und antwortete nichts. Bevor wir aufbrachen, gingen wir noch zur Meierei. Marcasse war erstaunt über eine Sache, die ich nicht bemerkte. Der Meier wollte mir seine Frau vorstellen; aber sie wollte mich auf keinen Fall sehen und versteckte sich in ihrem Hanffeld. Ich schrieb diese Menschenscheu der Schüchternheit ihrer Jugend zu. »Schöne Jugend, meiner Treu, mehr als fünfzig Jahre! Da steckt etwas dahinter, das sage ich Ihnen.« »Und was, zum Teufel?« »Hmm! Sie stand seinerzeit gut mit Jean Mauprat. Der *Schiefe* war nach ihrem Geschmack. Ich weiß es genau; ich weiß so allerlei, so allerlei, da können Sie sicher sein.« »Du kannst es mir erzählen, wenn wir wieder hierherkommen«, antwortete ich, »und das wird so bald nicht sein; denn meine Geschäfte laufen so viel besser, als wenn ich mich einmischte, und ich möchte mir nicht angewöhnen, Madeira zu trinken, damit ich vor meinem eigenen Schatten keine Angst bekomme. Wenn du mir einen Gefallen erweisen willst, Marcasse, so sprich nie zu jemandem über das, was hier geschehen ist. Nicht jeder schätzt deinen

Hauptmann so wie du.« »Wer meinen Hauptmann nicht schätzt, ist ein Dummkopf«, antwortete der Hidalgo im doktoralen Ton, »wenn Sie es mir befehlen, sage ich nichts.«

Er hielt Wort. Um nichts in der Welt hätte ich Edmées Sinn mit einer so dummen Geschichte belasten mögen. Aber ich konnte Marcasse nicht davon abhalten, seinen Plan auszuführen. Vom nächsten Tag an war er verschwunden, und ich erfuhr von Patience, er sei unter dem Vorwand nach La Roche-Mauprat zurückgekehrt, daß er dort etwas vergessen habe.

XVIII.

Während Marcasse sich seinen gefährlichen Untersuchungen widmete, verbrachte ich Tage voller Freuden und Ängste bei Edmée. Ihre gelassene und ergebene, doch in vielerlei Hinsicht reservierte Haltung stürzte mich in einen ständigen Wechsel von Freude und Schmerz. Eines Tages, während ich einen Spaziergang machte, hatte der Ritter mit ihr ein langes Gespräch. In dem Augenblick, als ihre Unterredung am lebhaftesten war, kam ich zurück, und als ich auftauchte, sagte mein Onkel: »Komm her, sage Edmée, daß du sie liebst und glücklich machen wirst, und daß du dir deine alten Fehler abgewöhnt hast. Sorge dafür, daß sie diesen Antrag annimmt, denn das muß ein Ende nehmen. Unsere Lage in der Gesellschaft ist nicht haltbar, und ich will nicht ins Grab gehen, ohne erlebt zu haben, daß die Ehre meiner Tochter wiederhergestellt ist, und ohne die Sicherheit, daß keine dumme Laune ihrerseits sie ins Kloster bringt, anstatt in der Gesellschaft den Rang einzunehmen, der ihr zusteht und für dessen Absicherung ich mein ganzes Leben lang gearbeitet habe. Los, Bernard, zu ihren Füßen! Seien Sie geistvoll und sagen Sie ihr etwas Überzeugendes! Andernfalls glaube ich, Gott möge mir verzeihen, daß Sie es sind, der sie nicht liebt und nicht aufrechten Herzens wünscht, sie zu heiraten.«

»Ich, gerechter Himmel!« rief ich, »ich soll es nicht wünschen, wo ich doch seit sieben Jahren keinen anderen Gedanken habe, wo mein Herz nichts anderes wünscht und mein Verstand sich kein anderes Glück vorstellt!« Ich sagte Edmée alles, was mir meine schwärmerische Leidenschaft eingab. Sie hörte mir schweigend zu, ohne ihre Hände zurückzuziehen, die ich mit Küssen bedeckte. Doch ihr Gesicht war sehr ernst, und der Ausdruck ihrer Stimme ließ mich erzittern, als sie nach kurzem Nachdenken sagte: »Mein Vater sollte nie an meinem Wort zweifeln; ich habe versprochen, Bernard zu heiraten, ich habe es Bernard und meinem Vater versprochen; also ist es gewiß, daß ich ihn heirate.« Dann fügte sie nach einer neuerlichen Pause und in noch ernsterem Ton hinzu: »Aber wenn mein Vater glaubt, er stünde kurz vor seinem Tod, welche Kraft unterstellt er mir dann, wenn er mich auffordert, nur an mich zu denken und zur Stunde seines Begräbnisses mein Hochzeitskleid anzuziehen? Wenn er im Gegenteil, wie ich glaube, trotz seiner Leiden immer noch im Besitz seiner Kräfte ist und aufgerufen, sich noch lange Jahre der Liebe seiner Familie zu erfreuen, wie kommt es dann, daß er mich so gebieterisch auffordert, die Frist, um die ich gebeten habe, zu verkürzen? Ist denn die Sache nicht wichtig genug, daß ich über sie nachdenke? Eine Verpflichtung, die mein ganzes Leben lang dauern soll und, ich sage nicht, über mein Glück entscheidet, denn dieses würde ich dem kleinsten Wunsch meines Vaters opfern, sondern über den Frieden meines Gewissens und die Würde meines Verhaltens (denn welche Frau kann ihrer selbst so sicher sein und für eine Zukunft bürgen, an die sie gegen ihren Willen gebunden ist?); verdient eine solche Verpflichtung nicht, daß ich alle Risiken und Vorteile zumindest ein paar Jahre lang abwäge?« »Gott zum Dank! Sie wägen seit sieben Jahren alles ab«, sagte der Ritter, »Sie sollten wissen, worauf Sie bestehen, auf Kosten Ihres Vetters. Wenn Sie ihn heiraten wollen, so tun Sie es; aber wenn Sie ihn nicht wollen, so sagen Sie es, und ein anderer soll um Ihre Hand anhalten.« »Mein Vater«, antwortete Edmée kühl, »nur ihn werde ich heiraten.« »*Nur ihn* ist sehr gut«, sagte der Ritter und klopfte mit der Feuerzange auf die Holzklötze, »aber das muß nicht unbedingt heißen, daß Sie ihn heiraten werden.« »Ich heirate ihn, mein Vater«, erwiderte Edmée. »Ich hätte mir noch ein paar Monate Freiheit gewünscht; doch da Sie mit all diesen Verzögerungen so unzufrieden sind, bin ich bereit, Ihren Befehlen zu gehorchen, das wissen Sie.« »Bei Gott! Das ist mir eine feine Art der Zustimmung«, rief mein Onkel, »und sehr aufmunternd für Ihren Vetter! Meiner Treu! Bernard, ich bin ziemlich alt; aber ich muß sagen, daß ich die Frauen immer noch nicht verstehe, und wahrscheinlich sterbe ich, ohne irgend etwas an ihnen verstanden zu haben.«

»Mein Onkel«, antwortete ich, »die Abneigung meiner Cousine mir gegenüber verstehe ich sehr gut, ich habe sie verdient. Ich habe alles getan, was in meiner Macht stand, um meine Vergehen wiedergutzumachen. Aber liegt es an ihr, eine Vergangenheit zu vergessen, unter der sie zweifellos allzusehr gelitten hat? Im übrigen, sollte sie mir nicht vergeben, so werde ich ebenso hart sein wie sie und mir selbst nicht verzeihen; ich werde alle Hoffnung in dieser Welt fahren lassen, mich von ihr und Ihnen entfernen und somit in einer Weise selbst bestrafen, die schlimmer ist als der Tod.« »So, nun liegt alles in Scherben!« sagte mein Onkel und warf die Feuerzange ins Feuer; »ist es das, was Sie wollten, meine Tochter?«

Ich machte ein paar Schritte und wollte hinausgehen; ich litt fürchterlich. Edmée lief auf mich zu, ergriff meinen Arm und brachte mich zu ihrem Vater zurück: »Was Sie da sagen, ist grausam und voller Undankbarkeit«, sagte sie zu mir. »Kommt es einem bescheidenen Geist, einem großmütigen Herzen zu, eine Freundschaft und Hingabe zu leugnen und, ich wage es, mich eines anderen Wortes zu bedienen, eine sieben Jahre währende Treue, weil ich Sie noch um ein paar

Monate Zeit zur Prüfung bitte? Und selbst wenn ich für Sie, Bernard, niemals eine ebenso lebhafte Zuneigung hegen würde wie Sie für mich, ist denn die, die ich Ihnen bisher entgegengebracht habe, so gering, daß Sie sie mißachten und auf sie verzichten aus Ärger darüber, daß Sie nicht genau dieselbe wecken, die Sie von mir glauben verlangen zu müssen? Sind Sie sicher, daß so gesehen eine Frau nicht das Recht haben soll, Freundschaft zu empfinden? Wollen Sie mich denn schließlich und endlich dafür bestrafen, daß ich zu Ihnen wie eine Mutter war, als ich Sie von mir fernhielt, oder wollen Sie mich nur unter der Bedingung belohnen, daß ich Ihre Sklavin werde?« »Nein, Edmée, nein«, antwortete ich mit zusammengeschnürtem Herzen und Tränen in den Augen und führte ihre Hand an meinen Mund; »ich fühle, daß Sie mehr für mich getan, als ich verdient habe, ich spüre, daß ich mich aus Ihrer Nähe entfernen möchte, doch vergebens; aber können Sie es mir als Verbrechen zur Last legen, wenn ich in Ihrer Gegenwart leide? Ein im übrigen so unfreiwilliges und verhängnisvolles Verbrechen, daß es sich all Ihren Vorwürfen und all meinen Gewissensbissen entzieht. Reden wir nicht davon, niemals; das ist alles, was ich tun kann. Bewahren Sie mir Ihre Freundschaft, ich hoffe, mich in Zukunft ihrer würdig zu erweisen.«

»Umarmt euch, und trennt euch niemals«, sagte der Ritter gerührt. »Bernard, was für eine Laune Edmée auch an den Tag legen mag, verlassen Sie sie niemals, wenn Sie sich den Segen Ihres Adoptivvaters verdienen wollen. Falls es Ihnen nicht gelingt, ihr Gatte zu werden, so seien Sie ihr doch stets ein Bruder. Bedenken Sie, mein Kind, daß sie bald allein sein wird auf Erden und ich ungetröstet sterbe, wenn ich nicht die Gewißheit mit ins Grab nehme, daß ihr eine Stütze und Verteidigung bleibt. Bedenken Sie schließlich, daß sie Ihretwegen, wegen eines Schwurs, den ihre Neigung womöglich nicht billigt, den ihr Gewissen jedoch achtet, derart verlassen und verleumdet ist ...«

Der Ritter zerfloß in Tränen, und alle Schmerzen dieser leidgeprüften Familie wurden mir in einem Augenblick deutlich. »Genug, genug!« rief ich und sank zu ihren Füßen nieder; »all das ist zu grausam. Ich wäre der letzte unter den Elenden, wenn es nötig wäre, mir meine Fehler und Pflichten noch einmal vor Augen zu führen. Lassen Sie mich zu Ihren Füßen weinen, lassen Sie mich das Böse, das ich Ihnen angetan, durch den Schmerz, durch die ewige Entsagung in meinem Leben büßen! Warum haben Sie mich nicht davongejagt, als ich Ihnen Schaden zufügte? Warum haben Sie mich nicht davongejagt, als ich Ihnen Schaden zufügte? Warum, mein Onkel, haben Sie mir nicht, wie einem wilden Tier, mit einem Pistolenschuß den Kopf zerschmettert? Weswegen haben Sie mich verschont, da ich doch Ihre Wohltaten mit dem Verderb Ihrer Ehre vergolten habe? Nein, nein, ich spüre es, Edmée darf mich nicht heiraten; das hieße, die Schande der Beleidigung zu akzeptieren, die ich ihr angetan. Ich bleibe hier; wenn sie es verlangt, werde ich sie niemals sehen; aber wie ein treuer Hund will ich vor ihrer Tür liegen, und den ersten, der es wagt, sich ihr zu nähern, den werde ich in Stücke reißen; und wenn eines Tages ein ehrlicher Mann, glücklicher als ich, es verdient, von ihr erwählt zu werden, dann nehme ich ihm, weit davon entfernt, gegen ihn zu kämpfen, die teure und heilige Sorge ab, sie zu beschützen und zu verteidigen; ich will sein Freund, sein Bruder sein; und wenn ich ihr gemeinsames Glück sehe, werde ich fern von ihnen in Frieden sterben.«

Mein Schluchzen nahm mir den Atem, der Ritter drückte seine Tochter und mich an sein Herz, und gemeinsam weinten wir und schworen ihm, uns nie zu trennen, nicht solange er lebe und auch nicht nach seinem Tod.

»Gib dennoch die Hoffnung nicht auf, sie zu heiraten«, sagte ein wenig später, als die Ruhe zurückgekehrt war, der Ritter leise zu mir; »sie hat seltsame Wünsche; aber, siehst du, nichts bringt mich ab von dem Gedanken, daß sie Liebe für dich empfindet. Sie will sich noch nicht erklären. Was eine Frau will, das will Gott.«

»Was Edmée will, das will ich«, antwortete ich. Einige Tage nach diesem Auftritt, der bewirkte, daß in meiner Seele den Aufregungen des Lebens die Stille des Todes folgte, ging ich mit dem Abbé im Park spazieren.

»Ich muß Ihnen Mitteilung machen«, sagte er, »von einem Abenteuer, das mir gestern widerfahren und reichlich romantisch ist. Ich hatte einen Spaziergang im Wald von Briantes hinter mir und war zur Quelle im Farnwald hinuntergegangen. Sie wissen, es war so warm wie mitten im Sommer; diese wundervollen Pflanzen, rostrot vom Herbst, sind am Bach, den sie mit ihren gezackten Blättern bedekken, schöner denn je. Der Wald spendet nur noch wenig Schatten, aber der Fuß versinkt in einem Teppich aus getrocknetem Laub, und sein Rascheln ist für mich von besonderem Zauber. Die wie Atlasseide schimmernden Stämme der Birken und jungen Eichen sind bedeckt mit verschiedenen Moosen und Schlingpflanzen, die feinsinnig ihren bräunlichen Farbton, vermischt mit zartem Grün, Rot und Falbgelb, ausbreiten und die Gestalt von Sternen, Rosetten, Landkarten jedweder Art annehmen, über die die Phantasie von anderen Miniaturwelten träumen darf. Liebevoll studierte ich diese Wunder an Anmut und Feinheit, diese Arabesken, in denen unendliche Mannigfaltigkeit mit unwandelbarem Gleichmaß sich verbindet, und, glücklich im Wissen darüber, daß Sie nicht, wie der gewöhnliche Mensch, dieser bewundernswerten Eleganz der Schöpferkraft blind gegenüberstehen, löste ich ein paar mit größter Sorgfalt heraus, hob sogar die Baumrinde ab, in der sie wurzeln, um die Reinheit ihrer Linienführung nicht zu zerstören. Ich habe einen kleinen Vorrat angelegt und im Vorbeigehen bei Patience deponiert, den wir uns, wenn Sie wollen, ansehen werden. Aber auf dem Weg dorthin will ich Ihnen erzählen, was geschah, als ich in die Nähe der Quelle kam. Ich hielt den Kopf gesenkt und ging, geleitet vom leisen Plätschern des klaren, feinen Wasserstrahls, der hervorsprudelt aus der Mitte des moosigen Felsens. Ich wollte mich gerade auf den Stein setzen, der neben der Quelle eine natürliche Bank bildet, da sah ich, daß der Platz von einem braven Mönch besetzt war, dessen braunwollene Kapuze sein bleiches, welkes Haupt halb verbarg. Er schien mir durch die Begegnung mit mir sehr eingeschüchtert; ich beruhigte ihn, so gut ich konnte, und sagte, es sei nicht meine Absicht, ihn zu stören, sondern nur, meinen Mund an die Rinne aus Baumrinde zu führen, welche Holzfäller am Felsen angebracht haben, um das Trinken zu erleichtern. ›Oh, heiliger Kirchenmann‹, sagte er in demutsvollem Ton, ›warum sind Sie nicht der Prophet, der mit seiner Rute an die Quelle der Gnade klopft, und warum kann meine Seele nicht, gleich diesem Fels, einen Bach von Tränen fließen lassen?‹ Überrascht von der Ausdrucksweise dieses Mönches, von seinem traurigen Aussehen, seiner träumerischen Haltung an diesem poetischen Ort, an dem ich so oft geträumt habe von dem Gespräch der Samariterin mit dem Erlöser, gab ich mich immer mehr einer geneigten Plauderei hin. Ich erfuhr von dem Mönch, daß er Trappist war und unterwegs, um Buße zu tun. ›Fragen Sie mich nicht nach Namen und Herkunft‹, sagte er. ›Ich gehöre einer berühmten Familie an, die sich schämte, erinnerte sie sich meiner Existenz; im übrigen, wenn wir in den Trappistenorden eintreten, schwören wir jeglichem Stolz der Vergangenheit ab, wir werden wie neugeborene Kinder; in dieser Welt sterben wir, um in Jesus Christus aufzuerstehen. Aber seien Sie versichert, daß Sie in mir eines der frappierendsten Beispiele für die Wunder der Gnade sehen, und ich könnte Ihnen berichten von meinem mönchischen Leben, meinen Schrecken, meinen Gewissensbissen, meiner Sühne, und gewiß blieben Sie davon nicht unberührt. Aber was helfen mir Mitleid und Nachsicht der Menschen, wenn Gottes Barmherzigkeit nicht geruht, mich freizusprechen?‹«

»Sie wissen«, fuhr der Abbé fort, »daß ich Mönche nicht mag, daß ich ihrer Demut mißtraue und ihr Müßiggang mich entsetzt. Doch dieser sprach mit so viel Trauer und Liebe, er war so durchdrungen von seiner Pflicht, er schien so krank und von seinen Bußübungen erschöpft, so reuevoll, daß er mein Herz gewann. In seinem Blick, seiner Rede blitzt etwas auf, das eine große Intelligenz verrät, eine unermüdliche Tatkraft, eine jeder Prüfung standhaltende Ausdauer. Wir verbrachten zwei geschlagene Stunden miteinander, und als ich ihn verließ, war ich so gerührt, daß ich den Wunsch verspürte, ihn vor seinem Aufbruch wiederzusehen. Für die Nacht hatte er auf dem Hof der Goulets eine Lagerstatt gefunden, und vergeblich wollte ich ihn zum Schloß mitnehmen. Er sagte, daß er einen Reisegefährten habe, den er nicht allein lassen wolle. ›Aber da Sie so barmherzig sind‹, sagte er, ›würde ich mich glücklich schätzen, Sie morgen bei Sonnenuntergang hier wiederzusehen; vielleicht werde ich sogar den Mut finden, Sie um einen Gefallen zu bitten; Sie können mir in einer dringenden Angelegenheit, mit der ich in dieser Gegend beauftragt bin, behilflich sein. Im Augenblick kann ich Ihnen nicht mehr darüber sagen.‹ Ich versicherte ihm, daß er mit mir rechnen könne und ich gegenüber einem Mann wie ihm herzlich gern eine Verpflichtung einginge.«

»So gerne, daß Sie mit Ungeduld auf die Stunde des Treffens warten?« sagte ich zum Abbé.

»Zweifellos«, antwortete er, »und meine neue Bekanntschaft übt eine so große Anziehung auf mich aus, daß ich, falls ich keine Angst davor hätte, das Vertrauen zu mißbrauchen, das er mir entgegenbringt, Edmée zur Quelle im Farnwald mitnähme.«

»Ich glaube, Edmée hat sehr viel mehr zu tun, als dem Deklamieren Ihres Mönches zu lauschen, der indessen vielleicht nichts als ein Intrigant ist wie so viele andere, denen Sie blindlings Ihre Nächstenliebe bezeugt haben. Verzeihen Sie, mein werter Abbé, aber Sie sind kein großer Menschenkenner und neigen ein wenig dazu, sich für oder gegen Leute einnehmen zu lassen ohne einen anderen Grund als die wohlwollenden oder ängstlichen Empfindungen Ihres romantischen Kopfes.«

Der Abbé lächelte, behauptete, daß ich aus Gehässigkeit derart rede, betonte die Frömmigkeit des Trappisten und vertiefte sich wieder in die Botanik. Wir verbrachten ziemlich viel Zeit mit der Pflanzenbestimmung bei Patience; und da mir nichts wichtig war, als mir selbst zu entkommen, verließ ich mit dem Abbé die Hütte und begleitete ihn bis zu dem Gehölz, wo er seine Verabredung hatte. Der Abbé schien, je näher wir dem Treffpunkt kamen, den Eifer des Vortags ein wenig zu verlieren und zu befürchten, daß er zu weit gegangen sei. Diese Unsicherheit, die so rasch der Begeisterung folgte, gab seinen wechselhaften, liebevollen, schüchternen Charakter in seiner Gesamtheit so gut wieder, diese seltsame Mischung aus entgegengesetzten Antrieben, daß ich anfing, ihn mit der Hingabe der Freundschaft aufzuziehen. »Nun«, sagte er, »ich muß klar sein in meinem Herzen, und Sie müssen ihn sehen. Sie sehen sich sein Gesicht an, studieren ihn ein paar Augenblicke lang und lassen uns miteinander allein, denn ich habe ihm ja versprochen, seine vertraulichen Mitteilungen anzuhören.« Weil ich nichts weiter zu tun hatte, folgte ich dem Abbé; aber als wir uns oberhalb des schattigen Felsens befanden, aus dem die Quelle entspringt, blieb ich stehen, um den Mönch durch das Blattwerk der Eschen hindurch zu betrachten. Er stand unmittelbar unter uns am Rande des Brunnens und beobachtete die Biegung des Pfades, die wir nehmen mußten, um zu ihm zu gelangen; aber er dachte nicht daran, zu dem Ort zu blicken, an dem wir standen, und wir konnten ihn betrachten, so viel wir wollten, ohne daß er uns sah. Kaum hatte ich ihn erspäht, da wurde ich von einem bitteren Lachen erfaßt, packte den Abbé am Arm, zog ihn ein wenig beiseite und sprach mit großer Erregung folgendermaßen zu ihm:

»Mein lieber Abbé, sind Sie denn dereinst nie der Gestalt meines Onkels Jean begegnet?«

»Soviel ich weiß, niemals«, antwortete der Abbé völlig bestürzt; »aber worauf wollen Sie hinaus?« »Darauf, Ihnen zu sagen, mein Freund, daß Sie da einen hübschen Fund gemacht haben und daß dieser gute und verehrenswerte Trappist, dem Sie soviel Wohlwollen, Treuherzigkeit, Demut und Geist zugesprochen haben, kein anderer ist als Jean Mauprat, der Strauchdieb.«

»Sie sind verrückt!« rief der Abbé und wich drei Schritt

zurück. »Jean Mauprat ist seit langem tot.« »Jean Mauprat ist nicht tot, vielleicht auch Antoine nicht, und ich bin weniger überrascht als Sie, weil ich einem der beiden Gespenster bereits begegnet bin. Er mag Mönch geworden sein und seine Sünden beweinen, das ist gut möglich; aber daß er sich verkleidet hat, um hier einer dunklen Absicht nachzugehen, das ist ebenso möglich, und ich rate Ihnen, auf der Hut zu sein ...«

Der Abbé hatte sich so erschreckt, daß er nicht mehr zum Treffen gehen wollte. Ich überzeugte ihn, daß es notwendig sei, zu erfahren, worauf der alte Sünder hinauswolle. Da ich jedoch die Schwäche des Abbés kannte und befürchtete, daß es meinem Onkel gelingen würde, ihn für irgendein falsches Vorhaben zu gewinnen und sich durch verlogene Geständnisse seines Gewissens zu bemächtigen, beschloß ich, mich derart ins Dickicht zu schleichen, daß ich alles sehen und hören konnte. Aber die Dinge verliefen anders, als ich es gedacht hatte. Anstatt listig vorzugehen, offenbarte der Trappist dem Abbé sogleich seinen wirklichen Namen. Von Reue ergriffen, so erklärte er ihm, glaube er, daß sein Gewissen es ihm nicht gestatte, im Schutz der Kutte (denn er war tatsächlich seit mehreren Jahren Trappist) der Strafe zu entgehen, und er sei gekommen, um sich in die Hände der Justiz zu begeben, damit er in augenfälliger Weise die Verbrechen sühne, mit denen er beschmutzt sei. Dieser mit hervorragenden Fähigkeiten begabte Mann hatte im Kloster eine mystische Beredsamkeit erworben. Er sprach mit so viel Anmut und Sanftheit, daß ich, ebenso wie der Abbé, ergriffen war. Vergeblich versuchte dieser, gegen eine Entscheidung anzugehen, die ihm unsinnig vorkam; Jean Mauprat zeigte die unerschrockenste Hingabe an seine religiösen Vorstellungen. Er sagte, daß er, da er Verbrechen der alten heidnischen Barbarei begangen habe, seine Seele nur zum Preis einer öffentlichen Buße erlösen könne, die jener ersten Christen würdig sei. »Man kann«, sagte er, »gegenüber Gott wie den Menschen feige sein, und in der Stille meines Wachens höre ich, wie eine schreckliche Stimme auf mein Schluchzen Antwort gibt: ›Elender Feigling, die Angst vor den Menschen wirft dich in Gottes Schoß; und wenn du den irdischen Tod nicht fürchtetest, hättest du niemals an das ewige Leben gedacht.‹ Dann spüre ich, wovor ich am meisten Angst habe, nämlich nicht vor dem Zorn Gottes, sondern vor dem Seil und vor dem Henker, die unter meinesgleichen auf mich warten. Nun gut! Es ist an der Zeit, daß meine Schmach gegenüber mir selbst beendet werde, und an dem Tag, an dem die Menschen mich mit Schande und Strafe überhäufen, werde ich mich im Angesicht des Himmels erlöst und geläutert fühlen. Erst dann halte ich mich für würdig, zu Jesus, meinem Erretter, zu sagen: ›Höre mich an, unschuldiges Opfer, du, der den braven Schächer angehört, höre das beschmutzte, aber reuige Opfer, das sich dem Ruhm deines Martyriums zugesellt, erlöst durch dein Blut.‹

»Für den Fall, daß Sie auf Ihrem schwärmerischen Wunsch bestehen«, sagte der Abbé, nachdem er ihm ohne Erfolg alle möglichen Einwände aufgeführt hatte, »wollen Sie mir wenigstens sagen, an welche Sache Sie gedacht haben, bei der ich einverstanden sein solle, Ihnen zu helfen?«

»In all dem kann ich nicht tätig werden«, antwortete der Trappist, »ohne die Zustimmung eines Mannes, der bald der letzte Mauprat sein wird; denn der Ritter braucht nur noch wenige Tage auf die himmlische Belohnung zu warten, die er durch seine Tugenden erwirkt hat, und, was mich angeht, so kann ich der Marter, die ich suche, nur entkommen, um wieder in die ewige Nacht des Klosters einzutauchen. Ich will von Bernard Mauprat sprechen: Ich sage nicht *mein Neffe,* denn könnte er mich hören, so würde er sich schämen, diesen unheilvollen Titel zu tragen. Ich habe von seiner Rückkehr aus Amerika erfahren, und diese Nachricht hat mich bewogen, die Reise mit dem schmerzhaften Ziel zu unternehmen, bei der Sie mich sehen.«

Während er so redete, schien mir, daß er seinen hinterhältigen Blick auf die Baumgruppe warf, wo ich mich befand, so, als habe er meine Anwesenheit erahnt. Vielleicht hatte eine Bewegung der Äste mich verraten.

»Darf ich Sie fragen«, sagte der Abbé, »was Sie heute mit diesem jungen Mann gemein haben? Befürchten Sie nicht, daß er verbittert ist durch die üble Behandlung, die ihm einst auf La Roche-Mauprat nicht erspart wurde, und sich weigert, Sie zu sehen?«

»Ich bin sicher, daß er sich weigert; denn ich kenne den Haß, den er mir gegenüber nährt«, sagte der Trappist und drehte sich zu der Stelle um, an der ich war. »Aber ich hoffe, daß Sie ihn dazu bringen können, mir diese Zusammenkunft zu gewähren, denn Sie sind großherzig und gut, Monsieur Abbé, Sie haben versprochen, sich mir zu verpflichten, und darüberhinaus sind Sie der Freund des jungen Mauprat, und Sie werden ihm zu verstehen geben, daß es um sein Interesse und die Ehre seines Namens geht.«

»Wie das?« erwiderte der Abbé. »Zweifellos wird er sich wenig geschmeichelt fühlen, wenn er sieht, wie Sie wegen Verbrechen, die einst im Schatten des Klosters ausgelöscht wurden, vor Gericht erscheinen. Er muß gewißlich wünschen, daß Sie auf diese aufsehenerregende Buße verzichten; wie, hoffen Sie, sollte er dem zustimmen?«

»Ich hoffe es, weil Gott groß und gut ist, weil seine Gnade Wirkung hat und das Herz eines jeden berührt, der die Güte besitzt, die Sprache einer wahrhaft bereuenden und so sehr überzeugten Seele zu hören; weil mein ewiges Heil in den Händen dieses jungen Mannes liegt und er sich nicht jenseits des Grabes an mir wird rächen wollen. Außerdem muß ich in Frieden mit denen sterben, die ich beleidigt habe, ich muß vor Bernard Mauprat niederknien, damit er mir meine Sünden vergibt. Meine Tränen werden ihn anrühren, oder, sollte seine unbarmherzige Seele sie mißachten, so habe ich wenigstens eine unabweisbare Pflicht erfüllt.«

Als ich merkte, daß er mit der Gewißheit redete, von mir gehört zu werden, packte mich der Ekel; ich glaubte zu sehen, wie Betrug und Feigheit hinter dieser niederen Heuchelei sichtbar wurden. Ich ging weg und wartete in einiger Entfernung auf den Abbé. Er kam bald zu mir, das Treffen hatte mit dem gegenseitigen Versprechen geendet, sich bald wiederzusehen. Der Abbé hatte sich verpflichtet, mir die Worte des Trappisten zu übermitteln, der mit dem süßesten Ton der Welt drohte, daß er mich zu finden wisse, sollte ich mich seinem Verlangen widersetzen. Wir versprachen einander, darüber zu beraten, der Abbé und ich, ohne den Ritter oder Edmée in Kenntnis zu setzen, um sie nicht ohne Not zu beunruhigen. Der Trappist wohnte im Kloster der Karmeliter in La Châtre, was den Abbé vollends auf der Hut sein ließ, trotz seiner anfänglichen Begeisterung für die Reue des Sünders. Diese Karmeliter hatten ihn in seiner Jugend verfolgt, und der Prior hatte ihn schließlich gezwungen, in den Laienstand zu treten. Der Prior lebte noch, alt, aber unerbittlich; schwach, versteckt, aber dem Haß und den Intrigen verschrieben. Der Abbé hörte nicht ohne Zittern seinen Namen; er forderte mich auf, mich in der ganzen Sache vorsichtig zu verhalten. »Obgleich Jean Mauprat dem Schwert des Gesetzes untersteht«, sagte er, »und Sie auf dem Höhepunkt von Ehre und Reichtum stehen, achten Sie die Schwäche Ihres Feindes nicht gering. Wer weiß, was Arglist und Haß vermögen? Sie können den Platz des Gerechten einnehmen und ihn auf den Misthaufen werfen, sie können ihr eigenes Verbrechen einem anderen anhängen und das Gewand der Unschuld mit ihrer Schande beschmutzen. Sie sind vielleicht noch nicht fertig mit den Mauprat.«

Der Abbé hätte nicht geglaubt, so wahr zu sprechen.

XIX.

Nachdem ich reiflich über die vermutlichen Absichten des Trappisten nachgedacht hatte, glaubte ich, dem verlangten Treffen zustimmen zu müssen. Jean Mauprat konnte nicht hoffen, mich mit seinen Tricks zu hintergehen, und ich wollte alles in meiner Macht Stehende tun, um zu verhindern, daß er mit seinen Ränken die letzten Tage meines Großonkels verfinsterte. Am nächsten Tag schon begab ich mich gegen Ende der Vesperzeit in die Stadt und läutete, nicht ohne innere Erregung, an der Pforte der Karmeliter. Der Schlupfwinkel, den der Trappist sich ausgesucht hatte, war einer der unzähligen Bettelorden, die Frankreich ernährte; dieser hier, obgleich einer strengen Regel verpflichtet, war reich und frönte den weltlichen Freuden. In dieser ungläubigen Zeit stand die geringe Zahl der Mönche nicht mehr im Verhältnis zur Größe und zum Reichtum der Einrichtungen, die für sie gegründet worden waren; die Klosterbrüder, die in der tiefen Provinz in riesigen Abteien umherirrten und, der öffentlichen Kontrolle entledigt (die immer dort schwindet, wo Menschen sich isolieren), im Luxus schwelgten, führten das süßeste und müßigste Leben, das man sich denken kann. Doch diese Dunkelheit, die Mutter *liebenswerter Laster*, wie man damals sagte, war nur den Unwissenden lieb. Ihre Anführer waren den mühseligen Träumen eines Ehrgeizes ausgeliefert, der sich im Schatten nährt und in der Untätigkeit bitter wird. Handeln, handeln um jeden Preis, selbst im eingeschränktesten Kreise und mittels nichtigster Elemente, das war die fixe Idee der Prioren und Äbte.

Der Prior der *Beschuhten Karmeliter*, den ich aufsuchen wollte, war das lebende Bildnis dieser erregten Ohnmacht. Durch die Gicht an seinen großen Lehnstuhl gefesselt, stellte er für mich ein seltsames Pendant dar zur ehrwürdigen Gestalt des Ritters, der, wie jener bleich und bewegungslos, in seiner Melancholie jedoch edel und patriarchalisch war. Der Prior war kurz, fett und voller Ungestüm. Der obere Teil seines Körpers war frei beweglich, und sein Kopf drehte sich lebhaft nach rechts und links; die Arme fuhren durch die Luft, um Befehle zu geben; seine Redeweise war knapp, und sein heiseres Organ schien den geringsten Dingen einen geheimnisvollen Sinn zu geben. In einem Wort, die eine Hälfte seiner Person schien ohne Unterlaß zu kämpfen, um die andere mitzuziehen, wie bei diesem verzauberten Mann im arabischen Märchen, welcher unter seinem Gewand einen Körper versteckt, der bis zum Gürtel marmorn ist.

Er empfing mich mit übertriebenem Eifer, wurde ärgerlich, weil man mir nicht schnell genug einen Stuhl brachte, streckte seine große, schlaffe Hand aus, um diesen Stuhl an den seinen heranzuziehen, gab einem großen, bärtigen Satyr, den er seinen Bruder Schatzmeister nannte, ein Zeichen hinauszugehen; dann, nachdem er mich mit Fragen über meine Reise, die Rückkehr, meine Gesundheit und Familie überhäuft hatte, durchbohrte er mich mit seinen hellen, flinken Augen, welche die dicken und durch seine Unmäßigkeit hängenden Lidfalten auseinanderschoben, und kam zur Sache.

»Mein liebes Kind«, sagte er, »ich kenne den Grund, der Sie hierherführt: Sie möchten Ihre Pflichten Ihrem heiligen Verwandten gegenüber erfüllen, diesem Trappisten, einem Vorbild an Erbauung, den Gott uns geschickt hat, damit er der Welt als Beispiel diene und das Wunder der Gnade leuchten lasse.« »Monsieur Prior«, antwortete ich, »ich bin kein hinreichend guter Christ, um das Wunder zu würdigen, von dem Sie sprechen. Mögen die frommen Seelen dem Himmel dafür Dank sagen. Was mich angeht, ich bin gekommen, weil Monsieur Jean de Mauprat wünscht, wie er gesagt hat, mir von Plänen, die mich betreffen, Mitteilung zu machen, und ich bin bereit, ihm zuzuhören. Wenn Sie gestatten, möchte ich mich zu ihm begeben ...« »Ich wollte nicht, daß er Sie vor mir sieht, junger Mann!« rief der Prior mit geheuchelter Offenheit, wobei er sich meiner Hände bemächtigte, die ich nicht ohne Ekel in den seinen spürte; »im Namen der Nächstenliebe, im Namen des Blutes, das in Ihren Adern fließt, muß ich Sie um eine Gunst bitten ...« Ich befreite eine Hand, und als der Prior den unzufriedenen Ausdruck auf meinem Gesicht wahrnahm, veränderte er auf der Stelle seinen Tonfall mit bewundernswerter Wendigkeit. »Sie sind ein Mann von Welt, ich weiß. Sie haben Klagen vorzubringen gegen den, der einst Jean Mauprat war und der sich heute den demütigen Bruder Jean Nepomuk nennt. Aber sollten die Gebote unseres göttlichen Herrn Jesus Christus Sie nicht zur Barmherzigkeit führen, so gibt es doch Erwägungen hinsichtlich der öffentlichen

Schicklichkeit und des Familiengeistes, die Sie bewegen werden, meine Ängste und Bemühungen zu teilen. Sie kennen den frommen, jedoch kühnen Entschluß, den Bruder Jean gefaßt hat; Sie müssen sich mit mir verbünden, um ihn davon abzubringen, und das werden Sie tun, daran zweifle ich nicht.« »Vielleicht, Monsieur«, antwortete ich kalt; »aber darf ich Sie fragen, welchen Beweggründen meine Familie das Interesse verdankt, das Sie unseren Angelegenheiten widmen?« »Dem Geist der Nächstenliebe, der alle Diener Christi beseelt«, antwortete der Mönch mit sehr gut gespielter Würde.

Verschanzt hinter diesem Vorwand, in dessen Schutz der Klerus sich stets in alle Familiengeheimnisse eingemischt hat, war es ihm ein leichtes, meinen Fragen ein Ende zu setzen; und es gelang ihm, ohne den Verdacht zu zerstreuen, der in meinem Kopf gegen ihn herrschte, meinen Ohren zu beweisen, daß ich ihm für die Sorgen Dank schuldete, die er sich um die Ehre meiner Familie machte. Ich mußte genau herausbekommen, worauf er hinauswollte, und es trat ein, was ich vorhergesehen hatte. Mein Onkel Jean verlangte von mir den Anteil, der ihm am Gut von La Roche-Mauprat zustünde, und der Prior war beauftragt, mir verständlich zu machen, daß ich zu wählen hätte zwischen einer recht beträchtlichen, auszuzahlenden Summe (denn es war die Rede von dem ausstehenden Einkommen, von dem ich sieben Jahre lang den Nießbrauch gehabt hatte, vom Kapital eines Siebtels des Besitzes abgesehen) und der verrückten Aktion, die unternehmen zu wollen er behauptete und deren Skandal nicht verfehlen würde, die Tage des Ritters zu verkürzen und mir vielleicht eine *persönlich peinliche Lage* zu verursachen. All das wurde mir in vortrefflicher Weise dargeboten im Gewand der allerchristlichsten Fürsorge um meine Person, der glühendsten Bewunderung für den Eifer des Trappisten und der aufrichtigsten Sorge um die Auswirkungen dieses *festen* Entschlusses. Dann erbrachte man mir den klaren Nachweis, daß Jean Mauprat nicht der Existenzmittel wegen käme, sondern daß ich ihn demütigst anflehen müsse, die Hälfte meines Vermögens anzunehmen, um ihn davon abzuhalten, meinen Namen und vielleicht gar meine Person auf die Anklagebank zu zerren.

Ich versuchte einen letzten Einwand. »Wenn der Entschluß von Bruder Nepomuk, wie Sie ihn nennen, Monsieur Prior, so fest gefaßt ist, wie Sie sagen; wenn die Sorge um sein Heil das einzige ist, worauf es ihm in der Welt ankommt, dann erklären Sie mir, wie die Verführung durch irdische Güter ihn davon abhalten kann? Darin liegt eine Inkonsequenz, die ich nicht verstehe.«

Der Prior war von dem durchdringenden Blick, den ich auf ihn heftete, ein wenig verlegen; aber im selben Augenblick begann er eine jener naiven Paraden, die die große Begabung von Schurken ist: »Mein Gott, mein lieber Sohn!« rief er, »Sie wissen also nicht, welch unendlich großer Trost die Güter dieser Welt für eine fromme Seele sein können? So sehr vergängliche Reichtümer, wenn sie zum eitlen Vergnügen gereichen, der Verachtung würdig sind, so sehr muß der Gerechte sie nachdrücklich einfordern, wenn sie ihm die Möglichkeit sichern, Gutes zu tun. An der Stelle des heiligen Trappisten, das verhehle ich Ihnen nicht, würde ich meine Rechte an niemanden abtreten; noch dazu, wenn ich eine religiöse Bruderschaft gründen wollte zur Verbreitung des Glaubens und zur Verteilung von Almosen, und zwar mit dem Kapital, das in den Händen eines jungen, prächtigen Herrn, wie Sie es sind, nur dazu dient, mit großem Aufwand Pferde und Hunde zu unterhalten. Die Kirche lehrt uns, daß wir durch große Opfer und reiche Spenden unsere Seele von den schwärzesten Sünden freikaufen können. Der Bruder Nepomuk, auf dem ein heiliger Schrecken lastet, glaubt, daß eine öffentliche Buße für sein Heil notwendig ist. Als demütiger Märtyrer will er sein Blut der unerbittlichen, menschlichen Gerechtigkeit darbieten. Wieviel süßer wäre es für Sie (und gleichzeitig *sicherer*), wenn Sie zusehen könnten, wie er zum Ruhme Gottes den einen oder anderen heiligen Altar errichtet und im glückseligen Frieden eines Klosters den unheilvollen Glanz eines

Namens versteckt, dem er schon abgeschworen hat! Er ist so sehr vom Geist der Trappisten beseelt, er ist von so großer Liebe zur Selbstlosigkeit, Demut und Armut durchdrungen, daß ich allerlei Anstrengungen und die Unterstützung von oben benötige, um ihn dahin zu bringen, daß er diesem Austausch von *Verdiensten* zustimmt.«

»Sie also, Monsieur Prior, nehmen es aus unentgeltlicher Güte auf sich, diesen unheilvollen Entschluß zu ändern? Ich bewundere Ihren Eifer und danke Ihnen dafür; aber ich glaube nicht, daß so viele Verhandlungen erforderlich sind. Monsieur Jean de Mauprat fordert seinen Erbteil, das ist nur gerecht; und selbst wenn das Gesetz demjenigen jegliches Bürgerrecht verweigert, der sein Heil allein der Flucht verdankt (was ich nicht beurteilen will), so kann mein Verwandter gewiß sein, daß es in dieser Hinsicht niemals den geringsten Streit gäbe, wenn ich freier Besitzer irgendeines Vermögens wäre. Aber Sie werden wohl wissen, daß ich den Nießbrauch dieses Vermögens allein der Güte meines Großonkels verdanke, dem Ritter Hubert de Mauprat; daß er schon genug getan hat, als er die Schulden der Familie bezahlte, die mehr aufgezehrt haben als die vorhandenen Mittel; Sie wissen auch, daß ich ohne seine Erlaubnis nichts veräußern kann und in Wirklichkeit nichts anderes bin als der Verwahrer eines Vermögens, das ich noch nicht als meines anerkannt habe.« Der Prior sah mich an, als sei er überrascht und wie von einem unvorhergesehenen Schlag getroffen; dann lächelte er mit listiger Miene und sagte: »Sehr gut! Ich scheine mich getäuscht zu haben und muß mich an Monsieur Hubert de Mauprat wenden. Das werde ich tun, denn ich bezweifle nicht, daß er sich mir erkenntlich zeigen wird, wenn ich seine Familie vor einem Skandal bewahre, der für einen seiner Verwandten im nächsten Leben sehr gute Ergebnisse zeitigen kann, der jedoch für einen *anderen Verwandten* in diesem Leben sehr schlechte haben wird.« »Monsieur, ich begreife«, antwortete ich. »Dies ist eine Drohung, und ich werde im gleichen Ton antworten. Sollte Monsieur Jean de Mauprat sich erlauben, meinen Onkel oder meine Cousine zu belästigen, bekommt er es mit mir zu tun; und nicht vor die Gerichte werde ich ihn rufen zur Wiedergutmachung gewisser Beleidigungen, die ich nicht im entferntesten vergessen habe. Sagen Sie ihm, daß ich den Büßer vom Orden der Trappisten nicht freisprechen werde, sollte er seiner Rolle nicht treu bleiben. Wenn Monsieur Jean de Mauprat mittellos ist und meine Güte erbittet, so kann ich ihm von den Einkünften, die mir zustehen, Mittel geben, die es ihm gestatten, weise und in Demut zu leben gemäß dem Geist seiner Gelübde; aber wenn sich der kirchliche Ehrgeiz seines Gehirns bemächtigt und er vorhat, mit verrückten und kindischen Drohungen meinen Onkel einzuschüchtern und ihm etwas abzutrotzen, um sein neues Gelüst zu befriedigen, so richten Sie ihm von mir aus, daß er sich täuscht. Die Sicherheit des Greises und die Zukunft des jungen Mädchens haben nur mich als Garanten, und ich werde sie zu schützen wissen, mögen auch meine Ehre und mein Leben in Gefahr sein.«

»Ehre und Leben sind allerdings in Ihrem Alter von einer gewissen Bedeutung«, erwiderte sichtlich verärgert der Abbé, doch zeigte er ein noch sanfteres Verhalten als zuvor; »wer weiß, zu welchem Wahnsinn der religiöse Eifer den Trappisten hinreißen mag? Denn, unter uns gesagt, mein armes Kind . . ., sehen Sie, ich bin ein Mann, der nicht gern übertreibt; ich habe in meiner Jugend die Welt gesehen und billige extreme Einstellungen nicht, die häufiger von Hochmut als von Erbarmen diktiert werden. Ich war einverstanden, als die Strenge der Regeln gemildert wurde, meine Mönche sind freundlich und tragen Hemden . . . Glauben Sie mir, werter Monsieur, daß es mir fernliegt, die Absicht Ihres Verwandten gutzuheißen und ich alles tun werde, um ihn davon abzuhalten: Aber wenn er darauf besteht, wozu soll dann mein Eifer gut sein? Er hat die Erlaubnis seines Superiors und kann also seiner unheilvollen Eingebung folgen . . . Sie können durch eine derartige Angelegenheit stark kompromittiert werden, denn auch wenn Sie, wie man mir bestätigt, ein würdiger Edelmann sind und den Irrtümern

der Vergangenheit abgeschworen haben und auch wenn Ihre Seele womöglich immer schon die Sünde gehaßt hat, so waren Sie doch tatsächlich in allerlei Erpressungen verwikkelt, die von den Gesetzen der Menschen verurteilt und unter Strafe gestellt werden. Wer weiß, zu welchen unabsichtlichen Enthüllungen sich der Bruder Nepomuk getrieben sieht, wenn er die Untersuchungen eines Kriminalprozesses heraufbeschwört? Kann er sie gegen sich selbst einleiten, ohne daß auch Sie betroffen wären? ... Glauben Sie mir, ich will Frieden ... ich bin ein friedfertiger Mann ...«
»Ja, ein sehr friedfertiger Mann, mein Vater«, antwortete ich ironisch, »das sehe ich vollkommen ein. Aber machen Sie sich keine allzu großen Sorgen; denn es gibt eine Schlußfolgerung, die sowohl Sie als auch mich beruhigen sollte. Wenn eine wahrhaftige, religiöse Berufung Bruder Jean, den Trappisten, zu einer öffentlichen Wiedergutmachung drängt, wird man ihm leicht deutlich machen können, daß er innehalten muß, sobald er Angst hat, eine weitere Person mit in den Abgrund zu reißen, weil der Geist Jesu Christi ihm dies verbietet. Wenn jedoch das, was ich vermute, richtig ist, wenn Monsieur Jean de Mauprat nicht die geringste Lust hat, sich in die Hände der Justiz zu begeben, dann sind seine Drohungen wenig geeignet, mich zu erschrecken, und ich werde zu verhindern wissen, daß sie einen unangemessenen Aufruhr verursachen.« »Das also ist die ganze Antwort, die ich ihm überbringen soll?« sagte der Prior und warf mir einen Blick zu, in dem Rachsucht glimmte. »Ja, Monsieur«, antwortete ich; »sofern er keine Lust hat, diese Antwort aus meinem Mund zu vernehmen und hier zu erscheinen. Als ich hierher kam, war ich entschlossen, meinen Abscheu, den seine Gegenwart mir einflößt, zu überwinden und wundere mich nun, daß er, nachdem er seinen Wunsch, mit mir zu reden, so lebhaft ausgedrückt hat, sich abseits hält, wenn ich komme.« »Monsieur«, antwortete der Prior mit lächerlicher Würde, »es ist meine Aufgabe, dafür zu sorgen, daß an diesem heiligen Ort der Friede des Herrn herrscht. Ich widersetze mich also jeder Zusammenkunft, die zu gewalt-

tätigen Auseinandersetzungen führen könnte ...« »Sie sind allzu leicht zu erschrecken, Monsieur Prior, es gibt hier zu keinerlei Heftigkeit Anlaß. Aber da nicht ich diese Auseinandersetzungen provoziert habe und mich aus schierem Entgegenkommen hierher begeben habe, verzichte ich großmütig darauf, sie weiter voranzutreiben und danke Ihnen, daß Sie als Mittelsmann haben dienen wollen.«

Ich verbeugte mich tief, grüßte und zog mich zurück.

XX.

Ich berichtete dem Abbé, der bei Patience auf mich wartete, von dieser Unterredung, und er war vollkommen meiner Meinung; wie ich glaubte auch er, daß der Prior, weit davon entfernt, dem Trappisten seine angeblichen Pläne auszureden, ihn mit seiner ganzen Macht dahin brachte, mich in Schrecken zu versetzen, um mich zu großen Geldopfern zu bewegen. In seinen Augen war es ganz selbstverständlich, daß dieser Greis, getreu dem mönchischen Geiste, die Frucht der Mühe und Sparsamkeit eines weltlichen Mauprat in die Hände eines mönchischen Mauprat legen wollte. »Dies entspricht der einfältigen Denkweise des katholischen Klerus«, sagte er. »Er kann nicht leben, ohne den Familien den Krieg zu erklären und alle Möglichkeiten ausfindig zu machen, wie er sie ausplündern kann. Es dünkt ihn, diese Güter seien sein Eigentum und alle Wege geeignet, um sie zu erlangen. Es ist nicht so leicht, wie Sie meinen, sich gegen diese katzenfreundliche Räuberei zu wehren. Der Appetit der Mönche ist anhaltend und ihr Geist erfinderisch. Seien Sie vorsichtig und auf alles gefaßt. Niemals werden Sie einen Trappisten dazu veranlassen können, sich zu schlagen; hinter seiner Kapuze versteckt, nimmt er, gebeugt und mit gekreuzten Händen, die blutigsten Beleidigungen hin; und da er genau weiß, daß Sie ihn nicht umbringen, wird er

Sie kaum fürchten. Und weiterhin wissen Sie nicht, was Gerechtigkeit in Menschenhand bedeutet und auf welche Weise ein Kriminalprozeß geführt und wie geurteilt wird, wenn eine der Parteien vor keinem Mittel der Bestechung und des Erschreckens zurückscheut. Der Klerus ist mächtig, der Richterstand hochfahrend; Wörter wie Rechtschaffenheit und Integrität erschallen seit Jahrhunderten innerhalb der verhärteten Wände der Gerichtssäle, ohne pflichtvergessene Richter und ungerechte Urteile aufzuscheuchen. Seien Sie auf der Hut! Der Trappist kann die baretttragende Meute auf seine eigene Spur hetzen, irreführen, rechtzeitig verschwinden und sie auf Ihrer Fährte lassen. Sie haben die Eitelkeit der Mitgiftjäger verletzt, indem Sie deren zahlreiche Absichten zum Scheitern brachten. Einer der am ärgsten gekränkten und bösartigsten ist ein naher Verwandter eines allmächtigen Justizbeamten in dieser Provinz. De La Marche hat die Robe mit dem Schwert vertauscht; aber es mag sein, daß es unter seinen ehemaligen Amtskollegen welche gibt, die Ihnen mit Vergnügen schaden würden. Es ärgert mich, daß Sie ihn nicht in Amerika zu treffen und sich mit ihm auszusöhnen vermochten. Zucken Sie nicht mit den Schultern; Sie beseitigen zehn von denen, und die Dinge werden immer schlimmer. Man rächt sich vielleicht nicht an Ihrem Leben, denn es ist bekannt, daß Sie kurzen Prozeß machen, aber an Ihrer Ehre, und Ihr Großonkel wird vor Kummer sterben. Schließlich ...«

»Sie haben die Angewohnheit, auf Anhieb alles schwarz zu malen, wenn Sie nicht zufällig um Mitternacht die Sonne sehen, mein lieber Abbé«, sagte ich und unterbrach ihn. »Lassen Sie mich Ihnen Dinge erzählen, die Ihre düsteren Vorgefühle zerstreuen. Ich kenne Jean Mauprat seit jeher; er ist ein bemerkenswerter Heuchler und außerdem der ärgste unter den Feiglingen. Bei meinem Anblick wird er im Boden versinken, und vom ersten Wort an werde ich ihn dazu bringen, einzugestehen, daß er weder Trappist noch Mönch noch fromm ist. All das ist der Streich eines Betrügers, und ich habe einst mitbekommen, wie er Pläne machte, was mich heute davon abhält, mich über seine Unverschämtheiten zu wundern; ich fürchte ihn also nicht sehr.«

»Und damit haben Sie unrecht«, erwiderte der Abbé. »Den Feigling muß man stets fürchten, weil er in dem Augenblick aus dem Hinterhalt zuschlägt, da wir ihn von vorne erwarten. Sollte Jean Mauprat kein Trappist sein, sollten die Papiere, die er mir gezeigt hat, falsch sein, so ist der Prior der Karmeliter doch zu schlau und vorsichtig, als daß er sich hätte einfangen lassen. Niemals würde dieser Mann für einen Laien Partei ergreifen und niemals einen Laien für einen der Seinen halten. Im übrigen müssen wir Erkundigungen einziehen, und ich schreibe auf der Stelle an den Superior der Trappisten; aber ich bin mir sicher, daß sie nur bestätigen werden, was ich schon weiß. Es ist sogar möglich, daß Jean de Mauprat aufrechten Herzens fromm ist. Nichts steht einem solchen Charakter besser an als gewisse Feinheiten des katholischen Geistes. Die Inquisition ist die Seele der Kirche, und sie muß Jean de Mauprat gewogen sein. Ich glaube gerne, daß er sich dem weltlichen Schwert übergeben würde, allein um des Vergnügens willen, Sie mit ins Verderben zu reißen, und daß der Ehrgeiz, mit Ihrem Geld ein Kloster zu gründen, eine plötzliche Eingebung ist, deren Ehre dem Prior der Karmeliter geziemt.«

»Das ist nicht sehr wahrscheinlich, mein lieber Abbé«, sagte ich. »Außerdem, wohin führen uns diese Auslegungen? Lassen Sie uns handeln. Behalten wir den Ritter im Auge, damit dieses schmutzige Tier ihm nicht den Frieden der letzten Tage vergiftet. Schreiben wir an den Trappistenorden, bieten wir dem Elenden eine Pension an, und warten wir ab, beobachten jedoch sorgsam jeden noch so kleinen Schritt. Mein Sergeant Marcasse ist ein bewundernswerter Spürhund. Setzen wir ihn auf die Fährte, und wenn es ihm gelingt, uns in der Sprache des Volkes alles, was er gesehen und gehört hat, zu berichten, dann wissen wir bald, was in der ganzen Gegend vor sich geht.«

Auf diese Weise plaudernd gelangten wir bei Einbruch der Nacht zum Schloß. Ich weiß nicht, welche liebevolle und kindliche Unruhe sich meiner bemächtigte, als ich diese stille Wohnstatt betrat, jener Unruhe von Müttern vergleichbar, die sich eine kurze Zeit lang von ihrer Nachkommenschaft entfernen. Diese stete Geborgenheit innerhalb des alten, geweihten Tafelwerks, die nichts je gestört hatte, die gelassene Gebrechlichkeit der Dienerschaft, die immer offenen Türen, so daß sogar Bettler bisweilen den Salon betraten, ohne jemandem zu begegnen oder Mißtrauen zu erregen, diese ganze Atmosphäre von Ruhe, von Vertrauen und Abgeschiedenheit stand im Widerspruch zu den Gedanken von Kampf und zu den Sorgen, mit denen die Rückkehr Jeans und die Drohungen des Karmeliters meinen Geist seit ein paar Stunden angefüllt hatten. Ich beschleunigte den Schritt, und von einem unwillkürlichen Zittern ergriffen, eilte ich durch den Billardsaal. In diesem Augenblick kam es mir vor, als sähe ich vor den im Erdgeschoß gelegenen Fenstern zwischen den Jasminbüschen einen schwarzen Schatten vorüberhuschen, der in der Dämmerung verschwand. Heftig stieß ich die Tür zum Salon auf und blieb stehen. Alles war ruhig, nichts regte sich. Ich wollte mich eben zurückziehen und Edmée im Zimmer ihres Vaters suchen, als ich zu sehen glaubte, wie sich am Kamin, wo der Ritter sich aufzuhalten pflegte, etwas Weißes bewegte. »Edmée, sind Sie hier?« rief ich. Keine Antwort. Kalter Schweiß bedeckte meine Stirn, und meine Knie zitterten. Beschämt ob einer solchen Schwäche, stürzte ich zum Kamin und wiederholte angstvoll Edmées Namen. »Sind Sie endlich da, Bernard?« antwortete sie mit bebender Stimme. Ich riß sie in meine Arme; sie kniete neben dem Sessel ihres Vaters und preßte die eisigen Hände des Greises an ihre Lippen. »Großer Gott!« rief ich, als ich im schwachen Licht, das im Gemach herrschte, das leichenblasse und starre Gesicht des Ritters deutlich sehen konnte, »lebt unser Vater nicht mehr? ...« »Vielleicht«, sagte sie mit erstickter Stimme, »vielleicht ist er auch nur ohnmächtig, so Gott will. Licht, um Himmels willen! Läuten Sie! Seit einem Augenblick erst ist er in diesem Zustand.« Hastig läutete ich; der Abbé eilte herbei, und wir konnten glücklicherweise meinen Onkel ins Leben zurückrufen. Aber als er die Augen öffnete, schien sein Geist gegen die Bilder eines quälenden Traumes anzukämpfen. »Ist es fort, ist es fort, dieses elende Gespenst?« rief er mehrmals. »Heda! Saint-Jean! Meine Pistolen! ... Meine Leute! Werft diesen Schelm aus dem Fenster.« Ich erahnte die Wahrheit. »Was ist geschehen?« fragte ich leise Edmée, »wer war in meiner Abwesenheit hier?« »Wenn ich es Ihnen sage«, sagte Edmée, »werden Sie es kaum glauben und behaupten, wir seien verrückt, mein Vater und ich; aber ich erzähle Ihnen gleich alles: Kümmern wir uns um meinen Vater.«

Mit sanften Worten und zärtlicher Fürsorge gelang es ihr, den Greis zu beruhigen. Wir trugen ihn in sein Gemach, und er schlief ruhig ein. Als Edmée ihre Hand sanft von der seinen zurückgezogen und den wattierten Vorhang über seinem Kopf herabgelassen hatte, kam sie zum Abbé und mir und berichtete uns, daß eine Viertelstunde vor unserer Heimkehr ein Bettelmönch den Salon betreten habe, in dem sie wie immer neben ihrem schlummernden Vater stickte. Kaum überrascht von einem nicht seltenen Zwischenfall, hatte sie sich erhoben und ihre Börse vom Kamin genommen, derweil sie ein paar liebenswürdige Worte an den Mönch richtete. Aber in dem Augenblick, als sie sich umdrehte, um ihm das Almosen zu geben, fuhr der Ritter aus dem Schlaf auf und schrie, wobei er den Mönch zornig und erschreckt zugleich anstarrte: »Zum Teufel, Monsieur, was haben Sie unter der Rüstung da zu suchen?« Edmée sah sich sogleich das Gesicht des Mönchs genauer an und erkannte, »was Sie sich niemals vorstellen würden«, so sagte sie, »den fürchterlichen Jean Mauprat! Ich habe ihn in meinem ganzen Leben nur eine Stunde lang gesehen, aber dieses abstoßende Gesicht ist nie aus meinem Gedächtnis verschwunden, und ich hatte nie auch nur den kleinsten Fieberanfall, ohne daß er vor meinen Augen auftauchte. Ich konnte einen Schrei nicht unterdrücken. ›Haben Sie keine Angst‹, sagte er mit einem schrecklichen Lächeln zu uns, ›ich komme nicht als Feind, sondern als Flehender.‹ Er kniete ganz dicht neben meinem

Vater nieder, und da ich nicht wußte, was er vorhatte, warf ich mich zwischen sie und stieß den Rollstuhl heftig zurück, der bis zur Wand rollte. Mit schauerlicher Stimme, die der Einbruch der Dunkelheit noch erschreckender erscheinen ließ, begann er ich weiß nicht was für eine klägliche Beichtformel aufzusagen und bat um Gnade wegen seiner Verbrechen, wobei er sagte, der schwarze Schleier, den der Vatermörder auf dem Weg zum Schafott trägt, umhülle ihn bereits. ›Dieser Unglückliche ist verrückt geworden‹, sagte mein Vater und zog an der Klingelschnur; aber Saint-Jean ist taub, und kam nicht. Wir mußten uns also in namenloser Angst die seltsamen Reden dieses Menschen anhören, der sich als Trappist bezeichnet und behauptet, er werde sich, um seine Schandtaten zu büßen, dem weltlichen Schwert überantworten. Vorher wolle er meinen Vater um Vergebung und seinen letzten Segen bitten. Als er das sagte, rutschte er auf den Knien und sprach mit Ungestüm. In dieser Stimme, die die Worte mit überspannter Demut ausstieß, lagen Beleidigung und Drohung. Als er sich immer mehr meinem Vater näherte und der Gedanke an die schmutzigen Liebkosungen, die er ihm anscheinend zugedachte, mich mit Ekel erfüllte, befahl ich ihm mit herrischer Stimme, sich zu erheben und in angemessener Weise zu reden. Mein erzürnter Vater befahl ihm zu schweigen und sich zurückzuziehen, und da er gerade schrie: ›Nein! Lassen Sie mich Ihre Knie umarmen!‹ stieß ich ihn weg, um ihn daran zu hindern, meinen Vater zu berühren. Ich erbebte vor Entsetzen und dachte daran, daß mein Handschuh seine schmutzige Kutte gestreift hatte. Er wandte sich zu mir um, und obgleich er noch immer Bedauern und Demut heuchelte, sah ich, wie die Wut in seinen Augen aufblitzte. Mein Vater machte eine gewaltsame Anstrengung aufzustehen, und wie durch ein Wunder gelang es ihm tatsächlich, doch sofort fiel er ohnmächtig auf seinen Stuhl; Schritte waren im Billardsaal zu hören, und blitzschnell verschwand der Mönch durch die Glastür. Dann haben Sie mich halbtot und starr vor Entsetzen zu Füßen meines niedergestreckten Vaters entdeckt.«

»Sehen Sie, Abbé, der abscheuliche Feigling hat keine Zeit verloren!« rief ich, »er wollte meinen Onkel und seine Tochter erschrecken, und das ist ihm gelungen; aber er hat nicht mit mir gerechnet, und ich schwöre, daß man ihn nach der Art von La Roche-Mauprat behandeln soll ... wenn er es wagt, jemals wieder hierherzukommen ...«

»Schweigen Sie, Bernard«, sagte Edmée, »Sie machen mir angst; reden Sie vernünftig und sagen Sie mir, was all das bedeutet.« Als ich sie von allem, was dem Abbé und mir widerfahren war, in Kenntnis setzte, schalt sie uns, weil wir sie nicht gewarnt hatten. »Wenn ich gewußt hätte, worauf ich gefaßt sein muß«, sagte sie, »hätte ich mich nicht so erschreckt und Vorsichtsmaßnahmen getroffen, um niemals mit meinem Vater und Saint-Jean, der kaum rüstiger ist, allein im Haus zu bleiben. Jetzt fürchte ich mich vor nichts mehr und werde auf der Hut sein. Aber am sichersten, mein lieber Bernard, ist es, jeden Kontakt mit diesem hassenswerten Menschen zu meiden und ihm so großzügig wie möglich Almosen zu geben, damit wir ihn los sind. Der Abbé hat recht; er kann gefährlich sein. Er weiß, daß uns unsere Verwandtschaft mit ihm immer davon abhalten wird, uns durch Anrufung der Gesetze vor seinen Verfolgungen zu schützen; und wenn er uns nicht so ernstlich zu schaden vermag, wie er es gerne hätte, kann er doch zumindest tausendfachen Ekel in uns erregen, dem zu trotzen mir widerstrebt. Werfen Sie ihm Gold hin, und dann soll er gehen, aber verlassen Sie mich nicht mehr, Bernard. Sehen Sie, ich brauche Sie dringend; seien Sie unbesorgt wegen des Bösen, das Sie behaupten, mir angetan zu haben.« Ich drückte ihre Hand und schwor, mich niemals von ihr zu entfernen, es sei denn auf ihren Befehl hin, solange der Trappist die Gegend nicht von seiner Gegenwart befreit habe.

Der Abbé übernahm die Verhandlungen mit dem Kloster. Am nächsten Tag begab er sich zur Stadt und übermittelte in meinem Auftrag dem Trappisten die ausdrückliche Versicherung, daß ich ihn aus dem Fenster springen ließe, sofern er darauf verfiele, jemals wieder im Schloß von Sainte-Sévère zu erscheinen. Gleichzeitig schlug ich ihm vor, seinen Lebensunterhalt zu bestreiten, großzügig sogar, unter der Bedingung, daß er auf der Stelle verschwinde, sei es in seinem Kloster, sei es in irgendeiner weltlichen oder kirchlichen Klause seiner Wahl, und er solle nie mehr den Fuß ins Berry setzen.

Der Prior empfing den Abbé mit allen Beweisen einer tiefen Verachtung und heiligen Abneigung gegen seinen Status als Ketzer; er sagte, weit davon entfernt, ihm zu schmeicheln wie mir, er wolle mit der ganzen Sache nichts zu tun haben, er wasche seine Hände in Unschuld, er beschränke sich darauf, Entscheidungen der einen Partei der anderen auszurichten und dem Bruder Nepomuk Asyl zu geben, zum einen aus christlicher Barmherzigkeit, zum anderen, um seine Mönche durch das Beispiel eines wahrhaft heiligen Mannes zu erbauen. Glaubte man ihm, so wäre der Bruder Nepomuk der zweite dieses Namens, der in der ersten Reihe der himmlischen Heerscharen stünde, kraft der kirchlichen Gesetze.

Am darauffolgenden Tag hatte der Abbé, durch eine Sonderbotschaft ins Kloster gerufen, eine Zusammenkunft mit dem Trappisten. Zu seiner großen Überraschung erfuhr er, daß der Feind die Taktik geändert hatte. Empört wies er jede Art von Unterstützung zurück, verschanzte sich hinter seinem Gelübde der Armut und Demut und schimpfte nachdrücklich über seinen teuren Gastgeber, den Prior, der es gewagt habe, ohne seine Billigung den Vorschlag zu machen, geistliche Güter gegen vergängliche einzutauschen. Er weigerte sich, eine Erklärung über alles andere abzugeben und versteckte sich hinter zweideutigen und schwülstigen Antworten. Gott werde ihm den Weg weisen, sagte er, und er gehe davon aus, beim nächsten Fest der heiligen Jungfrau zur erhabenen und herrlichen Stunde der heiligen Kommunion die Stimme von Jesus Christus zu hören, die zu seinem Herzen sprechen und ihm das gebotene Verhalten diktieren werde. Der Abbé mußte befürchten, seine Sorgen offenbar werden zu lassen, wenn er darauf bestand, dieses heilige Geheimnis zu ergründen, und er überbrachte mir diese Antwort, die weniger als jede andere dazu angetan war, mich zu beruhigen.

Indessen vergingen die Tage und Wochen, ohne daß der Trappist das geringste Zeichen seiner Absichten gab, in welcher Hinsicht auch immer. Er tauchte weder im Schloß noch in der Umgebung auf und hielt sich so bei den Karmelitern verborgen, daß nur wenige seiner ansichtig wurden. Hingegen erfuhr man bald, und der Prior verwandte große Sorgfalt darauf, diese Neuigkeit zu verbreiten, daß Jean de Mauprat, zur glühendsten und beispielhaftesten Frömmigkeit konvertiert, sich als Büßer des Trappistenordens vorübergehend im Kloster der Karmeliter aufhalte. Jeden Morgen ließ man eine andere Tugendhaftigkeit die Runde machen, einen neuen Akt der Bußfertigkeit dieser heiligen Person. Die Frommen, die nach Wundern lechzten, wollten ihn sehen und brachten ihm tausend kleine Geschenke, die er hartnäckig zurückwies. Zuweilen versteckte er sich so gut, daß man behauptete, er sei zu seinem Orden abgereist; aber in dem Augenblick, als wir uns einbildeten, ihn los zu sein, erfuhren wir, daß er sich gerade Sack und Asche auferlegt habe, grausame Kasteiungen, oder aber sich barfüßig an den ödesten und wildesten Ecken der Varenne befand, um irgendeiner Wallfahrt willen. Man ging so weit zu behaupten, daß er Wunder tue; und wenn der Prior nicht von der Gicht geheilt werde, dann weil er aus Bußfertigkeit nicht genesen wolle.

Diese Ungewißheit dauerte mehr als zwei Monate.

XXI.

Diese Tage, die in einer Atmosphäre der Vertrautheit dahinflossen, waren für mich köstlich und schrecklich zugleich. Edmée jederzeit zu sehen und nicht befürchten zu müssen, zudringlich zu sein, da sie mich ja an ihre Seite rief; ihr vorzulesen, über alles mit ihr zu reden, die liebevolle Pflege, die sie ihrem Vater widmete, mit ihr zu teilen, in ihrem Leben eine Rolle zu spielen, als wären wir Bruder und Schwester, das war zweifellos ein großes, jedoch gefährliches Glück; und der Vulkan in meiner Brust erwachte erneut. Einige konfuse Sätze, einige verstörte Blicke verrieten mich. Edmée war alles andere als blind, aber sie blieb unzugänglich; ihre schwarzen, tiefen Augen, die sich mit der Fürsorge ungeteilter Zuneigung auf mich wie auf ihren Vater hefteten, erkalteten mitunter ganz plötzlich, wenn die Leidenschaft kurz davor stand auszubrechen. Ihr Gesicht drückte dann nur geduldige Neugier aus und den unerschütterlichen Wunsch, in der Tiefe meiner Seele zu lesen, ohne mich auch nur die Oberfläche der ihren sehen zu lassen.

Meine Leiden, obgleich heftig, waren mir anfangs kostbar; es machte mir Freude, sie in meinem Inneren Edmée zum Geschenk zu machen als Buße für meine einstigen Fehler. Ich hoffte, daß sie sie erraten und mir Dank dafür wissen werde. Sie bemerkte sie und redete nicht darüber. Meine Not verschärfte sich, doch es vergingen noch etliche Tage, ehe ich die Kraft verlor, sie zu verbergen. Ich sage Tage, denn jeder, der eine Frau geliebt hat und mit ihr allein war, im Zaum gehalten durch ihre Strenge, für den zählten die Tage wie Jahrhunderte. Was für ein volles und verzehrendes Leben! Welche Sehnsucht und Erregung, welche Zärtlichkeit und Wut! Stunden kamen mir vor wie Jahre; und wenn ich heute nicht meine irrigen Erinnerungen durch Daten richtigstellte, dann wäre ich ohne weiteres überzeugt davon, daß diese beiden Monate die Hälfte meines Lebens ausmachten.

Ich würde mich vielleicht auch deshalb gerne vergewissern, um mich mit meinem lächerlichen und schuldhaften Verhalten auszusöhnen, das ich, in Mißachtung der kurz zuvor erst getroffenen Entscheidungen, an den Tag legte. Der Rückfall kam so rasch und war so umfassend, daß ich mich immer noch dafür schämen würde, hätte ich ihn nicht auf grausame Weise gebüßt, wie Sie bald sehen werden.

Nach einer Nacht voller Angst schrieb ich einen wahnsinnigen Brief, der beinahe furchtbare Folgen für mich gehabt hätte; er war etwa derart abgefaßt: ›Sie lieben mich nicht, Edmée, und werden mich niemals lieben. Ich weiß es, ich fordere nichts, ich erhoffe nichts; ich will in Ihrer Nähe bleiben, um Ihnen zu dienen, Ihrer Verteidigung will ich mein Leben weihen. Damit ich Ihnen von Nutzen bin, will ich alles tun, was in meinen Kräften steht; aber ich werde leiden, und was immer ich tun mag, um dies zu verbergen, Sie werden es sehen, und die Traurigkeit, die ich nicht mit ständigem Heldentum einsperren kann, vielleicht anderen Gründen zuschreiben. Gestern haben Sie mich zutiefst betrübt, als Sie mich aufforderten, hinauszugehen, *um mich ein wenig abzulenken*. Abzulenken von Ihnen, Edmée! Welch bitterer Hohn! Seien Sie nicht grausam, meine arme Schwester, denn so werden Sie wieder meine herrische Verlobte aus bösen Tagen ... und ich, gegen meinen Willen, zum Räuber, den Sie verabscheuten ... Ach, wenn Sie nur wüßten, wie unglücklich ich bin! In mir hausen zwei Männer, die sich einen unermüdlichen, tödlichen Kampf liefern; es bleibt zu hoffen, daß der Räuber unterliegt; aber er wehrt sich auf Schritt und Tritt und brüllt, weil er seine zahlreichen Wunden spürt und tödlich verletzt ist. Wenn Sie nur wüßten, Edmée, wenn Sie wüßten von den Auseinandersetzungen und Gefechten, von den blutigen Tränen, die aus meinem Herzen tropfen, und von der Raserei, die so oft in dem Teil meines Geistes aufflammt, den die rebellischen Engel regieren! Es gibt Nächte, in denen ich so sehr leide, daß es mir im Delirium meiner Träume vorkommt, als stoße ich einen Dolch in Ihr Herz und zwänge Sie durch finstere Magie, mich zu lieben, wie ich Sie liebe. Wenn ich, in kaltem Schweiß gebadet, aufwache, verwirrt, außer mir, ist es, als sei ich versucht, Sie zu töten, damit die Ursache meiner Qualen vernichtet werde. Tue ich es nicht, so deshalb, weil ich fürchte, Sie als Tote mit derselben Leidenschaft und Ausdauer zu lieben wie als Lebende. Ich habe Angst, durch Ihr Bild bezwungen, gelenkt, beherrscht zu werden, wie ich es durch Ihre Person schon bin; und es gibt kein Mittel der Vernichtung in der Hand des Menschen, denn das Wesen, das er liebt und fürchtet, lebt in ihm fort, auch wenn es aufgehört hat, in der Welt zu existieren. Die Seele des Liebenden dient seiner Geliebten als Sarg und bewahrt auf immer ihre brennenden Überreste, um sich an ihnen zu nähren, ohne sie jemals zu verzehren ... Aber, oh Himmel! Wie groß ist das Chaos meiner Gedanken! Sehen Sie, Edmée, wie krank mein Gehirn ist, und haben Sie Mitleid mit mir. Seien Sie geduldig, erlauben Sie mir meine Trauer, zweifeln Sie nie an meiner Ergebenheit; oft bin ich verrückt, aber immer liebe ich Sie. Ein Wort, ein Blick von Ihnen wird mich stets an das Pflichtgefühl erinnern, und diese Pflicht ist so süß, wenn Sie geruhen, mich darauf hinzuweisen ... In dieser Stunde, in der ich Ihnen schreibe, Edmée, ist der Himmel von Wolken verhangen, so finster, so schwer wie Erz; der Donner grollt, und im grellen Licht der Blitze scheinen die schmerzensreichen Seelen des Fegefeuers einherzuschweben. Auf meiner Seele lastet das Gewitter, mein verwirrter Geist schwebt wie dieses ungewisse Leuchten, das dem Horizont entspringt. Mir scheint, daß mein Wesen sich entladen wird wie das Unwetter. Ach, könnte ich wie dieses meine Stimme zu Ihnen erheben! Hätte ich nur die Macht, meine Ängste und das Feuer, das mich verzehrt, herauszulassen! Oft, wenn der Sturm über die großen Eichen dahinzieht, sagen Sie, daß Sie dieses Schauspiel seines Zorns und ihres Widerstandes lieben. Das ist, so sagen Sie, der Kampf der großen Gewalten, und im Tosen der Luft meinen Sie, die Verwünschungen des Nordwinds und die Schmerzensschreie der alten Äste zu vernehmen. Wer leidet mehr, Edmée, der Baum, der Widerstand leistet, oder der Wind, der sich im Angriff erschöpft? Ist es nicht stets der Wind, der nachgibt und vergeht? Und auch der Himmel, der, betrübt durch die Niederlage seines edlen Sohns, sich in strömenden Tränen über die Erde ergießt. Sie lieben diese wahnsinnigen Bilder, Edmée; und jedesmal, wenn Sie sehen, wie Stärke durch Widerstand besiegt wird, lächeln Sie grausam, und Ihr geheimnisvoller Blick scheint mein Elend zu verhöhnen. Nun gut, zweifeln Sie nicht daran, daß Sie mich bezwungen haben, und, auch wenn ich schon gebrochen bin, so leide ich noch; das sollen Sie wissen, denn Sie wollen es wissen, da Sie ja unerbittlich sind darin, mich auszufragen und Mitleid vorzutäuschen. Ich leide und versuche nicht mehr, den Fuß wegzuheben, den der stolze Sieger auf meine Brust gesetzt hat.‹

Der Rest dieses sehr langen, sehr zerfahrenen und von Anfang bis Ende absurden Briefes war im gleichen Sinn verfaßt. Ich schrieb Edmée nicht zum ersten Mal, obgleich ich mit ihr unter einem Dach lebte und, außer in den Ruhestunden, nicht von ihrer Seite wich. Meine Leidenschaft nahm mich so völlig in Anspruch, daß ich ständig versucht war, meinen Schlaf einzuschränken, um ihr zu schreiben. Ich glaubte, niemals genug von ihr gesprochen, nicht oft genug das Versprechen der Unterwerfung erneuert zu haben, das ich indessen allezeit brach; aber der Brief, um den es hier geht, war kühner und leidenschaftlicher als alle anderen. Vielleicht, weil er unheilvollerweise unter dem Einfluß des Sturmes geschrieben war, der draußen losbrach, während ich, über den Tisch gebeugt, mit schweißnasser Stirn und trockener, brennender Hand erregt das Gemälde meiner Leiden entwarf. Mir scheint, als habe sich in mir jene große Ruhe breitgemacht, die so dicht neben der Verzweiflung liegt; und nachdem ich in den Salon hinuntergegangen und meinen Brief in Edmées Handarbeitskorb gelegt hatte, warf ich mich auf mein Bett. Am Horizont zeigte sich der Tag, schwer von den dunklen Flügeln des Gewitters, das in andere Regionen davonflog. Die Bäume, schwer vom Regen, bewegten sich noch in der auffrischenden Brise. Tieftraurig, doch blindlings dem Leiden ergeben, schlief ich erleichtert ein, als hätte ich mein Leben und meine Hoffnungen als Opfer dargebracht. Edmée schien meinen Brief nicht gefunden zu haben, denn sie antwortete mir nicht. Gewöhnlich tat sie dies im Gespräch, und das war für mich eine Möglichkeit, ihr die Wärme geschwisterlicher Freundschaft zu entlocken, mit der ich mich zufriedengeben mußte und die wenigstens Balsam für meine Wunde war. Ich hätte mir sagen müssen, daß mein Brief diesmal eine entscheidende Erklärung herbeiführen oder aber schweigend übergangen werden müsse. Ich verdächtigte den Abbé, ihn unterschlagen und ins Feuer geworfen zu haben; Edmée klagte ich der Mißachtung und Härte an; gleichwohl schwieg ich.

Am nächsten Tag hatte das Wetter sich vollkommen erholt. Mein Onkel machte eine Spazierfahrt im Wagen, und unterwegs sagte er, daß er nicht sterben wolle, ohne eine große und letzte Fuchsjagd mitgemacht zu haben. Er war begeistert von dieser Art der Zerstreuung, und seine Gesundheit hatte sich so weit gebessert, daß sich die Lust auf Vergnügungen und Unternehmungen wieder einstellte. Eine schmale und sehr leichte Kutsche, bespannt mit starken Maultieren, rollte über die sandigen Wege unserer Wälder, und manches Mal schon hatte er an kleinen Jagden teilgenommen, die wir zu seiner Unterhaltung ausrichteten. Seit dem Besuch des Trappisten war es, als sei der Ritter dem Leben wiedergegeben. Kraftvoll und ausdauernd wie alle seines Geschlechts schien er bei Mangel an Aufregungen zu sterben, denn der geringste Appell an seine Energie erwärmte sogleich sein erstarrtes Blut. Da er sehr auf dieser geplanten Jagd bestand, bemühte Edmée sich, gemeinsam mit mir, eine allgemeine Treibjagd zu organisieren und aktiv an ihr teilzunehmen. Zu den großen Freuden des Greises gehörte es, sie zu Pferde zu sehen, wie sie kühn um seinen Wagen herum Wendungen ausführte und ihm alle blühenden Zweige entgegenhielt, die sie im Reiten von den Büschen abriß. Es wurde beschlossen, daß ich sie zu Pferde eskortieren und der Abbé den Ritter in dessen Kutsche begleiten sollte. Der ganze Troß an Jagdaufsehern, Förstern, Hundeführern zu Pferd, kurz, alle Jäger der Varenne wurden zu dieser Familienfestlichkeit zusammengetrommelt. Für die Rückkehr wurde im Verwaltungstrakt ein großes Mahl vorbereitet, mit der unvermeidlichen Gänsepastete und mit Landwein. Marcasse, den ich auf La Roche-Mauprat zu meinem Verwalter gemacht hatte und der über große Kenntnisse in der Kunst der Fuchsjagd verfügte, verbrachte zwei volle Tage damit, die Fuchsbaue zu verstopfen. Ein paar junge Bauern aus der

Umgebung, die sich für Treibjagden interessierten und fähig waren, gelegentlich gute Ratschläge zu geben, erboten sich freundlicherweise, mit von der Partie zu sein, und schließlich war auch Patience, trotz seiner Abneigung gegen die Vernichtung unschuldiger Tiere, bereit, sich als Freund der Jagd anzuschließen. Am festgesetzten Tag, der warm und wolkenlos über unseren fröhlichen Plänen und meinem unbarmherzigen Schicksal anbrach, fanden sich etwa fünfzig Personen ein, ausgerüstet mit Hörnern, Pferden und Hunden. Den Tagesablauf sollte eine Kaninchenjagd beschließen; diese waren im Übermaß vorhanden, und es war leicht, sie sich in großer Menge in dem Teil des Waldes zuzutreiben, der während der Jagd nicht umstellt wurde. Jeder von uns bewaffnete sich mit einer Flinte, und mein Onkel nahm selber eine, um aus seinem Wagen zu schießen, was er noch mit großer Geschicklichkeit tat.

Edmée, die eine hübsche kleine und sehr lebhafte Limousiner Stute ritt, die sie vergnügt und mit einer Koketterie, die ihrem Vater zu Herzen ging, anspornte und wieder zügelte, entfernte sich in den ersten beiden Stunden nur wenig von der Kalesche, von der aus der Ritter sie lächelnd, bewegt, gerührt, mit Liebe betrachtete. So wie wir, weitergetragen durch die Rotation unseres Erdenballs, jeden Abend bei Einbruch der Nacht das strahlende Gestirn begrüßen, das über eine andere Hemisphäre regieren wird, so tröstete es den Greis über das Sterben hinweg, wenn er die Jugend, Kraft und Schönheit seiner Tochter in einer anderen Generation weiterleben sah.

Als die Jagd in vollem Gange war, gab Edmée, die sicherlich in sich das kriegerische Naturell der Familie spürte und deren seelische Ruhe nicht immer das Feuer des Blutes im Zaum hielt, den wiederholten Zeichen ihres Vaters nach, dessen größter Wunsch es war, sie galoppieren zu sehen, und sie folgte dem *Aufjagen,* das schon ein Stück voraus war. »Folge ihr, folge ihr!« rief mir der Ritter zu, der sie nun lieber nicht hätte rennen sehen und dessen väterliche Eitelkeit der Sorge Platz gemacht hatte. Ich ließ es mir nicht zweimal sagen, trieb meinem Pferd die Sporen in den Leib und holte Edmée auf einem Seitenpfad ein, den sie genommen hatte, um die Jäger wiederzufinden. Ich erbebte, als ich sah, wie sie sich, einem Schilfrohr gleich, unter den Ästen beugte, während ihr Pferd, von ihr angetrieben, sie blitzschnell mitten ins Gebüsch trug. »Edmée, um Gottes willen!« rief ich, »reiten Sie nicht so schnell. Sie bringen sich um.« »Laß mich rennen«, sagte sie fröhlich, »mein Vater hat es mir erlaubt. Laß mich in Ruhe, sage ich dir; ich gebe dir eins auf die Finger, wenn du mein Pferd festhältst.«

»Laß mich dir wenigstens folgen«, sagte ich und drängte mich an ihre Seite; »dein Vater hat es mir befohlen, und ich bringe mich um, wenn dir ein Unglück geschieht.«

Warum nur wurde ich von diesen finsteren Gedanken verfolgt, wo ich doch Edmée so oft schon durch die Wälder hatte reiten sehen? Ich weiß es nicht. Ich befand mich in einem seltsamen Zustand; die Mittagshitze stieg mir in den Kopf, und meine Nerven waren seltsam angespannt. Ich hatte nichts gegessen und mich beim Aufbruch in einer schlechten Verfassung befunden, und, um mich bei nüchternem Magen zu stärken, hatte ich mehrere Tassen Kaffee mit Rum hinuntergestürzt. Ich spürte eine unüberwindliche Furcht; dann, nach ein paar Augenblicken, machte diese Furcht einem unbeschreiblichen Gefühl von Liebe und Freude Platz. Die Erregung durch den Ritt wurde so stark, daß es in meiner Vorstellung kein anderes Ziel gab, als Edmée zu verfolgen. Wenn man sie so vor mir fliehen sah, leicht wie ihre schwarze Stute, deren Füße geräuschlos über das Moos flogen, hätte man sie für eine Fee halten können, die an diesem einsamen Ort erschien, um den Verstand der Männer zu verwirren und sie auf ihren Spuren tief in ihren heimtückischen Unterschlupf zu locken. Ich vergaß die Jagd und alles übrige. Ich sah nur Edmée; vor meine Augen legte sich ein Schleier, und ich sah sie nicht mehr, aber ich ritt noch immer; ich war in einem Zustand dumpfen Wahns, als sie plötzlich anhielt.

»Was machen wir?« sagte sie. »Ich höre die Jagd nicht mehr und sehe den Fluß. Wir sind zu weit nach links geritten.«

»Im Gegenteil, Edmée«, antwortete ich und begriff kein Wort von dem, was ich sagte; »noch einen kurzen Galopp, und wir sind da.«

»Wie rot Sie sind«, sagte sie. »Aber wie kommen wir über den Fluß?«

»Wenn es einen Weg gibt, so gibt es eine Furt«, antwortete ich ihr. »Los, los!«

Ich war davon besessen weiterzureiten; und ich hatte einen Gedanken, nämlich den, immer tiefer mit ihr in den Wald vorzudringen; aber dieser Gedanke war von einem Schleier verhüllt; und als ich versuchte, diesen zu lüften, nahm ich nur noch das stürmische Klopfen meines Herzens und meiner Schläfen wahr.

Edmée machte eine ungeduldige Handbewegung. »Dieser Wald ist verflucht; hier verirre ich mich immer«, sagte sie. Und gewiß dachte sie an den unheilvollen Tag, an dem sie, weit fortgetragen von der Jagd, nach La Roche-Mauprat geführt worden war; denn auch ich dachte daran, und die Bilder, die sich in meinem Kopf einstellten, bewirkten eine Art Schwindel. Mechanisch folgte ich Edmée zum Fluß. Plötzlich bemerkte ich sie am anderen Ufer. Mich packte die Wut, als ich sah, daß ihr Pferd geschickter und mutiger war als meines; denn dieses machte Schwierigkeiten und wagte sich nicht in die Furt, die recht gefährlich war; unterdessen vergrößerte sich Edmées Vorsprung. Ich ritt die Flanken meines Pferdes blutig; mehrere Male wäre ich beinahe abgeworfen worden, und als ich endlich am anderen Ufer anlangte, nahm ich in blindem Zorn die Verfolgung Edmées auf. Ich holte sie ein, nahm die Zügel ihrer Stute und schrie:

»Ich will, daß Sie stehenbleiben, Edmée! Sie werden nicht weiterreiten!«

Gleichzeitig zerrte ich so heftig am Zaumzeug, daß ihr Pferd sich aufbäumte. Sie verlor das Gleichgewicht, und um nicht zu fallen, sprang sie leichtfüßig zwischen unsere beiden Pferde, auf die Gefahr hin, sich zu verletzen. Ich war fast ebenso schnell auf der Erde und drängte heftig die Pferde zurück. Das von Edmée, das sehr sanftmütig war, begann zu grasen. Meines ging durch und verschwand. All das war Sache eines Augenblicks.

Ich hielt Edmée mit den Armen umfangen; sie machte sich los und sagte schroff:

»Sie sind sehr brutal, Bernard, und ich verabscheue Ihre Manieren. Worauf haben Sie es abgesehen?«

Beschämt und verwirrt sagte ich, daß ich geglaubt hatte, ihre Stute werde durchgehen, und befürchtet, ihr selbst werde ein Unglück widerfahren, wenn sie sich derartig der Leidenschaft des Rennens hingebe.

»Und um mich zu retten, bringen Sie mich zu Fall, auf die Gefahr hin, mich umzubringen«, antwortete sie. »Das ist äußerst zuvorkommend, tatsächlich.«

»Lassen Sie mich Ihnen aufs Pferd helfen«, sagte ich. Und ohne ihre Erlaubnis abzuwarten, nahm ich sie in die Arme und hob sie empor.

»Sie wissen sehr genau, daß ich so nicht aufsitze«, rief sie völlig verärgert. »Lassen Sie mich, ich benötige Ihre Dienste nicht.«

Aber es war mir nicht mehr gestattet zu gehorchen. Mein Verstand war abhanden gekommen; meine Arme verkrampften sich um ihre Taille, und vergebens versuchte ich, sie zu lösen; gegen meinen Willen streiften meine Lippen ihren Busen; sie erbleichte vor Zorn.

»Wie unglücklich bin ich«, sagte ich, und meine Augen standen voller Tränen, »wie unglücklich bin ich darüber, daß ich dich immer beleidige und immer mehr von dir gehaßt werde, im selben Maße, wie ich dich mehr liebe.«

Edmée war von Natur aus herrisch und heftig. Ihr an Kampf gewöhnter Charakter hatte mit den Jahren eine unerschütterliche Energie gewonnen. Sie war nicht mehr das zitternde junge Mädchen, sehr einfallsreich, doch eher geschickt als wagemutig in der Verteidigung, das ich auf La Roche-Mauprat in den Armen gehalten hatte; sie war vielmehr eine unerschrockene und stolze Frau, die sich eher mißhandeln ließ, als daß sie kühne Hoffnungen gestattet hätte. Auch war sie eine Frau, die wußte, daß sie leidenschaftlich geliebt wurde, und die ihre Macht kannte. Sie stieß mich also verachtungsvoll zurück, und da ich ihr völlig verwirrt folgte, hob sie die Peitsche und drohte mir, mein Gesicht mit einem Schandmal zu zeichnen, wenn ich es wagen sollte, auch nur ihren Steigbügel anzufassen.

Ich fiel auf die Knie und flehte sie an, mich nicht zurückzulassen, ohne mir verziehen zu haben. Sie war schon zu Pferde, und während sie nach ihrem Weg Ausschau hielt, rief sie:

»Das hat mir noch gefehlt, diese verhaßten Orte wiederzusehen. Sehen Sie, Monsieur, sehen Sie, wo wir sind!«

Auch ich sah mich um und gewahrte, daß wir am Waldrand waren, am schattigen Ufer des kleinen Weihers von Gazeau. Ein paar Schritte entfernt, durch das seit Patience' Fortgang undurchdringlich gewordene Dickicht, bemerkte ich den Eingang zum Turm, der sich wie ein schwarzer Mund hinter dem grünen Blattwerk öffnete.

Ein erneuter Schwindel befiel mich, in mir tobte ein furchtbarer Kampf zwischen zwei Trieben. Wer wüßte das Geheimnis zu erklären, welches das Gehirn des Menschen ausfüllt, wenn die Seele mit den Sinnen ringt und ein Teil seines Wesens den anderen zu ersticken versucht. Bei einer Veranlagung wie der meinen mußte dieser Kampf schrecklich sein, glauben Sie mir; und denken Sie nicht, daß bei hitzigen Naturen der Wille eine untergeordnete Rolle spielt; es ist eine dumme Angewohnheit, einem Menschen, der sich in einem derartigen Kampf zermürbt, zu sagen: »Sie hätten sich beherrschen müssen.«

XXII.

Wie soll ich Ihnen erklären, was sich beim unerwarteten Anblick des Turms Gazeau in mir abspielte? Ich hatte ihn nur zweimal in meinem Leben gesehen; zweimal war er Zeuge der schmerzvollsten Aufregungen gewesen, und diese Szenen waren noch gar nichts im Vergleich zu dem, was mir bei dieser dritten Begegnung bestimmt war; es gibt solche verfluchten Orte!

Mir war, als sähe ich noch an dieser halbzerstörten Tür das Blut der beiden Mauprat, das sie bespritzt hatte. Wegen dieser gewalttätigen Triebe, die ich auch in mir spürte, schämte ich mich ihres frevelhaften und tragischen Schicksals. Mir grauste vor dem, was ich empfand, und ich verstand, warum Edmée mich nicht liebte. Aber als ob es in diesem erbärmlichen Blut Teile eines ähnlichen Verhängnisses gegeben hätte, fühlte ich, wie die hemmungslose Kraft meiner Leidenschaft in dem gleichen Verhältnis in mir wuchs, in dem ich meinen Willen anstrengte, um sie zu besiegen. Alle anderen Maßlosigkeiten hatte ich niedergekämpft; es blieben beinahe keine Spuren mehr in mir zurück. Ich war zurückhaltend, ich war, wenn auch nicht sanft und geduldig, so doch liebevoll und empfindsam; ich begriff in einem hohem Maße die Gesetze der Ehre und der Achtung vor der Würde des anderen; doch die Liebe war mein gefährlichster Feind, denn sie verknüpfte sich mit allem, was ich an Moral und Feinfühligkeit erworben hatte; sie war das Band zwischen dem alten und dem neuen Mann, ein unauflösbares Band, dessen Mitte ich nicht zu finden vermochte.

Ich stand vor Edmée, die sich anschickte, mich allein und ohne Pferd zurückzulassen, und ich war wütend zu sehen, wie sie mir ein letztes Mal entkam, denn nach dem Angriff, den ich eben auf sie unternommen hatte, würde sie sich zweifellos nie mehr der Gefahr aussetzen, mit mir allein zu sein; und ich sah sie auf furchterregende Weise an. Ich war bleich, meine Fäuste verkrampften sich; ich mußte nur wollen, und meine schwächste Umarmung hätte sie vom Pferd gerissen, niedergeworfen und meinen Begierden ausgeliefert. Ein Moment der Hingabe an meine wilden Triebe, und ich könnte das Feuer, das mich seit sieben Jahren verzehrte, durch die Besitzergreifung innerhalb eines Augenblicks besänftigen, löschen! Edmée erfuhr nie, in welcher Gefahr ihre Ehre in dieser qualvollen Minute schwebte; dies bereitet mir ewige Gewissensbisse; doch Gott allein wird mich richten, denn ich beherrschte mich, und zum letzten Mal in meinem Leben dachte ich das Böse. Dieser Gedanke war im übrigen mein ganzes Verbrechen; der Rest war das Werk des Schicksals.

Von Entsetzen erfaßt drehte ich mich um und rang verzweifelt die Hände; ich floh auf dem Pfad, der mich hierhergeführt hatte, ohne zu wissen, wohin ich lief, aber ich begriff, daß ich mich diesen gefährlichen Versuchungen entziehen mußte. Der Tag war heiß, der Duft der Wälder berauschend; ihr Anblick erinnerte mich an das Gefühl meines wilden Lebens: Ich mußte fliehen oder untergehen. Edmée befahl mir mit herrischer Stimme, mich aus ihrer Nähe zu entfernen. Die Vorstellung irgendeiner anderen Gefahr als der, die ihr von mir drohte, konnte sich in diesem Augenblick weder in meinem noch in ihrem Denken einstellen; ich lief tiefer in den Wald hinein. Ich war noch nicht weiter als dreißig Schritte entfernt, als an der Stelle, an der ich Edmée verlassen hatte, ein Schuß losging. Erstarrt vor Schrecken blieb ich stehen, ohne zu wissen warum, denn bei einer Jagd galt ein Gewehrschuß als nichts Besonderes; aber meine Seele war so verdunkelt, daß nichts mir gleichgültig schien. Ich lief zurück, um zu Edmée zu gelangen, auch auf die Gefahr hin, sie erneut zu beleidigen, als ich ein menschliches Stöhnen vom Turm Gazeau her zu hören vermeinte. Ich stürzte los und fiel auf die Knie, so, als habe die Erregung mich zu Boden geschleudert. Ich brauchte ein paar Minuten, um meine Schwäche zu besiegen; mein Kopf war voll mit Bildern und kläglichen Geräuschen, ich konnte Schein und Wirklichkeit nicht mehr unterscheiden; mitten im Sonnenschein lief ich tastend durch den Wald. Plötzlich befand ich mich von Angesicht zu Angesicht mit dem Abbé; er war in Sorge und suchte Edmée. Den Ritter, der sich in seinem Wagen so plaziert hatte, daß er das Aufjagen vorüberziehen sah, und dabei seine Tochter nicht unter den Jägern entdeckte, hatte Furcht ergriffen. Der Abbé hatte sich eilends in den Wald begeben, fand bald die Spur unserer Pferde und versuchte herauszubekommen, was aus uns geworden war. Er hatte den Schuß gehört, jedoch ohne darüber erschrocken zu sein. Als er mich so sah, bleich, die Haare zerzaust, mit wirrem Blick, ohne Pferd und Gewehr (ich hatte es an der Stelle fallen lassen, an der ich die Besinnung halb verloren und nicht daran gedacht hatte, es aufzuheben), war er ebenso entsetzt wie ich und wußte ebensowenig aus welchem Grund. »Edmée«, fragte er, »wo ist Edmée?« Ich antwortete ihm in zusammenhanglosen Sätzen. Er war so überrascht, mich in diesem Zustand zu sehen, daß er mich innerlich eines Verbrechens beschuldigte, wie er mir später gestanden hat.

»Unglückliches Kind«, sagte er und schüttelte heftig meinen Arm, damit ich wieder zu mir käme, »denken Sie nach und beruhigen Sie sich, ich flehe Sie an!«

Ich verstand ihn nicht, zog ihn aber zu dem unheilvollen Ort. O was für ein unvergeßlicher Anblick! Edmée lag auf der Erde, bewegungslos und ausgestreckt in ihrem Blut. Ihre Stute graste wenige Schritte entfernt. Patience stand bei ihr, die Arme vor der Brust verschränkt, das Gesicht ohne Farbe und das Herz so voll, daß es ihm nicht möglich war, dem Abbé zu antworten, der ihn unter Schluchzen und Schreien befragte. Was mich betrifft, ich konnte nicht begreifen, was da geschah. Ich glaube, daß mein Verstand, verwirrt durch die vorangegangenen Aufregungen, völlig gelähmt war. Ich setzte mich neben Edmée auf die Erde; ihre Brust war von zwei Kugeln getroffen. In einem Zustand absoluter Dumpfheit betrachtete ich ihre erloschenen Augen.

»Bringen Sie diesen Elenden weg!« sagte Patience zum Abbé und warf mir einen verachtungsvollen Blick zu; »ein Verdorbener bessert sich nicht.« »Edmée, Edmée!« schrie der Abbé, warf sich ins Gras und bemühte sich, das Blut mit seinem Taschentuch zu stillen. »Tot, tot!« sagte Patience, »und das ist der Mörder! Sie hat es gesagt, als sie Gott ihre heilige Seele empfahl, und Patience wird sie rächen! Es ist hart, aber so soll es sein! ... Gott hat es gewollt, denn ich war da, um die Wahrheit zu vernehmen.« »Das ist schrecklich, schrecklich!« rief der Abbé.

Ich hörte den Klang dieser letzten Silbe und lächelte mit irrem Blick, wobei ich sie wie das Echo wiederholte.

Jäger eilten herbei. Edmée wurde weggetragen. Ich glaube, daß ihr Vater aufrechten Schritts vor mir erschien. Übrigens wüßte ich nicht zu sagen, ob dies ein Trugbild war (denn ich hatte das Bewußtsein verloren, und diese fürchterlichen Augenblicke haben in mir nur vage, traumähnliche Erinnerungen hinterlassen), wenn man mir nicht bestätigt hätte, daß der Ritter ohne Hilfe seine Kalesche verließ und mit so viel Kraft und Geistesgegenwart ging und handelte, als sei er ein junger Mann. Am nächsten Tag verfiel er in den Zustand vollkommener Kindlichkeit und Gefühllosigkeit und stand aus seinem Sessel nie mehr wieder auf.

Was geschah hinsichtlich meiner Person? Ich weiß es nicht. Als ich wieder zu mir kam, bemerkte ich, daß ich an einer anderen Stelle des Waldes war, in der Nähe eines kleinen Wasserfalls, dessen Murmeln ich unbewußt und mit einer Art Wohlgefühl lauschte. Zu meinen Füßen schlief Blaireau, sein Herr lehnte an einem Baum und betrachtete mich aufmerksam. Die Strahlen der untergehenden Sonne ließen rotgoldene Plättchen zwischen den schlanken Stämmen der jungen Eichen tanzen; die wilden Blumen schienen mir zuzulächeln; die Vögel sangen melodisch. Es war einer der schönsten Tage des Jahres.

»Was für ein wundervoller Abend!« sagte ich zu Marcasse. »Dieser Ort ist ebenso schön wie der Wald in Amerika. Nun, mein alter Freund, was tust du da? Du hättest mich früher wecken sollen; ich hatte schreckliche Träume.«

Marcasse kam und kniete sich neben mich; zwei Tränenbäche liefen ihm über die hageren, gelblichen Wangen. Auf seinem gewöhnlich so gleichmütigen Gesicht lag der Ausdruck von unsäglichem Mitleid, Kummer und von Zuneigung. »Armer Herr!« sagte er, »verwirrt, Kopf krank, das ist alles. Großes Unglück! Aber Treue heilt nicht. Auf ewig mit Ihnen, wenn es nötig wäre, mit Ihnen sterben.«

Seine Tränen und Worte machten mich ganz traurig; aber das war die Wirkung einer mitfühlenden Zuneigung, die noch unterstützt wurde durch die Schwäche meines Körpers, denn ich erinnerte mich an nichts. Ich warf mich in seine Arme, und wie er weinte ich, mit wahrhaft väterlicher Wärme drückte er mich an seine Brust. Ich hatte eine deutliche Ahnung, daß ein furchtbares Unglück auf mir lastete; aber ich fürchtete mich davor, zu erfahren, worin es bestand, und um nichts in der Welt hätte ich ihn fragen mögen.

Er nahm meinen Arm und geleitete mich durch den Wald. Ich ließ mich führen wie ein Kind, dann wurde ich erneut von Niedergeschlagenheit ergriffen, und er war gezwungen, mich noch eine halbe Stunde lang niedersitzen zu lassen. Schließlich hob er mich auf, und es gelang ihm, mich nach La Roche-Mauprat zu bringen, wo wir sehr spät ankamen. Marcasse hat mir erzählt, daß ich mich in den Klauen eines furchtbaren Fieberwahns befand. Er entschloß sich, im nächstgelegenen Dorf einen Barbier holen zu lassen, der mich eine halbe Stunde lang zur Ader ließ, und kurze Zeit später erlangte ich das Bewußtsein wieder.

Aber was für einen entsetzlichen Dienst schien man mir da erwiesen zu haben! »*Tot*! *Tot*! *Tot*!« war das einzige Wort, das ich aussprechen konnte. Ich stöhnte nur und wälzte mich im Bett hin und her. Ich wollte hinaus und nach Sainte-Sévère laufen. Mein armer Sergeant warf sich mir zu Füßen und legte sich quer vor die Tür meines Zimmers, um mich daran zu hindern. Dann sagte er mir, um mich zurückzuhalten, Dinge, von denen ich nichts verstand, und ich gab der Autorität seiner Liebe und meiner eigenen Erschöpfung nach, ohne mir sein Verhalten erklären zu können. In einem dieser Kämpfe öffnete sich mein Aderlaß erneut, und ich begab mich zu Bett, ohne daß Marcasse es merkte. Ganz allmählich glitt ich in eine tiefe Ohnmacht und war fast schon tot, als er meiner blauen Lippen und violettroten Wangen gewahr wurde, auf die Idee kam, mein Laken anzuheben, und sah, daß ich in einer Blutlache schwamm.

Im übrigen war dies das größte Glück, das mir widerfahren

konnte. Mehrere Tage lang befand ich mich in tiefster Zerrüttung, in der das Wachen sich kaum vom Schlaf unterschied und dank derer ich, da ich nichts verstand, auch nicht litt.

Eines Morgens, nachdem es ihm gelungen war, mich zu ein wenig Nahrungsaufnahme zu bewegen, und er bemerkte, daß mit der Kraft auch die Traurigkeit und Unruhe zurückkehrten, verkündete er mit kindlicher und zärtlicher Sorge, daß Edmée nicht tot war und es Hoffnung gab, sie zu retten. Für mich war dies wie ein Blitz aus heiterem Himmel, denn ich glaubte immer noch, daß jenes schreckliche Ereignis das Werk meines Fieberwahns war. Ich begann zu schreien und in gräßlicher Weise die Arme zu verdrehen. Marcasse, der neben meinem Bett kniete, bat mich inständig, mich zu beruhigen, und zwanzigmal wiederholte er mir diese Sätze, die auf mich wirkten wie sinnentleerte Wörter, die man in Träumen vernimmt. »Sie haben es nicht absichtlich getan; ich weiß es genau. Es war ein Unfall, ein Gewehr, das zufällig in der Hand losgeht.« »Rede, was willst du mir sagen?« schrie ich ungeduldig; »was für ein Gewehr? Wieso zufällig? Warum ich?« »Wissen Sie denn nicht, auf welche Weise sie getroffen wurde, Herr?« Ich legte die Hände auf meinen Kopf, so als wolle ich die Lebensenergie dorthin zurückholen, und da ich das geheimnisvolle Geschehnis, das alle Antriebskraft zerstörte, nicht erklären konnte, hielt ich mich für verrückt, verharrte stumm und bestürzt und hatte Angst, auch nur ein Wort herauszulassen, da es den Verlust meiner Fähigkeiten bestätigen würde.

Schließlich kehrten nach und nach meine Erinnerungen zurück; ich verlangte Wein, um mich zu stärken, und kaum hatte ich einige Schlucke getrunken, da spulten sich wie durch Zauberei alle Szenen des verhängnisvollen Tages vor mir ab. Ich erinnerte mich sogar an die Worte, die ich Patience gleich nach dem Ereignis hatte sagen hören. Sie waren in jenem Teil des Erinnerungsvermögens gleichsam eingraviert, der den Klang der Wörter behält, während jener Teil schläft, dessen Aufgabe es ist, deren Sinn zu durchdringen. Einen Augenblick lang war ich noch unsicher; ich fragte mich, ob mein Gewehr zu dem Zeitpunkt in meinen Händen losgegangen war, als ich Edmée verließ. Ich erinnerte mich deutlich, daß ich es eine Stunde zuvor auf einen Wiedehopf abgefeuert hatte, dessen Federkleid Edmée aus der Nähe betrachten wollte; und dann, als der Schuß zu hören war, der sie getroffen, befand sich das Gewehr in meinen Händen; und ich hatte es erst einige Augenblicke später auf die Erde geworfen; es konnte also nicht diese Waffe gewesen sein, die beim Fallen losgegangen war. Außerdem war ich zu diesem Zeitpunkt zu weit von Edmée entfernt, als daß der Schuß sie hätte treffen können, selbst wenn man eine unglaubliche Schicksalsfügung annahm. Schließlich hatte ich den ganzen Tag über keine einzige Kugel bei mir gehabt, und es war nicht möglich, daß mein Gewehr geladen war, ohne daß ich davon wußte, da ich es nicht mehr vom Schulterriemen genommen, seit ich den Wiedehopf getötet hatte.

Es war also mehr als sicher, daß ich den verhängnisvollen Unfall nicht verursacht hatte; ich mußte eine Erklärung finden für diese unglaubliche Katastrophe. Sie belastete mich weniger als jeden anderen; ich dachte daran, daß ein ungeschickter Schütze durch das Blattwerk Edmées Pferd für Wild gehalten hatte; und ich hatte nicht vor, wen auch immer des absichtlichen Mordes zu beschuldigen; nur, ich begriff, daß ich selbst angeklagt wurde. Ich holte die Wahrheit aus Marcasse heraus. Er teilte mir mit, daß der Ritter und alle Personen, die an der Jagd teilgenommen, dieses Unglück einem zufälligen Unfall zugeschrieben hatten, durch eine Waffe, die sich zu meiner großen Verzweiflung entladen, als mein Pferd mich abgeworfen hatte; denn man glaubte, daß ich zu Boden geschleudert worden war. Das war in etwa die Meinung, die jedermann in Umlauf setzte. Mit den wenigen Sätzen, die Edmée sagen konnte, bestätigte sie diese Auslegungen. Eine einzige Person klagte mich an, das war Patience; doch tat er es insgeheim und unter dem Siegel des Eides gegenüber seinen beiden Freunden, Marcasse und dem Abbé Aubert. »Ich brauche Ihnen nicht zu sagen«, fügte Marcasse hinzu, »daß der Abbé absolutes Schweigen wahrt und sich weigert, Sie für schuldig zu halten. Was mich betrifft, so kann ich Ihnen schwören, daß niemals ...« »Schweig still«, antwortete ich, »sag das nicht einmal, denn damit läge die Vermutung nahe, daß irgend jemand in dieser Welt es glauben könnte. Aber Edmée hat in dem Augenblick, als sie den Geist aufgab, etwas Unhörbares zu Patience gesagt; denn sie ist tot, vergeblich willst du mich täuschen, sie ist tot, und ich werde sie niemals wiedersehen.« »Sie ist nicht tot!« rief Marcasse. Und er legte Schwüre ab, die mich überzeugten; denn ich wußte, daß er sich umsonst bemühen würde zu lügen; sein ganzes Wesen hätte gegen solche barmherzigen Absichten revoltiert. Was Edmées Aussage anging, so weigerte er sich ganz offen, sie mir wiederzugeben; und daher begriff ich, daß sie niederschmetternd war. Also riß ich mich los von meinem Bett und stieß Marcasse unerbittlich zur Seite, der mich festhalten wollte. Ich ließ eine Decke auf das Pferd des Pächters werfen und ritt im Galopp davon. Als ich im Schloß ankam, sah ich aus wie ein Gespenst. Ich schleppte mich bis zum Salon, ohne jemanden zu treffen, außer Saint-Jean, der, als er mich sah, einen Schreckensschrei von sich gab und verschwand, ohne auf meine Fragen zu antworten.

Der Salon war leer. Die Handarbeit von Edmée, verborgen unter dem grünen Tuch, das ihre Hand vielleicht nie mehr aufnehmen würde, kam mir vor wie ein Sarg, verhüllt von einem Leichentuch. Der große Sessel meines Onkels stand nicht in der Kaminecke; mein Porträt, daß ich in Philadelphia hatte anfertigen lassen und während des amerikanischen Krieges geschickt hatte, war von der Wand abgenommen. Dies waren Zeichen für Tod und Unheil.

Eilig verließ ich den Raum und stieg mit einer Kühnheit, die die Unschuld verleiht, die Treppe hinauf. Ich ging geradewegs zu Edmées Zimmer und drehte den Knauf um, gleich nachdem ich geklopft hatte. Mademoiselle Leblanc kam mir entgegen, schrie laut und floh, wobei sie das Gesicht mit den Händen bedeckte, als ob sie eine wilde Bestie erblickt hätte. Wer nur konnte diese schrecklichen Verdächtigungen gegenüber meiner Person verbreitet haben? War der Abbé so wenig loyal, daß er dazu in der Lage war? Später erfuhr ich, daß Edmée, obgleich fest und großmütig in ihren lichten Momenten, mich im Fieberwahn laut beschuldigt hatte.

Ich näherte mich dem Bett, und da ich mich selbst im Delirium befand, schob ich, ohne zu bedenken, daß mein unerwarteter Anblick ihr den Todesstoß versetzen konnte, mit gieriger Hand die Vorhänge beiseite und betrachtete Edmée. Niemals habe ich eine überwältigendere Schönheit gesehen. Ihre großen schwarzen Augen waren noch um die Hälfte größer und von außerordentlichem Glanz, wenn auch ausdruckslos, wie zwei Diamanten. Ihre straffen, farblosen Wangen, vom gleichen Weiß wie die Lippen, gaben ihr das Aussehen eines schönen Marmorkopfes. Sie sah mich fest an, mit ebensowenig Ausdruck, als betrachte sie ein Bild oder ein Möbelstück, dabei drehte sie das Gesicht ein wenig zur Wand und sagte mit geheimnisvollem Lächeln: »Das ist die Blume, die *Edmea sylvestris* genannt wird.«

Ich fiel vor ihr nieder, nahm ihre Hand und bedeckte sie mit Küssen, dann brach ich in Schluchzen aus; sie merkte nichts davon. Ihre bewegungslose, eisige Hand lag wie ein Stück Alabaster in der meinen.

XXIII.

Der Abbé trat ein und grüßte mit finsterer, kalter Miene, dann gab er mir ein Zeichen, zog mich weg vom Bett und sagte: »Sie sind ein Narr! Kehren Sie nach Hause zurück, und seien Sie klug genug, nicht mehr hierherzukommen; das ist alles, was Sie noch tun können.« »Und seit wann«, rief ich rasend vor Wut, »haben Sie das Recht, mich aus dem

Schoß meiner Familie zu verjagen?« »Ach! Sie haben keine Familie mehr«, antwortete er in einem schmerzvollen Ton, der mich entwaffnete. »Von einem Vater und einer Tochter sind nur noch zwei Gespenster übrig, deren moralisches Leben erloschen ist und die das physische Leben bald verlassen wird. Respektieren Sie die letzten Augenblicke der Menschen, von denen Sie geliebt wurden.« »Und wie kann ich meinen Respekt und meinen Schmerz beweisen, wenn ich sie aufgebe?« antwortete ich niedergeschmettert. »In dieser Hinsicht«, sagte der Abbé, »will und kann ich Ihnen nichts sagen, denn Sie wissen, daß Ihre Anwesenheit hier einer Tollkühnheit und Schändung gleichkommt. Gehen Sie. Wenn *jene nicht mehr sind* (was nicht lange dauern wird), wenn Sie über die Rechte an diesem Haus verfügen, kommen Sie wieder, und Sie werden mich gewiß nicht mehr vorfinden, um sie Ihnen streitig zu machen oder zu bestätigen. Da ich diese Rechte nicht kenne, glaube ich, es bis dahin auf mich nehmen zu können, dafür zu sorgen, daß diese beiden heiligen Todeskämpfe bis zum Ende respektiert werden.« »Unglücklicher!« rief ich, »ich weiß nicht, was mich davon abhält, dich in Stücke zu reißen! Was für ein abscheulicher Eigensinn veranlaßt dich, mir immer wieder den Dolch in der Brust umzudrehen? Befürchtest du, daß ich mein Unglück überlebe? Weißt du nicht, daß es drei Särge sein werden, die gemeinsam dieses Haus verlassen? Glaubst du, ich sei wegen etwas anderem gekommen als wegen eines letzten Blicks, eines letzten Segens?« »Sagen Sie, wegen einer letzten *Vergebung*«, antwortete der Abbé mit unheilvoller Stimme und der Geste unerbittlicher Verdammung. »Ich sage, Sie sind wahnsinnig!« schrie ich, »und wenn Sie nicht Priester wären, würde ich Ihnen wegen der Art, in der Sie mit mir reden, alle Knochen brechen.« »Ich fürchte Sie wenig, Monsieur«, antwortete er. »Mich vom Leben zu befreien, hieße, mir einen großen Dienst erweisen; aber ich bin entsetzt darüber, daß Sie mit Ihren Drohungen und ihrer Heftigkeit die Anklage bestätigen, die gegen Sie erhoben wird. Sähe ich Sie von Reue ergriffen, so würde ich mit Ihnen weinen; aber Ihr Selbstvertrauen erschreckt mich. Bisher habe ich in Ihnen nur einen rasenden Narren gesehen; heute glaube ich, daß Sie ein Verbrecher sind. Ziehen Sie sich zurück.«

Ich fiel auf einen Sessel, vor Zorn und Schmerz erstickt. Einen Augenblick lang sehnte ich mich danach zu sterben. Neben mir die erlöschende Edmée, mir gegenüber ein Richter, durchdrungen von einer solchen Überzeugtheit, daß er, der von Natur aus sanft und schüchtern war, sich nunmehr grob und erbarmungslos gab. Der Verlust derer, die ich liebte, verstärkte meine Sehnsucht nach dem Tod; aber die grauenvolle Anklage, die auf mir lastete, weckte meine Tatkraft. Ich konnte nicht glauben, daß eine derartige Anschuldigung der Stimme der Wahrheit auch nur einen Augenblick lang standhielte. Ich stellte mir vor, daß ein Blick, ein Wort von mir genügen würden, um sie zu Fall zu bringen; doch ich fühlte mich so bestürzt und zutiefst verletzt, daß mir dieses Verteidigungsmittel versagt war; und je mehr die Schande des Verdachts mich beschwerte, desto mehr begriff ich, daß es fast unmöglich ist, sich mit Erfolg zu verteidigen, wenn man auf seiner Seite nur den Stolz der verkannten Unschuld hat.

Ich war niedergeschlagen und konnte kein Wort herausbringen. Mir schien, als laste ein bleiernes Gewölbe auf meinem Schädel. Die Tür öffnete sich, und Mademoiselle Leblanc kam mit haßerfüllter, wichtigtuerischer Miene auf mich zu; sie sagte, jemand auf der Treppe wünsche mich zu sprechen. Gedankenlos ging ich hinaus und traf Patience, der mich erwartete, die Arme verschränkt, in seiner strengsten Haltung und mit einem Gesichtsausdruck, der mir Achtung und Furcht eingeflößt hätte, wäre ich schuldig gewesen.

»Monsieur de Mauprat«, sagte er, »es ist nötig, daß ich ein privates Gespräch mit Ihnen führe; wollen Sie mir zu meinem Haus folgen?«

»Ja, das will ich«, antwortete ich. »Ich werde alle Demütigungen ertragen, vorausgesetzt, ich erfahre, was man von mir will und warum man sich darin gefällt, den unglücklichsten unter den Menschen zu beleidigen. Geh, Patience, geh schnell, ich habe es eilig, hierher zurückzukommen.«

Patience ging mit abweisender Miene vor mir her, und als wir bei seinem Häuschen angekommen waren, sahen wir meinen armen Sergeanten, der gleichfalls in großer Eile ankam. Da er kein Pferd gefunden hatte, um mir zu folgen, und da er mich nicht allein lassen wollte, war er so rasch zu Fuß gelaufen, daß er in Schweiß gebadet war. Dennoch erhob er sich hurtig von der Bank in der Weinlaube, auf die er sich geworfen hatte, und kam uns entgegen.

»Patience«, rief er in dramatischem Ton, über den ich gelächelt hätte, wäre es mir möglich gewesen, in solchen Momenten auch nur einen Funken Heiterkeit zu haben ... »Alter Narr! ... Verleumder in Ihrem Alter? ... Pfui, Monsieur ... vom Reichtum verdorben ... das sind Sie, ja.«

Patience, weiterhin unzugänglich, hob die Schulter und sagte zu seinem Freund: »Marcasse, Sie wissen nicht, was Sie reden. Ruhen Sie sich hinten im Obstgarten aus. Sie haben hier nichts zu suchen, ich kann nur mit Ihrem Herrn sprechen. Gehen Sie, ich will es so«, fügte er hinzu und stieß ihn mit so viel Autorität mit der Hand zurück, daß der Sergeant, obgleich stolz und empfindlich, aus Instinkt und Gewohnheit nachgab.

Als wir allein waren, kam Patience zur Sache und unterzog mich einem Verhör, dem ich mich auszusetzen beschloß, um selbst schneller Aufklärung über das zu erhalten, was um mich herum geschah.

»Wollen Sie mir, Monsieur«, so sagte er, »mitteilen, was Sie nun zu tun beabsichtigen?« »Ich habe vor, bei meiner Familie zu bleiben, und wenn sie nicht mehr da ist, geht das, was ich tue, keinen etwas an.« »Aber, Monsieur«, erwiderte Patience, »wenn man Ihnen nun sagte, daß Sie nicht bei Ihrer Familie bleiben können, ohne dem einen oder anderen ihrer Mitglieder den Todesstoß zu versetzen, würden Sie dann immer noch darauf bestehen?« »Wenn ich davon überzeugt wäre, daß dem so ist«, antwortete ich, »würde ich mich nicht vor ihnen zeigen; ich würde auf der Schwelle ihrer Tür warten, sei es auf den letzten Tag ihres Lebens, sei es auf ihre Genesung, und sie um die Zuneigung bitten, die ich immer noch verdiene...« »Ah, nun sind wir beim Punkt!« sagte Patience mit verächtlichem Lächeln. »Das hätte ich nicht gedacht. Im übrigen freut es mich, denn so ist es klarer.« »Was wollen Sie sagen?« rief ich. »Reden Sie, Elender! Erklären Sie sich!« »Hier sind nur Sie ein Elender«, erwiderte er kalt und setzte sich auf seinen einzigen Schemel, während ich vor ihm stehen blieb.

Ich wollte um jeden Preis, daß er sich erklärte. Ich beherrschte und erniedrigte mich sogar so weit, daß ich sagte, ich würde gerne einen guten Rat annehmen, falls er einverstanden wäre, mir die Worte zu wiederholen, die Edmée sofort nach dem Vorfall gesagt hatte und die sie in den Stunden des Fiebers immer noch sagte.

»Nein, bestimmt nicht«, antwortete Patience mit Härte; »Sie sind nicht würdig, auch nur ein Wort aus ihrem Mund zu hören, und ich werde sie Ihnen gewiß nicht sagen. Was brauchen Sie sie zu wissen? Hoffen Sie, künftig etwas vor den Menschen zu verbergen? Gott hat Sie gesehen, vor ihm gibt es kein Geheimnis. Gehen Sie, bleiben Sie auf La Roche-Mauprat, verhalten Sie sich ruhig, und sobald Ihr Onkel tot ist und Ihre Angelegenheiten geordnet sind, verlassen Sie die Gegend. Wenn Sie mir vertrauen, so gehen Sie sofort. Ich will Sie nicht verfolgen lassen, es sei denn, Sie zwingen mich durch Ihr Verhalten dazu. Aber ganz andere Leute als ich sind sich zwar der Wahrheit nicht sicher, doch haben sie einen Verdacht. Bevor zwei Tage vorbei sind, kann ein zufällig in der Öffentlichkeit gesagtes Wort, kann die Schwatzhaftigkeit eines Domestiken die Justiz aufmerksam machen, und von da bis zum Schafott ist es, wenn man schuldig ist, nur ein Schritt. Ich habe Sie nicht im mindesten gehaßt, ich empfand sogar Freundschaft für Sie; glauben Sie mir also diesen guten Rat, den anzunehmen Sie gewogen waren. Gehen Sie fort, oder halten Sie sich versteckt und zur Flucht bereit. Ich will nicht Ihr Verderben, auch Edmée würde es nicht wollen... also... Hören Sie?« »Sie sind verrückt, wenn Sie meinen, daß ich auf einen solchen Rat höre. Ich, mich verstecken! Ich, fliehen, als wäre ich schuldig! Das glauben Sie doch selbst nicht! Auf denn, ich trotze euch allen. Ich weiß nicht, was für eine Wut, was für ein Haß an euch nagen, daß ihr euch gegen mich verschwört; ich weiß nicht, warum Sie mich daran hindern wollen, meinen Onkel und meine Cousine zu sehen; aber ich hasse Ihre Dummheit. Mein Platz ist hier, ich entferne mich nur auf den förmlichen Befehl meiner Cousine oder meines Onkels; überdies möchte ich hören, wie dieser Befehl aus ihrem Mund kommt, denn ich werde mir von keinem Fremden ihren Beschluß übermitteln lassen. Also, haben Sie Dank für Ihre Weisheit, Monsieur Patience, die meine wird hier ausreichen. Ich grüße Sie.«

Ich schickte mich an, die Hütte zu verlassen, als er sich mir entgegenwarf, und einen Moment lang bemerkte ich, daß er bereit war, Gewalt anzuwenden, um mich zurückzuhalten. Trotz seines fortgeschrittenen Alters, trotz meiner großen Statur und athletischen Kraft war er noch in der Lage, einen Kampf dieser Art vielleicht zu seinem Vorteil durchzustehen. Klein, gebeugt und breit in den Schultern war er doch ein Herkules.

Er hielt jedoch in dem Augenblick inne, als er den Arm zu mir emporstreckte, da ihn einer dieser Anfälle von Weichherzigkeit packte, deren Opfer er in Augenblicken seiner größten Grobheit wurde; er betrachtete mich liebevoll und sprach leise zu mir: »Unglücklicher! Ich habe dich geliebt wie mein Kind, denn ich habe dich als Edmées Bruder betrachtet, laufe nicht in dein Verderben. Ich flehe dich an im Namen derer, die du ermordet hast und die du immer noch liebst, das weiß ich, die du jedoch nicht wiedersehen darfst. Glaube mir, deine Familie war gestern noch ein prachtvolles Schiff, dessen Steuer du in der Hand hieltest; heute ist das Schiff gekentert und hat weder Segel noch Steuermann mehr; die Schiffsjungen müssen es manövrieren, wie Freund Marcasse zu sagen pflegt. Nun, mein armer Schiffbrüchiger, beharren Sie nicht darauf unterzugehen; ich werfe Ihnen das Seil zu, ergreifen Sie es; in einem Tag ist es zu spät. Bedenken Sie, daß, falls die Justiz sich Ihrer bemächtigt, derjenige, der Sie heute zu retten versucht, morgen verpflichtet ist, Sie zu beschuldigen und zu verurteilen. Zwingen Sie mich nicht, etwas zu tun, was mich zum Weinen bringt, wenn ich nur daran denke. Bernard, Sie wurden geliebt, mein Kind, ziehen Sie Nutzen aus dieser Vergangenheit.«

Ich brach in Tränen aus, und der Sergeant, der in diesem Augenblick hinzukam, begann gleichfalls zu weinen und bat mich inständig, nach La Roche-Mauprat zurückzukehren. Aber bald stand ich auf, schob sie beiseite und sagte: »Ich weiß, daß ihr ausgezeichnete Männer seid; ihr seid großzügig und habt mich gern, denn, obwohl ihr mich von einem furchtbaren Verbrechen besudelt glaubt, denkt ihr noch daran, mir das Leben zu retten. Aber beruhigt euch, meine Freunde, ich bin rein, was dieses Verbrechen angeht; im Gegenteil, ich wünsche mir, daß man Licht in die Sache bringt, wodurch ich freigesprochen werde, dessen könnt ihr sicher sein. Ich bin es meiner Familie schuldig, so lange zu leben, bis meine Ehre wiederhergestellt ist. Sollte ich dazu verurteilt sein zu sehen, wie meine Cousine stirbt, und ich habe nur sie auf Erden, die ich liebe, so werde ich mir danach eine Kugel in den Kopf jagen. Warum sollte ich niedergeschlagen sein? Ich hänge nicht am Leben. Gott möge die letzten Stunden derjenigen süß und heiter gestalten, die ich bestimmt nicht überleben werde. Das ist alles, worum ich bitte.«

Patience schüttelte mit finsterer, unzufriedener Miene den Kopf. Er war so sehr von meinem Verbrechen überzeugt, daß ich mir mit all meinem Leugnen sein Mitleid verscherzte. Marcasse liebte mich trotzdem; doch als Garanten meiner Unschuld hatte ich nur mich allein auf der Welt.

»Wenn Sie schon zum Schloß zurückgehen, so schwören Sie hier, daß Sie ohne die Erlaubnis des Abbés weder das Zimmer Ihrer Cousine noch das Ihres Onkels betreten werden!« rief Patience. »Ich schwöre, daß ich unschuldig bin«, antwortete ich, »und mich von niemandem eines Verbrechens überführen lassen werde. Zurück, ihr beiden! Laßt mich. Patience, wenn Sie es für Ihre Pflicht halten, mich zu denunzieren, nur zu, tun Sie es; alles, was ich mir wünsche, ist, daß man mich nicht verurteilt, ohne mich angehört zu haben; ich ziehe das rechtmäßige Gericht dem der öffentlichen Meinung vor.«

Ich stürzte aus der Hütte und lief ins Schloß zurück. Da ich indes vor der Dienerschaft kein Aufsehen erregen wollte und genau wußte, daß man Edmées tatsächlichen Zustand nicht vor mir verheimlichen konnte, schloß ich mich in dem Zimmer ein, das ich normalerweise bewohnte.

Aber gerade, als ich es am Abend verlassen wollte, um Neuigkeiten über den Zustand der Kranken zu erfahren, sagte Mademoiselle Leblanc mir erneut, daß man draußen nach mir verlangte. Auf ihrem Gesicht nahm ich einen zweifachen Ausdruck von Befriedigung und Angst wahr. Ich begriff, daß man gekommen war, um mich zu verhaften, und ich ahnte (was richtig war), daß Mademoiselle Leblanc mich verraten hatte. Ich stellte mich ans Fenster und sah im Hof die Kavalleristen der Gendarmerie. »Es ist gut«, sagte ich, »mein Schicksal muß sich vollenden.«

Aber bevor ich, für immer vielleicht, dieses Haus verließ, in dem meine Seele zurückblieb, wollte ich Edmée ein letztes Mal sehen. Ich lief direkt zu ihrem Zimmer. Mademoiselle Leblanc wollte sich vor die Tür werfen; ich stieß sie so grob zurück, daß sie hinfiel und sich, wie ich glaube, ein wenig weh tat. Sie erfüllte mit ihren Schreien das ganze Haus und machte später in den Verhandlungen ein großes Aufhebens von dem, was sie einen Mordversuch gegen ihre Person zu nennen beliebte. Ich trat also bei Edmée ein und traf dort den Abbé und den Arzt. Schweigend hörte ich, was dieser sagte. Ich erfuhr, daß die Verletzungen an sich nicht tödlich waren, ja sogar nicht einmal schwer wären, wenn nicht eine Gehirnentzündung das Übel komplizieren würde und einen Wundstarrkrampf befürchten ließe. Dieses schreckliche Wort traf mich wie ein Todesurteil. Als Folge von im Krieg erlittenen Verwundungen hatte ich in Amerika viele Menschen an dieser abscheulichen Krankheit sterben sehen. Ich näherte mich dem Bett. Der Abbé war so verblüfft, daß er nicht einmal daran dachte, mich davon abzuhalten. Ich nahm Edmées Hand, die immer noch gefühllos und kalt war. Ein letztes Mal küßte ich sie, und ohne ein Wort zu den anderen zu sagen, ging ich und überantwortete mich der Gendarmerie.

XXIV.

Ich wurde unverzüglich ins Gerichtsgefängnis von La Châtre gesperrt; der Polizeileutnant beim Amtsgericht von Issoudun nahm den Mordfall von Mademoiselle de Mauprat in die Hand und erhielt die Erlaubnis, am nächsten Tag die Vorladung zu veröffentlichen. Er begab sich zum Dorf Sainte-Sévère und auf die Bauernhöfe in der Umgebung des Waldes von Curat, in dem der Vorfall sich ereignet hatte, und erhielt Aussagen von mehr als dreißig Zeugen. Acht Tage nach meiner Verhaftung wurde die Festnahme beschlossen. Wäre mein Kopf frei oder irgend jemand an mir interessiert gewesen, dann hätte man diese Gesetzesübertretung und viele weitere, die während des Prozesses stattfanden, unerschrocken zu meinem Vorteil geltend machen und damit beweisen können, daß ein versteckter Haß die Strafverfolgung leitete. Während des gesamten Verlaufes dieser Angelegenheit wurde alles mit unerbittlicher Geschwindigkeit und Härte von unsichtbarer Hand gelenkt.

Die Voruntersuchung hatte nur eine einzige Anklage gegen mich erbracht, nämlich die von Mademoiselle Leblanc. Während alle Jäger erklärten, daß sie nichts wüßten und keinen Grund hätten, den Unfall als absichtlichen Mord anzusehen, erklärte Mademoiselle Leblanc, die mich seit langem wegen einiger Scherze haßte, die ich mir auf ihre Kosten erlaubt hatte, und die im übrigen, wie man erfuhr, gekauft worden war, daß Edmée beim Aufwachen aus ihrer ersten Bewußtlosigkeit, als sie fieberfrei war und klar reden konnte, ihr anvertraut und ans Herz gelegt habe, daß sie von mir beleidigt, bedroht, vom Pferd geworfen und schließlich heimtückisch angegriffen worden war. Diese gehässige Jungfer hatte sich die Enthüllungen, die Edmée im Fieber von sich gegeben, zu eigen gemacht und recht geschickt einen vollständigen Bericht verfaßt, den sie mit der ganzen Fülle ihres Hasses ausschmückte. Sie entstellte die undeutlichen Worte und fiebrigen Eindrücke ihrer Herrin und versicherte unter Eid, daß Edmée gesehen habe, wie ich den Gewehrlauf auf sie gerichtet und dabei gesagt hätte: *»Ich habe es dir versprochen, nur von meiner Hand sollst du sterben.«*

Saint-Jean, der am selben Tag verhört wurde, erklärte, nur das zu wissen, was Mademoiselle Leblanc ihm an dem Abend erzählt habe, und sein Bericht war völlig identisch mit der vorausgegangenen Aussage. Saint-Jean war ein ehrlicher Mann, jedoch kalt und beschränkt. Aus Liebe zur Genauigkeit ließ er keine überflüssige Auskunft weg, die schlecht gegen mich ausgelegt werden konnte. Er versicherte, daß ich immer schon sonderbar, ein Wirrkopf und unberechenbar gewesen sei, und das Opfer von Kopfschmerzen, während derer ich mich selbst nicht mehr kannte; und derweil ich schon mehrfach Nervenkrisen ausgesetzt gewesen, hätte ich von Blut und der Ermordung einer Person geredet, die ich stets zu sehen glaubte: kurz, ich sei von so hitzigem Charakter, daß ich *fähig sei, einer Person egal was an den Kopf zu werfen, obwohl ich mich nach seiner Kenntnis noch nie zu einem derartigen Ausbruch verstiegen hätte.* Von dieser Art sind häufig die Aussagen, die in Strafprozessen über Leben und Tod entscheiden.

Patience war am Tag dieser Untersuchung unauffindbar. Der Abbé sagte, daß seine Erkenntnisse über das Geschehene so ungesichert seien, daß er lieber alle Strafen auf sich nehme, die man aufsässigen Zeugen auferlege, als daß er vor einer weiteren Klärung Auskunft gebe. Er veranlaßte den Polizeileutnant dazu, ihm Zeit zu gewähren, wobei er auf Ehre versprach, sich nicht dem polizeilichen Zugriff zu entziehen, und bedeutete, daß er in wenigen Tagen nach Überprüfung der Dinge irgendeinen Beweis erhalten könne; und in diesem Fall, das sagte er zu, wolle er sich deutlich erklären, sei es für oder gegen mich. Diesem Aufschub wurde stattgegeben.

Marcasse sagte, daß, falls ich der Urheber der Verletzungen von Mademoiselle de Mauprat sei, woran er mehr und mehr sehr zweifle, ich dies jedenfalls unabsichtlich sei. Er verpfändete seine Ehre und sein Leben für diese Behauptung. Dies also war das Ergebnis der ersten Untersuchung. Sie wurde an den folgenden Tagen wiederholt fortgesetzt, und mehrere falsche Zeugen bestätigten, gesehen zu haben, wie ich Mademoiselle de Mauprat ermordet hätte, nach dem vergeblichen Versuch, sie meinen Wünschen gefügig zu machen.

Eines der unheilvollsten Mittel der alten Prozeßordnung war die kirchliche Vorladung; so nannte man eine Aufforderung, die auf dem Weg der Predigt, vom Bischof verfaßt und von allen Pfarrern verkündet, an sämtliche Bewohner der Kirchspiele erging und ihnen auferlegte, nach allen Tatsachen zu suchen und diese aufzudecken, die ihnen über das Verbrechen zur Kenntnis gelangten, über das man sie informierte. Dieses Mittel war ein Abklatsch des Grundsatzes der Inquisition, die in anderen Gegenden noch unverhohlener herrschte. Meistens war die Vorladung, eingerichtet im übrigen, um im Namen des Glaubens den Geist der Denunziation zu erhalten, ein Meisterwerk lächerlicher Grausamkeit; häufig wurden das Verbrechen und alle erdichteten Umstände, welche zu beweisen die Leidenschaft der Kläger für nötig befand, als gegeben vorausgesetzt; es war die Veröffentlichung eines fertigen Anwurfs, zu dem der erstbeste Schurke, um ein bißchen Geld zu verdienen, eine erlogene Aussage im Interesse des Meistbietenden machen konnte. . . Der unvermeidliche Effekt der Vorladung, sofern ihre Abfassung parteiisch war, zielte dahin, einen allgemeinen Haß gegen den Angeklagten zu schüren. Insbesondere die Frömmler, die vom Klerus eine vorgefertigte Meinung entgegennahmen, verfolgten gierig das Opfer, und das war bei mir der Fall, um so mehr, als der Klerus der Provinz dabei eine andere, geheime Rolle spielte, die beinahe über mein Schicksal entschieden hätte.

Die Sache, die man dem Strafgerichtshof von Bourges vortrug, wurde in wenigen Tagen in die Wege geleitet. Sie können sich die düstere Verzweiflung vorstellen, der ich ausgesetzt war. Edmée befand sich in einem immer beklagenswerteren Zustand, ihr Geist war völlig verwirrt. Über den Ausgang des Prozesses war ich nicht in Sorge; ich glaubte nicht daran, daß man mich eines Verbrechens überführen könnte, das ich nicht begangen hatte; aber was kümmerten mich Ehre und Leben, wenn Edmée die Fähigkeit nicht wiedererlangte, mich vor sich selbst zu rehabilitieren? Ich betrachtete sie als tot, tot und mich verfluchend! Auch war ich unwiderruflich entschlossen, mich nach dem Urteil zu töten, wie immer es ausfallen würde. Das Leben bis dahin zu ertragen und alles für den Sieg der Wahrheit Nötige zu tun, war eine Pflicht, die ich mir auferlegte; aber ich stand unter einer solchen Betäubung, daß ich mich nicht einmal kundig machte, was zu tun war. Ohne die Klugheit und den Eifer meines Anwalts, ohne die bewundernswerte Aufopferung von Marcasse hätte meine Gleichgültigkeit mich dem unheilvollsten Geschick ausgeliefert.

Marcasse verbrachte alle seine Tage damit, hin und her zu eilen und sich für mich einzusetzen. Abends kam er und warf sich am Fußende meines Feldbettes auf ein Strohbündel; und nachdem er mir von Edmée und meinem Onkel, die er jeden Tag besuchte, das Neueste erzählt hatte, unterrichtete er mich von den Ergebnissen seiner Schritte. Zärtlich drückte ich seine Hand; aber ein Großteil der Zeit war ich beschäftigt mit dem, was er gerade über Edmée gesagt hatte, und hörte den Rest nicht mehr.

Das Gefängnis von La Châtre, die einstige Festung der Elevains de Lombaud, Grundherrn der Provinz, bestand in jener Zeit nur noch aus einem prachtvollen, viereckigen Turm, der, geschwärzt von den Jahrhunderten, sich auf der linken Seite einer Schlucht befand, wo die Indre ein schmales, gewundenes Tal bildet, das reich ist an der schönsten Vegetation. Die Jahreszeit war herrlich. Meine Kammer, ganz oben im Turm gelegen, empfing die Strahlen der aufgehenden Sonne, die von einem Horizont zum anderen die schlanken, riesigen Schatten einer dreifachen Pappelreihe zeichneten. Nie bot sich den Blicken eines Gefangenen eine ebenso heitere, frische und liebliche Landschaft dar, aber woran sollte ich mich erfreuen? In allen Lüften, die die Levkojen im rissigen Mauerwerk streiften, schwangen die Worte von Tod und Schmach. Jeder ländliche Ton, jeder Refrain eines Dudelsacks, die zu mir heraufwehten, schienen eine Beleidigung zu enthalten oder eine tiefe Mißachtung meines Schmerzes. Bis hin zum Blöken der Herden war mir alles Ausdruck von Vergessen und Gleichgültigkeit.

Marcasse hatte seit einiger Zeit eine fixe Idee: Er glaubte, daß Edmée von Jean de Mauprat ermordet worden sei. Das war möglich; aber da ich in dieser Hinsicht keinerlei Wahrscheinlichkeit geltend machen konnte, gebot ich ihm Schweigen, sobald er davon sprach. Es stand mir nicht zu, mich auf Kosten eines anderen zu rechtfertigen. Selbst wenn Jean de Mauprat fähig war zu allem, konnte es sein, daß der Gedanke, dieses Verbrechen zu begehen, ihm niemals gekommen war, und da ich seit mehr als sechs Wochen nichts mehr von ihm gehört hatte, wäre es mir feige vorgekommen, ihn zu beschuldigen. Ich beharrte auf meiner Annahme, daß einer der Jäger während der Jagd aus Versehen auf Edmée geschossen hatte und daß ein Gefühl von Furcht und Scham ihn daran hinderte, sein Unglück einzugestehen. Marcasse besaß den Mut, alle aufzusuchen, die an der Jagd teilgenommen hatten, und sie inständig mit aller Beredsamkeit, die der Himmel ihm verliehen hatte, zu bitten, die Strafe für einen unbeabsichtigten Mord nicht zu fürchten und nicht an ihrer Statt einen Unschuldigen anklagen zu lassen. Alle diese Schritte waren ohne Ergebnis, und keine Antwort irgendeines Jägers vermochte meinem armen Freund die Hoffnung zu lassen, auf diese Weise die Aufklärung eines Verbrechens zu erreichen, in welches wir verwickelt waren.

Ich wurde nach Bourges verlegt, in das alte Schloß der Herzöge des Berry, das seit damals als Gefängnis dient. Es war sehr schmerzhaft für mich, von meinem treuen Sergeanten getrennt zu sein. Man hätte ihm gestattet, mich zu begleiten, aber er befürchtete, bald auf die Einflüsterungen meiner Feinde hin (denn er beharrte in seinem Glauben, daß ich von verstecktem Haß verfolgt werde) verhaftet zu werden und auf diese Weise außerstande zu sein, mir zu dienen. Er wollte folglich nicht einen Augenblick verlieren, um seine Nachforschungen fortzusetzen, solange man ihn nicht *selbst ergriff*.

Zwei Tage nach meiner Unterbringung in Bourges brachte Marcasse eine Erklärung vor, die auf sein Ersuchen hin von zwei Notaren aus La Châtre aufgesetzt und derzufolge festgestellt wurde, daß, gemäß den Aussagen von zehn Zeugen, ein Bettelbruder an allen dem Mordanschlag vorangegangenen Tagen durch die Varenne gestreift und an verschiedenen Stellen in nächster Umgebung aufgetaucht war, vor allem aber am Vorabend des Ereignisses in Notre-Dame de Pouligny geschlafen hatte. Marcasse behauptete, dieser Mönch sei Jean de Mauprat, zwei Frauen sagten aus, daß sie in ihm entweder Jean oder Gaucher de Mauprat erkannt zu haben glaubten, der jenem ähnlich sah. Aber dieser Gaucher war tot, ertrunken in einem Teich am Tag nach der Erstürmung des Bergfrieds; und da die ganze Stadt La Châtre am Tag des Anschlags auf Edmée gesehen hatte, wie der Trappist, gemeinsam mit dem Prior der Karmeliter, vom Morgen bis zum Abend die Prozession und die Gottesdienste bei der Pilgerfahrt von Vaudevant geleitet hatte, waren diese Aussagen alles andere als in meinem Sinne, sie machten vielmehr den allerschlechtesten Eindruck und warfen ein häßliches Licht auf meine Verteidigung. Siegesgewiß ließ der Trappist sein Alibi bezeugen, und der Prior der Karmeliter unterstützte ihn dabei zu verbreiten, daß ich ein unverschämter Verbrecher sei. Es war eine triumphale Zeit für Jean de Mauprat; er sagte lauthals, daß er gekommen sei, um sich seinen natürlichen Richtern zu überantworten und die Strafe, die er für seine vergangenen Fehler verdient habe, auf sich zu nehmen, und niemand wollte den Gedanken ertragen, einen so heiligen Mann zu verfolgen. Der Fanatismus, den er in unserer höchst frommen Provinz anfachte, war so groß, daß kein Justizbeamter es gewagt hätte, der öffentlichen Meinung entgegenzutreten und gegen ihn vorzugehen. In seinen Aussagen sprach Marcasse von der geheimnisvollen und unerklärlichen Erscheinung des Trappisten auf La Roche-Mauprat, von den Schritten, die er unternommen hatte, um sich bei Monsieur Hubert und seiner Tochter einzuführen, von seiner Dreistigkeit, bis in ihre Gemächer vorzudringen und sie zu erschrecken, und von den Bemühungen des Karmeliteroberen, beträchtliche Summen zugunsten dieser Person aus mir herauszuholen. Alle diese Aussagen wurden wie Erfindungen behandelt, denn Marcasse gab zu, daß er bei keiner der Erscheinungen des Trappisten Zeuge gewesen, und weder der Ritter noch seine Tochter waren in der Lage auszusagen. Meine Antworten bei verschiedenen Verhören bestätigten diese Berichte, das ist wahr; aber da ich ganz aufrichtig erklärte, daß der Trappist mir seit zwei Monaten keine Veranlassung zur Sorge oder Unzufriedenheit gegeben hatte, und da ich mich weigerte, ihm den Mord zuzuschreiben, sah es ein paar Tage lang so aus, als ob der Trappist für immer vor der Öffentlichkeit rehabilitiert sein mußte. Mein geringer Groll gegen ihn besänftigte jedoch nicht den meiner Richter. Man machte Gebrauch von richterlichen Vollmachten, über die das Gericht vergangener Zeiten verfügte, vor allem in der tiefen Provinz, und behinderte alle Möglichkeiten meines Anwalts durch wilde Überstürztheit. Mehrere der Justiz angehörende Personen, die ich nicht nennen will, lieferten sich auf meine Kosten in der Öffentlichkeit Redeschlachten, die dazu hätten führen müssen, daß man ihnen vor Gericht Würde und menschliche Moral aberkannte. Sie schmiedeten Ränke gegen mich, um mich zu Enthüllungen zu bewegen, und versprachen mir fast ein günstiges Urteil, falls ich zumindest gestehen würde, Mademoiselle de Mauprat versehentlich verletzt zu haben. Die Mißachtung, mit der ich diese Eröffnungen aufnahm, führte dazu, daß ich mir alles verscherzte. In einer Zeit, in der Gerechtigkeit und Wahrheit sich nicht ohne Intrige behaupten konnten, war ich, dem die Intrige fremd war, zwei fürchterlichen Feinden ausgeliefert, dem Klerus und dem Amtsadel: Den erstgenannten hatte ich in der Person des Priors der Karmeliter beleidigt, und von dem zweiten wurde ich gehaßt aufgrund der Bewerber, die Edmée zurückgewiesen hatte, von denen der rachsüchtigste einer sehr herausragenden Persönlichkeit des Oberlandesgerichts nahestand.

Dennoch interessierten sich einige integre Männer, denen ich ziemlich unbekannt war, für mein Schicksal, gerade wegen der Anstrengungen, die man unternahm, um mich verhaßt zu machen. Einer von ihnen, Monsieur E. . ., dem es nicht an Einfluß mangelte, denn er war der Bruder des Intendanten der Provinz und stand in Beziehung zu allen Abgeordneten, diente mir mit hervorragenden Ansichten, die er darlegte, um Licht in diese schwierige Sache zu bringen.

Patience hätte dadurch, daß er von meiner Schuld überzeugt war, meinen Feinden unbeabsichtigt nützen können; aber das wollte er nicht. Er hatte sein Leben, in den Wäldern umherzuirren, wiederaufgenommen, und ohne sich zu verstecken, war er doch unauffindbar. Marcasse war über seine Absichten sehr besorgt und begriff sein Verhalten nicht. Die berittene Gendarmerie war wütend, daß ein Greis sie zum Narren hielt, ohne den Umkreis von wenigen Meilen im Land zu verlassen. Ich denke, daß der alte Mann mit seinen Gewohnheiten und seiner körperlichen Verfassung jahrelang in der Varenne hätte leben können, ohne ihr in die Hände zu fallen oder das Bedürfnis zu verspüren, sich zu ergeben, wozu die Langeweile und die Angst vor der Einsamkeit zumeist selbst große Verbrecher treiben.

XXV.

Der Tag der Verhandlung war gekommen. Ich begab mich ruhig dorthin, aber der Anblick der Menge betrübte mich zutiefst. Da gab es keine Unterstützung, kein Mitgefühl. Ich meinte, es hätte einen Grund gegeben, zumindest den äußeren Schein von Achtung zu wahren, den Unglück und Verlassenheit verlangen. Auf allen Gesichtern sah ich nur eine gemeine und freche Neugier. Junge Mädchen aus dem Volk riefen einander lauthals Bemerkungen über mein gutes Aussehen und meine Jugend zu. Zahlreiche Frauen, die dem Adel und der Finanzwelt angehörten, stellten auf den Tribünen ihre glanzvollen Garderoben zur Schau, so als handele es sich um ein Fest. Eine große Zahl Kapuzinermönche zeigte ihre glattrasierten Schädel mitten unterm Pöbel und stachelten diesen gegen mich auf; aus dichtgedrängten Reihen hörte ich Bezeichnungen wie Räuber, Gottloser, wildes Tier. Männer, gekleidet nach der Art des Landes, flegelten sich auf den Ehrenbänken und redeten in der Gassensprache über meine Leidenschaft. All das vernahm und sah ich mit der Ruhe eines tiefen Lebensüberdrusses und glich einem Reisenden, der am Ende seines Weges angekommen ist und erschöpft der Unruhe derer zusieht, die nach einem ferneren Ziel aufbrechen.

Die Verhandlung begann mit der hochtrabenden Feierlichkeit, die zu allen Zeiten die Ausübung richterlicher Aufgaben kennzeichnete. Mein Verhör war kurz, trotz der unzähligen Fragen, die mir über mein ganzes Leben gestellt wurden. Meine Antworten vereitelten auf eigenartige Weise die Hoffnungen der öffentlichen Neugier und verkürzten die Sitzung um einiges. Ich beschränkte mich auf drei Hauptantworten, deren Inhalt unveränderlich war: 1. auf alle die, die meine Kindheit und Erziehung betrafen, antwortete ich, daß ich nicht auf der Anklagebank säße, um die Arbeit des Anklägers zu leisten; 2. auf diejenigen, die sich mit Edmée und der Art meiner Gefühle und Beziehungen zu ihr befaßten, sagte ich, daß Verdienst und Ruf von Mademoiselle de Mauprat nicht einmal die einfachste Frage über die Art ihrer Beziehungen zu welchem Mann auch immer gestatteten; und was meine Gefühle betreffe, so gingen sie niemanden etwas an; 3. auf die Fragen, die darauf abzielten, mich zu einem Geständnis meines angeblichen Verbrechens zu bewegen, antwortete ich, daß ich nicht einmal unabsichtlicher Verursacher des Unfalls sei. In einsilbigen Antworten ging ich auf die Einzelheiten der Umstände ein, die dem Ereignis unmittelbar vorausgegangen waren; aber da ich fühlte, daß ich es ebenso Edmée wie mir selbst schuldete, die stürmische Erregung zu verschweigen, die mich aufgewühlt, erklärte ich die Situation, nach der ich sie verlassen hatte, mit einem Sturz vom Pferd und den Abstand zu ihrem bewegungslosen Körper, in dem man mich gefunden hatte, mit der Notwendigkeit, in der ich mich sah, meinem Pferd nachzulaufen, um sie danach wieder zu begleiten. Unglücklicherweise war all das unklar und mußte es auch sein. Mein Pferd war in die entgegengesetzte Richtung gelaufen, und die Verwirrung, in der man mich angetroffen hatte, bevor ich von dem Unfall erfuhr, war durch einen Sturz vom Pferd nicht hinreichend erklärt. Man befragte mich vor allem, warum ich mit meiner Cousine weiter in den Wald vorgedrungen war, anstatt der Jagd zu folgen, wie wir es angekündigt hatten; man wollte nicht glauben, daß wir uns verirrt hatten, genaugenommen vom Verhängnis geführt worden waren. Man konnte sich nicht, wie man sagte, den Zufall als vernunftbegabtes Wesen vorstellen, das mit einem Gewehr bewaffnet an der genannten Stelle am Turm Gazeau auf Edmée gewartet habe, um sie in dem Augenblick zu ermorden, als ich ihr fünf Minuten lang den Rücken zugekehrt hatte. Man wollte, daß ich sie, sei es durch eine List, sei es mit Gewalt, an diesen abgelegenen Ort geschleppt hatte, um sie zu entehren und zu töten, sei es aus Rache, weil ich bei ihr keinen Erfolg hatte, sei es aus Furcht, entdeckt und für dieses Verbrechen bestraft zu werden.

Man verhörte alle Belastungs- und Entlastungszeugen.

Um ehrlich zu sein, war unter den letztgenannten einzig Marcasse, der wirklich als solcher angesehen werden konnte. Alle anderen bestätigten lediglich, daß sie einen Mönch gesehen hatten, *der Ähnlichkeit mit den Mauprat aufwies,* und der in der Zeit des Unheils durch die Varenne geirrt war und sich darüber hinaus an dem Abend, der dem Ereignis folgte, versteckt zu haben schien. Seither war er nicht wieder gesehen worden. Diese Aussagen, die ich nicht herausgefordert und um die ich, wie ich erklärte, auch nicht gebeten hatte, bewirkten bei mir eine große Verwunderung, denn ich bemerkte, daß die ehrenwertesten Leute der Gegend unter diesen Zeugen waren. Aber sie hatten nur Gewicht in den Augen des Monsieur E..., dem Schöffen, der sich tatsächlich für die Wahrheit interessierte. Er erhob die Stimme und fragte, wie es käme, daß Monsieur Jean de Mauprat nicht vorgeladen worden sei, damit man ihn den Zeugen gegenüberstelle, wo er sich übrigens doch die Mühe gegeben habe, sein Alibi in Erklärungen festhalten zu lassen. Dieser Einwand wurde nur mit einem Murmeln der Empörung aufgenommen. Die Leute, die Jean Mauprat nicht als Heiligen betrachteten, waren indessen nicht wenige; aber mir gegenüber waren sie kalt und nur gekommen, um einem Schauspiel beizuwohnen.

Die Begeisterung der Frömmler war auf dem Höhepunkt, als der Trappist plötzlich aus der Menge trat, mit theatralischer Geste seine Kapuze abnahm und sich kühn vor die Gerichtsschranke stellte, wobei er sagte, er sei nur ein elender Sünder, aller Beschimpfungen würdig, doch bei diesem Anlaß, bei dem die Wahrheit eine Schuldigkeit aller sei, sehe er sich verpflichtet, ein Beispiel zu geben für Freimut und Schlichtheit, indem er sich allen Prüfungen unterziehe, die das Gewissen der Richter erhellen könnten. Im Zuschauerraum trampelte man vor Freude und Sympathie. Der Trappist wurde in den Innenraum des Gerichts geführt und mit den Zeugen konfrontiert, die alle ohne Zögern erklärten, daß der Mönch, den sie gesehen, die gleiche Kleidung getragen und eine gewisse entfernte Familienähnlichkeit mit diesem da gehabt hätte, aber daß es nicht derselbe sei und sie in dieser Hinsicht auch keine Zweifel hegten.

Das Ergebnis dieses Zwischenfalls war ein neuer Sieg für den Trappisten. Jeder sagte, die Zeugen hätten so viel Aufrichtigkeit gezeigt, daß es schwerfalle anzunehmen, daß sie nicht wirklich einen anderen Trappisten gesehen hätten. In diesem Augenblick erinnerte ich mich, daß anläßlich des ersten Treffens zwischen dem Abbé und Jean de Mauprat bei der Quelle von Fougères letzterer in wenigen Worten auf einen seiner *Ordensbrüder* zu sprechen gekommen war, der mit ihm unterwegs war und die Nacht auf dem Bauernhof der Goulets verbracht hatte. Ich glaubte, diese Erinnerung meinem Anwalt mitteilen zu müssen, und er verhandelte leise mit dem Abbé, der auf der Zeugenbank saß und sich sehr gut an diese Einzelheit erinnerte, ohne ihr irgendeine weitere Auskunft hinzufügen zu können.

Als der Abbé an der Reihe war auszusagen, drehte er sich mit angstvoller Miene zu mir um, und seine Augen füllten sich mit Tränen; er antwortete verwirrt und mit erloschener Stimme auf die formalen Fragen. Dann nahm er sich zusammen, um auf die inhaltlichen Fragen einzugehen und tat dies schließlich mit den folgenden Worten:

»Ich war im Wald, als der Ritter Monsieur Hubert de Mauprat mich bat, aus dem Wagen zu steigen und nachzusehen, was aus seiner Tochter Edmée geworden sei, die sich seit einer Zeit von der Jagd entfernt hatte, die lang genug war, ihn zu beunruhigen. Ich lief ziemlich weit und traf dreißig Schritte vom Turm Gazeau entfernt auf Monsieur Bernard de Mauprat, der sehr verstört war. Ich hatte gerade einen Schuß gehört. Ich sah, daß er sein Gewehr nicht mehr hatte; er hatte es (entladen, was als Tatsache festgestellt worden ist) wenige Schritte von dort entfernt fortgeworfen. Wir liefen gemeinsam zu Mademoiselle de Mauprat, die wir, von zwei Kugeln getroffen, am Boden liegend fanden. Nur der Mann, der uns zuvorgekommen und in diesem Augenblick bei ihr war, könnte uns die Worte sagen, die er aus ihrem Mund hat vernehmen können. Als ich sie sah, war sie bewußtlos.«

»Aber Sie haben sogleich diese Worte von der genannten Person erfahren«, sagte der Präsident; »denn es besteht, so sagt man, eine freundschaftliche Beziehung zwischen Ihnen und diesem gelehrten Bauern, den man Patience nennt.«

Der Abbé zögerte und fragte, ob die Gesetze des Gewissens hier nicht im Widerspruch stünden zu den Gesetzen der Prozeßordnung, wenn die Richter das Recht hätten, von einem Menschen die Enthüllung eines seiner Loyalität anvertrauten Geheimnisses zu verlangen und ihn so zu veranlassen, seinen Eid zu brechen.

»Sie haben hier auf Jesus Christus einen Eid geleistet, die Wahrheit zu sagen, die volle Wahrheit«, antwortete man ihm; »es ist an Ihnen zu erkennen, ob dieser Eid nicht gewichtiger ist als alle anderen, die Sie womöglich vorher abgelegt haben.«

»Aber wenn ich diese vertrauliche Mitteilung unter dem Siegel des Beichtgeheimnisses erhalten hätte«, sagte der Abbé, »würden Sie mich gewiß nicht ermahnen, sie zu offenbaren.«

»Seit langem schon«, sagte der Präsident, »nehmen Sie niemandem mehr die Beichte ab, Monsieur Abbé.«

Bei dieser ungebührlichen Bemerkung erschien ein Ausdruck der Belustigung auf dem Gesicht von Jean de Mauprat, einer schrecklichen Belustigung, mit der er sich so darstellte, wie ich ihn einst gesehen hatte, wenn er sich beim Anblick der Leiden und Tränen anderer vor Lachen krümmte.

Der Abbé fand in dem Ärger, den ihm diese kleine persönliche Attacke bereitete, die Kraft, die ihm ohne diese gefehlt hätte. Einige Minuten lang stand er da mit gesenktem Blick. Man hielt ihn für gedemütigt; aber in dem Moment, als er sich aufrichtete, sah ich, wie seine Augen im boshaften Eigensinn des Priesters aufblitzten. »Ich habe alles wohl erwogen«, sagte er in sehr sanftem Ton, »und glaube, daß mein Gewissen mir befiehlt, diese Enthüllung zu verschweigen, und das werde ich tun.« »Aubert«, sagte der Anwalt des Königs heftig, »Sie kennen offensichtlich die Strafen nicht, die vom Gesetz gegen Zeugen angewandt werden, die sich wie Sie verhalten.« »Ich kenne sie«, antwortete der Abbé in noch sanfterem Ton. »Und zweifellos ist es nicht Ihre Absicht, sie herauszufordern?« »Ich werde sie, wenn nötig, auf mich nehmen«, entgegnete der Abbé mit einem unmerklichen Lächeln des Stolzes und in einer so vollkommen vornehmen Haltung, daß alle Frauen bewegt waren. Die Frauen wissen die auf feine Weise schönen Dinge hervorragend zu schätzen. »Sehr gut«, erwiderte der öffentliche Ankläger. »Bestehen Sie auf Ihrer Absicht zu schweigen?« »Vielleicht«, antwortete der Abbé. »Werden Sie uns sagen, ob Sie sich in den Tagen, die dem Mord an Mademoiselle des Mauprat folgten, in der Nähe befanden und die Worte hören konnten, die sie, sei es im Fieberwahn, sei es bei klaren Sinnen, von sich gab?« »Darüber werde ich Ihnen nichts sagen«, antwortete der Abbé. »Es widerspräche meiner Zuneigung und in meinen Augen jedem Anstand, Worte zu wiederholen, die im Falle eines Fieberwahns absolut nichts beweisen, und im Falle klaren Verstandes nur ausgesprochen worden wären aus dem Mitteilungsbedürfnis einer ganz und gar töchterlichen Freundschaft.« »Sehr gut«, sagte der Anwalt des Königs und erhob sich; »wir ersuchen den Gerichtshof, über Ihre Zeugnisverweigerung zu befinden und den Zwischenfall mit der Hauptsache zu verbinden.« »Ich meinerseits«, sagte der Präsident, »ordne einstweilen und kraft meiner richterlichen Machtbefugnis an, daß Aubert verhaftet und ins Gefängnis gebracht wird.«

Der Abbé ließ sich in ruhiger Bescheidenheit abführen. Das Publikum war von Ehrfurcht ergriffen, und größte Stille herrschte in der Versammlung, trotz der Bemühungen und dem Verdruß der Mönche und Pfarrer, die ganz leise gegen den Ketzer wetterten.

Nachdem alle Zeugen gehört worden waren (und ich muß sagen, daß diejenigen, die man bestochen hatte, ihre

Rolle vor der Öffentlichkeit sehr schwach spielten), erschien Mademoiselle Leblanc, um das Werk zu krönen. Ich war überrascht zu sehen, wie dieses Mädchen erbittert war gegen mich und wie gezielt in ihrem Haß. Sie verfügte im übrigen über recht starke Waffen, zu meinem Schaden. Kraft ihres Rechts an den Türen zu lauschen und alle Familiengeheimnisse auszukundschaften, das die Lakaien sich herausnehmen, außerdem geschickt in den Auslegungen und fruchtbar im Lügen, wußte und arrangierte sie nach Gutdünken die meisten Fakten, die sie zu meinem Untergang geltend machen konnte. Sie erzählte, auf welche Weise ich sieben Jahre zuvor im Schloß von Sainte-Sévère im Gefolge von Mademoiselle de Mauprat angekommen war, die ich vor der Grobheit und Bosheit meiner Onkel geschützt hätte. (»Das muß gesagt werden«, fügte sie hinzu und drehte sich mit der Grazie des Vorzimmers zu Jean de Mauprat um, »ohne daß ich auf den heiligen Mann anspielen möchte, der in diesem Saal ist, und der vom großen Sünder zum großen Heiligen geworden ist.«) »Aber um welchen Preis«, fuhr sie fort und wandte sich wieder dem Gericht zu, »hat dieser elende Bandit meine geliebte Herrin gerettet? Er hat sie entehrt, Messieurs, und alle darauffolgenden Tage bestanden für das arme Fräulein aus Tränen und Schmach wegen der Gewalt, die sie erfahren hatte, und über die sie sich nicht hinwegtrösten konnte. Sie war zu stolz, um ihr Unglück jemandem anzuvertrauen und zu ehrenhaft, um irgendeinen Mann zu täuschen, und so hat sie mit Monsieur de La Marche gebrochen, den sie leidenschaftlich liebte, und der auch sie liebte: Sie hat alle Heiratsanträge abgelehnt, die ihr in den sieben Jahren gemacht wurden, und all das ihrer Ehre wegen, denn sie verabscheute Monsieur Bernard. Anfangs wollte sie sich töten, denn sie hatte ein kleines Jagdmesser ihres Vaters schleifen lassen (Monsieur Marcasse ist da und kann es bezeugen, wenn er sich daran erinnern mag), sie hätte sich bestimmt getötet, wenn ich dieses Messer nicht in einen Luftschacht des Hauses geworfen hätte. Sie dachte auch daran, sich gegen die nächtlichen Angriffe ihres

Verfolgers zu verteidigen und legte das Messer, solange sie es hatte, stets unter ihr Kopfkissen; sie verriegelte allabendlich ihre Zimmertür; und mehrere Male habe ich gesehen, wie sie blaß, der Ohnmacht nahe und völlig atemlos nach Hause kam, wie jemand, der verfolgt wurde und einen großen Schrecken erlebt hat. In dem Maße, in dem dieser Herr *Erziehung genossen* und Manieren gelernt hat, hoffte Mademoiselle, da sie sah, daß sie keinen anderen Gatten haben konnte, weil er ja immer davon redete, alle zu töten, die sich ihr vorstellten, daß er *sich seine Wildheit abgewöhnen würde,* und sie verhielt sich ihm gegenüber sanft und gütig. Sie pflegte ihn sogar während seiner Krankheit, nicht weil sie ihn liebte und *schätzte,* wie Monsieur Marcasse in seiner *Version* zu sagen beliebte; vielmehr hatte sie stets Angst, daß er in seinem Fieberwahn vor den Domestiken oder ihrem Vater das Geheimnis der Schande verraten würde, die er ihr angetan, und die aus Scham und Stolz zu verbergen sie sich bemühte. Alle hier anwesenden Damen werden das gut verstehen. Als die Familie den Winter 77 in Paris verbrachte, wurde Monsieur Bernard erneut eifersüchtig und despotisch und drohte so oft, Monsieur de La Marche zu töten, daß Mademoiselle gezwungen war, diesen zu verabschieden. Danach hatte sie heftige Auftritte mit Bernard, erklärte ihm, daß sie ihn nicht liebe und niemals lieben werde. Aus Zorn und Kummer, denn man kann nicht bestreiten, daß er verliebt war *wie ein Tiger,* reiste er ab nach Amerika, und während der sechs Jahre, die er dort verbrachte, zeigten seine Briefe, daß er sich sehr *gebessert* hatte. Als er zurückkam, hatte Mademoiselle den Beschluß gefaßt, niemals zu heiraten und ihre Ruhe wiedergefunden. Monsieur Bernard schien seinerseits ein recht *gutes Kind* geworden zu sein. Aber dadurch, daß er sie alle Tage sah und sich ohne Unterlaß auf ihre Sessellehne stützte oder ihr die Wollknäuel abwickelte und ganz leise mit ihr sprach, während ihr Vater schlief, dadurch wurde er wieder so verliebt, daß er *den Kopf verlor.* Ich will ihn nicht allzusehr anklagen, den armen Unglücklichen, und glaube, daß sein Platz eher in der Besserungsanstalt ist als am Galgen. Er schrie und brüllte die ganze Nacht und schrieb ihr *so dumme* Briefe, daß sie sie lächelnd las und sie, ohne Antwort zu geben, in die Tasche steckte. Im übrigen ist hier einer, den ich bei ihr fand, als ich sie nach dem unglücklichen Ereignis ausgekleidet habe; er wurde von einer Kugel durchlöchert und mit Blut befleckt, aber man kann noch genug davon lesen, um zu sehen, daß *Monsieur* oft die Absicht hatte, *Mademoiselle* umzubringen.«

Sie legte ein halb verbranntes und halb von Blut beflecktes Papier auf den Tisch, das bei den Anwesenden eine erschreckte Bewegung bewirkte, bei einigen war sie aufrichtig, bei vielen gekünstelt.

Bevor man ihn las, beendete sie ihre Aussage und schloß mit Behauptungen, die mich tief verwirrten; denn ich konnte die Grenze zwischen Wirklichkeit und Trug nicht mehr unterscheiden. »Seit ihrem Unfall«, sagte sie, »befindet sich Mademoiselle zwischen Leben und Tod. Sie wird sich gewiß nicht mehr davon erholen, was immer die Herren Ärzte sagen mögen. Ich wage zu sagen, daß diese Herren, die die Kranke nur zu gewissen Stunden sehen, ihre Krankheit nicht so gut kennen wie ich, die ich sie in keiner Nacht verlassen habe. Sie behaupten, ihren Verletzungen gehe es besser, aber daß ihr Kopf gestört sei. Ich sage, daß es den Verletzungen schlecht geht und ihrem Kopf besser, als man sagt. Mademoiselle redet sehr selten Unsinn, und *wenn sie Unsinn redet,* dann in Gegenwart dieser Herrn, die sie verwirren und erschrecken. Sie strengt sich dann so sehr an, nicht verrückt zu erscheinen, daß sie es wird; aber sobald sie mit mir oder Saint-Jean allein ist, oder aber mit Monsieur Abbé, *der sehr gut hätte sagen können, was los ist, wenn er gewollt hätte,* wird sie wieder ruhig, sanft und vernünftig wie gewöhnlich. Sie sagt, sie leide bis in den Tod, obwohl sie gegenüber den Herren Ärzten behauptet, daß sie kaum mehr leide. Dann spricht sie von ihrem Mörder mit der Großherzigkeit, die einer Christin gebührt, und wiederholt hundertmal täglich: ›Gott möge ihm in seinem nächsten

Leben vergeben, wie ich in diesem. *Alles in allem muß man eine Frau sehr lieben, um sie zu töten.* Ich hatte unrecht, ihn nicht zu heiraten; ich habe ihn zur Verzweiflung getrieben, und er hat sich an mir gerächt. Liebe Leblanc, hüte dich, jemals das Geheimnis zu verraten, daß ich dir anvertraue. Ein unvorsichtiges Wort bringt ihn aufs Schafott, und mein Vater stirbt daran!‹ Das arme Fräulein kann sich nicht im geringsten vorstellen, wie die Dinge stehen, und daß ich vom Gesetz und von der Religion gezwungen werde zu sagen, was ich verschweigen möchte, und statt hier irgendein Gerät einzukaufen, bin ich da, um die Wahrheit zu bekennen. Mich tröstet nur, daß all das leicht vor Monsieur, dem Ritter, zu verbergen sein wird, der keinen größeren Verstand mehr hat als ein neugeborenes Kind. Ich habe meine Pflicht getan; Gott sei mein Richter!«

Nachdem Mademoiselle Leblanc vollkommen sicher und mit großer Zungenfertigkeit gesprochen hatte, setzte sie sich unter beifälligem Gemurmel, und man ging zur Lektüre des bei Edmée gefundenen Briefes über.

Es war eben der, den ich ihr ein paar Tage vor dem verhängnisvollen Ereignis geschrieben hatte. Man legte ihn mir vor; ich konnte nicht umhin und führte eine mit Edmées Blut getränkte Stelle an meine Lippen; dann, nachdem ich die Schrift erkannt hatte, gab ich den Brief zurück und erklärte ruhig, daß er von mir sei.

Die Lektüre dieses Briefes war für mich der Gnadenstoß. Das Verhängnis, das zum Nachteil seiner Opfer einfallsreich zu sein scheint, wollte (und vielleicht trug eine niederträchtige Hand das ihre zu dieser Beschädigung bei), daß die Briefstellen, die von meiner Unterwerfung und Achtung zeugten, vernichtet worden waren. Gewisse poetische Anspielungen, die mein überspanntes Irrereden erklärten und entschuldigten, waren unleserlich. Was in die Augen sprang und sich aller Meinung bemächtigte, waren die Zeilen, die intakt geblieben waren und Zeugnis ablegten von der Heftigkeit meiner Leidenschaft und vom Zorn meines Deliriums. Es waren Sätze wie dieser: ›*Zuweilen habe ich mitten in der Nacht Lust, mich zu erheben, zu Ihnen zu gehen und Sie zu töten. Ich hätte es schon hundertmal getan, wenn ich sicher wäre, Sie, wenn Sie tot sind, nicht mehr zu lieben. Gehen Sie behutsam mit mir um; denn in mir sind zwei Männer, und manchmal beherrscht der Räuber von einst den neuen Mann‹* etc. Ein Lächeln der Wonne glitt über die Lippen meiner Feinde. Meine Verteidiger waren entmutigt, und selbst mein armer Sergeant sah mich mit verzweifeltem Ausdruck an. Das Publikum hatte mich bereits verurteilt.

Nach diesem Zwischenfall war es für den Anwalt des Königs ein leichtes Spiel und er hielt eine flammende Anklagerede, in der er mich als unheilbaren Perversen darstellte, als verfluchten Sproß eines verfluchten Stammes, als ein Beispiel für das Verhängnis der bösen Triebe; und nachdem er alle Kräfte aufgeboten und aus mir ein Objekt des Schreckens und Entsetzens gemacht hatte, versuchte er, um sich den Anschein von Unparteilichkeit und Großmut zu geben, zu meinen Gunsten das Mitleid der Richter zu beschwören; er wollte beweisen, daß ich nicht Herr meiner selbst war; daß mein Verstand, von Kindheit an erschüttert durch grausame Schaustücke und perverse Verhaltensregeln, nicht vollständig ausgebildet war und es niemals hätte sein können, wie auch immer die Umstände und die Entwicklung meiner Leidenschaften gewesen wären. Schließlich, nachdem er zum großen Vergnügen der Anwesenden Philosophie und Rhetorik von sich gegeben hatte, war seine Schlußfolgerung hinsichtlich meiner Person die Strafe der Entmündigung und lebenslanges Zuchthaus.

Obgleich mein Anwalt ein Mann von Herz und Verstand war, hatte ihn der Brief dermaßen überrascht, war die Zuhörerschaft so gegen mich eingenommen, gab der Gerichtshof öffentlich so große Beweise von Unglauben und Ungeduld, als er ihm zuhörte (eine anstößige Gewohnheit, die bei den Gerichten dieses Landes fortbesteht), daß sein Plädoyer farblos blieb. Alles, womit er den Grund zu legen schien, um davon ausgehend kraftvoll etwas zu fordern, wurde zu einem zusätzlichen Punkt der Ermittlung. Er beklagte sich darüber, daß allen Formalitäten nicht genügt worden sei, darüber, daß die Justiz nicht alle Teile der Angelegenheit ausreichend beleuchtet hatte, daß man es eilig hatte, eine Sache zur Verurteilung zu bringen, von der mehrere Umstände noch in Geheimnis gehüllt waren. Er verlangte, daß man die Ärzte aufriefe, damit sie eine Erklärung abgäben über die Möglichkeit, Mademoiselle de Mauprat zu vernehmen. Er wies nach, daß die wichtigste, die einzig wichtige Aussage die von Patience sei und daß Patience sich am erstbesten Tag einfinden und mich rechtfertigen könne. Er verlangte endlich, daß man Nachforschungen anstelle, um den Bettelmönch zu finden, dessen Ähnlichkeit mit den Mauprat noch nicht erklärt worden sei und doch bestätigt werde durch glaubwürdige Zeugen. Man müsse ihmzufolge herausfinden, was aus Antoine de Mauprat geworden sei und den Trappisten diesbezüglich zu einer Aussage veranlassen. Er klagte laut darüber, daß man ihn aller Verteidigungsmittel beraubt habe, indem man ihm den Aufschub verweigerte, und er besaß die Kühnheit, zu verstehen zu geben, daß böse Leidenschaften interessiert seien an einem blinden und schnellen Ablauf eines solchen Verfahrens. Der Präsident rief ihn zur Ordnung; der Anwalt des Königs erwiderte siegesgewiß, daß alle Formalitäten erfüllt seien, daß das Gericht hinreichend aufgeklärt, daß die Nachforschung hinsichtlich des Bettelmönches eine Kinderei von schlechtem Geschmack sei, und daß Jean de Mauprat den Tod seines letzten Bruders, der vor mehreren Jahren bereits eingetreten sei, bezeugt habe. Der Gerichtshof zog sich zur Urteilsfindung zurück, nach einer halben Stunde kam er wieder und erließ gegen mich das Urteil der Todesstrafe.

XXVI.

Obgleich Schnelligkeit und Härte des Urteils widerrechtlich waren und meine erbittertsten Gegner in Erstaunen versetzten, nahm ich den Schlag mit großer Ruhe hin: Ich interessierte mich für nichts mehr auf Erden. Ich empfahl Gott meine Seele und die Rehabilitierung meines Angedenkens. Ich sagte mir, daß ich Edmée, falls sie stürbe, in einer besseren Welt wiederfinden würde; und wenn sie mich überlebte und den Verstand wiedererlangte, so erführe sie eines Tages die Wahrheit, und von da an würde ich als liebe und schmerzvolle Erinnerung in ihrem Herzen weiterleben. Da ich sonst so leicht erregbar und stets aufgelegt war, über alles, was Hindernis oder Beleidigung für mich bedeutete, in Wut zu geraten, wunderte ich mich über die philosophische Entsagung und den stillen Stolz, die ich in den großen Augenblicken meines Lebens, und vor allem in diesem hier, fand.

Es war zwei Uhr morgens. Die Sitzung dauerte seit vierzehn Uhr. Totenstille lag über den Versammelten, die ebenso aufmerksam und zahlreich waren wie zu Beginn, so gierig auf Spektakel sind die Menschen. Der Innenraum des Strafgerichts bot zu diesem Zeitpunkt einen schaurigen Anblick. Die Männer in roter Robe, so bleich, unantastbar und unerbittlich wie der Rat der Zehn von Venedig; die Frauen, Gespenstern gleich mit ihrem Kopfputz aus Blumen, die im fahlen Licht der Fackeln wie Erinnerungen an das Leben waren und in den Tribünen über den Priestern des Todes schwebten; die Musketen der Wachen funkelten im Schatten des Hintergrunds; die gebrochene Haltung meines armen Sergeanten, der zu meinen Füßen niedergesunken war; die stumme, gewaltige Freude des Trappisten, der in der Nähe der Gerichtsschranke unermüdlich stand; und inmitten der Stille der Versammlung der trostlose Ton einer Klosterglocke, die in der Nachbarschaft die Morgenmette einzuläuten begann: All das war dazu geeignet, die Nerven der Frauen der Generalsteuerpächter zu reizen und das Herz in der breiten Brust der Gerber im Parkett schneller schlagen zu lassen.

Plötzlich, als das Gericht sich gerade auflösen und die Aufhebung der Sitzung verkünden wollte, erhob sich im flackernden Widerschein, der die Menge zur Hälfte beleuchtete, eine Gestalt, die in allem so aussah, wie man es von einem Donaubauern behauptet, gedrungen, in Lumpen gekleidet, barfüßig, mit einem langen Bart, verfilzten Haaren, breiter, strenger Stirn und bezwingendem, finsteren Blick, so trat sie vor die Gerichtsschranke und sagte mit hohler, nachdrücklicher Stimme: »Ich, Jean Le Houx, genannt *Patience,* widersetze mich diesem Urteil als im Inhalt äußerst ungerecht und ungesetzlich in der Form. Ich fordere seine Revision, damit ich meine Aussage machen kann, die notwendig, vielleicht unanfechtbar ist und auf die man hätte warten müssen.«

»Und wenn Sie etwas zu sagen haben«, rief leidenschaftlich der Anwalt des Königs, »warum haben Sie sich nicht eingefunden, als Sie dazu aufgefordert waren? Sie streuen dem Gericht Sand in die Augen, indem Sie vorgeben, Sie hätten Gründe geltend zu machen.« »Und Sie«, antwortete Patience noch langsamer und mit einer Stimme, die noch hohler klang, »Sie streuen dem Publikum Sand in die Augen, indem Sie behaupten, daß dem nicht so sei. Sie wissen genau, daß ich welche haben muß.« »Bedenken Sie, wo Sie sind, Zeuge, und zu wem Sie sprechen.« »Ich weiß es nur zu gut und werde nichts Überflüssiges sagen. Ich erkläre hiermit, daß ich wichtige Dinge zu sagen habe und sie rechtzeitig gesagt hätte, wenn Sie nicht der Zeit Gewalt angetan hätten. Ich will und werde sie sagen; und glauben Sie mir, es wäre besser, wenn ich sie sage, solange man noch auf das Verfahren Bezug nehmen kann. Dies wäre noch besser für die Richter als für den Angeklagten; denn dieser kehrt mit der Ehre ins Leben zurück, während die anderen an ihrer Ehrlosigkeit zugrunde gehen.«

»Zeuge«, sagte der Richter verärgert, »die Schärfe und

Unverschämtheit Ihrer Sprache schaden dem Angeklagten mehr, als sie ihm nützen.« »Und wer sagt Ihnen, daß ich dem Angeklagten von Vorteil bin?« sagte Patience mit Donnerstimme. »Was wissen Sie von mir? Und wenn es mir beliebt, lediglich darauf hinzuwirken, daß aus einem ungesetzlichen, kraftlosen Urteil ein machtvolles, unwiderrufliches werde?« »Wie soll man diesen Wunsch, den Gesetzen Achtung zu verschaffen«, sagte der Richter, wahrhaft erschüttert durch die Autorität von Patience, »mit der Zuwiderhandlung in Einklang bringen, die Sie begangen haben, als Sie der Vorladung des Polizeileutnants nicht nachkamen?« »Weil ich nicht wollte.« »Es gibt strenge Strafen für die, deren Wollen nicht dauerhaft mit den Gesetzen des Königreichs übereinstimmt.« »Möglich.« »Kommen Sie mit der Absicht, sich ihnen heute zu unterwerfen?« »Ich komme mit der Absicht, den Gesetzen vor Ihnen Respekt zu verschaffen.« »Ich mache Sie darauf aufmerksam, daß ich Sie ins Gefängnis werfen lasse, wenn Sie den Ton nicht ändern.« »Ich mache Sie darauf aufmerksam, daß Sie, falls Sie die Gerechtigkeit lieben und Gott dienen, mich anhören und die Vollstreckung des Urteils aufschieben. Es ist nicht dessen Sache, der die Wahrheit bringt, sich zu erniedrigen vor denen, die sie suchen. Aber ihr, Männer des Volkes, euch wollen die Großen gewiß nicht verspotten, euch, deren Stimme man die Stimme Gottes nennt; schließt euch mir an, übernehmt die Verteidigung der Wahrheit, die vielleicht unter einer unglücklichen äußeren Erscheinung erstickt wird oder aber durch unzureichende Mittel triumphiert. Auf die Knie, Männer des Volkes, meine Brüder, meine Kinder; betet, fleht, erwirkt, daß Gerechtigkeit geschehe und das Wüten unterbunden werde. Das ist eure Pflicht, das ist euer Recht und Interesse, ihr seid es, die man beleidigt und bedroht, wenn man die Gesetze bricht.«

Patience sprach mit so viel Wärme, und die Wahrhaftigkeit wurde in ihm mit solcher Macht offenbar, daß eine Woge der Sympathie durchs ganze Publikum strömte. Die Philosophie war damals bei den jungen Leuten von Stand nur zu sehr in Mode, als daß nicht gerade sie als erste den Aufruf beantworteten, der indessen nicht an sie gerichtet war. Sie erhoben sich mit ritterlichem Ungestüm und drehten sich zum Volk um, das gleichfalls, mitgerissen von diesem edlen Beispiel, aufstand. Es gab ein gewaltiges Lärmen und jeder, da er seine Würde und Kraft fühlte, vergaß seine persönlichen Vorurteile und schloß sich dem allgemeinen Rechtsempfinden an. So genügt zuweilen eine edle Regung und ein wahres Wort, um die durch andauernde Trugschlüsse verirrten Massen auf den rechten Weg zu führen.

Der Aufschub wurde gewährt, und unter Beifall wurde ich ins Gefängnis gebracht. Marcasse folgte mir. Patience entzog sich meiner Dankbarkeit und verschwand.

Die Revision meines Urteils konnte nur auf Anordnung des Großen Rats geschehen. Ich für meinen Teil hatte vor dem Urteil beschlossen, auf keinen Fall Berufung einzulegen bei der Kassationskammer der alten Rechtsordnung; aber die Handlungsweise und die Rede von Patience wirkten auf meine Seele nicht weniger als auf die der Zuschauer. Der Kampfgeist und das Gefühl für die Würde des Menschen, die durch den Kummer in mir erstarrt und wie gelähmt waren, erwachten plötzlich, und ich spürte in dieser Stunde, daß der Mensch nicht für die egoistische Ansammlung von Verzweiflung geschaffen ist, die man Selbstverleugnung oder Stoizismus nennt. Niemand kann aufhören, sich um seine eigene Ehre zu sorgen, ohne damit die Achtung aufzugeben, die er dem allgemeinen Prinzip der Ehre schuldet. Wenn es auch schön ist, seinen persönlichen Ruhm und sein Leben den geheimnisvollen Entscheidungen des Gewissens zu opfern, so ist es feige, das eine und das andere dem Wüten einer ungerechten Verfolgung auszusetzen. In meinen eigenen Augen fühlte ich mich wieder aufgerichtet, und ich verbrachte den Rest dieser wichtigen Nacht damit, nach Möglichkeiten für meine Rehabilitierung zu suchen, und zwar mit der gleichen Hartnäckigkeit, die ich aufgebracht hatte, um mich dem Schicksal zu überantworten. Ich spürte, wie mit dem Gefühl der Kraft auch das der

Hoffnung wiederentstand. Edmée war vielleicht weder verrückt noch vom Tode bedroht. Sie könnte mich erlösen, könnte mich heilen. »Wer weiß«, sagte ich mir, »vielleicht hat sie mir schon Gerechtigkeit erwiesen, vielleicht ist sie es, die mir Patience zu Hilfe schickt; ohne Zweifel werde ich ihren Wunsch erfüllen und Mut fassen und mich nicht von Schurken zermalmen lassen.«

Wie aber eine Verfügung des Großen Rats erreichen? Ein Erlaß des Königs war vonnöten; wer war geeignet, sich darum zu bemühen? Wer würde diese verhaßte Langsamkeit beschleunigen, die die Justiz nach Gutdünken in denselben Angelegenheiten an den Tag zu legen weiß, in die sie sich vorher blindlings gestürzt hat? Wer würde meine Feinde daran hindern, mir zu schaden und alle meine Mittel zu lähmen? Wer, mit einem Wort, würde für mich kämpfen? Nur der Abbé wäre dazu imstande gewesen, doch war er meinetwegen im Gefängnis. Seine großherzige Haltung im Prozeß hatte mir bewiesen, daß er mein Freund war, aber sein Eifer war gefesselt. Was vermochte Marcasse in seiner niedrigen Stellung und mit seiner rätselhaften Sprache? Der Abend kam, und in der Hoffnung auf eine Hilfe des Himmels schlief ich ein, denn ich hatte mit Inbrunst zu Gott gebetet. Einige Stunden Schlaf erfrischten mich, und beim Lärm der Riegel, die man hinter meiner Tür zurückzog, öffnete ich die Augen. Oh, gütiger Gott! Wie groß war meine Begeisterung, als ich Arthur sah, meinen Waffenbruder, dieses zweite Ich, vor dem ich sechs Jahre lang kein Geheimnis gehabt hatte, der sich nun in meine Arme stürzte! Ich weinte wie ein Kind, als ich dieses Zeichen der Liebe von der Vorsehung empfing. Arthur klagte mich nicht an! Er hatte in Paris, wohin er im wissenschaftlichen Interesse der Bibliothek von Philadelphia geschickt worden war, von der traurigen Angelegenheit erfahren, die mir zur Last gelegt wurde. Er war vor allen, die mich beschuldigten, für mich eingetreten und hatte nicht einen Augenblick verloren, um zu mir zu eilen und mich zu retten oder zu trösten.

Mit Freude vertraute ich meine Seele der seinen an und

sagte ihm, was er für mich tun könne. Am Abend bereits wollte er die Postkutsche nach Paris nehmen; aber ich bat ihn, zunächst nach Sainte-Sévère zu fahren, um Neuigkeiten über Edmée zu erfahren; vier tödliche Tage war es her, daß ich nichts gehört hatte, und Marcasse hatte mir im übrigen keine so genauen und detaillierten Nachrichten gebracht, wie ich es mir wünschte. »Sei beruhigt«, sagte Arthur, »von mir erfährst du die Wahrheit. Ich bin ein recht guter Chirurg; ich habe ein geübtes Auge und werde dir wahrscheinlich sagen können, was du befürchten mußt oder hoffen darfst; von dort breche ich unverzüglich auf nach Paris.« Am übernächsten Tag schrieb er mir einen langen, ausführlichen Brief.

Edmée war in einem außergewöhnlichen Zustand. Sie redete nicht und schien nicht zu leiden, solange man sich damit begnügte, ihr jede nervliche Erregung zu ersparen; aber beim ersten Wort, das die Erinnerung an ihre Schmerzen wecken konnte, bekam sie Krämpfe. Die seelische Einsamkeit, in der sie sich befand, war das größte Hindernis für ihre Heilung. Was die körperliche Pflege anging, so fehlte es ihr an nichts; sie hatte zwei gute Ärzte und eine sehr ergebene Krankenpflegerin. Mademoiselle Leblanc pflegte sie gleichfalls, und, was dies betraf, mit großem Eifer; aber dieses gefährliche Mädchen tat ihr oft durch ihre unangebrachten Überlegungen und indiskreten Fragen weh. Arthur versicherte mir übrigens, daß, falls Edmée mich für schuldig gehalten und sich diesbezüglich geäußert hatte, dies in einer Phase gewesen sein müsse, die vor ihrer Krankheit lag; denn seit mindestens vierzehn Tagen war sie im Zustand vollkommener Dumpfheit. Sie schlummerte häufig, ohne jedoch richtig zu schlafen; sie nahm gallertartige Arzneitränke zu sich und beklagte sich nie; sie antwortete mit nachlässigen Zeichen und stets negativ auf die Fragen der Ärzte nach ihren Leiden; mit keinerlei Geste brachte sie zum Ausdruck, daß sie sich an die Zuneigungen erinnerte, die ihr Leben ausgemacht hatten. Ihre zärtliche Liebe zu ihrem Vater, dieses bei ihr so tiefe und machtvolle Gefühl, war indessen nicht erloschen; oft vergoß sie viele Tränen, doch dann schien sie wieder keinen Ton zu verstehen; vergeblich versuchte man ihr mitzuteilen, daß ihr Vater nicht tot war, wie sie anzunehmen schien. Mit flehender Gebärde wehrte sie sich, nicht gegen Geräusche (es sah so aus, als gelangten sie nicht an ihr Ohr), sondern gegen Bewegungen in ihrer Nähe; sie verbarg ihr Gesicht dann in den Händen, drückte sich tief in den Sessel, zog die Knie dicht an die Brust und schien hilflos der Verzweiflung ausgeliefert. Dieser stumme Schmerz, der sich nicht mehr selbst bekämpfte und nicht bekämpft werden wollte, dieser große Wille, der fähig gewesen war, die heftigsten Stürme zu zähmen, und sich nun auf totem Meer bei völliger Windstille abtreiben ließ, das war, nach dem, was Arthur sagte, der qualvollste Anblick, den er je gesehen hatte. Edmée schien mit dem Leben gebrochen zu haben. Um sie in ihren Gefühlen auf die Probe zu stellen und zu rühren, hatte Mademoiselle Leblanc sich angemaßt, ihr zu sagen, daß ihr Vater tot sei; durch ein Zeichen mit dem Kopf hatte sie zu verstehen gegeben, daß sie es wisse. Einige Stunden später hatten die Ärzte versucht, ihr verständlich zu machen, daß er am Leben war; sie hatte mit einem weiteren Zeichen geantwortet, daß sie es nicht glaube. Man hatte den Sessel des Ritters in ihr Zimmer gerollt und beide gegenübergestellt; Vater und Tochter hatten sich nicht erkannt. Nach kurzer Zeit jedoch hatte Edmée, die ihren Vater für ein Gespenst hielt, furchtbare Schreie ausgestoßen und Krämpfe bekommen, die eine ihrer Wunden erneut geöffnet und dazu Anlaß gegeben hatten, um ihr Leben zu fürchten. Von diesem Augenblick an achtete man darauf, beide getrennt zu halten und vor Edmée kein Wort zu sagen, das sich auf ihn bezog. Sie hielt Arthur für einen Landarzt und hatte ihn mit der gleichen Sanftheit und Gleichgültigkeit empfangen wie die anderen. Er hatte nicht gewagt, von mir zu reden; aber er ermahnte mich, nicht zu verzweifeln. Ihr Zustand war nicht so, daß nicht Zeit und Ruhe ihn hätten besiegen können; sie hatte ein wenig Fieber, keine ihrer zentralen Lebensfunktionen war wirklich gestört; die Verletzungen waren beinahe geheilt, und das Gehirn schien nicht durch übermäßige Selbstbeschäftigung in Unordnung geraten zu müssen. Der Schwächezustand, in dem dieses Organ sich befand, und die Entkräftung aller anderen Organe würden im Kampf mit der Kraft der Jugend und einer bewundernswerten Konstitution nicht anhalten. Er forderte mich schließlich auf, an mich selbst zu denken; durch meine Fürsorge konnte ich Edmée nützen und durch ihre wiederkehrende Zuneigung und Wertschätzung glücklich werden.

Nach zwei Wochen kehrte Arthur mit einer Verfügung des Königs hinsichtlich der Revision meines Urteils aus Paris zurück. Neue Zeugen wurden gehört. Patience erschien nicht; aber ich erhielt von ihm ein Stück Papier, auf dem in unförmigen Schriftzügen geschrieben stand: *»Sie sind nicht schuldig, hoffen Sie also.«* Die Ärzte versicherten, daß Mademoiselle de Mauprat nunmehr ohne Gefahr vernommen werden könne, aber daß ihre Antworten keinen Sinn ergäben. Es ging ihr besser. Sie hatte ihren Vater wiedererkannt und war stets bei ihm. Aber sie begriff nichts von den Dingen, die nicht ihn angingen. Sie schien ein großes Vergnügen darin zu finden, ihn wie ein Kind zu versorgen, und auch der Ritter erkannte von Zeit zu Zeit seine geliebte Tochter, aber seine Kräfte ließen deutlich nach. In einem seiner lichten Momente stellte man ihm Fragen. Er antwortete, daß seine Tochter tatsächlich auf der Jagd vom Pferd gefallen sei und sich an einem Baumstumpf die Brust verletzt habe, jedoch habe niemand auf sie geschossen, auch nicht aus Versehen, und wenn man annähme, daß ihr Vetter eines derartigen Verbrechens schuldig sei, so müsse man verrückt sein. Das war alles, was man von ihm erfahren konnte. Als man ihn fragte, wie er über die Abwesenheit seines Neffen denke, antwortete er, sein Neffe sei nicht abwesend, und er sehe ihn alle Tage. Wollte er, getreu seiner Ehrfurcht vor dem guten Ruf einer Familie, der leider sehr kompromittiert war, durch kindliche Lügen den Ermittlungen der Justiz entgegentreten? Das habe ich nie in Erfahrung bringen können. Edmée konnte nicht verhört werden. Bei der ersten Frage, die man an sie richtete, zuckte sie mit den Schultern und bedeutete, daß man sie in Ruhe lassen solle. Als der Polizeileutnant insistierte und nachdrücklicher fragen wollte, blickte sie ihn fest an und schien bemüht, ihn zu verstehen. Er nannte meinen Namen, sie stieß einen Schrei aus und fiel in Ohnmacht. Man mußte darauf verzichten, sie zu hören. Arthur gab indessen die Hoffnung nicht auf. Im Gegenteil, beim Bericht über diese Szene kam ihm der Gedanke, daß sich in Edmées intellektuellen Fähigkeiten eine günstige Krise vollziehen könne. Bald brach er erneut auf und ließ sich in Sainte-Sévère nieder, wo er mehrere Tage blieb, ohne mir zu schreiben, was mich in große Angst stürzte.

Der Abbé, aufs neue befragt, blieb bei seiner ruhigen und lakonischen Weigerung.

Als meine Richter sahen, daß die von Patience versprochenen Auskünfte nicht kamen, beschleunigten sie die Revision des Verfahrens, und durch erneute Übereilung legten sie einen neuerlichen Beweis ab für ihre Feindseligkeit mir gegenüber. Der festgesetzte Tag war da. Unruhe verzehrte mich. Arthur hatte mir in ebenso knapper Art wie Patience geschrieben, ich solle hoffen. Mein Anwalt hatte keinerlei entlastenden Beweis, den er geltend machen konnte. Ich sah sehr wohl, daß er anfing, mich für schuldig zu halten. Er hoffte nur noch, Aufschub zu erwirken.

XXVII.

Die Zuhörerschaft war noch zahlreicher als beim erstenmal. Die Wache wurde an den Türen des Gerichtssaals überwunden, und die Menge fiel ein bis hin zu den Fenstern der Burg von Jacques Cœur, dem heutigen Rathaus. Ich war dieses Mal sehr verstört, auch wenn ich kräftig und stolz genug war, mir nichts anmerken zu lassen. Von nun an interessierte ich mich für den Erfolg meiner Sache, und als die Hoffnungen, die ich gefaßt, sich nicht zu verwirklichen schienen, empfand ich ein unsägliches Unbehagen, eine angesammelte Wut, eine Art Haß gegen diese Menschen, die angesichts meiner Unschuld die Augen nicht öffneten, und gegen Gott, der mich im Stich zu lassen schien.

In dieser tumultartigen Situation strengte ich mich so sehr an, ruhig zu erscheinen, daß ich kaum wahrnahm, was um mich herum vorging. Ich fand meine Geistesgegenwart wieder und antwortete bei meinem neuerlichen Verhör mit den gleichen Worten wie beim ersten. Dann kam es mir so vor, als ob Grabesnacht sich über meinen Kopf senkte, ein Eisenring preßte meine Stirn zusammen, in den Augenhöhlen spürte ich eisige Kälte, ich sah nur noch mich und hörte nur verschwommene, unverständliche Laute. Ich weiß nicht, was sich zutrug; ich weiß nicht, ob man die Erscheinung ankündigte, die mich plötzlich heimsuchte. Ich erinnere mich bloß, daß sich hinter dem Gericht eine Tür öffnete, daß Arthur nach vorn kam, indessen er eine verschleierte Frau stützte, daß er ihr den Schleier abnahm, nachdem er sie auf einem breiten Sessel hatte Platz nehmen lassen, den die Gerichtsdiener eiligst zu ihr hin gerollt hatten, und daß ein Aufschrei der Bewunderung durch das Auditorium ging, als die blasse, erhabene Schönheit Edmées zu sehen war. In diesem Augenblick vergaß ich die Menge und das Gericht, meinen Prozeß und die ganze Welt. Ich glaube, keine menschliche Macht hätte sich meinem Ungestüm entgegenstellen können. Wie der Blitz stürzte ich in den inneren Gerichtsraum, fiel Edmée zu Füßen und umschlang mit übervollem Herzen ihre Knie. Man erzählte mir, daß diese Bewegung das Publikum mitgerissen habe und beinahe alle Damen in Tränen ausgebrochen seien. Die jungen, eleganten Herren wagten nicht zu spotten; die Richter waren bewegt. Einen Augenblick lang triumphierte nur die Wahrheit.

Edmée betrachtete mich lange. Die Gefühllosigkeit des

Todes lag auf ihrem Gesicht. Es sah nicht so aus, als ob sie mich noch jemals erkennen würde. Die Versammlung wartete in tiefem Schweigen darauf, daß sie ihrem Haß oder ihrer Liebe zu mir Ausdruck geben würde. Plötzlich fing sie an zu weinen, warf mir die Arme um den Hals und verlor das Bewußtsein. Arthur ließ sie sogleich hinaustragen; er hatte Mühe, mich zur Rückkehr auf meinen Platz zu bewegen. Ich wußte nicht mehr, wo ich war, noch, um was es ging; ich hielt mich am Kleid von Edmée fest und wollte ihr folgen. Arthur wandte sich ans Gericht, bat, daß man erneut den Zustand der Kranken von den Ärzten feststellen ließe, die sie auch am Morgen untersucht hatten. Er ersuchte darum und erreichte, daß Edmée aufs neue als Zeugin aufgerufen und mir gegenübergestellt werden sollte, sobald die Krise, die sie gerade erlitt, vorbei wäre. »Diese Krise ist nicht schwer«, sagte er, »Mademoiselle de Mauprat hat in den letzten Tagen und während der Reise mehrere dieser Art durchgemacht. Nach jedem Anfall nehmen ihre geistigen Fähigkeiten eine glücklichere Entwicklung.«

»Gehen Sie und kümmern Sie sich um die Kranke«, sagte der Präsident. »In zwei Stunden wird sie wieder aufgerufen, sofern Sie meinen, daß ihre Ohnmacht in dieser Zeit vorübergeht. Bis dahin wird der Gerichtshof den Zeugen vernehmen, auf dessen Ersuchen das erste Urteil ausgesetzt wurde.«

Arthur zog sich zurück, und Patience wurde hereingeführt. Er war ordentlich gekleidet; aber nachdem er ein paar Worte gesagt hatte, erklärte er, daß es ihm unmöglich sei fortzufahren, wenn man ihm nicht gestatte, diesen Anzug abzulegen. Die geliehene Kleidung störte ihn dermaßen und kam ihm so schwer vor, daß er dicke Tropfen schwitzte. Er wartete kaum das Zeichen der Zustimmung ab, das der Präsident ihm unter verächtlichem Lächeln gab, und warf die Insignien der Zivilisation auf den Boden, und nachdem er sorgfältig die Ärmel seines Hemdes über die kräftigen Arme heruntergezogen hatte, sprach er ungefähr folgendermaßen:

»Ich werde die Wahrheit sagen, die ganze Wahrheit. Ein zweites Mal hebe ich die Hand zum Schwur, denn ich habe Dinge zu sagen, die sich widersprechen, und die ich mir nicht erklären kann. Ich schwöre vor Gott und den Menschen, daß ich sagen werde, was ich weiß und wie ich es erfahren habe, ohne für oder gegen eine Person voreingenommen zu sein.«

Er hob seine breite Hand und drehte sich mit kindlichem Vertrauen zum Volk um, als wolle er zu ihm sagen: »Ihr seht alle, daß ich einen Eid ablege, und ihr wißt, daß man mir glauben kann.« Dieses Vertrauen war von seiner Seite her nicht schlecht begründet. Seit dem Zwischenfall beim ersten Urteilsspruch hatte man sich viel mit diesem außergewöhnlichen Mann beschäftigt, der vor Gericht so kühn gesprochen und in Gegenwart desselben eine Ansprache ans Volk gehalten hatte. Dieses Verhalten erregte bei allen Demokraten und *Philadelphiern* viel Neugier und Sympathie. Die Werke von Beaumarchais hatten bei den oberen Klassen einen Erfolg, der Ihnen verdeutlichen mag, wie sehr Patience, ganz im Gegensatz zu den Würdenträgern der Provinz, von allem, was auf einen bedeutenden Geist Anspruch erhob, unterstützt, bewundert und laut gelobt wurde. Jeder glaubte, in ihm Figaro in einer anderen Gestalt zu sehen. Gerüchte über seine privaten Tugenden hatten die Runde gemacht; denn wie Sie sich erinnern werden, hatte Patience sich bei den Bewohnern der Varenne beliebt gemacht und seinen Ruf als Hexenmeister eingetauscht gegen den eines Wohltäters. Man hatte ihm den Beinamen *großer Richter* verliehen, denn er vermittelte gern bei Streitfällen und beendete sie mit bewundernswerter Güte und Geschick zu jedermanns Zufriedenheit.

Dieses Mal sprach er mit lauter, durchdringender Stimme, in der er mehrere wohlklingende Schattierungen hatte. Seine Gestik war, je nach den Gegebenheiten, langsam oder lebhaft und immer würdevoll und ergreifend; seine kurze, sokratische Gestalt war stets sehr ausdrucksvoll. Er besaß alle guten Eigenschaften des Redners, aber er legte keine

Eitelkeit hinein, sie vorzuführen. Er sprach auf eine klare und bündige Weise, die er sich notgedrungen in seinem neuen Umgang mit den Menschen und bei der Diskussion ihrer jeweiligen Interessen zugelegt hatte.

»Als Mademoiselle de Mauprat von dem Schuß getroffen wurde«, sagte er, »war ich höchstens zehn Schritte von ihr entfernt, aber das Dickicht ist an dieser Stelle so dicht, daß ich nicht weiter als zwei Schritte sehen konnte. Man hatte mich aufgefordert, an der Jagd teilzunehmen. Ich finde so etwas wenig unterhaltsam. Als ich mich in der Nähe des Turms Gazeau befand, in dem ich zwanzig Jahre lang gewohnt habe, ergriff mich die Lust, meine alte Zelle wiederzusehen, und ich kam eben in großen Schritten dort an, als ich den Schuß hörte. Das erschreckte mich keineswegs, es ist selbstverständlich, daß bei einer Treibjagd viel Lärm veranstaltet wird! Aber als ich aus dem Gestrüpp heraus war, das heißt, etwa zwei Minuten später, fand ich Edmée (verzeihen Sie mir, ich bin es gewöhnt, sie so zu nennen, ich bin für sie, so könnte man sagen, so etwas wie ein Pflegevater), ich fand Edmée auf der Erde kniend, verwundet, so wie man es Ihnen gesagt hat, und sie hielt noch die Zügel ihres Pferdes fest, das sich aufbäumte. Sie wußte nicht zu beschreiben, ob sie geringe oder große Schmerzen hatte, aber die andere Hand lag auf der Brust, und sie sagte: *›Bernard, das ist furchtbar! Ich hätte nie gedacht, daß Sie fähig wären, mich zu töten. Bernard, wo sind Sie? Kommen Sie und sehen Sie, wie ich sterbe. Sie bringen meinen Vater um!‹* Sie fiel vollends hin, während sie dies sagte, und ließ die Zügel ihres Pferdes los. Ich stürzte zu ihr. *›Ach, du hast ihn gesehen, Patience?‹* sagte sie, *›rede nicht darüber, sag es nicht meinem Vater ...‹* Sie streckte die Arme aus, ihr Körper wurde steif; ich nahm an, sie sei tot, und erst in der Nacht sprach sie wieder, nachdem man ihr die Kugeln aus der Brust geholt hatte.«

»Sahen Sie da Bernard de Mauprat?«

»Ich sah ihn am Ort des Geschehens in dem Augenblick, als Edmée das Bewußtsein verlor und scheinbar ihren Geist aufgab; er war wie verrückt. Ich glaubte, daß das schlechte

Gewissen ihn übermannte; ich sprach sehr scharf mit ihm und betrachtete ihn als Mörder. Er antwortete nicht und setzte sich neben seiner Cousine auf die Erde. Da blieb er, wie blöde, noch lange Zeit, nachdem sie weggetragen worden war. Niemand hatte vor, ihn zu beschuldigen; man glaubte, daß er vom Pferd gestürzt sei, denn man sah, wie es am Ufer des Teiches entlanglief; man glaubte, daß sein Gewehr sich im Fallen entladen habe. Der Herr Abbé war der einzige, der gehört hatte, wie Monsieur Bernard des Mordes an seiner Cousine angeklagt wurde. An den folgenden Tagen redete Edmée, aber nicht immer in meiner Gegenwart, und im übrigen befand sie sich von diesem Augenblick an fast ständig im Fieberwahn. Ich behaupte, daß sie niemandem anvertraut hat (am wenigsten Mademoiselle Leblanc), was sich vor dem Schuß zwischen ihr und Monsieur de Mauprat abgespielt hatte. Mir hat sie es ebensowenig anvertraut wie anderen. In den sehr seltenen Momenten, in denen sie bei Verstand war, antwortete sie auf unsere Fragen, daß Bernard es bestimmt nicht absichtlich getan habe, und während der ersten drei Tage verlangte sie sogar mehrere Male, ihn zu sehen. Aber wenn sie Fieber hatte, rief sie: *›Bernard! Bernard! Sie haben ein großes Verbrechen begangen, Sie haben meinen Vater getötet!‹* Das war ihre Idee; sie glaubte tatsächlich, daß ihr Vater tot sei und hat dies lange Zeit geglaubt. Sie hat also sehr wenig gesagt, was einen Sinn ergeben hätte. Alles, was Mademoiselle Leblanc ihr in den Mund gelegt hat, ist falsch. Nach drei Tagen hörte sie auf, sinnvolle Worte zu sagen, und nach acht Tagen ließ ihre Krankheit sie vollkommen verstummen. Vor sieben Tagen, seit sie wieder zu Bewußtsein kam, hat sie Mademoiselle Leblanc davongejagt, was ein Beweis sein mag gegen dieses Zimmermädchen. Das also habe ich gegen Monsieur de Mauprat vorzubringen. Es hing von mir ab, es zu verschweigen; aber da ich noch etwas anderes zu sagen habe, wollte ich die ganze Wahrheit aufdecken.«

Patience machte eine Pause; die Zuhörerschaft und ebenso das Gericht, welches angefangen hatte, sich für mich zu interessieren und seine scharfen Vorbehalte gegen mich aufzugeben, waren wie überwältigt von der Aussage, die so anders war als die, die man erwartet hatte.

Patience ergriff wieder das Wort. »Drei Wochen lang war ich überzeugt«, sagte er, »von Bernards Verbrechen. Und dann habe ich viel darüber nachgedacht und habe mir etliche Male gesagt, daß ein Mann, so gut und gebildet wie Bernard, ein Mann, den Edmée so sehr schätzte und den der Ritter Monsieur de Mauprat liebte wie seinen Sohn, ein Mann endlich, der sich so viele Gedanken über Gerechtigkeit und Wahrheit machte, nicht vom einen auf den anderen Tag ein Schurke werden konnte. Und dann kam mir der Gedanke, daß ebensogut ein anderer Mauprat geschossen haben könnte. Ich rede nicht von dem, der Trappist ist«, fügte er hinzu und suchte im Publikum Jean de Mauprat, der nicht da war, »ich rede von dem, dessen Tod nicht festgestellt wurde, obwohl der Gerichtshof glaubte, darüber hinweggehen und Monsieur Jean de Mauprat aufs Wort glauben zu müssen.«

»Zeuge«, sagte der Präsident, »ich weise Sie darauf hin, daß Sie weder hier sind, um dem Angeklagten als Anwalt zu dienen, noch um Entscheidungen des Gerichts zu revidieren. Sie sollen sagen, was Sie von der Tat wissen, und nicht, was Sie über die Hintergründe mutmaßen.« »Möglich«, erwiderte Patience. »Dennoch muß ich aussagen, warum ich beim ersten Mal nicht gegen Bernard Zeugnis ablegen wollte, denn ich hatte nur Beweise gegen ihn zu liefern und habe selbst nicht an sie geglaubt.« »Sie sind im Moment nicht dazu aufgefordert. Fahren Sie fort mit Ihrer Aussage.« »Einen Augenblick! Ich habe meine Ehre zu verteidigen, mein eigenes Verhalten zu erklären, bitte sehr.« »Sie sind nicht der Angeklagte, Sie haben keinen Grund, in eigener Sache zu plädieren. Wenn das Gericht es für richtig hält, Sie wegen Ihres Ungehorsams zu belangen, werden Sie für Ihre Verteidigung zu sorgen haben; aber darum geht es jetzt nicht.« »Es geht darum, das Gericht darüber in Kenntnis zu setzen, ob ich ein ehrenhafter Mann oder ein falscher Zeuge bin.

Verzeihung, mir scheint, als ob das in dieser Angelegenheit wichtig ist; das Leben des Angeklagten hängt davon ab; das Gericht kann dies nicht für belanglos halten.« »Reden Sie«, sagte der Anwalt des Königs, »und versuchen Sie, dem Gericht den ihm schuldigen Respekt zu erweisen.«

»Ich habe kein Interesse, das Gericht anzugreifen«, entgegnete Patience, »ich sage nur, daß ein Mann sich den Befehlen des Gerichts aus Gewissensgründen entziehen kann, was dieses dem Gesetz nach verurteilen mag, was jedoch jeder Richter für sich verstehen und entschuldigen kann. Ich sage damit, daß ich die Schuld von Bernard de Mauprat nicht in mir gefühlt habe; nur meine Ohren wußten davon, und das war mir nicht genug. Verzeihen Sie, Messieurs, auch ich bin ein Richter. Erkundigen Sie sich nach mir! In meinem Dorf nennt man mich den *großen Richter*. Wenn meine Mitbürger mich bitten, bei einem Wirtshausstreit oder hinsichtlich der Grenzziehung eines Ackers ein Urteil zu fällen, dann höre ich nicht so sehr auf ihr Gefühl, sondern auf meines. Man macht von Menschen Beobachtungen, die über eine kurze Tat hinausgehen. Es gibt vieles andere, das dabei hilft zu beweisen, ob es richtig oder falsch ist, ihnen diese Tat anzulasten. Da ich folglich nicht glauben konnte, daß Bernard ein Mörder war, und da ich mehr als zehn Personen, die ich eines falschen Eides für unfähig halte, bezeugen hörte, daß ein Mönch *in der Art der Mauprat* durch die Gegend gelaufen sei, auch selbst den Rücken und die Kutte desselben in Pouligny am Vorabend des Ereignisses vorbeigehen gesehen zu haben, da wollte ich wissen, ob er sich in der Varenne aufhält und habe erfahren, daß er noch da war; das heißt, nachdem er sie verlassen hatte, war er ungefähr zum Zeitpunkt der Urteilsverkündung im letzten Monat zurückgekehrt, und mehr noch, er hatte Umgang mit Monsieur Jean de Mauprat. ›Wer ist nur dieser Mönch?‹ fragte ich mich; ›warum macht seine Erscheinung allen Bewohnern der Gegend Angst? Was tut er in der Varenne? Wenn er zum Orden der Karmeliter gehört, warum trägt er dann nicht ihr Gewand? Wenn er zum Orden von Monsieur

Jean gehört, warum wohnt er dann nicht mit ihm bei den Karmelitern? Wenn er ein Bettelmönch ist, warum geht er, nachdem er gebettelt hat, nicht weiter, anstatt zurückzukommen und die Leute zu belästigen, die ihm am Tag zuvor schon gegeben haben. Wenn er Trappist ist und nicht, wie der andere, bei den Karmelitern wohnen will, warum kehrt er dann nicht zu seinem Kloster zurück? Was ist das also für ein umherstreunender Mönch? Und wieso kennt Monsieur Jean de Mauprat ihn so gut, daß er von Zeit zu Zeit mit ihm im Wirtshaus in Crevant tafelt, obwohl er gegenüber mehreren Personen behauptet hat, ihn nicht zu kennen?‹ Ich wollte also meine Aussage machen, selbst wenn sie Bernard teilweise schaden sollte, damit ich das Recht habe, Ihnen das zu sagen, was ich Ihnen nunmehr sage, auch wenn es nichts nützen sollte. Aber da Sie alle miteinander den Zeugen niemals genügend Zeit lassen, sich kundig zu machen hinsichtlich dessen, was sie für wahr halten sollen, bin ich sofort wieder in meine Wälder gegangen, wo ich nach Art der Füchse lebe, und ich habe mir selbst geschworen, sie so lange nicht zu verlassen, bis ich herausgefunden hätte, was dieser Mönch in der Gegend tut. Ich habe also seine Spur verfolgt und entdeckt, wer er ist: Er ist der Mörder von Edmée de Mauprat, er heißt Antoine de Mauprat.«

Diese Enthüllung bewirkte eine große Aufregung bei Gericht und unter den Zuhörern. Aller Augen suchten Jean de Mauprat, dessen Gesicht nirgends zu sehen war.

»Welches sind Ihre Beweise?« sagte der Präsident. »Das werde ich Ihnen sagen«, antwortete Patience. »Von der Wirtin in Crevant, der ich bei Gelegenheit einen Dienst erwiesen habe, wußte ich, daß zwei Trappisten zuweilen bei ihr essen; und, wie ich bereits gesagt habe, eine halbe Meile von da entfernt, in einer Einsiedelei, die man das *Loch der Farblosen* nennt und die mitten im Wald liegt und sich dem ersten als möblierte Unterkunft anbietet, habe ich mich einquartiert. Es handelt sich um eine Felshöhle mit einem großen Stein als Sitzgelegenheit und sonst nichts. Dort habe ich zwei Tage lang von Wurzeln und Brotkanten gelebt, die man mir manchmal vom Wirtshaus herüberbrachte. Es widerspricht meinen Grundsätzen, in einem Wirtshaus zu wohnen. Am dritten Tag kam der kleine Sohn der Wirtin und teilte mir mit, daß zwei Mönche sich zu Tisch begeben wollten. Ich lief hin und versteckte mich in einem an den Garten angrenzenden Keller. Der Eingang zum Keller liegt im Schatten eines Apfelbaums, unter dem diese Herren im Freien speisten. Monsieur Jean war maßvoll; der andere aß wie ein Karmeliter und soff wie ein Franziskaner. Ich konnte ohne Mühe alles hören und sehen. ›Es wird Zeit, daß das ein Ende nimmt‹, sagte Antoine, den ich, als ich ihn trinken sah und fluchen hörte, genaustens erkannte; ›ich habe das Leben satt, das Sie mich führen lassen. Geben Sie mir bei den Karmelitern Asyl, oder ich schlage Krach.‹ ›Und was für einen Krach wollen Sie schlagen, der Sie nicht ans Rad bringt, *dummer Tölpel*?‹ antwortete ihm Monsieur Jean, ›seien Sie sicher, Sie werden nicht einen Fuß ins Karmeliterkloster setzen; ich habe keine Lust, bei einem Strafprozeß unter Anklage zu stehen; denn nach drei Stunden würde man Sie entdecken.‹ ›Warum denn, bitte? Sie bringen sie doch dahin zu denken, daß Sie ein Heiliger sind!‹ ›Ich kann mich wie ein Heiliger benehmen, und Sie benehmen sich wie ein Einfaltspinsel. Sie können sich nicht einmal eine Stunde lang so verhalten, daß Sie nicht fluchen oder nach dem Essen die Näpfe zerschlagen!‹ ›Sagen Sie einmal, *Nepomuk,* hoffen Sie etwa, ungeschoren davonzukommen, wenn man mir einen Strafprozeß macht?‹ erwiderte der andere. ›Wer weiß?‹ antwortete der Trappist; ›ich habe bei Ihrem Irrsinn nicht mitgemacht noch irgend etwas dergleichen geraten.‹ ›Ach, ach, der gute Apostel!‹ schrie Antoine und kippte vor Lachen mit dem Stuhl um, ›jetzt sind Sie doch sehr zufrieden, daß es geschehen ist. Sie waren immer schon feige, und ohne mich hatten Sie keinen besseren Gedanken, als Trappist zu werden, den Frommen zu spielen und sich dann von der Vergangenheit freisprechen zu lassen, damit Sie das Recht haben, aus den *Streitäxten* von Sainte-Sévère ein bißchen Geld herauszuholen. Ein feiner Ehrgeiz, meiner Treu, unter einer Kutte zu krepieren, nachdem man sich ein Leben lang eingeschränkt und nicht einmal die Hälfte der Freuden genossen hat, und sich dann noch verstecken wie ein Maulwurf! Wenn man den lieben Bernard gehängt hat, wenn die schöne Edmée tot ist und die Knochen des alten Draufgängers unter der Erde sind, wenn wir dieses hübsche Vermögen erben, dann finden Sie bestimmt auch, daß das ein feiner Streich aus dem Hinterhalt war, drei auf einmal loszuwerden! Es würde mich schon etwas kosten, den Frommen zu spielen, weil ich nicht die Gewohnheiten des Klosters kenne und nicht weiß, wie man dieses Gewand trägt; daher werde ich die Mönchskutte ablegen, mich damit begnügen, in La Roche-Mauprat eine Kapelle zu errichten und viermal im Jahr dort zum Abendmahl zu gehen.‹ ›Alles, was Sie getan haben, ist eine Eselei und eine Schande.‹ ›Potzblitz! Reden Sie nicht von Schande, mein liebreizender Bruder, oder ich lasse Sie diese ganze versiegelte Flasche schlucken.‹ ›Ich sage, es ist eine Eselei, und wenn es gelingt, schulden Sie der Jungfrau eine hübsche Kerze; wenn es nicht gelingt, wasche ich meine Hände in Unschuld, verstanden? Als ich in der Geheimkammer im Bergfried versteckt war und hörte, wie Bernard nach dem Essen seinem Diener erzählt hat, daß er wegen der schönen Edmée den Verstand verliere, habe ich Ihnen ganz planlos gesagt, daß man daraus ein schönes Bubenstück machen könne, und wie ein dummes Vieh haben Sie Ernst gemacht, und ohne mich um Rat zu fragen und den günstigsten Zeitpunkt abzuwarten, haben Sie eine Sache, die reiflich überlegt sein wollte, zum Ende gebracht.‹ ›Der günstigste Zeitpunkt, Sie Hasenherz, wie hätte ich den herausfinden sollen? *Gelegenheit macht Diebe*. Mitten im Wald sehe ich mich von der Jagd überrascht, verstecke mich im verfluchten Turm Gazeau und sehe meine beiden Turteltauben kommen; ich höre mir ein Gespräch an, zum Totlachen, Bernard jammert, das Mädchen spielt die Stolze; Bernard zieht sich wie ein Dummkopf zurück, ohne seine Mannespflicht getan zu haben; und bei mir habe ich, der liebe Gott weiß warum, einen

Bösewicht von Pistole, geladen und paff! ...‹ ›Schweigen Sie, wildes Tier‹, sagte der andere ganz erschrocken, ›redet man von so etwas im Wirthaus? Hüten Sie Ihre Zunge, Unglückseliger! Oder wir sehen uns nie wieder.‹ ›Sie werden mich allerdings wiedersehen müssen, mein liebreizender Bruder, wenn ich zur Pforte der Karmeliter kommen, läuten und das Glockenspiel in Gang setzen werde.‹ ›Sie werden nicht kommen, oder ich zeige Sie an.‹ ›Sie werden mich nicht anzeigen, denn ich weiß zu viel, was auf Ihre Rechnung geht.‹ ›Ich fürchte Sie nicht; ich habe meine entsprechenden Proben abgelegt und für meine Sünden gebüßt.‹ ›Heuchler!‹ ›Schluß, schweigen Sie, wahnsinniger Mensch‹, sagte der andere, ›ich muß gehen. Hier ist Geld.‹ *›Das ist alles?‹* ›Was soll Ihnen ein Mönch denn geben? Halten Sie mich für reich?‹ ›Ihre Karmeliter sind es, und Sie machen doch mit ihnen, was Sie wollen.‹ ›Ich könnte Ihnen mehr geben, was ich aber nicht tun werde. Kaum hätten Sie zwei Louis in der Tasche, da würden Sie in Saus und Braus leben und einen Lärm machen, mit dem Sie sich verraten würden.‹ › Sie wollen doch, daß ich die Gegend für eine Weile verlasse, wovon soll ich Ihrer Meinung nach reisen?‹ ›Habe ich Ihnen nicht bereits dreimal etwas gegeben, damit Sie verschwinden, und jedesmal sind Sie wiedergekommen, nachdem Sie alles in der ersten üblen Kaschemme an der Provinzgrenze versoffen hatten? Ihre Frechheit empört mich, nach all den Aussagen, die gegen Sie vorliegen, und dann bekommt die Gendarmerie einen Wink, Bernards Urteil wird revidiert, und Sie werden entdeckt!‹ ›Mein Bruder, Sie sollten lieber selber aufpassen; Sie lenken die Karmeliter, die Karmeliter lenken den Bischof in weiß Gott welchen kleinen Verrücktheiten, die man zusammen nach einem guten Essen insgeheim im Kloster ausheckt ...‹«

Hier unterbrach der Präsident Patience.

»Zeuge«, sagte er, »ich rufe Sie zur Ordnung; mit dem skandalösen Bericht über ein solches Gespräch beleidigen Sie die Tugend eines Prälaten.«

»Keineswegs«, antwortete Patience, »ich berichte von

den Schmähungen eines Lumpen und Mörders gegen den Prälaten; ich nehme nichts davon auf mich, und jeder hier weiß, was er davon halten soll; aber wenn Sie wollen, sage ich nichts weiter zu diesem Thema. Es gab noch eine ziemlich lange Auseinandersetzung. Der richtige Trappist wollte den falschen zum Aufbruch bewegen, der jedoch bestand darauf zu bleiben und sagte, daß, falls er nicht an Ort und Stelle bliebe, er als sein Bruder ihn verhaften lassen werde, sobald man Bernard einen Kopf kürzer gemacht habe, damit das Erbe ihm allein zufalle. Zum Äußersten getrieben, drohte Jean sehr ernsthaft, ihn anzuzeigen und der Justiz zu übergeben. ›Schluß! Sie sollten sich bei all dem hüten‹, erwiderte Antoine, ›denn wenn Bernard freigesprochen wird, dann adieu Erbe!‹

»So trennten sie sich voneinander. Der echte Trappist ging sehr sorgenvoll von dannen, der andere stützte die Ellbogen auf den Tisch und schlief ein. Ich verließ mein Versteck, um die Festnahme zu veranlassen. In diesem Augenblick packte mich die Gendarmerie am Kragen, die mir seit langem auf den Fersen war, um mich zu meiner Zeugenaussage zu zwingen. Ich mochte noch so eindringlich den Mönch als Edmées Mörder bezeichnen, man wollte mir nicht glauben und sagte, daß man keinen Haftbefehl gegen ihn habe. Ich wollte das Dorf aufwiegeln, man hinderte mich am Reden; von Gendarmerie zu Gendarmerie brachte man mich hierher, wie einen Fahnenflüchtigen, und seit zehn Tagen bin ich im Gefängnis, ohne daß man geruhte, meinen Einsprüchen stattzugeben. Ich durfte nicht einmal den Anwalt von Monsieur Bernard sehen und ihm mitteilen, daß ich im Gefängnis bin; gerade eben ist der Gefängniswärter gekommen und hat mir gesagt, daß ich einen Anzug anlegen und *erscheinen* müsse. Ich weiß nicht, ob das alles den Justizvorschriften entspricht; mit Sicherheit jedoch hätte ein Mörder verhaftet werden können, und dem wird nicht so sein, wenn Sie sich nicht der Person von Monsieur Jean de Mauprat vergewissern und ihn daran hindern, daß dieser, ich sage nicht seinen Komplizen, aber seinen Schützling warnt. Ich schwöre, daß nach allem, was ich gehört habe, Monsieur Jean de Mauprat vor dem Verdacht der Komplizenschaft sicher ist; hinsichtlich der Tat allerdings, einen Unschuldigen der Härte der Gesetze ausgeliefert zu haben, um einen Schuldigen zu retten, darüber hinaus seinen Tod durch falsche Zeugenaussagen und falsche Handlungen vorgetäuscht ...« Als Patience sah, daß der Präsident ihn aufs neue unterbrechen wollte, beeilte er sich, seine Rede zu beenden und sagte: »Was das angeht, Messieurs, so ist das Urteil Ihre und nicht meine Sache.«

XXVIII.

Nach dieser wichtigen Aussage unterbrach das Gericht für kurze Zeit die Sitzung, und als es zurückkehrte, wurde Edmée vorgeführt. Sie war blaß und erschöpft und konnte sich nur mit Mühe zu dem für sie vorgesehenen Sessel schleppen, dennoch bewies sie große Stärke und Geistesgegenwart.

»Glauben Sie, daß Sie ruhig und ohne Verwirrung auf die Fragen, die Ihnen gestellt werden, antworten können?« fragte der Präsident. »Ich hoffe es, Monsieur«, antwortete sie. »Es stimmt, daß ich eine schwere Krankheit hinter mir habe und erst vor wenigen Tagen mein Erinnerungsvermögen wiedererlangte; aber ich glaube, daß es sehr gut ist, und mein Verstand ist keineswegs verwirrt.«

»Ihr Name?« »Solange-Edmonde de Mauprat, *Edmea sylvestris*«, fügte sie leise hinzu.

Ich zitterte. Als sie dieses unpassende Wort sagte, hatten ihre Augen einen seltsamen Ausdruck. Ich vermutete, daß sie mehr den je irre reden würde. Mein Anwalt sah mich erschrocken und mit fragendem Blick an. Niemand außer mir hatte diese beiden Worte verstanden, die sie in den ersten und letzten Tagen ihrer Krankheit häufig zu wiederholen gepflegt hatte. Zum Glück war dies die letzte Störung ihrer geistigen Fähigkeiten. Sie schüttelte den schönen Kopf, als wolle sie ungelegene Gedanken verjagen; und als der Präsident sie aufforderte, diese unverständlichen Worte zu erklären, antwortete sie auf liebenswürdige und vornehme Art: »Es ist nichts, Monsieur, bitte fahren Sie mit dem Verhör fort.«

»Ihr Alter, Mademoiselle?« »Vierundzwanzig Jahre.« »Sie sind mit dem Angeklagten verwandt?« »Seine leibliche Tante. Er ist mein Vetter und der Großneffe meines Vaters.« »Schwören Sie die Wahrheit zu sagen, und nichts als die Wahrheit?« »Ja, Monsieur.« »Heben Sie die Hand.«

Mit einem traurigen Lächeln drehte Edmée sich zu Arthur um. Er streifte ihren Handschuh ab und half ihr, den kraftlosen und fast unbeweglichen Arm zu heben. Ich spürte, wie dicke Tränen über meine Wangen rollten.

Feinsinnig und unbefangen erzählte Edmée, daß sie sich mit mir im Wald verirrt habe und dabei von ihrem Pferd abgeworfen worden sei wegen der fürsorglichen Eilfertigkeit, die ich an den Tag gelegt hatte, um sie zurückzuhalten, denn ich hätte geglaubt, daß ihr Pferd mit ihr durchginge; daraufhin habe es einen kleinen Streit gegeben, in dessen Folge sie in einer *albernen Anwandlung weiblichen Zorns* allein ihr Pferd habe besteigen wollen; sie habe mir sogar harte Worte gesagt, von denen sie selbst keines geglaubt habe, denn sie liebe mich wie einen Bruder; tief betrübt über ihre Schroffheit sei ich, um ihr zu gehorchen, ein paar Schritte weggegangen, und gerade als sie mir habe folgen wollen, denn sie sei nun selbst unseres kindischen Streits wegen traurig gewesen, da habe sie einen heftigen Stoß in der Brust gespürt und sei hingefallen, wobei sie kaum den Schuß gehört habe. Es war ihr nicht möglich zu sagen, nach welcher Seite sie sich gewandt und von wo der Schuß losgegangen war. »Das ist das ganze Geschehen«, fügte sie hinzu, »und ich bin die letzte Person, die imstande wäre, Ihnen diesen Unfall zu erklären. In meiner Seele und in meinem Gewissen kann ich ihn nur der Ungeschicklichkeit eines unserer

Jäger anlasten, der ein Geständnis vermutlich fürchtet. Die Gesetze sind so streng! Und die Wahrheit ist so schwer zu beweisen!«

„Demzufolge, Mademoiselle, glauben Sie nicht, daß Ihr Vetter der Verursacher dieses Attentats ist?« »Nein, Monsieur, gewiß nicht! Ich bin nicht mehr verrückt, und ich hätte mich nicht vor Gericht bringen lassen, wenn ich das Gefühl gehabt hätte, mein Gehirn sei krank.« »Sie scheinen die Enthüllungen, die Sie dem Bauern Patience, Mademoiselle Leblanc, Ihrer Dienerin und vielleicht sogar dem Abbé Aubert gemacht haben, einem Zustand von Geisteserkrankung zuzuschreiben.« »Ich habe keinerlei *Enthüllungen* gemacht«, antwortete sie mit Festigkeit, »Patience gegenüber nicht mehr als dem ehrenwerten Abbé und der Dienerin Leblanc. Will man die sinnentleerten Wörter, die im Fieber gesagt werden, Enthüllung nennen, dann muß man all die Gestalten zum Tode verurteilen, die uns in unseren Träumen Angst machen. Wie hätte ich die *Enthüllung* eines Tatbestands vornehmen können, den ich nicht kenne?« »Aber Sie haben in dem Augenblick, als Sie beim Sturz vom Pferd die Wunde empfingen, gesagt: *›Bernard, Bernard, ich hätte nie gedacht, daß Sie fähig wären, mich zu töten!‹«* »Ich erinnere mich nicht, das jemals gesagt zu haben; und wenn ich es gesagt hätte, so begriffe ich nicht, welche Bedeutung man den Eindrücken einer Person beimessen kann, die vom Blitz getroffen und deren Geist wie vernichtet ist. Was ich weiß ist, daß Bernard de Mauprat für meinen Vater und mich sein Leben hingäbe, was seine Absicht, mich zu ermorden, nicht sehr wahrscheinlich macht. Und warum auch, großer Gott?«

Der Präsident bediente sich sodann, mit dem Ziel, Edmée zu verunsichern, aller Argumente, die ihm die Aussagen von Mademoiselle Leblanc zu liefern vermochten. Da gab es in der Tat einiges, geeignet sie zu verwirren. Edmée war überrascht zu sehen, im Besitz wie vieler Dinge, die sie für geheim gehalten, das Gericht war; indes fand sie ihren Mut und Stolz wieder, als man ihr in Begriffen, die auf rücksichtslose Weise sachlich waren, wie es in solchen Fällen bei Gericht üblich ist, zu verstehen gab, daß sie auf La Roche-Mauprat das Opfer meiner Roheit geworden sei. Da verteidigte sie mit Feuer meinen Charakter und ihre Ehre, versicherte, daß ich mich in einer Weise anständig verhalten hätte, die weit über das hinausging, was man damals von meiner Erziehung erwarten konnte. Aber es blieb Edmées ganzes Leben von dieser Zeit an zu erklären, die Annullierung ihrer Heiratspläne mit Monsieur de La Marche, ihre häufigen Streitigkeiten mit mir, mein plötzlicher Aufbruch nach Amerika, ihre Weigerung zu heiraten.

»Dieses Verhör ist widerwärtig«, sagte sie und stand mit einemmal auf, wobei sie ihre physische Kraft mit der Aufbietung der moralischen wiederfand. »Man fordert Rechenschaft über meine intimsten Gefühle, dringt ein in die Geheimnisse meiner Seele, man martert mein Schamgefühl, maßt sich Rechte an, die Gott allein zustehen. Ich erkläre Ihnen, daß Sie mir nicht ein Wort mehr entreißen dürften, wenn es sich um mein Leben und nicht um das eines anderen handelte. Aber ich würde all meinen Widerwillen aufgeben, um das Leben des Letzten unter den Menschen zu retten, mit um so gewichtigerem Grund tue ich es für denjenigen, den Sie hier vor sich sehen. Sie sollen es also wissen, da Sie mich dazu zwingen, ein Geständnis abzulegen, das der Zurückhaltung und dem Stolz meines Geschlechts widerstrebt: Alles, was Ihnen in meinem Verhalten unerklärlich erscheint, alles, was Sie Bernards Unrecht und meinem Groll, seinen Drohungen und meiner Furcht zuschreiben, ist durch einen einzigen Satz gerechtfertigt: *Ich liebe ihn*!«

Edmée sagte diese Worte mit gerötetem Gesicht und dem tiefen Klang der leidenschaftlichsten und auf hochmütigste Weise verschlossenen Seele, die es je gegeben hat, setzte sich und verbarg das Gesicht in beiden Händen. In diesem Augenblick war ich so außer mir vor Freude, daß ich nicht mehr an mich halten konnte und rief: »Jetzt möge man mich zum Schafott führen, ich bin der König der Welt!«

»Zum Schafott, dich!« sagte Edmée und erhob sich; »eher soll man mich dorthin führen. Ist es deine Schuld, unglückliches Kind, wenn ich seit sieben Jahren das Geheimnis meiner Zuneigung vor dir verstecke, wenn ich, um es dir mitzuteilen, habe warten wollen, bis du unter den Menschen der erste sein würdest an Weisheit und Intelligenz, wie du der erste bist durch dein Herz? Du bezahlst teuer für meinen Ehrgeiz, denn man legt ihn als Verachtung und Haß aus. Du mußt mich hassen, denn mein Stolz hat dich auf die Anklagebank gebracht. Aber ich werde deine Schande durch eine glanzvolle Wiedergutmachung abwaschen, und selbst wenn man dich morgen aufs Schafott führen sollte, dann würdest du es erst mit dem Titel meines Gatten besteigen.«

»Sie lassen sich allzusehr von Ihrer Großmut fortreißen, Edmée de Mauprat«, sagte der Präsident, »um Ihren Verwandten zu retten, wären Sie beinahe bereit, sich selbst der Koketterie und Härte zu bezichtigen; denn wie würden Sie die sieben Jahre Ihrer Verweigerung erklären, die die Leidenschaft des jungen Mannes aufs höchste gesteigert hat?«

»Vielleicht, Monsieur«, sagte Edmée spöttisch, »ist der Gerichtshof in dieser Materie nicht kompetent. Viele Frauen denken, daß es kein großes Verbrechen ist, sich gegenüber einem Mann, den man liebt, ein wenig kokett zu verhalten. Vielleicht hat man ein Recht dazu, wenn man ihm alle anderen Männer geopfert hat; es ist ein recht unschuldiger, natürlicher Stolz, denjenigen, dem man den Vorzug gibt, spüren lassen zu wollen, was für ein wertvoller Mensch man ist und daß man verdient, lange umworben zu werden und umsorgt. Wenn diese Koketterie zum Ergebnis haben sollte, daß ein Geliebter zum Tode verurteilt wird, dann, das ist wahr, würde man sie sich schnell abgewöhnen. Aber, Messieurs, ist es denn möglich, daß Sie diesen armen, jungen Mann wegen meiner Strenge trösten wollen?«

Also sprach Edmée mit einem Ausdruck von Erregung und Ironie und brach dann in Tränen aus. Diese nervöse Empfindsamkeit, die die Eigenarten ihrer Seele und ihres Geistes nach außen kehrte, Zärtlichkeit, Mut, Feinsinnigkeit, Stolz, Schamgefühl, verlieh ihrem Gesicht gleichzeitig einen so bewegten und wundervollen Ausdruck, daß die gewichtige und düstere Richterversammlung spürte, wie ihr eherner Harnisch unbeirrbarer Integrität und ihr bleierner Mantel scheinheiliger Tugend abfielen. Hatte Edmée mich auch nicht durch ihre Geständnisse siegreich verteidigt, so hatte sie doch zumindest aufs höchste das Interesse zu meinen Gunsten aufgestachelt. Ein Mann, der von einer schönen und tugendhaften Frau geliebt wird, trägt einen Talisman bei sich, der ihn unverwundbar macht; ein jeder spürt, daß der Preis seines Lebens höher ist als der der anderen.

Edmée ließ noch viele Fragen über sich ergehen und stellte die durch Mademoiselle Leblanc verzerrten Tatsachen richtig; sie schonte mich sehr, das ist wahr; aber mit bewundernswerter Kunstfertigkeit verstand sie es, bestimmten Fragen auszuweichen und der Notwendigkeit der Lüge oder eines Urteils gegen mich zu entgehen. Großmütig nahm sie all mein Unrecht auf sich und behauptete, daß, wenn wir Streitigkeiten hatten, dies so war, weil sie eine geheime Freude daran hatte und die Stärke meiner Liebe darin sah; auch habe sie mich nach Amerika gehen lassen, um meine Tugend auf die Probe zu stellen, nicht bedenkend, daß der Feldzug länger dauern würde als ein Jahr, wie man anfangs sagte; schließlich habe sie gesehen, daß ich es meiner Ehre schulde, diese unbegrenzte Dauer auf mich zu nehmen, habe jedoch mehr als ich unter meiner Abwesenheit gelitten; schließlich erkannte sie den Brief wieder, den man bei ihr gefunden hatte; sie nahm ihn und ersetzte die unvollständigen Passagen mit überraschendem Gedächtnis und bat den Gerichtsschreiber, die verwischten Wörter mit ihr gemeinsam zu lesen. »Dieser Brief ist so wenig ein Drohbrief«, sagte sie, »und der Eindruck, den er bei mir auslöste, hat so wenig mit Furcht und Abneigung zu tun, daß man ihn auf meinem Herzen fand, wo ich ihn seit einer Woche mit mir herumtrug, obwohl ich Bernard nicht einmal gestand, ihn erhalten zu haben.«

»Aber Sie erklären nicht«, sagte der Präsident, »warum Sie vor sieben Jahren, in der ersten Zeit, als Ihr Vetter sich bei Ihnen aufhielt, mit einem Messer bewaffnet waren, das

Sie jede Nacht unter Ihr Kopfkissen legten und für einen dringenden Verteidigungsfall hatten schärfen lassen?«

»In meiner Familie«, antwortete sie errötend, »ist man romantisch und von stolzer Gesinnung. Es ist richtig, daß ich mehrfach die Absicht hatte, mich zu töten, weil ich fühlte, wie in mir eine unüberwindliche Neigung zu meinem Vetter entstand. Da ich mich durch ein unauflösliches Versprechen an Monsieur de La Marche gebunden fühlte, wäre ich lieber gestorben, als mein Wort nicht zu halten oder einen anderen Mann als Bernard zu heiraten. Später gab mir Monsieur de La Marche mein Wort zurück, und ich dachte nicht mehr ans Sterben.«

Edmée zog sich zurück, und aller Blicke folgten ihr unter beifälligem Gemurmel. Kaum hatte sie die Tür des Gerichtssaals erreicht, fiel sie erneut in Ohnmacht; aber diese Krise hatte keine schweren Folgen, und nach wenigen Tagen waren keine Spuren mehr davon festzustellen.

Ich war so erschüttert, so berauscht von dem, was sie gerade gesagt hatte, daß ich kaum mehr wahrnahm, was geschah. Beschäftigt nur mit dem Gedanken an meine Liebe, hegte ich dennoch Zweifel; denn wenn Edmée nicht alle meine Missetaten zugegeben hatte, konnte sie auch genausogut ihre Zuneigung zu mir übertrieben haben mit der Absicht, meine Fehler abzuschwächen. Es war mir unmöglich zu glauben, daß sie mich bereits vor meiner Abreise nach Amerika geliebt haben sollte, und erst recht nicht in den ersten Tagen meines Aufenthaltes bei ihr. In meinem Kopf befaßte ich mich mit nichts anderem; ich erinnerte mich nicht einmal mehr der Ursache und des Ziels meines Prozesses. Es kam mir so vor, als sei die einzige Frage, die in diesem kalten Areopag besprochen wurde, diese: *Wird er geliebt, oder wird er nicht geliebt?* Sieg oder Niederlage, Leben oder Tod hingen von dieser Frage ab.

Aus meinen Träumereien wurde ich durch die Stimme des Abbé Aubert gerissen. Er war mager und mitgenommen, doch voll innerer Ruhe; man hatte ihn in strengem Gewahrsam gehalten, und er hatte die ganze Härte des Gefängnisses mit der Duldsamkeit eines Märtyrers ertragen. Trotz aller

Vorsichtsmaßnahmen war es dem erfinderischen Marcasse, der geschickt wie ein Wiesel in jede Ecke schlich, gelungen, ihm einen Brief von Arthur zu überbringen, dem Edmée ein paar Worte hinzugefügt hatte. Durch diesen Brief ermächtigt, alles zu sagen, machte er eine Aussage, die mit der von Patience übereinstimmte, und er gestand, daß er mich den ersten Worten von Edmée entsprechend gleich nach dem Unfall beschuldigt hatte; dann jedoch, als er die geistige Verwirrung der Kranken bemerkt und sich meines tadellosen Verhaltens in den sechs letzten Jahren erinnert, auch aus der vorangegangenen Verhandlung und den Gerüchten in der Öffentlichkeit über die Existenz und Anwesenheit des Antoine Mauprat eine gewisse Aufklärung gezogen habe, sei er von meiner Unschuld so sehr überzeugt gewesen, daß er nicht mehr Zeugnis habe ablegen wollen gegen mich. Wenn er es nunmehr tue, so weil er denke, daß zusätzliche Nachforschungen den Gerichtshof kundig gemacht hätten und seine Aussage nicht mehr die schweren Folgen wie einen Monat zuvor zeitigen würde. Als er nach Edmées Gefühlen mir gegenüber befragt wurde, zerstörte er alle Erfindungen von Mademoiselle Leblanc und erklärte, daß Edmée mich nicht nur liebe, sondern daß sie von den ersten Tagen unserer Bekanntschaft an Liebe für mich empfunden habe. Er bestätigte dies durch einen Eid, wobei er ein wenig mehr meine vergangenen Missetaten betonte, als Edmée es getan hatte. Er gab zu, mehrere Male befürchtet zu haben, daß meine Cousine den Irrsinn begehen würde, mich zu heiraten; er habe jedoch niemals Angst um ihr Leben empfunden; denn er habe gesehen, daß sie mich stets mit einem Wort, einem Blick in die Grenzen wies, selbst in der Zeit meiner schlechtesten Erziehung.

Die Fortsetzung der Verhandlung wurde bis zum Abschluß der angeordneten Nachforschungen, die der Entdekkung und Verhaftung des Mörders dienen sollten, vertagt. Man verglich meinen Prozeß mit dem von Calas, und dies machte nicht nur in Gesprächen die Runde, sondern meine Richter sahen sich als Zielscheibe von tausend scharfen Pfeilen und spürten am eigenen Leibe, was für schlechte Ratgeber und gefährliche Lehrmeister Haß und Vorurteile sind. Der Intendant der Provinz erklärte sich zum Verfechter meiner Sache sowie zu Edmées Ritter und führte sie höchstpersönlich zu ihrem Vater zurück. Er brachte die ganze Gendarmerie auf die Beine. Man ging mit Strenge vor und verhaftete Jean de Mauprat. Als er sich gefaßt und bedroht sah, lieferte er seinen Bruder aus und gab an, daß man ihn jede Nacht auf La Roche-Mauprat finden könne, wo er Zuflucht genommen und sich in einer geheimen Kammer versteckt halte; die Frau des Pächters helfe ihm ohne Wissen ihres Mannes dabei, sich einzuschließen.

Unter starker Eskorte brachte man den Trappisten nach La Roche-Mauprat, damit er diese geheime Kammer verrate, zu der, trotz seiner Begabung für die Erforschung von Mauern und Gebälk, der alte Marderjäger und Maulwurffänger Marcasse nicht hatte gelangen können. Man brachte mich gleichfalls dorthin, damit ich helfe, diese Kammer oder die geheimen Durchgänge, die in ihr enden könnten, zu finden, falls der Trappist in seinen Absichten nicht aufrichtig sei. Noch einmal also sah ich diese verhaßte Burg mit ihrem alten Räuberhauptmann wieder, der sich in einen Trappisten verwandelt hatte. Er zeigte sich mir gegenüber so demutsvoll und kriecherisch, er gab so billig das Leben seines Bruders preis und bezeugte mir eine so gemeine Unterwerfung, daß ich, von Ekel gepackt, ihn nach einigen Augenblicken bat, nicht mehr das Wort an mich zu richten. Unter den Augen der uns beschützenden Reiter machten wir uns auf die Suche nach der Geheimkammer. Jean hatte zunächst behauptet, daß er von ihrer Existenz wisse, doch kenne er ihre genaue Lage nicht mehr, seit der Bergfried zu drei Vierteln zerstört war. Als er mich sah, erinnerte er sich, daß ich ihn in meinem Zimmer überrascht hatte und er durch die Mauer verschwunden war. Er fand sich also damit ab, uns hinzuführen und uns das Geheimnis zu zeigen, das sehr merkwürdig war, doch werde ich mich jetzt nicht dadurch ablenken, es Ihnen zu beschreiben. Die Geheimkammer wurde geöffnet, niemand war darinnen. Das Unternehmen war schnell und heimlich durchgeführt worden. Es schien unwahrscheinlich, daß Jean die Zeit gehabt hatte, seinen Bruder zu warnen. Der Bergfried war von Reitern umstellt, alle Ausgänge gut bewacht. Die Nacht war finster, und wir hatten mit unserer Invasion alle Bewohner des Pachthofs aufs heftigste erschreckt. Der Pächter begriff nicht, was wir suchten; aber durch die Verwirrung und Angst seiner Frau schien uns die Anwesenheit Antoines im Bergfried bewiesen. Sie war nicht geistesgegenwärtig genug, sich nach unserer Untersuchung der ersten Kammer einen ruhigen Anschein zu geben, und das brachte Marcasse zu der Annahme, daß es eine zweite gäbe. Wußte der Trappist davon und tat nun so, als kenne er sie nicht? Er spielte seine Rolle so gut, daß er bei uns allen Erfolg hatte. Man mußte von neuem die kleinsten Ecken und Winkel der Ruinen untersuchen. Ein großer, von den anderen Gebäuden getrennt stehender Turm schien nicht im geringsten dafür geeignet, ein Versteck zu bieten. Das Treppenhaus war durch den Brand völlig eingestürzt, und es fand sich keine Leiter, die auch nur annähernd lang genug gewesen wäre, selbst wenn man mit Seilen zwei des Pächters aneinander befestigte, um das letzte Stockwerk zu erreichen, welches anscheinend gut erhalten war und in dem ein Raum lag, der Licht aus zwei Schießscharten bekam. Marcasse hatte einzuwenden, daß sich im dicken Mauerwerk eine Treppe befinden könnte, wie es bei vielen alten Türmen der Fall war. Aber wo befand sich der Ausgang? Unter der Erde vielleicht? Würde der Mörder die Gefahr auf sich nehmen, sein Versteck zu verlassen, solange wir da waren? Wenn er trotz der dunklen Nacht und unseres leisen Vorgehens Wind von unserer Anwesenheit bekommen hatte, würde er sich dann ins freie Land hinaus wagen, wenn wir uns an allen möglichen Stellen postierten? »Das ist nicht wahrscheinlich«, sagte Marcasse. »Es muß ein schneller Weg gefunden werden, um nach oben zu gelangen, und ich sehe einen.« Er zeigte auf einen vom Feuer geschwärzten Balken, der in erschreckender Höhe den

Turm mit den etwa zwanzig Fuß entfernten Speichern des benachbarten Gebäudes verband. Ein breiter Riß, der durch den Einsturz angrenzender Gebäudeteile entstanden war, befand sich am Ende des Balkens, in der Flanke des Turms. Bei seinen Nachforschungen hatte Marcasse den Eindruck gewonnen, als sehe er durch den Riß hindurch die Stufen einer kleinen Treppe. Die Mauer war im übrigen dafür dick genug. Der Maulwurffänger hatte sich niemals auf diesen Balken vorgewagt, nicht weil dieser so schmal oder hoch war, denn er war an solche schmalen *Überfahrten*, wie er es nannte, gewöhnt; aber der Balken war durch das Feuer angegriffen und in der Mitte dermaßen dünn, daß man nicht wissen konnte, ob er das Gewicht eines Mannes aushalten würde, sei er auch noch so schlank und durchscheinend wie der tapfere Sergeant. Bis dahin hatte sich ihm keinerlei Beweggrund, der wichtig genug gewesen war, ergeben, um bei diesem Experiment sein Leben aufs Spiel zu setzen; er bot sich in diesem Augenblick. Marcasse zögerte nicht. Ich war nicht bei ihm, als er diesen Plan faßte; um jeden Preis hätte ich ihn daran gehindert. Ich bemerkte es erst, als Marcasse schon in der Mitte des Balkens war, an der Stelle, an der das verbrannte Holz vielleicht nur noch Kohle war. Wie soll ich Ihnen schildern, was ich empfand, als ich meinen treuen Freund dort oben aufrecht in der Luft sah, wie er gravitätisch auf sein Ziel zuschritt? Vor ihm lief mit ebenso großer Ruhe Blaireau, als handele es sich darum, zwischen Heuballen wie einst auf Erkundung von Mardern und Siebenschläfern zu gehen. Der Tag brach an, und in der gräulichen Luft zeichnete sich die hagere Silhouette und der bescheidene, stolze Gang des Hidalgo ab. Ich schlug die Hände vors Gesicht, ich glaubte, den verhängnisvollen Balken krachen zu hören; aus Angst, ihn in diesem feierlichen und entscheidenden Augenblick in Rührung zu versetzen, unterdrückte ich einen Entsetzensschrei. Ich vermochte nicht länger, diesen Schrei zurückzuhalten, und konnte nicht umhin, den Kopf zu heben, als zwei Feuerstöße aus dem Turm brachen. Der Hut von Marcasse fiel beim ersten Schuß, der zweite streifte seine Schulter. Er blieb stehen. »Nicht getroffen!« rief er uns zu, nahm Schwung und überquerte im Laufschritt das Reststück der luftigen Brücke. Durch den Riß drang er in den Turm ein und stürzte schreiend auf die Treppe: »Zu mir, meine Freunde, der Balken ist tragfähig.« Sogleich begaben sich fünf kühne, kräftige Männer, die mit ihm waren, rittlings auf den Balken, halfen sich mit den Händen und erreichten nacheinander das andere Ende. Als der erste von ihnen in den Speicher eindrang, in den Antoine de Mauprat sich zurückgezogen hatte, fand er ihn im Kampf mit Marcasse, der, ganz überschwenglich durch den Triumph, vergessen hatte, daß es nicht darum ging, den Feind zu töten, sondern ihn zu greifen, und sich anschickte, ihn wie ein Wiesel mit seinem langen Rapier aufzuspießen. Doch der falsche Trappist war ein gefährlicher Feind. Er hatte den Händen des Sergeanten die Klinge entrissen, ihn niedergestreckt und hätte ihn erwürgt, hätte man sich nicht von hinten auf ihn gestürzt. Den ersten drei Angreifern widersetzte er sich mit erstaunlicher Kraft, aber mit Hilfe der beiden anderen gelang es, ihn zu bezwingen. Als er merkte, daß man ihn gefaßt hatte, leistete er keinen Widerstand mehr, ließ sich die Hände binden und stieg die Treppe hinab, die auf dem Grund eines ausgetrockneten und mitten im Turm gelegenen Brunnens endete. Antoine war gewöhnlich dort herausgekommen und über eine Leiter eingestiegen, die ihm die Frau des Pächters hielt und sofort wieder einholte. Begeistert warf ich mich in die Arme des Sergeanten.

»Das war nichts«, sagte er, »es hat mir Spaß gemacht. Ich habe gemerkt, daß ich noch sichere Beine und einen kühlen Kopf habe. Ei! Nun! Alter Sergeant«, fügte er hinzu und betrachtete sein Bein, »alter Hidalgo, alter Maulwurffänger, über meine Wade wird man sich nicht mehr lustig machen.«

XXIX.

Wäre Antoine de Mauprat ein tatkräftiger Mann gewesen, dann hätte er mir übel mitspielen und behaupten können, er sei Zeuge des durch mich an Edmée verübten Mordanschlags gewesen. Da es für ihn Gründe gab, sich versteckt zu halten, die diesem letzten Verbrechen zeitlich vorangingen, wäre das Geheimnis, mit dem er sich umgab, und sein Schweigen über das Ereignis beim Turm Gazeau zu erklären gewesen. Für mich sprach nur die Zeugenaussage von Patience. Hätte sie für einen Freispruch ausgereicht? So viele andere, sogar die meiner Freunde und selbst die Edmées, die meinen aufbrausenden Charakter und die Wahrscheinlichkeit eines Verbrechens nicht leugnen konnte, waren gegen mich!

Aber Antoine, der den Sprüchen nach frechste aller Strauchdiebe, war der feigste im Handeln. Sobald er sich in der Gewalt der Justiz befand, gestand er alles, noch bevor er wußte, daß sein Bruder ihn im Stich gelassen hatte.

Es kam zu schändlichen Verhandlungen, während derer die beiden Brüder sich gegenseitig in niederträchtiger Weise beschuldigten. Der Trappist, der noch immer seine Heuchelei fortsetzte, überließ den Mörder kalt seinem Schicksal und wies es von sich, ihm jemals zu dem Verbrechen geraten zu haben; der andere, von Verzweiflung getrieben, klagte jenen der grauenvollsten Freveltaten an, der Vergiftung meiner und Edmées Mutter, die beide, in ziemlich geringem zeitlichen Abstand an schlimmen Entzündungen der Eingeweide gestorben waren. Jean Mauprat, so behauptete er, sei sehr geschickt in der Kunst der Zubereitung von Giften und begebe sich in unterschiedlichen Verkleidungen in die Häuser, um sie unter die Nahrungsmittel zu mischen. Er bestätigte, daß Jean an dem Tag, an dem Edmée nach La Roche-Mauprat gebracht worden war, alle seine Brüder versammelt habe, um mit ihnen über ein Mittel zu beraten, wie man sich diese Erbin eines beträchtlichen Vermögens vom

Hals schaffen könne; eines Vermögens, für dessen Aneignung er verbrecherische Wege eingeschlagen hatte, indem er versuchte, die Folgen der Heirat des Ritters Hubert zu beseitigen. Meine Mutter hatte die Neigung des letzteren, das Kind seines Bruders zu adoptieren, mit dem Leben bezahlt. Alle Mauprat wollten, daß man mit einem Schlag Edmée und mich beiseite schaffe, und Jean bereitete gerade das Gift, als die Gendarmerie sie mit ihrem Angriff auf den Bergfried von diesem gräßlichen Vorhaben ablenkte. Jean wies diese Anschuldigungen mit Entsetzen zurück, sagte demütig, er habe mit Ausschweifung und Unglauben schon genug Todsünden begangen, ohne daß man ihm auch noch diese zur Last legte. Da man sie schwerlich ohne Untersuchung, nur durch Antoines Aussage gelten lassen konnte, da diese Untersuchung beinahe unmöglich war, und auch weil der Klerus zu mächtig und zu stark daran interessiert war, den Skandal zu verhindern, erlaubte dieser sie nicht, und Jean de Mauprat wurde von der Anklage der Mittäterschaft freigesprochen und nur zum Trappistenorden zurückgeschickt mit der erzbischöflichen Auflage, niemals wieder einen Fuß in die Diözese zu setzen, und mit der Aufforderung an seine Vorgesetzten, ihn nie mehr aus dem Kloster herauszulassen. Während der Ekstase einer übertriebenen Bußübung, die tatsächlich den Charakter einer Geisteskrankheit annahm, starb er wenige Jahre danach. Es ist wahrscheinlich, daß er, gezwungen, Gewissensbisse zum Zwecke einer Art gesellschaftlicher Rehabilitierung vorzutäuschen, und nachdem mehrere seiner Projekte fehlgeschlagen waren, schließlich in Verbindung mit der Strenge und den Kasteiungen in seinem Orden die Schrecken und Ängste eines schlechten Gewissens und späten Bedauerns empfunden hatte. Der einzige Glaube niederträchtiger Seelen ist die Angst vor der Hölle.

Kaum war ich freigesprochen, rehabilitiert und freigelassen, eilte ich zu Edmée; ich kam gerade rechtzeitig, um meinem Onkel in seinen letzten Augenblicken beizustehen. Zu seinem Ende hin erlangte er zwar nicht mehr die Erinnerung an die Ereignisse wieder, jedoch die seines Herzens. Er erkannte mich, drückte mich an seine Brust, segnete mich und Edmée gleichzeitig und legte meine Hand in die seiner Tochter. Nachdem wir die letzten Pflichten erledigt hatten gegenüber diesem ausgezeichneten und vornehmen Verwandten, dessen Verlust für uns so schmerzhaft war, als hätten wir ihn nicht vorhergesehen und nicht seit langem erwartet, verließen wir die Gegend für einige Zeit, um nicht Zeugen zu werden von Antoines Hinrichtung, der zum Tode auf dem Rad verurteilt worden war. Die beiden falschen Zeugen, die mich beschuldigt hatten, wurden ausgepeitscht, gebrandmarkt und aus dem Gerichtsbezirk vertrieben. Mademoiselle Leblanc, die man nicht eindeutig der Falschaussage anklagen konnte, denn sie hatte eigentlich nur ihre Schlußfolgerungen gezogen, entkam der allgemeinen Mißbilligung, ging in eine andere Provinz und lebte dort so bequem, daß man meinen konnte, sie habe, um mich zu verderben, beträchtliche Summen erhalten.

Wir wollten uns nicht einmal vorübergehend von unseren ausgezeichneten Freunden und meinen einzigen Verteidigern trennen: von Marcasse, Patience, Arthur und dem Abbé Aubert. Wir bestiegen denselben Reisewagen; die beiden Erstgenannten, die an die frische Luft gewöhnt waren, nahmen gerne den Außensitz; wir behandelten sie nach der Maßgabe vollkommenster Gleichheit. Von nun an gab es für sie niemals mehr einen anderen Tisch als den unsrigen. Einige Leute waren so taktlos, sich darüber zu wundern; wir ließen sie reden. Es gibt Umstände, die alle vermeintlichen oder wirklichen Unterschiede von Rang und Bildung radikal verwischen.

Wir besuchten die Schweiz. Arthur hielt diese Reise für erforderlich zur vollkommenen Gesundung von Edmée; die zärtliche und erfinderische Fürsorge dieses ergebenen Freundes, das Glück, mit dem unsere Zuneigung Edmée zu umhüllen suchte, trugen nicht weniger dazu bei als das schöne Schauspiel der Berge, um ihre Melancholie zu vertreiben und die Erinnerung an die Stürme, die wir erlebt, auszulöschen. Auf Patience' poetischen Geist übte die Schweiz eine magische Wirkung aus. Er war oft in einem solchen Zustand der Schwärmerei, daß wir bald hingerissen, bald erschreckt waren. Es reizte ihn, sich tief in einem Tal eine Hütte zu bauen und den Rest seiner Tage in der Betrachtung der Natur zu verbringen; aber seine zärtliche Liebe zu uns ließ ihn auf dieses Vorhaben verzichten. Marcasse erklärte später, daß er trotz der ganzen Freude, die er in unserer Gesellschaft genossen habe, diese Reise als die unheilvollste Zeit seines Lebens betrachte. Blaireau, der aufgrund seines fortgeschrittenen Alters eine schwierige Verdauung hatte, starb bei unserer Rückkehr in der Herberge von Martigny als Opfer der zu guten Verpflegung durch die dortige Küche. Der Sergeant sagte kein Wort, betrachtete ihn lange Zeit mit finsterer Miene und beerdigte ihn unter einem schönen Rosenstrauch im Garten; erst nach einem Jahr redete er über seinen Schmerz.

Während der Reise war Edmée ein Engel an Güte und Fürsorglichkeit für mich; sie gab von nun an allen Eingebungen ihres Herzens nach, hegte keinerlei Mißtrauen mehr gegen mich, oder sie sagte sich, daß ich lange genug unglücklich gewesen war, um nun diese Entschädigung zu verdienen; sie bestätigte mir tausendmal die himmlischen Liebesbeteuerungen, die sie öffentlich abgegeben, als sie die Stimme erhoben und meine Unschuld verkündet hatte. Einige Auslassungen, die mich bei ihrer Aussage überrascht hatten, und die Erinnerung an die anklagenden Worte, die ihr entschlüpft waren, als Patience sie angeschossen aufgefunden hatte, hinterließen in mir einen recht dauerhaften Schmerz. Ich dachte, zu Recht vielleicht, daß Edmée eine große Anstrengung auf sich genommen habe, um schon vor Patience' Enthüllungen an meine Unschuld zu glauben. Aber ihre Erklärungen in dieser Hinsicht waren stets feinfühlig und ein wenig zurückhaltend. Indes schloß sie eines Tages meine Wunde und sagte mir in ihrer zauberhaften, direkten Art: »Und wenn ich dich genug geliebt habe, um dich in meinem Herzen freizusprechen und den Menschen gegenüber um den Preis einer Lüge zu verteidigen, was sagst du dann?«

Was mir nicht weniger wichtig war, das war, daß ich wissen wollte, was ich von ihrer Behauptung halten sollte, daß sie mich von den ersten Tagen unserer Verbindung an geliebt habe. Hier war sie etwas verlegen, so als vermisse sie, unüberwindlich stolz wie sie war, den eifersüchtig gehüteten Besitz ihres Geheimnisses. Der Abbé nahm es schließlich auf sich, mir ihr Geständnis zu übermitteln und mir zu versichern, daß er in jener Zeit Edmée oft gescholten hatte wegen ihrer Neigung zu dem *wilden Kind.* Als ich ihm das vertrauliche Gespräch entgegenhielt, das ich eines Abends zwischen ihm und Edmée im Park belauscht hatte, und ihm dieses mit der großen Genauigkeit meines Gedächtnisses vortrug, antwortete er mir: »Wären Sie uns ein wenig länger unter den Bäumen gefolgt, dann hätten Sie an diesem Abend einen Streit gehört, der Sie beruhigt und Ihnen erklärt hätte, wie Sie in meinen Augen von einem unsympathischen (ich würde beinahe sagen, hassenswerten) zu einem fürs erste erträglichen und nach und nach in höchstem Maße teuren Menschen wurden.«

»Erzählen Sie es mir«, rief ich, »woher rührt dieses Wunder?«

»Von einem Wort«, antwortete er, »Edmée liebte Sie. Nachdem sie es mir gestanden hatte, bedeckte sie ihr Gesicht mit beiden Händen und stand einen Augenblick lang da wie überwältigt von Scham und Kummer; dann, plötzlich, hob sie den Kopf: ›Nun gut! Ja!‹ rief sie, ›nun gut, ja, ich liebe ihn! Wenn Sie es unbedingt wissen wollen! Ich bin verliebt, wie Sie sagen. Es ist nicht meine Schuld, warum sollte ich deshalb erröten? Ich kann nichts dafür, es ist unausweichlich geschehen. Ich habe Monsieur de La Marche niemals geliebt; für ihn empfand ich nur Freundschaft. Und das Gefühl für Bernard ist ganz anders, derart stark, bewegt, so angefüllt mit Erregung, Haß, Angst, Mitleid, Zorn und Zärtlichkeit, daß ich es nicht begreife, und ich versuche auch nicht mehr, etwas zu begreifen.‹ ›Oh, Frau!

Frau!‹ rief ich bestürzt und faltete die Hände, ›du bist ein Abgrund, ein Geheimnis, und wer dich zu kennen glaubt, der ist dreifach verrückt.‹ ›So oft es Ihnen gefällt, Abbé‹, erwiderte sie mit einer Entschlossenheit, in die sich Ärger und Verwirrung mischten, ›das ist mir gleich. Ich habe mir in dieser Sache mehr zugeredet, als Sie es Ihr ganzes Leben lang gegenüber Ihren Schäfchen getan haben. Ich weiß, daß Bernard ein Bär ist, ein Luchs, wie Mademoiselle Leblanc sagt; ein Wilder, ein Bauer und was nicht noch? Es gibt nichts Borstigeres, Stachligeres, Verschlosseneres, Boshafteres als Bernard; er ist ein Rohling, der nicht einmal seinen Namen schreiben kann; er ist ein grober Mensch, der glaubt, daß er mich dressieren kann wie einen Zelter aus der Varenne. Er täuscht sich sehr; eher werde ich sterben, als ihm jemals anzugehören, es sei denn, er nimmt, um mich zu heiraten, andere Sitten an. Das hieße mit einem Wunder rechnen; ich versuche es, ohne darauf zu hoffen. Aber ob er mich nun zwingt, mich zu töten oder ins Kloster zu gehen, ob er der bleibt, der er ist, oder ob er noch schlimmer wird, es wird nicht weniger wahr sein, daß ich ihn liebe. Mein teurer Abbé, Sie wissen, was es mich kostet, dieses Geständnis abzulegen, und Sie dürfen mich nicht, wenn es denn dazu kommt, daß meine Zuneigung mich zur Sünderin macht vor Ihren Füßen und in Ihrem Herzen, durch Ihre Ausrufe und Exorzismen demütigen! Überlegen Sie es sich jetzt; prüfen, argumentieren, entscheiden Sie! Dies ist das Übel: Ich liebe ihn! Dies sind die Symptome: Ich denke nur an ihn, sehe nur ihn, und heute konnte ich nicht essen, weil er nicht nach Hause gekommen war. Ich finde ihn schöner als irgendeinen anderen Mann. Wenn er mir sagt, daß er mich liebt, sehe, spüre ich, daß es wahr ist; es erschreckt und bezaubert mich zugleich. Seit ich Bernard kenne, finde ich Monsieur de La Marche farblos und geziert. Bernard allein erscheint mir ebenso stolz, aufbrausend, kühn wie ich und ebenso schwach wie ich; denn wenn ich ihn ärgere, weint er wie ein Kind, und jetzt, da ich an ihn denke, weine ich auch.‹«

»Lieber Abbé«, rief ich und warf mich an seinen Hals, »ich will Sie umarmen, bis Sie ersticken, dafür, daß Sie sich an all das erinnern.«

»Der Abbé schmückt es ein wenig aus«, sagte Edmée spöttisch.

«Ach was!« sagte ich und preßte ihre Hände, als wollte ich sie zerbrechen; »Sie haben mich sieben Jahre lang leiden lassen, und heute bedauern Sie drei tröstende Worte ...«

»Bedauere nicht die Vergangenheit«, sagte sie; »sieh, wir wären verloren gewesen, so wie du es damals warst, wenn ich nicht genug Verstand und Kraft für uns beide gehabt hätte. Wo wären wir heute, großer Gott! Du hättest unter meiner Strenge und meinem Hochmut ganz anders gelitten; denn du hättest mich vom ersten Tag unserer Vereinigung an beleidigt, und ich hätte dich dadurch bestraft, daß ich dich verlassen, mir den Tod gegeben oder aber dich getötet hätte: Denn in unserer Familie tötet man, das ist eine kindische Gewohnheit. Gewiß ist, daß du ein abscheulicher Gatte geworden wärest; wegen deiner Unwissenheit hätte ich mich geschämt; du hättest mich unterdrücken wollen, und wir hätten uns gegenseitig zerstört; dies hätte zur Verzweiflung meines Vaters geführt, und du weißt, mein Vater kam vor allem! Vielleicht hätte ich, wenn ich allein gewesen wäre auf der Welt, mein eigenes Geschick leichtfertig aufs Spiel gesetzt, denn ich habe einen verwegenen Charakter; aber mein Vater *mußte* glücklich sein, ruhig und geachtet; er hatte mich in Glück und in Unabhängigkeit erzogen. Ich hätte mich niemals mit mir selbst aussöhnen können, wenn ich seinem Alter das Gute genommen hätte, das er über mein ganzes Leben ausgebreitet hatte. Glaube nicht, ich sei tugendhaft und groß, wie der Abbé es behauptet; ich liebe, das ist alles, aber in der Liebe bin ich kraftvoll, ausschließlich und beharrlich. Ich habe dich meinem Vater geopfert, mein armer Bernard; und der Himmel, dessen Fluch auf uns lasten würde, hätte ich meinen Vater geopfert, entschädigt uns heute und schenkt uns einander, leidgeprüft und unbesiegbar. In dem Maße, in dem du in meinen Augen gewachsen bist, habe ich gespürt, wie ich wachsen konnte, weil ich dich noch lange zu lieben hatte und nicht fürchtete, meine Leidenschaft schwinden zu sehen, bevor ich sie befriedigt hatte, wie es den Leidenschaften schwacher Seelen widerfährt. Wir haben beide einen besonderen Charakter; wir brauchten eine heldenmütige Liebe; gewöhnliche Dinge hätten uns beide bösartig gemacht.«

XXX.

Wir kamen nach Sainte-Sévère, als Edmées Trauer vorbei war, zu dem Zeitpunkt, der für unsere Hochzeit festgesetzt war. Bei der Abreise aus dieser Provinz, in der wir beide, jeder für sich, so viel Abscheulichkeiten und Unglück erlebten, hatten wir uns vorgestellt, daß wir niemals mehr das Bedürfnis verspüren würden, hierher zurückzukehren, und doch sind die Macht der Kindheitserinnerungen und das Band der häuslichen Gewohnheiten so beschaffen, daß wir inmitten eines bezaubernden Landes, das uns an keinerlei Bitternis gemahnte, rasch unsere traurige und wilde Varenne vermißten und uns nach den alten Eichen in unserem Park sehnten. Mit tiefer und ehrerbietiger Freude kamen wir nach Hause. Edmées erste Sorge war es, die schönen Blumen im Garten zu pflücken und kniend auf das Grab ihres Vaters zu legen. Wir küßten die heilige Erde und leisteten an diesem Ort den Schwur, unablässig dafür zu wirken, daß ein Name wie der seine geachtet und verehrt bleibe. Er war diesem Ehrgeiz oft bis zur Ermattung nachgegangen, doch war diese Ermattung edel und eine heilige Eitelkeit.

Unsere Trauung wurde in der Dorfkirche abgehalten, die Hochzeitsfeier fand im Familienkreis statt; niemand außer Arthur, dem Abbé, Marcasse und Patience wohnten unserem bescheidenen Festmahl bei. Was brauchten wir fremde

Zuschauer für unser Glück? Sie hätten vielleicht geglaubt, uns eine Gnade zu erweisen, wenn sie gekommen wären und mit ihrer Wichtigkeit die Makel unserer Familie zugedeckt hätten. Wir genügten uns selbst und waren glücklich und fröhlich miteinander. In unseren Herzen war so viel Freundschaft, wie diese nur aufnehmen konnten. Wir waren zu stolz, um uns um die anderer Menschen zu bemühen, und zu sehr mit uns einverstanden, um etwas Besseres zu erstreben. Patience kehrte in seine Hütte zurück, weigerte sich weiterhin, irgend etwas an seinem einfachen, zurückgezogenen Leben zu ändern, und nahm an bestimmten Wochentagen wieder seine Aufgabe als *großer Richter* und *Schatzmeister* wahr. Marcasse blieb bei mir bis zu seinem Tod, der gegen Ende der Französischen Revolution eintrat; ich hoffe, daß ich, so gut ich es konnte, meine Schuld ihm gegenüber durch uneingeschränkte Freundschaft und ungetrübtes Vertrauen beglichen habe.

Arthur, der uns ein Jahr seines Lebens widmete, konnte sich nicht dafür entscheiden, der Liebe zu seinem Vaterland abzuschwören, und dem Wunsch, zu dessen Aufbau beizutragen, indem er ihm seine Kenntnisse und die Ergebnisse seiner Arbeit als Tribut zollte; er reiste ab nach Philadelphia, wo ich ihn als Witwer besuchte.

Ich erzähle Ihnen nicht von dem Glück, das ich mit meiner edlen und großherzigen Frau genossen habe; solche Jahre lassen sich nicht beschreiben. Man könnte sich, nachdem man sie verloren hat, nicht für ein Weiterleben entscheiden, wenn man nicht jede Anstrengung unternähme, um nicht zu oft an sie zu denken. Sie schenkte mir sechs Kinder, von denen vier noch am Leben sind und in vorteilhafter, kluger Weise ihren Platz gefunden haben. Ich halte mir zugute, daß es ihnen vollends gelingen wird, das beklagenswerte Gedenken an ihre Vorfahren auszulöschen. Nur für sie habe ich gelebt, wie Edmée es mir auf dem Totenbett befahl. Gestatten Sie mir, daß ich nicht weiter über diesen Verlust spreche, den ich vor zehn Jahren erlitten habe; ich spüre ihn heute wie am ersten Tag und versuche nicht, mich darüber hinwegzutrösten, sondern mich würdig zu erweisen, die heilige Gefährtin meines Lebens in einer besseren Welt wiederzufinden, sobald die Zeit meiner Prüfungen beendet ist. Sie war die einzige Frau, die ich geliebt habe; niemals hat eine andere meine Blicke angezogen und den Druck meiner Hand gespürt. So bin ich; wen ich liebe, den liebe ich ewig, in der Vergangenheit, in der Gegenwart, in der Zukunft.

Die Stürme der Revolution haben unsere Existenz nicht vernichtet, und die Leidenschaften, die sie geweckt, haben unseren häuslichen Bund nicht gestört. Aus vollem Herzen überließen wir einen Großteil unserer Güter den Gesetzen der Republik und betrachteten dies als gerechtfertigtes Opfer. Der Abbé, entsetzt über das Blutvergießen, leugnete sein politisches Glaubensbekenntnis zuweilen, wenn die Erfordernisse der Zeit seine seelische Kraft überforderten. Er war der Girondist der Familie.

Edmée hatte mehr Mut, auch wenn sie ebenso empfindsam war; als Frau und mitfühlendes Wesen litt sie sehr unter dem Elend aller Parteiungen; sie beweinte alles Unglück ihres Jahrhunderts; aber nie verkannte sie seine in heiliger Weise fanatische Größe. Ihren Theorien von der absoluten Freiheit blieb sie treu. In der Zeit, als die Taten der Montagne den Abbé aufbrachten und zur Verzweiflung trieben, opferte sie ihm großmütig ihre patriotische Begeisterung und war so feinfühlig, niemals ihm gegenüber gewisse Namen zu erwähnen, die ihn schaudern machten, und die sie ihrerseits mit einer Überzeugung verehrte, die ich nie bei einer anderen Frau erlebt habe.

Was mich angeht, so kann ich sagen, daß sie mich erzogen hat; den gesamten Verlauf meines Lebens hindurch überantwortete ich mich voll und ganz ihrer Vernunft und ihrer Redlichkeit. Als der Wunsch, eine politische Rolle zu spielen, meine Begeisterung in Versuchung führte, hielt sie mich zurück und gab zu bedenken, daß mein Name all meinen Einfluß auf eine Klasse lahmlegen könne, die mir mißtraue und mutmaße, daß ich begierig sei, sie als Stütze zu nutzen und mein Patriziat wiederherzustellen. Als der Feind vor Frankreichs Toren stand, schickte sie mich fort, damit ich als Freiwilliger diene; als die militärische Laufbahn zu einem Mittel wurde für den allgemeinen Ehrgeiz und als die Republik vernichtet war, rief sie mich zurück und sagte: »Du wirst mich nie wieder verlassen.«

Patience spielte in der Revolution eine große Rolle. Er wurde in seinem Distrikt einstimmig zum Richter gewählt. Seine Integrität, sein unparteiisches Verhalten zwischen Schloß und Hütte, seine Festigkeit und Weisheit blieben in der Varenne in unauslöschlicher Erinnerung.

Während des Krieges hatte ich Gelegenheit, Monsieur de La Marche das Leben zu retten und ihm zu helfen, ins Ausland zu gelangen.

Das waren, glaube ich, alle Ereignisse, bei denen Edmée eine Rolle spielte«, sagte der alte Mauprat. »Den Rest zu erzählen, lohnt der Mühe nicht. Sollte es in diesem Bericht etwas Gutes und Nützliches geben, so laßt es euch zum Vorteil gereichen, ihr jungen Leute. Wünschen Sie sich einen freimütigen Ratgeber, einen strengen Freund; lieben Sie nicht den Schmeichler, sondern den, der Sie korrigiert. Glauben Sie nicht allzusehr an die Phrenologie; denn ich bin sehr für Mord begabt, und, wie Edmée an ihren Tagen heiterer Melancholie sagte, in unserer Familie ist man zum Töten geboren. Glauben Sie nicht an die Fügung des Schicksals, oder ermutigen Sie zumindest niemanden, sich diesem zu übereignen. Das ist die Moral meiner Geschichte.«

So sprach der alte Bernard, ließ uns ein gutes Nachtmahl auftragen und plauderte noch einen Teil des Abends, ohne ein Zeichen von Verwirrung oder Ermüdung. Wir hatten ihn gebeten, noch ein wenig auszuführen, was er die Moral seiner Geschichte nannte. Er schwang sich auf zu allgemeinen Betrachtungen mit einem gesunden Menschenverstand und einer Klarheit, die uns überraschten.

»Ich sprach Ihnen von der Phrenologie«, sagte er, »nicht, um ein System zu kritisieren, das seine guten Seiten hat, soweit es bestrebt ist, eine Reihe physiologischer Beobachtungen zu vervollständigen, die die Erkenntnis des Menschen zum Ziel hat. Ich habe mich des Begriffs der *Phrenologie* bedient, weil die einzige schicksalhafte Bestimmung, an die man heutzutage glaubt, die der Triebe ist, die uns zu dem machen, was wir sind. Ich glaube nicht, daß die Phrenologie mehr Zwangsläufigkeit beinhaltet als irgendein anderes System, und Lavater, der auch zu seiner Zeit schon des Fanatismus bezichtigt wurde, war der christlichste Mensch, den je das Evangelium herangebildet hat.

Glauben Sie an kein absolutes und zwangsläufiges Schicksal, meine Kinder, und lassen Sie vielmehr zu, daß unsere Triebe, die Eindrücke, die unsere Wiege umgaben, die ersten Schauspiele, die unsere Kindheit erschütterten, kurz, diese ganze äußere Welt, die bei der Entwicklung unserer Persönlichkeit maßgebend ist, eine Art Fortbildung erfahre. Ertragen Sie, daß wir nicht ständig die absolute Freiheit besitzen, zwischen Gut und Böse zu wählen, wenn Sie nachsichtig sein wollen gegenüber Schuldbeladenen, was soviel heißt wie: gerecht sein wie der Himmel; denn in Gottes Urteilssprüchen liegt großes Erbarmen, andernfalls wäre seine Gerechtigkeit unvollkommen.

Was ich Ihnen da sage, klingt vielleicht nicht sehr orthodox, aber, so antworte ich Ihnen, es ist christlich, weil es wahr ist. Der Mensch ist nicht von Geburt an böse; auch nicht gut, wie es Jean-Jacques Rousseau annimmt, der alte Lehrer meiner geliebten Edmée. Der Mensch wird mit mehr oder mit weniger Leidenschaften geboren, mit mehr oder weniger Kraft, diese zu befriedigen, mit mehr oder weniger Fähigkeiten, aus ihnen gesellschaftlichen Nutzen oder Schaden zu ziehen. Aber die Erziehung kann und muß für alles ein Heilmittel finden; darin liegt die große Aufgabe, die es zu lösen gilt, nämlich die jedem einzelnen Wesen gemäße Erziehung zu finden. Die allgemeine Erziehung in der Gemeinschaft scheint unabdingbar; folgt daraus auch, daß sie für alle gleich sein muß? Ich glaube, daß ich zeitiger ein gesellschaftsfähiger Mensch geworden wäre, hätte man mich mit zehn Jahren auf eine Schule geschickt; doch hätte man sich darauf verstanden, meine heftigen Begierden zu zügeln, und mich gelehrt, sie zu besiegen, wie Edmée es getan hat? Ich bezweifle es, denn jedermann muß erst geliebt werden, um wertvoll zu sein, doch jeder auf unterschiedliche Weise. Dieser hier mit unermüdlicher Nachsicht, jener dort mit anhaltender Strenge. Bis es soweit ist, daß man die Aufgabe einer gemeinschaftlichen und doch einem jeden entsprechenden Erziehung gelöst hat, bemüht euch, einander gegenseitig zu bessern.

Sie fragen mich, auf welche Weise? Meine Antwort ist kurz: indem ihr einander sehr liebt. Dadurch werden die Sitten auf die Gesetze Einfluß nehmen, und ihr werdet es erreichen, daß das abscheulichste und ruchloseste von allen abgeschafft wird: das Gesetz der Vergeltung, die Todesstrafe, die nichts anderes ist als die weihevolle Festschreibung des Schicksalsprinzips, da sie die Unverbesserlichkeit des Schuldigen und Gottes Unerbittlichkeit als gegeben voraussetzt.«

Nachwort

George Sand (1804–1876), der berühmtesten Französin des 19. Jahrhunderts, ist mit ›Mauprat‹ eines ihrer besten, vielschichtigsten und dichtesten Werke gelungen, übertroffen vielleicht nur von ihrem späteren, umfangreichen Opus ›Consuelo‹.

Bereits 1838 erschien in Deutschland – nur ein Jahr nach der französischen Erstausgabe des Romans – eine offenbar inzwischen verschollene Übersetzung, der bis heute weder weitere Auflagen noch Ausgaben folgten. Lange Zeit galt das Interesse der deutschen Leserschaft nur den später geschriebenen *romans champêtres* (Dorfromanen) wie ›Das Teufelsmoor‹, ›Die Kleine Fadette‹ oder ›François, das Findelkind‹. Erst in den letzten Jahrzehnten – die Verbindung mit der Frauenbewegung läßt sich unschwer erkennen – entdeckte man die frühen Romane der George Sand, die sogenannten *romans de passion*, in denen sie in kühner und offener Weise Frauen im Kampf um ihr Liebesglück zeigt: So vor allem in ›Lélia‹, der einen Skandal bewirkte, weil hier völlig unbemäntelt das Ringen einer Frau um ihre Sexualität dargestellt wird. Weniger kühn, gleichwohl thematisch verwandt sind ›Indiana‹, später ›Lucrezia Floriani‹, wo sie ihre Beziehung zu Frédéric Chopin verarbeitet, und ›Leone Leoni‹, inspiriert durch die leidenschaftliche Beziehung zu dem Dichter Alfred de Musset.

Der hier in einer neuen Übersetzung vorgelegte Roman ›Mauprat‹ vereinigt Elemente beider Romantypen: Auch ›Mauprat‹ ist vor allem die Geschichte einer Liebe, aber es werden nun die Geschlechterrollen anders definiert; Autobiographisches wird verschlüsselter und damit kunstvoller in das Romangeschehen verwoben, und erstmals spielen die Bewohner ihrer eigenen Landschaft und die realen historischen Hintergründe eine bemerkenswerte Rolle. Denn als Amantine-Aurore-Lucile Dupin, verehelichte und soeben geschiedene Baronin Dudevant, alias *George Sand* ›Mauprat‹ schrieb, war sie kaum dreiunddreißig Jahre alt, hatte aber bereits eine aufsehenerregende Vita.

Sie wurde am 1. Juli 1804 in Paris geboren als Tochter des napoleonischen Offiziers Maurice Dupin, einem Urenkel von August dem Starken, König von Polen, dessen illegitime Nachkommenschaft – darunter Dupins Großvater Moritz von Sachsen, Marschall von Frankreich – zahlreich war. Dieser illustren Herkunft väterlicherseits stand die sehr einfache der Mutter gegenüber: Sophie-Victoire Delaborde war die Tochter eines Pariser Vogelhändlers, eine Frau von zweifelhaftem Ruf. Diese Antipoden, Volk und Adel, spielen in George Sands Werk eine große Rolle. Nach dem Tod des Vaters im Jahre 1808, einem traumatischen Ereignis, wie die Deutung ihrer ›Geschichte meines Lebens‹ nahelegt, erzwingt die sehr gebildete, aufgeklärte, herrische Großmutter die Trennung des Kindes von der Mutter. Deren Schmähung durch die alte Aristokratin bewirkt bei Aurore tiefe Selbstzweifel. Der Verlust beider Elternteile belastet das Mädchen schwer und macht es zu einem traurigen Kind.

Prägend für Leben und Wirken der George Sand sind neben der Heimat – das alte Berry im Herzen Frankreichs mit seinen Traditionen, Mythen, Märchen und Legenden – auch das großmütterliche Schloß Nohant, das dazugehörende Dorf, ihre Spiele mit den Bauernkindern, die Ausritte querfeldein in Knabenkleidung mit dem alten Erzieher des Vaters und die durch die voltairianische Großmutter angeregte Lektüre der Philosophen der Aufklärung. Ein Zwischenspiel in einem Kloster in Paris, in dem sie nach dem Willen der Großmutter die ihrem Stand angemessene Erziehung erhalten soll, wird nach zwei Jahren beendet: Dem Geschmack der alten Dame widerspricht Aurores neue Religiosität, man holt sie zurück nach Nohant. Mit dem Tod der Großmutter im Jahre 1821 enden die glücklichen Jahre einer einzigartigen Freiheit und Freizügigkeit für das junge Mädchen – bestimmt durch den Kontakt mit der Natur und durch die intensive Lektüre vor allem Jean-Jacques Rousseaus.

Nach einer kurzen, desillusionierenden, verletzenden Zeit mit der Mutter in Paris heiratet sie 1822 den Baron Casimir Dudevant: die Ehe als Flucht vor der gefühlskalten Mutter. Casimir erweist sich als der typische Gatte des 19. Jahrhunderts: ungebildet und roh, hat er keinen Zugang zu Aurores geistigen und musischen Interessen; die eheliche Sexualität wird für sie zum Martyrium, seine Dienstbotenliebschaften sind ihr ständige Kränkungen. Die Mutterschaft bietet sich als einziger Ausweg an. 1823 wird der Sohn Maurice, 1828 die Tochter Solange geboren – möglicherweise ist Ajasson de Grandsagne der Vater, dessen Geliebte die unglückliche Ehefrau Aurore kurzzeitig war.

Im Jahre 1830 lernt sie den neunzehnjährigen Studenten Jules Sandeau kennen und fühlt sich durch seine Zartheit angezogen. Fortan verbringt sie die Hälfte des Jahres mit ihm in Paris, im Kreis der Freunde aus dem Berry, die andere Hälfte in Nohant, das nach dem damaligen Recht mit der Verehelichung dem Gatten zugefallen war. Um die magere Apanage aufzubessern, beginnt sie, sich journalistisch zu betätigen. 1831 erscheint unter dem Pseudonym *J. Sand* der gemeinsam mit Jules verfaßte Roman ›Rose et Blanche‹, der von der Kritik positiv aufgenommen wird. Durch Sandeau lernt sie Honoré de Balzac und den berühmten Kritiker Sainte-Beuve kennen; im Schutze von Männerkleidung bewegt sie sich relativ frei in Paris – ein außerordentliches Leben für eine Frau. Als sie 1832 in Nohant weilt, schreibt sie allein den Roman ›Indiana‹, der sie mit einem Schlag als *George Sand* berühmt macht. Dieser Künstlername wurde vielfach interpretiert. Zum einen war es wohl eine notwendige, pragmatische Entscheidung, ihr Geschlecht zu verbergen, um als Schriftstellerin ernst genommen zu werden. Und es war gewiß auch klug, den schon bekannten Namen *Sand* aufzugreifen. Zum anderen nennt man im Berry den Teufel *Georgeon,* eine programmatische Namensgebung für eine Frau also, die sich das Ziel setzt, gegen die soziale und sexuelle Unterdrückung ihres Geschlechts anzuschreiben. Die Tatsache, daß die Erzähler ihrer Geschichten, auch nachdem George Sands weibliche Identität aufgedeckt ist, fast ausnahmslos männliche sind, verweist ebenfalls auf einen inneren Konflikt, auf das Bedürfnis, die Weiblichkeit zu leugnen, was ihr, je mehr sie dies anzustreben scheint, um so weniger gelingt.

Bis zum Jahr 1837 veröffentlicht George Sand ein knappes Dutzend Bücher, fast alle *romans de passion*. Gleichzeitig versucht sie, in bemerkenswert unkonventioneller Weise ihre eigene Sexualität zu leben, sich ihre Liebespartner selbst zu wählen und sich aus dem Joch der Ehe zu befreien.

Vor ihr liegt ein nicht minder ausgefülltes privates und literarisches Leben. Wie ›Mauprat‹ zeigt, beginnt nunmehr, um 1837, eine Neuorientierung ihres Schaffens, die Periode der sozial engagierten *romans champêtres,* deren Helden Menschen aus dem Volk sind, insbesondere Bauern. Inspiriert wird sie vom Gedankengut der Saint-Simonisten und von revolutionären Republikanern. Im aufrührerischen Jahr 1848 nennt man sie die *Muse der Revolution,* denn engagiert und kreativ setzt sie sich für eine republikanisch-sozialistische Veränderung der Gesellschaft ein. Ihre Liaison mit Frédéric Chopin, literarisch verarbeitet in ›Ein Winter auf Mallorca‹ und ›Lucrezia Floriani‹, umspannt diese Jahre. Nach der gescheiterten Revolution zieht sie sich aus der Politik zurück und lebt vornehmlich auf Nohant. Als sie im Jahre 1876 stirbt, hat sie ein einzigartig produktives Leben hinter sich, dessen Verlauf nicht nur durch das literarische Schaffen (weit über einhundert Romane und Theaterstücke), sondern auch durch ein intensives mitmenschliches Engagement dokumentiert ist, das sich eindrucksvoll in ihrem umfangreichen Briefwechsel nachlesen läßt. Vor allem die Korrespondenz mit Gustave Flaubert, dem Freund ihres Alters, gilt als die schönste Briefliteratur des 19. Jahrhunderts. Ihre Arbeit als Autorin stand nach ihren eigenen Aussagen bestenfalls an zweiter, wenn nicht an dritter Stelle ihrer privaten Werteskala, nach der Familie und den Freunden. Zu letzteren zählten die bedeutendsten schöngeistigen Köpfe des Jahrhunderts: neben Flaubert, Balzac und Chopin fanden sich Franz Liszt, Eugène Delacroix, Iwan Turgenjew, Heinrich Heine und viele andere in Nohant ein. Verfasser der bewegenden Grabrede war Victor Hugo.

Als George Sand ›Mauprat‹ schreibt, ist sie sowohl in ihrem Denken als auch in ihrem privaten Leben zutiefst aufgewühlt. Im Kontakt mit dem sozial und republikanisch engagierten Priester Abbé Lamennais und dem sozialistischen Philosophen Pierre Leroux beschließt sie, sich den sozialen Fragen der Zeit zuzuwenden, ihr bislang »nutzloses Leben« zu ändern. Sie erkennt die wechselseitige Abhängigkeit von ehelicher und gesellschaftlicher Unterdrückung der Frau und sozialer Frage. »Die Gesellschaft«, so äußert sie sich im Frühjahr 1837, »findet es natürlich und entschuldbar, daß mit dem, was am heiligsten ist, ein Spiel getrieben wird, mit den Frauen: sie zählen weder in der sozialen noch in der moralischen Ordnung! Darauf leiste ich den Eid; und da gibt es nun zum ersten Mal in meinem Leben einen Funken Mut und Ehrgeiz! Ich werde die Frau erheben aus ihrer Erniedrigung, in meiner Person und in meinen Schriften, Gott helfe mir!«

Die ›Lettres à Marcie‹, feurige Plädoyers für die Befreiung der Frau, die in der Zeitschrift des Abbé Lamennais ›Le Monde‹ veröffentlicht werden sollen, erschrecken diesen. Die Frage der Ehescheidung will er dort nicht abgehandelt wissen. Mittlerweile hat die Schriftstellerin aber die gesetzliche Trennung der eigenen Ehe im August 1836 durchgesetzt und auch erreicht, daß ihr die beiden Kinder sowie Nohant zugestanden wurden. Die Schärfe ihrer Argumentation in den ›Lettres‹ kommt literarisch zweifellos ›Mauprat‹ zugute, denn hier vermochte sie einer gelösteren, ruhigeren Sicht der Frauenfrage Ausdruck zu geben.

Besser als vom Abbé fühlt sie sich von Pierre Leroux

verstanden, dem Fürsprecher eines Feminismus, der, ohne die Familie zerstören zu wollen, eine Gleichheit von Mann und Frau fordert. Als sie ihn im Juni 1835 kennenlernte, hatte sie bereits zwei Monate lang an einer Novelle mit dem Titel ›Mauprat‹ gearbeitet, einer von der Anlage her klassischen Dreiecksgeschichte. Sie war nach dem endgültigen Bruch der leidvollen Beziehung zu Alfred de Musset einsam und traurig nach Nohant zurückgekehrt, darauf vertrauend, der Kontakt mit der Natur, mit der sanften Landschaft des Berry und den Mythen ihrer Jugend werde ihr neue Kraft bringen. Die Heimat gibt den Rahmen für die Novelle ›Mauprat‹: der efeuüberwucherte Turm Gazeau, den es übrigens noch gibt, wenngleich statt in geheimnisvollen, düsteren Wäldern inmitten eines Bauerngehöfts gelegen, doch ebenso trutzig und mit Efeu bewachsen wie einst; auch das Schloß von Sainte-Sévère existiert noch heute.

Die Novelle verschwindet in der Schublade, als George Sand dem Anwalt und glühenden Republikaner Michel de Bourges begegnet, einem wahren Volkstribun, der als der Advokat und Robespierre-Anhänger Costejoux in ihren 1872 geschriebenen Revolutionsroman ›Nanon‹ eingeht. In Michel glaubt sie einen Kampfgefährten gefunden zu haben; mit ihm endlich entdeckt sie die Fülle der körperlichen Liebe. Doch die geistige und seelische Eigenständigkeit der Frau wird auch von ihm massiv in Frage gestellt – die Beziehung führt erneut in eine Sackgasse. Als sie, nach eineinhalb Jahren, im Januar 1837 ›Mauprat‹ wieder hervorholt, fühlt sie sich von dieser Liebe zermartert, sie dreht sich hoffnungslos im Kreis, wie die Briefe an den Geliebten bezeugen.

Mehr denn je gibt sich George Sand in ›Mauprat‹ als geistige Tochter von Jean-Jacques Rousseau zu erkennen, vor allem was dessen Überlegungen zur Veranlagung des Menschen und damit zur Erziehung in einer verderbten Welt angeht. Auch wenn sie im erst 1851 geschriebenen letzten Kapitel

Rousseaus Menschenbild revidiert, wenn sie dort nicht mehr von der angeborenen Güte, sondern von einem Menschen ausgeht, der »mit mehr oder weniger Leidenschaften geboren (wird), mit mehr oder weniger Kraft, diese zu befriedigen, mit mehr oder weniger Fähigkeiten, daraus gesellschaftlichen Nutzen oder Schaden zu ziehen«, so soll doch der Roman ein Beweis sein für Rousseaus These der Aus-Bildung der Menschen zum Guten hin. Die voranschreitende Erziehung bestimmt demgemäß auch die Komposition des Romans.

Die Schriftsteller des 19. Jahrhunderts scheinen in besonderer Weise dazu aufgefordert, die Aufgabe zu lösen, wo der Mensch seinen Platz habe zwischen Natur und Gesellschaft, zwischen Triebnatur und Kultur. Systematische Antwort wird erst Sigmund Freud bieten. Doch George Sand gehört zu denen, die dem Problem auf der Spur bleiben. Mit ihrem Lehrmeister Rousseau begibt sie sich in ›Mauprat‹ auf die Suche nach dem Goldenen Zeitalter und versucht, die Geheimnisse der inneren menschlichen Natur mit der äußeren Natur – Sensibilität, Magie des Erinnerns, Traum und Phantasie mit Vernunft und intellektueller Analyse – in Beziehung zu setzen. Bernard de Mauprat erlebt eine Verwandlung, indem das dunkle, angsterzeugende Material des Unzivilisierten umgeformt wird durch die Berührung mit der Aufklärung und deren Erkenntnissen über die menschliche Natur.

Rousseaus Aufruf zur Rückkehr zur Natur bedeutet auch das Wiederaufspüren von Phänomenen, die sich dem Licht entziehen: dem Aberglauben, dem Schrecken; bedeutet hinabzusteigen in Zeit und Raum und das Entdeckte in Gestalt des ästhetischen Werkes sichtbar zu machen. Edmée und Bernard sind Zweige ein und desselben Stammes, Abkömmlinge eines Geschlechts, das sowohl das Gute, die Freiheit, die Zivilisation hervorbringt wie auch das Böse, das Getriebensein, das Unheil. Der Name *Mauprat* trägt beides in sich: *malum,* das Übel, und *pratum,* die Weide. Dieser Antagonismus wird zugleich aufgehoben im Wohlklang des

Namens. Bernard ist von Leidenschaften beherrscht, auch in Edmée wohnt der Trieb zu töten. Ziel der Entwicklung ist es, die verschiedenen Anlagen in einer Person anzuerkennen und zu integrieren; und schließlich folgt die Metamorphose des Paares, die in die freiwillige, unauflösbare Ehe mündet.

Neben den tiefen, George Sands Gesamtwerk prägenden Einflüssen der Heimat und der Philosophie wird ›Mauprat‹ auffallend durch ein anderes Element bestimmt: den englisch-schottischen Schauerroman des Walter Scott und der Ann Radcliffe, der im 19. Jahrhundert allgemein beliebt war und beispielsweise auch Balzac oder Victor Hugo beeinflußte.

George Sand nimmt in ›Consuelo‹ unmittelbar Bezug auf Ann Radcliffe, bemüht sich indes gleichzeitig, sich von ihr zu distanzieren. Trotzdem bedient sie sich auch in ›Mauprat‹ aus der Schatztruhe des Schauerromans. Die bedrohte Unschuld, in der Regel ein Waisenkind (hier Bernard *und* Edmée) ist einer Vielzahl von Gefahren und Gewalten ausgesetzt; Orte der Handlung sind alte, halb zerfallene Gemäuer, Geheimkammern, unterirdische Gänge und Verliese, finstere Wälder, von Dickicht überwucherte Pfade, Gerichte und Gefängnisse; Gewitter, Finsternis, Feuer und Gift tragen zur atmosphärischen Verdichtung bei; Movens der Handlung sind böse Vorahnungen; grausame Richter, Mönche, brutale Feudalherren bevölkern die Szene; die Emotionen werden aufgewühlt, die Nerven überreizt. Der Schauerroman, am deutlichsten bei Walter Scott, ist ein Abgesang auf das christliche Rittertum, das seine letzten Verzweiflungstaten begeht oder vergeblich seine Ehre zu retten versucht. Und George Sand ist nichts verhaßter als der Feudalismus in all seinen Erscheinungsformen. Überschattet wird der Roman von der düsteren, grauenhaften Präsenz von La Roche-Mauprat. Gegenbild dieser Raubritterburg ist das helle, gastfreundliche Schloß Sainte-Sévère mit seinem kultivierten Park, wo allerdings Gewitter den alten Baumriesen zusetzen. Mit dem Gemälde von La Roche-Mauprat als Metapher für das Dunkle beginnt die Erzählung, und trotz der Läuterung Bernards und dem Untergang der Raubritter wird am Schluß das Bild der Burg erneut evoziert, gleichsam als Warnung vor der Allgegenwart des Bösen.

Die Botschaft ist jedoch hoffnungsfroh; und die Elemente des Schauerromans intendieren das Gegenteil des Schaurigen; das Heraufbeschwören der Finsternis wird zum Mittel der Entmystifizierung und Transzendierung. In gleichem Maße wird in der Geschichte des Paares die aggressive Energie zum Impuls der Erlösung. Der Alptraum wird zum Traum.

Patience, der bäuerliche Philosoph, Rousseau-Anhänger auch er und gewissermaßen eine Doppelung von Edmée, jedoch dem Boden verhaftet, schwerfällig und in skeptischer Abwehr gegenüber den Errungenschaften der Zivilisation, erlebt, was Traum und Poesie bedeuten, begreift, daß sie ihm gestatten, die Erdenschwere abzuschütteln. Für ihn, der sich an der Erziehung Bernards beteiligt, ist – wie für seinen Schüler auch – das Sehen von sinnbildlicher Bedeutung. Der Blick in eine neue Dimension und die Fähigkeit, sich in Distanz zur Realität zu begeben, erlaubt ihnen, im konkreten Akt des Sehens die Schönheit der Welt zu entdecken. Patience, dessen Name *Geduld* bedeutet, sieht als Prophet des Volkes die neue Welt voraus, das Teilen des Besitzes. Er ist, wie Edmée oder Arthur, doch mit umgekehrten Vorzeichen, ein Mittler zwischen der alten und der neuen Welt. Auch sein seltsamer Freund Marcasse ist so ein Mittler, indem er Beziehungen pflegt zu Adel und Bauern, die Schrift Benjamin Franklins an seinesgleichen verteilt und selbst aufbricht in die *Neue Welt,* um am Freiheitskampf der Unterdrückten teilzunehmen. Eine ähnliche Vermittlerrolle spielt auch Bernard – seiner Art und seinem Stand entsprechend.

Das Hauptinteresse in ›Mauprat‹ gilt der inneren Entwicklung von Individuum und Kollektiv; daher ist er kein historischer Roman, wenngleich die Autorin sich auf reale historische Begebenheiten, Personen und Schauplätze bezieht oder mit Akribie das Procedere bei Gericht zeichnet. Wie hoch das Maß an historischer Wahrhaftigkeit und Wirklichkeitsnähe in ›Mauprat‹ ist, mit dem die Autorin eine ungeheure Dichte des Erzählten erreicht, zeigt die Klage der Familie Pleumartin gegen George Sand wegen Verunglimpfung des Familiennamens durch die Charakterisierung des alten Tristan. Aber dem Erzähler Bernard geht es bei seinem Bericht, den er vor dem »jungen Mann« ablegt, nur um seine individuelle Geschichte. Der junge Mann ist George Sand.

Mit der Herkunft Edmées und Bernards aus einem Geschlecht ist auch ein Thema umrissen, das George Sands Gesamtwerk durchzieht: die Androgynie. Bernard (Mauprat-Strauchdieb) und Edmée (Mauprat-Streitaxt) sind beide mutterlos aufgewachsen, die Verantwortung für die Erziehung trägt ein alter Mann – bei Edmée zwar der eigene Vater, doch fehlt diesem die Präsenz und der töchterlichen Liebe die erotische Färbung. Es gibt keine Triaden: Die Mütter sind tot, der väterliche Part wird substituiert, die Heldin muß selbst für sich und ihre Erziehung sorgen. Psychoanalytische Deutungsmuster bieten sich an. Auffallend ist, daß Bernard das Schicksal der Sandschen Heldinnen teilt, und in der Mitte des Romans wird explizit auf den griechischen Mythos des Androgyn hingewiesen, der, zur Strafe für seinen Hochmut von Zeus in zwei eingeschlechtliche Hälften gespalten, sich mit unermüdlicher Leidenschaft bemüht, den alten Zustand wiederherzustellen.

Diese Suche ist George Sands Symbol für die Liebe; und da, wo sie sich erfüllt, gewinnt sie eine andere Dimension, ist quasi entsexualisiert und beendet. Die nicht erfüllte Liebe ist unvollkommen, im Begehren gefesselt und in die Begierde verstrickt. Die Leidenschaft, von George Sand gleichgesetzt mit Schwäche, Gewalt, Exzeß und Unvernunft, muß eine neue Qualität annehmen. In ›Mauprat‹ erfährt Bernard durch Edmées Verweigerung des Begehrens und zugleich unter ihrer programmatisch-erzieherischen Anleitung eine Verwandlung. Infolge der beiderseitigen Annäherung und der immer größeren Ähnlichkeit der Geschlechter wird das Begehren, hervorgerufen durch die anfänglich berauschende Unterschiedlichkeit, substanzlos. Bernard wird, sehr plastisch kommentiert von Edmées Gouvernante Leblanc, zunächst dargestellt als wild, brutal, männlich; er ist ein Bär, ein Wolf, ungeschlacht. Die Zeichen des Weiblichen, benannt durch Bernard, sind die weißen Hände, der rote Mund, der schöne nackte Arm, die schwarzen langen Haare. Begehren und Besitzenwollen, sich am Unterschied berauschen, bedeutet, sich des anderen zu bemächtigen suchen – ein Wort, das im ersten Drittel des Romans häufig vorkommt; daneben treten andere Verben, die die Gewalt ausdrücken: verfolgen, verschlingen, stoßen usw. Bernards Entwicklung beginnt, als er lernt, Edmées Verweigerung zu respektieren.

Der Roman proklamiert die Gleichheit der Geschlechter, den einen, zweigesichtigen Körper. Edmée und Bernard sind bisexuell. Die Gegensätze von Mann und Frau verschwinden mit dem Fortschreiten des Romans; beide nähern sich einander, die Liebe von Edmée und Bernard hat eine Geschichte, und die Bewegung des Romans bildet die Bewegung des Mythos vom Androgyn ab.

Die Liebe gestattet Bernard, auf schmerzliche und äußerst schwierige Weise zum eigenen Selbst zu gelangen. Leiden und Krankheiten bis hin zur Konfrontation mit dem Tod, die beide Protagonisten gleicherweise erfahren, entsprechen der Entfaltung der Liebe, sind Prozesse der Läuterung und Etappen der Erhebung. Am Ende steht die Selbst-Entdekkung und die Vereinigung: Damit ist die höchste moralische Stufe erreicht, und dieses Einssein ist von religiöser, von göttlicher Art. Göttlichkeit zu erlangen ist das sublime Ziel des Werks.

Wie verschieden von dieser aufsteigenden Entwicklungslinie, vom Fortschreiten hin zur Vereinigung, verläuft George Sands gelebte Liebe zu Michel de Bourges! Die zur gleichen Zeit wie der Roman geschriebenen Briefe aus der letzten Phase der Beziehung beweisen es. ›Mauprat‹, dessen erste Fassung abgebrochen wurde, als sie Michel kennenlernte, scheint ein geheimer Dialog mit diesem zu sein, in dem sie eine Liebe erträumte, die so verschieden ist vom erlebten Geschehen. Das *Ich* und das *Du* bleiben im realen Leben ohne Entwicklung und Geschichte, ohne die Bewegung aufeinander zu, ohne Versöhnung und Vereinigung. Zwischen den beiden gibt es keine Gemeinsamkeit, keine Gleichheit, kein *Wir,* sondern nur Dualität und Antagonismus, was in jedem Brief erneut bestätigt wird. Die Themen in den zuweilen täglich von George verfaßten Briefen sind die ewig gleichen: Liebesschwüre; Vorwürfe; Zweifel an sich selbst, am anderen, an der Liebe; Eifersucht; Beschwörung einer dereinstigen Identität, die der Geliebte nicht sehen will; Haß; Verachtung; Drohung und der Schwur ewiger Treue. Ende Januar 1837 schreibt sie ihm:

»Ach! Wenn Du mich liebst, wenn Du mich zumindest geliebt hast, kannst Du dann mit mir spielen wie der Tiger mit der Beute? Was habe ich seit sechs Monaten gelitten! Meine Seele ist gebrochen, sie hat einen schrecklichen Kampf gegen sich selbst ertragen. Die Liebe hat den Hochmut in mir besiegt, und der Schmerz ist mir auf ewig gewiß.«

Dem Phantasiebild des Androgyn, auf das sie sich auch in den Briefen bezieht, scheint in der Triebdynamik ein unendlicher Symbiosewunsch zugrunde zu liegen. Und der Roman ›Mauprat‹ ist Beschwörung, ist Teufelsaustreibung und dient somit der Integrität des Ich, ist Ausweichen vor der Unlust und Projektion künftiger Stabilität. Das Schreiben, unbewußt angetrieben von der inneren Not, ist ein Versuch, im Gleichgewicht zu bleiben, Wunden (auch und vor allem die alten) zu schließen, das Leben zu bewältigen. Intendiert ist die moralische Erhebung der Leser. Im Januar 1876 schreibt George Sand an Gustave Flaubert:

»Ich glaube, daß die Kunst, diese besondere Kunst des Erzählens, ihren Wert nur durch die Gegenüberstellung der

Charaktere erhält; aber ich will sehen, wie bei ihrem Kampf das Gute siegt; die Tatsachen, dem pflichte ich bei, zermalmen den ehrlichen Menschen, doch soll er durch sie nicht besudelt oder herabgemindert werden, und er möge zum Scheiterhaufen gehen und spüren, daß er glücklicher ist als seine Henker ... Folglich muß man geradewegs auf die erhabenste Moral, die man in sich trägt, zusteuern und aus dem moralischen und nützlichen Sinn seines Werkes kein Geheimnis machen.«

Heidrun Hemje-Oltmanns

Kunst« recht[illegible], aber [illegible] will [illegible], wie bei [illegible] Kampf [illegible] die Tatsache [illegible] dem [illegible] Menschen [illegible] abgemildert werden [illegible] [illegible]

Henryk [illegible]